"나의 오른쪽에는 천재적인 친구 앙드레 말로가 있고, 또 앞으로도 언제나 거기에 있을 것이다."_샤를 드골

"앙드레 말로는 소환을 받고서 역사 속에 들어온 인물이다. 그가 다녀온 지평에서는 항상 바람이 다르게 분다."_장 라루튀르

"프랑스 문학사는 소설 《인간의 조건》을 위시한 여러 작품을 창조한 앙드레 말로에게 언제나 가장 중요한 여러 페이지를 할애할 것이다."_김화영 고려대 명예교수

앙드레 말로 평전

앙드레 말로 평전

장 라쿠튀르

김화영 옮김

김영사

앙드레 말로 평전

1판 1쇄 인쇄 2015. 4. 27.
1판 1쇄 발행 2015. 5. 4.

지은이 장 라쿠튀르
옮긴이 김화영

발행인 김강유
책임 편집 고우리
책임 디자인 조명이
마케팅 김용환, 박치우, 김재연, 백선미, 김새로미, 고은미, 이헌영
제작 김주용, 박상현
제작처 재원프린팅, 금성엘엔에스, 대양금박, 정문바인텍
발행처 김영사
등록 1979년 5월 17일 (제406-2003-036호)
주소 경기도 파주시 문발로 197(문발동) 우편번호 413-120
전화 마케팅부 031)955-3100, 편집부 031)955-3250
팩스 031)955-3111

값은 뒤표지에 있습니다.
ISBN 978-89-349-7090-3 03860

독자 의견 전화 031)955-3200
홈페이지 www.gimmyoung.com   카페 cafe.naver.com/gimmyoung.com
페이스북 facebook.com/gybooks   이메일 bestbook@gimmyoung.com
좋은 독자가 좋은 책을 만듭니다.
김영사는 독자 여러분의 의견에 항상 귀 기울이고 있습니다.

이 도서의 국립중앙도서관 출판시도서목록(CIP)은 서지정보유통지원시스템 홈페이지(http://seoji.nl.go.kr)와
국가자료공동목록시스템(http://www.nl.go.kr/kolisnet)에서 이용하실 수 있습니다.(CIP제어번호 : CIP2015011430)

아마 당신은 이렇게 묻고 싶겠지요. "그 전설이 사실이라고 확신하는가?" 하지만 나의 밖에 있는 현실이란 것도, 그것이 나의 삶에 도움이 되지 못한다면, 그리고 나는 존재한다, 나는 이런 인간이다 하고 느낄 수 있도록 도와주지 못한다면, 도대체 무슨 소용이 있겠습니까?

_샤를 보들레르의 산문시 〈창문〉

문학 · 역사 · 신화

이 책은 장 라쿠튀르의 《Malraux, une vie dans le siècle》(Édition du Seuil, Collection 'Points')을 완역한 것이다. 원래 1973년에 간행되었다가 같은 출판사의 'Points' 문고로 다시 나온 책이다. 말로는 이 책의 초판이 나오고 3년 뒤인 1976년 11월에 사망했다.

나는 말로가 사망한 지 한 달 뒤에 프랑스에 도착하여 곧 이 책을 읽었다. 거인의 죽음과 때를 같이하여 읽은 전기에는 물론 상황 자체가 조성하는 암울한 감동이 덧보태지는 것이기도 하겠지만, 말로라는 인물이 인물이고, 대기자이며 확고한 명성을 얻은 전기작가 장 라쿠튀르의 문체가 문체인지라 책을 손에 들면서부터 놓지 못한 채 방대한 분량을 단숨에 읽어내려갔다. 20세기가 저물어가는 시간에 이 아름다운 책을 손에 들고 나는 몇 번이나 책의 제목을 다시 음미하곤 했다. '20세기 속의 일생'이란 부제는 과연 의미심장하다.

우선 말로가 태어난 해가 1901년이고 보면 바로 우리의 20세기가 첫발을 내딛는 시간이다. 그는 사춘思春의 나이에 인류 역사상 처음으로 전쟁이라는 단어 앞에 '세계'라는 수식어가 붙는 격동을 맞았다. 그 이후 공간적으로는 유럽, 인도차이나, 스페인, 소련, 오리엔트의 사막 등 이른바 지구촌의 광대한 영역에서 치열한 모험 속으로 몸을 던졌고 그 활동 범위는 문학, 미술에서부터 군중을 사로잡는 웅변, 탐험, 전쟁, 정치를 거쳐 그 모두를 초월하는 신화의 경지에 이르는 종횡무진이었다. 그는 그냥 모든 일에 끼어드는 재사나 팔방미인이 아니다. 그의 치열성은 항상 그의 모험을 절정의 한계점까지 인도한다. 프랑스 문학사는 소설《인간의 조건》을 위시한 여러 작품을 창조한 앙드레 말로에게 언제나 가장 중요한 여러 페이지를 할애할 것이다. 1957년 기자들이 알베르 카뮈에게 노벨문학상 수상자로 결정되었다는 소식을 알리자 그의 입에서 나온 첫마디가 "상을 받아야 할 사람은 말로인데…"였다.

그러나 그는 단순히 백지 위에다 언어를 가지고 상상력의 성을 쌓는 상아탑의 지식인이 아니었다. 이 지구상에서 가장 큰 소용돌이가 일어나는 역사의 현장에는 항상 말로가 있었다. 인도차이나의 밀림 속으로 뛰어든 말로의 모험을 라쿠튀르는 '심심풀이'라고 명명했다. 그러나 이 심심풀이가 곧이어 그를 스페인 전쟁의 불바다 속으로 불러들였고, 반파시스트 운동의 연단 위로, 모스크바로, 레지스탕스의 숲 속으로, 알자스 로렌의 격전지로 불러들였다.

그의 일생을 윤색하는 '세 인물'인 앙드레 지드, T. E. 로렌스, 트로츠키는 문학, 행동, 이데올로기 면에서 앙드레 말로를 표상하는 세 가지 얼굴이다. 그뿐이 아니다. 그의 일생은 20세기의 인류를 움직인 드골, 마오쩌둥, 스탈린, 닉슨과 관련되어 있다. 이 말은 곧 그가 20세기의 세계사를 꿰뚫고 지나가는 중심을 가장 뜨겁게 달리고 있었다는 뜻이기도 하다. "우리 세대의 벌판 위로는 역사가 탱크처럼 마구 휩쓸고 지나갔다." 이렇게 말한 말로는 단순히 한 세대를 대표할 뿐만 아니라 격동의 20세기를 사는 우리 모두의 집단적 체험을 압축하여 보여준다.

역사의 소용돌이와 함께 태어나서 항상 역사라는 고정관념을 통해서 선택하고 행동한 말로에게 문학인, 지식인이 빠져들기 쉬운 개인의 감정들은 아예 처음부터 도외시당하거나, 아니면 운명이라는 거시적 차원 속으로 수렴되어 변신을 겪는다. "오직 나 개인에게만 중요한 것이 무슨 중요성이 있겠는가!"라고 그는 말했다. 그는 '보잘것없는 한 무더기 비밀'을 끌어안고 앉아 있을 수는 없었다.

그러나 역사란 이 인간 사회에서 일어나는 가시적 '사실' 혹은 '사건'의 총화는 아니다. 사실이나 사건을 초월하는 신화적 차원, 여기서 말로 특유의 예외적 성격이 발견될 수 있다. 말로가 니체에게서, 도스토옙스키에게서 찾고자 한 것은 바로 '역사는 사실이 아니라 신화에 의해 만들어진다'라는 확신이다.

《인간의 조건》보다 먼저, 이미 청년 시절에 《종이 달》《엉뚱한 왕국》을 쓴 말로의 내면에는 사실과 사건, '보잘것없는 한 무더기 비밀', 진眞과 위僞라는 평면적 차원을 초월한 곳에서 신화적 지평에의 매혹을 억누르지 못하는 '무당'이 춤을 추고 있었다. 그리하여 그는 소용돌이치는 사건들 속으로 몸을 던져 그 사건을 극단적인 의식의 모험으로 변용시키고자 했다. 그는 인류의 복지와 건전한 사회를 구현하고자 하는 정치가가 아니다. 그에게 중요한 것은 항상 집단 운명과의 싸움이고 인간에게 주어진 운명을 치열한 모험에 의하여 초극하는 데 있었다. 이리하여 누구나 겪을 수 있는 같은 경험도 말로의 의식을 통과하여 그의 붓끝에 이르면 저 유명한 태풍의 이야기로 변한다. "그가 다녀온 지평에서는 항상 바람이 다르게 분다"고 라쿠튀르는 말한다.

　그의 생애를 훑어보면서, 그리고 그가 쓴 글과 숱한 '전설'을 그의 실제 행동과 대비해보면서 우리는 항상 어디까지가 사실이고 어디까지가 허위인지를 분간하기가 어려워진다. 그러나 그러한 분간의 욕구가 놓여 있는 바탕은 지극히 사실적인 차원이다. 말로의 삶과 의식은 말로의 차원에 놓고 이해해야 한다.

　'영웅주의를 통해서 도전하고, 우정에 의해서 부정하고, 예술을 통해서 불가역과 투쟁한 일생'을 민사 소송의 서류를 읽듯이 산문적으로 따져본다는 것은 아무 의미가 없다. '신화' '모험' '죽음' '역사' '운명'이라는 말은 말로의 치열한 삶을 통해 좀 더 드높고 거시적인 차원으로 승격하여 우리들 속에서 사실에 의하여 가려진 어떤 힘을 충동한다. 삶의 한가운데에 이 같은 충동을 불러일으키지 못한다면 예술이 무슨 소용이 있겠는가. 말로의 위대함은 그러한 충동력과 치열성에 있다. 체험의 정점에서 극단적인 의식을 모색한 말로의 삶은 그러나 모든 다른 삶과 마찬가지로 '죽음'이라는 실패로 끝난다. "한 인간을 만들자면 60년이 걸린다. 그러고 나면 그는 죽기에나 알맞은 신세가 된다"고 말로는 말했다. 그러나 그 죽음에 도전하는 하나하나의 모험, 그 모험을 '체험과 의식'으로 변모시키고자 한 그의 투쟁 자체가 삶에 새로운 의미와 새로운 차원을 회복시켜준다.

그는 죽음이라는 고정관념에 사로잡혔던 인물이지만 바로 그 죽음의 고정관념으로 인하여 삶을 더 진하고 강한 것으로 변모시켰다. 죽음은 그를 인간 운명에 걸맞은 싸움 속으로 뛰어들게 했다. '항상 구속된 환경 속에서만 창조력이 솟는다는 기이한 경우'라는 라쿠튀르의 지적은 바로 그의 행동과 예술적 창조의 성격을 잘 설명해준다. 라쿠튀르는 이렇게 말한다. "그러나 그가 다른 사람이 아니라 바로 말로이고 보면, 그의 내면으로 이따금씩 천재가 깃들고, 항상 이미지와 생각들을 불러들여 서로 충돌시킴으로써 우렁차게 진동하도록 만드는 기상천외한 재간을 지닌 인물이고 보면, 그 신들린 듯한 순간들로부터 뿜어져나오는 몇몇 텍스트들을 해독하는 것이 불가능하지는 않다. 일종의 자력을 지닌 이 인물은 아주 위대한 작가여서 이런 최면술 실험으로부터 문학이 솟아나오지 않을 수 없는 것이다."

20세기 후반기 동안 프랑스에서 활동한 대기자들 중에서도 정상급을 차지하는 전기작가 장 라쿠튀르의 장점은 바로 말로라는 인물을 그 인물에 걸맞은 지평에 놓고 그에 걸맞은 문체를 통해 이해시키는 것이다. 이 책의 출간으로 인하여 말로의 문학 연구는 참으로 새롭고 창조적인 조명을 받게 되었다. 그만큼 이 책을 떠받들고 있는 문헌과 조사의 범위가 깊고 넓고 세심하다. 그러나 아무리 부지런한 조사와 용의주도한 문헌의 탐색이라 할지라도 그 인물의 핵심을 이루는 '신화'의 규모와 높이와 성격을 올바르게 조명하지 못했다면 이 책은 단순한 자료에 지나지 않았을 것이다. 라쿠튀르가 드러내 보여준 또 하나의 장점은 말로가 누구보다 위대한 작가였다는 사실을 항상 염두에 두고 작품에 대한 깊은 이해를 바탕으로 작가의 삶을 헤아렸다는 점이다. 미국의 기자 허버트 R. 로트먼이 쓴 방대한 《알베르 카뮈》 전기와 이 책을 비교해본다면 그 차이를 충분히 이해할 수 있을 것이다. 말로도 카뮈도 궁극적으로 그들이 우리의 관심을 끄는 것은 무엇보다도 그들이 치열한 삶의 체험을 '의식'의 기록으로 변신시킨 작가였다는 사실 때문이다. 특히 이 땅덩어리 위에 그냥 '발자취' 정도가 아니라 자신의 '손톱자국'을 남기고자 한 말로의 경우에는 더욱 그렇다.

참고로 1973년 이 전기를 발표한 직후 라쿠튀르가 《마가진 리테레르》와 가진 인터뷰의 일부를 소개하겠다.

문 당신이 쓴 말로 전기의 제2부, 즉 1947년에서 현재에 이르는 기간에 걸친 대목에서 당신은 그를 상당히 가혹하게 비판한 것 같은데…

답 당신이 그렇게 읽었다니 과연 가혹한 비판이었는지도 모른다. 그렇지만 내 책이 비판받아야 할 곳이 있다면 그것은 그 책에 쓰인 부분보다는 쓰이지 않은 부분이다. 그중에서도 특히 내 책에 빠진 것은 두 가지다.

하나는 말로의 어린 시절과 청년 시절의 영향이다. 정신분석학적인 측면에서 좀 더 깊이 추적하여 해석해야 하는데 그렇게 하지 않은 점이다. 그는 어린 시절을 몹시 싫어했다. 싫어한다는 사실 자체가 벌써부터 의미심장한 것이다. 나는 정신분석학적인 개념이나 기술을 잘 운용할 줄 모르지만 다음에 고쳐 쓸 때는 그 점을 다루고 싶다. 나는 좀 더 자세한 자료들을 얻었고 이 책이 나온 이후 내가 만난 사람들은 좀 더 쉽게 대답해주었다.

다른 한편, 아주 흥미 있는 한 가지 문제에 대해서 나는 아주 조금밖에 다루지 않았는데 그것은 바로 말로의 침묵이라는 문제다. 그것은 라신이나 랭보의 침묵과 비견할 만한 것이다. 말로는 작가로서는 원숙기에 접어든 50대가 되면서 상상력이 고갈되어버렸다. 그리하여 기껏 《예술심리학》에 몇 장을 더 추가한 것이 고작이고, 샤토브리앙이나 프루스트와 경쟁을 해보겠다는 《반反회고록》 속에서 《알텐부르크의 호두나무》와 《모멸의 시대》에서 몇몇 대목을 재탕해가지고 몇 가지 르포르타주와 섞어놓은 것이 전부였다. 나는 그가 클라피크를 다시 등장시킨 장들은 매우 좋아하지만 그래도 그것은 위대한 말로의 절정은 못 된다.

《반회고록》은 말로가 가장 아꼈던 가장 의미 있는 책이다. 단 한 권의 책만 읽어야 한다면 바로 이 책을 읽어야 할 것이다. 그러나 《희망》에 비겨 본다면 인공적인 흠이 얼마나 많은가… '기교'도 너무 눈에 띈다. 애매성은 상당히 풍부한 구석을 가지고 있지만 그 정도로는…

《반회고록》은 어떤 내기에 바탕을 두고 있다. 즉 역사는 그 자체로 볼 때 중심주의적인 힘을 가지고 있어서 의미와 행동을 집중시키는 창조력을 발휘한다는 생각이 그것이다. 역사가 그런 것이 되도록 하기 위해서 역사가 혼자서 말하게 버려둘 것이 아니라 역사에 영향력을 가해야 한다는 생각인 것이다.

문 그것이 바로 말로에게서 볼 수 있는 마르크스주의의 어떤 자취가 아닐까?

답 아니다. 말로는 반反마르크스주의자들 중에서도 가장 극렬한 인물에 속한다. 그와 역사의 관계는 바로 미슐레를 고리로 해서 맺어진 것이다. 그는 한 시대에 활력을 불어넣고 역사의 흐름을 자신의 주위로 불러들이는 일종의 미슐레가 되고자 했고, 동시에 역사적 교향곡의 작곡자이자 지휘자가 되고자 했다.

문 1947년의 말로는?

답 '프랑스 국민연합'은 한심한 이야기다. 나는 누구에게도 정치 윤리 강의를 할 생각은 없지만 내가 볼 때 그 시대는 따분하고 완전히 실패한 시대였다. 거기에 끼어든 재능 있는 인물들(그 수는 많았다. 우선 드골부터가 그랬다)을 볼 때 유감스러운 일이다.

문 당신의 책을 보면 1947년부터 말로는 우파의 인물이 된 것 같은데.

답 우파 인물은 아니다. 그러나 하마터면 파시스트가 될 뻔했다. 만약 '프랑스 국민연합'이 그 절정에 달하던 무렵, 즉 1947년 말에서 1948년 초 사이에 권력을 잡았더라면 파시즘과 상당히 비슷한 꼴을 볼 뻔했다. 어느 면으로는 그의 적수들인 스탈린파 때문이었다. 그들은 그 시대의 신경질적인 풍토 속에서 볼 때 파시스트보다 더 나을 것이 없었다. 다행히도 내가 존중하는 드골과 말로는 '프랑스 국민연합'의 실패 덕분에 파시즘의 유혹을 모면할 수 있었다. 그러나 오해는 없기 바란다. 내가 말로를 존경하지 않는다면 말로에 관한 책 같은 것은 쓰지도 않았을 것이다.

존경하는 인물의 전기를 쓰면서도 필요하다면 가혹한 비판을 서슴지 않을 수 있는 그 '보편적 동의'의 풍토 또한 이 책이 우리에게 주는 감동이다.

이 책은 원래 1982년 출판사 '홍성사'에서 나왔다. 하지만 출판사가 문을 닫으면서 이 책은 오랫동안 절판 상태였다. 그 후 '현대문학사'에서 다시 책을 출판하며 누락된 부분과 잘못된 곳을 찾아 전체적으로 고쳤다. 다만 라쿠튀르의 글은 아름답고 격조 높은 프랑스어 문체를 구사하는데 그 글을 번역하는 가운데 그 감동적인 힘과 울림을 제대로 옮겨놓지 못했다는 느낌이 많았다. 이번에 김영사가 정식으로 이 책의 저작권을 얻어 새로 출판하는 기회에 여러 곳의 오류와 표기법을 바로잡았고, 필요한 부분에는 역주를 추가했다. 미흡한 대로나마 이 책의 번역으로 인하여 20세기의 격동과 그 소용돌이 속에서 다듬어진 역사의 의미를 헤아리고자 하는 독자나 앙드레 말로 문학의 토양을 이해하려는 사람들에게 귀중한 도움이 되기를 바라 마지않는다.

2015년 4월
김화영

André Malraux

1

차이

La différence

1. 세상을 우롱하는 청년

시대의 성난 천재

"우리의 20대와 우리 스승들의 20대를 구별해주는 것은 역사라는 존재였다. 그들에게는 아무 일도 일어나지 않았다. 그런데 우리 세대는 우선 죽음을 당하면서 시작되었다. 우리 세대의 벌판 위로는 역사가 탱크처럼 마구 휩쓸고 지나갔다." 1972년 여름 어느 날 베리에르 르 뷔송에서 앙드레 말로는 필자에게 이렇게 말했다.

그의 직계 조상 중에 플랑드르인이 섞여 있다는 사실, 그의 정신 속에는 큰 장터의 거인들처럼 공격적일 만큼 엄청난 그 무엇이 깃들어 있다는 사실, 그의 시선 속에는 큰 바다의 그림자나 보슈, 브뤼겔, 앙소르의 꿈이 서려 있다는 사실, 원항遠航의 배에 올라 갑판에서 현창의 불빛으로 글 쓰기를 좋아했다는 사실은 우연이 아니다. 위트리요가 그림을 그리고 브뤼앙이 노래를 부르고 르베르디가 시에 눈뜨던 시대에 그가 파리의 당레몽 가에서 태어났다는 사실은 그의 목소리와 몸짓과 태도에 음색과 악센트를 부여한다.

그러나 그에게 중요한 점은 의식에 눈뜬 것이 '어디에서'였느냐가 아니라 '언제'였느냐다. 즉 전쟁 중에서도 가장 어처구니없고 또 가장 피비린내 나는 전쟁이 끝나가던 시절, 유럽 사회가 그 납골당과 수천 명의 장님들과 불구자와 붕대를 감은 부상자와 대면하고, 그 아연실색한 희생자들과 가치의 붕괴와 재정財政의 파산과 문화 유산의 균열에 직면했던 시절, 그는 의식에 눈을 뜬 것이다.

볼셰비키가 페트로그라드에서 권력을 잡을 때 말로는 열여섯 살이었다. 파리, 런던, 뉴욕의 거리와 광장들이 휴전을 위하여 들끓고 있을 때 그는 열일곱 살이 채 되지 못했다. 1919년 3월 제3차 국제공산당대회가 열렸을 때 그는 열여덟 살이 채 안 되었다. 트리스탄 차라가 첫 번째 '다다dada' 선언문을 읽었을 때 그는 열아홉 살이 채 못 되었고, 프랑스 공산당이 창당되었을 때, 무솔리니가 권력 장악을 목적으로 그의 '파시'를 정당으로 둔갑시키는가 하면 저기 오데사 쪽에서는 적군赤軍이 브랑겔 백군白軍 잔당의 마지막 발악을 분쇄할 때 말로는 아직 스무 살이 채 안 되었다.

그러나 1920년에 열여덟 살이 된 청년은 그렇게 멀리까지 바라보지 않아도 반항과 거부 혹은 행동의 열병에 사로잡히기에 어렵지 않았다. 11월 11일의 승자들이 그의 세대에게 물려준 프랑스는 전신이 찢기고 머리가 돌고 자존심에 취해 있었다.

150만의 사망자(그중 3분의 1이 열아홉에서 스무 살의 남자) 그리고 300만에 가까운 부상자 중 65만 명이 영원한 불구자로 남았고 국토의 7분의 1이 잿더미가 되었다. 그때 푸앵카레와 클레망소는 메츠 시의 연병장에 와서 서로 포옹했고, 웬 바보 같은 정객은 "독일놈들 어디 두고 보자"고 소리쳤으며, 빌헬름 황제는 도른의 정원에 가서 장미나 가꾸며 여생을 지내라는 권고를 받았다. 또한 정부가 120만 전사에게 징병 해제령을 내리면서 "각자 자기의 철모를 기념으로 가지고 돌아가도 좋다"고 알리던 시대였다.

베르사유 궁전의 회랑에서는 승자들이 희생의 배당금을 받으려 하고, 베르됭과 라 솜의 저 어리석은 살육 책임자인 군 수뇌부는 반쯤 신격화되어 훈장에 칭송까지 받으며, 그들의 말이 마치 신의 예언처럼 들리던 1919년의 저 경련하는 프랑스에서, 환상도 구속도 없는 청년은 예술과 인생 사이의 관계, 자유의 매혹, 야망, 우정, 최초의 각성에서 생겨난 암울함을 발견한다.

말로 가문은 조상 대대로 둔케르크에 정착하여 살았는데, 뱃사람과 목공 사이에서 태어난 소시민 장인匠人 계급이었다. 앙드레의 증조부와 1909년에 사망한 조부 알퐁스는 프랑스어가 아니라 플랑드르 방언을 썼다고 전해진다. 자기 자신이나 가족에 관한 것이면 속사정을 말하는 법이 없는 앙드레 말로도《왕도 L'a Voie royale》,《알텐부르크의 호두나무 Les Noyers de l'Altenburg》또 나중에는《반 회고록 Antiméoires》에 할아버지 이야기를 끼워넣곤 했다. 그 옹고집 노인은 구변이 좋고 걸쭉하며 선주이자 통 제조공이었는데, 단식을 생략한 사건 때문에 교회에 반감을 품고 교구 밖의 딴 교회에 가서 예배를 보곤 했다. 우리는 여기서, 어떤 점에서는 이 책의 주제에 해당하는 것이겠기에, 마지막 '모습'(허구에서 노골적인 회고로 옮아감으로써 말로가 진실에 다가간다고 가정할 경우)으로 나타난 그 인물의 초상화 부분을 인용하고자 한다.

그 노인은 나의 조부다… 할아버지는 내가 《왕도》의 주인공 할아버지로 만들어서 사실에 가장 가까운 얼굴 모습을 그려 보인 적이 있는 선주였다. 우선 늙은 바이킹다운 죽음이 그랬다. 할아버지는 거의 다 바닷 속에서 침몰해버린 당신의 배들보다는 통 제조공 면허증을 더 자랑스럽게 여겼지만, 그래도 젊은 시절의 의식을 고집하려는 듯 양날 도끼로 자신의 골통을 두 쪽 내어 전통에 따라 당신에게 마지막 남은 배의 선수상船首像을 상징적으로 끝장내버렸다.[1]

1909년 예순아홉에 사망한 알퐁스 말로는 딸 둘과 아들 셋을 남겼다. 사내아이 중 막내인 페르낭은 그 당시 서른 살이었고, 이미 첫 아내인 쥐라 지방 농사꾼의 딸 베르트 라미와 헤어진 상태였다. 그는 오금이 휘었지만 미남에다 수염이 푸근해 보이는 낙천가였다. 자기 마누라에게 무심해도 될 만큼 여자들이 별로 싫어하지 않는, 모파상 소설에나 나옴직한 인물이었다. 1900년에 결혼한 베르트와 페르낭 말로는 5년 후에 이혼했다. 1901년 11월 3일 파리의 몽마르트르 언덕 밑에 있는 당레몽 가 73번지에서 조르주 앙드레가 태어난 지 4년 뒤부터 그들은 헤어져 지냈다. 롤랑과 클로드는 두 번째 결혼한 고다르 양이 낳은 아들이다.

앙드레 아버지의 사회적 위치에 대하여 연구가들이 전하는 말은 자세하지 못하고 불분명하다. 레핀 과학 발명 콩쿠르에 입상한 기묘한 발명가라고 하는 이도 있는데(그의 장남도 그가 미끄럼 방지 타이어를 발

1_《반회고록》, p. 19, 폴리오 판. 지금부터 이 책의 인용은 1971년에 보완 수정되었고 훨씬 손쉽게 구할 수 있는 폴리오 판에 의거한다.

명했다고 말한 적이 있다), 소설 《왕도》에 그라보 아버지의 '발명' 이야기가 나온다. 소설에서는 '넥타이 걸이, 자동차 스타터, 수도꼭지에 끼우는 고무 호스를 발명한' 사람으로 되어 있다. 또한 페르낭 말로는 미국 은행의 프랑스 지점장이라는 설도 있다. 미국의 무슨 은행일까. 더 이상 분명하게 알 길은 없다. 다만 그가 증권계와 관련이 있었다는 것은 확실하다. 하여간 클라라 말로(앙드레 말로의 첫 아내─옮긴이)의 입을 통해서 알 수 있는 것은 그가 매우 정력이 넘치고 쾌활하며 끊임없이 기발한 아이디어를 창안해내고 원칙이라고는 별로 없지만 마음은 더없이 착한 인물이었다는 사실이다. 그는 1917년부터 1918년까지 전차부대 장교로서 두각을 나타내고는 그때 이후에는 오직 김빠진 생활에 잠겨 있다가 1939년 마침내 자살해버린 쾌활한 '낙오자'였다.

그의 첫 아내이며 앙드레의 어머니인 베르트 라미는 키가 크고 호리호리한 미인이었다. 이혼 후에는 친정어머니한테 갔는데, 친정어머니는 비록 조그만 식료품 가게를 하는 처지였지만 품위 있게 살았다. 사회 불의를 이야기할 때면 "우리 때는 거리로 나갔어!"라고 말하는 아드리엔 할머니에 대하여 클라라 말로는 찬사를 아끼지 않았다. 앙드레 말로는 아드리엔 할머니와 어머니 그리고 마리 아주머니 사이에서 어린 시절을 보냈다. 파리 교외치고는 시내에서 가장 멀고 음산한 봉디 지역, 우르크 운하로부터 그리 멀리 떨어지지 않은 곳에서, 그 부인들은 라 가르 가 16번지에 상점을 열고 있었다.

"내가 아는 작가들은 대개 어린 시절을 좋게 생각한다. 하지만 나는 내 어린 시절이 싫다."[2] 《반회고록》 처음에 나오는 가장 놀라운 표

2_《반회고록》, p. 10.

현이다. 작가들은 보통 자신의 유년기를 좋게 생각하는 정도가 아니라 가장 고귀한 것으로 떠받드는 법이다. 어린 시절을 혐오한다는 것은 어머니를 모욕하는 것이나 다름없다. 그가 에마뉘엘 다스티에(1900~1969, 프랑스 작가, 기자, 정치가—옮긴이)와의 인터뷰에서 보여준 것만큼 어린 시절에 대한 혐오감을 분명하게 드러낸 사람도 드물 것이다. "나는 내 젊은 시절을 좋아하지 않는다. 청춘은 나를 뒤로 잡아당기는 듯했다. 내게 어린 시절 따위는 없었다."

생 드니 가의 봉디 초등학교에 입학한 1906년 10월 그는 다섯 살이 되어가고 있었다. 가르치는 수준이 신통치 못한 사립학교였다. 교장한 사람과 말라발이라는 교사가 열여덟 명 남짓한 아이들을 받아 가르치는 정도였다. 그 이듬해에 말로는 눈이 동그랗고 검은 루이 슈바송을 만나는데, 그는 1968년 이후까지 가장 변함없는 친구로 남았다.

루이 슈바송은 말로와 어린 시절을 함께 보냈지만, 친구의 어린 시절이 불행했다고 생각하지는 않는다. "세 여자한테 둘러싸여 보호받고 지낸다는 것이 그에게 마음의 짐이 되지는 않았다. 어머니는 매우 다정한 분이었고, 주말이면 파리에서 어머니와 함께 아버지를 만나곤 했다. 그가 안면근육을 떠는 버릇은 학교 다닐 때 학대를 받았기 때문에 생긴 것이라는 설도 있으나 터무니없는 억측이다. 앙드레는 옛날부터 그 버릇 때문에 고민했다. 그가 매우 가난하게 살았다는 것도 순전히 지어낸 이야기에 지나지 않는다. 라 가르 가의 식료품 가게는 경기가 좋았고 우리 친구에게는 부족한 것이 없었다." 그러나 클라라 말로는 앙드레의 어머니가 아들이 넓게 벌어진 귀 때문에 얼굴 모양이 일그러져서 매우 추남이라는 말을 자주 했다고 전한다. 이런 말은 어린아이의 감수성에 영향을 끼쳤을 가능성이 있다.

창백하고 깡마른 데다 머리카락은 삐죽이 치솟고 귀가 커다란 앙드레는 초등학교 내내 우수한 성적이었다. 역사도 수, 프랑스어도 수, 과학도 수였으며, 벌써부터 다른 아이들을 압도하는 개성을 여실히 드러냈다. 담임교사인 말라발은 개방적이라 학생들을 시험지 채점에 참여시켰다. 책상에 답안지를 쭉 펴놓으면 장차 《정복자Les Conquérants》의 작가가 될 학생이 결론을 내리곤 했다. 시립 도서관에 가서 책이란 책은 모조리 읽어내던 그는 담당 계원을 도와서 책을 정리하고 내주는 일을 했으며, 얼마 지나지 않아서는 책 구입과 대출까지 충고하는 정도가 되었다.

앙드레는 운동은 별로 하지 않았다. 사격은 좀 했는데 이 종목은 자신 있다고 공언할 정도였다. 그러나 매주 목요일이 되면, 그 당시에 나무가 빽빽하고 신비에 가득 찬 숲, 즉 각종 모험을 상상하기에 그만인 빌몽블 숲으로 사내아이들끼리 몰려다녔다. 중세의 콩트에나 나올 듯한 봉디의 숲. 소년들은 뒤마와 월터 스콧을 읽었고 기마 행렬의 꿈에 취해 있었다. 그러던 어느 날 마침내 사태가 벌어졌다. 전쟁이 터진 것이다. 앙드레, 루이 그리고 친구들은 열세 살 나이에 바로 곁에까지 다가온 기막힌 스펙터클 같은 전쟁을 직접 경험하기에 이르렀다.

페르낭 말로는 일선에 나갔다. 하지만 그의 아들이나 아들의 가까운 친구들은 전쟁에 열광할 만한 처지가 못 되었던 것 같다. 아버지들은 집을 비우고 떠났으며, 전투 소식이 어렴풋이 들려오는 가운데 사람들은 열에 들뜬 듯 이웃 역을 오갔고, 한 명뿐인 교사도 징집되어 떠났다. 장기 방학 같은 분위기가 형성되었으니 자유스러운 가운데서도 어수선한 역사의 소용돌이가 일고 있었던 것이다. 게다가 배급을 받아야 하는 일용품의 결핍은 그들이 경험하는 모험 분위기를 더욱 실감나게 했다.

《삼총사 Les Trois Monsquetaires》 이후 어린 시절에서 청년기로의 이동을 말해주는 최초의 독서는 플로베르의 《부바르와 페퀴셰 Bouvard et Pécuchet》와 《살랑보 Salammbô》, 다음이 위고의 소설 그리고 발자크였다. 봉디 도서관에 셰익스피어의 작품이라곤 《맥베스 Macbeth》와 《줄리어스 시저 Julius Caesar》뿐이었지만 앙드레는 열심히 읽었다.

연극이라면 책으로 읽을 것이 아니라 극장에 가서 직접 구경해야 마땅하다. 코메디 프랑세즈에서 〈앙드로마크〉를, 오데옹 극장에서 〈본의 아닌 의사醫師〉를 본 것이 처음이었는데, 슈바송과 말로는 각각 열세 살과 열네 살 소년이었다. 말로는 한때 배우를 꿈꾸기도 했다. 영화는 벌써부터 그를 매혹했다. 축제 때가 되면 봉디 광장에 텐트를 치고 1912년에는 〈레 미제라블〉을, 그다음에는 〈빵 나르는 여자〉를 상영했다. 온 가족이 다 같이 구경하러 갔는데, 그다음에는 서부 영화가, 1916년에는 채플린 영화가 왔다.

그러나 소년 말로가 열광한 것은 무엇보다도 책이었다. 읽을 책뿐만 아니라 용케 골라내어 남과 교환하고 파는 책 역시 그의 마음을 사로잡았다. 목요일과 일요일이면 연극이나 영화 티켓 값을 벌기 위하여, 혹은 단순한 열성 때문에 앙드레와 루이는 센 강변이나 생 미셸 가의 좁은 골목에 널린 고서점을 뒤지곤 했다. 한 사람은 오른쪽 거리를, 다른 한 사람은 왼쪽 거리를 맡아서 샅샅이 뒤진 다음, 두 시간 후에 서로 만나서는 산 책들을 한데 모은 뒤 생 제르맹 가와 당통 가가 만나는 네거리의 크레 서점으로 가서 책을 사라고 내보였다. 처음에는 장난같이 혹은 용돈을 벌기 위하여 시작한 일이었지만, 말로에게는 스무 살이 되기까지 돈벌이를 한 유일한 직업이 되었다.

1915년 10월, 열네 살 생일 전날 앙드레 말로는 봉디 초등학교의 친구들과 헤어져서 튀르비고 가에 있는 상급 학교에 진학한다. 이 학교는 세계대전 말기에 튀르고 중고등학교가 되었다. 여기서 말로는 그의 두 번째 '단짝'인 마르셀 브랑댕을 만난다.

자유로운 태도가 몸에 익고 삶에 대한 정열이 불타오르는 두 소년이 정치 문제에 무관심한 채 지낼 수는 없었다. 1917년 가을부터 세계대전 말기의 복잡다단한 사건들은 수업시간 사이사이 휴식시간에 갖가지 대화와 토론의 화제에 올랐다. 그해 겨울의 비극적인 공보公報, 페트로그라드 혁명의 여운, 미국의 국제 무대 등장, 브레스트-리토프스크의 화평, 클레망소의 정권 장악, 라 솜 대패 등 숱한 소식을 접한 열여섯 살 소년이 어찌 아무런 반응도 보이지 않을 수 있겠는가. 20세기 초의 소년들은 1968년의 소년 같지는 않았지만 때때로 상당히 강한 기질을 드러냈다.

그러나 소년 말로의 주변에서는 평화주의가 대세였다. 브랑댕은 1916년 모리스 마레샬이 창간한 《르 카나르 앙셰네 Le Canard enchaîné》지(프랑스의 유명한 풍자 신문―옮긴이)의 독자로서 이 신문에 기고까지 했다. 튀르고 중고교의 교정에서는 학생들이 바르뷔스의 소설 《불 Le Feu》을 돌려가며 읽었다. 모두들 좌경左傾하는 쪽이었지만 그 성격은 자코뱅당의 이념적 색채를 띠었다. 볼셰비키의 '배반'은 용서할 수 없다고 생각했으며, 카이제르를 조롱하고 연합군 총사령관으로 임명된 포슈 장군을 영웅으로 떠받들었다. 정치 문제에 처음으로 관심을 갖기 시작했을 때부터 앙드레 말로는 자코뱅식 애매성에 물들었다. 그 당시 미슐레에게서 발견한 두 가지 요소, 즉 전쟁에 대한 혐오와 무인武人의 명예를 향한 정열 사이의 미묘한 결합에 영향을 받은 것이다. 정열이라고는 하지만, 이 열일곱 살 소년은 직접 군문에 뛰어들 정도까지 되지는 못했다. 예를 들어 마르셀 브랑댕은 입대하려고까지 했던 것이다. 하기야 그때 말로가 입대하려면 아버지의 허락이 필요했을 텐데, 당시 친구들 말에 의하면 그의 아버지는 절대로 허락하지 않았을 것이다.

건물이라고는 바람이 술술 들어오고 강의 또한 수다스럽기만 한 튀르비고 가의 학교에 싫증을 느낀 앙드레 말로는 1918년 콩도르세 고등학교에 입학하려고 했다. 그런데 그 학교에는 아는 친구가 없는지라 돌연 고등학교 졸업 자격 시험을 포기해버렸다. 확실한 장래를 보장해줄 그 졸업장을 말이다. 전쟁으로 인한 긴긴 방학에 이어 그 자신이 결정해 얻은 또 다른 방학이 계속된 셈이다.

공부는 그만하기로 했지만 평화를 맞은 열일곱 살 청년은 진지하고 자제력이 강했다. 그는 야망과 초조한 정열에 가득 차서 세계와 자아의 탐구라는 길에 들어섰다. 그의 모습은 쥘리엥 소렐처럼 창백했다. 그는 자유인이었다.

쥘리엥 그린은 그의 《일기Journal》(1930년 3월 27일)에서 말로의 말을 전하고 있다. "열여덟 살에서 스무 살 사이에 인생은 마치 돈이 아니라 행동으로 가치를 사는 시장과도 같다. 대다수의 사람들은 아무것도 사지 않는다." 그런데 그는 굶주린 듯 그 '시장'에 몸을 던졌다.

1919년부터 1921년까지 이 고독한 청년은 테르트르 광장에서 캉파뉴 프르미에르 가에 이르는 작은 세계 속으로 끼어들게 된다. 집안의 뒷받침도 아는 사람도 없이, 반쯤 뿌리가 뽑힌 듯한 상태에서 밀음도 참다운 신념도 동맹 관계도 졸업장도 탄탄한 교양도 없이 말이다. 이곳에서는 파리의 모든 글과 그림, 그 이상의 것들을 생산해내고 있었다.

나는 열여섯 살이 되기 훨씬 전부터 위대한 작가가 되고 싶었다. 그러나 내 친구들과 나는 위대한 작가란 위대한 화가나 마찬가지로 저주받은 존재일 수밖에 없다는 것을 굳게 믿었다. 상징주의와 보들레르의 전통에 따라 죽도록 배를 곯지 않으면 안 되는 것이었다… 내 마음 속에서는 반항의 감정이 유명해지겠다는 욕심보다 훨씬 우선했다.[3]

이 터무니없고 부질없는 세계 속에서 존재하고, 또 두각을 나타내야 한다면 무엇보다 먼저 자기가 잘 아는 일을 해야 마땅하지 않을까. 청년 앙드레는 적어도 한 가지 아는 것이 있었다. 바로 고서였다. 봉디 시립도서관에서 볼테르 강변로의 고서점에 이르기까지 매주 미친 듯이 고서를 뒤져온 지 10년이니 그 방면에는 자신이 있었다. 비범한 기억력을 바탕으로 책장을 냄새 맡듯 훑어보고 유별난 맛이 나는 대목을 음미하며, 멋진 구절을 재빨리 잡아내는 재간과 바로크적인 것, 예외적인 것, 비범한 것 등에 대한 취향을 구비한 그는 자기나름의 교양을 형성했다. 이를테면 날카로운 백과사전식 교양과 자신만만한 비교이론가의 안목을 갖춘 셈이었다.

1917년 말 르네 루이 두아용이라는 기묘한 인물이 부아시-당글라가 모퉁이에 있는 마들렌 갤러리에 '라 코네상스'라는 간판을 내걸고

3_《레벤느망 *L'Événement*》, 1967년 8월.

희귀 도서 전문 서점을 열었다. 초기에는 좀 어려움을 겪었지만 두아용은 결국 일정한 고객층을 얻었다. 화폐 가치가 떨어지자 그 지역의 부르주아들이 안심할 수 있는 소규모 투자 대상에 민감해진 것이었다. 말라르메나 위이스망의 희귀본이라면 러시아어 판 한 보따리보다 값이 더 나갔다. 다만 그런 희귀본을 구하는 것이 문제였다.

두아용의 서점이 문을 연 지 18개월이 지났을 무렵, 신기한 상품으로 가득 찬 그 동굴 같은 곳에 두세 번 출입하면서 주인이 풍기는 세련된 냄새(그는 스스로 '귀족'을 자처했고 마침내 자기 책에도 그렇게 서명했다)를 맡은 청년 말로는 그에게 도움을 주겠다고 제안했다. 매우 재능 있는 '채서가採書家'인 자신이 희귀본을 대주겠는데, 혹시 《랑세의 생애La Vie de Rancé》나 《덕성의 불운Infortunes de la vertu》 초판본이 필요한지 물어본 것이다.

말로는 1년 가까이 두아용의 주 거래선이 되었고, 여기서 번 돈으로 봉디의 처량한 아파트를 떠나 처음에는 라스파유 가에 있는 뤼트티아 호텔, 그다음에는 에투알 광장 근처 브뤼넬 가에 있는 아파트에 정착했다. 전쟁을 겪고서도 여전히 그 유쾌하고 불안정한 생활을 청산하지 못한 아버지가 매월 생활비를 보태주기는 했지만, 어머니에게는 아무것도 요구할 생각이 없었다. 또한 돈 계산 따위는 질색인 터라 이제 그 선천적으로 너그러운 인심을 마음 놓고 발휘하게 되었다.

책 거래를 한 뒤로 사상과 견해를 교환해본 결과, 두아용은 말로야말로 자신의 가장 커다란 복안을 성취하는 데 필요한 적격의 인물임을 발견해냈다. 그리고 오래전부터 잡지를 한 권 창간하겠다고 마음먹은 꿈을 청년의 도움을 얻어 비로소 실현할 수 있었다. 그것이 바로 《라 코네상스La Connaissance》지인데, 양반치고는 기이하게도 과장된 르네 루이 두아용의 예고, "건설자들의 시대는 왔도다!"에 이어 1920년 1월에 창간호가 나왔다. 앙드레 말로는 두아용에게 첫 논문인 〈입체파 시의 기원〉을 넘겼다(《라 코네상스》 제1호). 그러곤 두아용의 경쟁자가 되어 크라 서점이 경영하는 사지테르 출판사의 부장직을 맡았다.

그 출판사는 기묘한 직장이었다. 뤼시앙 크라는 곡예사 출신으로서 전전戰前의 행복한 시절에는 자크 아르크라는 예명으로 올랭피아 무대에서도 공연한 사람이었다. 그의 곡예사 재능은 책장사에서도 십분 발휘되었고, 거기에 덧붙여 좀 더 꼼꼼한 아버지 시몽에게 물려받은 구멍가게 주인 같은 자질도 상당한 도움이 되었다. 이 요지경속 같은 회사에서 청년 말로는 마치 물 만난 고기처럼 보였다. 그는 이 출판사에서 보들레르, 막스 자코브의 텍스트와 당시에는 별로 알려지지 않은 《범죄의 친구들Les Amis du crime》 《베네치아의 사창가Bordel de Venisse》 등을 출판했는데, 삽화가 많이 들어 있어서 상당히 잘 팔렸다. 사실 말로는 삽화에 점점 더 흥미를 갖기 시작했다. 마침내 그는 갈라니와 친해졌으며, 그 우정 덕분에 반은 불법적인 그 군소 출판업계에서 손을 떼고 좀 더 건전한 방면으로 나아가게 되었다.

그 후 청년 앙드레는 두아용을 지나고 크라를 거쳐 문단의 세 번째 불한당을 만났으니 그가 바로 플로랑 펠스였다. 그는 이제 막 잡지 《악시옹Action》지를 창간한 터였다. 이 잡지의 질과 활력, 기발한 아이디어, 막스 자코브, 상드라르스, 아라공, 콕도, 라디게, 엘뤼아르, 차라, 아르토 그리고 에릭 사티, 드렝, 나아가서는 고리키, 에렌부르, 블로크, 카를레자 등의 논문과 글을 정기적으로 기고받아 실은 그 다

채로움은 인정하지 않을 수 없을 것이다.

부르주아의 가치관이나 기성 질서에 대한 비판을 좌파 경향이라고 친다면(그 당시의 좌파란 그런 것이었다), 이 잡지는 분명 '좌파적'이었다. 아나키즘의 일종일까? 그러나 《악시옹》에 협력한 사람들 중에는 당시 볼셰비키 작가로 간주된 고리키, 블로크, 에렌부르 등이 끼어 있었다. 아나키즘에서 소련 지지파로 넘어간 빅토르 세르주도 그 잡지에 협력했다. 1920년부터 1921년까지 병균처럼 만연했던 소련 세력에 대하여 반소 '교통 차단선'을 형성한 풍토 속에서 고리키의 작품을 싣는다는 것은 병균을 퍼뜨리는 일이며 붉은 깃발을 들어 올리는 일이었다.

말로도 문제를 그런 식으로 보고 있었을까? 그렇지는 않았을 것이다. 사실 그 잡지에 협력한 것은 가장 비정치적 행동이었다. 물론 그도 주위의 형세를 돌아보고 눈치를 챌 줄은 알았다. 즉 《악시옹》은 사회적 측면에서 볼 때 독한 유황 냄새를 뿌려놓고 있었던 것이다. 3년 후 그는 인도차이나에서 그 사실을 확인했다.

펠스는 창간호부터 색채를 분명히 하여, 당시 말로가 가장 자주 만나는 친구인 조르주 가보리의 글 〈랑드뤼에게 바치는 찬사〉(그 랑드뤼의 재판이 진행 중일 때)를 게재했다. 가보리는 대담하게도 랑드뤼가 '선구자'라고 찬양하면서 그가 '시대에 뒤떨어진 방식'을 고집했다는 사실만 비판했다. 그는 우수한 개인들, 즉 '태양처럼 널린 대다수 인간의 수준을 넘어서는 머리를 가진 모든 사람들'에 대해 살인의 권리를 인정한다고 선언했다.

앙드레 말로의 이름은 1920년 4월 제3호에서야 처음으로 나타났다. 《라 코네상스》에 실린 첫 글 이후(그는 여전히 두아용과 협력하고 있었다) 3개월 만에 발표한 이번 글은 〈《말도로르의 노래Chants de Maldoror》의 창작 경위〉였다. 이 짤막한 글이 놀라운 점은 문헌을 자유 자재로 이용하는 기술(앙드레 말로는 당시나 그 이후나 문헌 연구에 능란 하지 않았다)이 아니라 새로운 문학 사조에서 높이 떠받들어 모시는 로트레아몽에 대해 신랄하게 비판하는 어투였다. 말로는 그 '철도 회사원 같은 보들레르주의'를 비꼬고, '방법의 문학적 가치란 어떤 것일까?'라는 질문으로 결론을 맺으면서 무엇보다 그 초현실주의 선 구자의 인생 스타일을 주목하려는 것 같다. 논문은 "자기 가족을 증 오하면서…"라는 의미심장한 말로 시작된다. 그렇지만 이런 점이야 말로 그가 로트레아몽에게 동류 의식을 느낄 만한 단서가 아닐까. 그 는 가족을 증오하지는 않았지만 남이 가족을 증오하는 심정은 잘 이 해하는 처지였으니까…

그 뒤로도 《라 코네상스》에는 〈가동성〉 〈프롤로그〉 〈살인 유희의 소방수〉 등 말로의 단편이 실렸다. 이들 단편은 훗날 다른 작품에서 도 그 자취를 발견할 수 있는데, 막스 자코브와 라포르그에다 멋과 재치를 가미하여 모방한 글이었다.

또한 말로는 제21호(마지막 호)에 시작했다가 불행하게도 중단되 어버린 논문 〈앙드레 지드의 면모〉(이 글은 적어도 2부로 나누어 완성할 예정이었다) 덕분에 《팔뤼드Paludes》의 저자(앙드레 지드—옮긴이)에게 '특이한 날카로움과 통찰력'이 엿보인다는 편지를 받기도 했다.[4]

《악시옹》은 청년 말로의 생애에서 중요한 역할을 한 셈이다. 막스 자코브, 갈라니, 페르낭 플뢰레를 이 잡지에서 만난 것은 아니었지

4_앙드레 방드강, 《앙드레 말로의 문학 청년 시절, 터무니없는 영감에 관한 시론La Jeunesse littéraire d'André Malraux, Essai sur l'inspiration farfelue》, p. 35.

만, 도서관의 찌꺼기나 적당히 꿰맞춘 대문호의 쓰레기 문학이 아닌 이제 막 태동하는 참답고 훌륭한 문학 풍토를 경험한 것이다. 또한 여기서 클라라를 알았고, 처음에는 이 잡지에 관심을 기울이지 않던 동지들을 만났다. 그의 인생 행로에서 여러 번 다시 만나게 되는 박식한 파스칼 피아도, 조르주 가보리도 《악시옹》을 통해 만난 것이다.

《랑드뤼에게 바치는 찬사 *Élige de Landru*》의 필자는 상당한 명성을 누렸는데, 말로도 한동안은 그 명성에 압도당했다. 청년 앙드레의 첨예한 '댄디즘' 시기에 해당하는 처음 1년(1920~1921)여에서 결혼 직전까지 두 사람은 떨어질 수 없는 친구였다.

가보리는 어디를 가나 말로 쪽에서 돈을 냈다고 전한다. 가난한 가보리는 친구가 벌써부터 돈이 많다는 사실에, 아니 적어도 '문학을 하든 안 하든 간에 돈 있는 사람들에게서 흔히 볼 수 있는 것과는 반대로' 그가 가진 돈을 선선히 쓰는 모습에 놀랐다. 말로는 로르 혹은 마르그리나 오페라좌의 사잇길에 있는 최고급 식당인 노엘 피터즈 등에 그를 초대했다. 피에르 로티 풍으로 장식한 노엘 피터즈는 노르망디산 연어, 감자를 곁들인 샤토브리앙·푸이이·포마르·코르통 포도주, 하바나 여송연, 유쾌한 분위기 등으로 유명했다. 또한 가보리는 라비냥 광장에 있는 댄스홀을 기억한다. '작은 오막살이'라는 간판을 붙인 곳으로, 널리 알려진 남색가男色家들이 모이곤 했는데 경찰이 눈감아주고 있었다. "말로와 나는 젊었는지라 실제로 그래서건 그런 척해서건 간에 퇴폐를 과시하는 그 광경에 매혹당했지요. 바맨이 자유분방한 손님들 앞에서 벌거벗고 춤을 추었는데, 그야말로 예술이었어요. 그 춤을 바라보면서 좌중을 이끄는 지구위구위, 파스 라세, 마농 등이 낄낄거리는 소리를 들었지요. 백작은 우리의 애인이

아니었어요!" 말로는 에로티즘에 대하여 자기보다 더 대담하게 생각
하는 가보리에게 《줄리에트 혹은 악덕의 번성 _Juliette ou les prospérités du
vice_》(사드 백작의 저서—옮긴이)을 빌려주었다. 클라라의 말에 의하면
그는 이상하게도 '레즈비언'을 자처했다고 한다.[5]

사드에서 보들레르와 지구위구위를 거쳐 랑드뤼에 이르기까지 사
악한 감정만으로 훌륭한 문학이 만들어지는 것은 아니었다. 가보리
의 문학이 매력이 없는 것은 아니었다. 비단 안감을 댄 외투를 입고
옷깃에 장미꽃을 단 말로는 아직 막연하게 파괴적이고 신비하게 화
려한 댄디즘의 수준에 머물고 있었다. 이런 유의 장식적 스노비즘으
로 인하여 그는 보수적인 출판업자를 만나거나, 석유업이나 구리광
산업으로 거부가 된 미국인의 사위로 낙찰될 법도 했겠지만, 그에게
는 또 다른 면이 있었고 또 다른 친구들이 있었다. 가령 클리쉬 라 가
렌의 사무소 직원인 르네 라투슈 같은 친구가 있었다. 말로에게 조르
주 가보리를 소개해준 것도 그였다. 그는 문학을 꿈꾸는 키 작은 절
름발이였다. 그런데 왜 브르타뉴의 파도에 휩쓸려 자살해버렸단 말
인가. 말로는 그를 매우 좋아했다. 7년이 지나서 숱한 우여곡절을 겪
고 숱한 친구를 사귄 뒤에도 말로는 《정복자》를 르네에게 헌정했다.
그 밖에 《엔에르에프 _Nouvelle Revue Française_》(이하 《N.R.F.》로 표기—옮긴
이)지의 창립 멤버가 될 마르셀 아를랑과 다니엘 앙리 칸베일러 같은
친구가 있었다.

원래 독일 국적이라 1914년부터 1990년까지 스위스인으로 통한
그 입체파의 선구자는 파리에 되돌아와서 압류당했던 소장 미술품들

5_ 클라라 말로, 《우리들의 20세 _Nos vingt ans_》, p. 55.

을 되찾았다. 1920년 9월 그가 화랑을 열었는데, 거기서 막스 자코브가 말로를 칸베일러에게 소개했다. 말로는 뤼시앙 크라와 다소 사이가 틀어진 터라 칸베일러가 구상한 호화판 서적 출판 일을 맡기로 수락했다. 이리하여 몇 달 사이에 막스 자코브, 라디게, 사티, 르베르디의 책과 말로의 첫 번째 책이 후앙 그리, 조르주 브라크, 페르낭 레제의 그림을 곁들여 출판되었다. 이 열아홉 살 신인 작가가 얼마나 거창한 명사들과 어깨를 나란히 했는지 주목할 만하다.

이 유명한 화상은 말로의 처녀작(앙드레 시몽과의 합작)만 출판한 것이 아니었다. 그는 말로에게 훌륭한 미학의 스승이며 안내자였다. 그를 만나기 전에도 청년은 이미 그림, 특히 지성에 호소하는 그림에 큰 애착을 보였지만, 만약 칸베일러를 만나지 못했다면 과연 드렝, 피카소, 브라크, 레제를 그렇게 제대로 음미할 수 있었을까?

그 당시 말로의 개성을 형성하는 데 영향을 끼친 사람들 중에서도 막스 자코브, 요술쟁이 막스, 꾀 많은 막스, 감미로운 막스, 자유롭고 가증스럽고 익살스러우며 비장하고 창의력 가득한 막스에 필적할 만한 사람은 없었다.

다다 전시회, 재즈의 유행, 라디게의 출현, 콕도의 치세治勢, 조르주 카르팡티에의 투쟁, 프로이트 박사의 교훈 등으로 점철된 전쟁 직후의 수년간, 이 키 작은 인물은 한마디로 표현하기 어려운 무한한 묘기를 발휘했다. 로마인처럼 새까만 둥근 눈썹 아래 커다란 눈을 번뜩이는 이 키 작은 남자에게는 재능 이상의, 물론 그의 재능도 대단한 것이었지만, 흔하지 않은 그 무엇이 있었다. 상상력이라 불러야 마땅할 그 무엇은 불안과 예민한 감각, 고통과 생명적 낙관, 불균형과 조화의 센스(그를 타의 추종을 불허하는 파괴와 건축의 천재로 만든 그 센스)가 한데 섞인 듯한 면이 있었다.

신랄한 어릿광대 같고 구걸하며 떠도는 수도승 교단의 수도원장 같은 막스가 증오하는 것이 있다면 단 한 가지, 상징주의와 그 몰개성하고 거만한 안개 같은 분위기였지만, 말라르메나 발레리보다도 형태의 추구에서는 더 까다로웠다. 그는 아폴리네르가 사라지고 브르통이 출현하기까지 프랑스 시단의 스승이었다. 말로는 그를 존경하고 따랐으며, 때로는 말로 자신이 자코브의 메아리가 되었다.

"신인 작가가 지켜야 하는 의식 절차에 따라 처음으로 막스 자코브에게 자신이 생각하는 예술 정신의 기조를 설명하고 무릎 꿇고 절하기 위하여 찾아간 막스의 옷매무새는 가죽 장갑, 끈 달린 스틱, 진주 넥타이 핀 등 일요일의 점잖은 방문객으로 착각할 정도였다." 1919년 11월의 일이었다.[6]

이 이야기를 전하는 조르주 가보리는 막스가 그 거창한 차림새를 보고 조롱했는지 여부는 말하지 않았다. 그 자신은 자루 같은 옷을 걸치지만 자기에게 경의를 표하기 위해 잘 차려입고 오는 사람을 멸시하는 법이 없는 막스였으니 조롱은 하지 않았을 것이다. 게다가 그는 젊은 사람들의 아름다움에 호감이 있었고, 진주 넥타이 핀을 꽂고 온 그 젊은이는 늙은 부오나로티가 좋아하는 유의 인물이 아님을 알았을 터라, 열여덟 살 방문객의 조숙한 보들레르 같은 눈빛이 맘에 들었을 것이다.

그때부터 두 사람은 자주 만났다. 말로는 언덕을 올라 그 시인이

6_ 조르주 가보리, 〈앙드레 말로에 대한 추억〉, 《말로 잡기 *Mélanges Malraux Miscellang*》.

가난하게 사는 가브리엘 가의 작은 집까지 찾아갔다. 두 사람은 어깨동무를 하고 싸구려 술집인 '앙소 아줌마네'로 내려가서 두툼한 판자로 만든 카운터에 앉아 '모미네트'(싸구려 독주—옮긴이)를 맛본 다음, 막스가 좋아하는 감자를 넣고 조리한 양고기를 먹곤 했다. 앙드레 말로는 '앙소 아줌마네'의 투박한 술잔이나 지저분한 탁자보다는 라뤼 식당의 깔끔한 탁자와 노엘 피터즈 식당의 고급 서비스가 마음에 당겼고, 그런 속마음을 잘 숨기지 못했으므로 같이 간 일행들의 웃음을 사곤 했다.

이 무렵에, 그러니까 인도차이나로 떠나기 전까지 말로의 글은 전부 막스의 영향하에 쓰인 것이다. '입체파 시'에 대하여 쓴 최초의 글은 《주사위 통 Cornet à dés》의 필자(막스 자코브—옮긴이)에게 힌트를 받았을 뿐만 아니라 막스를 주제로 한 것인데, 그 글은 물론 막스에게 바친 최초의 저서 《종이 달 Lunes en papier》에 이르기까지 그 당시 말로의 모든 것은 직간접으로 가브리엘 가의 그 키 작은 인물에게서 온 거였다. 말로는 그보다 좋지 못한 쪽을 선택할 수도 있었을 것이다. 그에게 도대체 선택의 여지가 있었다면 말이다. 하지만 1919년에 문학과 미학의 새로움과 더불어 정신과 행동의 자유를 갈구하는 청년이 그 이상 어떤 안내자를 찾아낼 수 있었겠는가.

이 질문에 대하여 말로는 1972년 6월 다음과 같이 대답했다.

스무 살 때 우리는 여러 가지 미학적 영향을 받았는데, 그중 가장 중요한 인물은 아폴리네르였고 막스 자코브가 그 배턴을 이어받고 있었다. 동시에 그와는 전혀 다른 쪽의 영향도 받았으니, 당시의 우리에게는 거인처럼 보인 니체였다…

라포르그, 로트레아몽 역시 우리에게는 매우 중요했다. 특히 엄청난 우상은 코르비에르였다. 하지만 당시 그는 어디에서도 만날 수가 없었다. 내가 브르통을 만났을 때 그는 아직 《노란 사랑Les Amours jaunes》도 읽지 못했다. 나는 읽었다…

초현실주의자들? 그들과 내가 거리를 둔 것은 순전히 지리적 이유였다. 《종이 달》같은 초기의 엉터리 책은 그 운동 이전에 나왔다. 그 운동이 점차 크게 번질 무렵 나는 인도차이나에 있었고 전혀 다른 일에 골몰했다. 당연히 나는 그 속에 끼지 못했다. 나중에 돌아와보니 초현실주의가 이미 득세하고 있었다. 승부가 끝났는데 승리한 싸움에 가담해서 무엇 하겠는가. 실제로 세계대전 후 우리에게 가장 위대한 프랑스 작가는 클로델, 지드, 쉬아레스다.[7]

스무 살 청년 앙드레 말로의 모습은 이랬다(어느 시기라고 꼬집어 말하기 어려운 선택에 따라 50년 후에 다시 그려본 모습이긴 하지만). 물론 아직 결혼 직전이었고, 그 후 결혼하면서 문화 세계와 모험이 양상을 달리하고 그와 함께 인생의 모습도 변한다. 조심스러운 반항아 같은 댄디, 세심하면서도 꿈 많은 시인, 재치 있는 비평가, 천의 얼굴을 가진 현학자, 희귀한 감각에 민감하며 그칠 줄 모르는 호기심으로 가득 찬 미학자 말로는 '지붕 위 황소' 시대의 운동 속으로 치달리며 때로는 그 시대의 회화 같은 모습을 보이기도 한다. 하지만 그에게는 엄격한 화가, 즉 브라크와 드렝이 절대적 관심의 대상이었다.

20세와 더불어 말로 자신이 '가치 매입'의 시기라고 공언하는 그 2년

7_ 앙드레 말로와 필자의 인터뷰, 1972년 6월 30일.

을 마감하는 시점에, 동에 번쩍 서에 번쩍 하는 아버지 밑에서 반은 독학으로 성장하고, 졸업장 하나 없이 반은 희귀본 서적 출판 업자이며 반은 산발적인 자전작가自傳作家이고, 처신은 호사스러우면서도 실은 가난한 그 청년은 무엇을 했으며 무엇이 되었는가.

그는 도서관에 파묻혀 사는 댄디였다. 출세보다는 보잘것없는 출신에다 기댈 언덕 하나 없이 가족은 뿔뿔이 흩어진 자신의 처지 그리고 부조리한 시대에 대항하여 자기 위치를 굳게 지키고자 한다는 점에서 발자크보다는 스탕달에 가까운 말로. '단짝'들은 계속 있었지만 일찌감치 공부를 내동댕이친 채 고서점에서 바로, 도서관에서 미술관으로 전전하며 격동과 열정과 지적 호기심에 가득 찬 방학과 나른한 허탈감을 대학 삼아, 에콜 가의 학교에 다닌 사람보다도 소포클레스와 미슐레와 카라바치오를 더 많이 배운 그는 도대체 어떤 '자기自己'를 지켰는가.

등록은 한 번도 안 했지만, 그는 릴르 가에 있는 동양어 학교에 자주 얼굴을 내밀었다. 여기서 중국어 강의 조금, 저기서 페르시아어 강의 조금. 심지어 루브르 미술 학교도 조금 맛봤다. 그러나 나이 든 독신녀에게나 맞을 듯한 그 강의들은 배울 게 아니라 자신이 가르쳐도 시원찮을 듯싶어 이내 싫증이 났다. 그는 무엇보다도 책을 읽었다. 미친 듯이 읽었다. 그리고 화랑과 미술관을 찾아다녔다.

그는 많은 사람을 사귀었다. 이렇다 할 만한 글 한편 제대로 쓴 것이 없으면서도 그는 벌써 책과 작가와 비평가 등으로 구성된 소우주의 중심에 자리 잡고, 명을 다해가는 옛 명성에 새바람을 불어넣고 잊힌 이름들을 발굴해내는 인물, 무대 뒤에서 대사를 읽어주는 연극 프롬프터가 되어 있었다. 다른 사람들에 비해 그 세계를 그다지 신뢰하지 않는 편인 그는 그 속에서 자신의 실제 됨됨이보다는 말로라는 등장인물의 모습을 조금씩 조금씩 다듬어가고 있었다.

장밋빛과 흑색의 시기라고 불러 마땅한 이 무렵, 이 시대 젊은 문사의 세심하면서도 허황된 모습에서 비평적 지성과 종합에 대한 열망이 보이는 이 무렵을 가장 잘 드러낸 글은 1920년 1월 《라 코네상스》에 처음 발표한 〈입체파 시의 기원〉과 1921년에 인쇄를 완료한 첫 저서 《종이 달》 그리고 1922년 3월 전람회에서 소개한 증언적 비평 〈갈라니스의 그림〉, 이 세 편이다.

상징주의가 노쇠한 문학 운동으로 변하여 그 결정적인 해체의 전조를 드러내는 듯 사그라지는 소리를 내고 있을 때, 거창한 비판의 쓰레기 같은 무기력한(그러나 상을 받기에 알맞은) 시를 발표하고 싶지 않은 젊은이들은 표절당하지 않고 살아남을 만한 미학을 지닌 작품을 창조할 능력이 있는 예술가를 찾아나섰다.

입체파 시에 관하여 《라 코네상스》에 발표한 논문의 서두는 이렇게 시작한다. 다시 말해서 앙드레 말로가 쓴 최초의 글은 이렇게 시작한다.

그 시대의 어투로서 좀 낡은 데가 없지 않으며, 매우 젊은 문인들이 발표하는 글이 으레 그렇듯(말로는 열여덟 살이었다) 너무 많은 말을 하려다가 무거워진 글이다. 하지만 그 뒤에 이어지는 글에는 저력과 예리한 통찰력을 발휘하고 있다.

말로는 랭보가 상징주의자들에게 미친 영향력이 '가냘픈' 것이었음을 지적하고, '푸르스름한 허풍', 즉 '변덕스럽고 현대적인 시를 정립하여 오브제가 시인과 관련하여 존재하는 것이 아니라 때로는 독자적인 것이 되게 만드는' 것이라는 허풍을 통해서 아폴리네르를 찬양한다. 더불어 그 '선구자'에 뒤이어 입체파 시의 창조자로 군림하는 막스 자코브, 피에르 르베르디, 블레즈 상드라르 세 작가를 특별히 주목한다.

막스 자코브는 호리호리한 아이러니와 약간 샤랑통풍인 신비주의와 일상적인 것 속에 담긴 모든 기이한 것에 민감한 센스와, 사실이 지닌 논리적 질서의 가능성을 파괴하는 힘을 입체파에 부여했다.

피에르 르베르디는 자기가 원하는 것을 가장 굳게 확신하는 시인이며, 그의 세계를 터득하지 못한 사람들에게는 가장 난해한 입체파다… 정형시는 하나의 '발전'이다. 르베르디가 창시한 시는 하나의 종합이다… 그는 일종의 수술을 통하여 자신의 작품을 깎고 다듬었다…

상드라르는 고통스럽고 심각하며 때로는 랭보적이기도 한 아름다움을 지닌 시 〈부활절〉을 발표한 후… 세 권의 소책자를 냈다. 그 속에서 기발하게 찾아낸 비전들, 특히 긴말하지 않고도 성공한 현대 생활의 발작적인 표현을 엿볼 수 있다. 그 후 상드라르는 《아홉 편의 탄력적 시 Neuf poèmes élastiques》를 발표했는데, 유머의 기묘한 이해에 뒤섞이면서 그런 식의 표현은 더욱 뚜렷해진다.

스무 살도 채 안 된 젊은이가 1920년 초에 쓰기 시작하여 1921년 4월에 출판한 《종이 달》은 막스 자코브, 르베르디, 사티, 라디게 등의 이름과 나란히 펴낸 저작으로서 거꾸로 된 콩트, 얼빠진 상태의 산책, 자동 발레, 헛된 비유 같은 것이다. 모든 사람의 이름이 다 들어 있는 것 같으면서도 딱히 그 누구의 이름도 아닌 것이 잔뜩 적힌 벽보, 그 시대의 어떤 조그마한 물건, '다다 운동'의 여백에서 '데카당 décadent'에 대한 전문가나 연구가들의 관심을 끌 만한 문학작품 따위가 그 내용이다. 에릭 사티의 음악에다 드렝이 무대 장치를 하고 막스의 젊은 친구들이 낭독하고 춤을 추어 선보인다면 그 작품은 그런대로 매력 있어 보일 것이다. 그런데 그렇게 할 수 없고 보면…

앙드레 말로라는 문학 담당 자문위원의 권고에 따라 《종이 달》을 출판한 사람은 다니엘 앙리 칸베일러이며, 갈레리 시몽(칸베일러의 동업자) 사의 이름으로 나왔다. 책은 34×22판형 노트 모양에 매우 두꺼운 종이를 썼으며, 페르낭 레제의 까만 입체파 목판화가 찍힌 표지는 그것이 암시하는 텍스트와는 전혀 다르게 매우 진지해 보였다. 첫 장을 열면 막스 자코브에게 바친다는 헌사와 함께 다음과 같은 일러두기가 적혀 있다.

이 작은 책자는 낯익지만 이상한 물건들 속을 여행하는 것처럼 사람들이 별로 경험하지 않은 몇 가지 투쟁을 기록한 것이다. 그 모든 것은 진실에 따랐으며, 그에 못지않게 진실한 페르낭 레제의 목판화로 장식했다.

우리는 이미 이 청년이 라비냥 광장의 몽마르트르식 야회에 상당한 흥미를 보였다는 것을 말했다. 그는 친구 슈바송과 더불어 '작은 오막살이'보다 타바랭을 자주 찾았다. 가보리의 증언에 의하면 거기서 '계집애를 업어 와' 같이 살았다. 색칠한 램프, 속치마, 등불, 종이 꽃가루 등이 거울에 비치며 난무하는 가운데, 캉캉춤과 만화가 그려진 싸구려 잡지들이 구겨져서 갖가지 색깔로 널린 가운데, 이 가면과 찡그린 표정들, 억지웃음 속에다 세계를 표현해보려는 생각(1920년 경 말로가 품은 생각은 이처럼 별로 자랑스럽지 못했다는 증거이기도 하지만)이 떠오른 것도 바로 거기였다. 야회복을 입은 죽음과 낄낄거리며 익살부리는 이 왜소한 인간들은 가장 음산하며 가장 혁신적인 회의주의를 드러낸다.

세상에 알려진 것도 별로 없고 이제는 찾기조차 어려운 이 텍스트 중에서 몇몇 특징적인 대목을 인용해보자. 지금도 이런 글을 좋아하는 사람이 있을지 모르니까.

심장이 뜯겨나갈 때마다 그의 꼬리에서 피가 났다. 그러나 꼬리의 상처는 아물고 그 자리에서 화살처럼 가늘고 가벼운 긴 줄기 하나가 마치 빨대를 통해서 나오는 비누거품처럼 솟아나 땅에 심어졌다⋯ 숱한 새들이 떨어지고 많은 래커가 강을 딱딱하게 얼어붙여서 강은 곧 한 가닥 금발이 되고, 그 그림자들은 끊임없이 미끄러지며 변해갔다⋯

에테르 냄새처럼 속을 뒤흔드는 동물의 냄새가 머리타래와 함께 스쳐갔다. 어느 죄인이 그 냄새를 맡자 살의 과일들이 그의 입술에 닿는 듯했고, 그가 그 과일을 깨물자 과일이 터지면서 얼굴에 달콤한 피가 튀기는 것만 같았다.

그러나 책장을 넘기다 보면 참다운 말로를 예고하는 듯한 비극적 기록도 만난다. "이 세상이 견딜 만한 것은 오로지 이 세상을 견디는 우리의 습관 덕이다. 우리가 자신을 옹호할 수 없을 만큼 아주 젊을 때는 그 습관의 강요를 받는다."

이제 말로는 처녀작에 대해 소탈하게 말한다. "나는 스무 살에 《종이 달》을 썼다. 카페의 영예 같은 것이다."[8]

청소년 시절의 그 모든 연습, 도제 시절의 그 모든 맹세서, 말로가 되기 전의 그 모든 말로 중에서 가장 흔히 언급되는 것은 그가 조형미술에 대하여 쓴 최초의 글이다. 1922년 3월 친구 갈라니스로부터 라 보에시 가의 '라 리코른' 화랑에서 여는 그의 작품 전시회 소개문을 써달라는 부탁을 받자 청년 말로는 즉석에서 자기 나름의 톤과 스타일, 관점을 찾아냈다. 여기에는 30년 후 《침묵의 목소리 Les Voix du Silence》를 발표한 화려한 저자가 발전시켜나갈 모든 것이 불과 몇 줄의 글 속에 담겨 있다.

특수한 문화가 예술가에게 자신을 표현하는 수단을 제공하고 나아가서는 그 수단으로 표현하는 데 선택을 유도한다는 사실에서 우리가 논리적으로 연역해낼 수 있는 것은 다만 표현이 출생에 복종한다는 점뿐일 것이다. (갈라니스의) 예술은 바로 그리스식 천재가 프랑스식 천재와 이탈리아식 천재에 결합됨으로써 태어났다… 오로지 프랑스 전통만으로 창조된 예술가란 존재하지 않는다. 또 오로지 그리스 전통만으로 이룩된 그리스식 천재도 존재하지 않는다. 우리는 오직 비교를 통해서만 느낄 수 있다. 《앙드로마크 Andromaque》나 《페드르 Phèdre》를 아는 사람이라면 누구나 라신의 비극 작품을 전부 읽느니보다는 《한여름 밤의 꿈 A Midsummer Night's Dream》을 읽음으로써 프랑스식 천재가 어떤 것인가를 좀 더 잘 느낄 수 있을 것이다. 그리스식 천재는 100개의 그리스

8_《레벤느망》, 1967년 8월.

조각을 이해하기보다 이집트 조각이나 아시아 조각 하나와 그리스 조
각 하나를 비교함으로써 더 잘 이해할 것이다.

지난 반세기 동안 앙드레 말로가 미술에 대해 쓴 것은 이 마지막
두 문장 외에 또 무엇인가. 두 문장은 그때까지 어지간히도 걸쭉하기
만 하던 그의 다른 글 속에서 얼마나 기이한 힘과 권위를 지니고 두
드러져 보이는가. 이리하여 그는 스무 살에 하나의 시선과 평가 체
계, 기교, 그에 못지않게 놀랍고 효과적인 조형 미술의 교양을 갖춘
것이다. 모든 것을 다 찾아 헤매던 청년이 적어도 대상을 바라보는
기술은 발견한 셈이다.

클라라

만찬 테이블에 둘러앉은 30여 명 가운데 끼어앉은 청년이 있다. 여러
해 동안 나에게 다른 어느 누구보다 중요한 사람이 될 인물이다. 사랑을
느끼는 사람들에게 너희는 너희 아버지와 너희 어머니를 떠나리라고
복음서가 말했듯이 나는 그 사람 때문에 모든 것을 버리게 될 것이다.[9]

40년 후 이렇게 회고하는 여자의 그 당시 이름은 클라라 골트슈미
트였다. 그 여자는 스무 살이었고 독일계, 그중에서도 프러시아 출신
이었으니 전쟁 직후인 당시로서는 좋게 보일 턱이 없었다. 게다가 유

9_ 클라라 말로, 《삶을 배우다Apprendre à vivre》, p. 268.

대인이었으니 드레퓌스 사건 20년 후인 당시로서 장점이라 하기는 어려웠다. 그녀의 집은 지나치지 않을 만큼 부유하게 살았고, 아버지는 전쟁 전에 사망했다. 여름 휴가철이면 온 가족이 전에 살던 마그데부르크에서 지내곤 했는데, 1940년 이전의 이야기지만, 어린 클라라는 유대인이란 이유로 나중에 프랑스에 왔을 때보다 더 격렬한 눈총을 받으며 살았다. 그녀의 오빠는 1917년 전선에서 싸우는 도중에 그와 그의 가족을 상대로 국적 취득 무효 소송이 진행 중이라는 사실을 알기도 했다.

하지만 그녀의 가족은 고통의 시절에서 헤어나 잠정적인 안정을 되찾은 참이었다. 구리광산업으로 거액을 번 친척 아저씨 덕분에 장 조레스가 사는 집에서 그리 멀지 않은 오퇴유 샬레 가의 커다란 3층 집에 살 수 있었다. 골트슈미트가의 어린애들은 그 당시 사회당 지도자인 조레스의 아이들과 같이 놀던 일을 기억했다.

클라라는 어머니, 두 오빠와 함께 상당히 자유스러운 분위기에서 자랐다. 그저 막연한 신앙심밖에 없는 골트슈미트 부인은 딸에게 종교 교육을 시키지 않았다. 더욱이 클라라는 아버지의 귀여움을 독차지했다. 그들 사회에서 여자아이는 아무짝에도 쓸모없는 존재이면서 동시에 기쁨의 대상, 요컨대 삶의 실질적인 필요성과는 관계없는 존재로 여겨졌다. 행복이 여자아이의 존재 이유였다. 어머니는 그런 전통을 따랐다. (유감스러운 캄보디아 사건 이후에 그녀의 어머니가 상당한 거부 반응을 보인 것은 이해되는 일이지만 일단 그것을 예외로 친다면) 골트슈미트 부인은 딸과 딸의 애인에 대하여 보편적인 너그러움 이상으로 이해하는 모습을 보였다.

아름다운 청록색 눈, 다소 작은 키, 불타는 듯한 지성, 약간 요란스러운 교양, 남부러울 것 없는 유대계 부르주아 처녀로서 그런 조건의 이점과 약점을 두루 포함하여 사귄 친구 등 1921년의 클라라는 벌써부터 인물이었다. 그녀는 우선 번역가로서 《악시옹》과 협력하면서 요한 베케르의 시를 번역 발표했다. 플로랑 펠스가 팔레 루아얄의 식당에서 베푼 만찬회 때 그녀와 앙드레 말로가 만난 것도 그 잡지의 협력자라는 자격에서였다.

앙드레는 클라라의 옆 자리에 앉은 것이 아니라 클라라의 친구 옆에 앉았는데 그녀도 앙드레에게 관심을 보였다. 클라라는 이렇게 썼다. "그들이 말을 주고받는다. 더 정확하게 말해서 그 혼자 얘기한다. 매우 크고 호리호리한 청년인데 눈이 아주 크다. 눈동자가 툭 튀어나온 큼직한 안구를 다 채우지 못했다. 그래서 빛깔이 옅은 수정체 밑으로 하얀 줄 하나를 그은 듯 보인다. 나중에 나는 그를 만나 이렇게 말하리라. '당신은 두 눈이 천장에 매달려 있군요.' 나중에 나는 분명히 저토록 골똘하게 먼 곳으로 던져지는 눈길을 가졌을 그의 조상들을 생각하리라. 나중에 나는 아마도 바보처럼 이런 생각을 했던 것 같다. '저이는 앞에 앉은 사람을 바라볼 줄도 모르는군.'"

식사가 끝난 후 클라라와 친구는 눈이 아주 커다란 청년, 시인 이방 골과 더불어 삼색 꽃 장식이 달린 그 옆의 댄스홀로 갔다. '혁명의 동굴'이라는 곳이었다. "내가 장래의 동지와 처음 몇 마디를 나눈 것은 반항을 의미한다는 그 종이 테이프 아래였다"라고 기록한 클라라는 그 남자가 춤을 잘 출 줄 몰랐으며, 그녀의 친구가 청록색 눈을 가진 아가씨는 거들떠보지도 말아달라고 부탁하더라는 얘기를 털어놓은 다음, 야회가 끝나갈 무렵에야 비로소 그녀에게 춤을 추자고 청했다는 사실도 함께 적었다. 그러면서 "그 말은 정말이었을까, 아니면 그때부터 벌써 현실을 다소 자기 마음대로 바꿔서 보고 있었던 것일까?"하고 자문한다.

며칠 후 그들은 플레르와 이방 골의 집에서 다시 만났다. 거기서 《악시옹》 그룹의 몇몇 화가와 시인, 가령 샤갈과 들로네도 만났다. 두 사람은 창가 한구석에 따로 떨어져서 오랫동안 나직하게 얘기를 주고받았다. 그 여자는 '이상하게도 밀도 짙은 얘기를 매우 빠른 속도로 말하는, 파리 악센트가 다소 섞인 그 목소리'가 재미있었고, 그 남자와 '같은 오의奥義를 터득한 입교자入教者'라는 확신을 가졌다. 앙드레는 중세 초기 시인들에 대해 얘기하면서 그들에게 홀딱 반했다고 고백했고, 프랑스의 풍자시인들 얘기도 꺼냈다. 여자는 횔덜린과 노발리스 쪽을 좋아한다고 했다. 두 사람은 니체, 도스토옙스키, 톨스토이(여자는 앙드레가 아직 《전쟁과 평화》를 못 읽었다는 것을 알았는데 그녀 자신은 이미 읽은 책이었다)에 와서 의견이 일치했다. 남자는 스페인과 그레코를 얘기했고, 여자는 이탈리아와 '자기가 좋아하는' 화가들 얘기를 했다. "나는 8월에 이탈리아에 다시 갈 거예요." "나도 같이 가겠습니다." 물론이었다. 드디어 두 사람은 맺어진 것이다.

남자는 여자를 자기가 좋아하는 미술관, 예컨대 귀스타브 모로의 아틀리에에 데려갔고 로트레크를 발견하게 했으며, 여자는 그에게 트로카데르 박물관(이곳은 훗날 중요한 역할을 한다)의 이상하고 신기한 것들을 보여주었으며, 불로뉴 숲의 오솔길로 안내하는가 하면 배를 타고 노 젓는 방법을 가르쳐주었고, 달리기 훈련(둘 다 열렬한 스포츠팬이었다)을 시켰다. 그럴 때면 청년은 여자 친구에게 이렇게 말했다. "내가 아는 사람 중에 당신만큼 총명한 사람은 막스 자코브뿐입니다."

드디어 청년은 사랑에 빠진 것이다.

클라라는 애매하게 적어넣었다. "그는 정말로 박식한 취미를 가진 사람이다. 그러나 도대체 그가 취미를 갖지 않은 분야란 무엇이란 말인가. 훗날 그는 이렇게 말했다. '내가 당신을 만나지 않았더라면 그냥 도서관의 쥐가 되고 말았을지도 모르지요.'" 여자는 그 말을 그때도 믿었고 지금도 믿는다. "누가 알랴? 우리의 시절이 그랬듯이, 잠깐이 될지 오랜 세월이 될지는 미래가 판단하겠지만, 그는 신기한 모험가, 위대한 작가가 되었고 그러면서도 여전히 기발한 아마추어다. 물론 니체에게 홀려버린 아마추어… 사람들을 '재미있는 패'와 '재미없는 패'로 나누어 평가하고 자기들이 무슨 대단한 것처럼 진지하게 생각한다고 초현실주의자들을 못마땅해하는 아마추어…"

이 모든 이야기 속에는 섬세한 감성이 풍부하게 담겨 있으면서도 다소 신랄한 면이 없지 않다. 클라라는 폭풍의 시기를 겪고 난 후 혼자가 되어 그 영광의 시절과 멀리 떨어져 앉아 이 글을 쓴 것이다. 그러나 원한의 감정이나, 특히 저열한 구석이라고는 전혀 없다. 그러고 보면 이 무렵에 벌써 그녀는 이 청년의 재능과 약점을 알아차렸으며 그에 따른 자신의 위험 부담을 감당했음이 분명하다. 앙드레는 지혜롭다기보다는 아는 것이 많은 쪽이며 교양이 풍부하다기보다는 기발한 쪽이고, 게다가 사람을 싫어하는 성격이라고 그녀는 생각했다. 그러나 미술 쪽에서 벼락출세를 한 이 남자가 아름다움에 대한 정열이며 자유에 대한 취향, 열린 대화의 열망, 참다운 용기인 그 무언가에 불타올랐다는 것을 그녀는 알고 있다.

어느 일요일 클라라는 정성스럽게 옷을 차려입었다. "뭐 하러 이렇게 애써 옷을 차려입을까. 그의 마음에 들려고. 나는 그가 사치와 치장을 좋아한다는 것을 느꼈다."

말로는 그녀를 아코디언 음악에 맞추어 춤추는 무도회가 열린 브로카 가로 데려간다. 두 연인이 사람들의 시선을 끌지 않을 리 없다. 웬 건달 녀석이 클라라를 잡고 억지로 춤을 춘다. 다음은 앙드레 차례다. "그 무엇으로도 달랠 길 없을 듯한 욕망이 끓어오르게 하는 그와 단둘이 되자 벌써부터 마음이 울렁거렸다. 그는 모든 것을 다 갖고 싶어 했고(적어도 나는 그렇게 상상했다), 나 역시 모든 것을, 우선 그를 원했다. 우리는 자리에서 일어나 거리로 나오려 했다. 그때 우리 뒤에서 문이 쾅 하고 열렸다. 무도회장에서 나온 사내들이 우리를 앞지르며 밀쳤다. '조심해!' 하고 나의 동반자가 말했다. 불빛이라곤 없는 거리에서 내 옷차림이 너무나 환히 드러났던 것이다. 남자들의 그림자가 우리에게 다가왔다. 내 친구는 왼팔을 뻗어 나를 등 뒤로 떠밀면서 그 팔을 펼쳐 보호했다. 오른손은 주머니에 찔러넣은 채였다. 그러자 상대방이 권총을 쏘았고 우리 쪽에서도 한 발이 발사되었다. 모두가 순식간에 일어난 일이었다. 그리고 침묵. 내 보호자는 왼손을 다쳤다. 내가 그 손을 내 손 안에 감싸쥔 것이 최초의 포옹이었으니…

택시에 올랐을 때 나는 그를 내 곁에 가까이 느꼈다. 그러나 시를 암송할 때 우리 두 사람 사이에 생겨나던 일체감 정도였다. 첫 번째 시련을 거친 셈이었다. 우리는 위험과 공동의 용기와 타인들 앞에서의 혼연일치를 경험한 것이다."

두 사람은 아직 어린 청춘인 열아홉 살이었다. 이때 경험한 총성이 비현실적이고 어린아이 같은 그 무엇을 파열시키면서, 순식간의 고통과 현실적인 위험이 임박해오는 가운데 짧은 순간 자신들의 몽상을 뛰어넘게 만들었다는 사실을 두 사람이 어떻게 망각할 수 있겠는 가. 스무 살에 랭보는 그보다 더한 모험을 감행한 적이 있다. 그러나 서투른 상태로 일을 시작하는 것도 수치스러운 일은 아니다. 둘이서 하는 모험의 이력에서 이번 건달들과의 싸움은 나폴레옹의 툴롱 공략에 해당하는 것이다.

"우리 사이의 모든 일은 계속 간단했다. 밖에서 폭죽이 건물을 뒤흔들고, 처녀의 꽃이 꺾이던 7월 14일, 그의 방에서 일어난 일은 더욱 간단했다." 그 이튿날 오후 청년은 약속 장소에 나오지 않았다. '그 이튿날의 멀쑥한 얼굴'을 보이기 싫어서가 아니라 아버지한테 결혼 승낙을 받으러 간 것이었다. 승낙은 '분명하게' 거절당했다. 클라라가 독일계이기 때문일까. 앙드레가 아직 어리기 때문일까. 모를 일이다.

그다음은 피렌체를 향해 떠나는 침대칸. 배웅 나온 클라라의 어머니가 플랫폼으로 내려서자마자 청년은 처녀의 침대칸으로 기어들어간다. 클라라의 오빠 친구가 옆칸에 타고 있다가 그 상황을 목격하자 앙드레는 공격적인 태도로 나온다. "나는 그에게 결투를 제안했다!" 단눈치오의 나라로 떠나는 길인데 무슨 짓인들 못 하랴!

피렌체에서 그들은 골트슈미트가 앞으로 결혼하겠다는 전보를 보냈다. 어머니의 회답은 "네 친구는 두고 즉시 돌아오너라"였다. 물론 두 사람은 그렇게 하지 않았다. 그들은 누구나 그렇듯이 지오토에서 우첼로로, 장원에서 우피치 미술관으로, 아르노 강변에서 산 미니아토로 돌아다녔다. 청년은 예리한 시선과 한구석도 놓치지 않는 열렬한 호기심, 능란한 비교예술론과 비범한 기억력으로 여자를 매료시켰다. 그는 미술관에 들어서자마자 가장 아름다운 그림 앞으로 달려갔다. 도나첼로나 치마부에의 그림을 보면 '마치 위기를 만난 것처럼' 달려가서는 재빨리(아마 너무 빨리) 알맞은 거리를 정하고는 그럴 듯한 의미를 알아차리는 것이었다. 비범한 감상자인 그는 수년 이래 한 번도 직접 보지 못하고 이야기해온 모든 것을 관능적인 열광에 잠긴 채 마음껏 들이마시듯 음미했다.

그래도 안내자 앞에서 자신의 개성을 확립해야겠다는 듯, 베네치아에 오자 더 이상 상대방의 이야기에 홀려 고개만 끄덕이지는 않겠다고 결심한 클라라는, 앙드레가 '미래 쪽으로 마음을 돌리느라 항상 눈앞에 보이는 것을 보지 못했기 때문에 그냥 상상밖에 할 수 없는 것과 비교하고 있다는 것'(물론 산지 미냐노 탑의 발견이 그에게 상기시키는 것은 뉴욕에 대한 상념이다)을 발견했다. "이리하여 과정 하나하나가 그의 마음속에 다음 과정을 향한 욕망을 불러일으킨다. 또 다른 것을 향한 욕망의 움직임, 그의 내면 가장 깊이 자리한 것이 바로 이걸까?… 나의 존재는 그에게서 어린 시절의 어떤 고독을 쫓아내주고 있는 것일까? 나는 지금 어떤 모멸들을 지워주고 있는 것일까? 그의 마음속에서 불현듯 솟아난 그 어떤 희망이 그를 사랑으로 몰아넣는 것일까? 이 순간 우리의 사랑이 그에게는 마치 개종과도 같은 것이며, 지난 시절 그와 세계 사이의 단절과도 같은 것임을 알 것 같다."

단절? 이로써 청년 앙드레는 몸으로 얻은 지성과 체험적 공감으로 사랑하는 존재와 함께, 저 자욱하고 경련하듯 긴장에 찬 고독으로부터 벗어난 것이다. 지금까지 환심을 사야 할 친구와 매혹시켜야 할 원로, 물리쳐야 할 경쟁자 틈바구니에서 살아온 그 고독으로부터 말이다. 클라라도 그의 댄디즘과 출세주의를 고쳐주지는 못할 것이다.

그의 현학 취미는 더더욱 못 고칠 것이다. 그러나 엉뚱하면서도 세심한 이 청년은 자신이 잠입해 들어갔던 판도에서 탈출하여 삼차원 세계, 즉 실제 위험 부담이 따르고 일상적 관계, 사회적 책임, 경제적 구속이 압력을 가하는 세계로 들어갈 것이다.

클라라는 파리에 도착해서 집으로 돌아간다. "행복하니?" 어머니는 그냥 이렇게만 묻는다. "너는 우리 집안의 명예를 더럽혔어. 나는 아메리카로 떠나겠다." 오빠는 그렇게 말했지만 떠나지 않고 남는다. 앙드레의 아버지는 체념한 듯 말한다. "그 여자는 유대인치고는 옷차림이 아주 소박하더군." 클라라는 결혼식을 '라포르그(19세기 후반의 시인. 자유시의 창시자 중 한 사람—옮긴이)처럼… 종교적인 것을 곁들여' 올리고 싶어 한다. "좋아. 그렇다면 사원에, 유대 교회에, 성당에, 회교 사원에, 절에… 가도록 하지." 앙드레의 말에 여자는 항의한다. "당신은 결국 수녀원으로 낙착되겠군." 앙드레의 결론이다. 결국 시청 결혼식장을 나오면서 잔 아주머니는 클라라에게 간단히 말한다. "아버지 쪽을 선택하는 편이 더 좋을 걸 그랬다. 그이가 아들보다는 훨씬 낫더라." 그들은 6개월 후에 이혼하기로 합의했다.

클라라가 그에 대해 무엇을 아는가. "나는 아무것도 물어본 일이 없었다. 몇 가지 암시, 몇 가지 모순, 몇 가지 '비장한 미화'를 통해 쓸쓸했을, 어쩌면 처절함에 가까웠을 어린 시절을 짐작할 뿐이었다. 부잣집에서 철부지로 자란 나의 본능은 허풍 같은 것을 쉽사리 꿰뚫어볼 줄 안다. 그의 말처럼 어머니가 최고급 클라리쥐 호텔에 기거하지 않는다는 것이나 할머니가 봉디에서 식료품 가게를 한다는 것쯤은 구태여 가르쳐주지 않아도 알 만한 일이었다. 진실은 그의 눈에 보이는 것처럼 내 눈에도 똑같은 모습으로 다가오는 게 아닐지도 모른다고 생각하려 애쓸 때는 오히려 초연한 기분이었다."

그들은 또다시 떠난다. 클라라는 스트라스부르에서 우리가 앞에서 보았듯이, 말로 자신이 지하 출판을 하다시피 한 사드 백작의 저서 《베네치아의 사창가》를 호텔에 둔 채 나왔고, 프라하에서는 늙은 유대교 율법사들을 만나 감동을 받았다. 또한 빈에 이르러서는 '즐겁지 않은 거리', 노동자 동네에서 본 구경거리가 조레스와 로맹 롤랑의 추억을 되살려냈다. 그때 말로는 "당신은 몇몇의 이익을 위해서 모든 사람을 다 죽이려 드는 여자로군!"이라고 비아냥거렸다. 1922년의 말로… 이때는 크론슈타트 뱃사람들의 시대였다.

그들은 마그데부르크에서 클라라 할아버지의 손님이 되었다. 할아버지는 전쟁 때 손자들이 양쪽 편에 나뉘어 있었으므로 '두 나라를 위하여 열심히 봉사한' 것을 자랑스럽게 여겼다. 독일어라고는 한마디도 모르는 그 프랑스 청년에게 하이네의 시를 어찌나 잘 읽어줬는지 할아버지와 말로는 이내 친구가 되었다. 두 연인은 베를린에서 〈칼리가리 박사의 병원〉과 슈펭글러와 프로이트를 발견하고 열광했다. 거기서 클라라는 《한 소녀의 정신분석학적 일기Le Journal psychanalytique d'une petite fille》를 읽었고, 2년 후에는 그 책을 번역했다. 그 후 앤트워프에서 온화한 매춘부들에게 매혹을 느낀 두 사람은 브뤼주로, 다음에는 오스탕드로 갔다. 거기서 앙드레 말로는 그의 상상력을 가장 집요하게 사로잡아온 제임스 앙소르를 겁먹은 심정으로 방문했다. 그집에서 말로는 살아 있는 인어들이 휴식하는 것을 보았다고 황홀해하는 클라라에게 이야기한다… 클라라는 그의 말을 믿는다. 잠시였지만. 자기 자신이 뱉은 콩트 같은 이야기에 홀려버린 앙드레는 그화가의 어머니가 경영하다 화가 자신이 그대로 물려받은 조개 상점을 보고 황홀해했다.

　파리에 돌아오자 그들은 이제 둘이서 자신들이 잘 아는 생활을 다시 시작한다. 그러나 앙드레가 이끌어가는 생활이다. 그들이 다시 만난 사람들은 주로 앙드레의 친구들인데(앙드레는 클라라의 가장 친한 친구들과 골 가문 사람들을 좋아하지 않았다), 특히 마르셀 아를랑을 자주 만났다. 앙드레는 결혼식 전날 아를랑에게 말했다. "나 결혼해. 3주 후에 다시 만나." 청년 말로에게는 생계 수단을 강구하기 전에 우선 처리해야 할 난감한 복병이 있었으니 다름 아닌 군복무였다.

　스트라스부르 당국의 출두 지시를 받은 앙드레 말로는 아내와, 그곳에 아는 사람들이 있는 처남과 함께 알자스로 떠나는데, 그는 경기병 부대에 배속되었다는 것을 알게 된다(경기병이 되려면 키가 1미터 66센티미터를 넘으면 안 되는데 그는 1미터 80센티미터다). 머리는 깎인 데다 몸에 맞는 군복을 찾을 길이 없었으므로 바지를 입자 꼭 반바지 행색이었다. 또한 카페인을 어찌나 많이 복용했는지 실제로 심장 장애까지 일으켰는데, 뜻밖의 군의관이 나타나서(사실은 그의 처남이 잔뜩 삶아놓은 장교지만) 거인 경기병 차림으로 로베르소 병영에서 오락가락하느니보다는 딴 데 가보는 것이 낫겠다는 판정을 내렸다. 예비역 편입이었다.

　살아가는 일은? 앙드레는 생활 방편으로 세 가지 가능성을 생각한다. 영화 사업, 에로 서적 출판, 증권. 영화 사업을 생각한 건 앙드레가 베를린을 여행하고 랑, 비에네, 무르나우 등의 표현주의 예술을 발견하면서였다. 그는 수중에 지닌 돈으로 필름을 사들인 뒤 이방 골의 협력을 받아 프랑스에 배급하겠다고 열을 올렸다. 하지만 그 사업을 하는 데 필요한 면허 신청을 계속 거부당했다. 결국 포기하고 말았지만 그는 좋아하는 필름을 개인적으로 상영하는 일에 골몰한다.

에로 서적 출판은 청년 말로에게는 이미 익숙한 일이다. 클라라의 말에 의하면, 그들의 정처 없는 생활에서 전에 몸담은 '문학 담당 부장' 직은 적당치 않았다. "말로는 에로 서적에 에로 삽화를 곁들여 찍어내는 일에 열을 올렸다. 그런 일이 내게 충격적인 것은 절대로 아니었다… 그 일에는 위험이 따르기 때문에 오히려 맘에 들었다. 대략 스무 살 때부터 나의 생활 방식이 항상 그랬으니 당국에서 우리 집을 찾아왔다면 적어도 나를 입건할 만한 근거를 충분히 찾았을 것이다. 피임 수술을 한 지 얼마 안 되는 파리한 처녀, 아편이나 아편중독자, 금지 서적, 불법 유인물, 경찰이 찾는 남자나 여자, 증명서 없는 외국인 등."[10]

이 무렵(1922~1923) 젊은 말로 부부의 수입원은 증권이었다. 결혼한 다음 날 클라라는 말로에게서 그들(특히 여자 쪽)이 소유한 재산은 전부 유가증권으로 교환되었다는 얘기를 들었다. 이제부터 거리에 나가지 않을 때면 대부분의 시간을 그들이 사둔 주식 가격의 변동을 관망하는 데 보냈다. 주식은 모두 멕시코의 광업 회사 라 페드라지니가 발행한 것으로, 말로는 아버지를 따라 그 회사의 회의에 가본 뒤로 상상력을 불태운 적이 있었다. 이리하여 재산은 불어났고 떠돌이 미술애호가로서 그들에게 그리도 어울리는 장거리 여행자의 생활이 가능해졌다. 그들은 여행으로 들락거리는 사이에 짬이 나면 은행들을 한 바퀴 돌면서 멕시코 주가의 시세 변동을 살피곤 했다. 어느 날 저녁 영화관 안에서 앙드레는 클라라의 귀에 대고 백만장자가 되었

10_《우리들의 20세》, pp. 80~82.

다고 말했다…

그리고 1923년 초여름, 그들은 파산을 마주했다. 멕시코 주식에 관해서는 '과거의 영광'을 증명할 만한 서류 하나 남은 것이 없다. 아무것도 없다. 하릴없는 떠돌이의 자유, 적당히 유지하는 호화 생활, 미술애호가의 방랑으로 점철된 2년의 세월은 경제적 대재난으로 막을 닫는다. 하지만 이 재난도, 앙드레 말로가 《라 코네상스》에서 《사지테르Sagittaire》지로, 《데Dés》에서 《악시옹》으로 전전할 때의 정열까지 동시에 상실하지만 않았던들 대단한 일은 아니었을지도 모른다.

1919년에 막연하게나마 스탕달식 저력을 지녔던 그 청년은 결혼을 하고 부르주아 가정으로 들어가 사치에 길이 든 처녀와의 생활에 젖어들면서 사교계의 마술사 노릇에 맛을 붙인 것 같다. 물론 그의 저 번뜩이는 입담은 여전했다. 지적인 범위도 넓어졌고 여전히 도서관의 쥐인 것도 사실이었다. 그러나 사람들을 매료시키려는 그의 취미라든가 계속적인 노력에 대한 혐오는 블랑슈 가의 상점에서 오퇴유 아파트로, 몽마르트르 언덕의 산책로에서 오페라 거리의 주식거래소로, 파리 시내의 오랜 산책에서 베네치아나 브뤼셀 여행으로 범위가 확대됨에 따라 상태가 더욱 심각해졌다.

열여덟 살에서 스무 살까지의 말로는 뒤죽박죽으로, 그러나 정열적으로 그가 인생에서 만들려고 한 두 가지 '가치'를 획득했다. 하지만 그다음 2년 동안 그 가치를 모조리 낭비해버린 것 같다. 물론 클라라와의 생활에는 또 다른 것들이 풍부하게 담겨 있다. 그 여자는 독일 문화, 이를테면 이방 골, 클레르 골과 더불어 1920년대의 표현주의, 이탈리아, 그가 아직까지 맛보지 못한 몇몇 그림 등에 대하여 광대한 지평을 열어 보여주었다. 더불어 비판력을 잃지 않고 남의 말에 귀를 기울이는 태도, 클라라가 그의 생활에 불붙여놓은 지적 경쟁심, 그녀가 자극한 예민한 미각 등은 분명 발전이며 장차 크게 성숙하는 방법일 것이다. 그러나 당장은 이 폭발적인 인물, 이 어처구니없는 수완가가 자기 안에 꿈틀거리는 천재를 예술에 사용하지 않고 공론과 예술 관광, 태평한 돈벌이에 낭비한 셈이다.

그 무렵에 그는 무엇을 썼는가. 무시해도 좋을 정도의 글이야 아니겠지만 1920년에 《라 코네상스》나 《종이 달》에 쓴 낙서보다 나을 것이 없다. 결혼 전 그 소책자가 나오던 무렵 청년 말로는 새로운 이야기를 쓰기로 작정하고 '살인 유희 소방수의 일기'라 제목을 붙인 뒤 그 한 부분을 1921년 늦은 여름 《악시옹》지에 발표했다.

앙드레 말로는 다른 면에서도 자기의 길을 모색했다. 드렝과 갈라니스에게서 느낀 엄격성과 질서의 영향을 받아 기이한 정치 외도까지 한 것이다. 과연 빅토르 세르주, 알렉상드르 블로크, 고리키 같은 작가의 글을 싣는 《악시옹》과 관계를 맺은 그가 왕당파 우익 사상가인 샤를 모라스가 쓴 《몽크 양Mademoiselle Monk》의 서문을 쓴 것은 1923년이다.

"그런 것은 들여다볼 필요도 없어요. 아무 흥미도 없는 것입니다. 플로랑 펠스가 그 책의 서문을 쓸 작가를, 그것도 가급적 젊은 작가를 찾고 있었지요. 나는 글쓰기 연습 삼아 그 글을 쓰기로 했습니다. 헤겔에 관한 글이었다 해도 썼을 거예요." 1972년 7월 말로는 내게 이렇게 말했다.[11]

11_ 앙드레 말로와 필자의 인터뷰, 1972년 6월 30일.

그럴지도 모른다. 하지만 청년이 쓴 텍스트는 단순한 '연습'과는 전혀 다른 인상을 준다. 동조 의사를 드러낸다고 할 수는 없겠지만 의심할 여지가 없는 찬양심이 역력히 느껴진다. 그는 모라스에 대해 이렇게 쓴다. "지적 아나키즘에서 '악시옹 프랑세즈*Action Française*' 운동으로 옮아간다는 것은 자기 모순이 아니라 자기 건설이다… 그의 작품은 조화를 창조하고 지탱하려는 건축이다. 질서란 어느 것이나 아름다움과 힘을 표현하는 것인 만큼 질서를 찬양해야 한다… 그가 그리스와 이탈리아에서 열렬하게 사랑한 것은 프랑스다운 얼의 양태를 규정할 수 있는 요소였다. 샤를 모라스는 가장 위대한 지성의 힘이다." 사실 출판업자도 그 정도까지 써달라고 주문하지는 않았다!

말로와 모라스의 만남은 플로랑 펠스의 기이한 개입으로 이루어진 게 아니었다. 클라라의 기록을 보면, 1921년 그 대담한 피렌체 여행 때부터 이미 그녀의 동반자는 《앙티네아*Anthinéa*》 단편을 스스로 읽었고 클라라에게도 읽기를 권유했다. 책의 저자가 반유대주의자였지만 그 여자도 그의 영향을 받았다. 클라라는 "'여전사에게 경의를!'이라고 말한 사람이 나의 원수가 되었다면 그것은 단지 실수였을 것이다"[12]라고 너그럽게 쓰고 있다.

《몽크 양》과 더불어 이제는 관심이 헬레니즘의 찬미 정도에 그치지 않는다. 이것은 분명 정치 텍스트다. 모라스의 이념이 명확한 무게를 가지고 견고해진 매우 잘 쓴 텍스트지만 말이다. 《락시옹 프랑세즈*L'Action fraçaise*》를 공공연히 인용하는 말로는 그 같은 통치 에너지와 지배적 개성 확립의 부르짖음에는 스탕달, 심지어 바레스가 부르

12_《우리들의 20세》, p. 16.

짖는 것들과는 다른 그 무엇이 있음을 잘 안다. 그는 그 부르짖음에 박수를 보내는 것도 주저하지 않는다. 다만 거기에 완전히 몸 바치지 않을 뿐이다. 그것은 그가 1947년경에 실제로 당하는 바로 그런 유혹일까? '질서'와 '에너지'와 '아름다움'에 부름받은 청년들을 토대로 한 강압적 정체政體를 향한 유혹 말이다. 그 소질은 이미 엿보인다…

그의 불분명한 태도는 여전해서, 그와 때를 같이하여 《르 디스크 베르Le Disque vert》지에 '메날크Ménalque'라는 제목으로 반모라스주의자인 지드에 대하여 열렬한 찬사를 쓴다. 지드는 고전주의적 엄격함과 도박적인 자유 정신, 창조적 구속력과 도전을 내면의 통일성으로까지 이끌어올렸기 때문에 그의 동시대 사람들에게 가장 숭앙받는 인물이다.[13]

그의 헐렁헐렁하고 흐릿하며 이완된 면은 결혼 이후 권위까지는 안 되겠지만 하여간 여유 있는 태도로 변했다. 하지만 그는 여러 면에서 여자들에게 지배당하는 소년 같은 상태다. 번쩍번쩍하는 말투나 요란한 제스처를 쓰는 그의 편향은 종종 그 자신이 굴욕으로 느꼈을 상황에서 가시 같은 무기 구실을 했을지도 모른다. 허세를 통한 과잉 보상이랄까… 클라라 말로는 저서 《우리들의 20세》에서 《불공평한 싸움La Lutte inégale》에 이르기까지 그 화려한 동반자의 그늘에서 사실 이하로 평가절하당한다는 느낌을 받았다고 말했다. 그런 느낌은 양쪽이 마찬가지였다. 적어도 1933년 말, 그리고 말로가 《인간의 조건La Condition humaine》 저자로서 영광된 시선의 초점이 될 때까지는

13_《르 디스크 베르》, 1923년 3~4월.

말이다.[14]

그때 말로가 편안한 생활 방편과 별도로 원한 것은, 찾고 있던 것은 무엇인가? 일체의 가족 관계, 일체의 직업 틀, 일체의 이념적 뿌리, 일체의 윤리 기준과 무관하게 자유스러운 그는 열일곱 살에 탐구 문학의 창조적이며 무정부주의적이고 세계주의적인 분위기 속으로, 막스 자코브와 《악시옹》과 칸베일러 사이로 성큼 뛰어들었다. 그는 에로 서적 장사를 하고 문학사의 문헌들을 별로 부끄러워하지도 않고 적당히 꿰맞추어 글을 썼으며, 증권 투기를 하고 몽마르트르와 그 주변에서 수완 좋은 댄디의 생활을 영위했다.

이만하면 벌써 부르주아적 의미에서, 그러니까 야유하는 의미에서 모험가라고 하겠다. 실은 별로 보수적이지도 않은 처가 식구들이나 아내 역시 말로를 그렇게 보았다. 관습에 대한 도전이면서 범절에 대한 복종이기도 했던 그의 결혼은 범절보다는 도전 쪽으로 기울었다. 흔히 모험가를 순화시켜 집안 살림살이의 필요를 충족시키는 임무로 돌아오게 만든 그 공동의 작업은 그의 경우, 일상 생활의 관심을 북돋우기는커녕 대담성을 키우고 종잡을 수 없는 상상력에 불을 붙이는 경향이 있었다.

그러나 말로 안에서 암암리에 보상 작용이 진행된다. 벨벳 외투를 걸치고 옷깃에 장미꽃을 꽂고, 손에는 스틱을 짚은 그는 사생활에서는 반사회적 인물처럼, 반항자처럼, 범절과 전통과 따사로운 햇볕을 쬐고 아늑하게 사는 안락 따위를 물리치는 투사처럼 처신한다. 동시

14_ 15년 후 그는 친구 코르닐리옹 몰리니에게 묻는다. "자네 아내는 지참금으로 뭘 가져왔나? 빚을… 팔자 좋은 녀석…"

에 지식인으로서의 그는 문학적 모험, 자연발생적인 시, 자동기술법을 멀리하고 질서와 극기적 구속의 본능이 이끄는 대로 신고전주의 쪽으로 접근한다. 혁신적인 면을 유지하면서도 프랑스 문화에 고전적 혈맥으로서 남은 것을 보존하는 《N.R.F.》 쪽으로 이미 방향을 돌린 것이다.

사회적 지위를 포기하는 듯 처신하는 인간, 그러면서도 고전주의적 질서를 향해 가는 예술가. 1923년 나사 풀린 채 떠도는 말로의 모습은 바로 이것이다. 어떻게 자신을 통합하고 집중할 것인가. 전진하는 도피, 도전 그리고 위험 부담을 안고 일을 벌이는 광기와 조직의 필요성을, 현장의 무질서와 행동의 질서를, 결과의 불안과 달성해야 할 목표의 요구를 한데 결합시켜주는 모험을 통해서.

이리하여 인간 말로는 모험 속에서 '실현'을 모색하기에 이른다. 훗날 말로는 모험이란 '꿈같은 세계의 사실주의'라고 썼다.[15]

15_ 가에탕 피콩, 《그 자신을 통해 본 말로 *Malraux par lui-même*》, p. 80.

2. 심심풀이

밀림

클라라와 앙드레는 파산했음을 이제 막 알았다.

"그렇다고 내가 일을 할 거라고 생각하지는 않겠지?"

앙드레가 확인하듯 묻는다.

"사실 그래요. 그럼 어쩌지요?"

"어쩌냐고? 콩포스텔의 순례자들이 플랑드르에서 스페인까지 밟아
간 길을 알지?… 그 길가에는 도처에 수많은 대사원이 있는데 지금까지
크게 손상되지 않고 남아 있거든. 그런 커다란 종교 건축물 외에 필시
조그만 성당들이 있었을 거란 말이야. 많이 없어지기는 했겠지만…"

(도대체 무슨 얘기를 하려는 것일까?)

"그런데 말이지, 시암에서 캄보디아까지 당그레크와 앙코르를 잇는
왕도를 따라 거대한 사원들이 있었거든. 발굴되어 '목록'에 오른 사원

들 말이야. 그러나 분명 아직까지 알려지지 않은 다른 사원들도 있을 거야… 우리는 캄보디아의 작은 사원으로 가는 거야. 거기 가서 불상 몇 점을 들어내다 아메리카에 가서 팔면 2, 3년은 걱정 없이 살 수 있을 거야…"[1]

이렇게 하여 말로 부부의 인도차이나 모험이 시작된다. 한마디로 루브르 미술 학교용 강연과 술집에서 얻어들은 이야기, 바보 같은 내기와 한탕 해보겠다는 모의의 합성이다. 오퇴유 집의 거실에서 불쑥 입에 오른 그 캄보디아는 그러나 우연히 출현한 것은 아니다. 그들 부부는 트로카데로 박물관의 진열실을 자주 찾곤 했는데, 거기에는 진본에 가까운 크메르 문명의 유적과 문헌이 수집되어 있었다. 그 탐나는 골동품이 여간 마음에 드는 것이 아니었다. 나중에는 기메 박물관에도 자주 갔고, 거기서 앙드레는 장차 이 박물관 관장이 될 조제프 아캉과 친해졌다. 능력 있는 학식가인 조제프는 이 구변 좋고 호기심에 불타는 청년에게 반하여 동양어 학교의 강연에서 이 박물관에 잠시 찾아온 방문객과 주고받은 대화에 이르기까지 여기저기에서 얻어들은 기발한 지식을 함께 주고받았다.

그들 중에서 가장 주목할 만한 사람은 앙드레 살모니였다. 그는 퀼른 박물관의 연구원으로서 6개월 전에 알 수 없는 친구의(칸베일러?) 소개로 큼직한 가방을 옆구리에 낀 채 말로의 집에 나타났다. 그는 좌중의 젊은이들(그 자신 서른 살도 채 안 된 처지이면서)에게 자기는 비교미술 전시회를 준비 중이라고 선언하면서 그 전시회야말로 그리

1_《우리들의 20세》, pp. 111~112.

스나 고딕 같은 고전주의 문화의 걸작에 그치는 것이 아니라 범세계적인 문명의 가장 놀랍고 다양한 공헌을 보여주는 최초의 기회가 될거라고 장담했다. 그때로 봐서는 매우 대담한 기획이었다. "그는 사진 한 뭉치를 꺼내어 출납계원같이 노련한 솜씨로 이리저리 만지더니 사진들을 탁자에 늘어놓고는 아주 섬세한 의도에 따라 짝을 맞추기 시작했다. 나는 처음으로 타이의 조각품을 구경했다. 그는 이어서 중국 한나라의 두상頭像과 로마 시대의 두상을 한데 놓고 비교했다. 우리는 생전 처음 목격하는 그 공통점 앞에서 감동하여 넋을 놓은 채 보고만 있었다."[2] 클라라 말로의 이야기다.

글이라면 다 한번씩 들춰보고 문헌이라면 놓치지 않기로 유명한 말로는 곧 자신의 직관을 보강해줄 논문 두 편을 찾아냈다. 1919년 《EFEO 회지Bulletin de l'EFEO》에 실린 첫 번째 논문은 크메르 예술에 관한 한 두세 손가락 안에 든다고 알려진 앙리 파르망티에의 〈인드라바라만 예술〉이었다. 그 긴 연구 논문은 전기 고전주의 시대(7세기)와 앙코르 시대(11세기) 사이 그 제왕 치하에 출현한 창작품들의 독창성을 강조했다. 이 세련된 예술의 실례로 그가 꼽은 것은 1914년 마레크 중령에 이어 드마쥐르라는 사람의 눈에 띄어 기록된 작은 사원 '반테이 스레'인데, 파르망티에 자신이 1916년 현장에 가서 연구한 적이 있다는 것이었다. 그는 사원의 우아함을 높이 평가하며 점점 허물어지고 있음을 보고했다.

3년 후 《고고학지Revue archéologique》는 〈보존이 허술한 보물들〉을 통해 하버드의 포그 박물관(매사추세츠의 케임브리지)이 이제 막 크메르

2_《우리들의 20세》, p. 78.

미술의 정수인 매우 아름다운 불상을 매입했음을 알리면서, "크메르 조각품은 그 수가 많고 앙코르의 폐허에 접근하기가 어려운 만큼 이런 물건들이 유출되는 것도 별 불쾌감 없이 이해할 수 있겠지만, 그런 유출이 빈번히 일어나서는 안 된다. 영사領事들의 주의를 요함"이라고 결론지었다.[3]

이만하면 말로의 마음을 사로잡을 만했다. 버려진 사원에 기막힌 보물이 가득한데 이렇다 할 당국의 '불쾌감'을 자극하지 않고도 미국의 박물관으로 유출되는 것이었다. 이런 견해들이 한데 묶여서 그의 결심을 굳히고 진지한 토대를 제공했다. 특히 '영사들의 주의를 요함'이라는 말이 신속한 행동을 촉구하고 있었다. 1923년 8월 21일자 인도차이나 총독부령의 새로운 규정에 의하여 크메르 유적의 연구 및 보존위원회가 창설된다고 하지 않았던가. 이들 보물이 강화된 법률의 보호하에 들어갈 때까지 기다릴 필요가 어디 있는가.

그의 계획이 어떻게 구상되고 구체화되었으며, 그에 대한 반대 의견은 어떻게 나왔다가 제거되었는가에 관해서는 《왕도》에 매우 자세히 쓰여 있다. 이 소설은 자전적 색채가 농후하다.

클로드 라오스에서 바닷가에 이르는 밀림에는 유럽 사람들에게 알려지지 않은 사원이 꽤 많아요…

페르캉 베를린에서 카시러는 담롱이 나한테 준 불상 두 점 값으로 내게 금화 5000마르크를 줬어요… 그러나 유적을 찾는 일이…

클로드 조그만 부조 하나, 그저 그런 조각상 하나면 3만여 프랑이 나

3_《앙드레 말로의 문학 청년 시절》, p. 221.

간다고요… 부조는 아름답기만 하면, 예를 들어서 무희상 같은 건 한 점에 20만 프랑이나 받아요.

페르캉 그걸 팔 자신이 있어요?

클로드 자신 있어요. 나는 파리와 런던의 가장 훌륭한 전문가들을 알아요. 공매를 하는 것도 쉬운 일이고요…

페르캉 쉽기야 하겠지만 오래 걸리겠지요…

클로드 당신이 직접 파는 것도 전혀 불가능하지는 않고…

페르캉 왜 당신은 그런 일을 하려는 거지요?

클로드 이렇게 대답할 수 있을 거예요. 나한테 돈이 한푼도 없기 때문이라고요. 사실이에요. 가난하면 자기의 적을 자기가 선택할 수 없게 돼요. 나는 싸구려 반항 같은 것은 경계해요.[4]

마지막을 장식하는 한마디는 실제로 겪은 경험과 실제로 한 말로 꾸민 상상의 대화에다 말로 특유의 개성 있는 마크를 찍어놓았다. '공매' 아이디어는 뒤늦게나마 재치 있게 그 행위를 정당화시키려는 의도에서 삽입한 것일까. 아마 그렇지는 않을 것이다. 하지만 이 사건에서 가장 모호하게 남은 문제는 말로가 1923년 10월 1일자로 얻어냈다는 발굴단의 구성 명령 건으로, 지금까지 그 흔적을 찾아낼 길이 없다. 다만 1924년 10월 28일자 사이공 상고법원의 판결문을 통해서 그 약정들 가운데 한 가지는 알려져 있다. 말로는 발굴 작업에서 나온 물건은 어느 것도 사유 재산이라 주장하지 않겠다는 서약을 했으며, 극동 프랑스 학교에 100만 내지 20만 프랑을 내겠다고 약속

4_ 《왕도》, pp. 38~48.

한 대가로 발굴단 구성 명령서를 얻어냈다고 되어 있다.

말로는 1925년 자신이 사이공에서 창간한 신문《랭도신 *L'Indochine*》에 그 규약의 다른 조항을 인용한 적이 있다. "발굴단에 필요한 일체의 비용은 예외 없이 말로 씨의 부담이다."[5] 한편, 클라라는 이렇게 적는다. "우리는 발굴단 구성 명령서와 추천장 그리고 우리의 작업 성과에 대하여 당국에 보고해야 한다는 확인서를 받았다."[6] '발굴조사단'이라면 이것은 너무나 대단치 않은 서류다. 또한 클라라는 이렇게 덧붙인다. "좀 더 깊이 생각해본다면 발굴조사단 구성 명령서 덕분에 허락받은 것은 물소가 끄는 수레와 수레몰이꾼을 고용하는 정도뿐이었다."[7]

'발굴조사단'이 이익을 염두에 두지 않고 갈 리는 없는 터, 말로 부부는 필시 칸베일러의 주선으로 '크메르 조각상'에 관심이 있을 법한 '거래처'와 접촉했다. 이리하여 미국과 독일의 미술품상과 주고받은 편지들이 프놈펜 재판 당시 증거품으로 제시되었다. 사이공 재판소의 판결은 칸베일러와 '파크 씨라고 불리는 모 인사' 사이에 오간 편지를 존중하여, 전자가 말로에게 인도차이나의 미술품을 국외로 반출하는 것이 금지되어 있다는 사실을 통지했음을 지적했다. 호의를 가진 전기작가들은 이 편지 왕래란 말로가 뉴욕의 수집가를 위해 거래한 시암의 왕자 담롱[8]의 소장품에 관한 것이라 추측하고 있다.[9] 그

5_《랭도신》, 1925년 7월 17일.

6_《우리들의 20세》, pp. 115~120.

7_ 위의 책.

8_《왕도》의 이미 인용한 대목에서 페르캉은 이 인물 이야기를 한다.

9_ 월터 랑글루아,《앙드레 말로의 인도차이나 모험 *L'Aventrue indochinoise d'André Malraux*》, p. 8.

러나 클라라가 이 거래 계획에 대해서 암시하는 얘기는 다분히 농담조다. 《종이 달》의 작가는 거간꾼이 아니라 '정복자'로서 출발했다는 것이다.

말로가 세운 계획과 발굴조사단 구성 명령은 이들 부부를 에워싼 조그만 미술계에서 갖가지 해석의 대상이 되었다. 막스 자코브는 칸베일러에게 보낸 편지에서 "말로다운 발굴단이지… 결국 그는 동양에서 제 길을 찾을 거야. 동양학 전문가가 되어서 결국은 클로델처럼 콜레주 드 프랑스의 교수가 될 거야. 그는 강단에 서기에 알맞은 사람이거든."[10] 그러나 앙드레와 클라라의 친구들은 이 일을 찬미와 선망이 섞인 눈으로 바라보았다. '모험'이라는 말과 관념이 기막힌 행운의 어감을 지닌 시대였던 것이다.

1923년 말로가 벌여놓은 일이 파산한 노름꾼에게 '밑천을 대주는' 성격의 도둑질이라고 단정할 수 없다는 것은 확실하다. 돈벌이의 매력도 물론 이 일의 한 요소인 것은 사실이다. 클라라 말로도, 그들과 모험을 같이한 루이 슈바송도 그 점을 부정하지는 않는다. 그러나 한 인간이 한 행동의 의미를 파악하려 할 때 너무 저차원에서만 보는 것은 금물이다. 장차 《인간의 조건》을 쓰고 '에스파냐' 여단을 지휘할 인물일 경우에는 더욱 그렇다.

그런데 지나치게 저차원에서 보지 않으려다가 너무 고차원으로 보는 것은 아닐까? 즉 1923년의 모험은 근본적으로 미적인 목표, 예술에 새롭고 갱신된 길을 열어주겠다는 확신, 변두리이긴 하지만 매우 중요한 지역의 발견, 즉 크메르 예술에서 시암 예술로, 전자의

10_ F. 가르니에 편, 《서한집Correspondance》, p. 215.

고귀함에서 후자의 단아함으로 옮겨가는 과도기적 시대와 장소의 발견이라는 관점에서 출발한 것이라고 봐도 좋을까? 아마 그럴 것이다.

수완 좋고 기민하여 자기를 변호하는 말재간이 뛰어난 말로는 대담하면서도 기발한 '큰 판'을 벌인다. 그 모든 이야기를 소설적 감동과 투쟁적인 단순함이 섞인 어조로 말하는 클라라를 우리는 기꺼이 믿고 싶다. "그런 행동에는 위대한 면이 없지 않았다… 그가 죽음을 각오하고 오만하게 요구하는 것은 바로 그것이다."

그들은 준비하느라 부산했다. 기메 박물관을 다시 찾아가고 자기들이 꿈꾸는 부조를 잘라내는 데 쓸 특수한 톱을 한 다스나 사고, 반사경과 밀림에서 입는 옷 그리고 배표(이미 그 실력을 과시한 대여행가치고 놀라울 정도로 순진하게 클라라는 '일등표'였다고 덧붙였다. 더욱 의미심장한 것은 그 표가 '편도표'였다는 사실이다)를 샀다. 그들은 문자 그대로 배수진을 친 것이다.

출발하는 날 저녁 파리의 리용 역. 클라라는 택시에서 눈물을 흘린다. 벌써 한 인생의 종말(다른 인생의 시작?)이며, 피렌체의 모험과 불행하게 끝장난 증권 투자로 인해서 충격을 받기는 했지만 아주 요절나지는 않은 가족들과의 실질적인 이별인 것이다. 일편단심의 친구 슈바송은 2주일 뒤에 출발해 사이공에서 다시 만나기로 했다. 한편, 말로 부부는 우선 시암으로 가서 위험 부담이 없는 거래를 할 예정이었다. 그 후 하노이로 가서 극동 프랑스 학교 사람들과 접촉하고, 다음은 프놈펜 그리고는 모험이었다.

1923년 10월 초였으니 캄보디아에서는 우기가 끝나가는 시기였다. 우기에는 그 무거운 돌덩어리를 밀림 속으로 운반하기 어려울 것이다. 그들은 벌써부터 그 돌덩어리의 무게를 몸으로 느끼는 기분이었다. 마르세유는 아직도 더웠다. 1923년 10월 13일 그들은 졸리에트 부두에서 앙코르호에 올랐다.

29일간의 항해. 앙코르호는 속력이 빠르지 못했다. 그러나 말로 부부에게는 여행하는 시간이 허송세월이 아니었다. 마르세유는 이미 인도차이나의 시작이었다. 그들이 배 안에서 만난 것은 벌써 식민 사회였다. 식민 사회 특유의 구성층, 그 나름의 금기, 축축한 인종차별주의, 매캐한 속물근성 등 그 사회와의 접촉은 유쾌하지 못했다. 당연한 일이었다. 《악시옹》, 《N.R.F.》, '오스틴 바' 같은 분위기에서 나왔다고 이런 유의 관리들과 접촉하는 게 손쉬워지는 것은 아니었다. 이런 관리들이라고 전부 다 보수주의자거나 악질이거나 썩은 인물은 아니겠지만 그들의 가치 체계는 《종이 달》 작가의 가치관과 그 어느 면에서도 일치하는 데가 없었다.

그러나 배 안의 갈등은 아직 정치 차원까지 가지는 않았다. 말로는 '발굴단' 행세를 곱게 했다. 모라스와 바레스를 애독하는 이 인물이 질서에 대해 품고 있는 취향이 아직은 원한과 분노와 정의감 때문에 변질되지 않은 때였다. 그런 감정은 그 이듬해 사이공에서 비로소 그의 첫 번째 사회 참여 행위로 나타날 것이다. 그러나 지부티에 기항해서 마주한 식민지 정황은 그의 마음속에 거부감을 촉발시켰다. 클라라는 《우리들의 20세》에서 "이번에야말로 정말 딴 세상이다"라고 간접적인 암시를 하는 정도에 그치고 있다. 그녀는 "인간이 가득 들어앉은 거대한 흙의 벌집… 거기서 벌거벗은 아름다운 여자들이 우리를 위하여 춤을 추었다. 처음에는 돈을 내고 우리가 요구한 여자들만 춤을 췄고 다음에는 구경을 하던 여자들도…"[11]라고 적었다. 이날 저녁에 목격한 저 뻔뻔스러운 관광객들, 민속적 색채가 짙은 것이면 다 좋아하는 그 사람들에 대한 추억은 후일 말로가 소설《왕도》에서 페르캉과 바네크가 만나는 분위기를 그릴 때 도움이 된다. 우리는 이곳저곳에서 그가 이 매춘과 비참과 방황의 세계 앞에서 경험한 혼란의 흔적을 식별할 것이다.

앙코르호의 화물창에서 불이 났기 때문에 배는 예정보다 이틀 늦게 싱가포르에 도착했다. 그 바람에 말로 부부는 골동품 흥정을 위하여 그들을 싱가포르에서 시암으로 안내해줄 연락원과 접촉할 기회를 놓쳐버렸다. 그 접촉만 계획대로 되었다면 그들은 캄보디아와 거기서 직면한 위험을 피할 수 있었을지도 모른다. 사이공에 처음 기항했을 때는 카티나 가의 상점, 블라괴르의 톡 쏘는 맛을 곁들인 럼 소다의 끈끈한 즐거움, 타마린드나무와 화염목의 매력 정도를 맛볼 시간밖에 없었다. 곧 극동학교가 있는 하노이로 떠나지 않으면 안 되기 때문이었다. 극동학교에서는 임시 교장인 레오나르 아루소가 그들을 맞았다. 그는 중국학 전문가로서 크메르 고고학에 관해 아는 것은 그다지 없었지만 사람 보는 눈이 상당해서, 발굴단 일을 맡고 찾아온 이 청년의 지식에는 즉흥적이고 '두드려 맞춘' 구석이 있다는 것을 눈치챘다.

이 만남에 대해서는 《왕도》에 기이하게도 설득력 있는 메아리가 담겨 있다. 바로 라메주와 클로드 바네크의 대화다.[12]

11_《우리들의 20세》, pp. 123~124.
12_《왕도》, pp. 55~63.

바네크가 라메주에게 늘어놓는 이야기는 말로의 있는 그대로다. "내가 볼 때 박물관이란 신화로 변모한 과거의 작품들이 잠자는 장소, 예술가들이 현실의 삶 속으로 불러내주기를 기다리면서 역사적인 삶을 살아가는 장소인데…" 이 대목을 읽으면 1962년의 문화성 장관이 하는 말을 듣고 있는 기분이다. 그가 실제로 이런 말을 했건 안 했건 간에 앙드레 말로는 이리하여 바네크란 인물에 그리고 라메주 아루소에 진정성을 부여한다. 이 사람의 말을 들어보자.

"당신은 징발허가서를 받을 것이고, 그걸 가지고 관저 파견관의 소개를 받아 정해진 대로 짐과 몰이꾼의 수송에 필요한 캄보디아 수레를 쓸 수 있을 겁니다. 다행히도 당신네 물품 같은 발송물은 비교적 가벼워서…"

"돌이 가벼워요?"

"유감스러운 악용 행위가 재발되지 않도록 하기 위해서… 물품은 무엇을 막론하고 현장에 남겨두도록 되어 있습니다. 그 물품들에 대해서는 보고서를 작성해야 합니다… 우리 고고학 담당 책임자가 필요하다면 현지에 갈 수도 있고…"

"…무엇 때문에 내가 그 사람 좋으라고 답사자 역할을 해야 되는지 알고 싶군요."

"그럼 당신은 당신 좋자고 그 일을 맡고 싶다는 얘긴가요?"

"20년 동안이나 당신네 쪽에서는 그 지역을 답사한 적이 없는데… 내가 어떤 위험 부담을 안고 있는지 알아요. 그러니 명령 같은 걸 받지 않고 그 위험을 감당하고 싶습니다."

"그렇지만 도움은 받겠다 이런 말이군요!"

이 몇 줄로 할 말은 다 한 셈이다. 일어나면서 동시에 해소되는 오해, 서로 주고받는 논리의 공방전, 이익과 위험과 도움의 테마가 분명하게 드러나 있다. 면담 장면은 사후에, 즉 모험과 그 대단원과 두 번의 소송 사건이 끝난 후에 다시 짜맞춘 것이긴 하지만 내용은 덕분에 더욱 풍부해졌다. 우리는 여기서 말로의 중요한 주장과 그 이론의 빈틈없는 짜임새(부담스러운 위험은 이익 획득의 근거를 제공한다는)가 윤곽을 드러내는가 하면, 라메주-아루소의 이론(이 같은 임무는 순전히 이익과는 무관해야 한다는) 역시 확실하게 드러나는 것을 볼 수 있다. 공문서만으로는 물품 발견자의 선취와 취득권을 부인하기에 충분하지 않겠지만, 파리 당국이 부여하고 하노이 당국이 검사, 확인한 공적인 협조는 그 개념을 더욱더 용납할 수 없게 만들고 있다.

《반회고록》을 보면 하노이에 있는 카드 점쟁이를 찾아갈 때 동행까지 했을 정도로 그 당시 말로와 원만한 관계였던 아루소는 그에 대하여 발굴조사단의 명령이 정하는 권리와 계약 정신을 아울러 지니고 있었다. 또한 바네크는 서류 내용을 위조해서 사용했다. 1914년에 마레크와 드마쥐르가 반테이 스레 사원을 발견하고 답사한 후 파르망티에가 그 절을 공식적으로 인정한 지는 20년이 아니라 7년이 될까 말까 하니까 말이다.

나중에 여러 차례 경고를 보낸다. 2주일 뒤, 사이공에 다시 한 번 기항하여 루이 슈바송을 만난 그들은 드디어 메콩 강과 통레 삽 강을 거슬러 시엠 레압 근처까지 가는 배에 오른다. 유쾌하고 복슬강아지처럼 턱수염이 텁수룩한 앙리 파르망티에, 클라라한테 남편의 해박한 지식과 '사리사욕이 없는 태도'를 칭찬해 마지않는 파르망티에까지[13] 대동하고서 말이다. 그들은 배에서 내리자마자 앙코르 일대를 방문하러 간다. 쇠사슬에 줄줄이 매달린 두레박마다 물이 철철 넘치는 이 아름다운 마을에는 크레마지라는 파견관이 떵떵거리며 버티고 있었다. 《왕도》를 읽어보면 그는 말로에게 프랑스 학사원의 메시지를 제시하는데, 그 내용인즉 '애매한 점이 없도록 하고' 또 그 자신이 '동반할 가능성이 있는 모든 사람을 감시할 수 있도록 하기' 위하여 "시엠 레압, 바탐방, 시소퐁 지방 일대에서[14] 발견되었거나 발견될 일체의 유물은 국보로 지정한다"[15]고 선포한 1908년의 총독부령을 상기시켰다. 문제의 서류는 충분한 법적 효력이 있는 것인가. 이처럼 복잡하고 천차만별인 돌덩어리를 공문 몇 줄로 분류하는 것이 있을 수 있는 일인가? 월터 랑글루아는 "소기의 목적에 만족할 만큼 부응하지 못하며… 더군다나 명약관화한 법적 하자가 포함된"[16] 이 규정을 대체할 다른 법률의 입법을 위하여 식민성 장관인 에두아르 달라디에가 의회에 보낸 서한의 일부를 인용한다. 어쨌든 그보다 몇 주일 앞선 1923년 10월에 크메르의 고미술품 보호법이 공포되었다. 말로는 법망에 걸려든 것이었다. 그는 법을 어기고 감행하든가, 포기하지 않으면 안 되었다. 그는 감행했다.

《왕도》에서 그는 바네크를 시켜 프랑스 학사원에 대한 회답 전문을 다음과 같이 작성한다. "귀하, 곰 가죽도 국보로 지정되어 있지만 그것을 찾으러 간다는 것은 위험한 일일 것입니다. 더욱 세심한 조심

13_ 《우리들의 20세》, p. 134.
14_ 앙코르 사원과 부속 건축물이 다 있는 캄보디아 동부 지방들.
15_ 《왕도》, p. 75.
16_ 《앙드레 말로의 인도차이나 모험》, p. 280.

과 함께 클로드 바네크."[17] 여전히 '위험 부담'이 모든 것을 정당화하고 있다. 클로드 바네크, 페르캉 쪽과 앙드레, 클라라 말로 그리고 루이 슈바송 쪽은 동격이 아니다. 《왕도》에 그려진 스티엥들과의 대결은 세 사람의 젊은 미술애호가 겸 관광객이 용감하고 정력적으로 끈기 있게 숲을 뚫고 감행한 험난한 45킬로미터 원정의 비극적 기록이다. 오늘날 그들의 탐험은 찬양보다는 공감을 불러일으킨다.

1923년에는 거의 눈으로 식별할 수도 없던 오솔길이 지프를 타고 가기 좋을 정도의 길로 변한 22년 후에 필자처럼 그 길을 지나본 사람이라면, 그 탐험은 그저 막연한 정도의 모험이었을 거라고 여길 것이다. 특히 클라라는… 만약 말로가 모험가로서 고귀한 지위를 과시할 만한 것이 그 탐험뿐이었다면, 사람들 사이에 시비 논란이 많았을 것이다. 요컨대 클라라의 당당한 주장에 따르면 그들은 "밀림에 위협당하고 자연 방치되어 마멸될 위험이 있는 미술품들을 다시 세상에 내보이기 위하여" 떠났던 것이다.[18] 그들은 크자라는 안내원(《왕도》에서도 그 이름이다)을 데리고 갔는데, 그는 소설에서처럼 실제로 도둑 취급을 받았다.

그들은 삼베로 머리와 몸을 감고 사진기와 물병을 찬 채 조랑말에 걸터앉았다. 말은 어찌나 몸집이 작은지 앙드레의 발이 땅에 닿았다. 물소가 끄는 수레 네 대가 뒤를 따랐다. 열두어 명의 쿨리도 동행했다. 클라라는 반지의 거미발 속에 하얀 가루를 담아 지니고 있었는데, 훗날 그녀는 청산가리였는지(오, 《인간의 조건》이여!) 중탄산소다

17_ p. 77.
18_ 《우리들의 20세》, pp. 137~138.

였는지 기억하지 못했다. 이제 축소판 모험이 발동을 걸었다…

그들은 어디로 가는가. 벌써 4년 전에 파르망티에의 논문을 보고 그런 것이 있다는 사실만 아는 반테이 스레 소사원이 실제로 존재하는지 어떤지 마지막 순간까지도 그들은 확신할 수가 없다. 그 사원은 아직도 서 있을까. 무너진 돌덩어리 중에서 참하게 생긴 걸 보면 자연스레 집 안에 들여놓고 쓰는 농부들이 그 사원의 조각조각을 제멋대로 사용하는 바람에 이리저리 흩어져버린 것은 아닐까. 그들은 처음에 앙리 파르망티에[19]가, 다음에는 골루베브와 피노[20]가 묘사한 내용을 머릿속에 기억하고 있다.

밀림 한가운데… 시엠 레압의 스튀름 톰 강 오른쪽 기슭, 프놈 데이로부터 북서방 3킬로미터 지점… 사암으로 지은 문화재는 비록 크기는 작지만 그 다듬어 지은 솜씨의 완벽함과 범상치 않은 섬세함 그리고 조각적인 기술이 괄목할 만한데…

그 유적 중 한 점은 사실 그들도 본 적이 있다. 1914년 마레크 중위가 가져온 시바 상으로 프놈펜 박물관에 있었다. 그러나 별로 뚜렷하지 못한 전례… 마레크, 드마쥐르, 파르망티에가 찾아간 이후 그 허물어진 사원에는 무엇이 남아 있을까. 하여간 그들은 스튀름 톰 강을 대충 끼고서 반테이 스레를 향해 북으로 행선을 정한다. 거기까지 45킬로미터를 가자면 이틀은 잡아야 할 것이다.

19_ 〈인드라바르만의 미술〉, 《EFEO 회지》, 1919년, pp. 66~90.
20_ 〈이스바라푸라 사원〉, p. 7.

숲… 이 밀림을 통과하는 것에 대해서 우리가 아는 이야기는 두 가지다. 클라라의 이야기와 《왕도》에 나오는 말로의 이야기. 후자는 아름다운 글이다.

이제 한결같은 숲이 압도적이었다. 엿새 전부터 클로드는 생물과 형상들, 살아 움직이는 생명과 스며나오는 생명을 분간하는 노력을 포기해버렸다. 정체를 알 수 없는 힘에 의하여 나무와 세균이 한데 연결되고, 천지창조 때처럼 김이 자욱 서린 그 숲 속에서 늪의 거품과도 같은 대지 위에 이런 잠정적인 것들이 우글거리고 있었다. 여기서 인간의 그 어떤 행위가 의미를 지닐 수 있단 말인가. 그 어떤 의지가 그 힘을 보존할 수 있단 말인가. 모든 것이 천 갈래 만 갈래로 갈라지고 물렁물렁해지면서 마치 백치의 눈길처럼 천박한 동시에 매혹적인 이 세계와 조화되려고 애를 쓰는 것이었다. 처음에는 보지 않으려고 눈을 돌리려 해도 또 눈길이 가는 나뭇가지들 사이에 매달린 저 거미들만큼이나 끔찍한 위력을 가지고 신경을 자극하는 이 세계와…

거미 떼에 대한 혐오감은 클로드 못지않게 말로 자신도 강렬하게 느꼈다(클라라에 의하면 그는 거미에게 병적인 혐오감을 느꼈다고 한다. 심지어 꿈에서도 거미를 보면 소리를 지르곤 했다). 그가 소설에 부여한 진실성은 1972년 앙드레 말로 자신이 텔레비전 인터뷰 때 한 이야기에 의해 보완된다.[21] 그는 밀림의 행군 당시 일어난 사건을 이야기했다. 밀림에서 난데없이 구름 떼처럼 나타난 나비들이 그들의 작은 행

21_ 〈세기의 전설〉, 1972년 5월 방송.

렬을 자욱이 덮치면서 하얀 가루를 씌워놓는지라 그들은 푸른 숲 한 가운데서 마치 피에로 같은 행색이 되었다는 것이다.

길 떠난 지 30여 시간이 지나도록 사원 이야기를 들어본 사람은 아무도 없었다. 다만 그중 한 늙은이가 옛날에 어떤 돌무더기로 인도된 다는 길이 생각나는 것 같기도 하다고 말했다. 이번에는 벌목도로 쳐가며 길을 헤쳐나가야만 했다. 이렇게 여섯 시간을 더 걸어간 끝에 그들은 마침내 목표에 닿았다. 여기서는 클라라의 말을 들어보는 것이 좋겠다.

늙은이는 벌목도를 높이 쳐들고 발걸음을 멈췄다. 덤불 속에서 문이 열리며 포석이 파여 나간 네모난 작은 뜰이 나타났다. 그 안쪽에 일부분 무너지기는 했지만 양쪽 담벼락이 확실한 모양으로 버티고 선, 각종 장식이 된 발그레한 사원이 보였다. 이끼가 군데군데 훈장처럼 돋아난 밀림 속 트리아농 궁전. 우리가 이 신기한 사원을 처음 발견한 것은 아닐 테지만, 지금까지 본 모든 사원 중에서 가장 아름다운, 하여간 반들반들하게 다듬어지고 샅샅이 다 알려진 모든 앙코르 사원보다도 그 버려진 모습 그대로가 더 감동적인 이 사원의 우아한 자태를, 이처럼 숨이 막힌 듯 바라보는 것은 우리가 처음이었을 것이다.[22]

그토록 감미로운 '밀림 속 트리아농 궁'은 23년이 지난 후 필자 자신이 찾아가서 본, 복원되어 말끔히 단장한 모습이 돋보이는 그 사원이 아니던가. 클라라의 눈은 이 절묘한 걸작품을 제대로 보았다.《왕

22_《우리들의 20세》, pp. 149~150.

도》의 작중 화자는 좀 더 소박하게 묘사하고 있다.

　돌무더기 또 돌무더기. 넙죽이 누운 돌도 있지만 거의 다 모서리를
공중으로 쳐들었으니 덤불에 자욱이 뒤덮인 작업장 같았다. 오랑캐꽃
빛깔 사암 벽면. 더러는 조각이 새겨지고 더러는 밋밋한데 거기서 고사
리가 자라 늘어져 있었다. 불꽃같이 벌건 녹이 슨 벽면도 보였다⋯ 연
대가 오래되고 인도색印度色이 매우 짙지만⋯ 아주 아름다운 부조들이
무너진 돌더미 밑에 반쯤 가려진 옛날의 통로들을 둘러싸고 있었다⋯
그 밑에는 땅 위에서 2미터 정도까지 부서져버린 세 개의 탑. 그 탑의
남아 있는 그루터기들이 무너진 돌더미 사이에 솟아나 있었다. 어찌나
심하게 무너졌는지 키 작은 식물만 마치 그 돌더미에 처박힌 듯 여기저
기 퍼져 있었다.[23]

　벽 속에 박아넣은 돌조각이 땅바닥에 뒹구는 돌조각보다 보존 상
태가 훨씬 양호했으므로 그 조각들을 떼어낼 필요가 있었다. 그들이
가져간 톱은《왕도》에 적힌 대로 곧 부서져버렸다. 곡괭이, 가위, 지
렛대, 밧줄 등이 더 요긴했다. 매우 아름다운 저부조底浮彫 장식 돌덩
어리 네 개(필자는 오루소 씨의 말대로 1945년 현장에 다시 복원해놓은
그 조각들을 보았다)를 구성하는 일곱 개의 돌을 떼어내자면 말로와
슈바송은 이틀 이상 작업해야 한다. 이때 안내인과 쿨리들은 겁에 질
려 멀찌감치 물러서 있고 클라라는 '망을 보았다'.

23_《왕도》, p. 106.

모퉁이 돌들의 양면에 새겨진 조각은 두 사람의 무희상이었다…

"당신 생각에는 이게 얼마나 값이 나갈 것 같습니까?" 페르캉이 물었다.

"말하기 어렵죠. 하여간 50만 프랑은 더 나갈 겁니다."[24]

돌덩어리를 들어 올려서 조심조심 수레에 쌓아 싣고 다시 오솔길로 나가 스튀름 톰, 야산, 거미 떼 그리고 모기 떼를 지나 끈적거리며 졸기만 하는 행렬을 이끌고 20여 시간 걷고 나자 앙코르의 드높은 탑들이 나타나고 그 발밑에 시엠 레압의 방갈로가 보인다. 거기에 이르자 아직은 내놓고 말하지 않은 문제들이 압박으로 다가온다. 꽤 간단한 탐험 행로였던 것도 같다. 엿새도 채 안 되는 숲길을 위해서 수레 네 대, 쿨리 열두 명을 동원했단 말인가. 그 싹싹한 크레마지 씨의 모습은 보이지 않는다. 그는 감시하고 있으며 무거운 짐을 실은 수레들은 보고서에 오른다. 쿨리 가운데 여러 명이 그의 첩자인 것이다. 이 순진한 도굴단에게 그물이 씌워진다.

그 다음다음 날 클라라, 앙드레, 슈바송이 반테이 스레의 1톤이 넘는 돌덩이를 실은 정기 여객선에 올라 시엠 레압 부두를 채 떠나기도 전에, 방갈로 주인인 드비저가 사이공의 베르토 및 샤리에르 상회 앞으로 부친 선적 화물에 대한 모든 정보를 크레마지에게 알려주고, 그 화물은 분명 크메르 왕명에 의하여 보호받는 고대 미술품 같다고 보고했다.

그들이 탄 배는 12월 24일 왕궁의 뾰족하게 굽은 지붕이 황금빛과 진홍빛으로 물들어가는 해 질 녘, 메콩 강이 통레 삽 강과 합류하는

24_《왕도》, p. 109.

지점의 기슭에 닿았다. 자정이 좀 안 되어 그들이 선실에서 잠을 청하려 할 때 치안국 형사 셋이 들이닥쳐 잠을 깨웠다.

"우리를 따라오시오."

"어디로요?"

"선창으로. 당신네 짐을 좀 조사해야겠습니다."

우리는 뒤를 따랐다. 우리의 짐을 넣어둔 녹나무 상자 앞에서 보니 그들은 세관원 같았다.

"이 상자들은 당신들 겁니까?"

"우리 거예요. 우리 이름으로 장부에 기장되어 있고요. 그렇지만 시엠 레압에서 떠날 때는 빈 상자였습니다."

"천만에요. 그러시거든 좀 열어보시오."

앙드레는 (그와 슈바송을 지목한) 체포 영장을 받고 배 안에서 수사 명령에 따라야 할 의무가 있다는 통고를 받자마자 아내에게, 지금까지 경험으로 볼 때 "요 다음 번 반출은… 성공할 거라는 확실한 보장을 받은 셈"[25]이라는 것을 설득하기 시작했다.

클라라는 이렇게 덧붙인다. "내 동지가 좌절에 부딪쳤다고 해서 계획한 일을 포기하는 것을 한번도 본 적이 없다. 그가 시도한 일을 포기하자면 다른 동기가 있어야 한다. 어쩌면 다른 유혹 같은 것이…"[26]

25_ 《우리들의 20세》, pp. 161~162.
26_ 위의 책.

재판관들

앙드레 말로도 루이 슈바송도 구금되지는 않았다. 일주일 후에 기소된 클라라도 마찬가지였다. 말로 일행은 마놀리스 호텔에 자리를 잡았다. 이 호텔은 좀 어정쩡한 매력을 지닌 그리스식과 캄보디아식을 혼합한 건물이지만 당시 프놈펜에서는 최고급이었다. 그들은 거기서 넉 달을 묵었다. 그들은 드라이브를 하기 위해서조차 이 도시를 떠나는 것이 금지되었기 때문에 무엇이건 손에 잡히는 대로 미치광이처럼 읽어댔다.

이따금씩 그들은 호텔 식당에 찾아든 식민지 보병대 지휘관과 세무 관리, 그들의 아내, 연미복과 긴 옷들 사이로 춤을 추며 돌고 싶은 신명에 사로잡힌다. 그러나 이 점잖은 양반들은 그들을 멀리한다는 것을 확인한다. 게다가 호텔 지배인인 마놀리스 씨는 계산서를 들이민다. 처음 한 달이 다 되어가고 페르낭 말로가 보내준 마지막 우편환을 받은 뒤로 그들 수중에는 단 한 푼도 없다. 불법사취죄에 덧붙여 무전취식죄까지 첨가된다. 장래는 어둡다.

클라라가 아이디어를 찾아낸다. 자살을 하자는 것이다. 물론 미수에 그치지만. 진정제 루미날을 한 병 반이나 입에 털어넣으면 앙드레가 10분 후 우연히 나타나서 그녀를 구하는데… 그녀는 병원으로 실려 가고 남편이 찾아와서 아내 옆에 자리 잡는다. 들어 살 방이 공짜로 생긴 것이다. 이 같은 시련으로 인하여 그들의 친밀감은 더욱 짙어지고 그들이 처한 장소에 대한 현실 감각도 발전한다. 호텔에서, 관료와 관광객의 사회에서 밖으로 나오자 그들은 간호사, 병실의 소년, 의사 들과 이야기를 나눈다. 현실이 그들의 눈에 보이기 시작한다. 하루하루 그들은 식민지 상황과 관련된 진상들과 가까워진다. 1924년 4월에서 6월까지 바로 그 프놈펜 병원의 후끈한 열기 속에서 깨달은 것이 처음으로 정치 참여의 바탕을 마련하게 된다.

클라라는 자살 미수만으로 부족하다. 그보다 2년 전 베를린에서 구해 온《한 소녀의 정신분석학적 일기》를 번역하는 일에 골몰하면서도 그 여자의 머릿속은 탈출과 귀향의 일념뿐이다. 앙드레는 부모에게 정기적으로 편지를 받는데, 자신의 가족은 끝없이 무소식이라는 사실이 몹시 걸린다. 그녀는 단식 농성을 한다. 네댓새가 지나자 그 여자는 마침내 정신 나간 유령 같은 몰골이 된다. 몸무게 36킬로그램. 의식이 반쯤 몽롱해진 그녀의 귀에다 대고 앙드레가 나직이 말한다. "절망해서는 안 되오. 나는 기어이 가브리엘 단눈치오가 되고 말 테니까."[27] 40년이 지난 뒤 그 여자는 믿기지 않는다는 듯 이렇게 덧붙인다. "그런데 가장 희한한 점은 그가 정말로 가브리엘 단눈치오가 되었다는 것이다."

클라라가 자유를 얻은 것은 그의 소설 같은 음모 덕분이 아니다. '아내는 어디건 남편을 따르게 마련이므로' 그 여자가 불법 사취 현장에 있었다는 사실은 범법 사유가 되지 못함을 검사가 그에게 통고한다. 공소 기각. 그 여자는 두 동반자의 변호 운동을 조직하기 위하여 프랑스에 돌아가기로 한다. 수사는 종결. 재판은 2주일 뒤에 열릴 예정이다. 앙드레는 그녀에게 "저 사람들은 신빙성 있는 근거가 전혀 없소. 나는 당신보다 먼저 프랑스에 도착할 거요"라고 말한다.

사건의 심문은 6개월이나 계속된다. 조사의 필요와 사건의 중요성

27_《우리들의 20세》, pp. 186~191.

에 비추어볼 때 불필요한 조치라고 판단하여 혐의자들의 구금을 거절함으로써 처음부터 호의를 보인 예심판사 바르테 씨는 사원에 끼친 손상에 대한 감정을 요구하는데, 물론 그 일을 맡은 사람은 앙리 파르망티에였고 빅토르 골루베브가 보조역이다. 골루베브는 나중에 말로와 루이 피노의 친구가 된다. 극동 프랑스 학교 교장인 루이 피노는 제출된 의견서를 검토한 끝에 반테이 스레 사원 청소와 '정밀 검사'를 결정했다. 이 문화재 복구를 위하여 돌 하나하나를 조직적으로 해체한다는 뜻인데, 결과적으로 위대한 걸작품을 구하는 데 큰일을 해낸 절도범 앙드레 말로에게 간접적인 경의를 표한 셈이 된다.

그다음에 바르텐 판사가 진행한 심문은 '겸손'과 '모범적인 태도'를 인정받은 적 있는 루이 슈바송에게 불리하지 않았다. 그러나 파리 경찰이 보낸 '말로 조르주 앙드레'의 서류는 1920년대 프랑스 식민지 같은 분위기에서는 피고를 불리하게 만들 만했다. 열렬한 문학 활동, 전위적 집단에 가담(이 대목에서는 물론 볼셰비키 이론이니 아나키즘 따위의 단어가 사용된다), 유대계와 독일계 이민들과 친교, 프러시아 출신 이스라엘인과 결혼, 〈랑드뤼에게 바치는 찬사〉를 쓴 조르주 가보리와의 교우 관계 등은 말로 조르주 앙드레를 반사회적 지성인, 비윤리적 모험가, 국적 불명 딜레탕트의 전형으로 만드는 데 일익을 담당했다.

'문화재 훼손'과 '앙코르 단지의 반테이 스레 사원에서 절취한 저부조 일부 불법 사취' 죄로 입건된 앙드레 말로와 루이 슈바송의 재판은 1924년 7월 16일 7시 30분, 프놈펜 경범재판소에서 열렸다. 재판은 이틀에 걸쳐 3회의 심문으로 구성되었다. 사건이 기이하고 주범이 인물인지라 방청객이 많았다.

조댕이라는 이름의 재판장은 진상을 밝히는 쪽보다 어떤 태도를 취하고 어떤 말로 쏘아붙일 것인가에 더 신경 쓰는 것 같았다. 검찰 측은 지오르다니 검사였다. 앙드레 말로의 변호는 파르스보 변호사가, 루이 슈바송의 변호는 뒤퐁 변호사가 맡았다. 법정은 숨 막힐 듯 무더웠다.

말로는 사이공의 《렝파르시알 L'Impartial》지 특파원같이 호의적이지 못한 관찰자들에게 아주 강력한 인상을 주었다. "깡마르고 창백하며 극도로 생기 있는 두 눈이 빛나는, 수염도 안 난 훤칠한 청년이다… 언변이 매우 좋고 극성스럽게 자기 방어를 하는 태도로 보아 에너지와 고집이 대단한 것 같다… 그는 심문 내용 하나하나를 반박하면서 놀라운 힘으로 자기 입장을 변호할 줄 알았다."[28] 한편, 《레코 뒤 캉보주 L'Echo du Cambodge》지의 기자는 피고가 '본격적인 고고학 강의'를 했다고 적었다.

그가 이 같은 재능을 과시한 것은 이로우면서도 해로운 결과를 가져왔다. 경찰의 몇 가지 조서에 쓰인 것처럼 단순히 모험적인 사기꾼이 아니라는 것을 보이고, 그가 자처하듯이 반은 고고학 전문가로서 그야말로 압도하는 위엄을 보였다는 점에서는 이로웠다. 그러나 힘차고 거창한 자기 변호는 그가 이 사건의 책임자라는 것을 드러낼 뿐만 아니라 재판부(판사와 검사)의 비위를 거슬렀고, 변호인이 정상 참작을 위하여 피고가 아직 어리고 경험이 없다는 점을 강조할 수 있는 여지를 좁혀놓고 말았다.

두 증인의 증언도 그에게 이롭지 않았다. 시엠 레압의 파견관인 크

28_《렝파르시알》, 1924년 7월 22일.

레마지는 거침없이 증언하면서 변호사도 알지 못하는 경찰 심문 내용까지 들먹거렸다. 그 사나이는 특히 그들이 도착한 이후 파리와 하노이 당국의 경고가 수없이 내려왔으므로 그들을 '주시하게' 되었고, 그들의 정체도 쉽게 알았다고 주장했다.

앙리 파르망티에는 그렇게까지 모질지는 않았다. 현재 루이 슈바송의 기억에 의하면, 특히 직업적 전문가가 운 좋은 아마추어에게 갖기 쉬운 질투와 악의 때문인 듯한 불리한 증언이 있었던 것 같다. 그렇지만 파르망티에는 1923년의 그 여행자들보다 먼저 반테이 스레이 사원을 재발견하고 연구했으며 매우 진지한 기록을 정리했다는 사실, 말로가 이 원정을 감행한 데는 그의 연구가 근거가 되었다는 사실, 그가 이들 일행을 앙코르까지 동행해주었고, 그 결과 그가 보호자인 셈인 사원이 이 젊은이들 손에 토막이 나서 상자에 담긴 것을 알게 되었다는 사실을 잊어서는 안 된다.

사원이 폐허 상태였다는 그의 주장(그렇기 때문에 극동 프랑스 학교가 그 사원을 문화재로 지정하는 데 늑장을 부린 셈이다)은 변호인 측에 도움이 되었다. 하여간 그는 이 '젊은 아마추어들'이 지닌 미학적 안목에 경의를 표하면서 결론을 맺었다.

재판관들 앞에서 말로가 취한 태도에 대해서는 《정복자》에 나오는 가린의 재판 이야기를 읽어보면 가장 잘 알 수 있다.[29] 클로드 바네크와 행정관청의 분쟁만큼이나 다분히 자전적인 이야기다. 거기 보면 말로 가린(임신 중절 방조 혐의자)은 재판관들하곤 전혀 딴 세상에 있는 듯 자기에게 이런 일이 일어났다는 사실이 꿈인지 생시인지 믿을

29_《정복자》, p. 19.

수 없어 한다. 그가 무슨 죄를 지었단 말인가. 저런 모호한 서류와 특수 용어와 제복으로 저 바보 같은 작자들은 그에게 뭘 요구하겠다는 것인가. 그는 이 무슨 구역질나는 악몽 속에서 몸부림치는 것일까. 그리고 도대체 따져본들 무슨 소용이 있는가. 부조리, 부조리가 바로 이것이다. 물리적으로 대항할 길이 없는데 대들어본들 아무 소용이 없다.

두 번째이며 마지막 날인 7월 17일의 재판이 열리자 검찰은 이 사건을 단순한 밀림 강도 사건으로 몰아갔다. 지오르다니 씨는 고고학에도 심리학에도, 아니 말로의 경우와 관련 있는 그 어느 것에도 소질이 없음이 명백했다. 그리고 변론 순서가 되었다.

앙드레 말로의 변호사인 파르스보 씨는 문제의 사원이 지정된 문화재가 아니므로 범죄 자체가 성립되지 않는다는 것을 열심히 증명했다. 더군다나 어느 당국이 문화재로 지정하고 그것을 보호하며 소송을 걸 권리를 가졌단 말인가. 총독부가? 캄보디아 왕이? 극동 프랑스 학교가? 이 지극히 애매한 문제들이 해명되지 않는 한, 어떻게 이처럼 그 법률상의 위치가 부정확하고 게다가 보호가 소홀한 유적을 지킨다는 명목으로 이렇듯 규정이 불분명한 행동을 한 사람들을 벌할 수 있단 말인가.

변호인 측과 라틴어 문자를 써가며 입씨름을 하다가 그만 "Tarde venientibus ossa(늦게 오는 자들에게는 뼈다귀밖에 돌아가는 것이 없다)"라는 말을 함으로써 부분적으로는 검찰 측을 두둔하면서도, 앙코르 지역의 폐허에서 사취 행위가 빈발할 뿐만 아니라 거기서 얻는 이익도 하찮은 것임을 인정한 재판장 조댕은 나흘 정도의 심사를 거치면 충분히 판결을 내릴 수 있을 것이라고 선언했다. 이리하여 7월 21일 결정문을 발표했는데 앙드레 말로에게는 3년 징역, 5년 체류금지형을, 루이 슈바송에게는 18개월 징역형을 선고했다. 또한 형을 받은 피고들은 부조를 원상 복귀해야 마땅하다고 덧붙였다.

우리는 여기서 지방색과 현학 취미가 막상막하의 경지에 드는 그 판결문의 일부, 특히 볼 만한 대목을 인용하지 않을 수 없다. "발굴단원의 책무를 띠고 온 극동 지방의 여행에서 말로는 본인의 진술과 같이 고고학적 상이익商利益을 획책하여 롤랑 보나파르트를 뺨칠 정도로 인심 좋은 무상 공여의 미명 아래 고대 유물을 암거래하는 라인 강 저쪽 국적의 상인들과 지속적인 관계를 맺었고… 이 천박한 강도 행위를… '공식 조사단'의 이름으로 위장하는 데 성공했기에…"[30]

사법관의 폭력적이고 뻔뻔스러운 態度에 겹쳐 어처구니없을 만큼 과중한 형량과 사건 전체를 에워싼 계획적인 모함의 분위기에서, 앙드레 말로는 상상력뿐만 아니라 젊음과 재능을 외면하는 조작적이며 보수적인 한 세계의 화신과도 같은 인물들 속에서 자기가 부당한 취급을 받고 있다는 확신을 가졌다.

형을 받은 피고인들은 당연히 사이공의 상급 법원에 항소했다. 항소심은 2개월 후에 열릴 예정이었다. 이 두 재판 사이에 앙드레 말로는 두 가지 사실을 깨달았다. 몇몇 신문의 저열함과 추잡함이 하나이고, 문단 일각이 보여준 동지애가 다른 하나였다. 그 양자가 다 같이 그에게 좋은 영향을 주었다.

슈바송과 말로가 항소심 재판을 기다리면서 이번에는 좀 더 효과적으로 방어할 준비를 하는 사이공에서는 우선 비열한 신문이 그 모

30_ 미발표 문헌.

습을 드러냈다. 말로는 식민지 법조계에서 가장 이름난 변호사인 베지아 씨와 갈루아 몽브렁 씨의 도움을 받을 가능성이 있었다. 그러나 대다수의 신문이 이미 그들 주위에 숨 막히는 분위기를 조성하고 있었다.

프놈펜 주재 특파원의 기사를 통해 경범 재판 때 비교적 객관적인 보도를 한 《렝파르시알》의 편집국장 라슈브로티에르는 7월 22일부터 벌써 절단해낸 저부조 사건을 게재하고[31] 그 '미술품 파괴자들'에게 따끔한 벌을 내리라고 요구하면서 공격을 개시했다. "불상을 담은 본격적인 화물들이 메콩 강을 따라 흘러내려와서 수집가들의 이해관계를 돕거나, 아니면 냄새를 맡은 지방 애호가들의 손으로 넘어가고 있다"는 것을 인정하면서, 악랄해질수록 평판이 높아진다고 여기는 그 인물은 피고들에게 중형을 내림으로써 이런 일이 다시는 일어나지 않도록 하라고 당국에 요구했다.

9월 초 《렝파르시알》은 파리의 일간지 《르 마탱 Le Matin》의 8월 3일자 기사를 인용했다. 그 기사는 허영에 들뜬 건달이며 뻔뻔스러운 모험가로서 선량하고 순진한 사람들에게 자금을 빼내기 위하여 오직 자기 이름이 유명해지기만 기다리는, 장미꽃을 단 청년 말로에 대하여 잔혹한 비난으로 일관했다.

말로는 분노한 나머지 《렝파르시알》사로 달려갔다. 쉽사리 만나주지 않던 라슈브로티에르는 교묘한 구실을 만들어 인터뷰를 통해 그의 견해를 피력해보라고 제안했다. 자기 생각을 알리고 싶은 생각에

31_ 그중 한 장은 이 사건과 관련이 없는 앙코르의 부조를 찍은 것이다. 《앙드레 말로의 인도차이나 모험》, p. 51.

마음이 급해졌고 이런 방법으로라도 유명 인사 노릇을 한다는 데 마음이 동한 말로는 《렝파르시알》의 기자를 만나기로 수락했다. 그 신문은 9월 16일자에 '앙코르 조각품 사건'이라는 제목으로 그 청년의 발언 요지를 실었다.

앙드레 말로는 신문과의 관계에서 약삭빠르지 못한 편이었다. 그날도 마찬가지였다. 최고의 악의를 가지고 찾아온 것은 아닐 테고, 그를 '불타는 듯하면서도 우수의 베일에 가려진 듯한 눈을 가진' 인물로 소개한 기자에게 말로는 '1미터 20센티미터가 채 안 되는 돌무더기'에서 '깨진 부조 몇 개'를 주웠을 뿐이며 체포된 것도 '오해 때문'이라고 했다. '증권계의 전설적인 인사'이며 '국제적인 대 석유회사'의 사장이라고 소개한 아버지의 지위는 말로가 상행위의 사명을 띠고 이곳에 왔다고 생각하게 만들 가능성이 있었다. 게다가 아내의 출신은 그 여행의 실질적 목표에 대하여 의혹을 자아낼 만했다. 이 이상 더 부주의와 허풍과 허위를 한데 합쳐놓기도 어려운 일이었다.

인터뷰는 오히려 나쁜 인상을 준 편이었다. 그러나 말로에게는 다행스럽게도, 라슈브로티에르는 피고를 난처한 입장에 몰아넣어 자기 신문에 유리한 보람 있는 논쟁의 이득을 얻어내는 데 만족하지 못하고 그가 흔히 사용하는 저열한 어투로 말로를 짓밟았다. 말로의 응수는 철저하게 과격했다. 갖가지 격렬한 표현 중에서도 라슈브로티에르에게 8년 전 그가 공갈과 부정부패 혐의로 재판받을 때 신문이 그를 이런 식으로 취급했다면 어떻게 생각했겠느냐고 물었다. 논쟁에서는 가장 큼직한 근거를 들먹거리는 것이 가장 유리한 법. 《렝파르시알》의 그 덕망 높은 편집국장은 분개한 척했지만, 그 뒤 상고심 공판이 시작될 때까지 입을 다물었다.

〈비단 구두〉(폴 크로델의 희극—옮긴이)에서도 그렇듯이 '말로 사건'은 그 당시 두 대륙에서 진행된다. 앙드레가 계절풍의 빗줄기 속에서 이 비열한 공격이 과연 어디까지 갈 것인가를 생각하고 있을 때, 클라라는 파리의 여름 더위 속에서 수많은 친구와 동료, 편 들어주는 사람들의 너그러운 마음씨에 감동하고 있다.

클라라는 사이공에서 파리까지 오는 동안 겪은 번민을 매우 섬세하고 솔직하게 이야기했다. 배 안에서 만난 프랑스 외교관과의 짧은 관계, 앙드레와 그녀의 생애에 중요한 역할을 담당할 사이공의 변호사 폴 모냉과 여행 중에 맺은 우정, 시동생이 마중 나오지 못한 마르세유 도착, 자신이 경영하는 몽마르트르의 호텔방(약간 수상쩍은)에서 그녀를 맞은 옛날 하녀에게 들은 진상, 즉 말로는 3년 징역형을 받았으며 《르 마탱》과 《르 주르날 Le Journal》지의 독기 어린 기사와 함께 파리의 신문마다 보도되어 깜짝 놀랐다는 이야기 그리고 마침내 가족들과의 재회. 가족들은 '그 불한당, 그 파렴치범'과 이혼하라고 권하지만 헛수고다…

그 여자가 동원하려고 한 최초의 동맹군은 앙드레 브르통 부부. 클라라는 꼭두새벽에 그 집으로 찾아가서 앙드레를 프랑수아 비용 같은 인물로 설명하고, 그들이 감행한 모험을 마치 랭보가 상품 거래 쪽보다 고고학 쪽을 선택했을 경우 감행했을 것 같은 모험으로 만듦으로써 그 부부를 설득했다. 이번에는 시동생을 만나 앙드레는 '아무 죄가 없다'는 서약을 하고서 그가 공동의 목표를 위하여 몸을 바치도록 만들었다. 앙드레의 어머니는 봉디의 식료품 가게를 팔고 몽파르나스 역 근처에 얻은 조그마한 아파트에서 이 여행자 며느리를

맞았다. 방 두 칸짜리 아파트에 끼어 지냈지만 거기서 맛본 애정 어린 분위기는 클라라의 마음을 뒤흔들었다

그 이튿날, 클라라는 페르낭 말로와 마르셀 아를랑 그리고 그를 돕기 위하여 사이공으로 돌아가는 일을 연기한 폴 모냉을 대동하고 사태의 추이를 바꾸어놓을 계획을 실천에 옮기기 시작했다. 유명 작가들의 모임에서 사법부에 앙드레의 재능과 장래성, 문단에서의 '필요성'을 보증하면 어떨까 하는 것이 그녀의 생각이었다.

최초의 동지인 르네 루이 두아용은 8월 3일자로 파리에 공개된 공판 결과를 보고 놀란 나머지 7일날 젊은 동료에게 가해진 벌에 항의하고 앙코르의 '범죄'라는 것과 프놈펜의 벌 사이의 불균형을 강조하기 위하여 《레클레르 L'Eclair》지의 문예란 머리기사를 썼다. 막스 자코브는 두아용의 쾌거를 칭찬하면서 '말로 일당'[32]을 지원하겠다는 의사를 밝히는가 하면, 프랑수아 모리악도 과거에 어떤 관계나 동조, 심지어 비슷한 면 하나 없지만 이런 일에는 기꺼이 나섰다. 앙드레 브르통 역시 8월 16일자 《레 누벨 리테레르 Les Nouvelles littéraires》지에 〈말로를 위하여〉라는 글을 기고함으로써 우정 어린 선의에서 능동적인 지원으로 한걸음 발전했다.

1924년 9월 6일자 《레 누벨 리테레르》는 놀라운 서명들이 동반된 탄원서를 실었다.

아래에 서명한 우리는 앙드레 말로에게 내려진 선고에 경악을 금치 못하며 프랑스의 지적 유산을 증대시키는 데 기여하는 모든 인사에 대

32_ 막스 자코브의 표현. R. L. 두아용이 《인간의 회고 Mémoire d'homme》.

하여 사법부가 흔히 보여온 특별한 배려를 믿어 의심치 않는다. 우리는 그 젊음과 이미 발표된 작품으로 보아 장래가 주목되는 이 인사의 지성과 실질적 문학 가치를 보증하고자 한다. 우리는 선고가 확정됨으로써 우리 모두가 기대하는 업적을 앙드레 말로가 실현하지 못할 경우의 손실에 대하여 깊은 우려를 표시한다.

당대의 이름난 작가, 즉 앙드레 지드, 프랑수아 모리악, 피에르 마크 오를랑, 장 폴랑, 앙드레 모루아, 막스 자코브, 루이 아라공 등이 서명했다.

말로는 예술가로서는 최고 가는 보증인들을 등에 업고 사이공의 상급 재판소에 출두할 참이었다.

10월 8일 오전 8시, 앙드레 말로와 루이 슈바송은 새로운 재판관들 앞에 섰다. 재판장은 이 법원 판사인 고댕 씨가 맡았다. 그는 우선 길고 세밀하게 사건 경위를 설명했는데, 변호사 베지아 씨와 갈루아 몽브렁 씨가 짤막한 이의를 제기하거나 변호인 측도 아는 증거 서류를 낭독하느라 이따금씩 중단되곤 했다. 오후에는 검사인 모로 씨의 논고가 있었다. 그는 여행자들의 목적이 목적인 만큼 식민성에 발굴단 구성 명령서를 신청했다는 사실이 얼마나 뻔뻔스러운 일인가를 강조했다. 또한 반테이 스레 일대는 지난 세기 시암에 정복된 캄보디아의 공식 영토로서 1907년 프랑스가 되찾아 크메르 왕에게 반환했으니 토지나 돌이나 다 그의 합법적인 소유물인 터, 그 사원은 주인 없는 재산으로 간주될 수 없다는 점도 강조했다. 그러니 분명 '절도 행위'라는 것이었다. 이를 근거로 검사는 슈바송에 대해서는 7월 21일자 형량의 단순한 확인을, 말로에 대해서는 1심 형량의 유지 외에 본래 요구된 체류 금지 기간의 연장과 공민권 박탈을 요구했다.

훤칠하고 용모가 뚜렷한 데다 윤곽이 힘차며 목소리는 쩌르릉쩌르릉 울리는 베지아 변호사는[33] 상대방이 그처럼 단호하고 탄탄한 이론을 내세운다 해서 쉽게 당하고 있을 사람이 아니었다. 이 사건에서 자기의 고객은 '사법부의 저울이 단순한 신화가 아니라는 당연한 신념'을 가져보지 못했다는 점에 유감을 표하면서 권리의 문제를 들고 나왔다.

이 유적이 어째서 손대면 안 되는 것이란 말인가? 베지아 변호사는 소리쳤다. 만약 문화재로 지정되었다면 그럴 것이다. 하지만 파르망티에 씨는 이미 1916년에 그곳을 다녀왔고 그 '잔해'에 대해 충분히 연구했는데, 그는 왜 문화재 지정 절차를 밟지 않았는가. "균형을 지탱하고 서 있는 얼마 안 되는 부분조차도 건축 공사에 쓰려고 쌓아놓은 자재 정도의 통일성밖에 없을 정도로"[34] 이 폐허가 한심한 상태였기 때문이라고 여겨지는데…

베지아 변호사는 앙리 보르도처럼 믿을 만한 예술원 회원, 에드몽 잘루처럼 존경받는 비평가, 앙드레 지드처럼 유명한 작가 등이 말로에 대해 찬사한 글을 인용하면서, 모로 씨가 소개한 것과는 전혀 다른 말로의 인물 됨됨이를 설명할 생각이었다. 변호사는 물론 클라라의 탄원서와 그 뒤에 이어지는 기라성 같은 서명들을 낭독하고서 고객의 무죄 석방을, 적어도 집행유예를 요구했다. 그리고 "그 정도의 경미한 잘못을 들어 나의 고객을 고소해야 한다면, 과거 해군 장성이

33_ 22년 후 사이공에 갔다가 전혀 다른 상황에서 그와 접촉한 필자로서는 변호사 베지아 씨가 만만치 않은 상대라고 단언할 수 있다.
34_《앙드레 말로의 문학 청년 시절》, p. 225.

나 상류층 거류민도 유물 손상을 문제 삼아 입건했어야 마땅할 것이다"[35]라고 결론 맺었다.

10월 28일에 내려진 재판부의 판결은 변호인 측의 결론을 상당량 인정한 결과였다. 말로는 징역 1년에 집행유예를 선고받았고 체류 금지 요구는 인정하지 않았다. 슈바송은 8개월 징역에 집행유예였다. 그리고 저부조의 원상 복귀를 명령했다. 판사 고댕의 확정 판결문을 보면 프놈펜 재판에서 사이공 재판 사이에 일어난 사건 및 정신적 태도의 변화를 잘 알 수 있다.

　젊은 문필가 조르주 앙드레 말로는 실질적인 미술 지식을 갖추면서 앙코르의 사원과 크메르 미술의 경이에 깊이 경도되어 인도차이나행을 결심했다…

　말로와 슈바송은 그들이 절단해낸 저부조를 사취했고, 또 세관의 눈을 속이고 사취 행위를 자행한 것이 사실로 간주되므로…

　두 피고인이 매우 젊고 조회 내용에 결점이 없다는 사실을 참작하여…

말로는 그것으로 만족하지 못했다. 그는 파기원에 상소를 청구하기로 결심했다. 그렇게 함으로써 자기가 발견한 반테이 스레 조각품을 환수받을 수 있으리라고 확신했던 것이다. 그는 6년 후 앙드레 루소와의 인터뷰에서 그 조각품이 "프놈펜 박물관에 억류되어 있다… 파기원은 내려진 판결을 무효화했다. 이제 남은 것은 최종 판결이

35_《앙드레 말로의 문학 청년 시절》, p. 220.

다"[36]라고 선언했다.

앙드레 말로는 이중으로 잘못 생각하고 있었다. 저부조는 반테이스레 사원 현장에 복원되어 오늘날 누구나 찾아가면 감상할 수 있다. 또한 파기원은 사이공의 판결이 "심문과 방청의 공개 원칙을 명시하지 않았다"는 하찮은 이유로 판결을 무효화하는 정도에 그쳤다. 한마디로 피고는 배상을 받지 못했다. 모르네같이 권위 있는 검찰총장은 사이공과 프놈펜의 두 판결이 "일체의 법 정신을 무시한 채"[37] 내린 것이라고 공언했음에도 불구하고(어떤 이들의 말에 의하면) 파기원은 상소를 인정한 것이 결코 아니었다.

1924년 11월 1일, 앙드레 말로와 루이 슈바송은 마르세유로 떠나는 화물선 샹티이호에 올랐다. 그를 모욕하고 상처 준 그 저주받은 땅을 발로 차면서? 천만에. 이 사건이 그들의 마음에 어떤 흔적을 남겼을까 하는 오늘의 질문에 루이 슈바송은 이렇게 대답한다. "내게는 일생에서 가장 아름다운 시절이었지요. 그것으로 우리는 가장 큰 모험을 경험하고 위험을 무릅쓰고 상대들과 대결한 거지요. 재판 절차는 잔혹하다기보다 어처구니없고 터무니없게만 보였습니다. 그래서 우리는 몇 번이나 폭소를 터뜨리곤 했지요! 우리가 그때처럼 진하게 살아본 적은 없답니다!"

알프레드 자리의 작품을 좋아하는 아마추어로서 맛본 상황의 아이러니를 넘어서서, 말로는 이 최초의 인도차이나 모험에서 새로운 투쟁의 이유를 발견했다. 그가 찾던 것을 획득하지는 못했다. 그러나

36_ 《캉디드 Candide》, 1930년 11월 13일.
37_ 《앙드레 말로의 문학 청년 시절》, p. 249.

돌덩이 몇 개와 3, 4년 동안 '편안히 살 수 있는' 수단 이상으로 공감과 신념과 위기의 감정과 더불어 3, 4년보다 훨씬 오랜 세월을 별로 편안하지 않게 살 수 있는 수단을 얻은 것이었다. 원한이나 반격 욕구에 자극을 받았는지 어땠는지는 모르나 그는 위험을 각오하면서 수호할 만한 목적을 발견했다.

프놈펜 병원에서 여러 사람들과 이야기를 나눈 이후, 그는 크메르 미술이나 재판과는 아무 관계 없는 숱한 대화들을 이어갔다. 파리에서 돌아온 폴 모냉을 만났고 그를 통해서 안남 해방 운동(그 당시에는 베트남을 안남이라 불렀다) 인사들을 알게 되었다. 그는 이 저항인들에게 매료당하는 동시에 식민지 질서의 수호자들(관료, 법관, 신문기자)에게 분노를 느끼며 그 속에서 후일 자신이 동지애라고 명명할 그 무엇을 발견했다.

프랑스로 떠나기 전날 앙드레 말로와 루이 슈바송은 '식민지 부조리의 상징' 그리고 '안남인들의 친구'로서 그들을 위하여 폴 모냉이 주선하고 주재한 만찬에 초대받았다. 그들에게 기껏해야 쓰디쓴 추억만 남겼을 뻔한 그 고고학적 법률학적 불상사는 이리하여 일종의 개선으로 끝났다. 공식적인 사회로부터 버림받고 단죄된 그가 반사회反社會에서 영접받은 것이다. 말로는 후일 사반세기 가까이 그 반사회의 매우 적극적인 우군이 될 터였다.

앙드레 말로는 그 시련에도 불구하고, 아니 그 시련 때문에 모냉과 함께 인도차이나를 떠나되 반드시 되돌아오겠다고 결심했다. 그들은 단지 '원주민들'을 법률적으로 보호만 할 것이 아니라 그 목적을 위한 신문이 필요하다는 데 의견 일치를 보고 함께 신문을 내기로 했다. 이리하여 말로가 떠난 목적은 단지 라슈브로티에르 씨와 좀 신선한 공기로 거리를 두고, 건강을 회복하여 아내와 가족을 다시 만나겠다는 것에 그치지 않았다. 무엇보다 신문을 창간하는 데 필요한 수단을 강구하고, 당장 필요한 동업자를 모아야 했다.

클라라와의 재회는 열렬하면서도 애매한 데가 있었다. 그들의 관계가 다 그랬다. 클라라는 11월 29일 "1년 징역에 집행유예"라는 짤막한 전보를 받았다. 3주일 후 그녀는 마르세유 부두에 서 있었다. 말로는 미소를 짓곤 이렇게 말한다. "우리 어머니한테는 뭐 하러 갔소?" 가족의 비밀이 드러났다는 사실(그는 아직도 그게 비밀인 줄 알았다)에 약간 화가 난 것이다. "당신과 나는 한 달 후 다시 사이공으로 떠나는 거요. 안남 사람들에게는 자유로운 신문이 필요해요. 모냉과 내가 신문사를 경영할 거요." 그러곤 클라라에게 '인도산 대마초' 한 갑을 건네준다("신기한 음악이 울리고 단어들이 오색의 영상들을 불러내지. 마음속의 스펙터클을 지휘할 수도 있고. 내가 당신에게 시를 읽어주면서 도와주겠소").

클라라는 대마초를 피우자 환각 상태에 빠지고 '자기 존재를 비운 듯한' 상태에서 배를 타고 오는 동안 있었던 일을 말로에게 고백한다. "웬 남자가 침대가에 앉아서 우는 걸 봤어요."[38] 내레이터의 개성 때문에 반대가 되긴 했지만 《인간의 조건》에 나오는 키요와 메이의 장면 그대로다. "당신이 나를 구해주지 않았던들 나는 헤어지고 싶은 기분이오… 그 녀석이 이제는 당신을 멸시할 권리가 있다고 여길 걸 생각하면… 남자란 자기가 소유해버린 여자를 어떻게 생각하는지 나는 잘 알고 있소."[39]

38_《우리들의 20세》, pp. 268~270.
39_ 위의 책.

그들은 페르낭 말로를 오랜 시간 만났다. 페르낭은 식민지 질서에 반대하는 마음 착한 사람을 겨냥한 정치 계략에 자기 아들이 희생되었을 뿐임을 확인하고 있었다. 고상한 단순화. 그러니 앙드레는 아버지한테 새로운 도움을 청하기가 더욱 편하다. "실패한 상태로 주저앉을 수는 없어요." 클라라는 그때 시아버지의 자부심이 남편의 자부심과 일치하는 걸 보았다. 다행히 증권 경기가 다시 좋아지고 있었으므로 페르낭 말로는 이렇게 말한다. "너희가 싱가포르에 도착해보면 은행에 5만 프랑이 가 있을 거다. 거기까지 도착하기만 해라. 분명히 말해두지만 나한테서 더 이상 돈은 기대하지 마라. 한 번 실패는 인정할 수 있지만 두 번이나 실패하면 도움을 받을 자격이 없는 거야."[40] 이 의기양양한 부르주아적 윤리는 당시 젊은 부부의 마음에 썩 들었던 것 같다.

며칠 뒤인 그들이 출발하기 전전날, 앙드레는 베르나르 그라세의 '속달'을 받는다. 그는 말로를 만나자면서 자기네 출판사의 인기 작가인 모리악이 보낸 소개장을 믿고 말로의 책 세 권을 내겠으니 계약을 맺자고 제안한다. 그라세는 앙드레를 설득하여 계약금으로 3000프랑을 받게 만들고는 이렇게 덧붙인다. "떠나시오. 그리고 가능한 한 너무 늦지 않게 책 한 권 분량의 원고를 넘겨주시오. 그토록 많은 작가들이 당신을 위해서 나서준 기막힌 광고를 좀 생각해보시오!" 좋은 작가를 냄새 맡는 재능과 사업 감각, 너그러운 마음씨가 막상막하인 발 빠른 인물이 그라세다.

앙드레 말로는 그 전에 이미 《캉디드》《미루아르 데 스포르 *Miroir des*

40_ 위의 책, p. 276.

sports》《르 카나르 앙셰네》 등의 신문에 실린 기사를 인용 보도하는 권리를 확보하기 위하여 신문 발행인과 편집국장들을 접촉해두었다. 슈바송은 특파원 자격으로 프랑스에 남았다. 그의 어머니는 브르고 뉴에 있는 작은 집에서 '마지막 오리를 잡아주지만' 지난 8월 5일자 지방 신문의 "젊은 프랑스 강도 둘이 인도차이나의 사원을 털다"[41]라는 기사를 읽은 충격에서 아직 헤어나지 못했다.

　말로 부부는 배에 오르기 전에 생 브누아 쉬르 루아르에 잠시 들러 친애하는 노인 막스 자코브를 만났다. 그는 말로가 상당한 금액을 받고 중국 일대로 강연 여행을 하고자 한다는 내용의 편지를 아르망 살라크루 앞으로 써준다. 그리고 노시인은 말로가 '자기'의 아시아를 이야기하면서 그곳의 '감옥과 혁명, 몸값과 기근'[42]에 대해 아무런 언급이 없는 것을 보고 놀라워한다. 막스여, 조금만 기다려보라…

41_ 루이 슈바송과 필자의 인터뷰, 1972년 2월.
42_《앙드레 말로의 인도차이나 모험》, p. 62.

3. 도전

식민주의의 은근한 매력

앙드레 말로의 첫 번째 인도차이나 모험(1923~1924)은 밀림의 그 파먹는 듯한 그늘 속에 묻힌 장밋빛 사암의 저 경이로운 돌무더기, 즉 반테이 스레 사원이라는 표상으로 묶어 말할 수 있다. 두 번째 모험(1924~1925)은 폴 모냉의 인격으로 특징지을 수 있다. 말로는 그의 대담하고 소용돌이치는 생애를 통하여 피카소에서 트로츠키까지, 지드에서 마오쩌둥까지, 아이젠슈타인에서 드골까지 이 시대의 가장 혁혁한 인물들과 마주했다.

폴 모냉은 리용 상류 부르주아 가문의 아들이었다. 전쟁 초기 열여덟 살의 나이에 입대하여 여러 차례 부상을 입기도 했는데, 제대하고 돌아와 집안이 반쯤 몰락한 낯선 모습으로 변한 것을 보았다. 그는 머리에 매우 심하게 입은 마지막 부상을 치료한 뒤 인도차이나에서 인생의 길을 개척하기로(그 까닭은 알 수 없다) 결심, 1917년 아내와 갓난아이를 데리고 떠났다. 재능 있는 변호사인 그는 매우 빠른 속도로 사이공 법조계에 자리를 굳혔다. 우선은 그의 직업적 재능, 즉 청중을 매료시키는 웅변 덕분이었고, 다음은 그의 정치적 태도가 한 몫을 했다. 보수주의와 가부장적 이념에 물든 인종차별주의 그리고 억압적인 사회 분위기에서 '원주민'의 친구로 자기 입장을 확립한 것이다.

마르크스 이념을 지닌 혁명가일까. 천만에. 폴 모냉은 분명 1922년에 등록된 선원 파업을 선동했고 때로는 붉은 깃발을 들기도 했다. 그러나 선동가 기질은 전혀 없었다. 식민지 문제는 계급, 구조 혹은 이데올로기의 문제가 아니라 인격 존중의 문제라는 게 그의 생각이었다. 그의 이념은 1789년 대혁명과 인권연맹의 이념이었다.

마르크스주의라면 거의 백지였고 사회주의에 어렴풋이 경도되었지만 이론이나 책에는 별로 정통하지 못한 그는 정의의 실천가였고, 공화국의 권위를 들먹거리는 모든 사람들에게, 한걸음 나아가서 '계발될 가능성이 있는 모든 국민들에게, 대혁명의 원칙을 적용하는 데 몸 바치는 사람이었고, 또 그렇게 되고자 했다.

클라라 말로는 1924년 7월 프랑스로 돌아오는 배 안에서 그를 만났다. '얼굴이 황톳빛이고' 이마는 나직하지만 얼굴 윤곽은 섬세하며 정열과 너그러움으로 압도하는 듯한 이 매력적인 인물과 그 여자는 친구가 되었다. 모냉은 곧 유익한 충고를 하고 도움이 될 사람들의 주소를 알려주면서, 그녀가 옹호하는 목적을 성심껏 도왔다. 이내 사이공으로 돌아간 모냉은 상고심 전날 앙드레 말로를 만났고, 클라라가 예언한 대로 그들 사이에는 뜨거운 우정이 생겨났다. 그들은 둘 다 불의에 도전하는 사람, 서민적인 귀족, 바리케이드의 투사였다.

하지만 그들은 얼마나 다른 인물인가…

한쪽은 변호사로서 그에게는 목적과 사람들과 원칙이 있었지만 광범한 교양이 없었고 이론을 경계하는 편이어서 이념가라기보다는 행동가였다. 다른 한쪽은 아이디어가 백출하는 작가, 뼛속까지 지성인이며 보편적 교양과 다양하고 해박한 지식에 도취한 개념의 조작자였으니… 한쪽은 뚜렷하게 집단적이었고 다른 한쪽은 극단적 개인주의자였다. 그러나 불의를 멸시하는 마음은 하나였다. 모냉 쪽이 좀 더 윤리적이라면 말로 쪽은 좀 더 심미적이지만, 타협과 보수주의와 배타성에 대해, 또한 인종 차별과 관료주의에 대해 품은 혐오는 둘 다 같았다.

회고록의 제3권인 《투쟁과 유희 Les Combats et les Jeux》에서 클라라 말로는 모냉의 태도를 섬세하게 그려 보인다. "자기가 받은 것이면 남에게 주는 그 프랑스인은 다른 민족을 상대로 두목 노릇을 하지 않겠다고 작정했다. 다시 말하면 결정적 시기인 1925년에 다른 민족들과의 새로운 관계를 모색한 최초의 인물 중 한 사람이었다. 그 인물들이 믿는 가치는 잠정적으로 우리 자신이 지배자가 되게 만드는 우리의 가치와는 다른 것임을 그는 알고 있었을까. 그렇다고 생각되지는 않는다. 반면, 나의 동지는 그가 페르캉이라고 이름 붙인 그 사람과 영웅관은 매우 가까웠지만, 그 무렵에 이미 비유럽인이 자기들의 고유한 영역을 재건하는 데 성공하려면 그들 자신의 세계관을 파괴하는 수밖에 없다는 사실을 간파했다."[1]

오늘에 와서 앙드레 말로는 폴 모냉에 대해 다소 억지 겸손이 섞인

1_《투쟁과 유희》, pp. 32~33.

듯한 호의를 가지고 말한다. 하지만 그 인물이 지닌 과장이라 할 정도의 정의감과 무사무욕, 웅변 그리고 재판 진행 도중에 법관의 면전에 대고 감히 "재판장님, 우리들 시절에 흰 담비(예복에 흰 담비 모피 벨트를 둘렀던 법관을 지칭함—옮긴이)는 희고 깨끗하게 처신했습니다!"라고 꼬집을 수 있는 용기를 높이 평가한다. 그러면서도 자기의 인격 형성에 모냉이 결정적인 역할을 했다고 인정하지는 않는다.[2] 한편, 클라라는 식민지 사회에 대항하여 그들이 세우려고 노력한 그 '바리케이드' 건설에서 "우리의 협력자가 맡은 몫은 우리의 몫에 비길 수 없을 만큼 큰 것이었다"고 단언한다.

《정복자》를 쓴 사람은 모냉이 아니다. 현대 혁명사까지는 아니더라도 현대 사상사에서 중요한 것은 《정복자》지 변호사 모냉의 변론과 행동이 아니다. 그러나 모냉이 없었다면 《정복자》는 상상할 수 없는 것인지도 모른다.

1925년 2월, 말로 부부는 싱가포르와 방콕을 거치며 우여곡절을 겪은 끝에 두 번째로 사이공에 도착한다. 모냉이 부두에서 그들을 기다리고 있다. 이처럼 친구이자 동지인 사람에게 영접받은 말로 일행은 누구나 그렇듯이 유럽인 생활권의 심장부인 컨티넨탈 호텔에 여장을 푼다. 호텔은 시립 극장, 샤르네 시장, 카티나 가 사이에 위치하며 모냉의 변호사 사무실이 있는 펠르랭 가에서도 아주 가깝다. 알고 있다시피 그들의 첫째가는 관심사는 신문 창간이었다. 하지만 그 일을 하자면 우선 우리의 입장은 무엇인가, 우리의 투쟁을 통해 어떤 민족을 옹호하고, 어떤 사람을 물리쳐야 하며, 어떤 정권을 붕괴시켜

2_ 말로와 필자의 인터뷰, 1972년 6월.

야 하는지 알아야 한다.

자기 나름은 영리하고 자유로운 알베르 사로에 이어 부임한 마르시알 메를랭 같은 총독의 손아귀 아래 허리를 굽힌 사이공은 1925년 자족적 무기력과 공포 속에서 살고 있었다. 생고무 시장에 타격을 가할 세계적 위기가 몰아닥치기 전이니 사업은 순조로웠고, 흔히 능력은 있지만 현상 유지 외에는 다른 사명감이 없는 행정관의 감독하에서 재산은 구겨진 피아스터 화폐와 수출입 활동의 나직한 밀담 속에서 쌓여갔다.

남달리 자부심 강하고 감수성 예민한 그 민족을 치밀하고 강압적으로 수탈하여 이룬 이 호경기에는, 그러나 날이 갈수록 공포심이 스며들었다. 사실상 모든 공민권이 박탈되고, 1000명에 한 사람 꼴 정도의 비율로 (그것도 코친친에서만) 선거권을 가지며, 점진적인 토지 매점에 희생되고, 모든 분야의 경제 발전에서 소외당하며, 일체의 언론 자유를 상실한 채 통킹의 반보호령, 안남의 보호령 그리고 코친친의 식민지에 흩어진 1700만 안남인. 그들은 하등 존재요, 물건이요, 집단 농장의 쿨리나 논에서 일하는 '나케'나 캄보디아와 라오스에서 그저 입에 풀칠할 만큼밖에 받지 못하는 하급 관리 등에나 적당한 수준 낮은 인간이었다.

그러나 체제에 금이 가고 있었다. 금세기 초부터 민족지도자 팜 보이 초가 (국외에서) 그의 민족에게 항거를 호소해왔다. 1919년 평화 회의에서 인도차이나의 요구를 호소한 다음, 후일 호찌민이라는 이름으로 알려질 구엔 아이 콕은 1920년, 프랑스 신新 공산당 대열에 합세하여 프랑스에 정착한 노동자와 학생들을 규합했다. 사형언도를 받았다가 사면받은 그의 스승인 판 주 트린은 인도차이나로 돌아갈 준비를 하고 있었다.

1917년 10월혁명은 부르주아 세계의 근본적인 전복, 특히 그 반석으로 이용된 식민 체제의 전복을 시작했고, 인도차이나에서 가장 가까운 도시인 광둥은 중국혁명의 수도가 되어 있었다. 바로 거기서 좌익 국민당과 초기 중국 공산당의 대합작이 이루어졌다. 한편, 그 그늘에서 안남의 망명 청년들은 이제 막 모스크바를 거쳐 프랑스에 도착한 호찌민을 중심으로 '탄 니엔'을 결성했다. 1924년 한 민족 청년이 중국을 방문한 메를랭 총독을 살해하려고 기도한 것도 광둥에서였다.

신속한 번영과 얼음에 식힌 페르노 술과 한가한 끽연실과 열에 뜬 듯한 공무원 부정으로 형성된 사이공 사회는, 안으로는 안남 청년들이 그들에게 주어진 참을 수 없는 조건에 대해 의식화함으로써, 밖으로는 확대일로에 있는 아시아 민족주의 그리고 소련의 권능과 국제 노동자연맹의 아직은 간접적이지만 효과적 지지에 의해 침식당하고 있었다. 모냉과 말로가 영향력을 행사하겠다고 나선 지역의 정황이었다.

재원을 빨아들여 파리 쪽으로 토해내는 이 풍성하고 음습한 도시를 초월하여 우선 이 나라를 바로 봐야 했다. 4월에 모냉은 '뇨크맘' (이 나라의 대표 양념인 물고기 간장) 생산지로 유명한 소도시 판 티에트에 말로 부부를 데려간다. 그보다 15년 전에 호찌민이 교사 노릇을 한 곳이기도 하다. 아름다운 달라트를 에워싼 고원지대에서 그들은 징집관을 피하여 도망치는 쿨리들을 만난다. 징집관이 그들을 파라 고무나무 집단농장까지 강제로 끌고 왔던 것이다. 그 아름다운 붉은 땅에서 쿨리들이 할 수 있는 일이란 죽도록 일하다가 죽는 것뿐이었다. 그들은 생계도 보장받지 못한 채 노예 같은 노동뿐인 3년간의 계약에 묶여 끊임없이 빚을 지면서도 통킹으로 돌아갈 여비를 또 내지 않으면 안 된다는 것을 알고 있다. "그들은 떠날 때 가지고 온 땀에 전 거적때기에다 해골이 다 된 몸뚱이를 감쌀 날만 기다리고 있다. 여기서는 벌거벗고 살 수는 있지만 벌거벗고 죽을 수는 없기 때문이다."[3]

이렇게 하여 말로 일행은 자신들이 누구를 위하여 싸우며, 그들은 어떤 사람이며, 자신들의 투쟁 목적이 무엇인지를 알아가는 방법을 익힌다. 그들은 식민지 정황과 몸으로 부딪치는 한편, 하노이 정권의 전횡이 어떤 것인가도 경험한다. 강이라는 중국 상인이 3월 22일 순얏센의 기일을 추모하여 국민당에 선물(비행기 한 대)을 보내려고 모금을 했다 하여 체포, 구금되었는데(점잖게 '감시'라고 말했지만), 그를 석방시키려면 1925년 4월 한 달 꼬박 폴 모냉의 열성과 웅변이 필요했다. 수십 명의 중국인과 안남 상인을 파산시킨 몇몇 유럽인 대재벌이 사이공 항을 독점하려고 획책하다가 모냉 때문에 좌절되었다. 《랭도신》 팀은 바로 그 이중의 성공을 기반으로 일어서려고 했다.

그러나 여전히 위험은 많다. 그들은 앙드레 말로를 하노이로 파견하여 총독이 호의나 지지까지는 아니더라도 적어도 중립적 태도만은 지켜줄 것을 약속받고, 클라라를 싱가포르로 보내서 이제 창간하려는 신문에 탁월한 영국 신문의 기사를 넉넉히 발췌, 보도할 수 있는 권리를 얻기로 결정한다. 앙드레는 18개월 전 극동 프랑스 학교의 협

3_《투쟁과 유희》.

조를 얻으려고 했을 때보다 특별히 더 나은 성과를 거두지 못했다.

그는 심지어 이름조차 알려지지 않은 임시 총독 몽기요를 만나지도 못했다. 그 총독은 인도차이나 역사에 아무런 흔적도 남기지 못한 인물이었다. 말로를 만나준 사람을 비서실 직원인데 그는 프랑스어 신문을 내는 데는 반대하지 않겠지만, 이 나라 국어인 '콕규어'(3세기 전부터 로마 글자로 표기)로 내는 것은 절대 허가할 수 없다고 말했다. 하지만 소수 엘리트층밖에 읽지 않는 프랑스어 신문보다는 그 나라 말로 된 매체라야 훨씬 효과적인 독자층을 얻을 터였다.

1920년대 인도차이나의 언론법은 지극히 엄격했다. 1898년 12월 30일자 법령은 코친친뿐 아니라 보호령 전체에 '안남어, 중국어를 포함한 외국어 출판물'은 반드시 사전 허가를 받으라고 요구했다. 그런데 외국어란 사이공에서는 '원주민 언어'를 의미하니 혼동의 여지가 없지 않다. 여기가 바로 원주민이 외국인의 동의어가 되는 나라였다! 프랑스어로 발간하는 신문은 각종 시비, 협박, 압력, 총독의 기분이 성문 규정을 대신하면서 원칙적으로는 상당히 유연한 규정을 가지고 언제나 말썽꾼들의 입을 봉하는 재갈로 사용되었다.

이 검열과 총독 대변인과 맞서기를 기다리는 동안 모냉과 말로는 신문의 재정을 확보하지 않으면 안 되었다. 그들은 자금을 댈 익명의 출자자를 교양 있는 안남 부르주아층, 특히 국민당에 가입한 숄롱의 중국인 집단에서 구했다. 그들 중국인은 이웃 민족의 해방이 진전된다는 것은 장래 중국 해방에 대한 지지를 약속받는 것이라고 여겼다. 그리하여 어느 날 저녁 말로와 모냉은 식민지 전역에 퍼져 있는 중국인 집단이 모금한 기금을 《랭도신》 담당자들에게 전달하기 위하여 마련한 연회에 초청받았다. 그들을 전횡으로부터 벗어나게 해줄지도 모르는 그 새로운 신문을 살리기 위해 모금한 것이었다.

　식사가 끝나기 전에 모냉이 일어나 차분한 목소리로 중국의 목적에 얼마나 애착을 가지고 있는가를 말했다. 곧이어 이제 영국이 떠나고 나면 생겨날 공백을 메우는 것은 곧 프랑스의 이익이며, 탐욕스러운 몇몇 식민 국가만이 아니라 모든 나라가 혜택을 입을 경제 성장의 가능성은 프랑스의 민주주의 전통과 일치한다고 주장했다. 모냉은 순얏센 정치 이념의 근원이자 그의 후계자들이 충실히 지키고 있는 지도 노선, 즉 국민의 정부, 국민에 의한 정부, 국민을 위한 정부에 대해서도 말했다.

　나의 동지가 일어났다. 그는 몇 번이나 머리칼을 뒤로 탁탁 쳐서 넘기더니 손가락을 쳐들며 말했다. "우리 다 같이 신문을 만들어봅시다… 우리 다 같이 투쟁합시다… 우리의 목적이 똑같다고 말한다면 거짓일 것입니다. 우리를 가깝게 하고 뭉치게 하는 것은 우리가 공동으로 가진 적들입니다."[4]

그토록 다르면서 그토록 가까운 중국인들과의 우정 어린 저녁은 앙드레 말로의 마음에 깊게 새겨진 듯하다. 클라라의 말을 들어보자. 이 순간에 그녀의 한마디 한마디는 깊은 안목의 표현이며 반영이다.

　이 국민당 회식을 마치고 나자 말로는 인간 집단이란 그것을 구성하는 개인의 합이 아니라 개인을 초월하는 새로운 요소라는 사실을 깨달았다. 바로 이것이 따로따로 떼어놓고 보면 관심을 가질 가치가 없는

4_《투쟁과 유희》, pp. 118~121.

인간 집단에 주목할 필요가 있는 이유인 것이다.

우리가 패배자로 떠났던 그 나라에서 우리는 복종을 강요받았다. 우리가 그 복종으로 인해 고통받은 나머지 마침내 세계에 영향력을 행사하여 우리의 손찌검을 남기고 맡은 역할을 전복시켜보고 싶어 한 게 언제였던가. 아마도 상황을 거꾸로 뒤집겠다는 꿈이 순전한 망상만은 아니게 된 그 순간부터였으리라. 일단 주사위가 던져지자 우리는 우리 자신의 놀이에 맹렬하게 맛을 붙였다. 순간순간 나의 동지가 점점 더 자신이 하는 일 그 자체가 되어가는 것을 나는 보았다.[5]

어찌 이보다 더 적은 말로 더 많은 얘기를 하며, 이보다 더 잘 말할 수 있겠는가.

투쟁적 신문

그들은 신문의 제호를 우선 '랭도신'으로 정했다. 도발적인 데라곤 전혀 없으며 심지어 겉보기에는 아주 정치적이라고 말하기조차 어려운 제호이지만, 이 사업을 아시아 땅에 그리고 사이공이나 코친친 지방보다 더 광범한 바탕에 위치시킨다는 장점이 있었다. 그들은 휴에, 하노이 혹은 프놈펜의 엘리트층까지도 독자를 넓히고자 했던 것이다. 그리고 모닝의 변호사 사무실이 위치한 펠르랭 가에서 별로 멀지 않은 타베르 가 12번지에 사옥을 얻은 뒤 조를 편성했다.

5_ 위의 책, p. 158.

1925년 사이공에서 신문은 곧 얼마 안 되지만 가치 있는 안남의 지성인을 의미했다. 섬세한 소설가이며 자유로운 정치인인 구엔 판 롱. 그는 속마음을 열어 보이던 어느 날 폴 모냉에게 '안남 시민' 자격을 엄숙하게 수여했고, 또 20년 후에는 프랑스연합의 테두리 안에서 반쯤 독립적인 바오다이 괴뢰정부의 단명한 영도자가 될 인물이었다. 그의 동료 뷔 쿠앙치우. 그는 롱과 함께 《라 트리뷴 앵디젠 La Tribune indigène》지와 입헌당을 이끌었는데, 허약한 성격 탓에 롱보다도 더 민족 해방 운동에 기여하는 데 실패했다. 구엔 안 닌. 그들 중에서 가장 나은 인물이며, 《라 클로슈 펠레 La Cloche fêlée》지를 풍자적이고 독립적인 신문으로, 《랭도신》을 창간하기 바로 몇 달 전에 폐간될 만큼 용기 있는 신문으로 만든 사람이었다. 코친친 총독은 바로 그에게 지금까지도 유명한 말을 했다. "지성인을 기르려거든 모스크바로 가시오! 당신이 뿌리겠다는 씨앗은 이 나라에서는 싹이 나지 않을 거요…!"

사이공의 '신문'이라면 다른 한편으로 볼 때 관청이나 사업계가 장악해버린 한결같이 형편없는 종잇조각이었다. 우선 앞에서 인용했듯이 피의자 말로에게 증오에 찬 공격을 퍼부은 《렝파르시알》 편집국장 앙리 샤비니 드 라슈브로티에르가 쓴 사설들의 변함없이 공격적인 논조를 보면 '부르주아의 개들'에 대한 레닌의 경구를 연상하지 않을 수 없다.

단 하나 질이 좋은 신문은 원주민이 프랑스어로 발행하는 《레코 아나미트 L'Écho annamite》지였다. 《랭도신》은 바로 거기서 가장 믿을 만하고 능력 있고 성실한 협력자를 구했다. 바로 드장 드 라 바시였다. 그는 안남 여성과 프랑스인 외교관 사이에서 태어났는데, 아버지의 관심 속에서 훌륭한 교육을 받았으며, 그 자신의 말처럼 '나에게 어머니를 준 민족을 옹호'하기 위하여 몸 바치기로 작정한 터였다. 그는 프랑스 사람들이 창간하는 신문을 위하여 《레코 아나미트》를 떠난다고 힐책하는 몇몇 안남 친구들에게 이렇게 응수했다. "모냉의 이름 하나만으로도 《랭도신》이 친안남 경향임을 보증한다." '두 팔을 벌리고 가슴을 활짝 열며 안남인들에게 앞장서 다가가고', 그 목적을 위하여 '강력한 수단'을 바치는 그 사람들의 호소에 응할 수밖에 없다는 것이었다. 탁월한 직업인, 굳건한 투사, 충실한 친구로서 자기 가족에게 가해진 압력과 위협에도 불구하고 저항할 줄 아는 드장 드라 바시는 모냉, 클라라 그리고 앙드레 말로와 함께 《랭도신》의 주역을 맡은 인물이었다.

젊은 안남 지성인 힌과 빈이 합류했고, 뒤이어 구엔 포 역시 같이 일했다. 구엔 포는 후일 경찰에 매수된 것으로 의심받은 '반역자'가 되고, 그 후 드장과 말로가 떠난 다음에는 신문의 경영자(신문의 제호를 '랭도신 앙셰네 *L'Indochine Enchaînée*'로 바꿨다)가 된다. 빈은 젊고 온화한 사람으로, 가족과 식민지 정권에 대한 반항이 여러 번 무너져서 고통스러운 복종으로 변하곤 했다. 반대로 힌은 후에 지방 출신의 고위 관리 아들로서 그야말로 금방이라도 터질 듯한 폭탄이었다. 성급하고 흥분 잘하는 그는 앙드레 말로의 눈앞에서 걸어다니는, 《정복자》에 나오는 홍의 모델이고(세련미가 좀 덜하지만) 《인간의 조건》에 등장하는 첸의 모델이었다.

가끔 모냉의 살롱에 모여서 토론할 때면 이 삼인조 외에도 구엔 판 롱, 구엔 안 닌 그리고 나중에는 그들의 선배이며 가을에 프랑스에서 귀국한 저 유명한 판 추 트린 등이 합류했다. 그러나 추방당했다가 투옥된 그들 모두의 지도자 팜 보이 초 그리고 당시 광둥에서 이런 지루한 토론 따위는 박물관에나 처넣고 말 간부들을 양성 중인 호찌민은 참석하지 않았다.

이렇게 하여 그들의 눈에는 숄롱의 국민당 동지들에 의하여 범아시아 차원으로 확대된 진정한 인도차이나가 그 모습을 갖추어가기에 이른다. 천장에 달린 선풍기의 커다란 날개가 느릿느릿 돌아가는 모냉의 집 거실에서 《서양의 유혹*La Tentation de l'Occident*》, 나아가서는 《인간의 조건》의 주제들이 무르익고 있었던 것이다.

클라라는 아편을 피우기 시작했다. 앙드레는 안 피웠다. 그가 대마초를 맛본 적이 있다는 것은 앞에서 말했다. 그러나 아내의 지적에 따르건대, 아편 맛을 알자면 '수동성'이 필요한 법이거늘 말로는 그런 면이 없었다.[6] 그들은 모냉과 함께 비엔 호아 쪽으로 장거리 밤나들이를 나간다. 클라라는 비엔 호아를 '이 나라의 노장*Nogent* 지방' (1960년 미군의 대규모 비행기지가 되기 전 이야기지만) 같은 곳이라고 표현했다. 그녀는 "고급 천으로 기운 것만 아니라면 숲길을 오가는 수도승에게나 어울릴 듯한 양복을 입고" 걸어가는 두 산책객의 모습을 상기한다. "앙드레는 넥타이를 조여 매고 모냉은 앞가슴을 뒤덮는 가슴 장식 타이를 했으며 둘 다 마치 유행 따라 멋을 부리기라도 하겠다는 듯 흑단 스틱을 흔들며 걷고 있었다."[7] 또 다른 저녁에는 앙리드 라슈브로티에르와 대결할 준비를 한다고(모냉은 1년 전에 그와 검투를 벌인 일이 있었다) 오랜 시간 펜싱 시합을 하기도 했다. 이처럼

6_ 위의 책, p. 104.
7_ 위의 책, pp. 85~86.

용수나무 그늘 아래서 사교계풍의 비밀결사 단원같이, 약자를 보호하는 혁명적 댄디같이, 고아같이, 버림받은 사람같이 사는 생활은 앙드레가 흡족해할 만한 것이었다.

《랭도신》은 1925년 6월 17일에 첫 호를 발행했다. 3호까지는 무료로 배부했고, 신문이 폐간당하기까지 그 후 46호가 더 나왔다. 《랭도신》은 처음부터 "자유롭고, 만인에게 열려 있고, 은행이나 재벌에 묶이지 않았으며, 논쟁가는 신랄하게 온건파는 온건하게 글을 쓰는 신문"[8]이라는 입장을 밝혔다. '온건파'라면 기껏 사정을 잘 알아본 후에야 공격하는 드장과 싱가포르의 영국 신문을 꼬박꼬박 번역하는 클라라뿐이었다. 특히 《싱가포르 프리 프레스Singapore Free Press》지를 번역했는데, 결과적으로 그 신문은 《랭도신》의 '특별 속보판'이 되고 말았다.

지금 다시 읽어보면 표지에 여기저기 퍼져 있는 검은 나비 같은 제목이며 서투른 조판, 고딕체, 엄숙한 장말기사章末記事 등 어지간히도 '구식' 신문이다. 그러나 거기에 실린 기사는 상당한 말솜씨를 보여주고 있다. 모넹은 투쟁적인 신문을 만들겠다고 했는데 과연 그랬다. 매일같이 1면에 실린 사설은 두 친구 중 한 사람이 정권의 가장 막강한 실력자를 공격하는 글이었는데, 코친친 총독 코냐크, 그의 보좌관인 그 무시무시한 다를(세칭 '타이 구엔의 형리'), 농상공회의소 소장라 포므레 그리고 라바스트 등이 지금은 상상도 할 수 없을 만큼 격렬한 어조로 얻어맞았다. 2호부터 말로는 총독 코냐크를 공격했다. 이 의사 출신의 총독은 사실 기이한 인물로, 하노이의 의과대학을 창

8_《앙드레 말로의 문학 청년 시절》, p. 224.

립하는 데 공헌했고 한동안은 알베르 사로 식 자유주의자로 통하기도 했다. 그는 '안남 청년 운동'(말로와 모냉이 그 당시 새로운 활력을 불어넣으려고 애쓴 운동)과 원만한 관계였고 사람이 좋다는 소문과 함께 부임했다. 그러나 권력에 맛을 들였는지, 아니면 억압에 가학적 취미를 가진 것으로 유명한 관료 다를의 노리갯감이 되어버린 탓인지, 위선적인 포악함과 태연한 몰염치로 코친친을 다스리고 있었다.

말로는 대놓고 총독을 꼬집었다. "안남 사람들로 말할 것 같으면, 당신이 그들에게 어떤 감정을 불러일으키는지 말씀드릴까요? 그 감정이 어찌나 대단한지 실제로 당신을 만나보면 나는 참으로 이상하다는 느낌이 듭니다… 당신의 그 악명 드높은 폭력은 당신의 용모에도, 온화한 인상을 주는 그 조그마한 나팔코에도 드러나지 않으니 말입니다… 질서를 가져오지 못하는 권위는 우스꽝스러움으로 인도합니다. 우리가 훈련시킨 안남인들에겐 입을 다물 권리밖에 없다고 믿으신다면 왜 그들에게 직접 가서 그렇게 소리치지 않는 것입니까?"

일주일 후에는 목소리가 더욱 높아졌다. 말로는 총독이 신문 판매에 제동을 걸고 구독 신청자들을 협박하여 신문을 못 사게 하려고 애쓴다는 사실을 알았다. 말로는 그에게 '나는 수갑을 채운다 씨Monsieur Je-menottes'라는 별명을 붙여주고 《랭도신》을 협박하는 데 맞서 다른 협박으로 맞섰다. "이야말로 절대로 총독 신분에 어울리지 않는 시종의 행동입니다… 당신은 무엇이나 혼자서 다 지휘하려고 했습니다. 물론 주장할 만한 이론입니다. 동시에 동의하는 사람은 당신 혼자뿐인 이론입니다. 이제 당신의 선량選良들은 당신 친구들의 정치관에 대항하여 자신들의 정치관을 주장하고 있습니다. 프랑스에서는 이 같은 침묵의 주장을 보고 경계할 가능성이 있습니다."

그러나 총독은 벌써 훼손된 덕망을 옹호할 기사騎士들을 발견했다. 서로 다른 힘 그리고 다른 사람들과 동맹을 맺기 위하여 앙드레 말로가 목표한 그 '공동의 적들'이 이제 그들의 힘과 증오를 보여주려 하고 있었다. 그들의 공격은 세 가지 방면으로 진행되도록 짜여 있었다. 즉 모냉의 '볼셰비키 이념', 앙드레 말로가 선고받은 과거 그리고 《랭도신》에 게재한 정보의 진실성이었다. 하기야 필요하다면 무엇인들 날조하지 못했겠는가. 그 사람들에게 참을 수 없는 일은 그 축축하고 실속 있는 맹종으로 이루어진 작은 세계 속에 재능과 대담성, 반보수주의와 무사무욕(그렇다. 이번에야말로 말로가 무사무욕하다고 말할 수 있다)의 돌연한 출연이었다.

《랭도신》 첫 호는 장 부쇼르가 쓴 프랑스 정부의 새로운 수반 폴 펭르베의 인터뷰 기사로 시작했다. 그 위대한 학자가 내각 수반이 되기 며칠 전에 발언한 내용이라는 점은 신문에 분명히 밝혔지만, 그 발언 내용이 어떤 방법으로 청취되는지는 밝히지 않았다. 펭르베는 매우 흥미로운 이야기를 하고 있었다. 우선 "인도차이나 주민들은 식민지에 관련된 논의에서 발언권을 가지는 것이 마땅하다"는 점, 다음은 "교육은 이민족이 동화되는 가장 훌륭한 수단인 만큼 인도차이나 주민들은 프랑스 교육의 혜택을 받을 수 있어야 마땅하다"는 점, 끝으로 "프랑스어와 원주민어 신문은 자유로워야 한다"는 점을 주장한 것이다. 지금 들으면 대수롭지 않은 발언이지만, 그 당시 사이공에서는 지배층의 얼굴에 채찍질을 하는 효과가 있었다.

라슈브로티에르는 추적을 시작했다. 정부 수반의 견해를 반박하기 위해서가 아니라 그가 실제로 발언했는가를 의심해보기 위해서였다. 2주일 후 그는 펭르베의 측근인 프랑수아 드 테상으로부터 "그 같은 문제에 직접이건 간접이건 관계한 일이 없다"는 내각 수반의 의견이 담긴 전문을 받았다. 《렝파르시알》 편집국장은 이를 이용하여, 새로 발행된 신문은 순진한 사람들의 돈을 효과적으로 긁어내기 위하여 유명인사의 보증을 도용하려는 사기꾼들이 조작한 사업이라고 폭로했다.

《랭도신》은 문제의 인터뷰가 실린 신문이 파리에 도착하지 않았으므로 내각 수반이 사태의 전말을 알고서 입장을 피력하지는 못했으리라는 점 그러나 신문의 편집자는 그가 한 말이 사실인가를 조속히 확인할 수 있으며, 그 전에 우선 장 부쇼르가 쓴 기사의 원고를 일반에 공개한다는 점을 들고 반박했다. 실제로 원고는 펭르베가 그때 한 발언들을 문제의 인터뷰에다 한데 모은 것 같아 보이며, 원고의 내용이 펭르베의 생각 그대로임에 틀림없지만 그는 입각하자마자 생각이 건전치 못한 신문을 통해 식민지 행정부를 공격하는 입장에 놓이고 싶은 생각이 전혀 없었던 것이다.

앙드레 말로는 출전이 어떻고, 그것이 사실이고 아니고 하는 따위의 시비 속에 골몰할 위인이 아니었다. 그는 '앙코르 재판' 때의 구적 수舊敵手에게 치열한 탄막 사격을 가했다. 그가 들춰낸 라슈브로티에르의 과거는 과연 가슴이 쓰릴 만한 것이었다. 그중 가장 볼 만한 점은 사이공 재판정에서 공갈죄에 대해 대답하며 '그때 나는 오로지 밀고자의 직책을 다했을 뿐'이므로 그 점은 거론하지 말아달라고 판사에게 애원하는 비명이었다. 기이하게도 지독한 시비꾼으로 알려진 《렝파르시알》 편집국장은 《랭도신》의 그 씩씩한 논설위원에게 아무런 응수도 하지 않았다. 심지어 말로가 다음과 같은 글을 썼을 때조차. "드 라슈브로티에르 씨는 근시안인 사람들과는 피스톨로, 팔 없는 사람들과는 칼로 결투하는 전문가가 되었으므로 나는 앙리 드 라 슈브로티에르 씨에게 당신은 좀 비겁한 사람인 것 같다고 또다시 설명하지 않으면 안 될 날 하루 전에, 나를 사지가 없는 인간의 상태로 만들어주실 외과의사를 구하는 바이다."

《사이공 레퓌블리캥 *Saigon-républicain*》지가 그를 이삭과 같은 자라고 했을 때 어조는 한 단계 더 높아졌다. "누구나 다 유다일 수는 없는 법이다. 나는 유대인이 아니다… 그러나 이삭이라는 이름은 나와 가까운 여자를 모욕적으로 지목할 가능성이 있으므로… 남자를 건드릴 능력이 없으니까 여자에게 상처를 입히려는 남자를 사람들은 상놈이라고 부른다는 사실을 나는 유감스럽게도 당신에게 거듭 알려드릴 수밖에 없다." 이만하면 말로와 모냉이 몸담고 발버둥치는 늪의 수준과 색깔과 냄새를 알 만하다. 클라라는 후일 '어릿광대 놀음'이었다고 회상했다. 어리석음과 파렴치함 속에서 변태적인 맛을 느끼지는 못했다고 하기엔 《부바르와 페퀴셰》와 《악령》의 열렬한 애독자인 앙드레 말로의 독설에는 이따금씩 신바람 나는 쾌감이 아주 강렬하게 섞여 있다고나 할까. 몇 년 뒤 앙드레 지드는 그의 소설에는 바보 같은 인물이 하나도 없는 것이 놀랍다고 말했다. 그에 대해 말로는 그런 것이라면 현실의 삶 속에 있는 것으로도 족하다고 대답했다. 하지만 라슈브로티에르 같은 인물이 《인간의 조건》이나 《알텐부르크의 호두나무》에 얼굴을 내밀지 않는 것은 여전히 놀라운 일이다. 구태여 말하자면 기껏 클라피크 같은 인물이 보이는 돌연한 야비함이나 《정복자》에 등장하는 니콜라이예프의 가학 행동 혹은 《알텐부르크의 호두나무》에 나오는 몰베르의 회의주의적 악의가 있겠지만.

보잘것없는 인물이기는 했지만 맡은 직책과 휘두르는 권력으로 보아 코냐크 총독은 이들 결투 선수들에게 어울리는 상대가 될 만했다. 말로의 첫 번째 기사가 나가자 총독은 특혜를 베풀어서 그를 모냉과 떼어놓으려는 심산인지, 아니면 그에게 겁을 주려는 뜻인지 청년을 호출했다. 총독을 찾아간 사람은 오직 빈정거림과 총독이라는 인물의 바보스러움과 저속함을 드러내는(혹은 확인하는) 대화의 발췌 내용을 신문에 싣는 것으로 대답했다. 이리하여 싸움이 벌어졌다. 이번에는 라슈브로티에르나 그 일당과의 경우처럼 개인적인 다툼이 아니라 경찰의 공포에 바탕을 둔 통치 체제, 정실情實주의, 부패, 인종 차별 등 근본 문제를 둘러싼 싸움이었다. 이 차원에 이르자《랭도신》이 내포하는 약간 흐리터분하고 치유할 길 없을 만큼 지방적이며 이국 정취 편향의 약점(진창에 빠져 있으면서 무사할 리가 없다)은 신문을 폐간시키지 않고서는 지울 수 없는 그 캠페인의 대담성과 타당성 그리고 효력을 통해서 완전히 만회되었다.

그들이 진행시킨 첫 번째 캠페인의 표적은 '칸 호이 부동산 회사'였다. 이 회사는 '사이공 숄롱 항의 발전'을 위해서, 그리고 항만 교통과 관리를 장악하기 위해서 설립한 것이었다. 칸 호이 부동산 회사의 대표는 총독과 가장 가까운 고급 관리인 '정무 감독관' 유트로프였고, 지배인은 코냐크 박사의 가까운 협력자인 농협의 라바스트였다. 그런데《랭도신》이 공개한 계약서에 의하면 모든 의무조항은 시 당국이 책임지게 되어 있고 회사 측은 아무런 책임이 없었다. 회사의 업무는 사이공 시청이 독점하는(수많은 군소 사업체를 파산시켜가며) 거대한 사업에 자금을 대는 일이었다.

모냉과 그의 신문이 냄새를 맡기 전에 총독 측의 입후보자를 물리치고 1925년에 당선한 사이공의 새로운 시장 루엘은 이 문제를 두고 조사에 착수했다. 모냉의 열화 같은 고발("법을 엄격하게 적용하는 임무를 맡은 행정부의 대표자가 친구들의 특별한 이해관계가 걸리면 가장 먼저 법을 어기고 있다. 공화국 정부는 이 같은 스캔들을 언제까지나 허용할 생각인가?")은 사업에 치명타를 가했다.[9]

《랭도신》의 두 번째 캠페인은 그보다 더 대담하고 좀 더 유익했다. 수탈 체제의 으뜸 가는 희생자인 안남 농민들과 관련된 것이었기 때문이다. 《랭도신》의 편집진은 7월 10일 검고 번쩍거리는 카이 마오 복 차림을 한 농부들의 방문을 받았다. "우리 다섯 명은 카모 지방의 농민입니다. 우리는 올바른 처사를 요구하려고 찾아왔습니다." 1925년 7월 11일자 모냉과 말로의 신문은 농부들에게 전해들은 사실을 폭로했다. 논이 기름지기로 유명한 코친친 남단의 카모 지방에서 최근에 개간된 광대한 땅이 경매에 붙여진 것은 완전한 날조 행위이며, 농민들을 구슬려서 그 땅의 대부분을 (당국이 지정한 형편없이 싼값으로) 매점하겠다고 나선 컨소시엄 뒤에는 코냐크 총독 자신이 숨어 있다는 것이었다. 《랭도신》 편집국을 찾아온 농부들이 떠나기 전에 모냉이 말했다. "재판까지 밀고 나갑시다. 이런 일에는 그리 흔하지 않은 통역관들까지 우리 편이니까요."[10]

농토를 빼앗길 위험에 처한 다른 농부들부터 이런 조작에 비위가 상한 프랑스인 경작자들까지 모냉이 폭로한 사실을 확인하는 편지들이 편집실로 쏟아져 날아왔다. 말로는 이런 참을 수 없는 행위를 중

9_《투쟁과 유희》, pp. 197~199.
10_ 위의 책.

지하라고 뭉기요 총독에게 직접 요청했다. 하지만 경매일 바로 전날 코냐크 박사가 예정된 소송 절차 중 두 단계를 무효로 한다는 공고를 내버렸다. 최고로 불법적인 처사였다. 결국 경매는 아무런 말썽 없이 분명한 약탈 행위라는 증거도 남기지 않고 진행될 수 있었다.

그러나 모냉과 말로는 그들의 신문을 해학적인 선동지로 만드는 정도에 만족할 수 없었다. 그보다 더 높은 목표를 정하고 정부의 정책안쯤 되는 것을 구상해보려고 했다. 그들 두 사람 중 어느 쪽도 그 당시 식민지의 민족 해방을 지지하지는 않았다. 팜 보이 초는 일본 망명지에서도 또 그 후에도 베트남을 소외시키는 체제는 종식되어야 한다고 주장했고, 구엔 아이 쿡(호찌민)은 1920년 12월 제3인터내셔널에 참가한 이후 식민지 테두리 안의 개혁이라는 원칙을 배제하는 행동 노선을 심화시켜나간 반면, 모냉과 말로는 최상의 자코뱅 전통에 입각하여 평등의 동화론同化論을 '현실주의' 때문이 아니라 신념으로 지지하고 있었다.

그들의 변론은 1925년 7월 29일자《랭도신》에서 판 추 트린이 요구한 내용을 인정하는 방향으로 나갔다. "우리에게도 프랑스인과 동일한 법을 적용하라. 우리가 요구하는 것은 프랑스의 보호 아래 살겠다는 것 이상이 아니다. 만인에게 프랑스의 법을!" 10년 전, 호찌민에게 영향을 준 안남 인텔리겐차의 지도자가 이런 말을 하는데, 모냉과 말로 같은 프랑스인이 그 민족 영웅보다 더 까다로운 요구를 할 까닭이 있겠는가. 코냐크의 원칙은 문화 정책을 푸는 결정적인 열쇠였다. 모든 지식인은 잠재적인 혁명가라는 것이 그 원칙이었다. 중등 교육이 보잘것없는 것도 그 때문이었다(알베르 사로는 사이공에 고등학교 하나를 세우기 위해 요란스럽게 떠들어대지 않으면 안 되었다). 2000만주민 중에서 겨우 1000명의 젊은이가 들어갈 수 있는 인도차이나 유일의 하노이 대학교는 프랑스 대학교들과 동등한 졸업장을 주지 않았다. 그곳에서는 의사가 아니라 '보건원'(의학 박사 학위를 취득하지 못한 의사—옮긴이)을 양성했다. 공부를 제대로 마치고 싶어 하는 젊은이들의 프랑스행에도 상당한 장애가 생긴 것이다. 프랑스로 가는 데 필요한 서류를 얻는 것은 완전히 치안국의 의사에, 다시 말하면 그의 가족 신원을 기록한 카드에 달려 있었다. 《르 쿠리에 사이고네 *Le Courrier saigonnais*》지 같은 신문은 당국이 "이렇게 하여 반프랑스 인사의 활동을 차단할 수 있었다"고 쓰면서 이런 절차를 공공연하게 환영했다. 프랑스의 진로를 차단하는 그 절차를!

말로와 모냉은 이런 상황을 고발하기 위하여 용감하게 싸웠다. 또한 귀화 정책의 수정을 위하여 변호했다. 지금 같으면 오히려 약자를 소외시키는 행위라고 판단될 귀화 정책이, 그 당시에는 평등권에 굶주리고 구엔 안 닌이 《라 클로슈 펠레》에 귀화의 '변비 현상'이라고 지적한 문제(1924년 31건)에 분개한 인텔리겐차의 으뜸가는 목표였다. 그들은 청구가 단순히 심사 대상이 되는 데만 해도 3000피아스터가 필요하다는 사실을 밝혀냈다…

그때 안남 명예시민권을 가진 모냉과 '식민지 부조리의 희생자'인 그의 친구 말로는 전쟁 직후, 특히 하노이에서 다소 활기를 띠었으며 그 후에는 식민지 당국과의 우여곡절 때문에 견책을 받아 무용지물이 되어버린 '안남 청년 운동'을 부활시킬 때가 왔다고 판단했다. '비장한 미화' 성향으로 인하여 그 후 말로는 여러 가지 회견과 서한문 속에서 '안남 청년회'의 지도자 혹은 지도자들 중 한 사람으로 자신을 소개했다. 이 조직은 《랭도신》의 협력자들과 몇몇 친구의 범위를 넘어서지 못한 것 같다. 말로와 모냉 곁에서 구엔 포가 그 조직을 이끌어갔는데, 우리는 앞서 이 매력 있고 복잡한 통킹 출신의 지성인 이 그의 동지들 눈에는 밀고자로 보였다는 이야기를 했다. 사정이 이 렇고 보면 집단적인 헌신이나 열광은 기대하기가 어려웠다.

'안남 청년회'에 대해서는 실질적인 흔적으로 남은 것이 거의 없 다. 회보도, 공격적인 신문의 캠페인도, 대회 기록도 없고, 치안국도 그 조직을 별로 대단하게 여기지 않았다. 《앙드레 말로의 인도차이나 모험》이라는 탁월한 비평서를 쓴 월터 랑글루아도, 《투쟁과 유희》를 쓴 클라라도 그 문제는 짤막하게 언급하고 지나쳤을 뿐이다. 신문인 으로서는 기존 권력을 불안하게 한 말로와 모냉이지만 정치활동가로 서는, 심지어 안남의 각성을 북돋는 인물들의 파트너로서는 눈에 띄 지도 않는 존재였다.

1925년 9월 말, 판 추 트린이 구엔 안 닌과 더불어 사이공 항에 도 착했을 때, 이쪽 팀으로서는 유일하게 드장 드 라 바시와 클라라 말 로만이 그들을 맞으러 부두로 나갔고 그 후의 감동적인 집회에 참가 했다. 모냉도 말로도 거기에 없었다. 베트남의 '에너지'에 활력을 불 어넣겠다고 자처한 사람들치고는 기이한 부재였다. 풍자적인 면이 없지 않은 클라라의 암시처럼 그 까닭은, 안남 사람들이 '지팡이를 들고 자신의 어린 양들을 때로는 사납게 때로는 부드럽게 성인成人의 경지로 인도해주는, 반은 원정 모험가요 반은 위대한 대리인인 그 혁 명가를 그들의 '안내자'로 선택할 태세를 갖추지 않았기 때문이었을 까. "현실은 우리의 전설을 조롱했으니 아시아인의 영도자는 아시아 인이었던 것이다." 이와 같이 단순하지만 충격적인 몇 마디로 온통 너그럽기만 한 마음과 정신에 입각하여 '안남 청년회'가 바탕으로 삼은 메커니즘이 해명되었다. 그리하여 《정복자》의 신화도 용해되어버릴 것이다.

클라라 말로가 이야기하는 장면은 그 밀폐된 작은 세계에 기이한 조명을 가한다. 동시에 미래와 앙드레의 작품 쪽으로도 빛을 던진다.

살롱 한가운데 앉은 뚱뚱한 기둥 같은 사내 힌은 우리를 거들떠보지도 않는다. 그는 자기가 무엇을 할 것인지 알고 있었다. 유럽인이 그의 입장이었으면 '신경을 가라앉히기 위하여' 방 안을 이리저리 거닐었을 것이다. 하지만 그는 신경이 아무런 긴장감도 느끼지 않는다는 듯 코냐크 총독을 살해하기로 결정했다고 말하는 것이었다.

임시 연합총독 몽기요가 사이공에 도착하기로 되어 있었다. 시가행진이나 환영식이 있을 테니 힌 자신이 사진기자 자격으로 가서 거사를 할 수 있다는 것이었다. 가까이 다가가서 총을 쏠 수 있는데… 《랭도신》의 모든 사람들은 힌 주위에 둘러앉아서 공격적이거나 믿기지 않는다는 듯한 표정으로 고통스러워하고 있었다.

"너는 실패할 거야."
"나는 총을 잘 쏴…"
내 눈에는 힌밖에 보이지 않았다. 쩍 벌린 짧은 두 다리, 정수리 위로 뻗친 머리카락, 거칠고 까무잡잡한 피부. 나는 그의 생각이 옳아 보였다. 동시에 그가 성공한다면 이 나라에는 더 이상 희망이 없을 거라는 생각도 했다.
그때 모냉이 말했다.

"당신은 잡히고 말 거야, 힌."

"…그러면 사형당하겠지."

힌은 말로의 작품에 나오는 인물처럼 대답했다.

"나는 그 일을 해내고야 말 거야. 반드시 해야 할 일이니까. 그놈은 사나운 짐승이야. 그자 때문에 나케들이 땅을 뺏기고 시리아와 마로크에서 우리 사람들이 죽어가고 우리는 무거운 세금에 짓눌리고 있어. 그런 것은 달라져야만 해."

"네가 그를 죽였다고 해서 달라지지는 않아. 달라진다면 더 나쁘게 달라질 테지. 드디어 우리를 원수로 취급할 구실이 생기는 거니까."

"…."

잠시 후 힌이 입을 열었다.

"중요한 건 우리들에게 이목을 집중시키는 일이야."

"아무 일도 하지 말아야 한다는 뜻은 아니야. 다만 무슨 짓이고 닥치는 대로 해서는 안 된단 말이지."

포가 다시 설명했다.

"특히 아무 일이나 닥치는 대로 아무 때나 해서는 안 돼요. 상하이에서 일어난 일이 얼마나 헛수고였는가를 생각해봐요."[11]

말로도 거들고 나섰다.

"어찌 되었건 그자들에게는 우리 애국자들이 해적이나 살인자로밖에 보이지 않을 테니까요."

"유효적절한 살인자가 되자는 거요."

"…"

11_ 그보다 1년 전에 있었던 메를랭 총독의 암살 미수 사건은 사실 광둥에서 일어났다.

"민중의 행동이 뒤따르지 않는 거사는 살인일 뿐만 아니라 실패가 되고 말아요. 그건 더 나쁜 거지요."

이번엔 포가 중얼거렸다.

"그렇지만 메를랭 총독은 폭탄이 터지자 탁자 밑으로 숨은걸요."

"…"

"메를랭은 체면을 잃었지요."

빈이 확인했다.

"안남 사람들에겐 그렇게 보일지 모르지요. 그러나 프랑스인들에겐 단순히 적절한 행동으로 보일 뿐이었어요."

"당신들 뒤에는 혼란을 이용하여 투쟁을 전개할 만한 아무런 조직도 없는데…"

"항상 조직, 조직 얘기만…"

힌이 되받아치며 문득 분노를 참지 못하겠다는 듯이 말했다.

"알 게 뭐야, 알 게 뭐야, 알 게 뭐야…"

힌은 문 가까이 가서 발을 멈추고는 우리를 노려보았다. 우리가 친구인지 적인지 모르겠다는 표정이었다. 일부러 그런 것은 아닌데 우리 두 사람의 눈길이 마주쳤다. 나는 그가 무슨 생각을 하는지 알았다. '우리는 당신들이 없어도 당신들에게서 해방될 거요.' 그의 생각이 옳다는 것을 나는 알고 있었다.[12]

그때 모냉에게 전화가 걸려왔다. 몽기요가 사이공을 방문하기로 한 예정을 취소했다는 것이다.

12_《투쟁과 유희》, pp. 177~181.

잠시 동안의 유예. 프랑스 정부는 인도차이나 총독으로 그 이름만 들어도 모냉과 동료들의 적진에 공포감을 자아낼 법한 인물을 지명했다. 사회당 국회의원이며 하원 부의장인 알렉상드르 바렌이었다. 사회당 출신 총독! 7월 31일자 신문에 모냉은 그 '자유의 친구'이며 '독단의 적수'가 지명받았으니 '여러 가지 유익한 개혁'이 예상된다고 열렬히 환영했다. 하지만 매우 중요한 듯 보이는 그 결정도 더 이상 신문을 구제할 수 없었다.

너무 늦었다. 6월 20일 이후 모냉과 말로는 《랭도신》을 정기구독하는 죄를 지은 안남인들을 호출하여 강력하게 비난하고" 신문의 협력자들을 "중상하는" 행정부의 압력에 줄기차게 항의하며, 이 문제에 "국회를 개입"시키겠다고 위협했다.[13] 그러나 코냐크는 더 강력했다. 그는 《랭도신》 인쇄인 루이 민(유럽인과 아시아인의 혼혈이며 용감하게도 '볼셰비키'를 위하여 일해주기로 수락한)에게 계속해서 그 신문을 찍는다면 다른 인쇄 주문은 아무것도 받지 못할뿐더러 성가신 일이, 가령 식자공들의 파업 같은 일이 생길 거라고 통고했다.

침묵을 강요받기 전날인 1925년 8월 14일, 앙드레 말로는 목숨이 다해가는 신문의 마지막 호에 1920년대 식민지 문제에 대한 그의 선언문이라고 볼 법한 글을 발표했다. 그 아름다운 글에는 이미 정치 작가(그는 동시에 모럴리스트이기도 하다)의 면모가 여실하다. 혁명가 말로? 물론 그렇지는 않다. 의외라는 느낌이 없지는 않지만 이 글에는 오히려 리요티 장군의 목소리가 메아리처럼 들리는 느낌이다. 바다 저 건너 전혀 다른 풍토에서, 전혀 다른 입장과 문화에서 출발했

13_《앙드레 말로의 문학 청년 시절》, p. 248.

지만 벌써부터 '불온 사상가'로, 패배자로 보이기 시작한 리요티 말이다. 이미 '에너지의 선발'이라는 글 제목부터 소위 〈급선회〉라는 유명한 회람을 작성한 리요티는 페탱과 스테그에게 모로코의 지휘권을 넘기고 말았던 것이다.

코친친과 안남에서 현재 우리의 정책은 매우 간단하다. 안남인들이 프랑스에 와야 할 하등의 이유가 없다는 것이다. 또한 즉각적으로 안남의 가장 고귀한 성격들과 가장 집요한 에너지가 '우리와 맞서서' 결속하도록 만들 것이다. 당파와 금전에 좌우되는 가장 어리석은 그 정책은 우리가 이루어놓은 것을 파괴하고 위대한 추억으로 점철된 이 해묵은 땅 위에 600건이 넘는 졸고 있던 반항의 메아리를 깨어나게 만드는 일에 흔치 않은 열성을 다하고 있다는 느낌이 든다.

홍하의 하구에서 메콩 삼각주에 이르는 이 땅을 골고루 훑어볼 때 안남이 주는 인상은 한결같으니, 이곳 유명 도시의 이름은 하나같이 반항의 이름이라는 사실이 그것을 증명한다. 이 나라 평야 중에서 가장 감동적인 평야에는 모두 투쟁의 이름이 붙어 있다. 레 루아의 무덤은 폐허가 되었지만, 용기와 모험으로 가득 찬 생애의 저 암울한 위대성을 찬양하는 노래는 아직도 모든 여인의 입술에, 모든 어부의 기억에 남아 있다. 콩나이에서도 탄호아에서도 빈에서도, 우리가 극동 지역에서 그토록 필요로 하는 저장된 에너지들이 우리가 약속한 합의의 실현을 기다리고 있다.

그리고 말로는 안남 청년들의 프랑스행을 막는 그 어리석은 정책을 공격한다.

안남 청년이 거절을 당하고서 순순히 복종할 수도 있다. 우리는 태연하게 그를 프랑스에 가도록 내버려뒀어도 괜찮았을걸 그랬다고 말할 수 있다. 프랑스에 갔더라도 그는 여전히 고분고분 말을 잘 들었을 거라고 말이다. 혹은 그 청년이 거기서 멈추지 않을 수도 있다.

'말썽이 없기'만을 바라는 지방 공무원은 일단 제쳐두고 좀 더 높은 차원의 국가적 이해를 고려해본다면 우리의 관심을 끄는 쪽은 두 번째 경우다. 그런 청년은 지도자의 자질을 지닌 인물이다. 우리들의 식민지 정책은 그의 도움을 받아야 한다. 그는 이제 어떻게 할까.

그가 만약 코친친 사람이라면 심부름꾼이나 기능공의 증명서를 구해가지고 중국, 영국 혹은 미국 배를 타고 중국이나 영국이나 미국으로 갈 것이다.[14] 그가 안남인이라면[15] 미국 프로테스탄트 선교사를 찾아가서 15일 이내에 샌프란시스코로 건너갈 것이다. 두 가지 경우 다 그는 '우리들에게 대항할 수 있도록' 교육받은 뒤 안남으로 돌아와서 모든 반항의 동지, 나아가서는 지도자가 될 것이다…

이렇게 해서 우리는 '이 기막힌 제도 덕분에 거대한 식민 권력이 유도할 수 있는 가장 훌륭하고 가장 순수하며 가장 완벽한 에너지를 우리와 대적하는 데 사용하도록 단련시키는' 결과에 이른다.[16]

이 글 속에는 벌써부터 위대한 말로의 면모가 그리고 드골주의자 말로의 면모가 이따금씩 엿보인다.

14_ 14년 전에 장래의 호찌민이 그렇게 했다.
15_ 여기서 말로는 베트남의 중부 지역인 안남 주민들을 두고 하는 말이다.
16_《랭도신》, 1925년 8월 14일.

폴 모냉, 말로 부부, 드장 드 라 바시와 그의 동지들은 패배를 인정하지 않았다. 하지만 《랭도신》 팀을 받아줄 인쇄소라곤 하나도 없는 것이 분명하고, 《랭도신》은 인쇄 시설이 없었으므로 다시 시작해보려면 활자가 있어야 했다. 그들은 하노이나 사이공보다는 영국 정부 당국이 덜 맹목적이고 덜 전근대적인 방식으로 통치하는 홍콩에 가면 인도차이나에서 구할 수 없는 그 기재를 구할 거라는 정보를 떠올렸다. 요컨대 신문사는 코냐크 박사의 코앞에서 《랭도신》을 복간하기 위해 활자 한 세트를 구해 오라는 사명을 맡겨 클라라와 앙드레 말로를 급파했다.

그런데 홍콩으로 가는 배의 갑판에서 낯선 영국인이 클라라에게 다가와 그 배의 선장이 이제 막 "안남에서 가장 새빨간 볼셰비키 reddest bolchevik of all Annam가 승선했음을 영국 당국에 알리는" 전보를 쳤다고 말해주었다.[17]

이 소식은 재빨리 전해졌다. 전보의 소문이 어찌나 떠들썩하게 퍼졌는지 동맹파업으로 완전히 마비된 그 큰 항구에 도착했을 때 쿨리들이 짐을 들어준 유일한 승객은 그들 두 사람뿐이었다.

우연은 그들의 편이었다. 그들이 도착한 다음 날 식민지 신문에 예수회가 신문 제작 장비를 현대화하면서 낡은 활자들을 판다는 조그만 광고가 난 것이었다. 말로 일행은 르피크 산을 허둥지둥 올라갔고, 나중에는 (반쯤은 장난으로 반쯤은 수치스러움을 간신히 억제하며) 쿨리들이 이리저리 끌고 가는 대로 따라갔다. 드디어 산꼭대기에 이르자 신부들이 친절하게 영접했다. 모든 일이 간단해졌다. 값도 전혀

17_《투쟁과 유희》, pp. 214~215.

비싸지 않았다. 일부 기재는 일주일 후에야 넘겨줄 수 있는데, 신부들이 직접 부쳐주기로 했다.

임무 완료…

일행은 다시 관광객으로 돌아가서 영국인이 권하는 포르토 술을 대접받기도 하고 마카오의 아리송한 매력을 발견하기도 하며 수많은 군중 속에 묻혔다. 항상 자그마하고 부지런한 첩자들의 미행을 받으며. 첩자들은 점점 더 노골적으로 따라붙더니 급기야는 안내원 노릇을 해주겠다고 자청했다.

사이공에 도착하자 그들이 휴대 화물로 싣고 온 활자 상자들을 화물 운송 절차를 제대로 밟지 않았다는 구실로 압류당하고 말았다. 코냐크는 집요했다. 그러나 일주일 후 예수회가 신부들답게 정확한 날짜에 직접 보낸 활자들이 도착했고, 그것만으로도 그들의 계획을 실천에 옮기기에 충분했다.

여기서 잠시, 앙드레와 클라라가 네댓새 동안 보낸 억지 바캉스를 생각해보자. 1931년 이전에 그들이 중국에 대하여 알게 된 것은 이것이 전부였다. 바위 꼭대기에서 콜룬의 악취 나는 골목까지, 빅토리아 생선 시장에서 싱윙 스트리트의 '큐리오(토산품—옮긴이)' 상인까지 이리저리 정신없이 돌아다닌 시간은 후일 소설《정복자》에서 힘차게 되살아난다.

랭도신 앙셰네

이리하여《랭도신》보다도 단명한《랭도신 앙셰네》지의 이력이 시작된다. 1925년 11월 초에서 1926년 2월 말까지 격주로(인쇄소의 갑작스런 사정으로 인하여 이따금씩 거르기도 했지만) 23호가 나왔다. 말로 부부가 떠난 뒤 1월과 2월에 마지막 다섯 호가 나왔다. 호를 거르기 일쑤인 데다 오타도 많고 편집 기술이 유치하고 무질서하며 지질이 나쁜 이상하면서도 아름다운 신문. 테오프라스트 르노도 시절에도 그보다는 낫게 만들었다("16세기처럼 나무 활자로!" 하고 말로는 즐거운 듯이 말했다). 아무려면 어떠랴. 억압의 상처를 곳곳에 꿰맨 그 신문은 앙드레 말로의 생애와 작품 가운데서 우리에게 남아 있는 용기와 고집의 가장 감동적인 증언이다.

활자는⋯ 홍콩에 있는 예수회 신문에서, 다시 말해 영자 신문에서 사들인 것이라 악상accent이 하나도 없어서 처음 며칠 동안은 그 결과가 한심하기 짝이 없었다. 그런데 사흘째 되는 날 밤 '랭도신'사에 이상한 손님이 찾아왔다. 그때의 이야기를 앙드레 말로는 《앵도신 S.O.S.》서문에서 이야기했다.

네가 나를 찾아왔을 때 정부의 활동에 의해 마침내 인도차이나의 유일한 혁명적 신문이 정간되었고 바클리외 지방의 농민들은 엄청난 침묵 속에서 헐벗고 있었다⋯ 너는 주머니에서 토끼 귀처럼 쫑긋 솟아나도록 끝을 묶은 손수건 뭉치를 꺼냈다⋯ "이건 모두 다 é자요⋯ 이 속에는 악상테귀(´)도 있고 악상그라브(`)도 있고 악상 시르콩플렉스(^)도 있어요⋯ 내일이면 다른 식자공들도 나처럼 해줄 거요. 우리가 할 수 있는 한 모든 악상 활자를 긁어모아 올 작정이오." 너는 손수건을 풀고 활자판 위에 어린애들이 가지고 노는 막대기처럼 이리저리 누운 활자들을 쏟았다. 그러고는 더 이상 아무 말도 하지 않고 노련한 인쇄공답게 손끝으로 활자들을 가지런히 정돈했다. 정부의 인쇄소들에서 가져온 것인데 만약 붙잡히면 혁명가가 아닌 절도범으로 처단될 것임을 너는 알고 있었다. 활자들을 폐처럼 가지런히 정돈한 다음 너는 그냥 이렇게만 말했다. "만약 내가 처벌을 받거든 우리가 이런 일을 했다고 유럽 사람들에게 전해주시오. 여기서 어떤 일이 일어나는지 알 수 있도록."

실제로 그 다섯 사람의 그룹을 모냉의 집 테라스에서 맞이해준 것은 클라라였다. 그 여자는 두 사람의 '주인들'이 집을 비운 동안 거기서 쉬고 있었다. 그녀가 하는 이야기는 좀 더 소박하다. "그들은 긴 저고리 속을 더듬거리며 무언가를 찾더니 거기서 조그만 보따리 하나를 꺼냈다. 관습대로 합장을 하면서 그것을 나에게 건네주기 전에 그들은 존경하는 사람에게나 하는 공손한 인사를, 정부의 고관들에게도 거부한 공손한 인사를 했다. 그러고는 손을 재게 놀려 손수건 뭉치를 풀더니 선물을 내게 건넸다. 자기들의 작업장에서 훔친 인쇄용 활자였다… 나는 그들에게 감사의 말을, 그들을 위하여 일하고 싶은 우리의 간절한 마음을 전하고 싶었지만, 혼자뿐이었고 안남 말을 할 줄 몰랐다. 나도 자리에서 일어나 두 손을 마주 잡고 중국식으로 허리를 굽혀 절했다."[18]

사슬에 묶이긴 했지만 입이 봉해지지 않은 《랭도신 앙세네》는 바렌 총독을 환영할 생각이었다. 모냉과 말로는 사회당 출신 총독의 부임에 큰 의미를 부여하고 싶었던 것이다. 그들의 기대는 어긋난 정도가 아니었다. 사실 바렌은 지방 총독 자리를 승낙했다는 이유로 임명

18_《투쟁과 유희》, pp. 194~195.

받은 직후 사회당에서 제명되었다. 그는 당시 제4공화국에서 흔히 볼 수 있는 것처럼 식민지 전쟁을 열렬히 찬성하는 이상한 사회당원은 아니었다. 오히려 정직한 편인 선량한 인물이었다. 하지만 그런 사람들이 으레 그렇듯이, 일단 번쩍거리는 제복이 아니라 평복을 입고 사이공에 도착하여 '안남 사람들에게 폐를 끼치는' 환영식을 사양함으로써 '태도를 분명히 하고 난' 다음에는 끊임없이 자기의 이념적 바탕을 잊어버리게 하려고 애썼다.

그 감동적인 시작에 이어 그가 취한 태도는 체제에 대한 반성이라기보다는 어느 정도의 양보가 고작이었다. 모냉은 "사회당 출신의 총독 바렌의 사이공 부임은 불가피한 단죄의 시점을 기록할 것"이라고 예언했다. 새로운 총독이 도착한 다음 날 모냉과 말로는 "코냐크 총독이 이 나라에 끼친 피해는 전쟁보다도 더 크다"라고 쓴 '공개장'을 발표했다. 그러나 이 두 반항자가 바렌에게 접근하려고 아무리 노력해봐야 헛수고였다. 새 총독이 '안남의 개혁'보다는 '사회 개혁'에 힘을 쓸 것이며 '지난날의 과오는 잊어야 한다'고 전 식민지에 선언했을 때, 그 두 사람은 처음에는 슬픔을, 나중에는 분노를 금치 못했다. 《랭도신 앙셰네》가 11월의 마지막 호에 분노를 표시한 것은 그 때문이었다. "어제는 사회주의자요 오늘은 보수주의자… 피아스터(돈)의 위력에 눌린 또 하나의 개종!"

자유주의자들은 바렌이 하노이로 떠나기 전에 몇 가지 개혁이나 양보를 얻어내려고 했다. 구엔 판 롱은 그를 사이공 시의회에 초청하여 몇 가지 안남 정책의 개혁, 특히 언론의 자유와 관계된 개혁을 공개적으로 요구했다. 그러나 총독의 대답은 찬물을 끼얹었다. "만약 안남 사람들이 그토록 중요시하는 그 자유가 즉각적으로 주어져서,

그들이 그 자유를 남용하고 그들의 사상을 과격하게 표현함으로써 혼란을 야기한다면 머지않아 반동의 물결이 거세게 일어나 모든 것을 휩쓸어버리고 말 것이다." 혹시 일어날지도 모르는 반응을 미리 막기 위한 즉각적인 의사 표시였다. 그가 사이공에 도착한 지 열흘 후인 11월 28일 바렌이 통킹행 배에 올랐을 때 모냉은 이렇게 썼다. "이토록 짧은 기간 동안에 존경심을 상실한 총독은 그가 처음이다!"

총독의 태도에 크게 실망한 나머지 모냉과 말로의 체제에 대한 증오가 더욱 격화된 것 같다. '고문의 찬미'라는 극도로 공격적인 기사에서 말로는, 경찰관이 돈을 뜯어내기 위해 피의자를 불구자가 되도록 매질했다고 보도하면서 '그 고문 형리이자 밀고자'인 경찰관은 덕분에 식민지 의회 의장으로 선출될 가능성이 크다고 결론지었다. 바로 그 의회에서 안남인 의원인 트루옹 반벨은 이제 막 리프의 반란을 진압하기 위하여 모로코에 보낸 안남 부대를 즉시 소환하라고 요구했다. 유럽인 선량 중에서는 유일하게 폴 모냉이 《렝파르시알》에서 '볼셰비키식'이라고 지칭한 그 동의안을 지지했고 한편, 방청석의 말로는 그의 발언에 요란스러운 박수를 쳐서 많은 사람들의 분노를 샀다.

두 친구는 마지막으로 하나의 목표를 위하여 재능과 용기와 말솜씨를 동원하기에 이르렀다. 그리고 말로는 프놈펜까지 갔다. 그 표적은 캄보디아의 관리 바르데 사건이었다. 바르데는 그해 벼 추수에 대해 징세하는 임무를 맡았다가 처음에는 크랑 류 마을 농부들의 소극적인 반발을 샀다. 그는 농부들에게 본때를 보이려고 그중 한 명을 인질로 잡아서는 목적을 달성하고 나서도 풀어주지 않았다. 여기서 발단된 사건이 악화되어 마침내는 바르데와 경호원의 린치로 번져 농민 폭동에 이르렀다. 캄보디아 사람들의 부드러운 성품도 단번에 '아모크(급격한 정신 착란이나 분노의 폭발―옮긴이)'로 돌변할 수 있는 것이다. 현지에 파견된 군대는 300여 명의 혐의자를 검거했다. 마땅히 심문을 하고 재판을 하지 않을 수 없었는데, 그 임무가 사법관이 아니라 당국 관리의 손으로 넘어갔다. 말로는 이 사건이야말로 악질적인 세제稅制와 1년 전 자신이 희생당한 '행정적 정보' 위주의 사법 체제를 동시에 폭로하는 좋은 기회라고 생각했다. 그는 단숨에 프놈펜으로 달려가서 재판 일지를 작성하기 시작했다.

재판장의 명백한 편파성, 법정 안에 있던 정치 관료의 끊임없는 개입, 갈레 변호사("크랑 류의 범죄는 전반적인 불만의 결과이므로 캄보디아 전체가 저지른 범죄"라고 주장한)의 독살 미수, 무죄를 입증할 만한 증인들의 출석 거부 등 바르데 재판은 말로가 익히 잘 아는 월권 행위의 집약이었다. 그는 법정 토론의 결론으로 《랭도신 앙셰네》에 보복 기사를 실었다.

우리가 여러 번이나 되풀이하여 주장했듯이 각종 법령은 식민지에 공포하기 전에 재수정해야 마땅하다. 예를 들어 다음과 같은 원칙에 바탕을 둔 법령이 바람직할지도 모르겠다.
  1. 모든 피고는 교수형을 당해야 한다.
  2. 그 후에 변호사의 변론 혜택을 입어야 한다.
  3. 변호사도 교수형에 처해야 한다.
  4. 그 후에…

그러나 이번에는 《랭도신 앙셰네》가 난파할 차례였다. 클라라와 앙드레가 가진 마지막 자금이 바닥나버린 것이다. 여러 달 전부터 컨티넨털 호텔의 방값을 지불하지 못했다. 출납계원이 흘겨보는 가운데나마 아직 식사는 할 수 있었지만 언제까지나 계속될까.

"앙드레는 베르나르 그라세의 계약서를 떠올리고는 그 출판사 사장에게 편지를 써서 집필 중인 책 이야기를 했다. 그리고 11월 말쯤 나에게 말했다. '이제는 글을 쓰는 수밖에 다른 해결책이 없어.' 내 생각에도 그 탈출구가 나쁠 것은 없어 보였다. 사이공에 사는 것은 프놈펜에 살던 때 못지않게 내게는 힘이 들었다"라고 클라라는 술회한다.[19]

1925년 12월 초가 되자 그들의 머릿속에는 떠나고 싶은 생각뿐이었다. 그런데 극적인 사건이 돌발했다. 안남 사람(필경 치안국의 사주를 받은 듯한)이 폴 모냉을 살해하려 한 것이었다. 어느 날 밤 말로 부부의 친구가 잠을 깨보니 웬 녀석이 면도칼을 쳐들고는 모기장을 가만히 여는 것이었다. 첸이다. 《인간의 조건》에 나오는 첸 말이다. 자, 추수는 한 셈이다. 싸움은 벌어졌고(패배? 누가 알겠는가?) 주사위는 던져졌다. 배에 오르면서(그들의 중국인 친구들이 거저 주는 셈치고 돌아가는 뱃삯을 빌려주었다) 앙드레 말로는 《랭도신 앙세네》 12월 마지막 호에 은퇴를 해명하는, 이를테면 인도차이나 고별사를 썼다.

우리는 '프랑스 국민'에게 말과 회합과 신문과 전단을 통해 상소해야 한다. 우리는 근로자 대중들에게 안남인을 지지하는 서명을 받아야 한

19_《투쟁과 유희》, p. 228.

다. 너그러운 마음씨를 간직한 많은 작가들은 그들이 사랑하는 사람들에게 편지를 써야 한다. 거대한 대중의 목소리가 일어나서 인도차이나 평원을 짓누르는 이 모든 무거운 고통과 이 처절한 아픔의 대가를 그의 주인들에게 요구해야 한다. 우리는 과연 자유를 얻을 것인가. 아직은 알지 못한다. 다만 우리는 적어도 몇 가지 자유를 얻을 것이다. 바로 그런 이유 때문에 나는 프랑스로 떠난다.

이 자유의 대사들의 출발은 쓰디쓴 것이었다. 1925년 12월 30일은 쓸쓸했다. 타베르 가와 펠르랭 가에서 맺은 아름다운 우정들은 흐트러지고 풀어져버렸다. 그 일을 벌인 사람들이 실패로 인해 마음이 신산해졌기 때문일까. 돈이라든가 우선권 같은 단순한 문제들 때문일까. 전략적 혹은 정치적 의견 차이 때문일까. 1년 전에 두 팔을 벌려 그들을 맞은 폴 모냉은 부두까지 전송하지도 않았다. 오직 숄롱의 중국인 친구 동 투앙과 당다이가 그들을 따라 나와서 클라라에게 '레치'[20] 한 상자를 주었다. 그 상자에는 마치 예언처럼 붉은 옷을 입은 처녀 둘이 춤추는 그림이 그려져 있었다.

실망하고, 쫓겨나다시피 친구들과도 희망과도 손을 놓고, 다시 한 번 파산 상태가 되고, 건강도 나빠진 채 1926년 1월 프랑스로 돌아가는 이 스물네 살 청년의 가슴에는 물론 스쳐지났을 뿐이지만 열에 들뜬 듯한 흥분을 느끼며 만난 세계, 즉 아시아라는 세계가 가득 차 있었다. 이제 그는 1923년의 그 여행자가 지녔던 재능과는 비교도 안 되는 스타일과 글의 힘과 야유와 웅변으로 무장되어 있었다.

20_ 남부 중국에서 많이 나는 과일.

그는 싱가포르에서 콜롬보로, 수에즈에서 포르 사이드로 그들 부부를 실어가는 배의 갑판에서 그 아시아를 잔 가득 넘치도록 부어 마셨다. 거기서 그는 마르셀 아르랑에게 보내는 편지 형식으로 《서양의 유혹》의 첫 번째 단편을 썼다. 이 글에서 말로는 숄롱의 중국인 친구들과 나눈 대화 속에서, 삼각주의 농민들을 직접 찾아가 두 눈으로 보고서, 50명의 크메르 농부가 식민지 사법부의 손아귀에 잡힌 채 몸부림치던 그 프놈펜 재판에서, 구엔 포 혹은 반항자 힌과 같이 보낸 저녁 나절을 통해서 엿본 세계와 동양인의 관계를 서양인의 야망과 의지와 적성에 대비시켰다. 비록 선택에 오류가 있었다 하더라도 그가 거둬들인 것은 풍성했다.

체험한 아시아, 꿈에 본 아시아

1926년 1월 생 자크 만에서 싱가포르로 가는 그 배와 함께 아시아는 멀어져간다. 그가 눈으로 본 것, 그가 가지고 가는 것은 인도차이나에서 이중으로 겪은 모험, 한편으로는 격동에 차 있고 한편으로는 두 번에 걸친 고귀한 실패의 흔적들이다. 조각을 새긴 반테이 스레 사원의 돌은 여전히 캄보디아에 남아 있고, 인도차이나 식민 체제의 악은 여전히 무겁게 짓누르고 있으니 실패가 아니고 무엇이겠는가.

그들에겐 얻어가지고 가는 것도 없고 자신의 힘으로 변화시킨 것도 없다. 변한 것이 있다면 그들 자신뿐. 그들은 이제 1923년의 그 유연한 두 사람의 모험가가 아니다. 고통스럽게 겪은 폭넓고 강력한 경험, 아시아의 경험을 얻었다. 비록 사이공의 안남인과 숄롱의 중국인에 제한된 아시아였지만, 아시아와 유럽의 근본적인 충돌점임에는 틀림이 없다. 그들은 1000년에 가까운 세월의 신체적 마비 상태에서 간신히 헤어난 거대한 대륙과 끊임없는 문화적 공격 상태에 놓인 서양의 갈등에서 증인이나 배우 이상의 그 무엇이었다.

사이공, 숄롱, 프놈펜 그리고 하노이로 가는 길에 잠시 구경한 중부 안남과 메콩 강 삼각주, 1925년 8월에 잠깐 찾아가 본 홍콩, 이런 것이 1926년 초까지 그들이 아시아에서 겪은 경험 보따리였다. 그 2년 간의 경험이 어떤 정열과 밀도와 갈등 속에서 전개되었는가를 생각해보면 그것만 해도 대단했다. 그러나 앙드레 말로가 후일 가만히 방치해둘 뿐만 아니라 조장까지 하게 될 저 '비장한 미화'에 비교한다면 실제의 경험은 대단한 것이 못 된다. 이런 것을 사기나 '허풍'이라 불러야 할 것인가. 혹은 심리 역사적 조작, 아시아적 과장이라 불러야 할 것인가. 아니면 샤토브리앙이 자기 멋대로 상상해낸 조지 워싱턴과의 대담에 비길 만한 것이라 생각해야 할 것인가.

중국혁명에 가담하여 투쟁하고 1925년 광둥 민중 봉기의 영웅이었다는(혹은 1927년 상하이 봉기의 영웅이라던가?) 앙드레 말로의 전설은 과연 어지간히도 끈질기게 남아 있고, 말로 자신 또한 그 전설을 만들어내는 데 일익을 담당한 것이 사실이다. 월터 랑글루아, 자닌 모시, 앙드레 방드강 등 진지한 평가評家들도 반쯤 속내 이야기 같은 에피소드, 무거운 침묵, 자신만만한 어조, 진실성 있어 보이는 몇 가지 단서에 깊은 인상을 받은 나머지 그런 전설을 만들어내는 데 한몫을 한 셈이 되었다. 그중에서도 조르주 퐁피두 교수(드골을 계승하여 후일 대통령이 된다—옮긴이)야말로 '신격화'에 가장 많이 기여했다. 그는 "장제스 편에서, 나중에는 공산주의자 편에서 싸우며" 말로

가 아시아에 체류한 기간이 무려 4년(1923~1927)이나 된다고 추산한다.[21]

말로는 인도차이나에서 돌아온 직후부터 자기가 중국에 간 것은 단순한 여행자나 신문기자 자격이 아니며, 집필 중인 소설《정복자》의 원고는 부분적으로 실제 경험한 내용을 그대로 그려 보이고 있음을 암시했다. 인터뷰 같은 데서 구태여 캐물어도 자세한 대답이라곤 아무것도 하지 않았다. 그가 맡았던 '책임'이 책임인지라 명확한 대답을 안 하는 것이 당연하다는 투였다. '중국에서 투쟁하신 귀하께서는 운운' 하고 말을 붙이는 경우에도 그런 표현에 아무런 수정도 가하지 않았다.

그 당시 프랑스의 문단이나 정계에서 활약한 사람이나 관찰자들에게 말로는 '중국에서 돌아온 사람'으로서 그곳 전투에 참가한 경력을 가진 인물로 통했다. 무게 있는 침묵? 암시? 그것뿐이 아니었다. 1928년《N.R.F.》지에《정복자》가 막 발표되었을 때 베를린에서 발행하는 잡지《디 오이로파이셰 레뷔 *Die Europaische Revue*》는, 막스 클라우스가 독일어로 번역한 그 소설을 독자에게 소개하며 '광둥 전투 일기'라는 부제를 붙임으로써 작가가 직접 체험한 사건의 기록임을 암시했다.

그 책에 붙인 작가 약력은 말로 자신만이 제공할 수 있는 내용이었다. "파리 출생. 식민성이 캄보디아와 시암 지방에 파견한 고고학 조사반원(1923). '안남 청년회' 지도위원(1924). 코친친, 인도차이나 국민당 당무위원(1924~1925). 보로딘 관할 광둥 국민운동 지도부에 선

21_ 클라시크 보루롤,《앙드레 말로 문선 *Pages choisies d'André Malraux*》, p. 3.

전 담당관으로 파견(1925)."[22]

  몇 년 뒤인 1933년 10월 2일자로 미국의 유명한 비평가 에드먼드
윌슨에게 보낸 편지에서는 그보다 한 수 더 뜬다. 《정복자》의 작가는
위에 말한 이력을 또 한번 들먹이면서 이번에는 "인도차이나 그리고
드디어 광둥성의 국민당 당무위원"이 되었다고 자신을 소개했다.[23] 그
사이에 그 작가 겸 당무위원은 승진을 한 셈이 되는데… 그 편지는
가장 권위 있는 인물에게 보낸 것이고, 그 결과 말로가 이제는 아시
아의 상처에서 채 헤어나지 못한 신인작가 정도가 아니라 《인간의 조
건》을 쓴 작가로 이미 널리 알려진 터에, 에드먼드 윌슨 같은 대비평
가가 말로의 전설을 보증해준 셈이었으니 그 편지는 참으로 유감스
러운 것이었다.

  그렇지만 앙드레 말로는 그 허위 사실 유포를 더 이상 조직적으로
방조하지 않게 되었다. 사실을 확실하게 밝혀보려고 조금만 노력해
본 사람이라면 1925년에 사이공에서 공적 활동을 했고 1926년 초 파
리로 돌아왔으며 그다음에 그라세사와 N.R.F.사랑 접촉했다는 시간
적 증거가 분명해지는 것을 알 수 있다. 그 모든 사실에 의하면 《서양
의 유혹》을 쓴 이 작가에게 '광둥' 시절이 있었다는 사실을 입증할
근거는 전혀 없었다. 그런데도 신화란 목숨이 질긴 것이었다. 반세기
동안이나 말로는 사실을 분명하게 밝히는 쪽보다는 최고의 파렴치
행위라는 남들의 비난을 그대로 방치해두는 쪽을 택했다. 1937년 트
로츠키가 그에게 "중국혁명을 탄압한 책임자의 한 사람으로서 국민

22_《앙드레 말로의 문학 청년 시절》, p. 241.
23_ 에드먼드 윌슨, 《빛의 기슭 The Shores of Light》, p. 573.

당을 위해 일했다"고 비난했을 때나[24] 혹은 로제 가로디가 "도전적이랄 수도 없는 무모한 광둥 봉기를 일으킴으로써 노동자 대중의 대학살을 초래한" 책임이 말로에게 있다[25]고 했을 때나 그의 태도는 늘 마찬가지였다.

그러나 일단 아시아의 전문가나 이름난 여행자라고 인정되는 사람 앞에 가면 겸손해져서 주의 깊고 신중한 태도로 중국에 관하여 질문하는 데 그쳤다. 마링이라는 별명으로 통하는 네덜란드 사람 스니 브리트는 아시아에서 이름난 코민테른의 지도자로서, 외국인으로는 유일하게 중국 공산당 창설에 관여했으며 나중에는 트로츠키파와 가까워졌다. 그를 소개해주기 위하여 1928년 어느 날 말로를 식사에 초대한 피에르 나빌은 당시 중국혁명의 신화에 둘러싸여 있던 말로가 말참견 한 번 안 하고 중국혁명의 이러저러한 국면에 대하여 상대방에게 질문만 하거나, 아니면 다소곳이 듣고만 있는 것을 보고 몹시 놀랐다. 단순한 관찰자가 보기에도 스니 브리트는 그 청년 작가가 중국혁명에 관한 한 아주 모호한 지식밖에 없다는 인상을 받은 것이 분명해 보였다.[26]

다음의 사실도 지적해두자. 《N.R.F.》1929년 4월호에 베르나르 그뢰튀젠이《정복자》의 서평을 쓰면서 그 소설을 중심으로 '역사소설'의 문제를 제기할 때, 이 작품의 이야기를 이루는 사건들에 말로가 직접 가담했음을 암시하지는 않았다. 그런데 그뢰튀젠으로 말하자면

24_《노동자 투쟁 La Lutte ouvrière》, 1937년 4월 9일.
25_《무덤 파는 사람들의 문학 Une littérature de fossoyeurs》, p. 57.
26_ 피에르 나빌과 필자의 인터뷰, 1972년 6월.

말로와 아주 가까운 인물이며 그가 가장 존경하는 인물 그리고 그가 진실을 '반드시 털어놓는' 인물이다. 여기서 그뢰튀젠이 아무런 언급도 하지 않고 지나갔다는 사실은 의미심장하다.

그렇긴 하지만, 사실은 가장 중요한 점인데,《서양의 유혹》이 보여주는 강력한 직관력,《정복자》가 그려 보이는 샤멘 가, 열에 들뜬 듯한 집회 장면, 무겁게 짓누르는 듯한 밤 등 광둥의 실감나는 분위기 그리고《인간의 조건》에서 보이는 정확하고 절묘한 대여섯 개 장면을 무시할 수는 없다.

1965년 장관 자격으로 방문하기 이전에 앙드레 말로가 유일하게 클라라와 중국 대륙을 여행한 1931년의 보충적 경험은 그리 중요하지 않다고 볼 수 있다. 그때 그가 기록한 몇 가지 노트는 이미《인간의 조건》에 그린 내용을 지방색, 진실성, 민속적 정확성 등 그 어느 면에서도 크게 수정하지 못했다. 일본 작가 아키라 무라키에게 보낸 편지에서 그는《인간의 조건》을 쓰기 이전에 상하이를 방문한 적이 없다[27]고 말하기는 했지만(이것은 그가 착오를 일으켜 실제 사실을 '불려서' 생각할 뿐만 아니라 '줄여서' 생각할 수도 있다는 증거인데), 그래도 가령 키요가 항구에 도착하는 장면, 방탄 열차의 공격, 장제스가 탄 자동차의 진출 등 몇몇 장면에 전격적인 진실성을 부여하고자 했던 것이다.

소설가로서의 말로가 구태여 자기의 독자들을 속이려고 애쓰지 않았다는 것은 사실이다. 외국인들이 들끓는 그 중국, 러시아인과 발트인, 독일인, 스위스인, 일본 · 프랑스인 혼혈 등이 대신하여 혁명을

27_프로훅,《비극적 상상력 The Tragic Imagination》, p. 6.

일으킨 그 중국을 실화처럼 묘사하고 싶은 생각은 별로 없었다. 바로 그랬기 때문에 중국의 모습이 옳게 부각된 것이다. 훗날 그는 중국이 자기가 쓴 소설들을 닮아가기 시작한다고 말했다. 중국에 관한 한 옳은 말은 아니다. 그러나 그의 비전은 진짜 세계 못지않을 만큼 진실한 세계를 재창조하며, 그가 꿈꾼 아시아는 그가 체험한 아시아 못지않게 실감난다는 것 역시 부정할 수 없다.

여기에 덧붙여서, 말로의 경우 체험의 역할도 간과해서는 안 된다. 아시아를 무대로 한 그의 걸작 소설 두 편은 거기에 묘사된 어떤 사건에도 작가가 직접 관계한 일이 없었다는 점에서 결코 '르포르타주'라고 할 수는 없다. 물론 저 샤토브리앙식의 '비장한 미화'에 의하여 사실보다 훨씬 고양된 것임은 인정할 만하다. 그러나 우리가 앞서보았듯이 실제 겪은 경험을 토대로 한 《왕도》외에 《정복자》와 《인간의 조건》도 직접 겪은 일을 원천으로 삼았다고 볼 수 있다. 이를테면 프랑스와의 정치적 유대를 그대로 유지하면서 사회적 해방을 지향하는 안남 민족주의를 지도하지는 못한다 하더라도 적어도 돕기라도 하겠다는 《랭도신》창립자들의 기도 말이다.

코민테른 운동을 통해서 그들의 집단적 자유를 탈환하도록 중국 대중을 '지도하는' 보로딘과 가린처럼, 기요와 카토브처럼, 모냉과 말로는 그 현장과 중국 인민에 직접 영향을 미쳤다. '안남 청년회'(그 자체는 처음부터 사산아와도 같이 빈약하고 별 영향력이 없는 단체였지만 말로에게는 상상력을 지탱하는 핵의 구실을 했다)의 두 운영자가 인도차이나에서 보여준 활동을 연구함으로써 해명될 수 있는 《랭도신》의 모험은 말로에게 네거티브 필름 같은 것으로서, 그는 그 필름을 인화하고 확대하여 《정복자》를, 나아가서는 《인간의 조건》을 창조하기에 이르렀다.

이 소설의 '핵심'이 어디에 있느냐 하는 문제는 여기서 별 의미가 없다. 모냉이라는 인물(그의 생김새가 소설을 쓰는 데 도움이 되기는 했지만 말로 자신의 생김새 이상으로 크게 도움이 되었다고 하기는 어렵다)에게서 가린의 모습을 찾으려 한다는 것은 별로 흥미롭지 않다. 게다가 폴 모냉은 가린 그리고 말로보다는 훨씬 덜 개인주의적이며 좁은 의미에서 훨씬 더 '민주주의적' 인물이고 보면, 가린에게는 모냉보다 작가 자신 쪽의 모습이 더 많이 담겨 있다. 오히려 그 보로딘의 동지는 작가를 투영한 인물, 《전쟁과 평화》의 피에르 베주코프처럼 해석된 자아로 보는 것이 옳다.

말로의 아시아 소설에 등장하는 모든 인물 가운데 현실에서 직접 얻어낸 유일한 인물은 테러리스트 홍과 첸이다. 두 사람은 클라라가 생생하게 전했듯이[28] 코친친 총독 암살 계획에 열을 올린 《랭도신》의 동료 힌을 모델로 한 인물이다. 쳉다이 혹은 레베치 같은 인물에게서는 숄롱에서 말로의 동지였던 사람들의 모습이 엿보인다. 유럽과 아시아인의 혼혈인 키요를 상하이 인민 봉기의 지도자로 만든 그 기이한 착상은 아마도 《랭도신》의 공동 창설자인 혼혈아 드장 드 라 바시의 너그러운 인품에서 온 것이라고 생각할 수 있다. 하지만 중요한 점은 그런 게 아니라 전체 분위기와 사회 간 문명 간의 대화, 오랫동안 모냉이 보여준 상호 교류와 우애의 가능성 같은 것이다.

말로 부부를 인도차이나의 소용돌이치는 모험 속으로 끌어들인 그 인물은 말로 부부가 파리로 떠난 지 얼마 안 돼 광둥으로 떠났다. 비

28_《투쟁과 유희》, pp. 83~84를 볼 것.

교적 낮은 수준에서라고 해야겠지만 그래도 가린의 모험에 해당하는 무언가를 직접 체험한 사람은 모냉이었다. 1926년부터 1927년 사이 《랭도신》의 두 경영자가 어떤 관계였는지는 알려진 사실이 아무것도 없다. 모냉은 말로에게 편지를 쓰곤 했던가. 그런 편지가 있다면 《정복자》의 토대를 분석하는 귀중한 자료가 되었을 것이다. 그런데 앙드레 말로는 그런 편지 왕래의 기억이 없었다.

알려진 것이 있다면 폴 모냉은 1927년에 사이공으로 돌아왔고, 모이 고원에서 사냥을 하다 열병에 걸려 그해 말에 사망했다는 사실이다. 그 훌륭한 변호사는 역시 심한 병에 걸린 아내와 후일 신문기자가 된 아들 기욤을 남겨둔 채 가난하게 사망했다. 폴 모냉의 사이공 친구들은 미망인의 동의를 얻어 그를 베트남 땅에 묻어주었다.

위대한 상상력은 이런 경험, 이런 인물, 이런 관계만으로도 족히 위대한 이야기를 만들어낼 수 있다. 말로가 프놈펜, 사이공, 하노이 그리고 짧은 기간 방문한 홍콩에서 얻은 것은 풍토, 냄새, 우정의 순간들, 격앙된 긴장이나 증오의 순간들이었다. 아시아의 도시들과 인도차이나의 경찰, 사법부, 신문, 상공회의소는 그런 것을 유럽보다도 훨씬 생생하고 밀도 있게 드러내 보였다.

과연 말로는 혼란한 인도차이나로부터 열에 들뜬 중국을 이끌어낸 것일까? 사이공과 숄롱에서 광둥과 상하이를, 코냐크 박사의 고문 형리에게서 장제스의 고문 형리를, 카티나 가의 밀수꾼에게서 분드의 밀수꾼을, 메콩 강 삼각주나 사이공 항의 사회적 동요에서 중국의 대규모 인민 봉기를, '안남청년회' 동지에게서 광둥의 전략가를 이끌어낸 것일까. 그렇다. 중국인들을 위해서랄 수는 없을지 모르나 우리 독자를 위해서 거부할 수 없을 만큼 힘차게 그 모든 것을 창조했다.

말로가 가슴에 품고 간 아시아는 혁명을 잉태한 거인 중국은 아니었다. 그것은 분노하고 아파하며 핍박받는 인도차이나였다. 소규모로나마 모든 음모와 운동이 얽히고설킨 이 인도차이나로부터 1945년의 대변혁이 솟아날 터였다. 말로가 사이공을 떠날 때 아직 구엔 아이 콕이라 불리는 호찌민은 인터내셔널 파견관으로 광둥에서 1년 동안 보로딘의 협조자로 활약하고 난 참이었다. 그는 무엇보다도 먼저 광둥에서 후일 베트민의 핵심이 될 청년 연맹 '탄 니엔'을 이제 막 창설했다.

인도차이나에서는 갖가지 경향과 세력이 결속하여 4년 후 옌 베이와 게안의 두 폭발을 낳는다. 그중 하나는 민족주의자들의 폭발이요, 다른 하나는 공산주의자들의 폭발이다. 한편, 숄롱과 화교 집단에서는 국민당 내부에 차츰 분열이 일어난다. 이는 '북벌' 시대에 광둥에서 베이징에 이르기까지 중국혁명의 추이를 변화시키는 양분화와 병행된 것이다.

1967년, 아시아 체험에 관하여 인터뷰한 이탈리아 방송기자의 질문에 대답하면서 말로는 이렇게 말했다. "조심하세요. 그 무렵 앙드레 말로의 아시아는 중국이 아니라 인도차이나예요." 그러나 이처럼 분명히 구분하는 일은 지극히 드물었다. 가장 온건하게 말하더라도 그는 '안남 청년회'와 '베트민'을, 그 당시 자신의 입장과 호찌민의 입장을 나란히 비교하곤 했다(그는 당시 호찌민의 입장이 좀 더 온건했다고 주장했다). 물론 성립이 안 되는 비교다.

여기서 중요한 점은 여차여차한 전기적 사항이나, 1926년에 말로가 광둥에 있었다는 터무니없는 주장이나, '안남청년회'의 신화적인 면이나, 그 당시 말로가 품은 이념의 정확한 성격 따위가 아니다. 중요한 것은 핍박받는 아시아인들과 함께 투쟁했다는 사실, 식민지 민족이나 모멸당하는 대중들과 어깨를 나란히 하고 같이 위험을 무릅썼다는 사실이다.

이곳저곳에서 우리는 사정을 다 알면서 각오한 위험, 모험, 기도들을 볼 수 있다. 꿈에 그린 아시아의 '퀴비에Cuvier의 뼈'에 지나지 않는 단편이지만, 그래도 몸소 체험한 그 아시아로부터 7년간《서양의 유혹》《정복자》《왕도》《인간의 조건》이 솟아났다. 그 상상력의 소용돌이를 거슬러 올라가보면 그 원천에는 맑은 샘이 있음을 알 수 있다. 가슴이 뜨거운 불안정한 청년은 그때 무릅쓴 위험과 그때 체험한 연민에서 출발하여 갖가지 우여곡절을 통과하면서 그 도전을 우정의 모습으로 탈바꿈시킨 것이다.

1926년 1월, 그들을 다시 한 번 사이공에서 마르세유로 실어가는 배에서 클라라와 말로는 인조 벽지를 바른 가구가 놓인 이등 객실에 나란히 앉아 있다. 말로는 어른들의 수다와 아이들의 떠드는 소리를 배경으로 통로 쪽 창가에서 자기 세계에 파묻힌 채《서양의 유혹》을 쓴다.

클라라는 이렇게 적는다.

그 재난을 우리가 원했던가. 우리를 파괴하고 또 풍부하게 하는 인도차이나에서 꼼짝없이 근본 문제를 다시 반성하게 만든 그 재난을. 그런데 이제 또다시 패배자가 되다시피 하여 또 다른 발견을 찾아 항해했던 것이다…

우리는 참으로 인간과 사건에 몸을 부딪쳤고, 우리 자신이 불러일으키고 나중에는 우리가 당한 경험에 따라 다듬어졌다. 그리하여 우리는 다른 사람들하고는 똑같지 않은 언어를 얻어 유럽으로 돌아가고 있었다. 나 자신을 맡긴 그 남자는 마침내 자기 자신의 무기를 가지고 지금까지는 그에게 저항만 했던 세계를 지배하려 하고 있었다. 그는 글을 통하여 세계에 자기의 비전을 강요하려는 것이었다.[29]

2

동지애

La fraternité

1. 문학이라는 천직

다시 돌아온 망령

그는 자신의 의지보다는 반발과 향수에 이끌려서 통일된 신념도 없이 무작정 떠났다. 정복을 위해서라기보다는 그저 떠나고 싶어서, 무엇인가를 얻기 위하여 떠났다. 그런데 이제 자신을 중심으로 응결되고 자신의 반항에 대하여 좀 더 의식적이며, 투쟁을 통하여 조직된 인간이 되어 돌아왔다. 벌써 점묘 상태로나마 말로 그 자신인 것이다.

아직 탐미주의에 사로잡히고 현학 취미로 인하여(《서양의 유혹》을 보면 알 수 있다) 산만한 채로나마 거센 회오리바람과 위험과 난바다의 파도가 스쳐지나간 이 인물은 방황아에서 반항아로 변모했다. 그에게는 아직 자신을 바쳐 지킬 목적도 없고 그 목적을 성취할 기량도 없었다. 그러나 내면에는 긴장감이 존재했다. 지난 시절의 책에서 배운 요란한 댄디즘과는 다른 힘을 가진 열정이 있었다. 그는 존경할 만한 인간을 만났고 투쟁에 송두리째 몸을 바쳐보기도 했다.

그는 억센 어리석음으로 무장된 상대와 겨뤄도 보았고 미련하고 포악한 얼굴의 가면을 벗겨보기도 했다. 그는 도서관에서 나와 삶과 대결했다.

1926년 그가 도착한 프랑스는 1923년에 떠난 프랑스보다 더 갈기 갈기 찢어졌고 더욱 무미건조하며 불안에 사로잡혀 있었다. 1924년 선거를 통해 수립된 좌파 연합정부는 실패에 실패를 거듭했고 기껏해야 공화국 대통령 알렉상드르 밀르랑을 물러나게 한 것이 유일한 성공이었다. 권위주의를 휘둘러 의회민주주의를 곤경에 빠뜨린 구 사회당 출신 대통령은 물러가고 온건한 가스통 두메르그가 들어앉았다. 그러나 적자 예산과 인플레는 시시각각 심각해지는가 하면 브리앙의 제9내각이 펭르베와 앙리오 내각과 교체했고, 극적인 사건이나 스캔들과 관련되어 건전한 사람들의 미움을 사는 카이요와 말비 같은 인물까지 동원하지 않으면 안 될 입장에 놓인 것이 여당이었다.

7월 에두아르 앙리의 수상직 복귀는 이 내리막길의 절정이었다. 영국의 파운드화는 248프랑, 달러는 50프랑을 기록했다. 한마디로 공황이었다. 당황한 좌파는 그들이 혐오하는 모든 것의 표상이며 권력, 질서, 돈, 저축자와 은행의 신뢰, '애국당'의 희망 사이의 타협을 상징하는 인물 레이몽 푸앵카레를 다시 불러들이기로 동의했다.

1926년 프랑스의 분위기는 윤리적, 통화적通貨的, 식민적 질서를 주장하는 당이 '왕정복고'하고, 뒤뚱거리는 좌파가 패배했다는 말로 요약될 수 있다. 이 '왕정복고'는 프랑스의 '제국주의적' 체제가 만난 첫 번째 위기의 척결과 더불어 이루어졌으니, 1926년 5월 리프 족의 지도자 압델 크림이 라바(모로코의 수도—옮긴이) 정권에 복종을 맹세한 것이다(독자들은 잊지 않았겠지만 그보다 6개월 전 모냉과 말로는 페탱 장군의 진압 부대를 보강하기 위한 안남 원병의 모로코 파견을 반대하는 입장을 취했다).

그와는 또 다른 힘과 열기에도 주목해볼 필요가 있다. 청년 공산당 원들이 자크 도리오의 진취적 영도 아래 투쟁 자세를 강화하는 다른 한편에서는, 초현실주의 운동이 비순응주의자와 문화적 적응 불능자를 위한 단순한 패거리 문제와는 전혀 다른 형태로 확립된다. 초기의 요란한 아나키스트적 태도를 버리고 브르통, 아라공, 엘뤼아르는 공산주의에 접근해가는 중이며, 그들의 동지인 피에르 나빌과 마르셀 푸리에를 통하여 《클라르테 Clarté》지의 마르크스주의자들과 공동 목표를 가진 것이다. 이 운동은 여전히 혁명 원칙에 구속되는 것은 거부하지만 1926년 3월 1일의 '초현실주의 혁명'은 '공산주의자와 초현실주의 운동 사이에 존재하는 열망의 위대한 일치'를 강조한다. 이 운동의 폭발적인 독기毒氣는 이리하여 정치적으로 조직되고 확립되려는 것이다.

사이공의 식민 세계가 보여주는 그 부르주아 사회의 희화 그리고 《렝파르시알》, 코냐크 박사, 프놈펜의 법정 등에서 본 잔혹하고 맹목적인 세계에 대하여 분노에 떨며 인도차이나로부터 돌아왔는지라, 말로는 자연히 자기처럼 랭보와 니체의 후예인 그 분노한 자들의 대열에 합류한다. 그러면서도 브르통 곁에 얼굴을 보인 적은 한번도 없었다.

그렇다면 초현실주의자들을 그렇게도 이방인처럼, 그렇게도 저주받은 상태로 만든 것은 도대체 무엇일까. 반세기 후 말로는 초현실주의자들이 프랑스에서 투쟁하는 동안(1924) 자기는 인도차이나에서 자기의 투쟁에 열중하느라 그 지리적 거리 때문에 초현실주의 운동과 멀어졌다고 주장한 적이 있다.[1] 별로 신빙성이 없는 주장이다. 마르셀 아를랑에 의하면[2] 말로가 그 그룹에 끼어들기를 주저한 것은 브르통의 권위주의적 스타일과 '시체처럼perinde ac cadaver'이라는 규칙 때문이었다고 한다. 그러나 좀 더 보편적인 이유는, 사이공의 그 젊은 반항아가 다른 사람들이 만들어서 조종하는 운동을 뒤따라가기에는 자신의 저항과 매우 개인적인 시련들을 대가로 얻은 독립성을 아주 철저하게 의식했기 때문이었다. 그가 자신의 긍지에 합당하고 능동적인 동지애 차원의 지상 목표를 찾아내자면, 인터내셔널과 그 투쟁을 발견하기까지 기다려야 할 것이다.

환영에 사로잡히고 약간은 무당 기질이 있으며 랭보를 열렬히 찬양하고 로트레아몽에 대한 호기심을 버리지 못하며 쟈리에(시인, 소설가—옮긴이)에 대한 취미를 지녔을 뿐 아니라 초현실주의자들처럼 코르비에르를 사랑하고, 이미 니체와 도스토옙스키가 지닌 가장 위대한 반反합리주의자의 면모를 숭앙한 꿈의 사나이 말로는, 결국 선언문을 발표한 그들이 부르짖는 무의식의 부름 같은 것에는 쉽사리 넘어가지 않는 인물이었다. 크르벨, 랭부르의 친구였고(20년 후 사이공 거리에서 발견한 《서양의 유혹》 첫 장에 "친구 로베르 데스노스에게, 앙드레 말로"라는 헌사가 쓰여 있는 것으로 보아 데스노스의 친구였던 것 같다) 수포, 나빌 등과도 가까운 사이였던 그가 초현실주의자 그룹과 브르통에 대해서는 거부 반응을 보였다. 두 사람 다 트로츠키 이념에 이끌렸을 때조차도 그랬다.

1_ 앙드레 말로와 필자의 인터뷰, 1972년 6월.
2_ 마르셀 아를랑과 필자의 인터뷰, 1972년 2월 2일.

클라라는 1925년 초 이 기막힌 기인들의 만남을 재치 있게 그려 보인다.

브르통과 말로가 서로 마주 보는 장면이 아직도 눈에 선하다. 브르통에게서는 약간 무거운 밀도가 느껴졌고 말로는 신경질적인 정열에 가득 차 있었다. 말로는 도착할 때 싱가포르에서 산, 쇠붙이 장식이 달리지 않은 흑단 스틱을 짚고 있었는데 그 높다란 스틱 때문에 스틱을 짚은 사람이 아주 거대해 보였다… 면담은 오래 걸리지 않았다. 그들은 며칠 후 역시 퐁텐 가에서 다시 만나기로 약속하고 헤어졌다. 약속된 날 우리가 찾아가서 초인종을 눌렀으나 아무 대답이 없었다. 말로는 "저 사람들은 집 안에 있어. 틀림없어. 말소리가 들렸거든" 하고 말했다. 나는 그럴 리 없다고 생각했지만 그의 말이 옳았다. 우리는 초현실주의자 그룹이 자동 기술을 하는 중이었으므로 우리가 들어가면 방해가 될 것 같다는 내용이 담긴 편지(아마 속달편지였던 것 같다)를 받았다. 옳은 말이었다. 우리의 관계는 여러 해 동안 그 정도에 불과했다.[3]

그 관계는 끝내 개선되지 않았다.

사실은 브르통보다 아라공이 더 말로에게 반감을 일으켰다. 심지어 1935년에서 1939년까지 같은 입장을 취한 후에도, 또 항독 지하운동을 치르고 난 뒤에도 아라공이 말로에게 바친 찬사의 빛은 싸늘했고 《희망 L'Espoir》의 작가도 공격 태세를 늦추지 않았다. 그러나 1966년 아라공이 소련 미술 전람회 계획을 세우고 그 계획이 문화성

3_《우리들의 20세》, pp. 274~275.

장관인 앙드레 말로의 소관 업무가 되자 클로드 갈리마르는 두 사람을 중립 장소인 자기 사무실에서 만나게 하는 데 성공했다. 그 광경을 지켜본 사람은 실망하지 않았다. 말로는 자리를 떠나면서 그에게 슬쩍 한마디를 건넸다. "우리의 연극이 어땠습니까?"[4]

　6년 후 필자가 이 책을 쓰기 위하여 말로에 대한 의견을 묻자 아라공은 대답을 거절했다. 왜 그랬을까? "나는 그를 무척 좋아해요. 그런데 내 친구들은 그를 별로 좋아하지 않거든요."[5] 한편, 말로는 아라공에 대하여 약간 신경질적인 침묵으로 일관했다.

　1926년 말로의 파리 '귀환'은 이리하여 그가 최근에 겪은 에피소드나 나아가서는 그의 성격으로 볼 때 가까이 했어야 마땅할 초현실주의 운동에 대한 거부 반응으로 특징지어진다. 그가 다가간 방향은 훨씬 더 보수적인 계층이었으니 다름 아니라 베르나르 그라세가 천재성을 발휘하여 이끄는 출판사 쪽이었다. 우리가 이미 말했듯이 생페르 가의 이 출판업자는 1924년 말부터 캄보디아의 피고인을 자기 집에서 따뜻이 맞아주었고 이 쫓기는 청년에게서 엿보이는 강력한 개성을 눈여겨볼 줄 알았다. 그러니 말로가 1926년 2월 '서양의 유혹'이라는 제목을 붙이고자 하는 100여 쪽짜리 원고를 갖다 보인 곳이 그라세라는 것은 아주 당연한 일이었다. 베르나르 그라세는 상당히 우수한 상인인지라 '그의' 작가가 캄보디아 모험에서 영감을 받은 지금, 집필 중인 소설에 앞서 이 딱딱한 텍스트부터 갖다주는 것이 좀 서운했다. 그러나 말로는 무엇보다 그 철학적 에세이를 앞세웠

4_ 클로드 갈리마르와 필자의 인터뷰, 1972년 11월 19일.
5_ 루이 아라공과 필자의 인터뷰, 1972년 2월.

다. 그러니 이 너그러운 젊은이가 의사 표시를 하게 해줘야 했다. 자기가 니체쯤 되는 줄 아는 것일까. 그렇다면 '차라투스트라'를 발표해볼 일이다. 그가 천재인지 아닌지는 두고 보기로 하자. 참다운 재능이 드러날 때가 오겠지.

말로는 사이공을 떠나기 전 친구들에게 파리에 가면 식민지 체제에 반대하는 운동을 벌이겠다고 약속하고선 지키지 않았다. 적어도 1933년까지는. 예정한 혁명적 집회와 담화 대신 비록 아시아와 동서양의 관계에 대한 것이라고는 하지만 식민지 질서를 뒤흔들어놓는 일이라고 말할 수 없는 문학 활동만 했다. 1926년에서 1927년 사이에 발표한 네 편의 텍스트에서 말로는 유럽인들의 개인주의적 활동성과 집단적 조화에 대해 동양적 감각으로 맞선다. 《서양의 유혹》은 그 단편이 《N.R.F.》 4월호에 실린 적이 있고, '앙드레 말로와 동양'이라는 제목의 인터뷰는 《레 누벨 리테레르》에 실렸으며, 그 밖에 마시스의 《서양의 변호_Défense de l'Occident》에 관한 《N.R.F.》 논평, 〈유럽의 젊은 세대〉라는 짧은 에세이가 있다. 이리하여 독트린 덩어리가 이루어지는데 그것은 벌써부터 날카로운 지성, 사고를 조작하는 놀라운 센스 또 당시로서는 매우 희귀한 경우로서 공자孔子적 사회 가치에 대한 존중 등이 엿보인다. 그러나 솔직히 말해서 앙드레와 클라라 말로가 사이공과 숄롱에 남겨두고 온 안남과 중국 친구들의 기대에 응할 만한 것은 하나도 없다.

《서양의 유혹》은 1926년 7월에 출판되었다. 링이라는 중국 청년과 동시대 프랑스인 A. D.가 주고받은 편지 형식을 취한 이 에세이는 작가의 장점 못지않게, 어쩌면 그보다 더한 결점을 예고하는데, 이를테면 말로 박물관의 원시 형태라고 할 수 있다. 참담게 소화하고 검증하기도 전에 일반화된 사상들에 넋을 잃은, 여행 중인 '입시반 학생'의 노련함이 도전적인 치기와 함께(작가는 당시 스물네 살) 나열되어 있는 동시에, 이상할 정도로 통찰력 있는 몇 가지 관점과 바레스적인 웅변의 메아리가 엄숙하고 요란한 목소리에 실려 전개되고 있는 것이다.

81쪽에서 82쪽에 걸쳐 링은 이렇게 적는다.

조상彫像들이 빗기는 햇살에다 그들의 당당하고 신성한 그림자를 던지는 당신들의 저 비길 데 없는 공원을 나 역시 거닐어보았습니다. 그들이 펴든 두 손이 당신들에게는 추억과 영광의 무거운 선물을 바치는 것으로 보입니다. 당신의 가슴은 천천히 길어지는 저 그늘들의 화합 속에서 오랫동안 기다려온 율법을 헤아려보고자 합니다. 아! 자신의 드높은 사상을 되찾기 위해서 기껏 저 불충실한 사자死者들에게 간청하는 것이 고작인 종족에게 어울리는 동정이란 과연 어떤 것일까요. 정확한 위력에도 불구하고 유럽의 저녁은 처량하고 공허합니다. 인간의 가장 비극적이고 가장 헛된 몸짓 중에서도 힘을 위하여 태어난 종족, 절망한 종족인 당신들이 저 위대한 사자들의 그림자에게 질문하는 그 몸짓만큼 비극적이며 헛되어 보이는 것을 나는 본 적이 없습니다.

158쪽에서 160쪽에는 이에 대한 A. D.의 대답이 있다.

신을 파괴하기 위하여, 그리고 파괴하고 난 후에 유럽 정신은 인간에게 대항할 가능성이 있는 모든 것을 파괴해버렸습니다. 정부情婦의 시체 앞에 선 랑세처럼, 그 노력을 다한 끝에 그가 얻는 것은 죽음뿐입니다. 죽음의 이미지에 도달하자 그는 더 이상 죽음을 위하여 정열을 쏟을 수 없음을 발견합니다…

물론 그보다 더 높은 신앙이 있습니다. 마을의 십자가들, 심지어 우리의 사자死者들을 굽어보는 십자가들까지도 제안하는 신앙 말입니다. 그것은 사랑입니다. 그 속에는 안식이 있습니다. 나는 결코 그 신앙을 받아들이지 않을 것입니다. 내 연약함이 요구하는 안식을 구하기 위하여 허리를 굽히지는 않을 것입니다. 오직 죽은 정복자들만이 잠들어 누워 있으며 그 위대한 이름을 과시함으로써 슬픔은 더욱 깊어질 뿐인 거대한 묘지, 유럽이여, 그대가 내 곁에 남겨놓은 것은 고독의 늙은 스승인 절망이 가져다주는 헐벗은 지평과 거울뿐.

랑세에 대한 언급, 고상한 박자, 고귀한 회의주의 등 샤토브리앙의 유령이, 1926년 미래를 점치는 사람들의 주목을 끈 이 거만한 책장에 떠돌고 있다. 심지어 티보데까지도 그 이름 없는 작가의 에세이에 코를 들이밀고 냄새를 맡았다. 그는 이 젊은 작가가 "카이저링보다는 덜 깊다"고 판단하면서도 그에게서 클로델, 생 종 페르스를 연상시키는 '시와 종합과 중국 문학'의 감각을 발견할 수 있다고 했고, '그 능동적이고 힘찬 회의주의'에 묘미가 없지 않다고 평했다.[6]

이만하면 '성적이 좋은 출발'이다. 덕분에 앙드레 말로는 신문기자들의 관심을 끌었다. 《레 누벨 리테레르》는 그에게 동양과 서양의 관계에 대한 그의 사상을 좀 더 정확하게 설명해달라고 요청했다. 말로는 "우리의 문명은 정신적 목표가 없는 닫혀버린 문명이다. 즉 문명

6_《뤼롭 누벨 L'Europe Nouvelle》, 1926년 10월.

은 우리에게 행동을 강요한다. 이 문명의 제반 가치는 사실에 좌우되는 세계를 토대로 하여 설정되어 있다… 우리가 기독교로부터 전승받은 인간의 개념은 우리의 근본적인 무질서에 대한 격앙된 의식의 바탕 위에 성립한다. 이 같은 무질서는 극동 사람에게는 존재하지 않는다"[7]라고 대답했다.

그는 앙리 마시스의 《서양의 변호》에 답함으로써 아시아적 조화에 대한 변호를 좀 더 발전시키는 더없이 좋은 기회를 얻는다. 민족보수주의 노선의 지도자는 그 웅변적인 제목으로 이제 막 아시아의 혼탁한 침탈 행위를 규탄하는 책자를 펴냈다. 아시아로부터 온 공격 행위는 그가 볼 때 열반이라는 형태와 볼셰비키 이념의 형태를 취한 듯했다. 그런데 기이하게도 마시스에 대한 말로의 대답은 사실의 범주에 머문다. 아시아에서 코민테른이 득세하기 때문에 당신은 위협을 느끼는가. 걱정이 겨우 그것뿐이라면 안심해도 좋다…

이 청년이 1927년 3월 《카이에 베르 *Cahiers verts*》지에 앙드레 샴송, 장 그르니에, 앙리 프티의 논문 그리고 피에르 장 주브의 시 세 편과 나란히 〈유럽의 젊은 세대〉라는 에세이를 써서 발표한 것은 다니엘 알레비의 권유 때문인 듯하다. 이 에세이를 통해서 그는 장식적인 작문에서 의식화한 질문으로 옮겨간다.

우리는 마침내 각자 자신에 대하여 갖는 의식을 바탕으로 '인간'의 개념을 설정했다. 그렇다면 우리 자신을 우리가 하는 탐구와 맺어주는 관계는 도대체 무엇이란 말인가. 부조리의 첫 번째 출현이 준비되고 있

7_《레 누벨 리테레르》, 1926년 7월 31일.

다…[8] 이제 우리는 대담하게 우리의 내면을 들여다보지 않으면 안 된다. 가장 천박한 개인주의가 위력을 발휘하는 문명의 한가운데서 새로운 힘이 깨어나고 있다. 그 힘이 우리를 어디로 인도해가는지 누가 대답할 수 있겠는가…[9] 아직도 숱한 메아리가 우리 주위를 맴도는 이 시대는 그의 허무주의적이며 파괴적이고 근원적으로 부정적인 사상을 솔직히 인정하려고 하지 않는다. 그보다 더 은폐된 또 다른 목표가, 유럽에서 전쟁 직후의 삶을 목격한 모든 사람들이 그들 중에서 가장 위대한 사람들의 사상을 남몰래 살펴보게 만든다. 오직 특정한 사상들만이 그 세월이 강요한 완만하고 거부할 길 없는 변화로부터 인간을 지켜줄 수 있는 것이다…[10] 그렇다면 이 치열하고 신기하게 무장한 젊은 세대는 어떤 운명을 향해 나아가고 있는 것인가.[11]

밀도 있는 질문이지만 분명한 해답을 가져오지 못하는 질문이다. 이 청년 작가가 생각하는 '또 다른 목표'란 무엇일까. 인도차이나에서 엿보았으며 초현실주의자들에게는 거절당한, 그러나 이제 머지않아 얻을 동지당의 탐구일까. 여기서 불확정한 날카로움과 더불어 표현된 기대는 모호한 것도 진부한 것도 아니다. 다만 그 기대는 부조리에 대한 해독제로서 목표를 위한 행동이 있는 곳이면 어디로든 그를 인도해갈 수 있는 것이다.

관심을 가지고 지켜본 사람들은 아시아에서 돌아온 후 몇 달 동안

8_ p. 139.
9_ p. 147.
10_ p. 149.
11_ p. 153.

신념을 갈구하는 이 청년, 은연중에 영광된 장래가 약속된 듯 느껴지는 이 패배자를 놓치지 않고 주목했다. 여기서는 우선 우정과 호기심이 혼합된 두 가지 증언을, 즉 모리스 삭스와 니노 프랑크의 증언을 들어보자.

1926년에 쓴 《지붕 위 황소의 시간*Temps du bœuf sur le toit*》에서 불쑥 튀어나오는 말로는 오토바이를 탄 보들레르 같은 인물로 소개된다. "안목 있는 사람들의 입에 자주 오르내리기 시작하는 작가들이 있는데 그들은 쥘리엥 그린, 조르주 베르나노스, 앙드레 말로다. 나는 말로를 만나보았다. 그의 눈길에는 모험과 우수와 단호한 결단의 표정이, 이탈리아 르네상스 시대 인간의 프로필 그리고 매우 프랑스적인 외모가 담겨 있다… 그는 말이 빠르고 달변이며 모르는 것이 없는 듯 보인다. 그는 확실하게 우리를 매료시켜서 우리는 마치 금세기에서 가장 지적인 인물을 만났다는 인상을 받는다."

말로와 마찬가지로 막스 자코브의 친구였고 나중에는 제임스 조이스의 친구인 니노 프랑크는 "말로에게서 엿볼 수 있는 굶주린, 다급한, 무엇엔가 홀린 듯한 면을, 파리의 식도락 같은 태도를, 약간 부자연스러운 주지주의를 그리고 돌연 번개처럼 튀어나오는 생각과 말"을 좋아했다.

아직은 긴장감 때문에 복잡해지지 않은 풋내기 얼굴 위에 우뚝 솟은 풀 먹인 칼라 그리고 상아 손잡이가 달린 스틱, 챙이 넓은 중절모자, 회색 장갑 등… 나 같은 시골뜨기를 압도하는 그 시대의 모든 액세서리가 아직도 눈에 선하다. 머리칼, 볕에 탄 얼굴, 짙은 눈길, 이 모든 겉모습을 억제하면서 약간 생각에 잠긴 듯한 표정, 무관심을 가장하는 주의력… 게다가 짧고 분명한 질문들, "말할 필요도 없는 일이지만…"하고 말하는 어투 그리고 내 생각으로는 너무나 드물어서 유감이었지만 그 젊은, 기막히게 젊은, 거의 천진난만한 기쁨의 폭발…."[12]

그 당시의 말로는 인도차이나 문제에 혁명적으로 참여하겠다는 약속을 지키지는 못했지만 여전히 아시아와 철학적 도락에서 헤어나지 못한, 아주 이국적인 동시에 아주 파리적이었다. 그런 그가 오를로주가의 알레비 살롱이나 브르고뉴의 퐁티니 강연회에서 사람들에게 둘러싸인 채 천재적인 말솜씨를 발휘하며 다른 사람들의 놀라움 속에서 자신의 모습을 찾고 있는 광경은 볼 만했다.

다니엘 알레비의 집에서는 프랑스 학사원과 소르본, 그라세사와 갈리마르사의 대학인, 여행자, 작가, 문단의 명사가 가까이서 마주쳤다. 말로는 거기서 드리외 라로셸을 만났으며, "당신이 말하려는 것은 바로…" 하고 나서는 곧 치명타를 가함으로써 루이 귀유를 경탄시켰다. 젊은 기자 조르주 마뉘는 몽테를랑을 알현하기 위하여 알레비의 집에 찾아갔는데 《꿈Songe》의 작가(몽테를랑—옮긴이)가 항상 저작권 얘기만 꺼냈으므로 고개를 딴 데로 돌려서, 쥘리엥 소렐 같은 청년이 아주 천재적인 재간을 발휘하며 중국 얘기를 하는 데 귀를 기울였다. 또한 가브리엘 마르셀은 그의 형이상학적 열정에 놀랐다. 말로는 일대 센세이션이었다.

앙드레 말로는 폴 데자르댕이 예술과 사회의 현황, 미래에 대하여 관심을 가진 사람들을 초청하곤 했던 브르고뉴의 수도원 퐁티에서도

12_《부서진 기억Mémoire brisée》, pp. 281~282.

만날 수 있었고, 특히 그의 연설을 들을 수 있었다. 저명인사의 갖가지 목소리로 가득 찬 그 궁륭 아래서는(말로는 여기서 1940년의 '알텐부르크' 모델을 얻는다) 특히 앙드레 지드, 폴 발레리, 장 폴랑 같은 《N.R.F.》의 눈부신 정신이 주름잡고 있었다. 마르셀 아를랑이 1924년에 식민지 재판부의 희생물이 된 청년 앙드레를 위하여 서명을 받은 곳도 바로 거기였다. 물론 다른 그룹에서도 그곳으로 연사들을 파견했다.

1928년 8월, 앙드레 샴송과 앙드레 말로는 '1878∼1928 : 50년의 거리를 두고 본 전후 청년상'에 관한 토론회를 기묘한 전투장으로 돌변시켜놓았다. 한쪽에서는 프로방스 특유의 입담으로 덤비고 다른 쪽에서는 번갯불 같은 타격으로 공격하니 불꽃 튀기는 싸움이었다. "금방 보신 것은 도끼와 사과나무의 싸움이었습니다!" 논쟁이 끝나자 말로는 이렇게 내뱉었다. 이에 샴송은 남프랑스 특유의 목소리로 "말로, 사과나무는 도끼 없이도 잘 자라지만 도끼는 사과나무가 없으면 아무것도 아니라는 점을 인정하시지!"[13] 이것은 진짜 싸움을 기다리는 동안 그저 웃자고 해본 논쟁이었다. 앙드레 말로는 중국인 같은 눈길을 그들에게 던지면서 전사들의 상처가 더욱 아프라고 이따금씩 기름을 쳐가며 토론회를 이끌었다.

말로는 전투용 도끼를 퐁티니의 헛간에 다시 넣어두고 파리 뮈라가의 아파트로 얌전하게 돌아갔다. 그 아파트는 생 클루에서 그리 멀지 않은 현대식 건물인데 1층에는 마르셀 파뇰이 살고 있었다. 이 집 부부는 아파트에다 아시아에 체류하는 동안 건져낸 난파물을 모아

13_ 앙드레 샴송과 필자의 인터뷰, 1972년 3월.

놓았다. 찾아오는 손님은 식탁보로 뱀 껍질을 사용하고, 또 의자가 하나도 없는 것을 보고 놀랐다. 방에는 셋이서 같이 앉는 팔걸이 없는 장의자 하나뿐이었다. 클라라는 미안하다고 했다. 가구들이 아직 도착하지 않아서… 그러나 젊은 부부는 아파트의 조명이 '얀센 상점 제품'이라면서 아주 자랑스러워했다.

베르나르 그라세 같은 이름난 출판사를 상대하고 갈리마르 출판사에서 친구 대접을 받으면서도(그는 《N.R.F.》에 꽤 정기적으로 평문을 실었다) 앙드레 말로는 여전히 자기 출판사를 내겠다고 별렀다.

먹고살기 위해서 돈이 필요했고, 인쇄물과 고급 종이, 손가락으로 만지면 기분이 좋은 책에 보기 드문 애착을 버리지 못하는지라 그는 친구 루이 슈바송과 더불어 단명한 기업 두 개를 차례로 설립했다. '아 라 스페르'사(다짜고짜로 폴 모랑의 《오직 대지만을 Rien que la terre》을 출판하면서 그는 벌써부터 이 지구 전체를 목표로 하는 출판사 이름이라고 말했다)와 '알데'사(알도 마누지오가 설립한 16세기 베네치아의 유명한 인쇄 회사에 경의를 표하는 뜻에서)였다. 말로는 그 알데사를 어떻게든 유지해보려고 피가로가 로잔을 결혼시키기 위해서 발휘한 것 이상의 창의력과 솜씨를 발휘했지만, 결국 그 소기업을 베르나르 그라세에게 넘기고 말았다.

독립 출판업자의 짧은 경력이 남긴 것은 조판, 지질과 활자의 선택, 가위와 풀로 하는 일, 인쇄와 복사 기술 등에서 말로가 익힌 실용적 재능이었다. 이처럼 매우 확고하며 세련된 '숙련', 이미 청소년 시절부터 구면이긴 하지만 이 무렵에 와서 전혀 다른 차원으로 진전된 이 제책술 덕분에 말로는 머지않아 가스통 갈리마르로부터 그 출판사의 예술부장직을 맡아달라는 청을 받는다.

정복자와 엉뚱한 인물

1928년 3월 초 《N.R.F.》에는 '정복자'라는 제목이 붙은 이야기의 처음 다섯 장이 발표되었다. 삽화가를 만나고 인쇄업자와 상담을 하고 잡지 《900》과 《코메르스 Commerce》에 기고할 '엉뚱한' 텍스트(〈장난감 곰을 위한 글〉과 〈행운의 섬으로 떠난 여행〉)를 쓰는 등 정신없이 바쁜 중에도 청년은 두 번째 인도차이나 모험, 즉 식민지 정권과의 투쟁을 강력하게 미화하여 이야기로 꾸미는 시간과 정력을 할애할 수 있었다.

《정복자》의 줄거리를 이루는 1925년 홍콩과 광둥의 대규모 파업 이야기를 말로가 어떤 방법으로 구상했으며, 실제 인물과 별로 다를 것 없는 보로딘과 저 강력한 가공의 인물인 가린을 어떻게 대립시켰는지에 대해 설명할 수 있는 근거는 전혀 없다. 말로도 클라라도 그의 출판업자도, 그 무렵 그의 친구들도 아무런 암시를 남기지 않았다.

그가 사용할 수 있는 자료는 네 가지였다. 인도차이나에서 겪은 일에 대한 그 자신의 추억(프놈펜과 사이공의 재판, '안남 청년회' 활동, 모냉과의 토론, 경찰과의 분쟁, 식민지적 시련 등), 1925년 8월 클라라와 함께 홍콩에 가서 잠시 머무는 동안 기록한 노트와 그 무렵 신문 스크랩, 광둥에서 살고 투쟁한 폴 모냉의 이야기 등 잡다한 요소로부터 힘차고 통일성 있는 한 권의 책이 탄생했다.

장 폴랑은 그보다 좀 덜 치열한 문학 쪽에 구미가 당기는 사람이었지만, 이 청년의 특이한 성품을 꿰뚫어볼 줄 알았고 그의 번뜩이는 지성에 감탄했다. 이리하여 폴랑의 추천으로 1928년 3월에서 7월까지 《N.R.F》에 발표한 《정복자》는 그해 늦은 여름 그라세사에서 한 권의 책이 되어 나왔다. 이 치열한 책이 불러일으킨 반응은 과연 그 치열성에 버금가는 것이었다. 또한 반세기가 지난 지금 보면 별로 보잘 것없는 당시의 비평가들이 그만큼 대단한 통찰력을 가질 수 있었다는 것이 놀랍다.

앙드레 테리브는 《로피니옹 L'Opinion》에서 그 책이 "흥미진진하다"고 선언하며 "여러 도서관에 남을 만한 것"이라고 했다. 《뢰브르 L'OEuvre》지의 앙드레 비이나 《라 가제트 드 파리 La Gazette de Paris》지의 클로드 피에라 같은 이들은 그 책이 공쿠르 상을 받을 만한 작품이라 했는가 하면, 《라 프레스 La Presse》의 드마르 조르주는 열광한 나머지 "새로운 예술 형태를 넘어서 새로운 비전"이라고 말했다. 조르주 듀보는 《라 르뷔 위로페엔 La Revue européenne》지에 "앙드레 말로를 이 시대의 제1급 작가라고 말하는 것은 새삼스러운 일"이라고 썼으며, 마르크 샤두른은 "올해를 기록하는 책"이라고 말했다. 끝으로 《레 누벨 리테레르》는 폴 모랑의 글을 실었는데, 그는 친구 자격으로서 "13세기의 연대기 같은 꼼꼼한 면과 현대의 경찰 보고서 같은 기술적이며 종합적인 메마름이 잘 융합된 매우 아름다운 책"이라고 격찬했다. 또한 1925년 사이공에서 말로와 만난 이야기를 하며 《정복자》가 글과 체험의 새로운 결합으로서 길이 남을 것이라고 했다.

그러나 거부 반응도 없을 수는 없다. 마르크 베르나르는 《카이에 뒤 쉬드 Cahier du Sud》에서 문학의 관점으로 볼 때 "신문기자 스타일"의 "보잘것없는" 책이며, 만약 작가 자신이 그가 이야기하는 사건들에 직접 관련된 것이 사실이라면 "그는 관찰력이 없는" 작가라고 평했다.

그럼에도 불구하고 《정복자》의 성공은 대단했다. 이 책은 사실 혹평하는 사람들보다 칭찬하는 사람들의 자극을 받아 큰 인기를 끌었다. 에마뉘엘 베를은 1929년 봄에 발표한 《부르주아 사상의 죽음*Mort de la pensée bourgeoise*》에서 이렇게 썼다. "나는 《정복자》가 현대 정신사에서 가장 중요한 사건이라고 생각한다. 사람들이 그 중요성을 감지하지 못한다는 것이 이상하다. 또한 미학을 훨씬 넘어서는 그 무엇인가가 문제되고 있는 이 책을 놓고 미학에 관해서 그토록 떠들썩하다는 것 역시 이상한 일이다. 말로의 예술에 매혹된 부르주아는 설사 지금 당장은 이해하지 못한다 해도 장차 말로가 그들에게 끼치는 위험을 이해할 것이고, 그리하여 그의 책 속에서 중국, 회화, 연대기, 심리학 따위에 관한 지식을 찾으려 하는 짓을 그만둘 것이다."[14]

이는 아픈 상처에 소금을 뿌리는 격이었다. 이리하여 신중한 사람들은 이 재미있는 작중 인물들이 사실은 매우 격렬한 분노를 품은 사람에게 조종되고 있다는 것을 깨닫기 시작했다. 그렇다고 해서 사교계에서의 성공이나 몇몇 도피적인 행동, 역사적인 탈선 따위가 없어지는 것은 아니지만.

1929년 6월 8일(초현실주의자들과 가까운 사이인 《비퓌르*Bifur*》지는 보로딘에 관한 특집, 즉 그의 '두목'다운 면과 로마적인 면이 강조된 특집에 말로의 보충하는 글을 실었다), 드레퓌스 사건 투쟁에 그 뿌리를 둔 자유주의적 좌파 조직인 진리연맹은 과학자협회 회관에서 《정복자》에 대한 공개 토론회를 열었다. 앙드레 말로에 앞서 장 게에노, 에마뉘엘 베를, 알프레드 파브르 뤼스가 연사로 나왔다. 소설가의 강연 내용은 작품과 당시 작가 자신의 윤리적 행동을 해명하며 1930년대 말

14_ 《부르주아 사상의 죽음*Mort de la pensée bourgeoise*》, p. 187.

로를 강력하게 예고한다는 점에서 길게 인용할 필요가 있다.[15]

　소설가가 불러일으키는 정열은 그의 작품이 지닌 예술 가치보다는
고의건 아니건 간에 그가 다루는 감정의 치열성과 훨씬 더 깊은 관련이
있다. 나에게 가린을 창조한다는 것은 영웅을 창조한다는(영웅은 단순
한 작중인물과 대립적이다) 것을 의미한다. 영웅의 창조는 삶에 대해
품는 특수한 관념을 전제로 한다. 나의 적대자들이 가린을 공격하는 척
도는 그들이 비교적 잘 쓴 소설을 앞에 두고 상대할 때의 척도가 아니
라고 나는 생각한다.
　이 책 속에 그려진 사실들은 명백하게 거부된 적이 있다. 《정복자》에
나오는 단 한 가지도 현실적이며 역사적인 차원에서 옹호될 만한 것은
없다. 가린이 가상 인물이라는 것은 틀림없는 사실이고, 또 그렇게 만
들어져 있다. 하지만 그가 가상 인물인 만큼 그는 항상 실제의 역사적
사건들과 결부된 심리적 진실을 가지고 행동한다.

《정복자》는 "혁명의 변호"가 아니라 "부르주아는 불가피하게 역사
의 흐름에 의하여 극복되게 마련인 사회 현실이라고 생각하는 볼셰
비키와 부르주아란 인간적 태도라고 생각하는 인간형인 가린의 동맹
의 역사"라고 설명한 다음, 말로는 자신과 가린을 동일시하면서 이렇
게 선언한다.

15_ 1929년 《시뇨 드 프랑스 에 드 벨지크*Signaux de France et de Belgique*》지에 실렸다가 1967
　년 《마가진 리테레르*Magazine littêraire*》에 재수록.

심리적 사건들이란 혁명 지도자들의 삶에서 전혀 중요하지 않다고 말할 생각은 없다. 오히려 나는 그것이 매우 중요하다고 믿는 편이다. 혁명 지도자와 그가 행동하는 시기 이전 사회의 근본적인 대립을 발견하지 못하는 경우는 매우 드물다고 생각한다. 그 같은 대립은 아주 빈번히, 장차 지도자가 될 사람의 혁명적 성격에서 생기는 것이라고 여겨진다….

그는 혁명이 어떻게 될지는 알지 못하지만 그가 결정을 내릴 경우 자신이 어떤 쪽으로 나갈지는 알고 있다. 내가 전에 목적의 신화라고 이름 붙인 현상에 대해서는 거듭 이야기하지 않겠다. 그 지도자는 혁명이 무엇인지를 규명할 것이 아니라 혁명을 실천해야 할 것이다.

생 쥐스트는 행동을 개시하는 순간에는 공화주의자가 아니었다. 그리고 레닌은 혁명에서 NEP(1921년 레닌이 설정한 경제 체계인 '신경제정책'의 약자—옮긴이)를 기대하지 않았다. 혁명가는 이미 결정된 이상을 지닌 인간이 아니다. 그는 자기 편 사람들을 위하여, 조금 아까 내가 전우라고 부른 사람들을 위하여 요구하고 최대한 획득하려는 인간이다.

가린의 근본 문제는 어떻게 혁명에 참여할 것인가가 아니라 그의 말대로 어떻게 부조리에서 벗어날 것인가이다. 《정복자》는 송두리째 영원한 권리의 요구다. 사실 나는 인성 속으로 도망침으로써 저 부조리에 대한 생각으로부터 벗어난다는 말을 강조한 적이 있다. 물론 우리는 다른 방법으로 도망칠 수도 있다. 나는 이 같은 반박에 대하여 대꾸할 생각이 전혀 없다. 다만 가린은 인간 앞에 가로놓인 것 중에서 가장 비극적인 저 부조리를 모면하는 문제에 관해 모범을 보였다는 것을 말하고자 한다.

이 책의 가치 여부는 내가 판단할 문제가 아니다. 중요한 것은 가린의 모범이 과연 미적 창조로서 효력이 있는가 아닌가 하는 점이다. 그의 모범은 이 책을 읽는 사람들에게 영향력을 행사할 수도 있고 안 할 수도 있다. 아무런 영향력도 없는 경우라면 《정복자》는 문제 삼을 것도 없다. 그러나 영향력을 가진다면 나의 적대자들과는 토론하지 않겠다. 나는 그들의 어린아이들과 토론할 생각이다.[16]

말끝에 여운으로 남는 비극적 심리주의라든가, 모험적인 생략법이라든가, 마르크스주의 냄새를 풍겨가며 적당히 꾸며대는 이론이라든가, 생 쥐스트를 본뜬 교의敎義적인 대담성 등으로 볼 때 말로의 강연 중에서 가장 의미심장하다고 하겠다. 벌써부터 《희망》을 예고하는 능률성이라는 테마와 사나이다운 동지애의 테마가 나타나기 시작했다.

하지만 그는 아직 단 하나의 정열, 단 하나의 목표에 사로잡힌 인간이 아니다. 그는 아직도 이중적이며 도전하는 데도 마음이 있지만 유혹하는 데도 마음이 있다. 《정복자》가 출판되기 바쁘게 대출판사 갈리마르의 예술부장으로 들어가서는 자기 몫의 계산은 자기가 하겠다는 듯이 그 출판사에서 《엉뚱한 왕국 Royaume farfelu》을 낸다. 이 이야기 속에는 《종이 달》 시절에 싹튼 이래 수용하기도 하고 물리치기도 한 현실에 대한 감각과 병행하여 끊임없이 자라난 그의 환상적 기질

16_ 20년 후 《정복자》에 붙인 후기에서 앙드레 말로는 이렇게 썼다. "(이 책이) 살아남은 것은 중국혁명의 일화를 그려 보였기 때문이 아니라 행동을 향한 적성, 교양, 또렷한 의식이 한데 합쳐진 유형의 인물을 보여주었기 때문이다."

이 충분히 발휘되어 있다.

《정복자》와 더불어 벌써 그 의미가 확립되어 뻗어가기 시작한 작가의 작품 속에 이처럼 혼란스러운 상상력의 맥이라든가 장식적 성격이 짙은 현실 도피, 오락, 억지로 꾸민 절망감 등의 어조가 불쑥 튀어나오는 것은 좀 의외라는 느낌을 줄 수도 있다. 그러나 죽음의 그림자 아래 벌어지는 저 의식儀式과 축제를 통하여 표현되는 '엉뚱한' 차원의 세계, 폐부를 찌르는 듯한 비관론을 간과해서는 안 된다.[17] 《엉뚱한 왕국》은 찡그린 얼굴, 비존재, 운명, 거역할 길 없는 것 등의 왕국이다. 그것을 위하여 말로가 엮어내는 장식적 산문은 음산하다. 금박을 칠한 마분지 예술, 거미줄로 짠 무대 장치, 죽은 정부情婦들을 위한 공작춤 따위는 혐오감을 불러일으킬 수도 있다. 퍼런빛이 스며나오고 썩은 냄새가 풍긴다. 그러나 이런 것도 말로의 세계에 속했다.

1925년 《랭도신》에 발표한 〈이스파앙 원정〉이나 〈행운의 섬으로 떠나는 여행〉(《코메르스》, 1927) 같은 《엉뚱한 왕국》의 초고들은 말로가 거쳐가는 길 여기저기에 표적처럼 남는다. 그래서 희망의 성취는 우스꽝스러운 꼭두각시들과 낄낄거리며 웃어대는 그림자들로 가득 찬, 끈적거리는 땅이나 메마른 땅 위에서 실현되는 것임을 상기시켜준다. 이 유령들을 쫓아내는 데는 단 한 권만으로는 부족할 것이다. 이리하여 말로의 작품 속에는 엉뚱한 인물과 낄낄대는 부조리와 음침한 존재들이 끊임없이 출몰한다. 그것을 증거하듯이 크라피크라는 인물은 《인간의 조건》이 나온 지 34년 후에 《반회고록》에서 자기 비

17_ 여러 번 인용한 앙드레 방드강의 저서는 이 같은 의도를 분명히 밝혀준다.

판자의 모습으로 다시 나타나 활약한다.

《엉뚱한 왕국》은 출간된 연대로 볼 때 매우 중요하다. 뭐니 뭐니 해도 의지론적이며 우정이 넘치는 작품인 《정복자》에 대립하는 짝을 이룬다. 또한 이 책은 말로의 갈리마르 입사를 기록하는 작품이기 때문에 중요하다. 갈리마르사야말로 지드, 발레리, 폴랑을 중심으로 하여 미학, 참모진 그리고 체계를 가진 유일한 출판사였으며, 그의 작가들에게 삶의 스타일을 제안할 수 있는 출판사였던 것이다.

이제 말로는 가스통 갈리마르의 회사에서 예술부장이 된 것이다. 이 대출판업자에게는 말로가 요란스럽게 입사했다는 기억도 없으며, 금세기에서 가장 떠들썩한 인물인 말로와 함께 일해온 44년이 기억 속에 고통스러운 자취를 남긴 적도 없었다. 그는 다만 극적인 일화 두 편을 기억하고 있다. 두 편 다 트로츠키와 관련된 것이었다. 하나는 1929년에 말로가 알마아타에 연금된 그 적군 창설자를 구출하기 위하여 (특히 《N.R.F.》의 동료들로) 파견대를 조직하겠다고 나섰을 때의 일이고, 또 하나는 1945년 모리스 메를로 퐁티가 바로 갈리마르가 내고 있는 《레 탕 모데른 _Les temps moderne_》지에다 말로와 트로츠키의 관계에 대하여 매우 잔혹한 글을 발표하자 그가 출판사와 손을 끊겠다고 으름장을 놓았을 때의 일이다.[18]

자기와 더불어 루이 슈바송까지 취직시킨 말로가 이 출판사에서 맡은 직책은 그리 분명하지 않다. 그는 본인이 '칼리가리 박사의 집무실'이란 별명으로 부르는 조그만 지붕 밑 사무실을 썼고, 일정한 출퇴근 시간도 없었다. 가스통 갈리마르는 "이따금씩 들러주세요"

18_ 가스통 갈리마르와 필자의 인터뷰, 1972년 2월.

하고 인심 좋은 부탁을 했을 뿐이다. 그런데 그는 매우 열심이었다. 적어도 그가 파리에 있을 때, 즉 클라라와 함께 파미르로 페르시아로 일본으로 여행을 떠나지 않을 때는 말이다. 예술부장으로서 오랫동안 특별한 재능을 보여주지는 못했다. 레오나르도 다 빈치(심지어 베르메르까지)의 호화판 앨범을 제작했지만 프랑스의 미술 서적 출판에 가장 큰 공헌을 한 것으로 꼽기는 어렵고, 갈리마르사의 이름으로 1931년부터 그가 조직한 '파미르의 고딕과 불교 조각, 포트리에의 작품 전람회'는 기껏 사람들의 호기심을 자극하는 성공 정도였다.

그는 지붕 밑 사무실에서 손님을 맞았다. 특히 청년 작가들을 우아하게 맞았다. 《어떤 처녀의 일기 Le Journal d'une vierge》를 이제 막 발표한 알리스 알레는 그의 친구 레옹 피에르 켕트에게서 말로 앞으로 보내는 소개장을 얻었다. 그녀는 새로 쓴 원고 '베티나의 일기'와 함께 소개장을 내밀었다. 말로는 소개장을 휴지통에 던지며 말했다. "이런 게 무슨 필요가 있어요!" 그들은 찻집으로 갔고, 그는 '랭도신'이라는 칵테일 비슷한 음료를 대접했다.

말로가 《N.R.F.》에서 작가를 발굴하는 역할을 맡고 나서 한 것이 있다면, 주로 영미 계통이었으니 이상한 일이다. 그는 영어를 전혀 할 줄 모른다고 해도 과언이 아니다. 갈리마르사가 있는 세바스티엥 보탱 가에서 D. H. 로렌스, 포크너, 대실 해미트를 소개했는데, 로렌스와 포크너에 대해서는 가장 유명한 서문까지 썼다. 반면, 그에게 친숙한 세계인 독일, 러시아, 스페인 쪽에서 발굴한 것은 대단치 못했다. 지식 분야에서 특히 그의 마음을 끄는 것은 이미 박물관 속에 들어가 앉았거나 그 속에 들어갈 가치가 있는 것이었기 때문일까.

행동과 영상의 작가인 말로가 어찌 영화에 열광하지 않을 수 있으랴! 어린 시절 봉디에서 이미 영화관을 찾아다녔다. 1922년에 그 방면에 실험 삼아 발을 들여놓고 장사는 하지 못했지만 적어도 이방 골과 함께 독일 영화를 배급시키려고는 해보았다. 유럽으로 다시 돌아와서는 1920년대 소련 영화에 눈을 떴다. 그야말로 황홀 그 자체였다. 1927년 초에 〈전함 포템킨〉 시사회가 열려 열광적인 반응을 얻었지만 '혁명의 선전'이라는 이유로 일반 공개는 금지되었다. 《라 르뷔 위로페엔》은 100여 명의 작가와 연예계 인사를 상대로 그 문제에 대한 앙케트를 실시했다. 모루아와 앙투안은 당국의 결정을 지지했고, 말로는 느닷없이 프랑스 영화 산업의 문제를 제기하면서 그 결정을 비판했다.

언론 검열이 존재하지 않는 나라에서 영화를 검열한다는 것은 당신들도 알다시피 몇몇 기업이 독점하는 방어 수단이 아니라면 단순한 어릿광대에 지나지 않는다. 문제의 영화를 상영함으로써 예술가들이 기할 수 있는 작업적 가치의 증대는 콜랭 탕퐁 못지않게 그 기업들이 관심을 가질 만한 것으로 보인다. 그러나 당국 여러분의 이번 처사는 그 기업체들이 어떤 종류의 영향력을 가졌는가를 노정시키지 않을 수 없을 것이다. 하기야 이 이상 바랄 것도 없는 일이지만.[19]

인간은 좋아하고 자주 접촉하는 사람들을 보면 그 됨됨이를 알 수 있다. 1920년대 말, 갈리마르사에서 말로는 그 시대의 가장 탁월한 몇몇 인물들과 일했고 더러는 친교를 맺기도 했다. 이미 옛 친구에 속하는 마르셀 아를랑은 다시 언급할 필요가 없을 테고 후에 좀 더

19_《라 르뷔 위로페엔》, 1927년 5월.

상세히 언급할 앙드레 지드와 베르나르 그뢰튀젠은 일단 예외로 해두자. 그 밖의 사람들 중에서는 폴 발레리, 로제 마르탱 뒤 가르, 루이 귀유, 피에르 드리외 라로셀 그리고 에마뉘엘 베를과 관련을 맺었다. 그가 누구보다도 뛰어난 최고의 예술가라고 꼽은 폴 클로델은 그의 친구였던가. 《동방의 이해Connaissance de l'Est》를 쓴 그 시인은 그곳에 자주 오지 않았다.

말로가 발레리에게 관심을 두는 점은 불꽃이 튀는 듯한 지적 기교와 누구도 따라올 수 없는 조롱의 센스였다. 에라스무스에 대한 토론이 절정에 달했을 때 발레리는 하층민 같은 어조로 이렇게 내뱉는 것이었다. "그런데 사실 그거야 아무렴 어때…" 미슐레를 숭앙하며 마르크스주의를 이해하는 데 마음이 있는(뜻대로 잘 안 되었지만) 말로로서는 발레리의 반역사주의가 거슬렸다. 발레리가 품고 있는 문명의 죽음이라는 견해 역시 몹시 싫었다. 말로는 그 시인이 "슈펭글러한테서 훔쳐온" 생각이라고 말하곤 했다. 그러면서도 그의 기막힌 정신적 자유와 항성 같은 싸늘함에는 경탄을 금하지 못했다. 반면, 마르탱 뒤 가르에게서는 끊임없는 의식의 반성 행위, 항상 근본적 재검토를 할 줄 아는 솔직성, 사실과 문헌에 대한 취향, 약간 굼뜬 사고의 회전과 구체적인 것에 대한 감각을 좋아했다. 그러나 드리외 라로셀만큼 그의 관심을 끄는 사람은 없었다. 그 사람이야말로 근본적인 의견 차이에도 불구하고 말로의 유일한 친구임에 틀림없었다.

말로는 1927년 말에 그를 처음 만났다. 드리외는 아직 별로 알려지지는 않았지만 "그룹 전체를 압도하는"[20] 인물이었다고 그는 말한

20_ 프레데릭 그로베 인터뷰, 《라 르뷔 데 레트르 모데른Revue des Lettres modernes》, 1970년 11월.

다. 두 사람은 곧 지적 관심으로 맺어져 친구가 되었다. 둘 다 '두 발을 대지에 굳건히 딛고 있는 꿈'의 명철하고도 탐욕스러운 영향력을 통하여 니체에 열광하는 터였다. 《정복자》가 발표되자 드리외는 완전히 매료되었다. 베를의 말에 의하면 그는 말로의 책을 읽으면서 "무릎을 쳤고 끊임없이 '아! 이 친구! 아! 이 친구!'" 하며 감탄했다는 것이다.[21] 몽롱한 시선에 말씨가 흐릿한 그 키다리 대머리 청년과 《정복자》의 작가는 곧 능동적 회의주의의 필요성, 갖가지 이데올로기에 대한 거부, 행동과 명철성에 대한 불타는 의지 등에서 의견이 일치했다. 1930년 12월, 《왕도》가 발표된 직후 드리외는 지금까지 이 작가에 관하여 쓴 것 가운데 가장 탁월한 논문 〈말로, 새로운 인간〉을 《N.R.F.》에 기고했다.

말로는 대다수 프랑스 사람들과 마찬가지로 꾸며내는 재주가 없다. 그러나 그의 상상력은 사실들과 만나면 활기를 띤다. 그는 자기가 겪은 사건에서 물러날 줄 모르는 사람 같은 인상을 준다. 그의 책에 기록된 갖가지 우여곡절은 남을 속일 줄 모르는 그 투박한 면을 그대로 지니고 있어서 현실이 이야기 속에 그대로 옮겨졌다는 느낌을 준다.[22] 그러나 말로는 짧고 신속한 사건들을 통해 지적 기질의 핵심 원리들을 충격적일 만큼 선명하게 부각시키는 재질을 발휘한다. 사건들은 통일된 선으로 정돈되고 그 선 위로 한 사람의 인물, 한 사람의 영웅이 부각된다. 그 영웅은 바로 말로 자신, 즉 그 자신보다도 더욱 구체적이며 더욱 숭

21_ F. 그로베, 〈말로와 드리외〉, 《라 르뷔 데 레트르 모데른》, 1972년 11월, p. 68.
22_ 거기서 우리는 '명증한 의식'이 순진성을 배제하지는 않는다는 것을 볼 수 있다.

고한 자아의 신화적 형상화다. 여기서 말로는 시인과 소설가의 가장 중요한 기능을 수행하고 있다.

그들은 1933년 이후 각자가 서로 상극인 진영에서 겪는 역사의 우여곡절에도 아무런 영향을 받지 않은 채 16년 동안이나 변함없는 우정을 유지했다. 드리외는 파시즘을 통해서 목표를 창출하는 데 광분했고, 말로는 무엇으로 보나 자신에게 이질적인 공산주의와 행동을 같이했던 것이다. '니체 사상과 도스토옙스키 사상에서 형제'라고 자처하는 드리외는 말로에게 말했다. "당신은 기껏해야 스탈린 정도의 마르크스주의자일 뿐이오!"[23] 드리외는 1936년에 말로를 '소련의 앞잡이'로 취급했음에도 불구하고, 심지어 점령 시대(한쪽은 추방하는 사람들 편이고 다른 쪽은 추방당하는 사람들 편이 되는 때) 그리고 다시 해방이 되어 입장이 뒤바뀌었을 때까지도 그들 사이의 서신과 의견 교환을 계속됐다. 마지막으로 목숨을 끊는 순간까지도 드리외는 말로를 자신의 마지막 세 친구라고 말했다.

1930년 여행 중에 말로는 아버지가 무너져가는 건강을 비관한 나머지 자살했다는 소식을 들었다.[24] 앙드레가 인도차이나에서 돌아온 이후 부자 관계는 다시 좋아졌다. 사생활과 관련된 것이면 굳게 입을 다무는 말로인지라 아버지의 비극적인 사망이 그에게 어떤 영향을 주었는지는 짐작할 길이 없다. 1967년 에마뉘엘 다스티에와의 회견에서 그 이야기가 나오자 말로는 이렇게 말했다. "나는 아버지를 무척

23_ F. 그로베, 〈말로와 드리외〉, p. 61.
24_ 12월 20일.

존경했지요. 아버지는 전차 부대 장교였는데 나는 퍽 소설 같은 직업이라고 생각했어요."[25] 하여간 앙드레 말로의 그다음 소설인 《인간의 조건》《모멸의 시대》에서는 아버지가 상급자 동지(가린과 작중 화자, 페르캉과 클로드)로 바뀌었는데 우연이라고 생각할 수만은 없다.

확실한 점은 출구로서 그리고 절대적인 자유의 긍정으로서 자살이 점점 더 말로의 마음을 사로잡는다는 사실이다. 《반회고록》의 서문에는 좀 알쏭달쏭한 장면에서 아버지의 진짜 자살과 할아버지의 가짜 자살이 암시되어 있다. 삶이 '돌이킬 수 없음'이라는 그늘 속에서 전개되는 것만으로는 충분하지 못하다. 그 '돌이킬 수 없음'이 선택이라는 영역에서 나타나고 숙명이라는 것이 그에게는 의지의 형태를 취하지 않으면 안 되는 것이었다.

여행에 대한 정열은 말로와 클라라의 마음속에 여전히 불타고 있었다. 물론 형태와 돌과 사람들을 찾아 헤매고 마침내 찾아내는 여행 말이다. 그들은 어떻게 그리고 어디에 이를 것인지도 모른 채 떠나기로 작정했고, 또 실제로 떠났다. 이런 즉흥적 행위에는 오리엔트 익스프레스 유의 스노비즘이나 애교, 자신의 인물에 충실하고자 하는 취향이 깃들어 있었다. 공연히 고고학적 관광의 희생자가 되는 것은 아니니까…

1929년 두 사람은 막연히 동방으로 떠났다. 동방은 차츰 그 윤곽이 확실해졌다. 그들은 소련에 왔다. 오데사, 바툼, 바쿠… 여기서부터는 누구에게 물어봐도 어떻게 더 멀리 갈 수 있는지 알 수가 없어

25_《레벤느망》, 1967년 9월.

진다. 클라라는 역의 플랫폼에서 목이 터져라 독일어로 소리친다. "티플리스로 가는 기차가 있나요?" 이만하면 벌써부터 '히피'를 연상시키는 여행이다. 페르시아는 그들을 황홀하게 한다. 이번에는 그들 자신이 '이스파앙 원정'(이스파앙은 옛 페르시아의 수도—옮긴이)에 나서는 것이었다. 어느 나라 어느 문명도 이보다 더 그들의 마음을 홀릴 수 없었다. 말로의 경우엔 인도만이 예외겠지만.

그들은 이듬해에 그리고 1931년에 페르시아를 다시 찾는다. 이 여행은 1년 가까이 연장되는데, 그들의 첫 번째 세계 일주였다. 앙드레는 1923년에 출발할 때처럼 '임무를 띤' 여행자였다. 그러나 이번에는 갈리마르사가 맡긴 임무였다. 그는 오랜 숙원인 그리스와 불교 문명을 결합시키는 전람회를 위하여 자료를 모으러 가는 거였다. 이번에는 계획서와 자금과 지도를 가지고 갈 수 있었다. 그들은 페르시아에 오래 머물렀고 파미르 고원과 아프가니스탄을 처음 구경했으며 키버 파스를 넘어 인도에 들어가서 뉴델리에 머물렀다. 벌써 전람회를 위한 물건은 잔뜩 모아놓았다. 그다음에는 캘커타, 다시 싱가포르 그리고 마침내 중국 대륙인 광둥, 상하이, 베이징…

앙드레 말로는 광둥이 《정복자》에 기록한 내용과 별로 일치하지 않는다는 사실을 확인했을 것이다. 상하이에서는 이렇다 할 취재도 하지 않았다. 《인간의 조건》은 이미 마음속에서 모양을 짜고 있었지만, 그는 이 책을 형이상학적 소설로 만들고 싶었으므로 그 도시는 《죄와 벌》의 상트페테르부르크보다 대단한 역할을 하지 않을 터였다. 이어서 하얼빈, 만주, 일본, 밴쿠버, 샌프란시스코, 뉴욕에 이르자 출판업자가 준 자금이 빠듯해졌다. '그리스·불교' 조각품들은 무거웠고 앙드레는 돈을 아껴가며 쓰고 싶지 않았던 것이다. 결국 뉴욕에서 가스통 갈리마르에게 딱한 사정을 알렸다. 그가 송금할 때까지 열흘 동안 걸어다니며 맨해튼 구경이나 할 수밖에 없었다.

두 번째 페르시아 여행과 이번의 세계 일주 사이에 앙드레 말로는 마침내《왕도》(1923년부터 1924년까지의 모험을 영웅적으로 그린)를 출판했다. 그 무렵에 그라세와 맺은 계약상 세 권을 쓰기로 되어 있었다. 우선《서양의 유혹》과《정복자》가 나왔다. 특히 작가가 전개한 행동으로 인하여 논쟁이 일어난 것이 내심 흡족한 베르나르 그라세는 1924년 무렵부터 은근히 이 세 번째 책이 만들어질 것임을 짐작하고 있었다. 페르캉과 클로드 바네크의 모험은 우선《라 르뷔 드 파리*La Revue de Paris*》지에 발표해 큰 성공을 거두었다.《정복자》만큼 열광적 찬사를 받지는 못했지만 비평가들은 매우 좋게 평가했다.

《레 누벨 리테레르》의 에드몽 잘루는 "가장 우수한 부류의 모럴리스트"에게 박수를 보냈고,《뢰브르》지의 앙드레 비이는 "아름다운 모험담"이라고 칭찬했다. 존 사르팡티에는《르 메르퀴르 드 프랑스*Le Mercure de France*》지에 이렇게 썼다. "이 글이 나갈 때쯤에는 앙드레 말로가 영예의 1930년 공쿠르 상 수상자가 되었을 것이다. 그가 상을 받지 못한다면 잘못은 비평가들에게 있을 것이다. 10인 심사위원회 위원들은 어떤 책을 누가 자기보다 먼저 칭찬하는 것을 안 좋아하니까." 이에 대하여《라 고슈*La Gauche*》지의 베르나르 라카슈는 이렇게 응수했다. "말로에게 상을? 심사위원들한테 말로는 감당 못 할 만큼 지나치게 위대한 작가다!" 그런데도 '8년 전에 있었던 우스꽝스러운 일 때문에' 말로가 공쿠르 상을 놓치는 것 정도로는 성이 차지 않은 '신문기자들의 짓궂은 장난', 즉 로베르 드 센 장의 말 덕분에 그는 앵테랄리에 상을 탔다.

우리가 앞서 인용한 드리외 라로셸의 아낌없는 찬사를 《N.R.F.》 12월호에서 읽기 전에 말로는 《락시옹 프랑세즈》지에서 레옹 도데가 요란스러운 혹평을 섞어가며 그에게 바친 현란하고 풍부하고 쩌렁거리는 찬사를 음미할 수 있었다. "정신적 나태로 명예를 상실한 이 시대에… 말로가 그의 붓과 경솔하고도 위험한 재능으로 그리는 예리하면서도 무기력하고, 어두우면서도 빛나는 명암은 우리의 머릿속에 렘브란트의 비전을 상기시킨다… 그는 단도短刀로 사고한다. 이리하여 그의 색채 속에는 무언가 가득히 득실거리는 듯하고… 조그만 대포 소리가 나면서 조그만 요새를 향하여 돌진하는 과격파 병사들의 떼거리가…"

그의 친구들 중에서 발레리와 더불어 유일하게 그에게 도전할 수 있고 그의 입심과 후안무치에 당황하지 않을 수 있는 에마뉘엘 베를은 《캉디드》와 《그랭구아르Gringoire》 같은 우파 주간지에 대항하기 위한 신문 《마리안Marianne》을 창간하면서 말로의 협조를 요청했다. 이 잡지는 갈리마르가 밀고 있었으며 '좌파'는 아니라 하더라도 좌파적 경향에 문호를 열면서 파시즘의 침투에 대결하려고 했다. 《마리안》에는 지로두, 모랑, 생 텍쥐페리, 지오노, 장 프레보 등의 글이 정기적으로 실렸지만 말로의 이름은 5년 동안 불과 다섯 번밖에 실리지 않았다. 그러나 그 다섯 번은 중요한 문제, 이를테면 인도차이나, 트로츠키, 파시즘에 관한 글이었다.

말로는 베를과 힘을 겨루어보기 위하여, 그에게 어떤 생각을 시험해보기 위하여, 정신을 갈고닦기 위하여, 그리고 인쇄된 종이며 도안들이 좋아서 《마리안》의 편집실에 이따금씩 들렀다. 바로 거기서 말로는 얼굴빛이 희고 회색빛이 감도는 초록색 눈에 행동이 자유스러운 조제트 클로티스를 만났는데, 이 미모의 늘씬한 여자는 몇 년 뒤 그의 생애에서 중요한 역할을 하게 된다. 그 무렵 조제트는 얌전하고 짤막한 소설《초록색 시간Le Temps vert》출간을 준비하고 있었다. 그녀의 매력과 쾌활한 성격이 그 책을 그런대로 돋보이게 했다. 그리고 그 여자는 이제부터《마리안》의 가장 충실하고 가장 활동적인 협조자가 될 참이었다. 이 시골 처녀는 살롱에 들어온 게 감지덕지하다는 얼굴이었다. 말로는 그 여자가 맘에 들었다.

영광의 오솔길

서른 살 앙드레 말로의 모습을 보자. 그는 어느 때보다도 눈부시며 싱싱한 광채로 빛난다. 사화집이나 전설이나 문단의 패거리에서 꾸어온 듯한 구석은 훨씬 나아졌다.

《인간의 조건》이 가져온 세계적 명성과 정치적 투쟁의 우여곡절로 인하여 그의 이미지가 (더욱 거창한 쪽으로) 변질되기 전인 1932년 당시 그를 아는 사람들은 그에 대하여 황홀한 기억을 지니고 있다.

1933년 마네스 스페르버가 독일 정치 망명자로 파리에 도착하자 그뢰튀젠과 파렝은 말로를 찾아가라고 충고했다. 그가 안락의자에 자리를 잡자마자 말로는 비장하면서도 궁금해서 견딜 수 없다는 듯한 어조로 말했다. "그럼 파시스트 체제는 왜 그에 버금가는 예술을 낳지 못하는 것인지 설명을 해보시겠어요?"[26] 이 첫 대면을 생각하면

26_ 마네스 스페르버와 필자의 인터뷰, 1972년 2월.

스페르버는 꼭 생 쥐스트를 만난 것만 같은 기분이 든다고 한다.

《르 사바 Le Sabbat》에서 모리스 삭스가 그린 말로의 기막힌 초상을 읽을 수 있다.

《N.R.F.》에서 가장 인상 깊은 인물은 앙드레 말로였다. 그에게는 과연 사람을 홀리는 무언가가 있었다. 지성, 활기, 비길 데 없는 민첩성, 아름다운 목소리, 열정적이고 설득력 있는 말솜씨, 그 자신도 어떻게 억제하지 못하는 안면 경련의 습관 때문에 살짝 일그러지기 시작하는 그 수려한 얼굴 그리고 몸짓과 옷차림과 매우 잘생긴 손의 움직임 등 어디에나 배어 있는 우아함, 이해하고 배려하며 호기심을 갖는 태도, 대단한 너그러움, 그러면서도 약간 돌팔이 의사 같은… 그가 그릇된 판단을 했다면, 사람이란 완전하지 않으면 아무것도 아니라고 그가 믿기 때문이었다… 그렇지만 그를 좀 알고 나면 그토록 용기 있고 냉정하게 영웅적이며 정열적이면서도 불편부당하고 연민의 감정에 인색하지 않으며 친절하고 고통당하는 사람의 친구가 되고 그러면서도 별로 인간적이랄 수는 없는, 너무 이성적이지만 때로는 멍청하며 한 번도 평범하게 보이지 않으면서도 어지간히 '엉뚱한' 그 인물에 대하여 애정을 느끼지 않을 수가 없었다. 그는 내 말을 한 번도 심각하게 받아들이는 적이 없었다. 그의 진지한 태도에는 장난기가 담겨 있고 그의 지식에는 피상적인 것이 담겨 있는데도 어찌하여 나는 그의 인격에 아름답고 다정한 면이 있다는 것을 알았는지 잘 모르겠다. 위대한 인간이며 큰 그릇.[27]

27_《르 사바》, pp. 420~421.

위대한 인간! 그러나 다른 사람들은 그를 아직도 발육 부진의 어린 애라고 생각했다. 특히 《N.R.F.》와 지적인 바크 가 44번지에 그와 클라라가 꾸며놓고 사는 아파트를 방문해본 몇몇 사람들은 그렇게 생각했다. 클라라는 소박한 거실에서 지냈다. 말로는 다른 도리가 없어서 현관에 책상을 놓고 썼다. 그는 마치 어떤 공격을 받을까봐 겁내고 쫓기는 사람처럼 문을 바라보는 쪽에 앉았다. 그는 아직도 이따금씩 아내 앞에서는 갓 결혼한 남편처럼 서투른 태도였다. 그러나 부부의 관계는 무너져가고 있었다. 1933년 플로랑스의 탄생도 그토록 재미있고 아기자기했던 둘의 관계를 잠시 동안밖에 지탱해주지 못했다.

그 무렵 말로는 '파미르의 고딕과 불교 미술품' 전시회를 열었고 지드와 함께 《프랑스 문학 개관 Tableau de la littérature française》을 편집하는 한편, '젊은 중국'이라는 제목으로 묶은 기묘한 텍스트(좀 진부한 개혁안이다)에 서문을 쓰고 있었다. 그러면서 사람들을 맞이하고 회의에 참석하고 시내에 나가서 식사를 하는 등 바쁜 중에 틈틈이 5년 전부터 마음속에 지니고 있던 형이상학 차원의 소설도 썼다.

앙드레 말로는 마르크스주의 주변을 맴돌아보지만 성과가 없다. 그의 사상은 차례로 파스칼과 니체에 집중되고 끊임없이 도스토옙스키에 사로잡힌다. 자기 세계 속의 자기를 확인할 수도 없으며 세계의 의미를 찾아낼 수도 없다. 부조리에 대해서는 효과적인 행동이 인간다운 해답을 줄 수 있다고 믿는다.

가린과 페르캉은 실패했기 때문에 무無에 이르고 말았다. 이제는 실패해도 부조리에 빠져버리지 않는 영웅들을 창조할 때가 되었다. 그 영웅들은 우정을 만나는 것이다.

앙드레 말로는 서른 살. 그는 《인간의 조건》을 쓴다.

T. E. 로렌스처럼 말로도《카라마조프가의 형제들》을 '제5복음서'라고 생각했다. 그는 바로 그와 같은 도스토옙스키식 소설을 쓰겠다고 마음먹었다. 그것을 쓰기 위해 한동안 슈브뢰즈 계곡으로 가서 탁월한 아시아 문제 전문가인 친구 에디 뒤 페롱의 집에 칩거했다. 그 친구와 함께 책의 여러 가지 테마에 대하여 토론한 것으로 짐작되며 실제로 소설은 그 친구에게 헌정했다.

　그러면 무엇 때문에 그는 중국혁명(공산당이 선동하고 장제스가 탄압한 민중 봉기)이라는 유난히 복잡한 일화와 국제적인 인물을 선택했던가. 말로 자신은 아이러니하게도 그 책을 '르포르타주'라고 규정했지만 이 소설보다 더 상상력이 풍부하게 작용한 작품을 쓴 적은 없다. 한 해 앞서 중국 여행을 하며 기록한 노트는 별것 아니었다. 그는 신문 스크랩과 친구인 기자 조르주 마뉘가 적어 온 몇 가지 기록을 이용했다. 그 친구에게 현지에서 국민당의 부상과 위기를 일일이 추적해보라고 열심히 부탁했던 것이다.

　누가 뭐라건 간에 그가 주인공 키요를 창조해낼 때 저우언라이에게서 따온 것은 거의 없었다. 당시 그는 저우언라이에 대해 실제로 아는 게 없었고, 다만 1927년 처음 몇 달 동안 상하이 노동자 운동의 지도자로 활약했다는 사실만은 저우언라이와 지조르 노인의 아들 사이에 찾아볼 수 있는 공통점이지만, 기질과 사상적 노선에는 공통된 것이 없다. 그의 모델은 아마도 1922년 파리에 와 있던 일본인 작가였던 것 같다. 그는 호찌민(그 당시에는 구엔 아이 콕)의 친구였으며 나중에 말로와도 알게 된 청년 기요 고마츠였다.[28]

───────────

28_ 그는 1970년에 사망했다. 말로는《반회고록》에서 그에 대해 잠깐 언급했다.

페랄이라는 인물은 유명한 외교관 필립 베르틀로의 형인, 1920년대 프랑스-중국 은행장 앙드레에게서 힌트를 얻어 만들어냈고, 클라피크라는 인물은 《마리안》의 기자 르네 게타(유별난 말재간과 말할 때의 기묘한 습관은 그에게서 따온 것이 틀림없다)에게서 영감을 받았는데, 사실 아무려면 어떤가? 그러나 첸은 앞서 훨씬 더 단순한 모습으로 《정복자》의 홍이라는 인물을 통해 만난 적이 있다. 첸 역시 사이공에서 말로가 사귄 친구 힌, 즉 코친친의 총독을 살해하겠다고 날뛰던 그 청년에게서 착안한 인물이다. 그러면 지조르 노인은 지드의 모습에서 그리고 얼마간은 그뢰튀젠에게서 따온 것일까. 말로는 그때 막 아버지를 잃었고 또 어린애를 얻었다. 그러니 부자 관계는 당시 그의 마음을 사로잡은 문제였다. 처음으로 그의 인물들이 가족 관계를 가지고 등장하며, 또한 그 가족 관계가 줄거리 속에서 역할을 하게 된다.

소설의 제목은 물론 노골적으로 파스칼을 상기시킨다. 그러나 말로가 여러 차례 지적한 내용에 의하면, 그가 이 제목을 선택한 것은 의사소통의 불가능성에 대한 감정에 기인한다. 소설 속의 키요가 말하듯이, 인간은 다른 사람들의 말을 귀로 듣는 데 비하여 말로 자신은 목구멍으로 듣는다는 것을 알아차렸을 때, 이 감정을 깨달았다는 것이다. 이는 곧 두 가지 의사소통 체계를 뜻하고 그 체계는 두 가지 소통 양식, 두 가지 진실을 초래하는 것이니, 잘못된 관계요 부조리한 관계다. 파스칼에게 인간의 조건은 사형수의 조건이다. 그런데 말로에게는 감금된 자의 조건이요, 실어증 환자의 조건이다. 릴에서 발행되는 조그만 잡지 《라 윈 La Hune》에 이 소설에 관한 연구를 이제 막 발표한 열여덟 살 청년 가에탕 피콩에게 보낸 편지에서 말로는 이렇게 썼다. "물론 소설의 무대는 근본적인 것이 아닙니다. 가장 중요한 것은 당신이 파스칼적인 요소라고 부르는 바로 그것입니다."

1932년 말에 완성된 이 작품은 우선 1933년 1월에서 6월까지 《N.R.F.》에 6회에 걸쳐 발표했다. 소설을 읽은 상당수의 독자들은 어리둥절해했다. 우선 앙드레 지드부터 그랬다. 그는 1933년 4월 10일 《일기》에 이렇게 썼다. "나는 《인간의 조건》을 처음부터 다시 읽었다. 잡지에 실렸을 때는 지나치게 얽히고설켜서, 너무 풍부한 나머지 싫증이 나며 너무 복잡해서 이해하기 어려워 보이던 이 책이… 단숨에 잇달아 읽어보니 아주 분명하고, 혼란된 중에서도 놀라운 지성으로 정돈된 것 같으며… 그러면서도 삶 속에 깊이 뿌리박힌 채 삶에 가담하고, 때로는 감당하기 어려운 고통으로 숨 막히는 느낌을 준다."[29]

한 달 후인 5월 14일, 이번에는 다른 친구 장 프레보가 잠정적으로 느낀 당황함을 술회한다. "작가에게는 아름답고 비극적인 할 말이 있었고 미묘하고 인간적이며 새로운 할 말이 많았다. 그러나 항상 전체적인 통일을 이루지는 못한다." 하지만 성공은 폭발적이었다. 《인간의 조건》에 관해 쓴 수많은 글 가운데서도 그 당시 말로가 가장 흥미로워한 글로서 1933년 5월 《이즈베스티야Izvestia》지에 일리아 에렌부르가 쓴 비평이 그 사실을 증언한다. "말로의 신작 소설은 그 가치에 합당한 성공을 누리고 있다. 서점의 진열장에는 그 책의 25판이 진열되어 있고 신문에는 비평가들이 격찬하는 글이 실려 있다." 그러나 이 소련 작가는 반론을 제기한다. "이것은 혁명에 관한 책도 아니고

29_《일기》, 라 플레이아드, p. 1165.

서사시도 아니다. 그저 일기요, 속기록이요, 여러 명의 인물로 파열된 그 자신의 X선 사진이다." 에렌부르는 또한 이렇게 지적한다. "말로의 약점은 다른 데 있다. 그의 인물들은 살아 있고 우리는 그들과 더불어 괴로워한다. 그들이 괴로워하기 때문에 우리도 괴로워하지만 그 같은 삶, 그 같은 고통의 필요성을 느끼게 해주는 것은 아무것도 없다. 자기가 살고 있는 세계에서 동떨어진 그 인물들이 우리에게는 열광적인 낭만주의자처럼 보인다. 위대한 나라가 겪은 혁명이 몇몇 음모자의 이야기가 되어버린다. 이 음모자들은 영웅적으로 죽을 줄 알지만 도대체 소설의 첫 장부터 그들이 죽게 되리라는 것은 분명하다. 그들은 굉장히 많이 따져서 생각한다… 물론 그들은 총을 나누어주는 일에 몹시 신경 쓰지만 그 총들이 그들에게 무슨 소용이 있는지는 말하기 어렵다… 혁명이 좌절되는 것은 어떤 계급의 패배도 아니고 심지어 어떤 당의 패배도 아니다. 혼혈아 키요와 러시아인 카토브를 짓누르는 것은 숙명에 기인한다."

1933년 12월 1일 《인간의 조건》은 만장일치로 공쿠르 상을 수상했다. 심사위원회는 상을 수여하면서 수상 대상은 그 책만이 아니라 말로의 '아시아' 소설 3부작인 《정복자》 《왕도》를 포함한다고 명시했다. 그렇지만 아무런 노력이나 사소한 장애도 없이 성공을 거둘 수는 없는 일이었다.

앙드레 말로는 그 상에 매우 격렬한 애착을 가지고 있어서 그 방향으로 세심한 운동을 하도록 가스통 갈리마르를 설득했다. 탐문해본 결과 말로를 밀어줄 '믿을 만한 투표권자'는 이미 《왕도》 출간 당시에도 그를 위해 표를 던진 장 아잘베르였다. 그들은 장을 확실하게 구워삶기 위해서 함께 식사하는 자리를 마련했다. 이 사람은 먹고 마시는 것을 좋아하는 인물이라 식탁에서 칭찬하는 것보다 더 확실한 방법은 없었다. 가스통 갈리마르는 너무 기름진 음식은 입에도 대지 않는 터라 하마터면 병이 날 뻔했다. 앙드레 말로는 자기 문제에 너무나 열중한 나머지 라뤼 식당의 세련된 분위기를 아쉬워할 겨를조차 없었다.

아잘베르를 함락하자 이번에는 감옥에 들어갔다 나온 인물에게 상을 준다는 것은 어림도 없다고 생각하는 심사위원 롤랑 도르즐레스를 설득할 차례였다. "나는 그자가 경찰관에게 끌려가는 걸 내 눈으로 봤다고요"라고 말하는 그에게 아잘베르는 비평가답게 고상한 말투로 응수했다.

뭐라고요! 여기서 감히 그런 논리를 갖다대다니! 그러나 나라면 말이오. 만약 내가 세상 저쪽 끝에서 프랑스 작가가 경찰관에게 끌려가는 걸 봤다면 경찰관을 밀어붙이고 그 사람 편을 들었겠습니다!

말로는 이런 보잘것없는 뒷거래와 갑자기 찾아든 명성(그는 우선 이 명성을 아주 달콤한 기분으로 음미했고 클라라도 같은 심정이었다)보다도 특히 그 시대 최고의 비평가들이 보내는 뜨겁고 통찰력 있는 격려를 기쁘게 여겼다. 《마리안》에 실린 라몽 페르낭데즈의 글은 그 격려들을 요약한 것 같다.

앙드레 말로 씨는 프랑스 문학사상 중요한 시점으로 기록된다. 그의 문학은 분석과 행동이라는 두 개의 상반된 극 사이를 왕래한다. 잘 선택하고 극한까지 추진된 행동은 정신적 진리의 가장 훌륭한 표시라는 사실을 보여줌으로써 앙드레 말로 씨는 그 같은 상극의 오류를 수정한다. 내면적으로 보면 말로 씨의 작품은 비극적 의지의 갱신, 좀 더 정확히 말해서 의지의 비극적 비판이라고 간주할 수 있다… 바꾸어 말해보건대 비극적인 벽, 대리석 같은 벽은 말로 씨의 경우 인물들의 외면에 있는 것이 아니라 내면에 있다. 그 결과는 놀랍다. 명철한 의식을 가진 프로메테우스는 힘을 잃은 것이 아니라 오히려 힘을 순수한 상태로 유지시켜주는 은밀하지만 완강한 회의주의에 의하여 힘이 배가된다. 말로 씨의 경우, 흔히 의지가 끝나게 마련인 곳에서, 즉 환상과 믿음이 말끔히 청산된 뒤에 의지가 시작된다.[30]

앙드레 말로가 어머니의 죽음을 전해들은 것은 바로 그 득의만면하던 해 연말이었다. 원래 가족과 관계되는 것이라면 통 말하는 법이 없는 편인데 어머니에 관해서는 더욱 입을 다문 그였다. 필자가 만난 그의 친구들은 그 점을 놀라워했다. 그 정도의 침묵은 문제가 있다. 어린 시절 이후 그와 어머니의 관계는 불분명해졌다. 우리는 이미 어머니와 아내가 친해지자 그가 좋지 않은 반응을 보인 사실도 알고 있다. 이 점이야말로 앙드레 말로의 정신 세계에서 가장 헤아리기 어려운 부분이다. 어머니라고는 등장하는 법이 없는(그 자신이 실제로 포기하다시피 한 《모멸의 시대Le Temps du mépris》에 잠깐 나타나는 것은 예외지만) 그의 작품들… 명예를 획득하는 바로 그 순간, 서른두 살에 앙드레 말로는 고아가 된다.

30_ 《마리안》, 1933년 12월 15일.

사막 위의 막간극

1934년 3월 23일자 《르 주르날》은 다음과 같은 속보를 발표했다. "조종사 코르닐리옹 몰리니에, 기관사 마이야르 그리고 '또 한 명의 승객'[31]이 11시 50분 오를리 공항에 착륙했다… 이들 비행사는 아라비아 여행에서 돌아오는 길이다." 당시 명성이 절정에 달한 앙드레 말로의 가장 우직한 선전 행위는 이렇게 파리 3대 신문에 의해 소개되었다.

"저 전설의 대지들은 가장 엉뚱한 사람들을 부르고 있다"고 《반회고록》에서 앙드레 말로는 적고 있다.[32] 시바 여왕 시대 수도의 저 사이비 폐허를 향한 그의 비행을, 저 고정된 언어, 이를테면 어둠 속의 혼미와 몽롱한 숙명과 구름 떼 같은 거미와 나비들로 이루어진 언어, 가령 운명이라든가 반의지 같은 언어가 그의 마음속에 환기시키는 분위기에 위치시키기 위해서 말로는 그렇게 말해본 것이다.

그는 이제 막 공쿠르 상을 탔다. 그러므로 부자가 된 데다 맹렬한 명예욕에 사로잡혀 있었다. 이 같은 유혹이 찾아왔을 때 랭보는 아비시니아로 떠났고 T. E. 로렌스는 돌연 문학과 인연을 끊고서 이름 없는 군인이 되어버렸다(이 무렵 말로는 그의 생각을 많이 했다). 말로에게 오랑의 보병 연대, 샤토루의 공병대에 지원해보라고 한다면 지나친 주문일 것이다. 그러나 이 요란한 명성에 대해 《지혜의 일곱 개 기둥》의 영웅이 뛰어든 땅, 《계시 *Illuminations*》의 시인이 발자취를 남긴

31_ 저자의 강조.
32_ p. 88.

바로 그 땅에서 내기를 걸어 흥망을 점친다는 것은 해볼 만한 일이
아니겠는가.

어디 그뿐인가. 행동하지 않고는 견디지 못하는 그 유혹, 상을 받
은 이후 그가 빠져들어가지 않을 수 없어진 파리의 저 혼란스러운 풍
토 그리고 날이 갈수록 높아가는 엄청난 위협(1년 전부터 권좌에 오른
나치즘, 프랑스에서까지 위협적이 되어가는 그 동맹 단체)도 무시할 수
없었다. 말로로서는 회피하기 곤란한 장기간의 동원과 투쟁을 강요
할 '동요의 시대'가 다가오고 있으니 마지막으로 한 번 더 심심풀이
(여기서는 제격인 몽테를랑의 말을 인용하건대 "아직 한순간만 더 행복을")
를 즐겨본들 어떻겠는가. 하여간 그 직후 친구인 니노 프랑크가 모험
을 강행한 동기를 물었을 때 말로가 솔직히 털어놓은 말이 있다. "다
소 위험천만한 그 모험에서 돌아오고 나니 완전히 어른이 된 기분이
다." 이 밖에 "그보다 더 엄청난 말도 했다"고 프랑크는 덧붙인다.[33]

그는 샤르코 때문에 지리학회에 입회한 참이었다. 샤르코가 아르
노라는 기묘한 인물에 대해 들려준 적이 있었던 것이다. 지난 세기에
예멘을 탐험한 그 인물은 솔로몬 왕이 사랑한 시바 여왕 발키스의 수
도를 1843년에 발견해냈다고 전해진다. 말로는 10년 전 극동 프랑스
학교의 노트와 크메르의 고고학 연구 논문들을 보고 정신없이 매혹
당했듯이 이번에도 지리학회 회보에 실린 글에 완전히 홀려버렸다.
그는 거기서 조제프 아르노라는 기막힌 인물을 발견했다. 프로방스
의 약사로서 아랍 말을 할 줄 아는 이 인물은 오직 양초 몇 자루와 나
귀 한 마리를 밑천으로 남부 아라비아의 사막을 누비고 다녔으며, 마

33_《부서진 기억》, p. 291.

레브를 구경하고 나서는 장님이 되었지만 프랑스 영사 프레넬에게 해변의 모래 위에 마레브의 약도를 그려 보였으며, 나중에는 알제리로 가서 비참하게 죽었다. 말로는 그의 발자취를 따라나서겠다고 결심한 것이다.

여기에는 아르노와 그의 나귀와 아에티우스의 로마 용병 부대 등의 환영과 더불어 고비노, 랭보, T. E. 로렌스의 환영 그리고 말로의 젊은 시절을 사로잡은 《성 앙투안의 유혹La Tentation de saint Antoine》의 메아리가 떠돌고 있다. 봉디 초등학교 시절 그는 돌멩이처럼 단단한 어휘들을 조합하는 재간이라든가 별빛을 자욱하게 수놓은 듯한 산문, '멋진 은자'(성 앙투안을 가리킨다―옮긴이)의 부름 등에 반해서 플로베르를 여간 좋아하지 않았다. 또한 발키스(혹은 마케다) 여왕에 대해서는 부쉬르 쪽에서 만난 이상한 독일 여행자에게 들은 적이 있고, 그 후 이스파앙의 고아장에서 만난 이야기꾼의 얘기에 홀딱 반한 적이 있기에 더욱 마음이 끌렸다.

그러니 가야 할 곳은 바로 거기였다. 그러나 어떻게? 그는 비행사인 에두아르 코르닐리옹 몰리니에에게 사정을 털어놓는다. 비행사는 물론 공중 탐험을 시험해보라고 제안하면서 그런 위험 부담이 큰 일을 감행하려면 그 시대에 가장 유명한 비행사인 메르모즈나 생 텍쥐페리에게 호소하라고 충고한다. 이들 비행사의 고용주들은 이같이 터무니없어 보이는 모험에 그런 귀중한 인재들을 개입시키고 싶어 하지 않았다. 그러자 코르닐리옹이 자원한다. 그는 아는 사람이 많고 훌륭한 직업인인 데다 그런 발견에 흥미도 있고 명예에도 마음이 끌린다. 훌륭한 조종사요 착한 친구인 코르닐리옹은 문제가 없어졌다.

비행기가 필요했다. 비행사와 작가는 둘 다 폴 루이 베일러와 아는 사이다. '그놈에론'사 사장인 폴은 훌륭한 관측용 비행기 파르만 190을 한 대 가지고 있는데 인심 좋게도 두 친구에게 빌려준다. 여행 경비는 말로의 친구들이 있는《랭트랑지장 L'Intransigeant》지에서 얻어낸다. 사막 속의 신비스러운 수도에 관한 '공쿠르 수상 작가'의 르포르타주라면("여보게, 형용사를 많이 써야 돼, 형용사를!") '대일간지'로서는 거절할 수 없는 특종이다. 출발 직전에《랭트랑지장》기자들의 방문을 받자 말로는 머리칼을 시원스럽게 획 쓸어올리면서 말한다. "이 모험에서 적어도 백에 오십은 목숨을 잃을 가능성이 있지요!"[34]

그들은 1934년 2월 22일 저녁에 출발했다. 같이 탑승한 기관사 마이야르는 여정과 목적 지점에 접근하는 문제에서 말로가 준비한 것 이상으로 비행을 위한 기술적 사전 준비에 만전을 기했다. 우선 카이로에 기착해야 예멘 하드라마우트 지역의 영어판 지도를 구할 수 있었다. 그런데 지부티 지역의 지도는 프랑스 기지 비행사들의 지도와는 전혀 다르다는 것을 알게 되었다.

잠시 들른 카이로 기항은 흥미로웠다. 말로는 특히 마리에트 박물관을 가보고 매혹되었으며, 밤늦게까지 호기심 가득한 이집트의 청년 지성인들을 맞아 이야기를 나누었다. 그들 가운데 당시 초현실주의자였던 조르주 에넹은 그때의 만남을 생생하게 기억한다.

"그는 오랜 시간 우리에게 성 바오로 이야기를 했다. 우리는《인간의 조건》을 이제 막 읽고 난 독자로서 좀 더 우리와 가까운 시대의 이야기를 기대했다. 우리는 한참 뒤에야 비로소 사실은 스탈린 이야기였다는 것을 알아차렸다." 그들은 말로와 헤어지기 전에 꼭 읽어두어

34_《랭트랑지장》, 1934년 3월 10일.

야 할 책을 물었다. "트로츠키의《러시아 혁명사》와《르 카나르 앙셰
네》."[35] 온통 신명이 올라 사막의 여왕을 찾아나선 이 인물은 이렇게
지나갔고, 말했고, 압도했다.

그들 세 사람은 1934년 3월 7일 지부티를 이륙했다. 목적지에 더
가까운 아덴에서 출발하는 것이 옳았으나 영국 공군이 비행 금지 구
역으로 간주하는 지역을 비행하는 일인 만큼 그곳의 영국 당국이 별
로 협조적이지 않아 불가능했다. 그들의 항속 시간은 11시간 내지
12시간이었는데 아덴 정도의 위도와 어림잡아 호데이다와 사나 정
도의 자오선대인 마레브 지역에 이르려면 네댓 시간이 필요했다. 사
실 목표 지점도 아주 확실한 것은 아니었다. 결국 '발견'을 위한 비
행이었던 것이다. 그러나 비행기의 정상적인 행동 반경과 수송 가능
한 연료의 양이 한정된 것이라 끝없이 헤매면서 찾기만 할 여유는
없었다.

코르닐리옹은 조종을 하고 말로와 마이야르는 등 뒤에 앉아 있다.
그들은 비행복을 착용했지만 불시착하여 미정복 지역 한가운데서 아
라비아의 로렌스 같은 행동을 하지 않으면 안 될 경우에 대비하여
'아랍식' 옷도 준비해 왔다. 엉뚱한 왕국. 그들은 벌써 다섯 시간 전
부터 바람 부는 방향을 거슬러서 비행 중이다. 그들은 모카 상공을
통과했고 한동안 요새를 이고 있는 매우 아름다운 도시를 왼쪽에 두
고 비행했는데 분명 사나인 듯하다. 포기하든가, 불귀不歸라는 대담
한 위험을 각오하든가 선택의 시간이 다가온다. 두 가지 지도가 상호
모순되기 때문에 당황한 조종사는 "길을 잘못 든 것 같은데…"라고

35_ 조르주 에넹과 필자의 인터뷰, 1972년 3월 17일.

휘갈겨쓴 수첩을 말로에게 내민다.[36] 뒤에 앉은 두 사람은 아르노의 이야기에 나오는 말을 되씹어본다. "마레브를 지나서 나는 옛날 시바 여왕의 폐허를 방문했다. 보이는 것은 돌조각뿐이었다."[37]

코르닐리옹은 대지 가까이 내려간다. 바로 그때 그들이 '발견'이라고 이름 붙인 일이 일어난다. 말로는 1934년 5월 9일자 《랭트랑지장》에 그 일을 묘사한다.

우리의 전방 우측에서 광대한 허연 반점이, 모래 한가운데 엄청나게 큰 돌무더기 벌판이 분명히 나타나 보이기 시작한다. 지질학적 이변일까? 착오? 우리는 기다리면서 좀 더 다가가봐야 한다고 되풀이하여 말한다. 그러나 벌써 마음 깊은 곳에서는 탑들을 알아볼 수 있다. 그것이 도시라는 사실을 우리는 알고 있는 것이다.

우리는 그 상공에 이르러 마치 굶주린 자가 밥을 먹듯 그 돌무더기가 점차 커지는 것을 바라본다.

우리는 뒤흔들린 정신으로 꿈의 소용돌이에 빠진 채 선택을 해야 한다. 우리는 동시에 성서와 전설을 따라간다. 만약 여왕의 도시라면 솔로몬과 동시대의 것이다. 거대한 유적. 노트르담 사원의 탑과도 같은 것. 그 밑으로는 강물이 굳어져 해골이 된 듯 테라스들이 무너져 뒹굴며 까마득히 널려 있다. 이 우뚝 솟은 탑은 코란에서 '사자使者'가 말하는 바로 그 궁전일까.

'나는 그곳에서 여인을 보았도다. 그 여인은 찬란한 왕좌에 앉아서

36_ 《르 크라푸요 Le Crapouillot》, 1971년 6~7월호.
37_ 《반회고록》, p. 90.

남자들을 다스리더라. 그 여인과 그의 백성은 태양을 찬미하도다.'

　…또 하나의 거대한 돌덩이 속에 자리한 이집트풍 사원 하나. 사다리꼴 탑들, 비스듬하고 드넓은 테라스, 신전의 입구들. 그 옆의 높이가 40미터나 되는 벽. 그 벽은 옛날에 무엇이었을까?… 폐허 저 너머에는 수많은 유목민의 텐트가 보인다. 그 까뭇까뭇한 반점들 위로 작은 불꽃들이 나타난다. 우리에게 총을 쏘고 있는 것이다!

　이 놀라운 특파원은 돌연히 좀 더 익숙한 차원으로 넘어가면서 결론을 맺는다.

　착륙이 불가능하다는 것이 유감이다. 청색, 초록색 도마뱀 같은 흑인 무리가 세상에서 가장 아름다운 전설을 여기서 끝내고 있는 것이다.

　그 신문기자가 33년 후 회고록의 필자로 탈바꿈하자 어조는 좀 더 부드러워지고 기간은 더 늘어나고 회고적인 겸손 비슷한 무언가가 그 기적 같은 추억의 밀도를 완화시킨다.

　우리가 밑으로 내려감에 따라, 그리고 비스듬히 기운 비행기 안에서 쟁반을 들고 뒤뚱거리는 카페의 급사처럼 사진기를 가지고 씨름하는 동안 지면은 점점 더 잘 보였다. 이제는 사막이 아니라 문화의 흔적이 깃든 오아시스의 폐허였다. 오직 오른쪽만 폐허와 사막이 맞닿아 있었다. 대지에 밝은 빛의 돌무더기가 쌓여 있는 이 거대한 타원형 성벽은 사원이었을까. 어떻게 착륙할 것인가. 한쪽은 모래언덕이니 비행기가 곤두박질할 것이요, 다른 한쪽은 모래에서 바위들이 치솟아오른 화산의 무리. 폐허 근처는 도처에 무너진 더미다. 우리는 더 밑으로 내려가 저공 비행을 하면서 계속 사진을 찍었다. 말발굽 모양의 성벽은 오직 허공을 향하여 열려 있을 뿐이었다. 니니브처럼 흙벽돌로 지은 그 도시 도 성벽처럼 다시 사막이 되어버리고 만 것이리라. 우리는 중심이 되는 덩어리 쪽으로 돌아왔다. 타원형 탑, 또다시 성벽, 네모난 건물들. 폐허 밖에 여기저기 흩어진 유목민 텐트의 검은 반점들 위로 조그만 불꽃들 이 타닥타닥 튀어오르고 있었다. 아마 우리를 향하여 총을 쏘는 모양이 었다. 성벽들 저 너머로 무엇을 뜻하는지 알 길이 없는 신비로 가득 찬 유적의 모습이 분명히 눈에 들어왔다. 폐허를 굽어보는 탑 위에 납작한 모양으로 쓰인 H자는 무엇을 뜻하는 것일까. 관측소의 한 부분? 옥상 공원의 테라스? 예멘의 고원 지방에 가면 소박한 채소밭으로 변해버린 그와 같은 세미라미스 공원들을 아직도 흔히 찾아볼 수 있었다. 하지만 그 공원을 뒤덮은 것은 꿈의 풀, 산에 사는 노인의 대마초였다… 그곳 에 착륙할 수 없는 것은 참으로 유감이었다.[38]

그는 거기서 세 줄 아래에 그저 무심코 덧붙여 적는다는 듯이 슬쩍 한마디를 끼워넣는다. "시바 여왕의 왕국으로부터" 이제 남은 것은 "아무것도 없다." 때때로 얼마나 멋진가. 진실이란 것은…

1934년 3월 8일 지부티 귀항. 그 전날 밤에는 오보크에 위험한 착 륙을 했다. 그들은 지부티에서 《랭트랑지장》으로 다음과 같은 전문 을 보냈다. "시바 여왕의 전설적 수도 발견, 스톱. 20개의 탑 혹은 사 원이 아직도 서 있음, 스톱. 루브알 칼리 북단, 스톱. 《랭트랑지장》을

38_ 《반회고록》, p. 93.

위해 사진 촬영 성공, 스톱. 안녕. 코르닐리옹—말로." 작가가 《반회고록》을 쓸 때 이 문제는 한결 더 합당한 규모로 축소되었다.

문제의 파리 일간지는 1934년 5월 3일부터 1면 머리기사로 아주 구미가 당기는 제목과 함께 일곱 번의 기사를 내보냈다. 거기에 같이 실린 몽타주한 사진들은 유치하게 수정된 가짜라는 인상을 주지만 그 당시에는 매우 놀라운 효과를 얻었다. 이 모두가 지금 보면 진짜 장난으로밖에 여겨지지 않는다. 그 '발견'의 신빙성은 곧 문제가 되었다. 말로에게는 가장 난처한 방식으로. 4월 6일자 《르 탕 Le Temps》지에 브네통이라는 탐험가의 편지가 실린 것이다. 그는 다짜고짜 '말로 씨가 그 상공을 비행한 폐허'와 '알레비가 1870년에 발견한 전설적인 마레브'의 동일성에 의혹을 제기할 뿐만 아니라, 비행기를 타고 간 그 고고학자들은 테아나(해안 쪽에 있는 그 근처의 유적지) 혹은 템마(나 자신이 1911년에 발견한 유적) 아니면 모카를 보고 와서 혼동한 것이 틀림없을 거라고 암시했다. 이는 곧 말로와 그의 동료들을 무지하고 순진한 사람들, 아니면 거짓말쟁이라고 말하는 것이나 마찬가지였다.

《정복자》의 저자는 형식은 완강하게, 그러나 내용은 신중하게 응수했다. 《르 탕》의 편집국장은 나흘 후인 4월 10일자 신문에 말로의 답을 실었다. 말로는 "우리가 비행기로 답사한 도시는 1843년에 이미 발견된 적이 있는 마레브가 아니었음"을 인정하면서도 이렇게 덧붙였다. "누구에게나 있을 수 있는 일처럼, 우리도 우리 자신이 본 도시의 정체를 확인할 때 잘못 생각할 가능성이 있겠지만, 우리를 반박하는 사람들은 자기들이 전혀 본 적도 없는 도시의 정체를 확인하려 함으로써 잘못 생각할 가능성이 더욱 크다… 비명학碑銘學에 근거를 두지 않은 확인이란 불분명한 데가 있다는 것은 우리도 안다. 그러나 문제된 것은 남부 아라비아에서 확인된 폐허들보다 다섯 배나 더 광대하며 유일하게 무너지지 않고 서 있는 폐허다. 우리는 문제의 도시에서 500킬로미터나 떨어진 모카 상공을 두 번이나 비행했다. 우리는 한 번도 테아나, 즉 해안 쪽 도시에 대해 언급하지 않았다. 우리가 말한 것은 루브알 칼리, 즉 내륙 깊숙이 있는 도시였다… 우리는 우리를 반박하는 사람이 짐작하듯이 시바 왕국의 도시와 모카를 혼동한 일이 전혀 없다. 아테네의 아크로폴리스를 샹젤리제와 혼동한 일이 없는 것처럼."

33년이 지난 지금에 와서는 '발견'이란 말도 그 개념도 더 이상 성립될 수 없어졌다. 《매우 특별한 임무*Missions très spéciales*》라는 책에서 비행사 에드몽 프티는 1934년 3월 7일의 탐험에 대해 확실하게 밝혀보려고 했다. 그는 예멘 문명에 관한 전문가들의 말을, 특히 탁월한 동양학자인 자크린 피렌의 말을 인용한다. 그 동양학자는 말로가 시바 여왕의 수도로 추정되는 마레브인 것처럼 묘사한 곳은 뒤라이브 카리브, 아쉴 룸 같은 여러 개의 유적(그중 어떤 곳은 사람이 살고 어떤 곳은 폐허가 된)으로 이루어진 오아시스라고 추정한다.[39] 과연 1952년 미국의 고고학 탐사반이 실제로 마레브를 발견해냈는데, 말로가 봤다고 믿은 것과 유사한 데가 없지 않다.

하여간 말로는 이제 막 성경책에 나오는 여왕을 위하여 목숨을 잃을 뻔했다. 그런데 메네리크의 상속자이며 에티오피아의 국왕인 여

39_ 프티 씨가 자기 생각을 나름대로 해석한 것일까? 피렌 양은 말로가 실제로 본 것이 무엇인지 불확실하다고 말한다.

왕의 후손이 말로를 기꺼이 초대하겠다고 전해왔다. 이리하여 그들은 아디스아바바로 기수를 돌린다. 네귀스 국왕이 무솔리니의 백인 대장白人隊長을 기다리는 곳이었다. 그때까지만 해도 그 제국의 권력자들과 사이가 좋지 못했던 앙드레 말로에게는 제국 수령들과의 오랜 시간에 걸친 지속적 관계의 시초가 된다. 말로는 시원할 정도로 단순하게 그 왕을 만난 이야기를 들려준다.

궁전 안에 정좌한 네귀스. 그는 법복을 입은 고관들 앞에서 갈레리 라파예트의 안락의자에 앉아 있다. 이틀 전에 그 슬픈 미소를 띤 네귀스가 청년 귀족들을 맞이한 탓에 통역관이 코르닐리옹 몰리니에를 드라 몰리니에르라고 부르는 동안 창문 너머에서 사자들이 포효하는 소리가 들린다. 시바의 여왕들이 전설적인 조상이라고 여기는 네귀스 궁전의 대로변에는 수세기 이래 사자 우리가 열을 짓고 있다.[40]

말로가 귀로의 여행이 어떠한 것이었는가를 말할 때는 또다시 서사적인 어조가 된다. 코르닐리옹은 매우 간단하게 기록했다. "마사우아와 포르, 수단을 거쳐서 트리폴리, 튀니스, 본, 알제, 페즈, 바르셀로나 그리고 리옹을 거쳐 우리는 힘들게 돌아왔다. 그 귀로에는 바람과 우박과 눈과 안개, 비가 우리를 호위해주는 명예와 경쟁이라도 하듯…"[41]

그러나 같은 경험도 말로의 붓끝에 오면 저 유명한 태풍 이야기로

40_ 《반회고록》, p. 105.
41_ 피에르 갈랑트, 《말로Malraux》에서 인용.

변한다. 다음에는 그 이듬해 발표한 소설 《모멸의 시대》에 삽입된(마치 너무나도 삭막한 그 소설에 약간의 열기를 보태려는 듯) 삶으로의 귀환 같은 이야기가 《반회고록》에 별로 고치지도 않은 채 다시 나온다.[42] 그중 몇 대목을 인용하지 않을 수 없다. 우선 억세고 사실주의적인 《희망》의 말로가 이번에는 좀 더 건전하게 플로베르를 모방하는 쪽으로 바뀌는 매우 아름다운 텍스트이기 때문에도 그렇고, 이 순간들('우주와의 만남'과 '삶으로의 귀환'의 순간)이야말로 앙드레 말로의 생애에서 중요한 전환점으로 기록되기 때문에도 그렇다. 우리는 그 시점을 그의 제2의 삶, 몇 달 후에 발표한 관건이 되는 텍스트의 표현을 빌리건대 '차이'가 '동지애'로 바뀌는 삶에 위치시킬 수 있을 것이다.

기상 예보는 매우 악조건이었지만 우리는 알제로 가기 위해 트리폴리텐을 이륙했다(생 텍쥐페리가 수정한 《에네이드 Aeneid》 톤이다)…

점점 꺼멓게 변해가는 하늘 위로 아직도 구름에 덮인 기둥 같은 파도가 치솟았다. 오레스 태풍이었다. 비행기는 최소한 100킬로미터는 방향이 빗나갔다. 까딱도 하지 않지만 그 꼭대기에서는 평온하고 잠잠한 것이 아니라 단단하게 도사린 채 살인적일 만큼 살아서 노리고 있는 거대한 구름 덩어리 위로 우리는 달려들었다. 그 구름 덩어리 끝이 기체를 향해 전진해왔고 그 한가운데가 조금씩 조금씩 파이는 것 같았다. 그 엄청난 위용과 완만한 움직임은 동물적인 싸움이 아니라 숙명적인 싸움이 준비되는 느낌이었다. 마치 안개 서린 바닷속 갑岬의 풍경처럼

42_ pp. 95~101.

장식이 달린 듯한 구름 가장자리의 노리끼리하고 흑갈색 나는 전경은, 대지와 떨어져 있기 때문에 끝도 없고 경계도 없어 보이는 회색빛 속에 잠겨 있었다. 시커먼 구름 부스러기가 이제 막 기체 밑으로 미끄러져 들어오면서 납덩이 같은 것으로 꽉 밀봉된 하늘 쪽으로 내 몸을 집어던 졌다. 나는 이제 금방 중력을 벗어나 이 세상 어디쯤엔가에서 원초적인 싸움에 휘말려든 구름에 대롱대롱 매달려 있는 것만 같은가 하면, 내 발 아래서는 대지가 다시는 만나지 못할 것처럼 빠른 속도로 질주하고 있었다.

태풍의 한중간에서 비행기는 바퀴처럼 제자리를 뼁뼁 돌았다… 코 르닐리옹은 긴장이 극에 달한 채 조종간을 꽉 잡고 있었다. 그러나 얼 굴은 전혀 다른 얼굴이 되어 있었다… 어린 시절의 얼굴이랄까… 나는 손이 떨리는 것이 아니라(나는 여전히 유리창을 꽉 짚고 있었다) 왼쪽 어깨가 떨린다는 것을 알아차렸다. 기체가 다시 수평이 되는가 싶기 무 섭게 코르닐리옹은 조종간을 앞으로 확 밀어붙이면서 연료 가스를 끊 었다. 나는 그것이 무슨 의미인지 알고 있었다. 떨어지면서 그 떨어지 는 무게를 이용하여 폭풍을 뚫고 나가 지면 가까이에서 비행기의 좌표 를 바로잡아보자는 것이었다.

1000

900

850, 눈알이 머리통 앞으로 튀어나가는 것 같았다. 산에 가서 부딪히 지나 않을까 하고 미칠 듯 겁을 내는 눈알이…

600

500

4… 내가 예상했던 것처럼 바로 눈앞에 수평이 아니라 먼 곳에 비스

듬히 평원이! 45도 기울어진(기체가 기울어진 채 떨어지고 있었다) 그 지평선의 비현실성 앞에서 나는 갈팡질팡했지만 내 내부의 모든 것은 이미 알아차리고 있었다. 코르닐리옹은 기체를 바로잡으려 했다. 대지는 저 끔찍한 구름과 먼지송이와 벌써 우리 앞을 꽉 차단하는 머리카락의 바다 저 너머 먼 곳에 있었다. 기체 밑 100미터 거리에서 희끄무레한 호수 같은 것 주위로 단단한 언덕들의 흑연 덩어리와 검은 광채의 풍경이 마지막 누더기처럼 솟아올랐다. 그 호수는 골짜기 속에서 촉수처럼 잘게 쪼개지고 있었고, 거기에는 지질학적 고요 속에서 나직하고 흐릿한 하늘이 비쳐 보였다.

반쯤 녹초가 된 기체는 소용돌이의 극점으로부터 50미터 떨어진 곳에서 폭풍에 끌리고 있었다… 내 손바닥이 마침내 유리창에서 떨어져 나왔다. 내 손금의 생명선이 길었다는 사실이 떠올랐다… 엄청난 평온이 다시 찾은 대지와 들판, 포도밭, 집과 나무와 잠든 새들을 감싸주고 있었다.

본 비행장이라고 하는 그 '삶으로의 귀환'(마치 채플린 영화처럼 사람들이 스포츠로서의 '기록'에 박수갈채를 보내면서 그들을 전혀 딴 사람으로 생각하고 맞이하는). 그래도 그것은 분명 그들의 것이었다… 그 도시의 거리에 내려선 말로의 눈에는 무엇보다도.

장갑 가게의 간판으로 세운 거대한 뻘건 손이었다. 땅에는 수많은 손들이 가득 차 있었다. 어쩌면 그 손들은 사람들 없이도 저희들끼리 알아서 살고 움직일 수 있었을지 모른다. 나는 그 상점들과 털옷이 펼쳐진 진열장들을 알아볼 수가 없었다. 진열장에는 조그맣고 하얀 강아지한 마리가 생명 없는 가죽들 가운데로 이리저리 돌아다니다가 앉기도 하고 다시 걸어가기도 했다. 털이 길고 서투르게 움직이는, 그러나 인간이 아닌 생명체. 한 마리 짐승. 나는 짐승들을 까맣게 잊어버리고 있었다. 내 몸 속에 아직도 으르렁거리며 무너지고 있는 죽음 저 아래로 그 강아지는 한가하게 걸어다니고 있었다. 나는 무無의 취기에서 깨어나기가 힘들었다.

2. 동반자

참여

"앙드레 말로는 지조르 노인 쪽과 동행하지 않을 것이다." 에렌부르크는 1933년 5월 《인간의 조건》에 관한 글을 이렇게 결론 맺었다. 그가 보기에 앙드레 말로는 벌써 탐미적인 이상주의와 인공 낙원으로의 도피를 포기하고 혁명을 선택한 듯했던 것이다. 이번에는 다소 우둔해진 듯한 마르크스주의자인 그 《파리의 함락La Chute de Paris》 저자는 키요의 아버지라는 인물이 인공 낙원으로의 도피에 그치는 존재라고 생각했다. 돌아가는 일과 사람들의 모양은 아이러니한 것이어서 앙드레 말로는 과연 1933년경에 잠시 일리아 에렌부르크와 그의 친구들에게 만족을 줄 만한 변화를 보이지만, 그 변화에 큰 몫을 한 것은 지조르 노인이라는 인물을 착안하게 만들었다고 알려진 사람, 즉 베르나르 그뢰튀젠의 영향이었다.

　문제가 《인간의 조건》처럼 강력한 상상력에 의하여 창조된 작품이고 보면 물론 '모델'의 역할을 너무 지나치게 강조할 일은 못 된다. 1972년 6월에 필자가 과연 그뢰튀젠은 어느 정도건 간에 지조르 노인(그리고 《희망》에 등장하는 알베아르 노인)의 모델인가 아닌가 질문했을 때 말로는 이렇게 대답했다.

그들은 아주 비장한 인물이어서 그 사람의 모습에서 빌려왔다고 하기는 어렵습니다. 그 사람은 비장한 게 아니라 슬기로웠습니다.

베르나르 그뢰튀젠? 그는 한 번도 시평時評의 화제 인물이 된 적이 없었다. 지금 그를 아는 사람은 프랑스인 중에서 1000명에 한 명도 안 될 것이다. 그러나 1930년에서 1950년까지 이 인물은 《N.R.F.》를 주도하면서 적어도 한 세대에게는 카프카, 독일 철학과 러시아 문학을 프랑스에 도입하는 데 결정적인 역할을 했다. 그는 장 폴랑의 절친한 친구였다고 할 수 있으며 지드를 공산주의 쪽으로 이끄는 데 가장 큰 역할을 한 장본인이었다. 살아 있는 사람 중에 말로의 스승이 있다면, 소크라테스 같은 얼굴에 러시아 농부 같은 태도를 가진, 뼛속까지 마르크스주의자요 성 아우구스티누스의 열렬한 신봉자인 이 독일-네덜란드계 철학자였다.

말로는 1928년 초 《N.R.F.》에 들어가면서 그를 만났다. 그는 곧 옛 베를린 대학 사회학 교수(거기서 그는 막스 베버와 함께 일했다)의 영향을 기꺼이 받았다. 이 마르크스주의자는 사욕이라곤 조금도 없어서 다른 사람 이름으로 된 작품을 다시 쓰거나, 혹은 자기가 직접 쓰면서 산다 해도 불평이 없었을 것이다. 그는 실제로 그렇게 했다.

사람들이 흔히 '그루Grout'라고 부르는 이 사람은 네덜란드인 의

사 아버지(나중에는 미쳐버린)와 러시아인 어머니 사이에서 태어났고, 스무 살 때 프랑스에 엄청난 애착을 갖기 시작했다. 1914년부터 1918년까지 이어진 전쟁 후에 외국 문학 담당으로 《N.R.F.》지에 들어와 앙드레 지드와 장 폴랑의 친구가 되었다. 폴랑은 1946년 그가 사망한 후 그에 대하여 뛰어난 글을 쓰기도 했다.[2]

그뢰튀젠이 사는 아틀리에와 맞붙은 캉파뉴 프르미에르 가의 아파트에서 여러 해 살았던 《타르브의 꽃Fleurs de Tarbes》(장 폴랑의 유명한 저서—옮긴이) 저자는 그를 이렇게 묘사한다. 그는 "보일락 말락 하는 미궁 밑으로 움푹 파인 초록빛 눈… 눈꺼풀이 구불구불해서 낙지 눈 같은 눈"으로 가장 소박한 옷차림을 한 채 《셰리비비Chéribibi》를 함께 소리 내어 읽었고 침대 위로 비가 너무 새지 않도록 구멍 난 천장 밑에 시트를 널어두었다.

이 철학자는 《뤼마니테L'Humanité》지 기자이며 재능 있는 작가인 알릭스 길렝과 동거하고 있었다. 그들의 관계는 자유스러우면서도 서로 핏대를 올리고 다투는 관계였다. 두 사람은 각자 사귀는 친구들을 상대방에게 억지로 친하라고 강요하지 않기로 정했다. 자유라는 것은 바로 그런 게 아니겠는가. 정치적 갈등으로 인하여 이 열렬한 마르크스주의자들은 때때로 의견이 대립하곤 했다. 남자보다도 더 행동적인 알릭스 길렝이었지만 소련 공산당의 관료주의 노선을 비판하고 방에는 트로츠키 사진을 레닌의 사진과 나란히 붙여놓았다. 폴랑의 말에 의하면 그 때문에 '그루'가 여자를 '혼내주곤 했다'고 한다.

1_ 그의 이름을 대충 발음해보면 그루외이젠이다.
2_ 《N.R.F.의 장 폴랑》 특집 호, 〈그뢰튀젠의 죽음〉.

그는 의견을 교환하고 상대방을 설득하는 데 대단한 취미가 있었다. 밤에는 창녀 노릇을 하고 낮에는 그림을 그리는 아주 맘에 드는 이웃 여자와 긴 시간 토론하곤 했다. 한번은 1917년에 탈영병을 잡아들이는 일을 맡은 헌병 출신의 수위와 토론했는데 결국은 그를 설득하여 공산당에 입당시켰다… 앙드레 지드에게도 그렇게 했는데 지드가 1936년 《소련에서 돌아와Retour de l'URSS》를 발표하자 몹시 슬퍼했다. 《팔뤼드Paludes》의 저자(앙드레 지드—옮긴이)에 대한 그의 우정은 늘 진실했지만 "계급이 없어진 사회가 되면 지드 같은 사람은 설 자리가 없을 것이다"라고 진지하게 말하곤 했다.

디오게네스 같은 거동의 이 소크라테스는 15년 동안 앙드레 말로의 지적 생활에 결정적인 역할을 했다. 그의 마르크스주의 신념, 의미심장한 아이러니, 독일과 러시아에 대한 교양, 보편성에 대한 센스, 인간에 대해 품은 생각과 신념은 1930년대 말로의 비전과 사상(때로는 반작용으로서)을 다듬는 데 큰 영향을 미쳤다. 그뢰튀젠이 없었다면 1934년에서 1939년 사이에 보여준 혁명적 참여 활동, 모스크바 재판과 1939년 협약 때 침묵을 지킨 일, 종전 때까지 고집스럽게도 소련에 대해 애착을 지녔던 것 등을 과연 상상이나 할 수 있겠는가. 우리는 말로가 옛 동반자들과의 폭발적인 결별을 선언한 것(1945년 1월 MLN[3] 연설)이 1946년 9월 27일 뤽상부르에서 베르나르 그뢰튀젠이 사망하기 불과 몇 달 전이었다는 것을 경악과 함께 주목하지 않을 수 없다. 사반세기가 지난 후 말로는 그뢰튀젠에 대하여 필자에게 말했다.

3_ 민족해방전선Mouvement de libération nationale.

내가 만난 모든 사람들 가운데 지적 천재임을 가장 확실하게 느낀 사람이 바로 그였다. 그런데도 그는 자기가 쓰는 글을 중요하게 생각하지 않았다. 그는 내가 아는 유일한 구술의 천재였다. 수다스러운 사람이라면 나도 많이 만나보았다… 하지만 그런 말 많은 타입은 아니었다. 어느 날 하이데거를 비롯해 엉뚱한 사람들과 함께 그를 만났다. 그는 좌중을 저만큼 높은 곳에서 거느렸다. 소크라테스가 플라톤과 동석한 느낌이었다… 아마 그는 내가 가장 찬양해 마지않는 사람일 것이다. 그의 곁에 가면 사람들은 마치 부릉거리는 풍뎅이가 되었다.[4]

그러나 아돌프 히틀러가 제3제국의 수상으로 들어앉기 직전까지, 앙드레 말로는 정확하게 말해서 '참여' 작가가 아니었다. '그루'와 그 사람만큼 말로를 압도하지는 못해도 로맹 롤랑에서 에렌부르에 이르기까지 그가 존경하거나 자주 접촉하는 사람들에도 불구하고, 그는 혁명가라기보다는 반항아 정도일 뿐이었다. 1930년 10월 바르뷔스가 만드는 잡지 《르 몽드 Le Monde》의 기자가 그에게 작가의 역할이 무엇이냐고 묻자 자신의 임무는 아직도 '고독의 비극적 감정을 표현하는 일'이라고 대답한다.

《정복자》가 나온 직후인 1929년 7월 8일 '진실을 위한 모임'의 회합에서 말로는 그 소설이 '혁명을 위한 변호'가 아니라고 못 박아 말했다. 그리고 지독한 이기주의자인 가린과 볼셰비키 조직이 동맹을 맺은 이유를 설명했다. 그것은 벌써 '동반자'의 조건을 위한 변호에 가까웠다.

4_ 앙드레 말로와 필자의 인터뷰, 1972년 6월.

하지만 그는 이듬해 《왕도》를 발표하고 거기서 드리외 라로셸이 《N.R.F.》의 비평에서 그에게 바친 다음의 찬사[5]를 스스로 불러들인 셈이다. "말로는 인간의 조건을 개인이라는 각도에서 본다." 물론 주인공들의 우정이 그런 모험가들의 개인주의를 얼마만큼이나 넓게 확대하고 고무하는 것인가를 설명해가면서 한 말이었다. 《정복자》에서 《왕도》에 이르기까지, 아니 사이공에서 모냉과 함께한 투쟁 그리고 《N.R.F.》에 이르기까지 말로가 혁명적 동지애를 향하여 한 발자국씩 나아갔다고 말하기는 어렵다.

〈전함 포템킨〉의 검열에 관하여 《라 르뷔 위로페엔》에 대답한 것(1927년 5월)과 같이 그는 이따금씩 단호하게 '좌경' 성향의 글을 쓴 것이 사실이다. 그리고 1930년 7월에는 《레 누벨 리테레르》가 마야코프스키의 추억을 더럽히는 기사를 발표한 것에 항의하는 텍스트에 극좌파 작가들과 더불어 서명했다. 한편, 《N.R.F.》에 정기적으로 발표한 비평문은 앙리 마시스의 《서양의 변호》(1927년 6월)나 카이절링의 《어느 철학자의 여행기 Das Reisetagebuch eines Philosophen》 같은 정치 서적을 다루면서도 분석하거나 의문을 제기하는 쪽에 훨씬 더 많은 관심을 보일 뿐 맹렬히 공격하거나 설득하려고 하지 않았다.

1931년 4월 《N.R.F.》에 실린 《정복자》에 대한 트로츠키와의 저 훌륭한 대담이 있기는 하다. 그러나 말로는 반항자의 권리를 위해서보다는 창조자의 권리를 위해서 변론하고 있다. 1932년 그를 처음으로 만난 에렌부르크는 노트에 다음과 같이 적는다. "지드는 예순이고 말로는 서른이다. 두 사람은 아직 불행을 겪어보지 않은 어린아이 같아 보

5_ 1930년 12월.

이면서 동시에 알코올이나 니코틴이 아닌 책에 중독된 영감 같다."[6]

1933년 1월 30일, 나치가 베를린에서 권력을 잡는다. 이것은 두 사람의 전전파戰前派를 마치 도끼로 패듯이 갈라놓는다. 아닌 게 아니라 제3국에서는 적극적인 반대자들을 도끼로 목을 쳐서 처형했다. 《엉뚱한 왕국》의 막연한 공포 대신 가깝고 일상적인 공포가 찾아온다. 모멸의 시대가 시작된다. 애매한 자 말로는 같은 시기에 가장 애매한 자 드골과 마찬가지로 그 점을 놓치지 않고 간파한다. '동요의 시대'는 왔고, 그 전과는 다른 처신을 요구한다.

히틀러가 등장한 지 7주 후인 1933년 3월 21일, 폴 바이양 쿠튀리에와 문화에 매우 큰 관심을 가진 공산당의 청년 지도자 모리스 토레즈가 1년 전에 창설하여 이끌어가는 조직 '혁명 작가와 예술가 동맹'은 카데 가의 그랑오리앙 회관에서 대회를 연다. 의장은 앙드레 지드. 지드는 히틀러 정당의 독일 국민을 '압박하기 위한 엄청난 노력'과 소련의 '몇 가지 고통스러운 권력 남용'을 나란히 비교하면서 선언한다.

왜, 어떻게 하여 내가 저쪽에서는 배척하는 것을 이쪽에서는 찬성하기에 이르렀는가. 독일 테러리즘 속에 가장 한심스럽고 가장 타기할 만한 과거가 되풀이되고 재연되는 것이 보이기 때문이다. 그리고 소련 사회의 정립에는 무한한 미래의 약속이 보이기 때문이다.[7]

6_ 《회고록Memoires》, 1921~1941년, p.136.

7_ 《마리안》, 1933년 3월 29일자.

앙드레 말로도 그 자리에 있었다. 그는 1932년 12월부터[8] '혁명 작가와 예술가 동맹'에 가입했다. 그러나 이처럼 노골적으로 행동적인 회합, 즉 서로 '동지!'라고 부르는 회합에서 발언해보기는 처음이었다. 그날 저녁 모임을 목격한 에렌부르크는 말로의 모습을 이렇게 묘사한다. "말로는 현명하게 말했다. 신경질적으로 안면근육이 경련하는 버릇 때문에 표정이 계속 일그러지곤 했는데, 갑자기 말을 그치고 주먹을 쳐들면서 소리쳤다. '만약 전쟁이 일어난다면 가서 서야 할 자리는 적군赤軍이다!'"[9]

그는 과연 그다지도 현명했던가. 〈선택을 내린 사람들〉이라는 유인물에 담긴 그의 발언 내용 중에서 가장 멋진 절규들을 뽑아보자.

10년 전부터 파시즘은 그 거대하고 검은 날개를 유럽에 펼치고 있다… 이제 곧 행동의 시기가, 피와 피가 대결하는 날이 올 것이다… 우리는 우선 명예롭게도 우리를 신뢰해주는 독일 작가들을 돕기 위하여 주체적으로 활동해야 한다! 독일에서 핍박받는 사람들은 마르크스주의자여서가 아니라 인간의 존엄성을 간직했기 때문에 핍박받는 것이다. 독일의 파시즘은 우리가 전쟁에 직면하고 있음을 보여준다. 우리는 전쟁이 일어나지 않도록 최선을 다해야 한다. 그러나 우리는 귀머거리를 상대하고 있다. 우리는 그들의 귀에 우리의 말이 들리지 않는다는 것을 알고 있다! 위협에는 위협으로 응수하자. 모스크바로 고개를 돌리자.

8_ J. P. A. 베르나르, 《프랑스 공산당과 문학의 문제Le Parti communiste français et la Question litteraire》, p. 178.
9_ 《회고록》, p. 241.

적군 쪽으로 고개를 돌리자!

　매우 투쟁적인 그날의 회합 끝에 결정된 결의 사항은 연사들이 부르짖은 내용과 장단이 맞았다. 그 결의 사항은 '티에가 비스마르크의 공모자였듯이 히틀러의 공모자인 프랑스 제국주의'를 고발하고, 히틀러의 폭력과 같은 차원에서 베르사유 조약을 거부하는 것이었다. 바야흐로 말로는 고고학적 관광이나 마약으로서의 모험 혹은 탐미적 개인주의 따위와는 전혀 다른 길로 접어든 것이다. 주지하다시피 공산당에 가입한 적이 한 번도 없는 그가 투사가 되었다.

　이 무렵은 또한 《인간의 조건》을 《N.R.F.》에 발표하기 시작하는 시기이기도 하다(1933년 1~6월). 《정복자》처럼 교묘한 방법으로 혁명의 흐름과 결부시키려고 노력하지 않아도 되는 작품. 가린에서 키요로, 보로딘에서 카토브로, 심지어 홍에서 첸으로 이어지는 혁명의 가장 논리정연하면서도 긍정적인 비전을 향한 저자의 진화는 뚜렷하다. 첫 작품을 물들인 아나키스트식 모험주의는 트로츠키 경향이 엿보이는 '좌파 이념'으로 옮아간다. 국제주의란 항상 처치 곤란한 것이고 회의주의는 마르크스 관점에서 보면 비판받을 만한 것이며 형이상학적 질문은 공산주의자 독자라면 당황스러운 것이다. 그러나 근본적인 면에서 이 책은 혁명의 목소리를 표현하고 있다.

　이 책이 서점에 나온 무렵은 말로의 참여를 이끈 '혁명 작가와 예술가 동맹'의 기관지 《코뮌 Commune》을 창간한 때이기도 하다. 《코뮌》은 창간호부터(1933년 7월) 《인간의 조건》을 격찬하는 서평을 실었다. '말로가 제3인터내셔널에 부여하는 역사적 역할에 대해서는 어느 정도 유보하지 않은 것이 아니지만', 장 오다르[10]는 말로의 작품을 필르니아크의 《헐벗은 군대L'Armée nue》 같은 '혁명 소설'에 비교하면서 말로는 "의지를 무시하면서 사리만으로 만족"하지는 않는다고 지적한다. "사회 소설이 개인의 드라마를 간과할 수 없는 것이기에" 그는 "지극히 구체적인 방법으로 심리 요소와 사회 요소의 결합을 실현하고 있다."

마르크스주의에 대해서는 태도가 모호하고 파시즘에 대항해서는 단호하게 참여적인 말로는 저 결정적인 1933년 한 해 동안 반식민주의라는 다른 영역에서 투쟁적 좌파와 더욱 굳게 결속된다. 우리는 그가 1925년 인도차이나 동지들과 얼마나 소원했는가를 말했다. 그 문제는 언급하는 일이 없었는데, 심지어 《왕도》에서 클로드의 모험을 이야기함으로써 그런 기회가 생겼을 때조차 언급을 안 했다. 그 책에 대해서는 물론 속편인 《사막의 권력Les Puissances du désert》이 나올 예정이었고, 이번에는 클로드 바네크가 미술품과는 다른 영역에서 식민지 권력과 대결하기를 기대할 수도 있었다. 어찌 되었건 식민지의 위기가 없어서 못 한 것은 아니지 않은가! 1930년, 즉 《왕도》를 발표한 바로 그해는 인도차이나에서 두 번의 심각한 유혈 봉기가 일어난 것으로 기록된 해였다. 옌 베이 봉기와 게 안 봉기. 루이 루보 같은 당시의 유명한 기자들이 두 사건을 보도했다. 그의 옛 동지와 이름이 비슷한 폴 모네는 인도차이나 식민주의에 관해 가차 없이 고발하는 《황색 나무들Les Jauniers》을 펴냈다. 말로는 여전히 침묵을 지키고 있었다.

10_ 사실 그는 프로이트적 성향 때문에 그 후 곧 당에서 제명되었다.

그런데 1933년 10월 11일 《마리안》은 그의 침묵에 버금갈 만큼 치열한 앙드레 말로의 글 〈S.O.S〉를 돌연히 발표했다. 1931년 5월 외인부대 병사 다섯이 끔찍할 정도로 잔인하게 정치범들을 학살했는데 하노이 법정은 이들에게 집행유예 판결을 내렸고, 사이공 법정은 여덟 명의 안남 공산당원에게 사형 선고를 내렸다. 말로는 이 두 재판에 대한 공식 기록을 근거로 하여 불을 토하는 듯한 고발장을 썼다.

일체의 모호한 점을 없애고 이 말을 똑똑히 알아듣도록 미리 말해두지만, 인도차이나에서 직접 살아본 경험상 나는 용기 있는 안남인이 혁명가 말고 다른 무엇이 될 수 있다는 것은 상상하기 힘들다. 그러나 여기서 나의 의견을 개진할 생각은 없다. 다만 위협적인 어리석은 명령을 명약관화하게 드러내 보이고 그것을 인정할 사람은 인정하라고 요구하고자 한다. 파시즘은 동의하거나 물리쳐야 할 독트린이다. 그런데 우매함은 독트린도 아니다.

민주적 태도는 누구나 가지고 있다고 자처한다. 그러나 최소한의 논리는 있어야 한다. 가장 힘이 센 자라면 남의 따귀나 때리면서 소일할 수 있다. 이건 취미의 문제다. 그러나 맨손으로 치는 것이지 인권 선언 같은 것으로 치는 게 아니다…

민주적 태도의 논리는 바로 대혁명이 한 일을 다시 하는 일일 것이다. 대혁명처럼 원주민들을 집단으로 귀화시키는 일일 것이다. 인구 1억의 '민주적인 프랑스 제국'을 창조한다는 대담한 가설이다. 그러나 볼셰비즘보다, 파시즘보다 덜 대담한 가설이다…

원주민들이 그들 가운데 배반자의 얼굴에 침을 뱉으면 그런 일이 남의 눈에 띄지 않도록 하려고 그 배반자에게 레지옹 도뇌르 훈장을 수여한다. 그럴 경우 주민 가운데 20분의 19를 차지하는 농부들이 공산주의자가 되어도 놀라지 말아야 한다. 실패하는 공산주의는 그에 맞먹는 파시즘을 초래한다. 반면, 실패하는 파시즘은 그에 맞먹는 공산주의를 초래한다. 하지만 그것도 아직은 생각할 수 있는 태도가 아니다. "내가 질 서다"라고 고함치며 행인들에게 총을 쏘는 것은 미친 사람이다…

공산주의라는 말은 어디에나 다 갖다붙일 수 있다… 그 그늘 속에서 인도차이나는 우매함이 미쳐버린 황소처럼 몸을 뒹굴고 있다… 모든 반항 욕구는 공산주의라고 불린다. 선거 연설을 위해서는 꽤 괜찮은 것이다. 그러고 나면 발 뻗고 잘 수 있다…

다만 유의할 점이 있다. 진정한 공산주의자는, 프롤레타리아는 프롤레타리아가 그렇게도 잘 용인하는 것을 더 이상 용인하지 않으리라는 것과, 집회 장소에 나가서 고함치는 따위의 일이 그다지 효과적이지 않음을 끝내는 깨닫고 말 것이다. 바로 이 순간에도 장황하게 떠벌리는 연설의 음산한 메아리인 양 죄수들이 총살당하고 있다는 것을, 외인 부대의 기관총에 대항하여 몽둥이를 들고 거리로 나가 헛된 반항을 하는 것은 수천 명의 안남 투사들을 죽음으로 몰아넣는 데나 적당하다는 것을. 그들은 저항이 아니라 비밀 조직을 만드는 일을 시작할 것이다. 사람의 목을 벤다는 것은 그 베어낸 목을 이용하지 못하도록 만드는 장기 대책이 못 되기 때문이다. 설사 톱으로 목을 자른다 하더라도 말이다.[11]

그리하여 그들은 유럽에서 전쟁이 터지기만 기다릴 것이다.

청년 여러분, 마흔 살 이하 남자 여러분, 여러분은 전쟁이 코앞에 다가왔다는 것을 알고 있다. 살아 있는 육체는 어느 것이나 죽음을 담고

11_ 석방된 용병들이 사용하는 방법이 그랬다.

있듯 유럽은 그 속에 전쟁을 담고 있다. 전쟁을 치르고 나면 여러분은 죽을지도 모른다. 전쟁을 치르지 않으면 죽지 않을 것이다. 여러분이 아무리 힘껏 눈을 감으려 해도 전 세계가 귀에다 대고 전쟁을 외친다. 어린 시절 내내 바로 곁에서 전쟁이 고함치고 신음하는 소리를 들어온 여러분은 자신의 양심이 동의하여 했다 하더라도 죽이거나 죽는 일이 얼마나 어려운가를 알고 있다. 여러분이 어느 지위에 있건, 프랑스에서 여러분의 삶이 내기에 걸릴 때가 되면 전장에 내보낼 사람들은 바로 그 사람들일 것이다. 웅크린 무당처럼 '너는 죽을 것이다'라고 말하기 위하여 주위를 맴도는 전쟁을 그림자 속에 끌고 다니는 여러분, 지금 여러분은 또 하나의 리프전쟁(20세기 초 모로코 리프 족과 스페인의 전쟁—옮긴이)을 준비하도록 종용당하고 있다.

민족주의자건 공산주의자건 자유주의자건 여러분 모두가 다 아는 사실이 있다. 국민은 결국 무엇에나 싫증을 내게 마련이다. 심지어 헛되이 살해당하는 일에도 끝내는 싫증을 내게 마련이다.

말로는 소심한 작가가 아니다. 그러나 여기서처럼 베르나노스에 버금가는 어조로 이만큼 강력하게, 이만큼 기막힌 분노를 토해낸 일은 흔하지 않다. 4년 후《마리안》에 실린 글의 제목을 본뜬 앙드레 비올리스의 책《앵도신 S.O.S.》에 붙인 서문에서 이때의 메아리를 읽을 수 있다.[12] 이 두 번째 텍스트는 더 강력하고 진동하는 힘도 약해졌다. 그러나 한편으로는, 저자의 의견에 따르건대, 점점 더 인물과 사물을 덜 보여주는 경향이 있긴 하지만 '의지'의 부족으로 프랑스에서

12_ 갈리마르사 간행, 1935년.

는 약한 장르가 되어버린 르포르타주의 변모에 대하여 흥미 있는 분석을 하고, 다른 한편으로는 《앵도신 앙세네》 편집진에게 악상이 붙은 활자를 가져다준 사이공 노동자들의 행동을 둘러싼 유명한 이야기를 하면서 말로는 식민주의의 정치 문제를 매우 잘 제기하고 있다.

식민지 기업체와 그 기업체에 매달려 있는 행정부의 술책이란, 그들이 원주민에게 행하는 활동을 위하여 국가는 마땅히 행사해야 할 엄격성을 지켜달라고 요구하는 일이다. 자기들 스스로 준수를 거부하는 그 엄격성을 말이다. 이 분야에 재치가 끼어들면 부조리가 생기게 마련이다. 앙드레 비올리스의 질문에 대한 대답으로 정의에 입각한 식민주의를 수립하겠다고 자처하는 사람들은, 나환자 수용소의 선교사란 밀수꾼을 정당화해주지 않는다는 조건에서만 훌륭하다는 사실을 망각하고 있다. 프랑스인들이 인도차이나에서 도로와 교량을 건설할 때 그들이 시암과 페르시아에서 공사 지도를 할 때와 마찬가지로 대가를 지불하라고 요구하는 것이 안남인에게는 얼마나 쉬운 일인가! 그러고 나서 프랑스인이 번 돈을 프랑스인 마음대로 쓰라고 말이다. 노동자들이 그들이 받는 월급 외에 '정치' 권력까지 받아야 한다면 프랑스에도 소비에트와 노동자 전문가를 만들어야 마땅하기 때문이다.[13]

이제 말로는 위험이 없지 않은 재치를 동원하여 식민지 문제와 사회 문제를 연결 짓는 정도로는 만족하지 못한다. 탈식민지론은 과연 진보된 경제에서 마르크스주의의 이론을 무용지물로 만들 것인가.

13_《앵도신 S.O.S.》, pp. 9~10.

말로는 이미 그가 우선적으로 문제 삼는 유럽이라는 범주 안에서 반파시스트 논쟁을 재개했다.

앙드레 말로는 공쿠르 상을 받은 직후 새롭게 얻은 명성을 이용할 기회만 있으면 나치의 위협에 대한 여론을 환기시키고 경계를 촉구했다. 1933년 12월 20일 《마리안》과의 대담에서는 소련을 독일-프랑스 연합과 대립시킬 갈등이 준비되고 있다고 폭로했다.

물론 여론은 전쟁을 원하지 않는다. 그러나 원하도록 분위기를 만들 것이다. 그 조작의 내용을 좀 살펴보자. 포르주위원회[14] 쪽 보도 기관은 요컨대 히틀러와의 화해를 찬성한다. 세계적인 석유 재벌인 로열과 스탠더드 쪽, 그들과 연결된 은행 쪽은 분명하게 히틀러 편이고 분명하게 러시아를 반대한다…. 그런데 기이한 점이 있다. 한편으로는 프랑스 내부에서 단기간이건(석유) 장기간이건(포르주위원회) 대소전對蘇戰을 준비하는 경제적 이해관계가 큰 대재벌이 있고, 다른 한편에는 현재 내게는 그저 그런 흥미밖에 없지만 명백하게 그 전쟁에 반대하여 유일하게 압력을 행사하는 '좌파' 정치 세력이 있다는 점이다…

나는 프랑스의 파시즘을 신뢰하지 않는다. 사람들은 항상 파시즘과 권위주의를 혼동한다… 위험에 처한 계급은 파시즘이다. 위험에 처한 민족은 자코뱅주의다. 그런데 계급보다는 민족 차원에서 위험에 처한 프랑스는 자코뱅이지 파시스트가 아니다.

나는 유럽 혹은 세계의 열熱이 진전하는 것을 예견할 수 있다는 '정치생물학'을 신뢰하지 않는다. 가장 긍정적인 조건들이 합치되었기 때

14_ 투쟁적 자본주의의 상징으로 간주되던 프랑스 제철 공장 노동자를 지도하는 조직.

문에 전쟁이 일어나는 것은 아니다. 그렇지 않다. 지금 유럽이 처한 상태가 1914년 당시 유럽이 처한 상태와 유사하다고 해석하는 것은 그릇된 견해가 아니다. 그러나 거기서 출발하여 '1914년처럼' 전쟁이 일어날 거라고 결론짓는 것은… 그토록 갖가지 예측이 난무할 때 남는 것은 의지다. 나는 말한다. 어떤 경우건 나는 소련과 전쟁하지 않겠다.[15]

말로의 정치 성향이 늘 그렇지만, 이 말 속에는 예리한 관점과 모험적인 어림짐작이 혼합되어 있다. 그러나 뮌헨 협정(1938년 9월, 체코의 영토 일부를 제3제국에 양보시킴으로써 독일의 확장 정책을 고무한 결과를 가져옴—옮긴이) 6년 전, 라발(독일과 합작한 프랑스 수상—옮긴이) 정권 등장 7년 전인 이때, 이 소설가의 관점은 다른 관점보다 못할 것도 없다… 또한 흥미로운 점은 "내게는 그저 그런 흥미밖에 없지만… 하여간 '좌파' 정치 세력이 운운" 하는 발언이다. 투사치고 상당히 소탈한 행동이다. 장차 그는 동지들에게 이 점을 만회하는 기회를 가질 것이다.

모스크바 작가대회

기회는 왔다. 그 이듬해인 1934년 여름 국제작가대회가 모스크바에서 개최된다. 말로는 코탕탱 가에 있는 일리아 에렌부르의 집에서 콩스탕탱 페딘을 만난다. 그는 말로에게 소련 내 작가들의 사정을 이야

15_《마리안》, 1933년 12월 20일자.

기하고, 1930년 11월 '프롤레타리아 작가 그룹(라브코르)'이 그들의 원칙에 굽히지 않는 모든 사람을 제명하려고 했던(후일 '자노비즘 jdanovisme'으로 변하는 첫 번째 표시였다) 카르코프 대회보다는 이번 대회가 '개방적'이기를 대회 조직자들이 원한다는 점이 중요하다고 설명한다. 하여간 말로는 프랑스 공산당원인 아라공, 폴 니장, 블라디미르 포즈너와 장차 당원이 될 장 리샤르 블로크와 나란히 모스크바 작가대회에 초청받았다.

'메즈랍폼필름'이라는 소련 기관이 《인간의 조건》을 영화화할 계획을 세우고 있었으므로 말로는 더욱 기꺼이 초청을 수락했다. 감독은 요리스 이벤스 아니면 도브옌코. 한편, 에렌부르의 말[16]과 말로 자신이 《리테라투르나이아 가제타Literatournaïa Gazeta》와 6월 16일에 가진 인터뷰에 의하건대, 그는 당시 석유에 관한 소설을 쓰고 있었으므로 바쿠(그는 이미 1929년에 클라라와 함께 방문한 적이 있다)를 방문하고자 했다.

4월 말 에렌부르와 말로는 제르진스키 호를 타고 떠났다. 그들은 런던을 거쳐 6월 12일 레닌그라드에 도착하여, 특히 알렉시스 톨스토이와 폴 니장을 포함한 파견단의 영접을 받았다.

앙드레 말로가 도착하기에 앞서 모스크바에서는 이미 니장(니장은 아직 그의 친구가 아니었다)의 명쾌한 비평이 6월 11일 《리테라투르나이아 가제타》에 발표되었다. "말로는 혁명 작가가 아니다… 그는 유명한 청년 작가로서 부르주아 출신이지만 그 계급은 자연사한 것으

16_《회고록》, p. 264.

로 간주하며 프롤레타리아에 합류한다. 그러나 이 합류는 혁명의 목표와 무관하게 개인적 이유를 지닌 것이다."[17]

6월 16일 그는 마침내 그 잡지와의 인터뷰에서 자기 자신을 이렇게 규정했다.

제국주의 전쟁에 혐오를 느꼈고 인도차이나에서 소위 프랑스 '지식인' 부르주아의 '권리'라는 것을 직접 체험한 것이 내가 혁명 작가가 된 깊은 이유다. 물론 나는 평화주의자가 아니다!… 그러나 전쟁이 일어난다면 일본이 시작하는 전쟁이 될 것이라고 생각하며, 나는 누구보다 먼저 국제여단의 조직에 참여하여 총을 들고 그 속에서 자유의 나라인 소련을 지킬 것이다.[18]

에렌부르는 2주에 걸쳐 노동자 회관에서 콜호스 노동자들의 꽃 같은 찬사에 휩싸인 호인이요 우상인 막심 고리키의 서민적인 수염과 돌같이 단단한 목소리가 저 위에서 굽어보는 가운데 열린 이 대회의 놀라운 분위기를 상기한다. 고리키는 셰익스피어, 몰리에르, 세르반테스, 발자크, 푸슈킨, 고골리, 톨스토이의 우정 어리고 거대한 초상화들 아래 파리 코뮌의 베테랑인 귀스타브 이즈나르를 대동하고 상좌에 앉아 있었다. 그는 2만 5000명의 신도를 앞에 두고 말했다. 그리고 자노프는 스탈린의 표현을 빌려 작가들이란 '영혼의 엔지니어'

17_ J. 레이네, 〈말로의 연설에 대하여〉, 《라 르뷔 데 레트르 모데른》, 1972년 11월, pp. 133~134. 엘렌 레슈타르가 번역한 문헌.
18_ 위의 글.

라는 사실을 상기시켰다. 한편, 소련 문학 전문가로 통하는 에렌부르
는 그 문학의 '치유할 길 없는 퇴폐성'을 지적했다.

토론은 대변하는 부르주아 연합 쪽으로 문호를 개방하자는 J. R.
블로크의 '확대 전선' 지지자들과 '축소 전선'을 주창하는 칼 라데크
의 논쟁으로 뜨거웠다. 어느 쪽도 선택하고 싶지 않은 아라공은 서정
주의에 머물면서 랭보와 세잔이 상호 교차하는 광영光榮에 찬사를 보
냈다.

말로 등장. 그는 테오도르 플리에비에, J.R. 블로크와 더불어 대회
의 '거장'들과 어깨를 나란히 하는 유일한 비공산당원이었다. 그는
구태여 그 점을 변명하려고 하지 않았다. 다만 요란스러운 서론을 시
작으로…

여러분은 워낙 자주 인사를 받았기 때문에 이젠 답례하기도 지쳤을
것이다. 우리가 소련과 관계가 없다면 이곳에 오지도 않을 것이다…
사람들은 여러분에 대해서 이렇게 말할 것이다. "모든 장애물을 지나고
내란과 기근을 거쳤지만 수천 년 만에 처음으로 이 사람들이 인간을 신
뢰했다!"

(여기서 연설은 방향을 바꾼다) 소련 문학이 우리에게 주는 소련의
이미지는 그것을 표현하고 있는가. 드러난 사실로 보면 그렇지만 윤리
와 심리학에서 보면 그렇지 않다. 여러분은 만인을 신뢰하면서도 작가
들에게 충분할 만큼 신뢰를 바치지 않는다… 작가가 영혼의 엔지니어
라면 엔지니어의 가장 고귀한 직능은 창조라는 사실을 잊어서는 안 된
다! 예술은 복종이 아니라 정복이다… 언제나 무의식에 대한 정복이
요, 아주 흔히 논리의 정복이다. 마르크스주의는 사회적인 것에 대한

의식이요, 문화요, 심리학적 의식이다.

　'개인'을 부르짖는 부르주아에 대하여 공산주의는 '인간'을 부르짖을 것이다…

　여러분은 여기서 셰익스피어를 탄생시킨 문명을 불쑥 솟아오르게 한다. 그런 사람들이, 제아무리 아름다운 것일지라도 사진들에 짓눌려서 숨이 막히면 안 된다! 세계가 여러분에게 기대하는 것은 단순히 여러분 현재의 이미지만이 아니라 여러분을 초월하는 것의 이미지, 이제 곧 여러분이 부여할 수 있는 이미지이기도 하다.[19]

　이 기이하고 대담한 연설 속에서 그는 소련의 지배 계층을 눈앞에 앉혀놓고는 '마르크스주의'를 '문화'와 대립 개념으로 취급하고, 스탈린은 제철 분야처럼 시 분야에서도 천재적인 인물은 못 된다고 간접적으로 지탄하며, 사회주의 리얼리즘은 수공업적 사진술의 지위에 흡수될 만한 것으로 '복종'의 도구가 될 혐의가 농후하다고 했으니, 청중에게 박수만 받을 성질의 연설은 아니었다.

　이에 대하여 반론을 들고 나온 사람은 니쿨린에 앞서 칼 라데크였다. 이 레닌의 옛 동지는 "말로 동지의 연설은 매우 인색했다"(《코뮌》의 번역 그대로임)고 전제한 뒤 이렇게 덧붙였다.

　막대한 수의 우리 대중은 말로를 알지 못한다. 그의 작품을 발췌해 《리테라튀르 앵테르나시오날Littérature internationale》에 발표했지만, 그 잡지는 독자가 제한되어 있다… 말로는 뛰어난 작가다. 그는 우리의 적

19_《코뮌》, 1934년 9월.

에게도 인정받고 있다. 프랑스 사령부의 기관지 《에콜 드 파리》에 실린 아카데미 회원 프랑수아 모리악의 글을 읽어봐도 알 수 있는 일이다… 언젠가는 이제 막 태어난 셰익스피어가 우리의 구유 속에서 숨이 막혀 버릴지도 모른다는 말로 동지의 염려에 대하여 말해보건대, 그 염려는 우리의 구유 속에다 어린아이를 키우는 사람들에 대한 신뢰의 결핍을 증명한다. 셰익스피어가 태어나보라(나는 태어나리라고 확신한다). 그 러면 우리는 그 아기를 잘 보살필 것이다… 과거 셰익스피어들의 시대 에는 문화란 것이 사회의 극소한 부분에서 영양을 섭취했다… 우리 시 대는 수천만 대중을 문화 속으로 흡수함으로써 셰익스피어 같은 예술 가를 발견할 기회가 백배도 더 늘어났다…[20]

에렌부르의 말에 의하면, 라데크는 말로의 안면근육이 경련하는 것을 보고 살짝 겁이 났다. 토론에 혼선이 생기자 그 경련이야말로 말로가 엄청난 불만을 표시하는 것이라 확신하고 불안해진 것이었 다. 에렌부르는 오해라고 말해주었지만 소용이 없었다. 말로의 안면 근육은 니쿨린이 연설하는 동안에도 경련을 멈추지 않았다. "나는 다 시 한 번 말로 동지에 대하여 말해야겠다. 그의 한마디는 여러 가지 해석을 가능하게 했다. 그는 '정치적 정열을 진실에 대한 사랑보다 더 높이 생각하는 사람은 내 책을 읽는 걸 삼가달라.[21] 그 책은 그런 사람들을 위해 쓰인 것이 아니다!'라고 했다. 그 말은 말로가 살아 있 는 사람들을 무시하고 죽은 사람들에게 머리를 숙인다는 뜻인가…

20_ J. 레이네, 〈말로의 연설에 대하여〉, p. 59와 144.
21_ 여기서는 《인간의 조건》을 말함.

말로는 이 세계의 진실은 죽음이라고 글로 썼다. '이 세계의 진실은 삶이다'라고 우리는 주장한다!"

말로는 다시 발언권을 요구하고 연단 위로 뛰어 올라갔다. "만약 내가 정치란 문학 밑에 있는 것이라고 생각했다면 앙드레 지드와 함께 프랑스에서 디미트로프 동지를 옹호하기 위한 운동을 하지 않았을 것이고, 디미트로프 동지를 옹호하는 사명을 띠고 코민테른 대표로 베를린에 가지도 않았을 것이다. 아니 이 자리에 오지도 않았을 것이다!"

사람들은 박수를 쳤다. 그러나 그늘은 여전히 남았다. '대회의 가장 흥미로운 면'을 묻는 《프라우다 *La Pravda*》지의 질문에 대한 앙드레 말로의 대답을 1934년 9월 3일에 발표하는 것으로도 그늘이 완전히 걷히지는 않았다. '사회주의 리얼리즘'에 관하여 이 방문자는 다음과 같이 선언했다.

기성 사회는 낭만주의를 그리워하는가 하면, 새로이 형성되어가는 사회는 사실주의를 그리워한다. 바로 그런 이유 때문에 그 같은 리얼리즘은 불가피하게 매우 방대한 것이다. 사회주의 건설은 그 힘의 담보다… 소련의 신속한 발전은 몇 해 만에 하나의 유형을 변모시켜놓는다. 그 결과 새로운 유형의 사회가 출현할 뿐만 아니라 여러 가지 유형의 새로운 종種 역시 출현할 것이라고 나는 생각한다. 형성되는 중인 사회의 모든 유형 말이다. 나는 마르크스가 인간에 대해 가장 중요하게 생각한 것은 다음과 같다고 생각한다. 즉 인간은 그의 말이 아니라 그의 행동에 의하여 규정되어야 한다는 것이다. 바로 그것이 공산주의 예술을 통하여 따라가야 할 방향을 제시해준다. 이것은 대회가 진행되는

동안 대표들의 연설 속에 암시되어 있던 생각이다.[22]

　말로의 소련 체류는 손님과 주인의 차이, 심지어 흔히들 현실과 상상 사이에 긋는 경계선의 표시라 할 만한 몇 가지 우연으로 장식되어 있다. 앙드레 말로는 어느 날 필자에게 고리키의 '다차'에서 있었던 리셉션 광경을 놀라운 재치를 발휘하며 이야기했다. 그 자리에는 J. R. 블로크, 아라공, 앤더슨 넥소, 플리에브너, 베커 그리고 나치 수용소 생환자인 브르델이 함께 있었다.

　우리가 자쿠스키를 먹을 차례쯤 되었을 때 웬 장화 소리가 들렸어요. 대화가 뚝 그쳐버렸지요. 인심 좋은 헌병대장 같은 얼굴로 들어온 사람은 스탈린이었습니다. 그가 파리에서는 어떤 재미있는 일이 있는지 말해보라고 내게 청하더군요. 그래서 〈로렐과 아르디의 영화〉가 재미있다고 말했지요. 그러고는 영화 속의 스탄 로렐이 해서 아주 유명해진 손가락 장난을 해 보였어요. 손가락을 엇걸리게 만들어서 하는 건데, 영화를 보고 나오는 사람들은 다 흉내 내곤 했거든요… 스탈린은 경호원들에게 둘러싸인 채 자리에 앉았어요. 그런데 식사를 하면서 내 여권을 잃어버렸다는 느낌이 들었어요. 앞가슴 주머니에 넣어둔 여권이 가슴에 느껴지지 않았던 거예요. 모스크바에서 이런 일이 일어났다는 것은 불쾌한 일 아니겠어요? 나는 탁자 밑을 찾아보려고 몸을 구부렸습니다… 그런데 내가 뭘 봤는지 아세요? 스탈린과 모로토프를 비롯해 모든 사람들이 냅킨 속에서 손가락을 뒤틀며 스탄 로렐을 흉내 내고 있는

22_ 〈말로의 연설에 대하여〉, pp. 130~131.

거예요.[23] (물론 앙드레 말로는 소설가라는 점을 잊어서는 안 된다.)

남편과 동행한 클라라는 그녀대로 이야기가 있었다. 리셉션 도중에 레오노프가 도스토옙스키적이라 할 만한 자아 비판에 도취한 나머지 자기는 매우 "새로운 계급"에 속하는 "소련 야만인"이라고 했고, 앙드레는 "이 자리에 없어서 유감인 레옹 트로츠키"를 위하여 건배했다.

소련에 머무는 동안 가장 의미 있는 순간은 그가 아이젠슈타인과 함께 지낸 시간이었다. 《인간의 조건》을 영화화하는 계획은 《일반 노선La Ligne générale》의 작가(아이젠슈타인—옮긴이)로서도 구미가 당겼다. 그는 필름을 잘라서 붙이는 작업을 했는데 말로는 여간 재미있어 하지 않았다. 〈전함 포템킨〉의 예술가와 함께 일하다니! 위대한 연극 연출가인 메이어 홀드도 동참하여 말로의 소설을 무대에 올릴 생각이었다. 이 계획이 왜 중도에 포기되었는지는 알 수 없다. 아마도 작가대회와 소련 체류 중에 보여준 말로의 태도 때문이었을 것 같다.

하여간 사건도 많고 여러 사람을 만난 여행이었다. 그동안 말로는 동지라기보다는 유명한 내빈으로서, 투사라기보다는 예술가로서 대접받았지만 대중들 앞이나 신문지상에서 견해를 피력할 기회는 충분히 있었고, 실제로 그 기회를 단호하고 지혜롭게 이용했다. 확실히 그는 '동반자' 입장, 마르크스주의자가 아닌 반파시스트 혁명가 입장에 섰다. 바로 그 자격으로 존경을 받았고, 약간 유보가 곁들인 찬양을 받았으며, 유감없이 이용당했다.

23_ 앙드레 말로와 필자의 인터뷰, 1972년 1월.

하지만 그에게는 아직 작가대회가 다 끝난 것이 아니었다. 그가 귀국한 지 두 달 후인 11월 23일 파리 공제조합 회관에서 모스크바 회의 보고 강연회가 열렸다. 연사석에는 앙드레 지드, 폴 바이양 쿠튀리에, 앙드레 비올리스가 있었다. 말로는 원고 없이 연설했는데, 마르크스주의와 소련 문학의 관계에 대하여 "어떤 예술이 어떤 독트린의 적용이라는 주장은 절대로 현실과 일치하는 법이 없다… 그 사이에는 인간이 가로놓여 있다!"라고 못 박아 말했다.

또한 부르주아 시점에서 본 예술가의 '자유'라는 문제에 대해서 이렇게 말했다.

60여 년 전부터 위대한 서양 예술의 문제는, 어떤 세계를 그리는 것이 아니라 이미지를 통해서 개인적인 문제를 발전시켜보자는 데 있었다… 자기의 문명과 조화되는 사람들과 조화되지 못하는 사람들을 구별 지었다… 만약 그가 이 회관에 있었다면 모스크바의 예술가처럼 "여러분은 나를 알고 있습니다. 여러분은 각자 자기 식으로 나를 열렬히 좋아합니다"라고 말할 만한 예술가가 서양에는 단 한 사람밖에 없다. 바로 채플린이다. 서구에서 예술 작품을 앞에 놓고 모든 사람의 느낌이 일치하는 경우는 희극밖에 없다. 우리는 우리 자신을 비웃을 때만 서로 일체감을 느낀다!…

소련 문명에서 가장 중요한 사실은 그들 자신의 눈요깃감이 되는 흥미로운 대상으로서의 예술가가 드물어진다는 점이다. 세계가 그 자신보다 더 흥미로워 보인다. 그들에게 세계란 발견해야 할 대상이기 때문이다!… 건설 중인 소련 사회가 인간에게 경계심의 무게를 가중시킨다는 얘기를 많이 한다. 그러나 확실히 알아둘 점이 있다. 그 경계심은 개인에 대한 경계심이다!… 소련 사회는 인간이 받아들일 수 있는 사회에 대한 인간적 태도인 휴머니즘을 창조할 수 있다. 거기서 중요한 것은 개개인의 특수성이 아니라 인간의 밀도密度다. 거기서 예술가는 인간이 타인들과 구분되는 점을 옹호하는 것이 아니라 인간을 초월하여 타인과 한덩어리가 되게 만드는 것을 옹호한다…[24]

1934년 가을 소련 여행에서 돌아왔을 때 말로는 경찰의 폭력과 스탈린 치하의 신부르주아적 보수주의에 역겨움을 느꼈다기보다는 소련 쪽 사람들의 우정 어린 뜨거움에 더욱 매료되었던 것 같다. 석 달 전에 체포된 오시프 만델스탐 그리고 빅토르 세르주의 운명에 대하여 그는 무엇을 알고 있었던가. 다른 증거가 없으니 그 사실을 몰랐다고 생각하자.

하여간 그는 저 놀라운 인물 윌리 뮌젠베르그의 충동을 받아 제3인터내셔널의 외부 운동원들이 벌이는 캠페인에 배가된 정열을 쏟아가며 뛰어들었다. 뮌젠베르그는 암스테르담 플레이엘 운동 같은 여러 가지 운동을 창안하고 이끈 인물이다. 암스테르담 플레이엘 운동이란 로맹 롤랑 정신에서 영향을 받은 평화적 반파시스트 이념의 기치 아래 1932년 네덜란드에서 그리고 1933년 파리에서 열린 두 건의 국제 회의를 기념하기 위하여 붙인 이름이었다. 음울한 예술의 전성 시대에 프로파간다의 걸작품이라 할 수 있는 탤만과 디미트로프 구출 운동의 성공은 뮌젠베르그의 공로였다.

사실 말로는 나치의 저 유명한 반대자, 즉 독일 공산당 사무총장

24_《코뮌》, 1934년 11월.

에른스트 탤만과 제3인터내셔널 서기인 불가리아 사람 조르주 디미트로프를 위한 투쟁에 나서기 위해서 '회색의 집'(사람들은 코민테른 본부를 이렇게 불렀다)의 '아파라치키'가 나올 때까지 기다리지는 않았다. 탤만은 1933년 3월 3일, 디미트로프는 2월 27일, 게슈타포에 체포되었다. 히틀러주의자들이 그 직전에 일어난 라이히스타그 방화 책임을 디미트로프에게 떠넘기기로 결정한 것이었다. 그는 지극히 위험한 지역인 독일에서 그의 코민테른 동료인 쥘 홈베르 드로즈가 '너절한' 것이라고 규정한 사명을 띠고 있었다. 스탈린은 그것을 '우파 성분'이라고 비난했는데, 할 수만 있다면 그를 결부시켜서 망하도록 만들고 싶었을 것이다.[25]

1933년 9월 21일 라이프치히 제국 최고 재판소에서 디미트로프와 그의 동지 타네프, 포포프, 토르글러의 재판이 열렸다. 거기서 괴링 자신이 '증인'이라는 미명 아래 출석하여 피고들에게 압력을 가하고자 했다. 말로는 곧(특히 런던과 파리에서 뮌젠베르그가 조직한 '반대 재판' 당시) 변호인 측의 주장을 지지한다고 선언했다. 디미트로프는 12월 말에 집행유예 판결을 받았지만 여전히 구금당한 상태였다. 그의 석방을 위한 위원회가 결성되자 말로는 지드와 더불어 그 위원회를 주도했다.

1934년 초, 집행유예 판결에도 불구하고 베를린의 모아비트 감옥에 구금된 디미트로프의 석방을 촉구하기 위하여 히틀러에게 면담을 요청하자는 의견이 일었다. 탄원자로 말로가 위촉되었다. 앙드레 지

25_ J. 웜베르 도르즈, 《10년에 걸친 반파시스트 운동 10 ans de luttes antifascistes》, 라 바코니에르, p. 112.

드는 그와 동행할 것을 수락했다. 그들은 1934년 1월 4일에 출발했다. 이 여행은 말로의 이력에서 가장 알려지지 않은 시기로 남아 있다. 어쨌든 우리가 아는 것은 히틀러가 두 작가와의 만남을 거절했다는 사실이다. 실제로 예측할 수 있었던 일이다. 그들은 베를린에서 무엇을 보았을까. 1972년 2월의 회견에서 앙드레 말로는 필자에게 괴벨스와 만난 일을 이야기했다. 솔직히 말해서 말로의 이야기가 틀림없는 사실이라고 믿기는 어렵다.

"당신들이 여기서 구하는 것은 바로 정의요. 그러나 우리가 흥미로워하는 것은 다릅니다. 바로 독일적 정의란 말입니다!"라고 히틀러의 선전부 장관이 두 방문자에게 말했다는 것이다. 그 말에 지드는 어이가 없어져서 "유감이군요!"라고만 중얼거렸다는데, 말로는 처음으로 자기가 대답한 내용은 말하지 않았다. 지금까지도 그 사람들의 놀라울 만큼 앞뒤가 안 맞는 행동에 의문을 지니고 있을 뿐이다. 라이히스타그의 화재를 조작하고, 그 사건에 가장 무시무시한 적인 디미트로프를 연루시켜서(말로는 "기소 이유 그 자체는 철저하게 무죄이지만 '그 밖의 것'에 대해서는 유죄"라고 말한다) 정식 재판을 열어 국제적인 선전 효과를 거둔 다음에 결국은 별 수 없이 집행유예로 그쳐버린 그 사람들의 행동은… 지드와 말로의 활동 덕분이건 아니건 상관없이 디미트로프는 1934년 2월 말에 석방되었다. 오늘에 와서 말로는 제3제국 지도자들의 이 같은 행동을 논평하며 디미트로프의 집행유예와 석방은 그 무렵(1934)부터 이미 "히틀러와 스탈린 사이에 공모 관계가 이루어지기 시작했음"[26]을 말해주는 것이 아닐까 하고 의문을

26_ 앙드레 말로와 필자의 인터뷰, 1972년 1월.

품는다. 이것은, 지금은 다 아는 일이지만, 그 당시 흔히 있었던 여러 나라 첩보 기관 사이의 첩보원 문제에 대한 흥정하고는 전혀 다른 문제이고 보면 이러한 가정은 흥미 있는 추측이다.

탤만의 석방 운동은 디미트로프건과 병행하여 진행되었다. 이 운동은 1933년 11월 지드와 말로가 주도한 대회를 통해 시작되었다. 그 대회 중에 투옥된 독일 반파시스트 운동가들의 석방을 위한 국제위원회, 속칭 탤만위원회가 결성되었다. 동시대 사람들의 말을 인용하는 법이라곤 없는 말로도 앙리 바르뷔스의 말을 인용했다. "우리가 피를 가지고 있듯이 탤만은 붉은 정신을 가지고 있다!… 승리를 얻듯이 탤만도 얻어야 한다!"

훗날 스페인에서 앙드레의 가장 가까운 동지가 되는 쥘리엥 세네르는 1934년, 탤만을 위한 브뤼셀 집회에서 말로를 처음 만났다고 했다. 말로는 거기서도 적군赤軍 이야기를 했는데 벨기에의 청년 공산당원들에게는 천사장天使長 같은 인물로 보였다. 독일 공산당원들의 해방을 위한 그의 변론들, 특히 디미트로프 석방 2주년에 즈음하여 1935년 12월 바그람 회관에서 토한 연설은 비록 체험한 경험까지는 못 되겠지만 적어도 그 '독일 동지들'에게 얻은 갖가지 정보가 뒷받침되었다. 그는 제3인터내셔널에서 파리의 '파시즘 연구원'을 이끌도록 하기 위하여 선발된 이민자를 만났다. 그 사람은 장차 말로의 삶에서 중요한 역할을 할 뿐 아니라 가장 가까운 친구가 된다. 그가 바로 마네스 스페르버. 1937년 마네스는 모스크바 재판의 비열함을 증명하는 정보를 얻자 제3인터내셔널과 결별한다. 그러나 아직은 가장 열렬하고 내막을 소상히 아는 투사이며 무엇보다도 말로의 정열을 고무하는 데 크게 기여한다.

스페르버는 파리 교외에 파시즘 연구원을 설립한 뮌젠베르그 팀에 이제 막 합류한 터였다. 그 팀을 함께 이끄는 아서 쾨슬러는 《인간의 조건》 작가를 처음 방문한 경험을 다음과 같이 이야기한다. "말로를 열렬히 존경하는지라 어지간히도 기가 죽었지만 그래도 용감하게 INFA(파시즘 연구원)의 방대한 구상과 원조금의 필요성을 설명했다. 그는 내 말에 귀를 기울이면서 마치 밀림 속의 야수처럼 괴상한 소리로 코를 훌쩍거리고는 손바닥으로 코를 토닥거렸다… 내가 설명을 끝내자 말로는 위협하는 듯한 표정으로 내가 벽 쪽으로 등을 돌릴 때까지 다가와서는 말했다. '그렇지요. 그렇지만 당신은 묵시록을 어떻게 생각하시나요!' 그러고는 내 손에 5프랑을 쥐어준 다음 잘해보라고 했다."[27]

《모멸의 시대》는 바로 그 탤만을 위한 캠페인의 범위 속에 위치시켜야 할 작품이다. 이것은 말로가 1935년에 "그들이 고통스럽게 겪은 것과 또 지탱했던 것들을 나에게 기어코 전달하려고 노력한 독일 동지들에게" 바친 이야기다. 스페르버와 귀스타브 레글러의 추억, 나치 수용소에서 생환한 브르델이 모스크바에서 직접 봤다고 전한 이야기 그리고 1934년 1월 잠시 베를린을 여행하면서 적은 몇 가지 기록의 도움을 받아 말로는, 당을 위하여 남의 신분을 대행해준 동지 덕에 자유의 몸이 되는 공산당 지도자급 죄수 카스너의 이야기를 들려준다.

말로는 윌리 뮌젠베르그나 탤만위원회처럼 그 사람이 거느리는 반파시스트 조직 가운데 한 조직의 다른 지도자가 요청했기 때문에 그 글을 쓴 것일까. 오늘날 그 점을 확실히 밝히기는 어렵다. 확실한 점은 '주문받아' 쓴 작품이건 자발적으로 쓴 것이건 간에 《모멸의 시

27_ 《상형문자Hiéroglyphes》, p. 296.

대》는 말로가 그의 성숙기에 들어와서 쓴 작품 중에서 가장 성공하지 못한 작품이라는 사실이다. 30년이 지난 후 말로는 (가령 로제 스테판에게) 그 작품이 '실패작'이라고 말하기도 했다.[28]

기이한 점은 공포와 고문, 죽음 같은 문제에 대해 강력한 상상력을 발휘하는 이 소설가가, 상하이 노동 간부에 대한 정보와는 비교도 안 될 만큼 독일 좌파 투사들의 고통을 소상히 아는 이 작가가 집단 수용소의 스캔들이나 감옥의 고정관념을 완벽하게 '전달'하지 못했다는 것이다. 베를린, 파시즘, 유럽의 야수적인 억압 등은 그가 바로 곁에서 보는 일들이다. 그런데도 그의 책은 광둥의 고문 같은 아픔과 카토브의 청산가리보다도 더 먼 곳의 이야기처럼 다루고 있다.

다소 힘겹게 쓴 듯한 이 단편은 오레스와 본을 카르파트와 프라그로 바꿔치기하여 태풍과 '삶으로의 귀환' 이야기로 요란스럽게 끝을 맺으면서, 잠시 어머니와 그의 어린아이가 나타나는 이상하리만큼 내면파의 색조가 짙은 '마지막 장면'으로 막을 내린다. 그러나 서문은 말로에게는 졸라의 〈나는 고발한다〉에 해당하는 것으로 예술가를 송두리째 투쟁의 도가니에 몰아넣는 전환점 같은 텍스트다.

물론 말로는 벌써 오래전부터, 그러니까 4, 5년 전부터 공산주의 색채가 짙은 여러 조직과 관련을 맺은 '좌경' 작가였다. 그는 이 여섯 쪽짜리 짤막한 글과 더불어 동지애의 전사戰士임을 노골적으로 요약 선언한 셈이다. 과도기적 충정일까? 37년이 지난 오늘에 와서 그렇게 말하기는 쉽다. 카스너가 통나무 비행기를 타고 도망쳐나온 그 혼란보다도 심한 폭풍이 다가오던 1935년 초임을 생각해보면 그 위험

28_ 로제 스테판,《젊은 시절의 끝Fin d'une jeunesse》, p. 51.

의 무게가 실감되는 선언문이었다.

여기서는 그 유명한 텍스트를 요약해주는 마지막 대목만 인용하겠다. 이 대목을 통하여 말로는 뱃사공이 부두 바닥을 발로 밀어 차면서 몸을 실은 배에 자신의 전부를 맡기듯이 지난 35년간의 생애를 버리고 이제 자신이 들어가는 집단에만 소속되기로 결심하는 것만 같다. "인간이 된다는 것은 어려운 일이다. 그러나 남과의 결합을 통해서 인간이 되는 것이 자신의 특수성을 가꾸어가며 인간이 되는 것보다 더 어려울 것은 없다. 후자 못지않게 전자도 인간을 인간이게 만들고 인간이 자신을 초월, 창조, 구상하는 데 밑거름이 된다."

바야흐로 남성적인 동지애의 시간이 왔다. 스티엥 족을 정복하거나 자신의 죽음에 의미를 부여하거나 실존적인 고통을 없애기 위한 동지애가 아니라, 자신이 관련된 인간들의 집단이 가장 뿌리 깊은 부분에서 위협받기 때문에 필요한 동지애다.

공산주의자들, 적어도 자신의 지성을 떳떳이 사용할 줄 아는 공산주의자들은 그 점을 놓치지 않고 보았다. 《뤼마니테》(공산당 기관지—옮긴이)는 말로가 선택한 주제가 잘못되었다고(프롤레타리아의 활동을 목격하기 위해서 중국의 심장부나 히틀러의 감옥까지 찾아갈 필요는 없다) 비난할 만큼 어리석은 기사를 가르미라는 이름으로 발표했고, 아라공은 《코뮌》[29]에 정치적인 것 이외의 사실은 다 무시해버린 채 《모멸의 시대》에 나오는 공산주의자는 말로가 앞서 쓴 다른 소설의 인물들과는 다른 진실을 담고 있다고 썼다. 한편, 니장은 《방드르디 Vendredi》[30]

29_ 1935년 9월.
30_ 1935년 11월 8일.

지에 이 최근 작품이 "책임 있는 문학"의 길을 열어준다고 평했다. 소련에서는 《리테라튀르 앵테르나시오날》의 비평가 V. L. 오미트레브스키가 앙드레 말로는 이리하여 이제 막 "공산주의에서 그의 진실을 발견했다"고 잘라 말했다.[31]

말로의 정치적 자서전의 결정적인 전환점으로 기록되는 《모멸의 시대》는 동시에 그의 인간으로서 작가로서의 삶의 한순간을 나타낸다. 즉 어린아이의 탄생이다. 근본적으로 성인 소설인 이 작품에서 유일하게 어린아이가 등장하는 것은 마지막 몇 장인데, 이 대목이 바로 자전적 요소다. 즉 카스너가 집으로 돌아오면서 이야기한 '털이 난 물고기들'은 앙드레와 클라라에게 공통된 엉뚱하고 민속적인 세계에 속하는 요소다. 1933년 3월 그들은 딸을 낳아서 두 사람의 공통된 정열을 송두리째 상기시키는 플로랑스(이탈리아 도시로 부모의 허락도 없이 도망친 처녀 총각을 상기하라!—옮긴이)라고 이름 지었다. 그럼에도 불구하고 부부 관계는 원만하지 못했지만.

니노 프랑크는, 1935년 비 내리는 여름날 푸이이로 가재 요리를 먹으러 가면서 클라라가 그때 막 산 5마력짜리 로젠가르트 소형차를 가지고 다투던 부부를 이렇게 묘사한다. "클라라가 남편에게 빈정대면서 차를 운전했지만, 그 조그만 자동차가 언덕을 너무 힘겹게 올라갔으므로 우리는 차에서 내려 낑낑대며 밀지 않으면 안 되었다. 말로는 평상시처럼 클라라에게 참을성을 가지고 예절을 차리는 편이면서도 얼굴에는 성가시다는 표정이 담겨 있었다. 운전대를 잡으면 언제나 의젓한 클라라가 자동차가 헐떡거리는 것에 대해 말로를 책망했

31_ J. P. A. 베르나르, 《프랑스 공산당과 문학의 문제》, p. 187에서 인용.

으니 더욱 그랬다."[32]

공제조합 회관의 마에스트로

말로 일가의 문제는 결국 무사히 해결되었다. 그해 여름 말로는 가재
요리를 먹으러 찾아다니는 중에도 공제조합 회관에서 대규모 국제작
가대회를 개최할 시간을 만들었기 때문이다. 이 대회에는 우선 히틀
러 정권에 대경실색한 유럽의 지성인들, 심지어 스탈린주의가 살인
적인 방식으로 굳어져가는 데 대하여 벌써부터 위협을 느낀 지성인
들까지도 유례없는 숫자가 모여들었다. 대회에 불참하는 데 대해 양
해를 구하기 위하여 막심 고리키가 보낸 전문처럼 '파시즘의 출현이
개인적인 모욕이라고 생각한 사람들'의 대회였다.

　여기서도 소련의 영향은 유감없이 발휘되었다. 에렌부르는 회고
록에서 자기가 좌파의 여러 가지 경향, 이를테면 자유주의, 마르크
스주의, 기독교, 초현실주의, 전통주의 혹은 인도주의 사이에서 여
러 번이나 중재 역할을 했고, 심지어 트로츠키파의 초청에도 별로
반대하지 않는 등 대회 조직에서 큰 역할을 했다는 사실을 감추지
않는다.

　여기서는 '확대 전선' 전략이 충분히 활용되었고 헉슬리, 포레스
터, 방다, 마르탱 뒤 가르, 스포르자 같은 자유주의자들의 참가는 에
렌부르, 말로, 무시나크, J. R. 블로크, 아라공 그리고 마르탱 쇼피에

32_《부서진 기억》, p. 289.

(그는 와병 중이어서 사무총장직을 루이 귀유에게 양보했다)로 구성된 간사들의 의도를 충분히 만족시켜주었다. 다만 예외가 있었다. 몽테를랑이 서면으로 참가 의사를 표시했는데, 책임자 한두 명이 그 사실을 공표하지 않기로 결정하는 바람에 《꿈》의 저자로부터 격렬한 항의를 받았다.[33]

드디어 1935년 6월 21일, 앙드레 지드가 공제조합 회관의 연사석에 마련된 거대한 탁자 앞에 자리를 잡았다. 실내는 끔찍하게 더웠고 포레스터, 방다, 하인리히 만을 제외하고는 모두 르누아르의 영화에서처럼 '재킷을 벗어부쳤다.' 그런가 하면 바이양 쿠튀리에는 말쑥한 마린 웨어에 보타이를 매고 있었다. 대회는 닷새 동안 일곱 차례의 토론을 하기로 정해졌는데, 명단에 오른 연사 중에서 벌써 한 사람이 참석할 수 없었다. 르네 크르벨이 하필이면 대회를 시작하는 그날 자살해버린 것이다. 그를 기리는 순서를 넣었지만 많은 사람들이 그것으로는 너무 섭섭하다고 생각했다.

토론의 주제는 '문화의 파시즘 옹호'였다. '문화 유산'의 문제는 주로 포레스터, 브레히트, 방다가 소개하기로 했다. '사회 속의 작가'는 발도 프랑크, 아라공과 헉슬리가 문제 제기를 할 예정이고 지드, 무질, 막스 브로트는 '개인'의 문제를 다룰 터였다. '휴머니즘'에 대해서는 바르뷔스, 니장, 라몽 센더가, '국가와 문화'에 대해서는 바르뷔스, 게에노, 트리스탄 차라가, '창조와 사고의 존엄성'에 관해서는 스

33_ 떠도는 소문에는 아라공이 거부했다고 한다. 1973년 1월 29일 필자가 이 문제에 대해 묻자 말로는 이렇게 대답했다. "그런 말은 나도 들었지만 믿을 수 없는 얘기예요. 아라공은 누구보다도 '확대 전선' 지지파였고 선의를 가진 사람이면 누구나 받아들였어요. 그가 파벌 의식 때문에 몽테를랑 같은 사람을 막았다면 그야말로 믿기지 않는 일이에요."

포르자, 하인리히 만, 귀스타브 레글러가 발표할 계획이었다… 끝으로 '문화의 옹호'에서는 알렉시스 톨스토이, 지드, 바르뷔스, 알프레드 도블랭 그리고 말로가 연단에 서기로 했다. 말로는 그 전날에 이미 '조직의 문제'를 설명할 예정이었다. 기이하게도 프로그램은 예정대로 이행되었다.

지금 우리는 말로의 정치 이력('직업적' 의미에서)이 그 절정에 달한 순간을 다루는 중이다. 지드와 아라공, 에렌부르를 대동하고 있지만 말로는 그들 중에서도 유일하게 포레스터 같은 어조나 레글러 같은 어조로 혹은 콜조프 같은 어조나 스포르자 같은 어조로 말할 수 있는 인물이기 때문에 그들을 위에서 굽어보며 시니컬한 면과 서정성이 혼합된 태도로 동반자들의 유럽 의회 격인 이 대회를 주무르고 있었다. 공산주의 투사와 인도주의 부르주아가 히틀러 때문에 한데 모여 연합 전선을 이룬 관계로 그들 대부분이 언짢은 기색을 숨기지 못했다.

첫날은 지드가 민족 문화와 국제주의, 개인주의와 집단 의식 사이의 통합을 위하여 냉철한 지성을 최대한 발휘했고, 둘째 날은 장 자크 루소와 디드로가 모범을 보여준 '서민적' 천재에 경의를 표했다.

말로는 발언권을 얻어 《모멸의 시대》(아직도 서점에서 판매 중인) 서문에서 다룬 주제에 관해 연설했다. "공산주의는 인간에게 그 풍요성을 회복시켜준다." "인간이 된다는 것은 인간의 희극적 부분을 최대한으로 줄이는 일이다." 말로의 작품을 뒷받침하게 될 이 같은 명제들은 이미 공제조합 회관의 용광로에서 때로는 설득당하고 때로는 반발하며 당황해하는 청중들을 향하여 끓는 물처럼 용솟음치며 터져나온 것이었다. 말로는 지드와 방다가 제기한 질문, 즉 "우리 지성인들과 민중 사이에 지금부터는 과연 화합이 가능한가?"에 대한 대답으로서 그 명제를 제안했다. "그렇다. 민중과의 화합은 가능하다. 그 본질에서 가능한 것이 아니라 그 '목적성'에서, '혁명적 의지'에서 가능하다." 그리고 운명에 항거하는 의지의 예언자 노릇을 하고자 하는 욕구를 억누를 길이 없어 고함치다시피 결론을 맺었다. "요 다음번 전쟁은 그 결과가 어떻든 간에 결국은 유럽의 종말을 가져오고야 말 것이다… 그러나 서구인의 의지를 지탱하고 신장시키는 일은 우리의 사명이다."[34]

이 연설에 대해서는 두 가지 반응이 나타났다.《오 제쿠트_Aux Ecoutes_》신문 쪽의 반대자는 그의 '폭풍 같은 웅변'이 평상시만큼 성공을 거두지 못했다고 평했다. 한편, 그의 친구인 레옹 피에르 켕트는《레 누벨 리테레르》의 지면에 말로의 연설은 '격렬하고 정열적'이었다고 썼다. 그러나 말로의 연설 내용을 둘러싼 가장 적절한 평은 공제조합 회관에서 나왔다. 퐁티니 집회 때 그의 상대자였던 앙드레 샹송은 대회의 토론이 "화합과 차이"의 토론이었다고 요약했다.

이 같은 대결은 두 가지 사건으로 인해 더욱 확대되었다. 둘째 날인 6월 22일에는 '개인'에 대해 토론할 예정이었다. 이는 스탈린 체제에 반대하는 사람들이 몇 가지 난처한 질문을 할 수 있는 기회였다. 민중파의 대표자로 앙리 풀라유가, 초현실주의의 대표자로 앙드레 브르통이 소련의 억압 체제, 특히 빅토르 세르주 같은 복역수들의 처지에 관해 질문하겠다고 신청해두었다. 반면, 에렌부르크와 아라공은 그 신청을 거부하도록 일을 꾸며두었다. 그러나 말로는 의장석에

34_ 어떤 증인의 기록과 이야기에서 인용.

자리를 잡자(특히 지드가 그렇게 하도록 밀었지만) 홀 안에 있는 세르주의 친구들, 특히 마들렌 파즈, 이탈리아 사회주의자 가에 타조 살베미니, 벨기에의 구 공산당원 샤를 플리너의 발언권을 거부할 수가 없었다.

바이양 쿠튀리에와 아라공은 자리에서 일어나 그 말썽꾼들의 입을 봉하려고 했지만 헛수고였다. 마침내 마들렌 파즈는 반파시스트 투쟁을 한다고 하여 '사회주의 본고장'에서 사회주의자들에게 저지른 범죄를 눈감아줄 수는 없다고 믿는 사람들의 뜻을 표현하는 데 성공했다. 미하일 콜조프는 소련 대표의 이름으로 대답하겠다고 소리치면서 세르주는 "키로프의 암살까지 번진 음모 사건에 연루된"것이라고 잘라 말했다.[35] 그리고 니콜라스 티코노프는 "우리는 그 인물을 알지도 못한다… 그렇지만 더 이상 못된 짓을 못 하도록 소련 경찰이 조처한 악질 반혁명 분자다!"라고 소리쳤다. 사실 티코노프는 빅토르 세르주를 아주 잘 알고 있었다. 세르주는 그의 작품을 번역한 인물로, "그는 자신의 그 아름다운 발라드 속에서 용기에 바친 찬가를 어떻게 잊어버렸단 말인가. 그 시는 바로 내가 프랑스어로 번역했다"라고 그의 《어느 혁명가의 회고록Mémories d'un révolutionnaire》에서 질문했던 것이다. 이 음흉한 행동 때문이었을까. 아니면 고리키가 불참하자 그들 눈에는 소련 대표단이 레닌의 나라에 어울릴 만큼 지적으로 훌륭하지 못해 보였기 때문이었을까. 하여간 대회 3일째가 되자 말로와 지드는 소련 문단이 그에 합당한 예술가들을 파견하도록 조처하기로 결정을 보았다.

35_ 2년 후 세르주의 체포나 마찬가지.

이 재미있는 일화를 말로는 다음과 같이 이야기한다.

대회의 중요성을 감안하여 프랑스의 프롤레타리아가 자기들이 가장 존경하는 예술가, 특히 파스테르나크와 바벨에게 경의를 표할 수 있도록 조처해달라고 요구하기 위하여 지드와 나는 소련 대사관을 찾아갔다(사실 프랑스의 노동자들은 파스테르나크고 바벨이고 간에 관심도 없는 터였지만…). 소련 대사는 즉시 모스크바로 전문을 보냈다.

그 이튿날 아침 파스테르나크의 집에 전화벨이 울린다. 따르릉 따르릉… 그의 자그마한 아내가 달려간다. "누구세요? 크렘린이라고요?"하얗게 질린 그 여자는 침대 깊숙이 파묻혀 있는 남편에게 몸을 돌리며 수화기를 건넨다. 그는 어리둥절해하며 귀를 기울인다. "스탈린의 명령이오. 이 길로 곧장 나가서 양복 한 벌 사 입고 오늘 밤 기차로 파리에 가시오. 당신은 내일모레 소비에트 문화에 관한 강연을 하게 됩니다." 파스테르나크는 중노동하는 사람과 체키스트들이 우글거리는 저 열에 들뜬 잠 속으로 다시 빠져들어가고 싶은 생각밖에 없다. 그러나 밖에 나가서 쇼핑을 한 뒤 유대교 율법박사 같은 긴 재킷에 마오쩌둥 같은 모자 등 기막힌 차림으로 파리에 도착했다. 행색이 그러하니 거리를 지나면서 남의 눈길을 안 끌 수가 없었다… 다행히도 우리는 체격이 비슷했다. 사실 파스테르나크는 기묘하게 생긴 미남이었다. 러시아에서는 그가 아랍 사람을 닮은 동시에 그의 말馬을 닮기도 했다고들 말했다.

그는 대회장의 연단에 올라 아주 아름다운 시 한 편을 낭송했고, 나는 그대로 번역해서 읽었다. 청중들은 모두 일어서서 박수를 쳤다… 그러고 나서 그의 연설이 시작되었는데, 내용은 대강 이런 것이었다. "정치 이야기를 한다고요? 헛된 짓입니다, 헛된 짓… 정치요? 친구들

이여, 들로 나가요. 들로 나가서 들판의 꽃을 꺾어요…" 과연 스탈린의 대표였다.[36]

또 다른 설, 즉 《코뮌》이 발표한 내용을 보면 파스테르나크의 연설은 그보다 좀 더 알맹이가 있고, 그에 못지않게 귀여운 면을 담고 있었다. "시는 항상 풀잎 속에 있는 법입니다. 시는 언제나 행복한 사람의 유기체적 기능이며 앞으로도 그럴 것입니다. 또한 시는 원초적인 심장 속에 웅크린 언어의 모든 기쁨을 다시 다듬어 모양을 만듭니다… 행복한 사람이 많으면 많을수록 시인이 되기는 쉽습니다!"

6월 19일 대회를 총결산하는 일은 말로가 맡았다. 그는 지친 데다 긴장했으며 평상시보다 안면근육 경련이 심했다. 세르주 사건이 분위기를 밝게 만든 것은 아니었다. 그러나 그 자리에 참석한 사람들은 말로의 연설에 매우 강한 인상을 받았다. 누군가가 초조하고 사나운 표정에 목이 쉬고 불타는 듯한 어조로 말하고 있었다. 그 누군가에게 사람들은 귀를 기울였다.

우리는 최악의 조건에서(특히 재정적인 면에서) 이 대회를 치렀다. 그리고 그것이 불러일으키는 분노를 목격하면서 이 대회가 존재한다는 것을 확인했다. 우리는 입 막힌 사람들에게 자기 의사를 표현할 기회를 주고 유대 의식이 겉으로 드러나게 만들었다. 자기 민족 속에 갇혀 있는 것이 파시즘의 속성이라면 우리의 속성은 세계 속에 존재하는 것이다! 우리의 목표는 문화의 옹호였다. 그러나 어느 작품이건 그 속에서

36_ 앙드레 말로와 필자의 인터뷰, 1972년 1월.

사랑이 빠져나가버린다면 죽은 것이며, 작품은 소생하기 위하여 우리를, 우리의 욕망을, 우리의 의지를 필요로 한다는 사실을 이 대회는 증명해주었다… 문화 유산은 그냥 전달되는 것이 아니라 정복해야 할 대상이기 때문이다!…

소련의 동지 여러분, 피와 티푸스와 기근 속에서도 옛 모습을 그대로 간직해온 여러분의 문명에 우리가 기대하는 것은 여러분의 힘으로 그 문명의 새로운 모습을 드러내 보여달라는 것이다… 우리 공동의 의지 속에는 수많은 차이가 들어 있다. 그러나 그 의지는 엄연히 '존재한다.' 그 의지는 과거의 모습에 그들의 새로운 '변신'을 부과한다. 작품 하나 하나는 상징과 기호가 되며 예술 하나하나는 죽은 뒤에 다른 육체에 깃드는 영혼과도 같기 때문이다… 우리 각자는 자기 분야에서, 자기의 탐구를 통해서, 저 스스로를 탐구하는 모든 사람들을 위해서 재창조해야 하며, 저 모든 눈먼 석상들의 눈을 뜨게 해야 하며, 희망을 의지로 폭동을 혁명으로 탈바꿈시켜야 하며, 인간의 수천 년에 걸친 고통을 가지고 인간의 의식을 만들어야 한다![37]

모든 테마가 다 이 속에 담겨 있다. 1933년부터 1939년의 '혁명' 시기와 1950년대부터 1960년대 '탐미' 시기의 테마, 즉 고통을 희망으로, 체험을 의식으로 변모시키기 위한 투쟁의 테마뿐 아니라 그중에서도 중추적이라 할 수 있는 변신의 테마도 이 속에 내포되어 있다. 《인간의 조건》의 비극적 낭만주의와 《희망》의 서정적 사실주의가 교차하는 지점의 말로, 1935년의 말로, 모든 가능성과 모든 진로進路

37_《코뮌》, 1935년 9월.

의 말로, 하나의 전략에 개입되어 그 전략에 묶여 있는 상태에서도 상상력과 꿈은 광적일 만큼 자유분방하여 타자와 화합하면서도 그 어느 때보다 자기다운 말로.

치열한 동반자로서의 이 같은 경력(치열성은 자신의 '차별성'과 규칙의 거부를 용서받지 않으면 안 되는 동반자의 특성이다)을 말해주는 것은 바로 그 같은 활동이 한 번도 국가 단위의 범주에서 전개된 적이 없다는 사실이다. "우리의 속성은 세계 속에 존재하는 일이다"라고 공제조합 회관의 웅변가는 절규했다. 물론 그럴지도 모른다. 그러나 1930년대 후반 프랑스에서 일어난 일은 다른 모든 주제의 토론 못지않게 혁명적 예술가를 참여시킬 만한 이유가 되었다.

그런데 중국인(《인간의 조건》), 베트남인(《마리안》의 중요한 기사, 앙드레 비올리스의 저서 서문), 독일인, 불가리아인을 위한 투쟁에서 그토록 열렬하게 앞장섰고, 또 머지않아 스페인 사람들을 위한 투쟁에 뛰어들 말로가 누구보다 먼저 프랑스 국민과 관련된 모든 토론에는 불참하고 있다는 것은 여전히 부인할 수 없는 사실이다. 눈을 똑바로 뜨고 있는 사람이라면 '프랑스에 파시스트 유형의 세력이 존재한다'는 것을 뻔히 알 수 있는 1934년 2월 6일 직후, 폴 리베와 알랭 그리고 랑주뱅 3인('인민전선'을 예고하는 3두頭)의 영도 아래 지성인 반파시스트 감시위원회가 조직되었다. 그리고 그 위원회가 3월 5일 〈노동자들에게 보내는 호소문〉을 작성하여 며칠 만에 수천 명의 작가와 예술가의 서명을 받았을 때, 그 안에 말로의 이름은 보이지 않았다. 반면, 2월 7일부터 지성인 그룹이 발표한 〈투쟁에의 호소〉에는 서명했다.

이 절반의 침묵을 지키는 태도가 단지 그의 모험적이며 다양한 경력에서 우연히 일어난 사건 때문은 아니다. 행동의 가능성과 투쟁의 위험으로 가득 찬 그 시기에 줄곧, 즉 1934년에서 시작하여 인민전선의 해체와 전쟁에 이르기까지 '질풍노도의 시대'에 줄곧, 말로는 오로지 스페인에 대하여 이야기하는 연단 말고는 아무 데도 올라선 일이 없었다. 있다면 1935년 7월 14일 달라디에, 토레즈, 리베, 랑주뱅과 나란히 가담한 집회가 전부였다.[38]

　말로는 프랑스 고전주의 전통의 비극 시인처럼, 시간적인 거리를 유지하지 못하는 것이라면 적어도 공간적 거리를 통해서라도 고귀한 격을 지니는 주제만이 자기의 천재에 어울린다고 판단한 인상을 준다. 마치 《바자제 *Bajazet*》(1672년에 초연된 라신의 5막극으로 총 1749행의 12음절 시구로 구성되어 있다—옮긴이)를 시의 운율로 개작한 라신처럼. 1960년대 좌파가 보여준 '제3세계 지향성'에도 그와 유사한 태도가 엿보인다. 그들은 프랑스의 프롤레타리아보다 팔레스타인이나 베트남 사람들에 대하여 더 열을 올렸고, 유럽 좌파 조직의 관료적인 압력보다는 동양의 대령이 경찰을 동원하여 혹독한 탄압을 자행한 것에 더 동정적이었다.

　말로는 프랑스에 파시즘이 있다고 믿지 않았다. 1933년 《마리안》과의 인터뷰가 그 사실을 확인시켜준다. 물론 그때 이후 프랑스의 공기는 그 진단의 수정을 요구할 만했다. '프랑스주의'는 추악했고 마르셀 데아(프랑스 사회당 창당, 후에 독일과 협력했다—옮긴이)는 아직 애매한 상태였으며 '불의 십자+字'는 부르주아 정신에 짓눌려 있었다. 그러나 증오에 찬 반의회주의, 엄청난 질서욕, 경제 불안, 향군

38_ 에렌부르, 《회고록》, p. 317.

정신, 파렴치한 정치 계급 등으로 이루어진 그 혼합체는 벌써부터 프랑스의 정치 생활을 무겁게 짓눌렀고, 1940년에 가서 마침내 폭발하고 만다.

그러면 여기서 그 대담하고 통찰력 있는 말로가 사태를 직시하는 능력을 상실했단 말인가. 나아가서 시민의 용기마저 부족했단 말인가. 그 무렵 유럽에서도 가장 격렬한 파시즘의 공격을 당할 처지였던 사람들 편에 투신한 말로의 행동을 '도피' 행위로 규정하기는 어려운 일이다. 하여간 자기 세계에만 깊이 파묻혀서 동작이 무거워지고 까다로우며 질투심 많은 사람들, 즉 짧고 찬란한 한여름 동안 '인민전선'을 구성할 그 사람들과 여러 세력을 힘겹게 규합하려고 애쓰느니보다는 혁명적 단눈치오가 되는 것이 훨씬 더 신명나는 일이었음에는 틀림이 없다.

문제를 이런 식으로 제기한다는 것이 말로에게 당신은 왜 말로냐고 묻는 것이나 마찬가지일까. 바이런에게 랑카셔의 노동 조합에 가담하여 투쟁하지 않고 그리스로 떠난 것을 비난하는 것이나 마찬가지일까. 이것은 끝나지 않을 토론이다. 아니 아무런 목적이 없는 논쟁일지도 모른다. 보병과 기병이 따로 있는 법이고 떠돌이와 붙박이가 따로 있는 법이다. 시인이 있으면 산문가가 있는 법이다. 하지만 그의 주변적 전략에 대해서는, 억누를 길 없는 용기와 불길 같은 '태도'로 미루어 짐작되는 것보다는 명철한 이 인물에게 좀 더 합당하고 좀 더 진지한 이유를 찾아봐야 마땅할 것 같다.

말로가 인민전선의 연단에 거리를 두었다면 거기서 주장하는 의견이 너무 애매했기 때문이었을 것이다. 탤만과 디미트로프를 히틀러주의자들의 손아귀에서 빼내 오자고 했을 때는 말로도 '암스테르담

프레이엘' 운동과 '보조'를 같이했다. 그러나 저 독실한 소피스트들이 거기서 평화론과 반나치 투쟁을 타협시키려고 하자 손을 떼어버렸다. 그의 친구들보다 훨씬 더, 말로 같은 인물에게는 1933년 이래 나치와 그 동조자들과의 폭력적이고 군사적으로 무장한 투쟁이 불가피한 것으로 보였던 것이다. 위에서 인용한 여러 가지 텍스트가 그 사실을 증언한다.

이리하여 그는 1914년 전쟁 전문가들이 조직한 매우 치밀한 메커니즘의 대★ '크리그슈필Kriegspiel(전쟁 유희)'과 나치즘의 끔찍하고 생물학적이며 초보적인 위협을 구별하지 않으려 하는, 근본적으로 반군사적인 일체의 사조와 결탁하는 것을 철저히 싫어했던 것이다. 음모라면 폭로하면 된다. 그러나 대홍수라면 발 벗고 나서서 물리쳐야 마땅하다. 말로는 우선 홍수가 밀려드는 현장에서 싸움을 하려는 것이었다.

말로가 인민전선 시기에 다시 한번 요란스럽게 입장을 표명한 것은(스페인 전쟁 이전에) 에티오피아 문제였다. 1935년 11월 4일, 6월 작가대회를 끝내고 결성된 문화의 옹호를 위한 국제작가협회가 한 달 전부터 파시스트인 이탈리아의 공격을 받는 에티오피아를 옹호하는 집회를 공제조합 회관에서 개최했다. 무솔리니는 그의 과업을 위하여 앙리 마시스, 앙리 보르도, 가브리엘 마르셀,[39] 티에리 모니에 등을 주축으로 하는 64명의 지성인 그룹을 찾아냈다. 이들은 '수상쩍은 이해관계'라는 미명 아래 '야만인'들을 옹호하기 위하여 광분하는 '무질서와 무정부주의 세력'을 마구 공격해댔다.

39_ 평상시에는 그보다 나은 사람들과 어울린 인물인데…

여섯 달 뒤 《크라푸이요*Crapouillot*》지(1915년에 창간된 풍자 신문—옮긴이)에 식민지 문제를 폭로하면서 재개된 말로의 반격은 불을 뿜는 듯했다.

반동적인 지성인들아, 너희는 '수상쩍은 이해관계를 위하여 동맹한 몇몇 야만인 부족'이라고 말한다. '이해관계'에 의하여 움직이는 사람들이란 단연코 에티오피아 사람들이다! 조금만 더했더라면 에티오피아 사람들은 이탈리아 사람들을 개명시키고 싶어질 것이다! 나는 여기서 빈정거림과 욕설과 험구에 대해서 별로 강조하고 싶지 않다. 에티오피아 사람들이 "가래침을 뱉지 말고 총을 쏘시오!"라는 팻말을 세워두고 싶은 심정이 되도록 만드는 그 욕설과 험구 말이다!

사실 식민지 정책은 겉보기만큼 간단한 것이 아니다. 일반적으로 사람들은 처음 정복당할 때의 아시아나 아프리카 국가의 상태와 훨씬 뒤에 그 나라의 변한 상태를 비교한다. 그러나 나폴레옹 3세 시대의 코친친과 오늘날의 코친친을 비교하는 것이 중요한 게 아니라 인도차이나와 시암을, 모로코와 터키를, 벨루치스탄과 페르시아를 비교해보는 것이 중요하다. 1860년경에는 심각한 개화의 필요성을 느꼈다는 일본까지 비교하지는 않더라도…

너희 자신의 이데올로기에 비추어 본다면 개화한다는 것은 유럽화하는 것을 의미하는 게 분명하다. 그 점은 길게 따지지 말자. 오늘날 어떤 민족이 가장 빨리 유럽화하는가. 바로 너희가 통제하지 않는 민족들이다. 모로코, 튀니지, 인도의 여인들은 베일을 쓰고 다닌다. 페르시아 여자들은 이제 베일을 쓰지 않는다. 터키 여자들은 전혀 쓰지 않는다. 귀족 계급이 아직도 잔재하는 유일한 나라는 어디인가. 중국도 일본도 아닌 안남이다… 마르코 폴로는 중국에서 인구 100만이 넘는 도시를 발견하고 베네치아가 그리 대단치 않다는 생각을 했다. 16세기 페르시아의 왕이나 중국 혹은 일본 황제의 궁전에 비한다면 발루아 왕가의 궁전쯤이야 대체 뭐란 말인가. 페르시아의 건축가들이 가로수가 네 줄로 늘어선 이스파앙의 대로를 설계하고 콩코르드 광장만큼이나 넓은 제왕 광장을 닦았을 때 파리는 아직 어렴풋한 골목들만 자욱이 뚫린 촌락이었다. 심지어 베르사유까지도 베이징의 금지된 도시에 비한다면 별것 아닌 공사에 불과하다.

100년 만에 모든 게 달라져버린 것이다. 서양은 지능의 가장 효과적인 기능이란 인간의 정복이 아니라 사물의 정복이라는 사실을 발견했기 때문이다… 아비시니아에 대표를 보낸 것도 다름이 아니라 그들이 기술자를 요구해서였다. 아비시니아가 승리했다 하더라도 서구화된다는 점에서는 패배했을 때와 다를 게 하나도 없을 것이다. 다수를 병원에 집어넣기 위해서는 그들을 죽이는 것도 방법이긴 하다. 그러나 가장 좋은 방법이라는 확증은 없다. 아! 만약 서양인들이 자기가 죽인 모든 사람들을 위하여 병원을 지어야 하고 그들이 강제로 끌고 온 사람들을 수용하기 위하여 공원을 건설해야 한다면 그야말로 얼마나 멋진 낙원이 될 것인가!

이 무렵 그의 모든 공격은 식민주의뿐만 아니라 파시즘과 자본주의를 겨누고 있다. 《모멸의 시대》 작가는 그 당시 모범적인 동반자였다. 전투적인 우파의 대변자들이 그에게 품은 증오심이 그 사실을 말해준다. 그 증오심의 대가인 뤼시앙 라바테가 그려 보인 그의 간단한 초상화가 한 예다. 그는 이 인민전선의 '거지'를 들먹이면서 이렇게 말한다. "안면근육 경련으로 일그러진 이성적 편집광 같은 얼굴의 말로 공은 바레스풍의 볼셰비키인 데다 하는 말치고 알아들을 수 있는 내용이란 한 군데도 없다. 그런데도 생 제르맹 데 프레에서는, 심지어 우파의 젊은 얼간이 쪽에서까지 말로 씨의 탐미적 취미라든가 형용사들을 마구 쓸어넣어 끓인 잡탕 속에 헹군 중국식 잡담을 알아들을 수 없는 방식으로 늘어놓는 스타일 덕분에 대단한 인기를 끌고 있다."[40]

투사로서 모범적인 폴 니장이 그에게 품고 있는 우정 또한 그에 못지않게 의미심장하다. 그 무렵 니장이 쓴 편지와 비평문(가령 《공산주의 지성인들Intellectuel communiste》)[41]에서 볼 수 있는 말로에 관한 언급에는 한결같이 뜨거운 애정과 신뢰가 깃들어 있다. 그중 하나는 특히 재미있다. 1935년 여름이 끝나갈 무렵 니장은 아내에게 편지를 쓰면서, 말로와의 점심 약속을 지킬 수 없게 되었으므로 양해를 구하는 전보를 치러 우체국에 가려 한다고 했다. 우체국 직원은 그 유명한 수신인의 이름을 읽더니 "말로요? 말로 교수 말입니까? 그럼 당신은 폴 니장이군요…"라고 했다.

40_ 뤼시앙 라바테, 《잔해 Les Décombres》, 드노엘, 1942년, pp. 38~39.
41_ 마스페로사, 1967년.

3. 세 인물

앙드레 지드

지드는 1922년경에 브리오슈 빵 한 덩이를 앞세우고 말로의 생애 속으로 들어왔다가 조각조각이 난 채 우수 어린 목소리로 중얼거리면서 빛 없이 퇴장한다. 말로는 비유 콜롱비에 극장 앞에서 만나기로 한 《팔뤼드》의 저자와 첫 대면한 얘기를 여러 번이나 했다. "그는 둥근 브리오슈 빵을 입에 물고 있었다. 그의 얼굴은 그야말로 브리오슈 빵 덩어리 그대로였다… 그는 악수를 하기 위해 브리오슈 빵을 치우면서 내게 손을 내밀었다…"

그들 두 사람 사이에는 언제나 브리오슈 한 덩어리가, 뭔가 불투명하고 엉뚱한 것이 가로놓여 있었다. 지드는 1923년에서 1951년까지 말로의 공적 생활과 가장 많은 관련이 있었고, 또 말로는 지드 곁에서 가장 많은 정치적 투쟁을 전개했다. 그러한 지드가 어찌하여 많은 점에서 말로와는 대립적인 드리외 라로셸보다 못한 친구였으며, 마르크스주의 세계에 몸담은 터라 말로와 거리가 있는 베르나르 그뢰 튀젠보다 못한 스승이었던 것일까.

말로와 지드 사이에는 《희망》의 인간이 기꺼이 몸담고자 하는 두 가지 영역, 즉 역사와 예술을 대하는 근본적인 차이가 가로놓여 있었 다. 나는 "우리의 20대와 우리 스승들의 20대를 구별해주는 것은 역 사라는 존재였다"라는 말을 인용하며 이 책을 시작했다. 사실은 지드 를 겨냥한 말이었다. 말로는 훗날 대화 중에 지드에 대하여 이렇게 말했다. "그는 전쟁을 보지 못한 채, 심지어 프랑스-벨기에 협회에서 착한 마음으로 난민들을 돌볼 때조차도 전쟁을 보지 못한 채 전쟁 시 대를 지냈다." 그보다 25년 전 그는 가에탕 피콩 앞에서 지드가 《안 나 카레니나》를 《전쟁과 평화》보다 낫다고 말할 수 있다는 점에 분개 한 일이 있었다. 이것은 의미심장한 선택이었다.

미학 분야에서도 말로는 앙드레 지드와 대립했다. 말로는 그 점을 이렇게 요약한다. "나는 언제나 완벽함보다는 창의성에 관심이 있었 다. 그래서 나는 끊임없이 앙드레 지드와 의견이 맞지 않는다."[1] 그럼 에도 불구하고 그들은 똑같이 도스토옙스키, 니체, 보들레르에게 열 광했다. 또한 말로는 《팔뤼드》 저자인 지드를 가장 좋아했고, 지드 또한 남몰래 《팔뤼드》 저자인 자신이 더 맘에 든다고 말하곤 했다. 그러면서도 《한 알의 밀알이 썩으면Si le grain ne meurt》을 쓴 저 운율을 갖춘 내면성을 추구하는 교묘한 예술가와 저 '보잘것없는 비밀 무더 기' 따위는 관심 없다는 듯이 팔등으로 밀어내는 행동인 사이에는 멋 지고 창조적인 관계가 이루어졌다. 또한 그 관계는 T. E. 로렌스와

1_《찍어 넘기는 떡갈나무들Les Chênes qu'on abat》 서문, p. 7.

버나드 쇼의 관계만큼이나 기이하게 30년의 세월 동안 점점 더 크게 확대되었다. 서로 비슷하지도 않고 조화되지도 않는 이 '차이'의 인간과 '동지애'의 인간은 《N.R.F.》에서 반파시스트위원회에 이르기까지 용감하게 같은 길을 가는 동반자였다. 이 길은 앙드레 말로를 잘 알자면 우리가 반드시 따라가봐야 하는 길이다.

이미 말했듯이 청년 말로는 아폴리네르와 막스 자코브 다음으로 앙드레 지드가 최초의 스승임을 인정한다. 그러나 1921년까지만 해도 그는 지드를 알지 못한다. 말로의 말에 의하면[2] 그가 작가 지드에 대하여 처음 눈을 뜬 것은 《지상의 양식 Les Nourritures terrestres》 저자의 《선집 Morceaux choisis》이 그해에 출간되면서였다고 한다. 하얀 기도서 모양의 그 자그마한 책은 그 후 사반세기 동안 수많은 스무 살 청년을 감동시킨 것처럼 말로를 황홀하게 했다. 말로가 〈앙드레 지드의 면모〉를 써서 《악시옹》에 기고한 것도 스무 살 때였다. 이 글은 찬사라기보다는 충성의 서약이라고 볼 수 있다.

지드는 성자는 아니지만 사랑을 가르친다… 그는 의식의 스승이다… 바레스가 줄 수 있는 것은 충고에 불과한 반면 지드는 우리의 욕망과 존엄성, 동경과 그 동경을 억누르는 의지 사이의 투쟁(나는 그것을 내면의 갈등이라고 부르겠다)을 보여주었다. 다행스럽게도 현존하는 가장 위대한 프랑스 작가요, 오늘날 가장 위대한 인간인 그는… 소위 '젊은이'라고 부르는 사람들의 반수 이상에게 지적 의식이 무엇인지 가르쳐준 것이다.[3]

2_ 앙드레 말로와 필자의 인터뷰, 1972년 6월.
3_ 《악시옹》, 12호, 1922년 3~4월호, p. 17.

1년 후 말로가 그에 대한 찬사를 계속하여 더욱 열렬하게 표시한 지면은 《르 디스크 베르》였다. 그는 〈메날크〉라는 글에서 작중 인물을 통해 그 작가에게 찬가를 바쳤다. 그가 좋아한 것은 명백히 작중 인물보다는 작가였다.

사실상 당신에게는 영향력이 있는 것이 아니라 행동이 있습니다. 그쪽이 더 고귀한 것입니다. 그러나 당신에게 인도받는 사람들에게 보이는 무관심, 그들에게 당신을 떠나라고 하는 충고는 세련된 거짓말입니다. 당신은 과연 당신 자신이 한동안 인도하던 사람들을 떠납니다. 그러나 그들이 생각하는 방식으로 떠나는 것은 아닙니다. 자신들이 자유로운 존재가 되었다고 믿는 그들의 터무니없는 자만심을 아는지라 당신은 미소를 짓습니다. 당신은 마치 쇠공놀이를 하는 사람이 자기가 금방 던진 공을 떠나듯이 그들을 떠나기 때문입니다. 그러나 공은 제가 자유로워졌다고 믿지 않는다는 점에서 당신의 제자들보다 우월합니다. '해적의 얼굴을 가진' 메날크여, 자기가 특정한 방향으로 던진 공을 엉큼한 눈길로(당신은 악마적인 인물이라는 점을 잊지 마십시오) 바라보는 쇠공놀이를 하는 사람의 모습으로 당신을 상상해보는 것은 재미있는 일입니다.[4]

앙드레 말로가 앙드레 지드에 대하여 쓴 것으로는 12년 후에 쓴 세 번째 글이 한 편 더 있다. 《N.R.F.》에 발표한 《지상의 양식》의 독서 노트다. 이 글에서는 작자의 비평적 안목이 성숙해졌는데, 지드와 그의 작품에 대한 이해 그리고 선배에 대해 누릴 수 있게 된 자유 때문

4_《르 디스크 베르》, 1923년 2~4월호, pp. 20~21.

에 가장 흥미 있는 글이다. 지드의 시적 에세이를 평하기 위하여 말로가 택한 주제는 그가 가장 관심을 가진 문제, 즉 작가에게 있어 사실의 증언과 문자 그대로 상상적 창조 사이의 관계였다.

몽테뉴와 파스칼을 비롯해 가장 위대한 프랑스 계몽주의 작가들처럼 지드가 말로의 관심을 끄는 점은 "목소리 톤"이라고 전제한 다음, 그는 "현대 예술가의 세계는 그가 긍정하는 세계"인데 하나의 세계는 다른 하나의 세계에 바탕을 둔다고 말한다. "차라투스트라는 저이름 없는 제자들은 별로 상관하지 않는다… 메날크는 미셸 혹은 나타나엘을 필요로 한다." 여기서 말로는 《일기》와 작품 사이의 관계에 대해 문제를 제기한다. 초기의 《지상의 양식》과 단편의 차이는 공산주의에 대한 편향이 아니라 '고정관념'이 되다시피 한 《일기》의 야망이라고 그는 말한다. 즉 《일기》는 드디어 '작가가 지닌 창조 능력을 전부 다 표현하고자 하는' 것이다. 이때 작가에게는 '허구보다 현실이 우선한다.' 말로는 《일기》의 이처럼 보람 있는 무게가 마침내는 작품의 진로를 '라신에서 스탕달로' 바꾸게 만들었다고 봤다.

말로가 쓰는 글이라면 '라신에서 스탕달로' 옮겨간다는 것은 물론 승격을 의미한다. 그러나 별로 비교할 만한 것으로 간주하지도 않은 채 파스칼과 니체를 잠깐 언급하고 난 직후에 쥘 르나르와 대비시켜 말한 데는 어느 정도 얕잡아보는 기분이 스며 있다. 그 당시 《인간의 조건》 저자가 흔히 불렀듯이 '지드 아저씨'에게 아는 척은 하지만, 그것은 열광적인 찬사라기보다는 우정의 표시였다. 갈리마르사의 문학부 책임자로서 그리고 반파시스트 조직의 우두머리로서 협력한 두 작가의 가까운 관계를 고려한다면 말이다. 사실 여기서 거론하는 인물이 '문단의 왕자'요, 세바스티엥 보탱 가의 지존한 터줏대감이요,

유럽 좌파 정신 계보의 지도자라고 생각해본다면 말로의 노트는 좀 인색하다는 느낌이 든다. 말로는 지드의 '동지'가 된 이래 미학의 관점에서 지드와 상당한 거리를 유지했다.

이 여러 해 동안 두 작가 사이에는 미학적인 교류가 한결같이 계속되었다. 《N.R.F.》나 그를 에워싼 그룹에 한정된 교류만이 아니었다. 그들 공동의 친구 중 한 사람은 모리악과 모랑처럼 베르나르 그라세의 세력권에 속한 쥘리엥 그린이었다. 그렇지만 두 사람의 앙드레는 《아드리엔 므쥐라*Adrienne Mesurat*》의 작가(쥘리엥 그린—옮긴이) 집에서 에마뉘엘 베를, 자크 쉬프랭, 로베르 드 생장과 같이 만났다. 그린은 《일기》에서 그들이 1929년에 같이 만나 식사한 이야기를 했다.

에로티시즘이 화제에 올랐다. 말로는 아주 멋지게 이야기하며, 에로티시즘은 오로지 원죄 개념이 존재하는 나라에서만 비로소 그 참다운 힘을 송두리째 발휘할 수 있다고 주장했다. 잠시 후 말로가 지드에게 기독교인의 정의는 뭐냐고 묻자, 그는 "또 낙제할 것 같은 기분인걸" 하면서 우리를 둘러보았다. 그러나 말로는 만만치 않았다. "그렇지만 당신은 《몽테뉴》론에서 그 문제를 잠깐 건드렸는데요" 하고 말했다. "오! 건드렸지요. 나야 뭐든지 다 건드리니까요" 하고 지드가 대답했다.[5]

스물여섯 살의 말로가 당시의 괴테나 마찬가지인 저 유명한 지드에게 미친 지적 영향력을 어떻게 이보다 더 제대로 암시할 수 있겠는가. 어느 날 저녁에는 현대 소설에서 현재 일어나는 사건들을 별로

___
5_《일기》, 1권, p. 45.

취급하지 않는다는 이야기가 나왔다. 그린의 집에 식사 초대를 받은 손님 중 한 사람이 결국 따지고 보면 발자크도 1845년에 1820년의 사건을 다룬 소설을 썼다고 반대 의견을 내놓자, 말로는 말을 자르고서 "발자크 얘기는 하지 맙시다!"라고 했다. 그러자 모두가 그의 말에 복종했다…[6] 지드는 《일기》에서 대화 중에 느낀 감상을 이렇게 기록했다. "베를과 말로의 대단한 달변에도 불구하고… 나는 말참견을 하려고 애썼지만 그들이 하는 말을 따라가고 그들의 생각을 제대로 이해하는 게 여간 어렵지 않았다."[7]

지드는 《일기》의 다른 페이지에서도 그 같은 열등감, 아니 적어도 저 번갯불 같은 《정복자》의 작가가 갖게 만드는 굼뜨다는 느낌을 말하고 있다. "발레리와 마찬가지로 앙드레 말로가 지닌 대단한 힘은, 그의 말에 귀를 기울이기는 하지만 실제로 알아듣기보다는 그저 알아듣는 척만 하느라고 정신이 없는 (가령 나 같은) 사람들이 숨이 차는지 어떤지, 따분해하는지 어떤지, 저 뒤에 처져서 못 따라오는지 어떤지 별로 개의치 않는 점이다. 그렇기 때문에 그 두 친구와의 대화는 언제나, 적어도 내게는 괴롭게 느껴지고 나중에는 재미있었다기보다 꽉 눌려 있었다는 기분이 드는 것이다."[8]

1933년 3월 동반자의 시대가 시작된다. 지드와 말로는 반히틀러주의 운동에 협력한다. 이 운동은 그들에게 베를린으로 가서 나치 감옥으로부터 디미트로프를 끌어내온다는 가장 명확한 형태를 취한다.

6_ 위의 책, p. 11.
7_ 위의 책, p. 912, p. 1254.
8_ 위의 책.

공제조합 회관의 연단에서도, 바그람 홀에서도, 교외의 영화관에서도, 시골 극장에서도 사람들은 찌푸린 눈과 사제 같은 손, 몸이 으스스 떨리는 밤의 목소리를 가진 그 중진과, 머리카락이 삐죽 치솟고 폭풍 같은 말투와 칼로 자르는 듯한 몸짓의 창백한 청년이 항상 나란히 나타나는 것을 볼 수 있었다. 전자는 메마른 입가에 환희에 넘치는 듯한 미소를 머금고 후자를 바라본다. 지드는 자기가 말할 차례가 오면 성급히 말을 끝내고는 이렇게 양해를 구한다. "간단히 말할 수밖에 없는 것을 용서하십시오… 우리 말로 동지의 얘기를 듣고 싶어 마음이 급해집니다!"

그러나 이들 두 사람이 광란하는 청년과 그 청년의 열성에 휩쓸려 버린 노인의 관계라고 생각해서는 안 된다. 지드는 40년 후에 사람들이 생각할 수 있는 것보다는 더 큰 자기 나름의 자리를 지키고 있었다. 1933년 《마리안》 지면에 파시즘에 관한 가장 요체가 되는 글을 쓴 것은 지드였다. 그리하여 1934년 2월 6일이 지난 직후 라몽 페르낭데즈는 한 노동자의 말을 전했다. "우리는 총을 들고 부자들이 사는 동네로 쳐들어가야 옳을 겁니다! 우리 앞에는 지도자가, 사람다운 지도자가 나서야지요. 가령 지드 같은 인물이 말입니다!"[9]

그렇지만 깜짝 놀란 투사들과 의심 많은 어중이떠중이 군중을 앞에 두고 연단에 서서 서로를 쳐다보는 그들 두 사람은 서로에 대하여 어떻게 생각하는 것일까. 주먹을 높이 쳐든 그 알키비아데스에 대하여 자신이 소크라테스라고 여기는 지드는 무슨 생각을 하는 것일까. 쳉다이 같으면서 동시에 지조르 노인 같고, 아주 조금은 클라피크 같

9_ R. 페르낭데즈, 《리테라튀르 에 폴리티크 Littérature et Politique》, p. 283.

기도 하며 죽음을 묵묵히 받아들이는 알베아르 같기도 한 이 '아저씨'에 대하여 《정복자》의 작가는 무슨 생각을 하는 것일까.

동반자임에는 틀림없지만 각자 길 양쪽으로 떨어져서 가는 동반자. 한쪽은 찬송가를 부르고 기막힌 고해의 말을 중얼대며 명상하고, '함께' 있기에 적당한 교회를 찾아가는 듯한 옷 벗은 추기경. 다른 한쪽은 추상적이고 정복욕에 불타는 우정의 선동자요, 십자군을 이끄는 사도 바울. 때로는 공모의 미소를 짓기도 하고 남몰래 울음을 참기도 하며 그들은 3년이나 함께 혁명의 고장으로 탐험의 길을 떠났다. 하지만 이 공동 탐험은 오래가지 못한다. 스페인에서 참다운 위험과 효과적인 행동으로 살찐 말로의 정열이 위대한 경지에 이르는 바로 그때 벌써부터 지드의 열광은 소련의 쓰디쓴 현실과 접촉함에 따라 상처를 입은 것이다.

애매하기는 하나 그래도 열심히 체험한 모험에서 발을 빼는 노인과, 마침내 찾아낸 우정과 행동에 진심으로 몸을 던진 이 사나이의 결별은 코미디 형식으로 다가왔다. 다행히 이 같은 의견 충돌이 두 사람의 우정을 완전히 파괴하지는 않는다.

두 가지 행동 방식 사이의 정확한 대칭 관계 속에는 기묘한 데가 있다. 역사의 연기가 자욱한 1936년 여름, 그 두 개의 정치 곡선은 서로 충돌한다. 이 비극적 인물들의 운명은 그 시대로서는 최고로 비극적인 무대, 즉 말로는 스페인에서 지드는 소련에서 그 전체 윤곽을 드러낸다. 두 사람의 '귀환'은 《일기》의 같은 페이지에 언급되어 있다.[10] 1936년 9월 3일, 다비, 쉬프랭, 귀유 등의 친구와 함께 소련 여

10_ p. 1253.

행에서 돌아온 이 여행자는 자신의 그 '끔찍스러운 곤혹'과는 대조적으로 스페인의 전사가 품고 있는 저 끓어오르는 듯한 희망에 대하여 언급한다.

어제 말로를 다시 만났다. 그는 마드리드에서 돌아왔는데 이틀 후에는 또다시 그곳으로 떠난다… 그는 별로 피곤해 보이지 않는다. 오히려 안면근육 경련도 전보다 덜해진 것 같고 손짓에도 열이 덜한 것 같다. 그의 말을 제대로 따라갈 수 없게 만들던 그 기막힌 빠른 말투도 여전하다. 그는 적군이 분열되지 않았더라면 절망적이었을 거라는 그곳의 상황을 내게 들려주었다. 그의 희망은 정부 측 군대를 한데 모으는 일이다. 이제 그는 그럴 힘이 있다. 그는 이제 그곳으로 돌아가는 즉시 오비에도 공격을 조직할 계획이라고 한다.

이 이야기의 어처구니없는 내용이나 말로가 가지고 있다고 자처하는 그 '힘' 따위는 구태여 따지지 않기로 하겠다. 다만 우리의 주의를 끄는 점은 그 당시 매우 착잡한 심정이었던 지드가 이런 사실들과 행동에 대하여 공감을 가지고 이야기하며, 여전히 정신적으로는 그의 친구가 겪고 설명한 투쟁 속에 자신도 함께 있다고 여긴다는 사실이다. 몇 페이지 뒤에 지드는 그의 젊은 친구가 "그에게 최고의 영향력을 행사하는"[11] 젊은 여인에게 충동받아서 '국제여단'에 참가하는 이야기를 매우 호의적으로 기록한다.

그러나 그들 두 사람의 근본적인 차이를 가장 잘 이해할 수 있는

11_《일기》, p. 1257.

것은 역시 《일기》의 한 대목이다. 지드는 마음을 송두리째 뒤흔드는 극심한 절망감에 빠져든 가운데, 자기가 기대했던 위안과 용기를 줄 수 있는 젊은 친구를 다시 만나서는 가장 먼저, 정치적 정보보다 더욱 자상하게 《일기》에 기록한 것이 기껏 말로 부부에 대한 '소문'이 었던 것이다. 클라라가 집으로 찾아온 지드에게 말로가 이상한 잔소리를 하더라는 말을 꺼내자, 지드는 늙은이 특유의 궁금증을 나타내면서 "그럼 부부싸움이 있었다는 말씀인가요?" 하고 묻는다. 클라라는 자초지종을 말하는데, 지드에게는 스페인에서 돌아온 전사가 들려준 이야기보다 훨씬 흥밋거리라는 눈치다. 그러니 말로가 그토록 무의미한 것으로 치부하는 '보잘것없는 비밀들의 조그만 무더기'를 지드는 별로 우습게 여기지 않는 것 아닌가 …[12]

전쟁으로 인해 두 사람이 멀리 떨어져 지내게 되었고, 패전에 대한 반응이 서로 달랐어도(지드는 잠정적인 체념 상태였고 말로는 경악을 금치 못했다), 또는 점령 시대 초기의 우여곡절 등에도 불구하고 두 사람의 우정은 변하지 않았다.

1941년 초, 말로가 니스와 망통 사이에 있는 코트 다쥐르 해안으로 피신하여 완전히 문학과 미술에만 전념할 무렵 두 사람은 다시 만났다. 1945년에 쓴 글에서 지드는 그 분위기를 이렇게 이야기했다.

내가 캅 델로 찾아가서 그와 함께 아주 재미있는 며칠을 보낼 무렵 페르시아에서 민중 봉기가 일어난 소식을 전하는 조간 신문을 보고 돌연 흥분하던 말로의 모습이 기억난다. 그는 《천사와의 싸움-Lutte avec

---

12_ 위의 책, p. 1253.

l'ange》이라는 책을 쓴다면서 일단 초벌로 쓴 원고의 상당 부분을 읽어 주었는데, 그 일마저도 그만 부차적인 문제처럼 여겨진 모양이었다…… "그렇다면 나도 거기에 가야 하는데……!" 그가 이렇게 말한 것은 아니고, 또 말할 필요도 없었다. 그 생각이 그의 머리를 떠나지 않아서 얼굴에, 눈에, 떨리는 몸에 그렇게 쓰여 있는 거나 마찬가지였다.[13]

그러나 아직도 그들의 하늘에는 구름이 스치곤 했다. 지드가 그들 양쪽이 다 아는 여자 친구에게 두 사람의 관계에 대해 지극히 적절한 전망을 제시하는 말을 하던 무렵이었다. "나는 속마음을 털어놓는데 그는 에피소드만 이야기한답니다." 사르트르와 시몬 드 보부아르가 어느 날 파리에서 내려왔다. 그들이 지드를 찾아가서 말로도 만나봐야겠다고 말하자, 지드 아저씨는 기막히게 잘하는 그 중얼거리는 목소리로 "'마음씨 좋은' 말로를 만나게 되기를 바랍니다만"이라고 슬며시 말했다.

해방 후 '베르제 대령'과 바노 가의 늙은 양반은 다시 우정 어린 접촉을 시작했다. 새로운 주간지인 《테르 데좀 *Terre des Hommes*》 창간호에서 지드에게 말로에 대한 찬사를 청탁하여 실었다. 《테제 *Thésée*》의 저자(앙드레 지드─옮긴이)가 쓴 그 감동적이고 열에 들뜬 듯한 글은 청년이 1921년 《지상의 양식》의 대스승에게 바친 글에 대한 적절한 응답이었다.

말로는 모든 것에 그리고 만인에게 다 열려 있고 끊임없이 환영받는다. 자기의 결단을 굽히거나 의지를 손상할 위험이 있는 것이라면 지극

13_《테르 데좀》, 1945년 12월 1일.

히 경계하는 그를 내가 몰랐더라면 끊임없이 의기투합한다고 말했을 것이다. 그는 일단 행동을 하면 곧 책임을 지고 자기의 명예를 건다. 옳은 생각이 그 옹호자를 필요로 하는 곳이면 어디에서나, 멋진 투쟁이 벌어지는 곳이면 어디에서나 그가 가장 먼저 뛰어드는 것을 볼 수 있다. 그는 흥정하는 법 없이, 아니 용감하면서도 절망적인 그 무엇을 가슴에 담은 채 몸을 던진다. 그는 무엇보다도 모험가다. 내가 보기에는 자기의 능력을 헤아리거나 자기의 가치에 대하여 확신을 갖기도 전에 극성스러움을 이기지 못하여 찬란한 경력 속으로 투신한 것 같다. 그와 더불어 모험이라는 표현은 가장 충만하고 가장 아름답고 가장 풍부하며 가장 인간적인 의미를 지니게 되었다.

나는 그가 지난날 군의 지휘자, 비행기 조종사, 영화감독 혹은 혁명 지도자가 되었던 것보다 지금 정부의 중요한 자리를 맡은 것이 더 의외라고 생각하지는 않는다. 사실 쉽사리 상상하기 어려운 것은 글을 쓰는 책상 앞에 앉은 그의 모습이다… 그의 천재는 조바심치듯 그를 채찍질한다. '이게 무슨 짓이람! 글을 쓰는 이때 나는 살고 행동할 수도 있을 텐데, 그리고 위험 부담이 없는 이 상태를 곧 혐오할 수도 있을 텐데' 하고 생각할지도 모른다.

1967년 《반회고록》이 나왔을 때 로제 스테판은 텔레비전에서 말로를 인터뷰했다.

"지드는 당신의 생애에서 큰 역할을 했습니까?"
"별로… 우리는 서로 안 지 오래되었지만 결국 우리가 지드에게 품었던 존경심에는 뭔가 매우 괴상한 데가 있었습니다… 우리는 그가 장차 쓰게 될 작품 때문에 그를 존경했지요… 우리는 모두 장차 나오게 될《위폐 제조자 *Faux-Monnayeurs*》를 기다리고 있었어요. 그런데 미래의《위폐 제조자》는 나오지 않았지요."

말로는 자기 생각을 좀 더 분명히 전하기 위해《팔뤼드》의 저자를 로제 마르탱 뒤 가르와 비교하면서 이렇게 부연했다. "다른 사람들은 칼이나 기관총을 가지고 일하는데 지드는 늘 붓으로 일한다는 느낌이 들더군요…" 자기 자신도 '기관총으로 일하는 사람'일 뿐만 아니라 '붓'에도 상당한 관심이 있으면서 저 콩고 여행자, 나치의 상대자, 공제조합 회관의 연사를 그런 공시대公示臺에 비끄러매는 것이 과연 옳은 일일까.

그들의 우정 위를 감도는 지드와 말로 사이의 이 같은 시비는《일기》를 넘기다보면 다른 사람을 매개로 잘 요약된 것을 볼 수 있다. 피에르 나빌은 그의 형 클로드의 책에 붙여 쓴 서문(1936)에서《배덕자 *L'Immoraliste*》의 저자가 '전향' 이전에 자기 시대의 대사건에 아무런 영향도 받지 않았음에 대하여 꼬집었다(이것이 바로 말로가 말하는 '역사 부재자'다). 지드는 나빌을 통하여 말로에게 반박한다.

루이 13세와 루이 14세 시대의 위대한 작품들이 프롱드의 난亂의 그림자를 내포했거나 '왕이 거두는 십일조'의 메아리를 담았더라면 피에르 나빌은 그 작품들을 더 높이 평가했을 것이다. 물론 그랬더라면 작품들은 오랜 세월 살아남을 수 있었던 저 우월한 정일감靜溢感을 잃고 말았을 것이다. 나의 경우 사회적 관심사가 머리와 마음을 사로잡기 시작하면 가치 있는 글이라곤 한 줄도 쓰지 못했다. 내가 그런 사회 문제에 무관심했다고 말하는 것은 옳지 못하다. 그런 문제에 대하여 내가 취한 태도는 한 예술가가 이상적으로 취해야 하고, 또 항상 간직해야 마땅한 유일한 태도였다. 남을 판단하지 말라고 한 그리스도의 말씀은 예술가의 경우에도 적용된다고 생각한다.[14]

《희망》의 시대에 쓴 글이니 두 사람의 대립을 이보다 더 완전하게 표현한 글도 없을 것이다. 25년 후 말로는 《반회고록》에서 이렇게 쓴다.

지드가 일흔이 되었을 때 사람들은 그가 가장 위대한 프랑스 작가였다고 썼다… 그는 장차 드레퓌스 사건으로 확대될 그 분노의 싸움 속으로 몸을 던지려고 결심한 베르나르 라자르가 찾아온 이야기를 내게 들려주었다. "나는 그를 보고 몸서리를 쳤어요. 그는 문학보다 더 우월한 것이 있다고 생각하는 사람이었으니 말입니다." 그에게 역사가 존재하지 않았다는 사실은 지드의 연옥煉獄 같은 시련에 큰 몫을 했다.[15]

1972년 말 《작은 부인의 노트Cahiers de la Petite Dame》에 붙인 말로의 서문에서도 그 문제를 중요 테마로 다루고 있다. 그는 《팔뤼드》의 저자가 한 말을 인용했다. "내가 행복을 얻은 것은 내 정신이 지닌 반역사성 덕분이 아니던가?"[16] 아마도 말로는 이 말을 인용하면서 재미있

14_《일기》, p. 1255.
15_《반회고록》, p. 22.
16_《작은 부인의 노트》, 서문, p. 26.

다는 느낌이 전혀 없지도 않은 채 공포의 전율을 느꼈을 것이다.

T. E. 로렌스

"로렌스의 생애는 말로의 생애를 매혹한다"라고 쓴 가에탕 피콩에게
말로는 이렇게 대답한다. "그의 생애는 나를 매혹하는 것이 아니다.
내게 최고의 호기심을 자아낸다. T. E. 로렌스의 생애는 강력하게 고
발적이다. 모범적인 생애가 아니며 모범적이 될 생각이 전혀 없는 생
애다."[17]

모범적이건 아니건 간에 로렌스 대령이라는 인물은 청년 말로에게
신화의 창조자였으며 그의 상상력을 살찌우고 행동하려는 욕구를 강
력하게 자극했다. 그는 때때로 로렌스를 '차라투스트라가 된 니체'라
고 말하곤 했다. 《반회고록》을 보면 메이르나('메당의 왕'이 된 네덜란
드의 모험가로서 《왕도》에 나오는 인물의 모델이며 그의 상상 속 신전에 항
상 출몰하는 영웅)의 영광은 1870년경 절정에 달했다가 1890년 그가
사망하자 잠시 잦아들었지만 로렌스의 영광에 의해 다시 소생했다.[18]
로렌스는 1925년경부터 프랑스에서 명성을 떨치기 시작했다. 그러
나 샤를 모롱이 그의 작품 《일곱 개 기둥 Sept Piliers》을 번역 출판한 것
은 1936년이었고, 말로는 영문을 전혀 읽지 못했지만 이 사막의 영
웅이 한 말을 기록해두었다. "대낮에 꿈꾸는 사람은 위험한 인물이

17_《그 자신을 통해 본 말로Malraux par lui-même》, p. 16.
18_《반회고록》, p. 380, 1967년판.

다. 눈을 뜬 채 꿈을 가지고 놀고, 또 그것을 실현 가능한 것으로 만들 수 있기 때문이다."[19]

말로의 글에서 로렌스의 이름이 등장한 것은 1929년이었다. 그 이전에는 이 청년 작가가 하얀 베일을 쓴 영웅에게 매혹당하지 않았다는 의미가 아니다. 그는 매우 일찍부터 "로렌스의 전설… 사막의 모든 쥐 떼 위로 깃발을 펄럭이며 펼쳐지는 아랍의 지지 부대며 페트라 플렝의 장미꽃 만발한 붉은 계곡에서 벌어진 상상의 전투들과 더불어 시바 여왕 대군의 찬란한 전설"[20]을 꿈꾸었다.

그러나 1920년대에 그의 모험의 스승, 꿈의 용병대장은 로렌스가 아니라 피움의 정복자 시인 단눈치오였다. 인도차이나의 가장 극심한 시련 속에서 앙드레가 아내가 입원해 누운 침상을 굽어보며 자기는 단눈치오 같은 인물이 될 것이고, 또 그렇게 되었다고 중얼거린 일화를 독자들은 기억할 것이다.

소위 흠모의 '결정結晶'이 이루어진 정확한 시기가 언제냐 하는 문제는 별로 중요하지 않다. 1933년경 안남인들의 대의를, 1936년 모든 식민지인들의 대의를 옹호하기 위하여 붓을 잡았을 때 말로는 아랍인의 해방을 위한 'T. E. L(로렌스)'의 호소를 생각했을 것이다. 각자에게는 자기 나름의 대의가 있었다. 또한 자기 나름의 거부도 있었다. 로렌스의 거부는 좀 더 선택적이어서 영국의 전략은 아주 잠깐밖에 겨냥하지 않았다. 그의 친아랍주의는 프랑스의 압제에 대한 매우

19_《일곱 개 기둥》의 말소된 서문에서 발췌. 클로드 모리악의 《말로 혹은 영웅의 병*Malraux ou le Mal du héros*》, p. 170에서 재인용(에티앙블의 편집).

20_《반회고록》, p. 380.

강한 적개심에 물들어 있었지만 런던의 지배에 대해서는 그 강도가 훨씬 약했다. 그는 사실 짧은 기간을 제외하고는 런던 지배의 총명한 실천자였다. 그는 1922년의 신식민주의 노선을 열광하는 쪽을 편들었고 그 노선을 지지하게 만드는 데 공헌했으며 처칠을 구원자로 찬양했다. 말로도 1950년대 드골에 대하여 전혀 비판적이지 않은 것이 사실이지만…

1934년 마레브를 향해 떠나 시바 여왕의 대지 위를 비행한 일은 로렌스의 모험을 상기시키는 면이 없지 않다. 그 점은 《반회고록》에 노골적으로 나타나 있다. 거기서 말로는 레이살 왕의 동지가 거느린 '시바 여왕'의 군대 이야기를 하고 난 다음, 1965년 아시아 여행 중에 쓴 1934년 모험 이야기에서 다음과 같이 말한다. "우리를 태운 배는 아덴으로 떠난다. 거기서 랭보는 아비시니아로 떠났다. 그 배는 젯다에서 왔다. T. E. 로렌스는 바로 그 젯다에서 아랍의 사막을 향해 떠났다."[21]

고정관념의 위력은 그 사실 여부가 아니라 그것이 유발하는 환상에 의하여 측정되는 법이다. 조지 워싱턴의 전설이 그토록 대단하지 않았다면 샤토브리앙은 자기가 그 장군 대통령을 방문했다는 이야기를 지어내지 않았을 것이다. 말로와 로렌스의 만남 역시 신화적인 것일까. 말로가 그 일에 대하여 이따금씩 소개하곤 하는 이야기는 사실이라기보다 꿈이나 향수를 표현하는 것일까. 《반회고록》이 나온 이후에 가진 인터뷰에서 언급한 그 만남의 이야기를 들어보자.

21_ 위의 책, p. 84.

나는 로렌스를 한 번 만났다. 단 한 번, 파리에 있는 큰 호텔의 바였다. 정확한 호텔 이름은 기억나지 않는다.[22] 아시다시피 우리는 대등한 입장이 아니었다. 그는 벌써《일곱 개 기둥》, 평화회의에서 처칠의 협력자, 세계와의 결별 그리고 영국 첩보부에 의하여 얻은 신비의 후광 등 화려한 이력을 지니고 있었다. 물론 진짜 신비는 거기에 있는 것이 아니었다. 그 당시 나는 확신하지 못한 채로나마 어렴풋이 그렇다는 짐작은 했다. 그런데 나는 겨우 공쿠르 상을 탄 조그만 소설 한 권이 고작이었다. 그는 보기 어려울 만큼 우아했다. 그 시대의 우아함이 아니라 오늘날의 우아함이었다. 가령 목 부분을 말아올린 풀오버 셔츠 차림이라든가 나른한 거리감 같은 것 등.

우리가 주고받은 대화의 주제는 잘 기억나지 않는다. 다만 그는 모터 달린 것들, 오토바이와 배 같은 것에 열을 올리고 있었다는 기억이 난다. 그가 죽기 얼마 전이었다. 그는 죽어버리려고 했던가. 나는 여러 번 이런 의문을 품곤 하지만 그 대답은 모른다.[23]

여기서 그가 신문기자에게 털어놓는 속내는 기이한 일화로 무게가 더해진다. 말로는 그 이야기를 여러 번에 걸쳐서, 특히 로제 스테판과의 인터뷰에서 한 적이 있는데 역사적 진실성보다는 로렌스에 대한 애착의 표시로 여겨진다.

그러나 밝혀야 할 이야기가 있다. 그가 오토바이 사고로 죽었을 때

22_《말로와 드골주의Malraux et le Gaullisme》, p. 275에서 자닌 모쉬즈는 말로가 그 전에 한 말을 확인하면서 그들이 만난 것은 런던이라고 했다.《반회고록》, 보유편, p. 140 참조.
23_《렉스프레스l'Express》, 1971년 3월 22일, p. 144. 그 무엇과 대조하더라도 그들이 만난 것은 사실일 수 없다.

이야기다. 그는 우체국으로 전보를 부치러 가는 길이었던 것 같다. 그런데 나는 그 증거 서류가 참 기이하다는 생각을 했다. 전보문 내용인즉 "히틀러에게 안 된다고 말하시오"였다. 안 되기는 뭐가 안 된다는 말일까. 그리고 누가 안 된다고 말하는가. 하여간 그 간략한 문체는 로렌스다웠다. 당신도 그런 이야기를 들어본 일이 있는가.[24]

아니다. 그 신문기자는 그런 이야기를 들어본 일이 없었다. 《일곱 개 기둥》의 저자에 관한 전문가들 역시 들은 일이 없었다. 그들 연구가야말로 열성적이고 치밀한 사람들이고, 그것이 사실이기만 하다면야 후일 말로가 "서양 최초의 자유 영웅"이라고 부를 그 인물의 드높은 운명을 이야기하면서, 그 고상한 거절의 문장(그 당시 흔히 있었듯이 괴벨스의 첩보부가 독일로 초청한 것에 대한 거절일까?)으로 결론 내리고 싶어 했을 것이 틀림없다.

1935년 5월 13일 T. E. 로렌스의 죽음에 대한 말로의 반응을 말해 줄 만한 기록은 전혀 없다. 그 무렵 말로는 공산주의자들의 '동반자' 운동에 최고의 열성을 쏟고 있었다. 그러나 1939년 전차 부대의 이등병으로 참전하면서 바로 T. E. 로렌스의 전례를 생각하지 않았을까? 로렌스는 1922년 모든 권력과 인연을 끊어버리고 대령 계급과 왕국 건설자의 영예로부터 비행 부대 그리고 전차 부대의 기술병이라는 겸손한 입장으로 옮겨가서 다시 시작했으니 말이다. 하여간 그 인물은 말로의 마음을 점점 더 사로잡았다. 패전 후 히틀러주의에 대항하던 마지막 자유의 보루가, 영국의 하늘에서 괴링의 폭격기와 겨

24_ 위의 자료, p. 145.

루는 저 보잘것없는 영국 공군의 전투기 부대뿐이었을 때 로렌스의 고정관념은 더욱 집요했다. 서양의 마지막 자유 영웅들… 그리고 1942년 이후 프랑스에 공중 낙하한 영국 첩자들과 접촉함으로써 그는 영국 동지들이 보여준 T. E. 로렌스다운 고귀한 모험가의 유형에 더욱더 접근해갔다.

1942년 앙드레 말로는 미술 연구와 병행하여 책 두 권을 집필한다. 하나는 《천사와의 싸움》으로 제1부 《알텐부르크의 호두나무》만 남아 있다. 또 하나는 로렌스에 관한 연구로서, 1946년에 발표한 한 장章만 남아 있다. 뱅상 베르제의 모험 이야기가 주를 이루는 첫 번째 책 역시 두 번째 책 못지않게 로렌스에게 영감을 받아 쓴 것이 분명하다.

콘스탄티노플에서 교수 노릇을 하며 1909년 범투란주의[25]에 심취하여 앙베르 파샤를 지지한 이 알자스 출신의 지성인은 투란의 여러 땅을 통일시켜야 한다는 사명을 띠고 아프가니스탄과 중앙아시아 깊숙이 들어가지만, 마침내 자기가 하려는 일이 얼마나 헛된 것인가를 깨닫는다. 이 사람에게서 어찌 페이살 왕의 그 고문관을 연상하지 않을 수 있을 것인가. 정신적 태도, 행동, 정열, 절망 등 무엇으로 보나 똑같다.

그와 같은 시간에 집필했고 완전히 T. E. 로렌스에 관해서만 쓰인 또 하나의 책 원고 중에서 남아 있는 것은 〈겨우 그것뿐이었던가?〉라는 짧은 에세이뿐이다.[26] 이보다 더 방대한 작품은 없었을 것이다.

25_ 옛날 터키가 지배한 아시아 대륙을 통일하자는 것.

26_ 1946년 파부아사에 의하여 80부 한정판으로 출판했다가, 1949년(4~6월호) 《리베르테 드 레스프리 *Liberté de l'esprit*》지에 다시 발표.

말로는 자닌 모쉬즈에게 그 사실을 말한 적이 있는데 결국 그 작품을 '파기'해버렸다고 밝혔다.[27] 1943년 봄 코레즈로 말로를 찾아간 가에탕 피콩은 그의 집 책상에서 T. E. 로렌스에 관한 원고를 보았는데 상당히 중요한 텍스트였다고 했다. 하여간 그 짤막한 에세이 끝에는 장차 그 원고가 실릴 《절대의 유혹 *Démon de l' absolu*》 발췌라고 명시되어 있다. 실제로 단편인지 아닌지는 알 수 없으나 지극히 당혹감을 자아내는 글이다.

〈겨우 그것뿐이었던가?〉. 이것은 로렌스가 무명의 병정으로 밑바닥에 묻히면서 "아랍에서의 모험보다도 더 그 지적 모험에 깊숙이 참여하고 있다"고 느꼈고(말로의 말), 그 천사와의 결정적인 싸움을 위하여 "그 책과 더불어 감금되어 있었던"[28] 1922년, 그의 생애와 작품에 대한 명상 끝에 어떤 독자가 내린 결론이었다.

"퇴역한 수많은 고급 장교가 쓰는 책들보다 약간 낫고 히스테리로 가득 찬 몇몇 대목을 담고 있는 책"이라고 《일곱 개 기둥》의 저자는 말했다. 또한 자신은 카라마조프나 차라투스트라에 버금가는 작품을 쓰고 싶었지만 〈어떤 다이너마이트 제조자의 회고록〉(신문기자, 그것도 이류 신문기자의 필치로 쓴)을 다시 읽는 기분이라고 덧붙였다. 그러니 이것은 정치적 실패와 예술적 실패를 의미한다. 따라서 다음과 같은 결론이 나왔다. "내가 예술가가 되지 못한 것을 용서할 수 없다. 이 세상에서 그보다 더 고귀한 직업은 없기 때문이다."

이상한 점은 마조히스트에다 굴욕을 타고났다고 할 만큼 광적으로

27_ 위의 자료, p. 275.
28_ p. 6. 이 마지막 표현은 말로가 책의 제목으로 사용했다.

오만한 로렌스가 이런 잔혹한 말을 했다는 사실이 아니라, 로렌스를 사랑하고 찬미하며 여러 면에서 그와 닮고자 하는 말로가 기꺼이 이 생각에 동조한다는 사실이다. 밀도 짙고 거칠고 전율하는 이 텍스트에서 T. E. 로렌스의 절망적인 자기비판을 조금이라도 수정해주는 구석은 한군데도 없다. 《천사와의 싸움》 작가가 이 실패의 확인을 부정한다는 단서는 한군데도 없다.

이것은 말로 자신이 그의 주인공 뱅상 베르제에게 가린의 엄격함이나 《희망》의 마뉘엘이 지닌 힘을(그와 로렌스가 다 같이 모델로 삼은 위대한 도스토옙스키까지 들먹이지는 않더라도) 부여하는 데 실패했기 때문일까. 그리하여 그 자신 이 실패의 고백을 그대로 재연하고 있기 때문일까. 이것은 7년 동안이나 그의 대의였던 것, 즉 공산당과 더불어 전개한 반파시스트 투쟁이 모스크바 재판과 독소협약에 의해 더렵혀짐으로써 그 역시 사태의 추이에 의하여 도리 없이 패배하고 역사의 힘에 의하여 난처한 곤경에 빠진 로렌스를 통해 절망의 비명을 내지르게 되었기 때문일까.

〈겨우 그것뿐이었던가?〉는 그러나 허무로 결론짓지는 않았다. 말로는 그 속에서 '에체 호모Ecce Homo(이 사람을 보라)'를 찾고자 했으니 거기서 그의 눈에 보이는 것은 미학적 정치적 '실패'를 초월한 인물의 종교적 형이상학적 차원이었다.

자기 시대에서 가장 종교적인 정신인(영혼의 저 깊숙한 곳에서까지 인간의 고통을 느끼는 사람을 종교적 정신이라 한다면) 로렌스는, 《카라마조프가의 형제들》이 다섯 번째 복음서라고 말한 로렌스는⋯ 기독교에 관하여 단 50행도 쓴 일이 없다. 그에게는 영원히 십자가에 못 박힌 예수가 모든 사람들 가운데 유독 최후의 고독에서 헤어나게 해준 인물이었다. 그러나 그는 자기 동류의 종교도 믿지 않았고 지금은 그들의 문명도 믿지 못하게 되었다. 그의 마음속에는 무엇보다도 반예수교도가 도사리고 있었다. 그는 오직 자신에게만 그의 구원을 기대할 뿐이었다. 그는 인식이 아니라 승리를, 쟁취한 평화를 구했다. "어딘가에 절대가 있다. 오직 그것만이 중요하다. 그런데 나는 그것을 찾아낼 수가 없다. 그렇기 때문에 이 목적 없는 생존을 느낀다."

말로는 이 기이한 고백 에세이, 향수 어린 자아 백서를 통해 점점 더 명백해지는 로렌스와의 동일화를 더욱 분명히 하기 위하여 이렇게 결론 맺는다.

절대는 비극적 인간의 마지막 도정이며 유일하게 효과적인 단계다. 오직 그것만이 가장 마음 깊은 곳에 자리한 의존의 감정, 즉 자기 자신이 되었다는 회한을 불태울 수 있기 때문이다. 비록 인간을 송두리째 다 불태우면서라도.[29]

이리하여 말로는 로렌스를 버리는 것 같은 바로 그 순간에 가장 뿌리 깊은 로렌스의 본질과 정신적 교류를 한다. 그는 로렌스를 니체의 세계에서 이끌어내 파스칼의 세계로 인도한다. 《알텐부르크의 호두나무》에 나오는 여러 대화들이 그것을 증언하고 있다.

영예를 등져버린 그 회한과 거부의 인간이 지닌 절대의 갈구와, 행

29_ 〈겨우 그것뿐이었던가?〉, p. 18.

동 면에서 랭보보다는 바레스에 가깝고 명예를 삶의 목표로 삼는 말로가 지닌 절대의 갈구는 아주 확실하게 구별된다. 그러므로 두 거인 '신화광'의 유사점을 지나치게 강조하는 것은 부당하다. 무니에는 오로지 행동을 통해서만 전정시키거나 잠시 잊을 수 있는 형이상학적 욕구에 사로잡힌 인물이라는 뜻으로 두 사람을 '형이상학적 실천인'의 모델로 보았던 것이다.

그런데 로렌스와 말로가 분명하게 대립 관계를 드러내는 국면이 있으니, 절대에 다가가는 길로써 행동을 신뢰하느냐 하는 문제다.

> 본능적으로 정치가를 장관석으로, 정치인을 지도자의 역할로 인도해 가는 그 점진적인 변화로 인하여 그는 영국 식민지 정책의 지도자가 되겠다는 욕망을 갖게 된 것이 아니라, 그때까지 그 자신의 운명이었던 혼돈 상태를 다시 한 번 명철한 의식으로 탈바꿈한 것이다.[30]

그런데 로렌스는 행동의 부정에서 그보다 한걸음 더 나아간다. "나는 책임을 지고 사람을 거느리는 일을 오랫동안 하게 될 전망이었는데 내 명상적인 천성으로 인하여 대단한 혐오감을 느꼈다. 나는 이런 식으로 행동인의 자리를 차지한다는 것은 천박하다고 판단했다. 나의 가치표는 분명히 행동인의 가치표와는 상반된 것이고, 또 나는 그들의 행복을 멸시했기 때문이다."[31] 또한 "자유는 오로지 행동하는 것보다는 행동하지 않는 것을 선택함으로써 누리는 것이며… 통찰력

30_ 위의 책, p. 6.
31_《일곱 개 기둥》, p. 349.

있는 사람에게는 실패가 유일한 목표다."[32]

물론 말로에게서도 그와 유사한 '무희망無希望'이나 행동의 부정이 돌연히 엿보이는 때가 있다. 가린도 그와 비슷한 말을 했고 페르캉, 첸, 특히 알베아르가 그랬다. 그러나 이야기나 인물들의 전체적인 긴장, 비행대장, 유격대원, 투사, 심지어 장관의 처신은 행동을 지지하는 쪽으로 증언하고 있으며, 효과적인 행동의 시니컬한 의미까지 드러내기도 한다. 그것은 가장 높은 차원에서 이렇게 표현된다. "희망과 행동으로 뭉친 인간들은 그들이 각자 혼자였다면 이르지 못했을 영역까지 이른다."

필자가 1972년 7월, 말로와 대화를 나누면서 T. E. 로렌스와 비교하는 중에 그가 내 말을 끊으며 말했다.

우리 두 사람 사이에 차이가 있다면, 로렌스는 자기가 무슨 일을 하든 실패할 것을 확신한다고 말했다는 점이에요. 그런데 나는 무슨 일을 하든 언제나 성공하리라 믿었거든요! 나는 늘 성공하기 위해서 행동했어요…[33]

전쟁, 남프랑스나 페리고르 지방에 은거하여 명상에 잠기던 시절 그리고 영국인들과의 공동 투쟁… 이 모든 것이 다 지나고 나자 외로운 고공高空의 동반자는 그 모습이 흐려진다. 그런데도 자동 현상 때문인지 《일곱 개 기둥》의 인간과 《희망》의 인간을 결부시켜 생각하는

32_ 위의 책, 4권, p. 74.
33_ 앙드레 말로와 필자의 인터뷰, 1972년 7월 20일.

전설은 여전히 계속된다. 1946년 로제 스테판은 로렌스에 관한 연구 준비차 런던에 갔다가 대령의 친구였던 E. M. 포스터를 만나는 데 성공했다. 스테판은 그가 친절하게 맞아주었다고 말한다.

"안녕하세요, 말로 씨. 당신을 만나 기쁘군요." 나는 깜짝 놀라서 내가 보낸 편지에는 내 이름을 서명했다는 점을 상기시켰다. "그래요, 그래요. 하지만 나는 말로가 당신의 전시명戰時名인 줄 알았지요. 나는 그가 로렌스에게 관심이 있는 줄 알았을 뿐 두 프랑스 작가가 동시에 T. E.에게 관심을 가지리라고는 생각하지 못했기 때문이지요."[34]

로렌스는 멀어져간다. 말로는 역사에 대한 갈구와 동반의 취향과 미학적 욕구를 만족시켜주는 영감의 인물을 드골에게서 발견했다. 장군이 대령을 어둠 속으로 밀어낸 격이다. 우리는 이곳저곳에서 《일곱 개 기둥》의 영웅에 대한 몇몇 언급을 그 뒤에도 다시 만나게 된다. 우리가 앞에서 인용한 인터뷰나 《반회고록》의 한 장이 그 예다.

그가 명예박사 학위를 받기 위하여 옥스퍼드를 방문했을 때 유숙시켜준 친구들이 앙드레 말로에게 무엇을 구경하면 즐겁겠느냐고 물었다. 그는 "로렌스가 거처했던 방문 위에 붙인 기념판"이라고 대답했다. 사람들은 그가 가르쳤던 지저스 칼리지를 찾아서 골고루 뒤져보았지만, 그 위대한 인물이 남긴 자취라고는 아무것도 없었고 《일곱 개 기둥》에 나온 '올소울즈'에서 찍은 사진 몇 장이 고작이었다. 이것을 보면 영예의 마크는 도버 해협을 사이에 두고 이쪽이나 저쪽이

34_《젊은 시절의 끝》, p. 156.

냐에 따라 전혀 다른 형태를 취할 수 있음을 알 수 있다.

T. E. 로렌스는 "유명해지고 싶은 열렬한 욕망"과 동시에 "유명해지고자 하는 욕구가 있다는 사실을 남이 아는 것에 대한 혐오"를 고백한 적이 있다.[35] 아마 그보다는 연극적 요소가 덜한지 말로는 명예욕을 숨기지 않았다. 한쪽은 시시포스가 바위 뒤에 얼굴을 숨기는 격이고, 다른 쪽은 그 바위를 가지고 자기 동상의 받침대를 만드는 격이다.

따지고 보면 그들 두 사람의 접점, 즉 로렌스가 말로에게 자국을 남긴 점은(닮은 점이 없고서 어떻게 영향이란 것이 성립하겠는가) 그들 둘 다 주로 언급한 니체와 도스토옙스키의 존재라는 것이다. 여기서 니체란 역사가 사실이 아니라 신화에 의하여 만들어진다고 믿는 인간을 말한다. 말로 속에는 기이한 악마가 있어서 그가 손대는 모든 것, 특히 사실을 허구로 둔갑시키도록 만들고 오직 그가 세계에 강요하는(그냥 자기 자신에게 관계된 것만이 아니라) '비장한 미화'를 통해서만 세계를 보도록 만든다. 말로가 그 악마를 순치시킬 수 있는 인물이었다면 비극적 사기꾼인 로렌스는 말로의 이 건전한 노력을 그 누구보다도 효과적으로 방해했다고 할 수 있다.

한쪽이 자기 세계를 건설하는 토대로 삼은 '지혜'의 기둥과 다른 쪽이 요구해 마지않는 '희망'은 얼마나 많은 거짓으로 이루어진 것인가. 하지만 그들이 보상으로 받은 것은 얼마나 감동적인 제2의 진실인가! 그들은 역사를 다듬어 만들기를 꿈꾸면서 행동보다는 말로 역사를 변모시켰고, 모델로 삼은 인물들(로렌스는 페이살 왕과 처칠, 말로

35_《일곱 개 기둥》, 9권, p. 103.

는 드골)을 아주 약간 희화화했다. 역사인가, 이야기인가.

또한 창조적 사기라는 악마 이상으로 그들을 사로잡은 것은 '절대라는 악마'였다. 행동의 무대가 아라비아에서 팔레스타인에 이르는 예언적 세계와 풍경의 심장부이고 보면 신의 침묵은 영국인의 경우에 더 확실했다. 더군다나 그를 잘 알기 때문에 올바르게 판단을 내릴 수 있는 루이 마시뇽에 의하건대 그는 '마호메트 신앙의 섭취와는 무관'했다.[36]

그렇긴 하지만 이미 인용했던 말로의 〈T. E. L.〉 결론 부분을 따라가다보면 흥미로운 길로 접어들게 된다. 그 길이란 클로델이 좀 과장된 방식으로 랭보를 만나려고 찾아간 길이지만 동시에 아카바 무리의 대장에게나 알자스 로렌 여단의 여단장에게나 다 같이 에마뉘엘 베를의 말처럼 '신의 부정否定의 부정否定'이라는 암호로 찾아가야 할 길이었다. 만년에 T. E. 로렌스는 자신의 오두막집 문 위에 그리스어로 "알 게 뭐야?"라는 말을 써놓았다. 말로는 《반회고록》 보유편에서 그 이야기를 했다. 하지만 그는 도스토옙스키의 말을 인용하면서 스스로에게 대답했다.

그 대답으로 이 장의 결론을 대신하겠다. "개개의 인간은 절대 존재를 반영한다."

36_ R. 스테판, 《T. E. 로렌스T. E. Lawrence》, p. 238.

트로츠키

1940년 6월 독일군이 파리에 들어오자 가스통 갈리마르는 랑그도크 지방으로 피신하기 전에 출판사 저자들에게 불리한 서류들을 소각했는데, 그중에는 아주 기막힌 문서가 들어 있었다. 1929년 앙드레 말로가 작성한 것으로, 스탈린의 명령에 따라 알마아타에 유배당한 레옹 트로츠키를 석방하기 위하여 카자흐스탄으로 사람들을 급파시키자는 계획안이었다.

말로는 이 거창한 계획을 준비하는 데 많은 정성을 쏟았고, 필요한 자금을 모으는 협의체 구성을 계획했다. 《13인 이야기*Histoire des treize*》(발자크의 음모 소설—옮긴이)를 읽었을 법한, 그러나 스탈린이 수정한 혁명사는 읽지 못한 《정복자》의 저자가 삼총사에 버금가는 이 기막힌 계획을 포기하기까지는 가스통 갈리마르가 그의 선량함으로 설득력을 발휘하지 않으면 안 되었다.

그 당시 말로는 스물일곱이었다. 그는 자기 모습에 로렌스의 모습을 보태서 더욱 거창하게 강력한 힘으로 다듬어놓은 인물 가린과 자신을 마음속으로 동일시하고 있었다. 그 모습 속에 간접적이나마 트로츠키가 비쳤다고 공언한 적은 없다. 그러나 가린과 보로딘이 주고받는 몇 번 안 되는 대화와 그들을 각각 그려 보인 묘사를 통하여 말로는 스탈린을 모델로 삼은 듯 보이는 조직력 있고 수단 좋은 '로마풍' 공산주의자와 '영원한 혁명'의 주창자인 트로츠키가 원형이라고 볼 수 있는 '정복자적' 공산주의자 사이의 대립 관계를 암시한 적이 있다. 이 인물과 레옹 다비도비치의 몇 가지 정치 행동은 무의식적인 것이지만 관계가 있다.

좀 더 전체적으로 볼 때, 말로는 이미 '겨울궁전의 10월', 내란, 선부船夫들의 반란, 빨치산, '100인의 흑인' 등 붉은 전설에 사로잡혀 있었다. 20세기를 "소총이 삐죽삐죽 솟아난 트럭"[37]이라는 이미지로 요약하고자 하면서 그가 연상하는 것은 적군赤軍, 눈 덮인 페트로그라드의 순찰대, 젊은 사관들의 군사 행동 기도, 포위당한 오데사, 모스크바의 노동자 군중 등이다. 그런 치열한 이미지들 위에는 차양 달린 모자, 외눈 안경, 턱수염, 깃을 치켜세운 민소매 외투, 불을 뿜는 듯한 웅변, 억센 발톱을 지닌 검은 독수리 같은 거동 등으로 설명되는 마법의 인물이 맴돌고 있다. 그가 바로 트로츠키라는 이름으로 알려진 전시 인민위원이며 적군의 창설자인 레옹 다비도비치 부론슈타인이다. 동시에 승자이면서 패자인 이 인물보다 더 낭만적인 인물도 없을 것이며, 이성적이고 합리적이고 기술자 같은 달변의 고집쟁이 레닌보다 더 소설 같은 인물도 없을 것이다. 그런데 트로츠키는 유명한 선배 레닌에 비하여 1930년대 내내 러시아 혁명의 열월熱月에서 살아난 유령에게 쫓기며 살았다는 점에서 '인물'의 장점을 지니고 있다.

말로가 트로츠키를 존경하는 이유는 단순히 역사의 건설자라는 일면만이 아니다. 그는 내란이 격렬하게 벌어지는 와중에 루나차르스키와 더불어 작가의 권익에 대해 능동적으로 신경 쓴 트로츠키를 찬양한다. 계몽주의 시대를 열렬히 애호하는 이 전략가는 말로가 꿈에 그리던 영웅임에 틀림없다.

요컨대 트로츠키는 말로의 굶주린 상상력 속에서 생 쥐스트, 랭보,

37_ 말로와 필자의 인터뷰, 1972년 6월.

니체, 이반 카라마조프 등 존경할 만한 유령들의 배턴을 이어받은 위대한 생존자 가운데 일인자(로렌스보다 앞일까 뒤일까?)였다. 말로 자신이 전력투구하여 참여하고 싶은 금세기 최대의 사건에서 전설처럼 살아남은 인물이며 신화의 창조자요, 행동의 선두요, 진원인 트로츠키는 이제 막 《정복자》를 썼고 이미 가슴속에 《인간의 조건》을 잉태한 이 젊은이를 격렬하게 사로잡았다.

서사시적 도전에 목마른 젊은 작가가 1917년 10월혁명의 영웅들 가운데 살아남은 역사가에게 사로잡혔다는 것은 이상한 일이 아니다. 그들 두 사람은 서로 관심을 보인 것이어서 레옹 다비도비치는 실질적인 참여보다는 혁명적인 의향성이 더 짙은 젊은 작가에게 매우 강한 호기심을 나타냈기 때문이다. 사실 그들은 개인적인 관계가 있었다. 두 사람 사이에 초현실주의자들과 매우 가까운 사이이며 지드의 친척이자 친구인 마르크스주의 작가 피에르 나빌이 있었다. 그는 트로츠키의 '대립 전선'을 대담하게 지지해서 이스탄불 가까이 있는 섬 프린키포를 찾아가 '그 노인'을 만났다. 케말 아타투르크의 정부가 추방당한 트로츠키에게 그곳에다 피신처를 만들어주었던 것이다.

열렬한 프랑스 문학(트로츠키는 "노란 표지의 그 책들"이라고 경의를 표하듯 말했다) 애호가인 트로츠키는 친구에게 "프루스트나 지드의 주인공들과 달리 적어도 의지가 굳은 그 젊은 말로"에 대하여 "그는 과연 우리의 대의를 위하여 끌어들일 만한 인물인지"를 물었다.[38] 이런 단순한 질문들이 비평으로 변모하기까지는 2년이 더 걸려야만 했

38_ 장 루와 필자의 인터뷰, 1972년 3월 20일.

다. 물론 그 비평도 정치 지도자가 '신병 모집'의 가능성을 타진해보고 있다는 각도에서 이해해야 마땅하겠지만… 트로츠키의 《정복자》 비평은 1931년 4월 《N.R.F.》에 발표되었다가 나중에 《목 졸린 혁명 La Révolution étranglée》에 재수록되었는데, 이를 계기로 혁명가와 소설가가 결정적으로 맺어졌다. 특히 소설가는 뜻하지 않은 토론의 기회를 얻었으며, 이로 인해 상상하여 만든 광둥 민중 봉기 에피소드는 세계 혁명사에 편입된 사실에 버금가는 권위를 얻었다.

두 사람의 대화는 깜짝 놀랄 만한 것이었다. 우선 레닌의 동지인 트로츠키가 청년 작가를 순진하게도 중국혁명의 대변자로 착각하여 대등한 자격으로 대접했고, 청년 작가 역시 신화 같은 이 인물의 논지에 까딱도 않은 채 태연하게 응수했기 때문이다. 더욱이 토론의 내용이 소설 같은 짜임새를 갖게 되어 그중 일부분만 사실과 일치할 뿐, 보로딘과 갈렌을 제외하고는 이야기에 등장하는 인물이 모두 가공의 인물이라는 점에서 놀랍기 짝이 없는 것이었다. 역사의 인간에게 소설의 인간이 서로 같은 차원에 발 디딘 것처럼 응수한다. 도대체 트로츠키 쪽에서 좀 어이없을 정도로 태연하게 그런 식의 대화를 유도한 것이다. 나폴레옹이 세인트 헬레나 섬에서 스탕달과 더불어 전략을 짜고 스탕달이 파브리스와 그루치를 전략상의 대립 관계로 간주한다고 상상해보라.

트로츠키는 다짜고짜 이 책을 매우 높은 수준에 놓고 이야기를 시작한다.

단단하고 아름다운 스타일, 예술가의 정확한 시선, 독창적이며 대담한 관찰력, 그 모두가 소설에 범상치 않은 중요성을 부여한다. 내가 여기서 이 책에 관해 거론하는 것은 이 책이 넘쳐나는 재능의 표현이기 때문이 아니다. 재능도 무시할 수 없는 요소이기는 하지만 최고의 가치를 지닌 정치 교훈을 담고 있기 때문이다. 그 교훈은 말로에게서 오는 것일까. 그렇지 않다. 저자도 모르는 사이에, 저자의 의견과는 반대로 이야기 자체에서 나오는 것이다. 이 점은 혁명가가 아니라 관찰자와 예술가에게 명예로운 일이다. 하지만 우리는 그런 관점에서 말로를 역시 높게 평가할 수 있다. 자신의 이름으로, 특히 제2의 자아라고 할 수 있는 가린의 이름으로 작가는 혁명에 대한 판단들을 망설임 없이 표현하기 때문이다.

트로츠키가 보기에 특히 중요한 것은 '저자 자신도 모르게' 이 책에서 개진되는 고발, 즉 트로츠키 자신이 집요하게 밀고 나가는 코민테른과 스탈린의 중국 전략에 대한 고발이다. 레옹 다비도비치가 보기에는(그는 말로가 그려 보인 미셸 보로딘의 약력을 거침없이 뜯어고치기도 한다) 코민테른과 스탈린을 섬기는 '그 조그만 외국 관료 체제'(보로딘, 가린, 갈렌, 클라인, 제라르)가 홍이라는 인물로 대표되는 인물들과 맞서서 국민당의 우익과 합작한 데서 모든 악이 비롯되었다.

볼셰비키의 역사와 트로츠키 사상 변화의 역사라는 관점에서 볼 때 이야말로 주목할 만한 텍스트라 하겠다. 그 글에는 비록 그가 '영원한 혁명'을 주창하는 인물이라는 점을 고려하더라도 놀라워 보이는 '좌경성'이 깃들어 있기 때문이다. 과연 크론슈타트의 저항 운동을 진압한 바로 그 장본인의 글에서 홍이라는 무정부주의 테러리스트의 전형에 대한 찬사를 읽을 수 있다는 점은 흥미롭다. "홍이 그의 참다운 길을 발견하지 못하는 것은 혁명을 은행가와 상인들이 좌우

하도록 만들어놓은 보로딘과 가린의 잘못이다. 홍은 이미 잠을 깨고 있기는 하지만 아직 눈을 비비지도 못하고 손도 부드러워지지 못한 상태의 민중을 반영하는 인물이다. 그는 코민테른의 요원들에 의해 마비된 대중을 '위하여' 권총과 단검으로 행동하려고 한다. 바로 이것이 중국혁명에 대한 꾸밈없는 그대로의 진실이다."

보로딘과 홍 사이에 오가는 대화는 보로딘과 그를 부추기는 모스크바 당국에 대한 가장 무시무시한 고발이다. 언제나 그러하듯이 홍은 결정적인 행동을 모색하고 있다. 그는 가장 눈에 드러나는 부르주아들을 응징할 것을 요구한다. 보로딘의 대답은 한결같이 이 말뿐이다. "돈을 대는 사람들에게 손을 대서는 안 돼요… 혁명이란 군에 돈을 대는 일입니다." 이 격언 같은 말 속에는 중국혁명의 목을 조이는 모든 요소가 얽혀 있다… 혁명군이란 뇌물을 기대하는 것이 아니라 그저 돈을 내도록 만드는 법이다.

광둥과 페트로그라드의 차이점은 실제로 중국에는 볼셰비키 이념이 존재하지 않았다는 그 비극적인 사실이다. 거기서는 볼셰비키 노선이 트로츠키 이념이라는 이유를 들어 반혁명 독트린으로 매도당했고 온갖 모략과 탄압에 짓밟혔다. 7월의 여러 날에 걸쳐 케렌스키가 성공하지 못한 일을 스탈린이 2년 후 중국에서 성공한 것이다.

작가가 "마르크스 주의를 제대로 주입받았더라면 그 치명적인 착오를 피할 수 없을 텐데" 그러지 못한 것이 안타깝다고 지적한 레옹 트로츠키는 다음과 같이 대담한 결론을 내린다.

책의 제목은 《정복자》다. 작가의 머릿속에서는 혁명이 제국주의의 분을 바르고 있다는 점에서 이중의 의미를 띤 이 제목은 러시아의 볼셰비키를, 아니 더 정확하게 말해서 그 볼셰비키 중 한 무리를 지목하고 있다. 정복자들? 중국 인민은 10월의 쿠데타를 귀감 삼고 볼셰비키 이념을 깃발 삼아 혁명 봉기를 위하여 일어났다. 그러나 '정복자들'은 아무것도 정복하지 못했다. 오히려 모든 것을 적에게 넘겨주었다. 러시아 혁명이 중국혁명을 유발시킨 것이라면 러시아의 그 아류들은 중국혁명을 억눌렀다고 할 수 있다. 말로는 이런 추론을 하지 않는다. 그런 생각조차 하지 않는 눈치다. 하지만 이 탁월한 책의 근저에서 이런 추론은 더욱 두드러지게 나타난다.

외국의 한 청년 작가의 소설에 대하여 레닌의 동반자가 쓴 이 평론은 매우 인상적이지만, 말로의 응수도 그에 못지않게 인상 깊다. 말로는 그 10월혁명의 인물에게 마치 당통 앞에서 생 쥐스트가 말하는 듯한 어조로 응수한다. 그 위대한 인물이 자기를 맞상대해준 것이 영광스러워서 황송해하기는커녕 단도직입적으로 반격을 가하여 우선 한 점을 기록한다. "마르크스주의를 제대로 주입"받지 못했다고 지적한 트로츠키에게 말로는 보로딘과 인터내셔널의 책임자들도 마르크스주의자인데 그들은 어떠냐고 반문한다.

허구와 현실을, 미학의 문제와 정치 문제를 상대방보다도 훨씬 노련하게 뒤섞어가면서 그는 이렇게 쓴다.

작자와 혁명 사이에 밀접한 관계가 없으며 "이 책의 정치적 교훈은 나도 모르는 사이에 흘러나온다"고 트로츠키가 말하는 것으로 보아 그가 예술 창조의 조건에 대하여 잘 알지 못하는 게 아닌가 염려스러워진다. 혁명이 저절로 이루어지는 게 아니듯이 소설 역시 마찬가지다. 이 책은 중국혁명을 '소설화한 연대기'가 아니다. 이 작품의 주안점은 개인과 집단 행동 사이의 관계이기 때문이다. 《정복자》의 자료들은 트로츠키가 주장하는 논리에 의해 비판받을 수도 있다. 그러나 오직 그 논리로만 비판받을 수 있을 뿐이다. 그는 가린의 생각이 잘못되었다고 본다. 그러나 스탈린도 트로츠키의 생각이 잘못되었다고 본다. 그가 쓴 《나의 생애》에서 그가 권좌에서 물러난 감동적인 이야기를 읽을 때 우리는 그가 마르크스주의자라는 생각을 잊는다. 어쩌면 그 자신도 그 생각을 잊어버리는 것 같다.

어조가 너그럽지 못하고 억세다. 그리고 소설가는 태연하게 말을 잇는다. "트로츠키가 내 인물들이 지닌 사회적 상징으로서의 가치를 인정했으니 이제는 본론으로 들어갈 수 있다."

말로에게 본론이란 소위 '기능주의' 이론인데, 그것은 1925년부터 1926년에 중국 공산당은 무엇이나 독자적으로 일을 벌일 수 없는 형편이었으므로 오직 국민당과의 합작을 통해서만 그 존재 가치를 확립할 수 있었다는 사실을 근거로 한 것이다. 이 이론은 바로 《인간의 조건》에서 르 볼로긴이 키요를 상대할 때 자구 하나 고치지 않은 채 그대로 주장하는 이론이다. 대규모 정치 투쟁에는 단 한번도 직접 가담해본 일 없는 이 스물아홉 살 청년이 글 속에서 줄기차게 레온 트로츠키한테 정치적 전략을 강의하려고 덤비는 것이다. 그런데 정말 기가 막힌 점은 그가 실제로 상대방에게 강의를 했다는 사실이다. 그의 논거가 흠잡을 데 없다는 말은 아니지만 강력한 힘을 가진 것은 사실이었다. 그가 스스로 빚어 만든 작중 인물들을 표본 삼아 정치적 교훈을 이끌어내기 때문에 더욱 강력한 힘을 지닌 것이다. 비도크를 상대로 보트랭의 정치 이론을 토론하는 발자크와 마찬가지니 얼마나 자신만만했겠는가…

그의 멋진 연설은 과연 귀를 기울여볼 만했다. 이 기이한 결투에서는 아마추어가 프로선수의 칼날에서 이를 뺀 격이었다.

인터내셔널은… 선택의 여지가 없었다… 그들의 목표는 권력을 장악하자면 반드시 필요해질 계급 의식을 중국 프롤레타리아에게 가능한 한 빨리 심어주는 일이었다고 나는 말했다. 그런데 그 당시 계급 의식이 부딪치게 된 가장 완강한 장애물은 결사 의식이었다. 중국의 투사들은 제각기 중국 안에 무수하게 존재하는 비밀 결사에 속했다. 1911년 이후 중국 역사란 그 비밀 결사의 역사라 해도 과언이 아니다. 국민당은 그중에서도 가장 강력했다. 정도의 차이야 있겠지만 국민당은 프랑스의 급진당보다는 프리메이슨당과 유사한 단체였다. 통합 이전의 공산당 독트린은 이제 태동하는 비밀 결사의 독트린이었다. 통합이 이루어지고 나자 곧 회원 수가 가장 많은 결사의 독트린이 되었다…

'우선 당이 먼저'라고 말함으로써 트로츠키는 그 가치나 우선권을 무시할 수 없는 혁명 원칙을 옹호한다… 사실 나는 트로츠키가 프롤레타리아에게 요구해 마지않는 가장 현실적인 의미의 영웅 역할을 그저 찬미할 따름이다. 그러나 나는 그 영웅 역할을 실제 사실과 비교하여 확인해보지 않으면 안 되겠다.

그러고는 추상 같은 결론을 내렸다.

내 작중인물들에게 그저 상징으로 취급되는 영광을 베풀어줌으로써 트로츠키는 그들을 현실 세계에서 밖으로 내몰고 있는 데 비하여 나의 답은 그들을 현실 세계 속으로 들어가게 만들어준다.[39]

이런 훈계 말씀을 듣고 트로츠키가 가만히 있을 리 없다. 그는 《N.R.F.》에 답을 쓰겠다고 제의했지만 거절당하자, 결국 트로츠키 경향지인 《라 뤼트 데 클라스_La Lutte des classes》지에 《정복자》의 작가에게 반박하는 글을 실었다. "말로의 글을 읽고 나서 한 가지 수정을 하지 않을 수 없다. 내 글에서 가린이 마르크스 이념을 주입받으면 유용하겠다는 생각을 표시한 적이 있는데, 이제 와서 보니 그렇지 않다." 1933년 7월 트로츠키가 프랑스에 정착한 지 얼마 지나지 않아서 말로가 면담을 요청하자 레닌의 동반자는 만나겠다고 응낙했다. 피에르 나빌의 말에 따르건대, 그 '노인'이 히틀러가 권좌에 올랐으니 반파시스트들 사이의 의견 차이가 좁아질 거라고 판단했기 때문이었다.

소설가는 《인간의 조건》을 이제 막 탈고하여 《N.R.F.》에 발표했다. 그해 3월 그는 지드와 나란히 혁명 작가와 예술가 연맹의 반파시스트 투쟁에 참여했다. 트로츠키는 터키를 떠나서 앙리오 정부에 의해 프랑스로 영접되었다. 그러나 파리 체류 허가가 내리지 않았으므로 루아양 근처에 있는 생 팔레 휴양소의 별장에 거처를 정했다. 1933년 7월 26일 말로가 트로츠키파의 젊은이에게 인도받아 그를 방문한 곳은 바로 거기였다. 어린 딸 플로랑스의 건강이 염려되어 매우 유감스럽게도 클라라는 함께 가지 못했다.

39_《N.R.F.》, 1931년 4월, pp. 488~507.

주의 깊게 손전등을 켜든 젊은 동지 뒤에서 우리 자동차의 헤드라이트 불빛 속으로 하얀 구두, 하얀 바지, 파자마 저고리 그리고 마침내 목이 차례로 다가왔다… 머리는 밤의 어둠 속에 잠겨 있었다. 나는 매우 중요한 생애의 내력이 표현되어 있으리라고 기대하면서 그들 중 몇 사람의 얼굴들을 바라보았다. 그런데 거의 모두가 텅 빈 표정들이었다. 나는 호기심 정도가 아닌 관심을 가지고 이 세계의 가장 위대한 운명인 그 인물을 기다리고 있었다. 그는 눈이 부신지 불빛 가장자리에서 걸음을 멈추었다.

안경을 쓴 이 눈부신 유령의 모습이 뚜렷하게 보이기 시작하자, 나는 곧 그 모습의 모든 힘이 편편하면서도 긴장했으며 선이 뚜렷한 그 아시아 조각상 같은 입술에 집중되어 있다는 것을 느꼈다. 그는 한 동지의 긴장감을 풀어주기 위해 미소를 짓고 있었다. 목소리와는 어울리지 않는 얼굴의 웃음. 매우 조그맣고 사이가 뜬, 그리고 흰 머리와 대조되어 유난히도 젊어 보이는 치열을 드러낸 웃음이었다…

트로츠키는 자신의 모국어로 이야기하지 않았다. 프랑스어로 말하면서도 특유의 목소리에서 자기가 하는 말을 완전히 자신하고 있음이 드러났다. 보통은 자기 자신을 설득하기 위하여 남을 설득하려 한다는 것을 눈치챌 만큼 자기 말을 강조하는 법이지만, 그에게는 그런 면이 전혀 없었다. 상대를 매혹하겠다는 의도가 전혀 없다는 뜻이다. 대인들(그중에는 자기를 표현하는 데 매우 서투른 사람도 있긴 하지만)은 자신의 이념에서 오는 듯한 정신의 밀도와 신비스런 중심을 공유하고 있다. 그 밀도와 중심은 모든 점에서 다른 사람과는 비교가 안 될 정도인데, 사상이란 반복해야 하는 것이 아니라 쟁취해야 하는 것이라고 생각하는 습관에서 얻어지는 것이다. 정신의 영역에서 그 인물은 자기 고유의 세계를 만들어 그 속에 살고 있었다. 그가 나에게 파스테르나크에 대하여 이야기하던 태도가 기억난다.

"지금 러시아 젊은이들은 그를 따르고 있지요. 하지만 나는 그의 작품에서 별맛을 느끼지 못하겠어요. 나는 기술자의 예술, 전문가를 위한 예술에서는 그다지 맛을 느끼지 못합니다."

"나는 예술이란 가치 있는 인간 경험의 가장 고귀하고 가장 밀도 있는 표현이라고 생각합니다."

"그런 예술이 이제 유럽 전체에서 다시 태어날 거라고 생각해요. 러시아에서 혁명 문학은 아직 위대한 작품을 낳지 못했어요."

"공산주의 예술의 참다운 표현은 문학이 아니라 영화가 아닐까요? 〈전함 포템킨〉 이전의 영화와 이후의 영화는 전혀 딴것이고 〈어머니〉 이전과 이후는 전혀 딴것이지요."

"레닌은 공산주의가 예술에서는 영화를 통해 표현될 거라고 생각했어요. 〈전함 포템킨〉과 〈어머니〉에 대해서는 당신처럼 다른 사람들도 이야기를 많이 하더군요. 그러나 솔직히 말해서 나는 그 영화들을 한번도 본 일이 없어요. 처음 그 영화가 나왔을 때 전선에 있었습니다. 나중에는 다른 영화들을 상영했지요. 처음의 그 영화들을 재상영할 때는 귀양살이를 하고 있었어요."

방문객은 '공산주의 안에 집요하게 잔존하는 개인주의, 부르주아 개인주의가 기독교 개인주의와 다르듯이 부르주아 개인주의와도 전혀 다른 그 개인주의'에 대하여 질문했다. '노인'은 이렇게 대답했다.

"기독교도들은 매우 가난했기 때문에 영원한 삶을 중심으로 살면서 개인주의를 중요하지 않게 생각할 수 있었지요. 5개년 계획 속의 공산주의자들 역시 그와는 다른 이유로 똑같은 사정에 놓여 있다고 할 수 있어요. 러시아의 경제 개발 계획은 필연적으로 모든 개인주의를 거부합니다. 비록 공산주의식 개인주의라 하더라도…"

방문객이 그 절대적으로 중요한 문제를 가지고 집요하게 물고 늘어지자 그도 인정했다.

"순전히 집단적인 이데올로기란 현대 세계와 공산주의가 단기적으로 요구하는 최소한의 물질적 자유와 양립할 수 없는 것이지요. 아주 단기간의 것이지만…"

그 후 두 사람은 레닌 그리고 레닌이 공산주의에 기대하는 것 등 여러 가지 문제를 놓고 이야기했다.

"물론 그가 기대하는 것은 새로운 인간형이지요. 그는 공산주의의 전망이란 무한하다고 생각했습니다."

그는 가만히 생각에 잠겼다. 나는 그날 아침에 그가 개인주의의 항구성에 대하여 한 말을 생각하고 있었다. 아마 그도 그 생각을 하고 있었을 것이다.

"그러나 당신 생각은… 하고 내가 입을 여는데 그가 말허리를 잘랐다."

"아니에요. 결국 나도 그와 같은 생각입니다."

그러고 나서 말로가 죽음을 화제로 꺼내자 트로츠키가 말했다.

"죽음이란 무엇보다 쇠퇴의 상위相違라고 생각해요. 한편은 육체의 쇠퇴요 다른 한편은 정신의 쇠퇴 말입니다. 그 두 가지가 서로 일치하거나 동시에 이루어지면 죽음은 단순한 일이 될 거예요. 아무런 저항도 없을 테지요."

그는 예순이었고 깊은 병을 앓고 있었다.

이 글을 쓰고 있을 때, 다시 말해서 트로츠키가 자신이 세운 공산주의 정권에 추방당하고, 또 전기前期 파시스트 난동이 일어나자 두 달 후 프랑스 정부까지도 그를 쫓아낸 그때, 말로가 르포르타주나 인터뷰 정도로 그쳐버릴 수는 없는 일이었다. 그가 쓴 글의 결론은 이 추방당한 인물의 기억을 자기가 금방 본 공산당 영화의 이미지에 대립시켜 보여준다. 그 영화는 '레닌과 스탈린의 거대한 초상화에 짓눌린' 모스크바 축제 광경을 찍은 것이었다. 이 글은 결국 돈호법의 형식을 빌려 '노인'의 대의에 찬동하는 결론으로 끝난다.

"그 군중들 중에서 당신을 생각하는 이가 몇이나 될까요? 의심할 여지 없이 많았을 것입니다. 영화가 시작되기 전에 특히 탤만을 위한 연설이 있었습니다. 감히 용기를 내어 어떤 연사가 당신 이야기를 했더라면 그는 처음 잠시 동안의 불안한 순간을 넘기고 나서 곧 부르주아들의 적의와 정규 노선의 조심성을 동시에 다 짓눌러버릴 수 있었을 것입니다. 당신 이야기를 감히 입에 올리지 못하는 저 다수의 마음속에 당신은 마치 회한처럼 깃들어 있습니다. 모든 사람이 당신을 추방하는 정부에 반대하여 당신과 한편입니다. 당신은 그 어느 누구도 이민移民으로 만들어버릴 수 없는 추방자에 속하는 사람입니다.

사람들이 무어라 말하든 글로 쓰든 입으로 외치든, 러시아 혁명은 그들에게 하나의 덩어리, 겨울궁전을 뒤흔들어놓은 뒤에 당신의 고독과 함께 사라져버리는 영웅주의입니다…

트로츠키, 당신의 사상이 세계의 저 거역할 길 없는 운명으로부터 기대하는 것은 오직 그 운명 자체의 승리임을 나는 알고 있습니다. 10년 가까운 세월을 적지에서 적지로 떠돌아다니는 당신의 숨은 그림자가 부디 그 추방들에 의하여 분명해진 자유를 향한 저 어려운 의지로 활력을 얻은 프랑스의 노동자들과 그 밖의 모든 사람들에게 강제 수용소에서 뭉친다는 것은 좀 뒤늦게 뭉치는 것임을 깨닫게 해주기를! 대단히 많은 공산주의 집단 속에서 당신에게 동조한다는 혐의를 받는 것은 파시즘에 동조한다는 혐의를 받는 것 못지않게 심각한 일로 여겨지고 있습니다. 당신의 떠남은 그리고 신문에 실린 모욕적인 기사들은 결국 혁명이란 하나라는 사실을 충분히 보여줍니다."[40]

그 당시 앙드레 말로는 통합자의 역할을 꿈꾸고 있었을까. 1934년 2월 6일 직후 그는 공산당원들이 반대하는 '단일 노선'을 지지하는 성명서에 서명했다. 그리고 트로츠키의 추방을 반대하여 거의 모든 곳에서 조직된 집회에도 같은 입장으로 개입했다.《마리안》에 기사를 발표한 지 이틀 후에는 공산주의연맹(야당 좌파)과 사회당이 알부이 회관에서 개최한 회합에서 마르소 피베르, 피에르 프랑크, 이방

40_《마리안》, 1934년 4월 25일.

크레포와 나란히 연설했다. 공산주의연맹의 기관지인 《라 베리테 *La Vérité*》는 말로의 연설 내용을 광범위하게 소개했다.

연사는 프랑스의 혁명이라는 절박한 과업을 위하여 단결의 실천을 우렁차게 호소한다. "혁명은 하나라는 사실을 깨달아야 합니다." 그는 볼셰비키 레닌주의의 지도자가 추방당한 문제를 다시 언급하며 "상트페테르부르크를 진동시킨 혁명의 한몫을 사람들이 모욕하고 있다"고 결론 내림으로써 우레 같은 박수를 받았다.[41]

그보다 2주일 전 레온 트로츠키는 도그마가 판을 치는 바로 그 신문에서 1931년 《N.R.F.》에 발표한 자신의 평문에 몇 가지 논지를 다시 거론하면서 그 청년 작가에게 동조하는 뜻을 표시했다.

프랑스 작가 앙드레 말로가 쓴 두 편의 소설 《정복자》와 《인간의 조건》을 주의 깊게 읽기 바란다. 예술가는 정치 관계나 정치적 결과는 미처 깨닫지 못한 상태로나마 중국에서 행한 인터내셔널의 정치 노선을 맹렬하게 고발하며, 또 묘사와 인물의 행동을 통하여 가장 탁월한 방식으로 야당 좌파가 이론과 강령으로 설명한 모든 것을 확인한다.[42]

이 시기(1933~1934)에 말로는 자신이 트로츠키주의자까지는 아니더라도 그 위대한 추방 인사의 동조자라고 생각한다. '노인'이 옹호

41_ 《라 베리테》, 1934년 4월 27일.
42_ 위의 문헌, 1934년 4월 6일.

하는 사상 때문이라기보다는 그를 통하여 구현되는 신화들 그리고 그가 처한 대혁명의 방황하는 유대인 같은 입장 때문이었을까. 그럴지도 모른다. 하지만 그의 동조는 파리의 공공 집회에서 연설하는 일 같은 열성적 행동을 동조할 정도로 대단했다. 클라라 말로는 《투쟁과 유희》에서,[43] 말로가 1934년 여름 소련 여행 중 막심 고리키의 초대를 받은 자리에서 한 당국 인사가 '사회주의 모국'을 위하여 건배하자 그 대답으로 레옹 다비도비치를 위하여 건배했다는 일화를 소개했는데, 벌써 그 이야기를 꺼내는 사람도 있었다. 그 당시 말로는 클라라에게 귀띔했던 것처럼 그 대담한 행동, '재를 씹는 듯한 침묵'의 반응을 불러일으킨 그 엉뚱한 언행 때문에 '쇠고랑을 찰지도' 모른다고 믿었을까. 어쨌든 그는 실제로 그렇게 행동하고 말했다.

1935년 《인간의 조건》 저자는 트로츠키에게 《N.R.F.》에 〈민족사회주의란 무엇인가?〉라는 글을 발표할 기회를 줌으로써 그에 대한 애착을 다시 한 번 표시한다. 그러나 역사적인 매혹은 옛날과 같아도 정치적 동조의 시기는 더 이상 계속되지 않는다. 말로는 '혁명 세력의 통일을 다시 이룩한다'는 것이 자신의 입장에서는(장차 더 중요한 인물들에게도) 불가능하다는 점을 곧 알아차렸다. 역사 소설적인 충동과 그것과는 상치된다고 여겨지는 효율성의 원칙 중에서 후자가 곧 승세를 보인다. 트로츠키는 위대한 인물이지만 《정복자》의 저자에게 유일하게 중요한 반파시스트 투쟁에는 이렇다 할 영향력이 없어 보였다. 이리하여 말로는 정치적으로 추방당한 쪽과 맞서서 추방하는 쪽과 제휴한다. 1935년 4월부터 그는 키로프 암살 사건에 뒤따

43_ 위의 문헌, p. 125.

른 최초의 대숙청 때 소련 당국에 의하여 강제 수용소로 끌려간 인물로 트로츠키 이념을 부르짖던 빅토르 세르주를 구하는 데 함께해달라는 요청을 거절함으로써 결별의 태도를 표시한다. 트로츠키는 씁쓸한 어조로 《라 베리테》에 그의 침묵을 지적했다.[44]

이제부터는 스탈린 노선에 전략적으로 대항하는 인물과 그 노선을 전술적으로 받아들이는 인물 사이의 틈이 끊임없이 넓어지기만 한다. 스페인에서 '에스파냐' 비행대를 창설한 말로는 자기가 보기에 부상하는 파시스트 세력에 대하여 유일하게 방파제 구실을 할 수 있다고 여겨지는 공산주의자들과 합세하기로 결정한다. 그는 자기의 비행대에 스탈린의 정치위원 한 사람을 넣어주었고 POUM Parti ouvrier d'unification marxiste(마르크스주의 통일노동당. 으뜸가는 목표는 1934년 당시 말로의 목표와 같은 혁명 세력의 통일이지만 코민테른 요원들에 대한 증오심 때문에 점점 더 트로츠키 노선 쪽으로 기울어진 정당)과의 모든 관계를 끊어버렸다. NKVD Narodnyi Komissariat Vnutrennikn Del(옛 소련의 비밀경찰인 내무 인민위원부―옮긴이) 요원들과 국제여단의 지도자들이 벌이는 트로츠키파와 아나키스트들의 분쇄 운동을 보고도 말로 쪽에서 그것을 고발하는 움직임은 보이지 않았다.

그러자 트로츠키 쪽에서 요란하게 결별을 선언했다. 1937년 3월 말로는 미국에 머물면서 스페인 공화파를 지지하기 위한 모금 운동을 하는 동안 소련과 반프랑코 투쟁에서 소련이 맡은 역할을 옹호하는 의견을 여러 차례에 걸쳐 발표하면서(특히 멕시코 신문 《엘 나시오날 El

---

44_ 말로가 루아양을 방문한 다음 날로 'L. D.(트로츠키)'는 프랑스 공산당과 관계가 있으며 모스크바를 다녀온 그 인물을 경계하라고 했다. 그의 측근은 이 '경계'가 '과장된' 것이라고 평했다.

Nacional》과의 인터뷰에서) 블룸 정권의 불간섭 정책을 비난했다. 4월 2일 인터내셔널과 노동당(트로츠키파)의 기관지 《라 뤼트 우브리에르 *La Lutte ouvrière*》는 레온 트로츠키의 의사를 반영한 신랄한 글 〈말로 씨에게 보내는 구체적 질문〉을 발표한다.[45] 일주일 후에는 그 나이 든 지도자 자신이 투쟁적 소설가를 비난하기 위해 붓을 들었다.

1926년 말로는 중국에 있으면서 코민테른 국민당에 봉사했다. 그는 중국혁명의 숨통을 조인 책임자 중 한 사람이다… 말로는 앙드레 지드와 마찬가지로 소련의 친구 중 한 사람이다. 그러나 그들 두 사람은 재능을 비롯해 여러 가지로 엄청난 차이가 있다. 앙드레 지드는 만사를 그것의 진정한 이름으로 말할 수 있는 매우 위대한 통찰력과 지적 정직성을 지녔기에 절대적으로 독립적인 성격의 소유자라고 할 수 있다…[46]

말로는 지드와 정반대로 정신적인 독립성을 유지할 수 없는 체질이다. 그의 소설들은 온통 영웅주의로 물들어 있지만 그 자신은 그런 가치를 조금도 지니지 못했다. 그는 체질적으로 남의 일 참견꾼이다. 지금은 뉴욕에서 스페인 혁명을 제외하고는 모든 것을 잊어버리자고 호소한다. 스탈린은 스페인 혁명에 기울이는 관심에도 불구하고 한편에서 수십 명의 노장 혁명가를 추방한다. 말로 자신도 스페인을 떠나 미국으로 가서 스탈린과 비신스키의 정책이 옳다는 것을 선전하고 있다. 거기에 덧붙여 말해둬야 할 사실은 스페인에서 실천하는 코민테른의 정책은 그들이 중국에서 실시한 정책의 완전한 재판이라는 점이다. 이

45_ 피에르 니빌이 필자에게 전한 말.
46_ 지드는 그때 막 《소련에서 돌아와》를 발표했다.

것이 바로 숨김없는 진실이다.[47]

트로츠키가 이토록 맹렬하게 비난한 데는 그만한 이유가 있다. 몇 주 전인 1937년 2월 모스크바에서 열린 두 번째 대재판 당시 러시아의 신문기자 블라디미르 롬은 1933년 7월 파리에서 트로츠키를 만난 일이 있으며, 소련에서 사보타주를 지지하라는 지령을 받았다고 공표했다. 그리고 루아양에서 트로츠키를 만났을 때 거기로 말로가 찾아왔다고 증언했다. 그런데도 말로가 침묵을 지키자 '노인'은 크게 분노하여 《뉴욕 타임스New York Times》에 자신이 《라 뤼트 우브리에르》에 쓴 내용을 전한 것이다

말로도 가만히 있지 않고 응수했다. "트로츠키 씨는 자기 개인에 관계된 것이면 무엇이나 너무 집착한 나머지 스페인에서 7개월 동안 투쟁한 사람이 스페인 공화파를 지지한다는 말만 해도 그 말 뒤에 숨겨진 것이 있다고 생각한다."[48] 며칠 후 《더 네이션The Nation》지가 그를 위해 베푼 만찬석상에서는 "종교 재판이 기독교의 근본적 권위를 손상한 것은 아니듯이 모스크바의 재판이 공산주의의 근본적 권위를 손상한 것은 아니다"라고 선언했다.[49]

이처럼 주고받는 대화가 신랄해지자 급기야 트로츠키는 말로를 스탈린의 첩자라고 하고, 말로는 옛 혁명 지도자를 아집에 사로잡힌 상이군인으로 취급하기에 이르렀다. 레옹 다비도비치의 죽음마저도 이

47_ 《라 뤼트 우브리에르》, 1937년 4월 9일.
48_ 《뉴욕 타임스》, 1937년 3월 17일.
49_ 이 연설의 다른 발췌문 참조, p. 200.

싸움을 진정시키지 못했다. 물론 대전 직후(1947년 5월 17일) 앙드레 말로는 미국인 기자 사이러스 슐츠버거에게 "현재 프랑스에서 공산주의자들과 입씨름이나 하는 소수의 말싸움꾼들 대신 성공의 여지가 없지도 않은 트로츠키 이념 운동이 존재한다면 나는 드골주의자가 아니라 트로츠키주의자가 되었을 것이다"[50]라고 말함으로써 적군 창설자에 대한 애착을 표시한 것은 사실이다(25년 후 필자가 그 말을 다시 꺼내자 말로는 "엉뚱한 소리예요" 하고 무질러버렸다).

1948년 3월 9일 뉴욕의 대일간지는 나탈리 세도바의 편지를 실었다. 거기서 트로츠키의 미망인은 "여러 해 동안 고의적으로 스탈린과 협력한 말로가 프랑스의 반동 중심 세력과 합작할 필요가 생기자 친트로츠키적 태도를 취하는 것"에 분노를 표시하면서, 말로가 모스크바 재판을 "트로츠키와 스탈린의 단순한 개인적 싸움"이라고 소개한 것은 바로 《뉴욕 타임스》 지면이었음을 상기시켰고, 1945년부터 1946년까지 드골의 정보상이요, 《인간의 조건》 저자인 말로를 "프랑스의 트로츠키파를 제거한" 인물이라고 공언했다.

모리스 메를로 퐁티는 이 혹독한 글을 인용하면서 "정신병적"이라고 지칭된 이 작가에게 그에 못지않게 타격을 날리는 해설을 붙이며, 말로는 "초주관주의"와 "자아 혼미"(어제 취한 '그의' 트로츠키즘과 오늘 취한 '그의' 드골주의를 혼동할 정도로)에 빠진 나머지 "정치적 대의의 추구를 그만두고" "물건이나 도구로"(미국 정책의 도구라는 의미가 없지 않다) 전락했다고 말했다.[51]

《N.R.F.》와 마찬가지로 가스통 갈리마르가 펴내는 잡지에 실린 이

50_ 사이러스 슐츠버기, 《역사의 소용돌이 속에서A long row of eandels》, 뉴욕, 맥밀란, p. 256.
51_ 모리스 메를로 퐁티가 《레 탕 모데른》지 No.34, p. 180에 번역 인용.

글은 말로와 그의 출판업자를 대립하는 입장으로 몰아넣은 단 한 번의 위기를 몰고 왔다. 《인간의 조건》 저자는 사르트르가 내는 이 잡지가 계속 진행된다면 지드와 발레리의 출판사와 관계를 끊겠다고 위협했다. 그는 심지어 전쟁 중 《N.R.F.》가 취한 모호한 태도에 대하여 의미심장한 암시까지 했다. 그는 "다시 들춰내볼 만한 서류들이 있다"고 말한 것으로 전해진다. 결국 가스통 갈리마르가 양보하여 《레 탕 모데른》은 유니베르시테 가의 쥘리아르사로 옮겨갔다. 실존주의자를 추방하고 '정복자'가 땅을 점령한 셈이다. '서양의 자유 영웅'을 자처하는 인물로서는 격에 맞지 않는 처사였다.

트로츠키와 말로… 이야기는 이 슬픈 최후의 결투로 끝날 성질이 아니었다. 《반회고록》이 나올 무렵 저자는 프랑스 텔레비전에서 로제 스테판과 현대 역사에 관하여 이야기를 나누었다. 그는 책에는 언급하지 않았지만 "트로츠키는 드골, 마오쩌둥, 네루와 더불어 자기가 만난 가장 위대한 인물이었다"고 말하면서도 "그 이야기는 나중에 하지요, 나중에요" 하고 덧붙였다. 또한 말로는 상대방이 미슐레와 《러시아 혁명사》의 저자를 나란히 비교하려고 하자 반대하고 나섰다. "트로츠키는 미슐레에서 너그러움이 빠진 것 같은 인물입니다. 트로츠키는 두 팔을 벌려 환영할 줄을 몰라요… 깊고 멋진 우의友誼는 있었지만, 그것은 너그러움이 아니에요."[52]

말로가 가장 강렬한 어조로 트로츠키를 입에 올린 것 역시 '금세기의 전설'이라는 제목으로 진행된 인터뷰를 위하여 장 빌라르와 함께 텔레비전 카메라 앞에 섰을 때였다. 그는 1936년부터 1937년 사이

52_ 1967년 9월 9일 방송.

두 사람의 갈등("우리는 서로 성을 냈다")을 언급한 뒤 말을 이었다.

트로츠키는 빅토르 위고나 프랑스 혁명풍의 웅변적 소질을 지녔어요. 당통에서 장 조레스에 이르는 전통적인 웅변 말입니다. 레닌이 가지지 못한 말재간이었지요. 트로츠키는 우리가 한 일이 어떤 것이건 간에 가장 중요한 문제는 아직 미해결로 남아 있다는 신념을 꾸준히 표시했습니다. 그게 바로 '영원한 혁명' 이론이지요. 반면, 레닌이 실천한 것은 '계단식 이론'으로서 한 계단을 올라서는 것은 또 하나의 승리라는 생각이지요. 그에게는 이를테면 호두알을 한 알씩 한 알씩 물어다 모으는 다람쥐 같은 데가 있었습니다. 그에 반해 트로츠키는 세 계단을 오르고 나서 이렇게 말했지요. "자, 이제야말로 우리는 가장 근본적인 혁명의 문제에 직면했다." 그러니까 예언자라는 말은 확실히 그에게 어울리지요… 위대한 예언자란 뭐니 뭐니 해도 비현실의 설교자니까요.[53]

차라투스트라? 말로는 차라투스트라 이야기를 할 때도 똑같은 표현을 쓴다. 마르크스주의적 성격이라곤 거의 없고 신화를 통하여 역사가 이루어진다고 생각하는 그의 관점이 니체의 관점과 매우 가깝다고는 하지만, 말로는 '낙지樂知, Gai Savoir'의 인물(니체—옮긴이)과 적군의 인물을 혼동하지 않으려고 주의를 기울인다.

그렇기는 하지만 작가가 레옹 다비도비치 트로츠키와 대립하는 두 가지 쟁점, 즉 중국혁명의 테마에 관한 쟁점(공산주의자들은 우선 힘을 얻기 위하여 국민당과 합작하는 것이 옳았을까, 아니면 곧 붕괴할 각오를

53_《마가진 리테레르》, 1971년 7월, 54호. 1967년 9월 9일 방송.

하고서라도 독립적으로 존재하는 것이 옳았을까?)과 스페인 전쟁을 계기로 한 쟁점(참다운 투쟁의 장소는 스탈린주의자들과 나란히 싸우는 스페인인가, 아니면 여러 가지 재판이 스탈린주의의 잔학성을 노정시키는 소련인가?)에서 합리적 정치관을 표현한 쪽은 말로였고, '노인'은 예언자적인 꿈을 주장했다.

그러나 스페인에서는 프랑코가 승리했고, 소련의 스페인 개입은 무엇보다도 스탈린이 자신의 권력 기구 말고는 모두를 숙청하도록 만들었다. 한편, 중국에서는 양쪽 주장이 다 허물어지고 제3의 주장이 승리했다. 즉《인간의 조건》에서 신트로츠키 경향의 키요가 어렴풋이 느끼는 정도에 그쳤던, 프롤레타리아 농민 폭동의 필요성에 대한 주장이 승리한 것이다(마오쩌둥이 발견해낸 사실, 즉 중국의 농촌에서 싹트는 혁명의 힘을 트로츠키 자신은 예감했을까. 가장 권위 있는 그의 전기작가 아이작 도이처는 그렇다고 암시한다. 몇몇 트로츠키파 사람들도 그렇다고 말한다. 그러나 대부분의 역사가는 의심스러운 일이라고 믿는다).

소설과 혁명가가 들락날락하는 이 내력 속에서 남은 것은 말로와 10월혁명 지도자의 대화뿐이다. 그저 주고받은 말만 놓고 이야기하자면 그 말은 가급적 드높은 곳에서 주고받고 멀리까지 들리는 말인 편이 낫겠다.

그러나 말로에게는 바야흐로 행동의 시대가 막을 연다.

4. 살루드!

코로넬

1936년 7월의 여러 날을 떠들썩하게 한 전쟁 공보와 증오와 조롱의 소용돌이에 휘말린 스페인으로 말로가 경악한 혜성처럼 들어간 것은 아니었다. 프랑스에서 인민전선이 대중들에게 승리의 기회를 제공하고 있었지만 그는 다소 거만한 태도로 그 촌스러운 도취감 따위에 어울리는 것을 피한 채 이미 두 달 전부터 그보다 더 비장한 격동과 대결이 벌어지는 지역으로 눈을 돌리고 있었다.

이야말로 그의 격에 맞는 무대였다. 서양의 황제가 수많은 벽시계를 거느린 채 안으로 문을 걸어잠그고 지내던 나라, 한 노예 시인이 기사도를 재창조한 나라, 분노한 사제들이 '게릴라'라는 말을 만들어낸 나라, 고야가 시에라의 나무에 화판을 걸어놓고 가장 먼저 침략자들에 대항하여 정치적 프로파간다라는 격동의 예술을 실천한 나라, 죽음이 진지한 것임을 아는 나라. 그의 머릿속에서 스페인은 끊임없이 마음을 사로잡는 도스토옙스키와 아이젠슈타인의 나라와는 기이한 대칭을 이루는 세계로 존재했다("러시아와 스페인은 자연발생적인 노래라는 공통점이 있다"고 그는 말했다).[1]

스페인의 '프렌테 포풀라르(인민전선)'는 프랑스보다 3개월 전인 1936년 2월에 승리를 거두었다. 그러나 거기에서는 우파가 저항을 계속했다. 주먹다짐, 불법 파업, 살해 등 양쪽 파의 공방이 자모라, 아자냐, 마르티네즈 바리오 등 소위 '의로운 중도파' 인물들의 안타까워하는 눈길 아래서 전개되었다. 1935년 6월, 공산주의자들과 가까운 사이인 반파시스트 가톨릭교도 호세 베르가민이 국제연맹(1937년 7월에 모이기로 되어 있던) 회원들을 마드리드로 초청했다. 말로가 1936년 5월 17일 스페인으로 떠난 것은 베르가민의 초청을 받아들인 거였다. 5월 20일에는 작가동맹의 두 동지, 즉 유명한 극작가인 앙리 르마르샹과 이미 널리 알려진 스페인 전문가 장 카수가 그와 합류했다.[2]

그 다음다음 날에는 마드리드의 민주적 지성인들이 즐겨 만나는 '아테네오'에서 토론회를 끝낸 다음 주최 측이 베푼 만찬에 이 세 사람의 프랑스 작가가 참석했다. 호세 베르가민은 18개월 후 《호라 데 에스파냐*Hora de España*》지에 기고한 글에서 그 당시 말로의 연설 내용을 이렇게 전한다. "기쁨을 위해서나 고통을 위해서나 이런 것이 바로 예술가의 운명이다. 그의 입에서 절규의 소리가 터져나오게 만드는 운명이다. 그 절규의 언어를 선택하는 것이 이 세계의 운명이다."

1_ 〈세기의 전설〉, 1972년 4월.
2_ 《엘 솔*El Sol*》, 1936년 5월 20일.

우리의 치열한 투쟁이 시작되기 얼마 전 앙드레 말로는 이렇게 말한 것이다.

그때 말로는 비교적 자유주의적이거나 진보적 지성인(그중에는 《희망》에서 잠깐 찬양한 라몬 고메즈 드 라 세르나와 라파엘 알베르티, 레옹 펠리페, 안토니오 마차도가 포함된다) 그리고 '스페인의 레닌'이라 불리는 라르고 카발레로 같은 좌파 정치 지도자를 만난다. 카발레로는 UGT[3]라는 사회주의혁명당 계열 노동조합의 지지를 받으면서 이미 민중 봉기의 형세를 띠어가는 당시 상황을 좌지우지하는 인물이다. 그러나 파리로 돌아온 말로의 마음을 온통 사로잡은 것은 '아테네오'에서 만난 지식인들의 우아함이나 카발레로의 거친 웅변이 아니었다.

니노 프랑크는 친구 장 비달과 함께 공장에서 상영할 영화 제작 계획을 이야기하기 위하여 말로를 찾아온다. 그러나 말로는 귀를 기울이는 둥 마는 둥 하면서 온통 자기 생각에 정신이 없다.

그는 계시라도 받았다는 듯 자기가 발견한 정치 흐름에 대하여 내게 이야기했다. 그는 정치 분야에서 우리가 지닐 수 있는 가장 훌륭한 이상에 가까운 무언가를 그 속에서 만난 듯했다. 바로 무정부주의 경향의 노동 운동이었다.[4]

스페인의 열기는 오래지 않아 드디어 폭발했다. 앙드레 말로가 파

3_ 노동자 총연합 *Union générale des travailleurs.*
4_ 《부서진 기억》, p. 291.

리로 돌아온 지 두 달이 채 못 된 1936년 7월 17일 산후르호, 몰라, 고데드, 프랑코 등 네 사람의 스페인 군수뇌가 넉 달 전부터 준비해 온 '프로눈시아멘토*pronunciamiento*'(스페인 군 지휘관들의 대對정부 불복종 선언—옮긴이)가 행동에 옮겨졌다. 멜릴라와 테투앙 등 모로코 주둔 부대가 움직이기 시작하고 18일에는 전체 200명의 스페인 군장성 중 85명이 이탈했다.

사태를 과소평가한 탓으로 수상 카자레스 키로가는 노동조합원들을 무장시키기 위해서 라르고 카발레로가 무기를 요구하자 그것을 거절하고 나서 이틀날 사임한다. 마르티네즈 바리오는 자기와 같은 프리메이슨 단원이고 반란군 지휘자인 몰라 장군과 협상을 시도한다. 하지만 거절당하자 뒤로 물러나서 다른 온건파인 호세 지랄을 민다. 호세 지랄은 '군대 해산'을 선언한 다음 국민을 무장시키기로 결정한다. 갖가지 회피에도 불구하고 이 '모비미엔토暴事'는 전체적으로 봤을 때 실패였다. 세비야, 부르고스, 사라고사 같은 대도시만 이에 응할 뿐이었다. 선원과 항해사들 덕분에 함대는 공화파를 지지했다. 노동자 단체는 마드리드, 바르셀로나, 발렌시아, 말라가에서 우세했고, 그들에게 동조하는 독립주의자들이 바스크 지방을 장악하고 있었다. 따라서 '프로눈시아멘토' 그 자체는 실패했다. 그 까닭은 반란을 일으킨 '사인방' 장군이 예상했던 것처럼 몇 시간 만에 권력을 장악하지 못했기 때문만이 아니라, 이 반란으로 인하여 정치 혁명이 사인방이 사전에 방지하고자 했던 사회 혁명으로 발전했기 때문이었다. 내란이 시작되었다. 이 전쟁은 30개월 동안 계속될 참이었다.

앙드레 말로는 사태를 주시한다. 친구 코르닐리옹 몰리니에는 《파리 수아르*Paris-Soir*》지 특파원으로 생 텍쥐페리가 떠났듯이 자기도 19일 공화파 쪽 종군기자로 떠날 예정이라고 그에게 알린다. 말로는 더 이상 참을 수 없어서 21일 마드리드행 비행기를 탄다. 프랑스 민주 인사들에게 보고서를 제출하기 위하여 조사차 떠난다고 했다. 그 '조사'는 이미 전쟁 참가를 의미했다. 그는 자기의 서사시적 상상력에 주어진 그 사건 속에서 주된 역할을 맡기로 한다. 그보다 11년 전에는 불과 일주일간의 홍콩 체류만으로도 무명의 말로가 중국혁명의 신화적 지도자가 되기에 충분했다. 5월에 마드리드에서 열흘을 보냈으니, 이미 유명해진 말로에게는 스페인 혁명이라는 멋진 이력이 열리지 않겠는가. 특히 그가 친구 알리스 알레이에게 한 말은 전율을 자아낸다. "그는 벌써 스페인 총독 비슷한 무엇이 된 것처럼 생각하고 있었다."

7월 21일 그는 클라라와 함께 마드리드에 도착한다. 앙드레의 친구들, 가령 에마뉘엘 베를이 생각한 것처럼 클라라도 그 전투는 미리부터 진 싸움이며 그들의 행동은 동정의 표시 외에는 아무런 의미도 없다고 생각하고 있다. 그러나 말로는 달랐다. 그들은 친구 베르가민과 젊은 작가 막스 아우브의 영접을 받았다. 아우브는 33년 후에도 그때 문득 나타난 말로에 대하여 현란한 기억을 간직하고 있다. "그때 이미 그의 전설에 걸맞은 모습이었다!"

말로는 주먹 쥔 팔을 쳐들고 우정 어린 "살루드(안녕)!"를 연발하며 마드리드 거리를 누비고 다녔고, 바르셀로나에 가서 후일 《희망》의 여러 장을 구성할 관찰 기록을 수집했다.

그는 바르셀로나의 비행장에서 마드리드 공화파를 위한 비행기를 한 대 요구하며 고함치는 폭풍 같은 인물을 만난다. 그가 바로 아나키스트 지도자 두루티다. 말로는 그를 자기 비행기로 데려온다. 그는 그 투사에게 몹시 탄복했고, 훗날 《희망》의 '네귀스'는 그 인물에게서 여러 가지 모습을 빌려온다.

그는 지금껏 만난 열 사람 백 사람이 이구동성으로 확인해준 한 가지 사실을 목격했다. 즉 반란군에 대항하는 공화파의 치명적 약점은 비행대가 없다는 점이었다. 공군 사령관(끝까지 충성을 지킨) 헤레라 장군 휘하의 비행기 50대 중 절반이 모로코 기지에 있었다. 그들은 19일 세비야에 착륙했는데 그때 이미 그 도시가 반란군 케이포 데 라노의 수중에 들어간 것을 까마득히 모르고 있었다. 반란군은 모든 비행기를 압수하고 조종사들을 총살했다.

프랑코 군대에는 그때까지만 해도 비행대가 없었다. 그것은 나중에 무솔리니와 히틀러가 공급해준다. 그러나 프랑코군은 상대편에 비해 매우 우세한 지상의 기갑 부대를 가지고 있어서 공군의 공격만 받지 않는다면 몰라 장군이 나바로와 구 카스티야를 장악한 북쪽이나 남쪽에서 밀고 들어가 곧 마드리드를 빼앗을 기세였다. 스페인 공화 정부의 운명은 제대로 된 비행대의 활동에 달려 있다고 확신한 말로는 8월 초 파리로 돌아왔다. 그는 그 방면에 친분 관계가 있었다. 그중에는 예멘 모험 당시 그에게 비행기를 빌려준 폴 루이 베일러도 있었다. 그리고 정부에는 '운동과 여가부' 장관으로 있는 사회당 친구 레오 라그랑주(피에르 코트, 뱅상 오리올과 더불어 마드리드 정부 원조에 노골적으로 찬성하는 유일한 각료)가 있었다.

레옹 블룸도 그들 못지않게 찬성했다. 그러나 가장 영향력 있는 그의 두 각료, 외무상 이봉 델보와 국방상 에두아르 달라디에가 적극 반대했다. 7월 25일부터 이들 각료는 국무회의에서 피레네 산맥 저쪽으로 최초의 무기를 수송하자는 안을 저지시켰다. 그러나 블룸 정부는 여러 가지 방법으로, 특히 소련 물자를 피레네 산맥 저쪽으로 넘겨줌으로써 스페인 정부를 도왔고 스페인 공화파는 이에 감사했다. '붉은' 군대가 매서슈미트 한 대를 나포하자 프랑스의 전문가들이 초청되어 처음으로 그것을 연구했다.[5]

8월 8일 블룸 정부는 그 어느 편에도 가담하기를 꺼리는 소련, 제안국인 영국 그리고 악스Axe(제2차 세계대전의 주축—옮긴이)의 두 열강인 파시스트 이탈리아와 나치 독일하고 나란히 불간섭 조약에 서명하지 않으면 안 되었다. 독일은 서명을 해놓고 나서 나중에는 조약 내용을 빈번히 그리고 노골적으로 위반했다. 게다가 무솔리니는 1934년 3월 스페인 극우파 대표와 상호 군사 원조 협약을 맺은 터였다.

《희망》의 한 장면에서 말로는 이탈리아 포로를 심문한 결과 이미 '프로눈시아멘토'가 있기 여러 날 전에 이탈리아에서 스페인령 모로코로 비행기들이 날아온 것을 확인했음을 암시하고 있다.[6] 특히 전쟁이 일어난 처음 석 달 동안의 불간섭은 완전히 반란군 쪽에 유리하게 작용했다. 정적 숙청(소위 '16인 재판'이라 부르는 지노비에프와 카므네프의 세 번째이자 마지막 재판이 1936년 8월에 열렸다)에 여념이 없는 스탈린은 공산당원이 아직 단역 정도로밖에 참여하지 못하는 정권을 도와야 할지 망설이다 10월이 되어서야 비로소 태도를 결정했다. 한편, 히틀러는 이 전장에서 얻을 수 있는 이득을 벌써부터 예견했다. 이 전장은 그의 전문가들이 급강하 폭격, 전차 부대의 대 기습 작전, 무방비 도시 폭격, 대적 선전 방송 등의 효과를 실험해보는 좋은 기

5_ 피에르 코트와 필자의 인터뷰, 1973년 6월 10일.
6_ 스칼리와 7월 15일 라 스페지아에서 추락한 이탈리아 조종사 포로의 장면 참조. p. 210.

회였다.

그러면 스페인 원조를 위한 비행기는? 몇 대는 벌써 툴루즈에 도착했다. 피에르 코트와 레오라 그랑주의 압력을 받은 레옹 블룸은 8월 초순까지 눈을 감아주기로 했다. 따라서 비행기들은 필요한 사람들의 손에 넘어갈 수 있었다. 8월 8일부터는 무기 수송을 금지하는 불간섭 규칙이 적용될 터였다. 물론 그러는 동안에도 FAI와 CNT[7]의 트럭들이 국경을 넘어 베호비아로 가기는 했다. 필자도 그것을 직접 목격했다. 하지만 그 화물은 가벼운 무기, 의류, 식량 등 바스크 지방이 동조하자 이룬Irun 전선으로 수송되는 물건에 지나지 않았다.

파리에서 말로는 나름대로 동분서주했다(휴 토머스는 "이 시대의 바이런이 스페인 정부의 구매 대행자가 되었다"라고 기록한다).[8] 포테즈 항공기 회사 쪽에 안면이 있는 처남이 항공상 피에르 코트와의 거래를 위하여 아자냐가 보낸 특사 코르퓨스 바르가의 안내원이자 보좌관 노릇을 했다. 당시 피에르 코트의 비서실장은 다름 아닌 장 물랭이었다. 이리하여 그들은 8월 8일 이전에 말로와 함께 스페인으로 날아갈 수 있는 포테즈-540기 20여 대를 구한다. 그 뒤에 곧 블로크-200기도 10여 대 뒤따를 예정이었다. 그 후 두 차례에 걸쳐 파리에 체류하는 동안 말로는 또 여기저기에서 전투기 몇 대, 특히 "고철 시장에서 사들인"[9] 브레게기를 더 구한다.

그는 8월 8일부터 마드리드 공항인 바라하스에서 일에 착수한다.

7_ FAI: Federacion anarquista iberica(스페인 무정부주의자 연맹),
    CNT: Confederacion Nacional de Trabajadores(전국 노동자 총연맹).
8_ 휴 토머스, 《스페인 전쟁La Guerre d'Espagne》, p. 233.
9_ 재닛 플래너, 《인간과 기념물Men and Monuments》, p. 39.

외국 투사들로 구성된 편대를 조직하고 지휘할 수 있는 권한을 얻어 내어 그 부대를 우선 '에스파냐'라고 명명한다. 스페인 정부는 그가 성취한 인력과 장비 동원의 공로를 인정하여 너그럽게도 '코로넬(대령)' 계급을 준다. 그는 그 계급에 매우 만족하여 계급장을 버젓이 달고 다녔다. 괴상한 모습이긴 하나 금테가 달린 편편한 모자도 쓰고 다녔다.

우리는 1936년 8월 초에서 1937년 2월 말까지 말로가 스페인에서 보여준 활동을 묘사하기 위하여 자주 《희망》을 참조할 것이다. 어디로 보나 이 과대망상증 인물은 바윗덩어리에서 광맥을 추려내듯이 실제 행동의 덩어리에서 취한 일곱 달간의 싸움과 토론을 놀라울 정도로 사실과 일치되게 그려 보였다는 것을 알 수 있다. 우리는 나중에 그의 활동에 대한 평가가 매우 다양하다는 사실을 지적할 것이다. 중국에서의 전례로 보아 신중을 기해야 할 필요성이 있지만, '꿈속에 그려본 스페인'에 대하여 말하는 식으로 이야기하는 것은 삼가겠다. 그 스페인은 소설가가 7개월 동안 자기 희생의 공동체 속에서 유감없이 체험한 스페인인 것이다.

《희망》에 등장하는 마녕은 비행 편대장으로서 구체적 활약에서는 말로의 역할을 맡고 있지만(가르시아, 스칼리, 마뉘엘, 에르낭데스는 번갈아가며 지적, 정치적 면에서 그를 대변한다) 그의 행동과 말이 전부 다 말로가 실제로 한 행동이요, 말이라고 생각해서는 안 된다. 그러나 가장 믿을 만한 증인들에게 문의하고 가장 훌륭한 스페인 전쟁사 서너 권을 읽어보면 편대의 생활과 활약에 관한 한 소설에 기록된 사항이 사실과 일치한다는 것을 알 수 있다. 그 책은 물론 기발한 르포르타주지만 그렇기 때문에 현실을 초월한다. 그러나 역시 르포르타주이고 보면 진실을 반영한다.

비행기 조종에 부적격인 얼치기 비행사요, 폭격이나 항공 분야에 아무런 기술적 능력이 없으며 외투나 모자 그리고 계급장이 달린 군모를 쓰는 방식이 매우 '예술가다운' 말로가 유능한 전사였다고 단언하기는 어렵다. 그러나 확실한 점은 그가 실질적인 권위를 행사하기에 충분할 만큼 당당한 거동으로 동료들에게 믿기 어려울 만한 육체적 용기를 보여주었다는 사실이다. 또한 그는 능란한 말솜씨, 친절, 유머의 소유자여서(그 당시에도 그랬다) 조종사나 기관사들을 끄는 능력이 있었다는 점도 확실하다.[10] 끝으로 작가의 명성, 넓은 친분 관계, 소련 대사 로젠베르그와 영향력 있는 '민간인' 에렌부르나 콜조프(당시《프라우다》특파원)는 말할 것도 없으려니와 카발레로에서 네그린에 이르는 수많은 스페인 지도자들이 그에게 표시하는 우정 등의 후광과 영향을 입은 말로인지라 부하들이 깊은 인상을 받지 않을 수 없었다는 점 역시 분명하다.

그와 함께 싸우던 공산주의자들과 말로의 관계에 대해서는 그 공산주의자 중 몇 사람, 특히《희망》[11] 속 아티니에스의 모델이 된 폴 노통(쥘리엥 세녜르)의 증언뿐만 아니라 세녜르가 쓴 이야기《몸값La Rançon》에 주역을 그려 보이는 대목이 있다.[12] 그 내용을 보자.

두 사람의 공산당원, 즉 스페인 공산당 중앙위원인 카세레스와 그랑델(저자의 자화상이라고 볼 수 있는 그는 저자처럼 공산당 투사인데, 소

10_ "그는 기관사들을 아주 재미있게 해주었다"고 그의 동지가 필자에게 말했다.
11_ 쥘리엥 세녜르는 10년 후 공산당을 떠났다.
12_ 갈리마르, 1952년.

련 당국의 결정을 기다리는 당의 상관들에게 허락도 받지 않고 스페인 전쟁에 가담했으며, 역시 벨기에 공군 장교다)이 '레오'(이 인물은 구석구석이 말로의 모습이다)에 대하여 이야기한다. 카세레스는 그랑델에게 자기가 국제 비행 중대의 공산당 책임자가 될 거라고(실제로 세네르가 그랬다) 말하면서 이렇게 덧붙인다.

"중대 지휘관인 레오는 내 친구인데 우리는 그가 있어서 만족한다. 그러나 그는 우리 사람이 아니다. 너는 그를 통제하기보다는 도와주고 비행 중대 안에서도 역시 공산당원이 최고라는 것을 보여줘야 해. 미리 얘기해두지만 그는 아직 그 점을 확신하지 못한단 말이야."

"그는 당장이라도 당에 가입할 준비가 되었다고들 하던데…"

"너도 그가 쓴 책을 읽었을 거 아냐… 행동을 하다보니 우리와 가까워진 거지. 그는 순수한 지성인과는 정반대야. 자기 몸을 내놓고 언제나 선두에 나서지. 그는 우리가 가진 효율성을 높이 평가하고 있어. 그렇지만 당이… 무슨 말인지 알 거야. 당이 말이야… 요컨대 우리가 그에게 지령을 내릴 수는 없는 노릇이니 네가 그를 설득시킬 필요가 있어.[13]

말로는 실제로 전투에 참가했는가. 그 점은 의심의 여지가 없다. 자기 입장을 확립하려는 맹렬한 의지와 더불어 육체적인 용기, 사내다움을 보여주고자 하는 조바심 등 무엇으로 보나 그가 스페인에서 그리고 1944년부터 1945년 사이 알자스에서 몸을 바쳐가며 부하들을 이끈 인물이었다는 증언들을 믿을 수 있다. 《마가진 리테레르》에 기

13_《몸값》, p. 50.

사를 쓰기 위하여 장 자크 브로쉬에가 《희망》의 저자는 실제로 프랑코 군대와의 전투에 참가했는가를 묻자 세네르는 이렇게 대답한다.

"그걸 의심하는 것이 참 이상하다. 우리 주위에 DCA가 벌 떼처럼 달려들 때 나는 그와 함께 테루엘 상공에 떠 있었다. 말로도 다른 친구들과 마찬가지로 위험 속에 뛰어들었다. 물론 그의 역할은 더 중요했다. 우선 그는 비행 편대를 지휘해야 했고 편대에 비행기를 공급해야 했으니까 말이다. 비행기가 생긴 것도 말로 덕분이다." 스페인에서 그가 한 번도 부상을 입지 않았다는(1936년 12월 사고로 타박상을 입은 것을 제외하고는) 이야기가 있지만, 그렇다고 해서 그가 무릅쓴 위험과 맡은 책임의 무게가 가벼워지는 것은 아니다.

말로는 '무엇을 위해 스페인까지 왔는가.' 우리가 이야기를 계속하는 동안 그 해답이 풀릴 것이다. 우선은 가에탕 피콩의 책[14] 여백에 그가 써놓은 노트를 인용해보자.

"스페인 공화파와 공산당원들과 어깨를 나란히 하고 싸우면서 우리는(그리고 나는) 범세계적이라고 믿었고 지금도 믿고 있는 가치들을 옹호했다." 여기에 세네르의 다음 말을 덧붙여두자.[15] "스페인 전쟁에서 말로의 관심을 끈 것은 그가 얼마 안 되는 수단을 가지고 매우 중요한 역할을 맡을 수 있다는 사실을 간파했다는 점이다. 그는 사람 몇 명과 비행기 몇 대로 결정적인 역할을 수행할 수 있었다." 그 혁명가는 엘리트주의자이기 때문이다. 그에게 행동이란 몇몇 원탁의 기사들에 의해 수행된다면 더욱 매혹적인 것이었다…

14_《그 자신을 통해서 본 말로》, p. 90.
15_《마가진 리테레르》, No.11, 1967년.

요컨대 그는 평범하지 않은 사람들 혹은 성격이 매우 다른 집단 출신의 지원병 그룹에게 대장으로 인정받았다. 네니는 〈말로와 행동의 유혹〉이라는 매우 아름다운 글을 쓴 니콜라 키아로몬테의 증언에 의하면 말로는 폭격 비행에 참가했다지만 사실은 잠깐 동안만 그곳에 와 있을 뿐이었다고 말했다.[16] 그러나 1936년 8월 말부터 비행 편대에 합류한 세녜르는 그를 만난 적이 없다고 한다. 폴 노통 같은 공산당원과 비에졸리, 마레샬, 아벨 기데즈 등의 좌파 민주 세력, 라클로슈와 스피넬리처럼 그냥 용감한 사람들이 4개월 동안 이상한 용병들과 함께 일하면서 12월의 위기가 올 때까지 혼합 부대를 형성했다.

용병 문제는 끊임없는 토론의 대상이었다. 국제여단의 지원병들 가운데서 브레게기나 포데즈기(말로의 부관은 그래도 덜 한심한 비행기라고 했다)를 타고 출격할 능력이 있는 사람들을 찾아내는 데 성공한 11월까지 '에스파냐' 비행 중대장은, 경험 없는 '나무꾼'보다는 매월 5만 페세타스를 주고 고용하는 우수한 직업 군인에게 그 무엇과도 바꿀 수 없는 비행기를 맡기는 편이 더 효과적이라고 생각했다. 다른 방면에서처럼 여기서도 《희망》의 라이트모티프인 실효성의 원리가 그 바탕을 이루고 있다.

비행 중대는 마드리드 비행장인 바라하스에서 훈련했다. 그 뒤에는 알칼라데 헤나레스로 그리고 알바세트에서 그리 멀지 않은 알칸타릴라로, 발렌시아 근교로, 라 세냐라로 옮겨갔다. 말로와 일행은 처음 두 달 동안 마드리드의 그란 비아에 면한 플로리다 호텔에 묵었다. 장차 국제여단에 참가하여 싸울 이탈리아 사회당 지도자 피에트

16_ 피에트로 네니, 《스페인 전쟁 *La Guerre d'Espagne*》, p. 163.

로 네니는 그 당시의 말로와 1936년 8월 '국제여단 단원들'의 생활 분위기를 다음과 같이 회고한다.

호텔 플로리다는 바벨탑을 연상케 했다. 말로의 비행사들, 신문기자, 공화국 정부의 귀빈들 그리고 전쟁과 혁명이 일어났다 하면 빠지지 않고 나타나는 모험객들이 투숙했던 것이다. 말로는 임시변통의 비행대를 조직했지만 그것은 말할 수 없이 큰 공헌을 했다. 몸은 허약해 보일 정도로 깡마르고 얼굴은 지성으로 단단해진 말로는 참다운 전사로서 진심을 다하여 온몸을 던졌다.[17]

그 플로리다 호텔은 기이한 사령부였다. 군사 기밀을 지키는 것이 규칙화되어 있었고 수색도 잦았다. 갖가지 경향의 신문기자들이 드나드는 식당에는 칠판이 하나 있었는데, 그 당시 증인의 말에 의하면, 거기에 말로나 부관이 다음 날 작전 계획을 그려넣곤 했다.

네니의 이야기는 계속된다.

랄칼라, 라 푸에르타 델 솔은 새벽 3시까지도 왁자지껄하다. 카페는 초만원… 나는 말로와 그의 아내, 테레사 알베르티와 그의 남편(민병대 시인), 러시아인 콜조프, 소리아, 가톨릭계 지식인 베르가민, 코루푸스 바르가 등과 더불어 바스크 식당에 가곤 했다. 거기서 열을 올려가며 그날 일어난 일을 분석했다. 우리는 혁명이라는 눈에 보이지는 않으나 실제로 존재하는 사수가 팽팽하게 당겨놓은 활과도 같았다.[18]

17_ 위의 책, p. 163.
18_ 위의 책, p. 165.

조르주 소리아는 《뤼마니테》 그리고 《스 수아르 Ce Soir》에서 《방드르디》에 이르는 각종 신문의 마드리드 특파원이었다. 1936년 8월의 말로에 대해서 그가 간직한 기억은 반짝반짝 빛난다.

그가 사람을 대하는 태도는 단순하고 직접적이어서 일단 접촉해보면 비교적 편했다. 용수철처럼 팽팽하고, 머리카락이 한쪽 눈 위로 흘러내리고, 입에는 꽁초가 물려 있으며, 말할 때마다 특유의 여러 가지 버릇이 반복된다. 흐트러졌으면서도 우아한 옷차림에 일상의 대화에도 화려한 이미지와 반짝거리는 표현이 가득해 주위에 둘러앉은 좌중을 말 그대로 매혹시켰다. 그는 이 위력을 거의 독재적일 정도로 활용했지만 사람들은 쉽사리 이해했다. 스페인 국민과의 유대 의식을 증언하기 위하여 마드리드로 달려온 작가들의 요란스러운 소규모 국제 사회에서 말로는 가장 으뜸가는 자리를 차지하고 있었다. 아무런 경험이 없으면서도 공중전의 위험에 임하는 그를 모두 높이 평가했다. 마드리드 정부를 위한 전투가 사람들의 의식 속에서 불타오름에 따라 그의 전설은 점점 더 퍼져갔다.

그의 국제 비행 중대가 결성되기 전이나 후나, 지금은 없어진 플로리다 호텔의 홀에 해 질 무렵쯤 가보면 어느 날이나 말로를 볼 수 있었다. 그때가 뉴스를 분석하는 시간으로 각자 전선이나 시내에서 본 것을 이야기했다. 거기에는 러시아인 에렌부르와 콜조프, 칠레인 파블로 네루다, 미국인 존 도스파소스, 스페인의 대시인 라파엘 알베르티가 있었다. 그야말로 가장 화려한 문학 살롱이었다. 나는 이리하여 가장 놀라운 대화에 끼어들 수 있었다.

말로는 영어와 독일어에 서툴고 스페인어, 이탈리아어, 러시아어, 중국어도 못했다. 그런데 어떻게 관심의 중심이 되고 주위에 가장 저명한 인사들을 불러 모을 수 있었단 말인가. 그는 프랑스 말로 이야기할 때도 지독히 복잡한 문장에다 상대방이 알아듣게 말해보려는 욕망 때문에 빈약해지는 법이라곤 없는 어휘를 구사했다. 이쯤 되면 프랑스 사람들에게는 그야말로 흥미 만점의 이야기였겠지만 다른 사람들에게야…

나는 말로와 헤밍웨이의 대화를 기억한다. 그때 어니(헤밍웨이의 애칭―옮긴이)는 자기 잔만 뚫어지게 바라볼 뿐 옆에서 보기에도 '머쓱한' 표정이었는데, 자기도 '한마디 해보기' 위하여 그저 말로의 그 숨찬 임기응변적 사설이 끝나기만 기다리고 있었다. 그들 두 사람은 서로 상대방을 존중하기는 했지만 좋아하지는 않았다. 어니는 단순하고 말수가 적은 축들과 어울리려 하는 편인 데다 정치나 문학에 대하여 장황한 이론을 늘어놓는 것은 질색이었다. 그는 별로 악의 없이 말로를 '말로 동지'라고 불렀는데, 그런 유의 주지주의에 대한 반감을 표시하는 말장난이었다.

그렇지만 반파시스트 경향의 우리 소규모 국제 사회에서 말로는 여전히 다수의 공감을 얻고 있었다. 그의 위용은 대단해서 그가 플로리다 호텔로 들어서면 다들 그에게 모여들었다. 그가 그 뭐라든가… 기관총 사수 자격으로 참가한 저 어처구니없는 공중전에서 돌아왔을 때는 특히 그랬다. 그가 자신의 정치 참여를 상징적으로 과시할 때의 단순함이란 군사 전술에 대한 무지에 버금갔다.[19]

19_ 조르주 소리아가 필자에게 보낸 미발표 서한. 《뉴욕과 화살The New York and the Arrows》에서 《뉴욕 타임스》의 마드리드 특파원인 허버트 L. 메슈즈는 말로를 "진정한 이상주의자요 용감한 인물이며 모든 사람들 중에서 가장 훌륭하다"고 격찬한다. p. 28.

미하일 콜조프의 《일기》는 앙드레 말로와 당시 그의 역할에 대해 자주 언급하고 있다. 두 가지 예를 들어보자.

8월 18일: 비행장에 사람들이 많이 보인다. 특히 군인이. 앙드레는 분주하게 왔다 갔다 한다. 지치고 깡마르고 신경이 곤두선 모습이다. 벌써 며칠 밤이나 잠을 자지 않는다. 여기저기서 끊임없이 그를 불러댄다. 그는 잠도 안 자고 서서 바쁜 대화로 비행 중대를 지휘한다.

8월 19일: 프랑스, 미친 나라여, 너는 무엇을 기다리고 있는가. 독일군의 철모들이 벌써 이룬과 생 세바스티앙에 출현했다. "프랑스의 목덜미에 겨자 연고를 바르겠다"던 비스마르크의 위협이 바야흐로 실천에 옮겨졌다. 여기는 이제 마지노선도 없다. 말로의 비행 중대에 들어온 20명 남짓한 미치광이와 모험가들이 여권도 없이 중고품 비행기에 몸을 싣고 공중으로 날아간다. 너를 지키기 위해서, 너를, 프랑스여…

콜조프가 해석하듯이 말로가 '국가적' 목표를 겨냥했는지 어떤지는 증명하기 어렵다. 가장 최근에 이르기까지 그가 내린 갖가지 해석에 따른다면 말로는 이데올로기 투쟁에 나선 전사였다. "그곳에서 우리의 적은 파시즘이었다"[20]고 여러 번이나 되풀이해 말한 것으로 보아 그는 드골 시대까지도 2차 전선에서 싸운 애국적 투쟁의 예언자적 전략가였다고 자처하지는 않았다. 그러나 객관적 현실에서 그 두 가지 목표는 구분되기 어렵다.

자신의 책에서 '서정적 환상' '동지애의 묵시록'이라고 이름붙인

20_ 1972년 4월에 방영된 〈세기의 전설〉.

사건의 무대인 1936년 여름의 그 스페인에 대하여 말로는 1967년 로제 스테판과의 텔레비전 인터뷰에서 이렇게 말했다. "초기의 분위기는 당통을 연상시켰어요. 혹은 아나키스트적이었을지도… 결국 마찬가지지요… 심지어 약간 기독교적인 면도 있었고. 하여간 그 모두가 두 팔을 활짝 벌린 우정 어린 상태로 뒤섞여 있었어요."

당통에 대한 비유는 의미심장하다. 사람들은 싸우기 위하여 그곳에 왔다. 말로는 싸웠다. 그 전쟁에 관한 역사 전문가들이 한결같이 인정하듯이 즉각적인 효과도 거두었다. 특히 그의 사람들과 비행기와 그 자신이 처음으로 전투에 참가한 메델랭 작전은 가장 신빙성 있는 그들의 최고 공적으로 남을 것이다. 피에르 브루에와 에밀 테밈[21] 그리고 휴 토머스[22]는 그 작전이 마드리드의 구출에서 얼마나 중요한 역할을 했는가를 특별히 강조한다. '에스파냐' 비행 중대(분명히 밝혀 두지만 그 비행 중대는 11월부터는 알바세트에서 국제여단의 지원자를 뽑아 오기는 했어도 결코 '국제여단' 소속은 아니었다)에 대해서 말할 때는 그 숫자까지는 아니더라도 그것이 차지한 비중을 염두에 두고 있어야 한다. 말로의 부대는 한 번도 비행기를 여섯 대 이상 출격시킨 적이 없다. 그들이 가동시킬 수 있는 비행기는 아홉 대를 넘지 못했다. 두세 대의 포테즈, 두세 대의 브레게, 두세 대의 더글라스, 한두 대의 블로크. 당시로서는 모두가 피아트나 사보이아-마르케티까지는 상대하지 못해도 하인켈기와는 맞설 수 있는 당당한 비행기였지만, 우선 창문과 그 밖의 여러 구멍으로 폭탄을 투하해야 하는 폭격 임무에

21_ 《혁명과 스페인 전쟁La Révolution et la Guerre d'Espagne》.
22_ 《스페인 전쟁》.

는 너무나도 부족했다.

이처럼 숫자가 보잘것없고 전투 조건이 한심하다고 해서 그야말로 영웅적인 30~40명의 사내들(피에트로 네니의 말처럼 "생명을 걸고 싸운 저 탄복할 만한 자칭 용병들"[23]까지 포함하여)이 이룬 공로를 과소평가해서는 안 된다. 안달루시아부터 에스트라마두레를 거쳐 진격하여 메리다와 바다호즈를 통해 구 카스티야와 갈리스에 기지를 둔 몰라 장군 부대와 합류하려는 야구에 장군의 프랑코파 주력 부대의 허리를 끊으라는 명령이 말로에게 떨어진 것만 봐도 그들의 중요성은 곧 알 수 있었다. 그것은 전쟁의 양상을 바꾸어놓을 만큼 매우 중요한 작전이었고 두 달 후 그 작전이 성공했을 때는 과연 전쟁의 판도가 바뀌었다.

말로는 이야기한다(《희망》, pp. 102~108).

8월 14일: 전체적으로 정열이 끓어오르고 숨 막히도록 찌는 무더위 속에서 현대식 비행기 여섯 대가 출발했다. 에스트라마두레에서 공격을 개시하는 적의 모로코 주력 부대는 메리다에서 메델랭을 향해 나아가고 있었다. 기동화된 강력한 부대로서 아마도 파시스트군의 정예인 것 같았다. 작전 지휘 본부에서 이제 막 셈브라노와 마녱에게 전화가 왔다. 프랑코가 직접 지휘한다는 내용이었다.[24]

지휘관도 무기도 없는 에스트라마두레의 민병대는 저항하려고 애썼다. 메델랭으로부터 마구 제조인, 술집 주인, 빵 굽는 사람, 농장 노동

23_ 위의 책, p. 165.
24_ 그렇지 않다. 그때 사령관은 아센시오 대령이었다.

자 할 것 없이 스페인에서 가장 가난한 수천 명의 사람들이 모로코 보병 부대의 기관단총에 대항하기 위해 엽총을 들고 나왔다.

더글라스 세 대와 좌석이 많은 군용기 세 대가 1913년형 기관총을 달고서 들판을 가로질러 장악하고 있었다. 전투기는 한 대도 없었다. 모두 시에라에 가고 없었던 것이다. 셈브라노, 그의 친구 발라도 그리고 마녱 시비르스키, 다라스, 카를리치, 가르데, 야임, 스칼리 등의 스페인 민간 항공기 파일럿이 모두 참가하고 있었다.[25] 야임은 플라멩코 노래를 불렀다.

비행기들이 두 개의 삼각형을 그리며 남동쪽으로 떠났다. 그들 앞으로 난 똑바른 길에는 일정한 간격으로 붉은 점들이 1킬로미터에 걸쳐 있었다…. 자동차라기에는 너무 작고 사람이라기에는 움직임이 너무 기계적이었다. 그리고 또 길이 움직이고 있었다. 다라스는 문득 알아차렸다. 마치 눈이 아니라 머릿속 생각으로 사물을 보듯이 그는 형태들을 알아보았다. 먼지가 노랗게 앉은 덮개를 씌운 트럭들이 길을 뒤덮고 있었던 것이다. 붉은 점들은 최소한으로 페인트칠만 하고 위장을 하지 않은 트럭의 앞덮개였다. 거대한 지평선에까지 들판과 고요 그리고 거대한 새 발자국처럼 별 모양을 그리는 세 개의 도시를 둘러싼 길들은 쥐 죽은 듯했다. 그 세 개의 요지부동인 길 중에서 지금 이 길, 다라스에게 파시즘이란 지금 여기 떨리고 있는 이 길이었다.

길 양쪽에서 폭탄이 터지고 있었다. 10킬로그램짜리 폭탄이었다. 들판에서는 창끝 같은 붉은 폭발 그리고 연기가 피어올랐다. 파시스트 부대 행렬이 좀 더 빨리 전진하기 시작했음을 알려주는 것은 아무것도 없

25_ 비행기 여섯 대… 단 한 번도 그 이상의 비행기가 함께 비행하는 일은 없게 된다.

었지만 길은 아까보다 더 크게 떨렸다··· 돌연 길의 한 끝이 고정되었다··· 부대가 걸음을 멈춘 것이다. 폭탄 하나가 트럭을 맞혀 트럭이 길 바닥에 나둥그러졌다.

비행기에서 내려다보면 트럭들은 마치 끈끈이 종이에 붙은 파리처럼 길에 달라붙은 것만 같았다. 스칼리는 비행기 안에 들어앉아서 그 파리들이 날아가거나 들판 쪽으로 가로질러 떠나기를 기다리는 듯한 기분이었다. 그러나 길 양쪽은 언덕이 진 모양이었다. 잠시 전에는 그렇게 또렷해 보이던 부대 행렬이 마치 바위를 만나 두 갈래가 난 강물처럼 넘어진 트럭 양편으로 나누어지려고 했다. 스칼리는 모르족 군대들이 두른 터번의 하얀 점들을 분명히 볼 수 있었다. 그는 메델랭에서 온 저 가난한 사람들의 엽총 생각을 하면서 뒤얽힌 트럭들이 가늠자에 맞추어지자 두 상자어치의 가벼운 폭탄을 갑자기 쏟아부었다. 그러고는 현문 위로 몸을 숙인 채 폭탄이 땅에 떨어지기를 기다렸다. 저 인간들과 그 사이에는 운명의 7초가 가로놓여 있었다.

둘, 셋··· 현문을 통해서는 더 이상 뒤쪽으로 멀리 볼 수가 없었다. 옆으로 난 구멍을 통해 보니 대지에서는 몇 사람이 두 팔을 허공에 쳐든 채 뛰어가고 있었다. 그들은 언덕을 뛰어 내려가는 것이 분명했다. 다섯, 여섯··· 포대의 기관총들이 비행기를 향해 사격했다. 일곱, 여덟··· 마구 뛰었다! 아홉! 뛰는 것이 그치고 20여 개의 붉은 반점이 동시에 펑 하고 터졌다. 비행기는 그것과는 아무 관계도 없다는 듯 제 갈 길로 나아가고 있었다.

트럭 몇 대가 바퀴를 공중으로 쳐들고 폭발했다. 그 트럭들이 바닥에서 튀어올라 해를 정면으로 마주하지 않게 되는 즉시 위에서 내려오는 햇빛으로 인하여 그 뒤에는 긴 그림자가 졌다. 이렇게 하여 트럭들은 완전히 파괴된 뒤에야 비로소 눈에 들어왔다. 다이너마이트를 터뜨렸을 때 물고기가 완전히 죽은 뒤에야 비로소 수면에 떠오르는 것과 비슷했다… 셈브라노는 '프랑코는 이걸 처리하자면 5분 이상 걸릴걸' 하고 아랫입술을 쑥 내밀면서 생각했다. 그는 메델랭을 향해 날아갔다.

대기자 루이 들라프레는 12월 사망하기 전에 마드리드의 살육에 관해서 쓰인 가장 감동적인 르포르타주를 신문사로 송고했다. 그가 8월 23일 《파리 수아르》로 보낸 전문은 그 전투를 땅에서 본 내용이었다.

메델랭에서 행군 부대의 살육은 비행대의 걸작이었다… 비행사들이 본 것은 사람들이 아니라 벌레 떼에 지나지 않았다. 명령은 그 부대를 분산시키라는 것이었는데 그들은 아예 전멸시켜버렸다… 길 한가운데 트럭 한 대가 멈춰 섰다. 운전수는 핸들에 머리를 얹은 채 잠든 것 같았다. 그러나 피로에 지친 운전수가 싣고 있는 짐은 일상적으로 흔히 볼 수 있는 화물이 아니라 일제 사격을 당하여 죽은 20여 구의 시체였다.[26]

말로가 《희망》에서 가르시아의 입을 통해 말했듯이 이 대담한 작전이 공화파 쪽에서 볼 때 '최초의 승리'였다고 말한다면, 예컨대 카탈루냐의 여러 작전과 아라공에서 두루티 부대의 전진 같은 전과를 과소평가하는 결과가 될 것이다. 국제군[27]의 기습은 마드리드를 구하고 소위 '묵시록을 조직'하는 데 크게 기여했다. 이 부정할 수 없는

26_《스페인에서의 죽음*Mort en Espagne*》, p. 73.
27_스페인 전쟁의 탁월한 전문가인 휴 토머스는 에스파냐 비행대의 개입에 대해 이야기하면서 이상하게도 그것이 '프랑스'의 비행대라고 말한다.

전과에 말로는 열광하지 않을 수 없었다. 파리에서 앙드레 지드와의 그 기막힌 대화를 갖게 된 것은 그로부터 불과 며칠 뒤였다. 그 대화 중에 말로는 이제부터 여러 혁명 세력을 규합하고 오비에도로의 진격을 준비할 수 있는 '능력'이 생겼다고 장담했던 것이다.[28]

'코로넬' 말로는 이제 또 다른 위험에 직면하게 되었다. 그 위험이란 바로 몰라 장군이 '제5 주력 부대'에 관하여 저 유명한 말로 요약한 위험이었다. 즉 파시스트 게릴라로 구성된 제5 주력 부대가 마드리드 밖에서 온 네 개 부대의 작전을 마무리 지으면서 수도를 안으로부터 장악해버리는 것이었다. 비행 중대 안에 잠입해 들어온 수상쩍은, 혹은 적의 조종을 받는 요원은 몇 명쯤일까? 《희망》에 보면 말로는 세 명의 독일인 이야기를 하고 있다. 거기서 마넹은 공산당 지도자 앙리크를 상대로 토론한다. 이 토론 때문에 그는 스페인 공산당과 가장 오랫동안 멀어진다. '에스파냐' 비행 중대 대장인 그는 한 독일 출신 지원병을 경계할 만한, 적어도 태도가 아주 수상하다고 여길 만한 이유가 충분하다고 생각한다. 클라라 말로의 이야기에 따르면, 앙드레는 그녀에게("당신은 독일어를 할 줄 아니까"라고 그는 말했다) 그 조종사한테 혐의 사실을 귀띔해두라고 요구했다. 호텔 로비에서 그 거구의 우락부락한 사나이에게 다가가 모두들 당신을 나치라고 여기고 있으니 딴 데 가서 목을 매든지 어쩌든지 하라고 말한다는 것은 여자로서는 간단한 일이 아니었다. 그 여자가 마그데부르크 출신의 클라라 말로라 할지라도 말이다. 하지만 그 여자는 그렇게 했다.[29]

28_《일기》, p. 1195.
29_《투쟁과 유희》, p. 189.

그것은 그들 부부가 함께 한 '공동 작전'의 마지막이었다. 클라라는 그때 막 비행 중대의 조종사와 육체 관계를 가졌고(남편의 마음을 자기 쪽으로 돌리려고?), 또한 '에스파냐' 비행대장을 에워싼 정통파 공산주의자들을 누구보다도 싫어하는 안드레스 닌의 트로츠키파 조직인 POUM의 자동차를 타고 돌아다님으로써 고의적으로 말로의 신경을 자극했다. 이보다 더 그를 난처하게 만드는 것은 없었다. 그는 격노했고, 클라라는 8월 말에 파리로 돌아갔다. 며칠 후 앙드레 지드가 그들 부부의 긴장감을 호기심 많은 눈으로 보게 된 것은 바로 이 무렵이었다.

'코로넬'은 참담해진 부부 관계 외에 또 다른 문제에 맞부딪쳤다. 9월 내내 민병대가 쿠데타 직후부터 탈환한 톨레도에서 알카자르 성을 포위해왔는데, 그 안에는 소위 '귀족 사관'들이 갇혀 있었다. 실제로 그 요새 안에 갇힌 채 저항하는 사람들의 90퍼센트가 국민병gardes civiles이었는데, 그들의 대장인 모스카르도 대령은 그 안에다 수십 명의 좌파 여성을 인질로 잡고 있었다.

말로의 눈에는 톨레도가 영원히 '서정적 환상'의 회화적 상징이요 조직되지 않은 대중의 끔찍스러운 무력無力 그 자체로 비쳐진 채 남을 것이다. 톨레도에서 9월 마지막 주에 붕괴하는 전세를 보면 1940년 6월 초 패망해가는 프랑스를 횡단하면서 드골 장군이 느꼈을 분노의 감정을 생각하게 된다. 무장해제된 채 외국의 개입에도 무방비 상태인 스페인 국민들은 그래도 광적인 영웅주의에 사로잡힌 가운데 대항했다는 점이 다르기는 하지만.

카스티야 특유의 기질이 백분 발휘된 그 도시에서 마치 곪은 종기처럼 툭 터지면서 찌그러지는 이 대공황만큼 말로가 한동안 공산당의 엄격한 규율과 제휴하도록 만드는 데 기여한 일도 없을 것이다. 이것이 바로 《희망》에서 마뉘엘이 보이는 진일보다. 사실 그때는 스탈린이 스페인 민중 운동에 '혁명의 나라'의 지지를 보내기로 결정한 시기였다. 1936년 8월 31일자로 일체의 무기 수출을 금지했던 소련 정부는 10월 7일 '몇몇 국가가 반란군을 원조하는 것'을 비난하고, "불간섭 조약에 의거한 일체의 약속을 파기한다"고 선언하는 성명을 발표했다. 그저 논리성에 입각했을 뿐인 결정이었다. 프랑스 정부는 도대체 무엇이 무서워서 그런 결정을 채택하지 못했는가.

'에스파냐' 비행대 쪽에서 보면 이 방향 전환은 공산당 요원들의 영향력이 가중되어 지배적인 작용을 하게 된다는 것을 의미했다. 11월 7일 그 부대가 며칠 전부터 옮겨와서 주둔했던 알칼라 데 헤나레스에서 앙드레 말로가 지휘하는 부대는 볼셰비키의 권력 장악 19주년을 기념하는 만찬을 열었는데, 그때 막 도착한 소련 공군 조종사들이 초청되어 건배가 오고갔다. 기이한 것은(특히 지노비에프가 숙청당했고, 곧 투카체브스키가 숙청당할 판인 당시의 분위기를 생각할 때) 거기에 찾아온 손님 중 어느 누구도 스탈린의 이름을 지목하여 경의를 표하지 않았다는 점이다. 소련 공산당 제1서기를 위하여 첫 건배를 한(스페인에 개입함으로써 소련은 소련 자신을 지키는 셈이라고 강조하면서) 사람은 비행 중대의 정치국원인 폴 노통이었는데, 그의 말이 그 자리에 있던 스페인 사람들에게 충격을 주었다.[30]

소련이 무대에 등장함으로써 생긴 또 다른 결과는, 혁명작가연맹이 구입하여 설치한 트럭 연단에 루이 아라공과 엘자 트리올레가 등

30_ J. 세네르와 필자의 인터뷰, 1972년 8월 19일.

장하여 길가에서, 광장에서 독일 시인 구스타브 레글러[31]와 나란히
전사들에게 연설하기 시작했다는 사실이었다. 말로가 하늘 위 비행
기에 앉아서 그 트럭을 바라보는 눈길이 아라공에게는 조롱 섞인 눈
길로 보이지 않을 수 없었다.

스탈린의 그 같은 결정의 결과로 제3인터내셔널은 문제의 '여단'
들을 결성하라고 호소했다. 스페인 공산당은 그 당원들, 특히 석 달
전부터 끊임없이 전투에 참가하려고 애를 썼으나 뜻을 이루지 못한
수백 명의 지원자로 여단을 만들었다. 사회당과 아나키스트 지도자,
라르고 카발레로, UGT, CNT[32]의 경고에도 불구하고 '국제여단'이
공식적으로 창설된 것은 10월 22일이었다. 코민테른이 주도하고 90
퍼센트가 마르크스주의자인 장교들의 지휘를 받으며, 스페인 공산당
이 자랑하는 규율과 기술적 능력을 보유한 저 유명한 '제5연대'를 모
방하여 만든 이 여단은 공산주의자들의 영향력과 권위를 막강한 것
으로 증대시켰다. 7월이 되자 스페인 공산당원은 3만 5000명이었다
(아나키스트 경향인 CNT는 200만, 사회주의 계열의 UGT는 100만). 연말
에 가서는 공산당원의 수가 20만으로 추계되었다.

말로에게 '여단'의 창설은 단순히 유일하게 '묵시록을 조직할' 능
력이 있는 쪽은 공산당뿐이라는 깨달음과 일치하는 것만이 아니었
다. 여단은 말로와 그의 '용병'의 관계가 위기를 만난 바로 그 무렵에
창설되었다. 《희망》의 저 감동적인 한 장면은 물론 극화되고 회화한
것이긴 하지만 그 위기를 잘 묘사하고 있다. 거기서 '용병'의 전형이

31_ 그는 곧 국제여단에 참가하여 부상을 입는다.
32_ CNT: La centrale anarcho-syndicaliste(아나키스트 노동조합 본부).

라 할 수 있는 르클레르가 신문기자 나달을 앞에 놓고, 적의 추격에
도망친 회한을 채 가라앉히지 못한 분노로 터뜨리면서, 자신의 내면
에는 이제 아무런 도덕적 능력도 없다는 자책, 그 능력이 없이는 송
두리째 몸 바치는 것도 잘 견딜 수 없다는 심정을 털어놓는다.

"너는 뭣 하러 여기로 왔지?" 나달이 르클레르에게 묻는다. "혁명을
위해서?" 르클레르는 성난 얼굴로 삐딱하게 노려본다.

"그게 너하고 무슨 상관이야? 내가 좌파 용병이란 건 누구나 다 알고
있어. 여기 온 것은 내가 독한 놈이기 때문이야. 나는 비행기 조종간에
이골이 난 놈이야. 그 밖의 것은 물렁물렁하고 기죽은 국수 같은 신문
기자 나부랭이나 할 일이지. 미안하지만 각자 자기 나름의 취미가 있는
법이거든. 알아들어?"

초조한 제3자인 아티니에스는 나직하게 말한다. "마넹이 저자들을
몰아내지 않으면 저자들이 비행 중대의 물을 다 흐려놓을 거야."

그러자 르클레르는 대뜸 용병 계약의 문제를 꺼낸다.

"난 말로 토론하는 놈이 아니야… 그렇긴 하지만… 가령 말이지, 내
가 오늘이라도 죽는 날이면 내 계약은 어떻게 되는 거지?"…

보통 위험을 함께 겪으면 '계약' 때문에 서로 멀어지기보다는 용병들
간에 마음이 가까워지는 법이다. 그러나 그날 저녁에는 지원병들도 지
겨워지기 시작했다…

"난 이제 그 장난감 같은 기관총에 진력이 났어. 진력이 났다고." 르
클레르가 말을 이었다. "나는 불알 찬 놈이야. 그러니까 황소 노릇을 하

고 싶지, 비둘기 노릇은 하고 싶지 않단 말이야. 내 말 알아듣겠어?"…

"살루드!" 주먹을 손수건처럼 공중으로 쳐들고 수염을 바람에 날리면서 마넹이 문턱에 나타났다. 그는 일부러 모르는 체하며 서로들 인상을 쓰고 있는 낯짝들을 향하여 르클레르가 있는 곳까지 걸어 들어왔다.

"너 보온병[33] 좀 있어?"

"아니! 없어!"

"없어? 너 잘못했구나."

마넹은 죽은 조종사보다는 술 취한 조종사를 더 좋아했다.

르클레르는 기가 막혀서 마치 길을 찾는 사람처럼 우쭐했다.

그때 마넹이 소리쳤다.

"'펠리캉'[34] 승무원은 즉시 알바세트로 돌아간다."

르클레르가 마넹에게 다가간다… 증오에 넘친 표정으로… "마넹, 엿이나 먹어라!" 원숭이 같은 팔 끝에서 털북숭이 주먹이 부르르 떤다. 마넹의 눈썹과 턱수염이 앞으로 다가선다. 눈동자는 이상하게 까딱도 않는다. "넌 내일 프랑스로 돌아가. 계약이 끝났으니까. 그리고 다시는 스페인에 발을 들여놓지 마…" 마넹은 무심한 표정으로 허리를 굽힌 채 빠른 걸음으로 문을 향해 걸어간다… 그는 마치 알칼라의 넓은 광장을 휩쓰는 바람을 향해서 말하듯이 내뱉었다. 여섯 명의 공격대원이 무장을 하고 들어왔다. 마넹이 "승무원!" 하고 불렀다. 여전히 제가 더 잘났다는 걸 보이기라도 하려는 듯 르클레르가 먼저 나갔다.

33_ 술이 든 보온병을 말한다.
34_ 용병 부대.

비행 중대 대장은 필요 없는 대원들을 제거해버렸다.

파시스트들이 카라방셸[35]까지 왔는데 이제 금방 나간 사람들처럼 행동한다는 것은 반혁명분자처럼 행동하는 것을 의미한다.

이리하여 지원자와 용병이 섞인 혼성 부대는 분명 끝장이 난 듯했다. 이때부터 비행 중대의 제2의 삶이 시작된다. 지원병들은 '여단'에 편입된 것이다.

알바세트의 의용병들

10월 중순 마침내 말로와 그의 동료들은 알바세트로 떠났고, 라르고 카발레로 정부는 미야하 장군이 영도하고 정부 인사로서는 페르난도 발레라 차관[36] 한 사람만 포함된 국방평의회를 수도에 남겨놓은 채 마드리드를 떠나 발렌시아로 옮겼다.

알바세트는 도버 해협과 동부 안달루시아 끝에 있는 건조하고 불그레한 소도시다. 이 도시는 오데사에서 배에 실은 소련의 보급 물자와 지원병들의 수송이 너무 오래 걸리지 않아도 될 만큼 편리한 곳이었다. 이 작은 도시와 도처에서 온 시민들을 거느린 인물은 앙드레 마르티였다. 그는 덩치가 크고 성을 잘 내며 의심이 많은 데다, '늙

35_ 마드리드 교외.
36_ 후일 망명 공화정부 수상.

은 사자의 발톱에 걸린 쓰레기로 만든 것 같은'(헤밍웨이) 얼굴에 눈은 푸른 도자기로 만든 것 같고 두툼한 목 위에는 흘러내리는 카팔랑 베레모를 쓰고 있었다.

지원병으로 여단을 조직하는 일은 어지간히도 기이한 의식이었다. 우선 매일 오후에 그들을 경기장에 집합시킨다. 그 한가운데에 마르티와 부관 게이만이 버티고 서 있다. '대장 앙드레'는 목이 터져라 소리친다. "규율이 있어야 해! 이 꼴로 당장 나가서 싸우겠다는 자가 있다면 그건 범죄야!" 그러면 게이만이 나서서 장교, 하사관, 전문병, 기병 등을 호명한다.[37] 12월 초부터 그는 말로의 비행 중대를 위해서 그들 중에 조종사와 항해사가 있는지 물어보기도 한다. 모병은 신속하지도 못하고 적절하지도 못하다. 다만 교대 근무가 가능해진다.

우리는 깃에 털이 달린 스페인 공군 제복을 입고 안면근육이 떨리는 하얀 얼굴을 살짝 찡그린 채 입가에 담배를 물고 알바세트 거리를 돌아다니는 말로를 볼 수 있다. 그의 걱정은 용병을 국제지원병으로 대치하는 일이다. 11월 초순이 되자 항공기 기술병인 모리스 토마, 올리에 그리고 갈로니가 도착한다. 말로는 그들을 광장 입구에서 발견하고는 호텔 바로 데려와서 설득한다. 비행대 기지가 있는 알칸타릴라로 보내려는 것이다. 그곳은 편편한 초원으로 함석 바라크가 몇 개 서 있는데, 그 중 하나를 식당으로 사용한다.[38]

37_ J. 델페리드 바이약, 《국제여단 Les Brigades internationales》, p. 92.
38_ 위의 책, p. 93.

말로와 동료들은 알바세트에서도 개별 행동을 한다. 그들은 알칸 타릴라를 떠나면 레지나 호텔에 묵는다. 이 '노아의 방주' 속에서 오직 그들만이 '여단'에 속하지 않고 마르티에 예속되지 않은 상태다.

그들과 스페인 당국 사이에는 충돌이 없지 않다. 당국은 그들에게 규율이 없다고, 또 피해를 너무 많이 입는다고 비난한다. 특히 공화파 공군이 사령관이 된 이달고 데 시스네로스와 사이가 안 좋다. 그는 이 분야에서 초보이기 때문에 더욱 파벌 의식이 심한 공산당원이다.

12월 초순이 되자 '에스파냐' 비행대는 또다시 이동한다. 이번에는 정부의 각 기관과 외교 대표부가 자리 잡고 있으며 공화파 전통이 뿌리 깊은 발렌시아다. 적당히 꾸려입은 군복과 규율(패거리 규율이지만) 그리고 마지막 남은 포테즈기와 브레게기(네 대가 아직도 공중에 함께 뜰 수 있다)를 갖춘, 이제는 전원이 지원병인 말로의 부대는 동부 지방에 흔한 오렌지나무 과수원에 터를 잡는다. 그곳에서는 농부들의 가난한 생활이 그래도 비옥한 토지에 가려서 잘 눈에 띄지 않는다. 사람들은 이곳을 '라 세네라'라고 부른다(세네르의 별명은 여기서 온 것이다). 말로에게는《베네치아의 상인》에 나오는 구절("이런 어느 밤이었지, 제시카…")[39]이 연상되는 이 '셰익스피어 과수원' 곁에는 성벽 세 개가 솟아 있다.

비행대가 스페인공화국에 가장 유익한 최고의 공훈을 세운 장소는 여기가 아니지만, 말로가 행동을 통해서 참다운 우정을 경험한 곳은 바로 여기였다. 말로를 중심으로 모인 사나이들은 3개월 뒤 서로 헤어지기 전에 그들 중 어느 누구도 잊지 못할 몇 주일을 이곳에서 보

39_《희망》, p. 481.

냈다. 여기서 말로는 진정한 친구들을 얻었고, 그 친구들은 그 비행대에 그들의 대장 이름을 붙였다. 어느 날 라 세네라에서 말로는 보급 트럭 한 대가 나타나는 것을 목격했는데, 그 트럭에는 커다란 글자로 "앙드레 말로 비행 중대"라고 쓰여 있었다.

일리아 에렌부르크는 발렌시아의 말로에 대하여 이렇게 말했다.

겨울(1936~1937)을 지내는 동안 발렌시아에서 말로를 자주 만났다. 그의 비행대가 그 근처에 주둔하고 있었다. 그는 언제나 한 가지 일에 몰두하는 사람이었다. 나는 동양에 매혹된 그를 알고 있으며, 다음에는 도스토옙스키에 그리고 포크너에, 그 후에는 노동자들과의 우의와 혁명에 심취한 그를 알았다. 발렌시아에서 그는 오로지 파시스트를 폭격하는 이야기밖에 하지 않았는데 내가 문학 이야기를 꺼내면 실망했다는 듯 입을 다물어버렸다.[40]

말로는 《이즈베스티야》지 특파원과 함께 혹은 혼자서 소련 대사 로젠베르그를 자주 찾아가 만났다. 새 비행기나 그 밖의 행동 수단을 얻으려고 노력한 것일까. 바로 그때 그가 스페인 공산당의 정예 조직인 '제5연대'를 강화할 오토바이 기관총 부대의 아이디어를 제공한 것일까. 그들의 면담은 비밀에 싸여 있었으며, 그의 운전사는 물론 친구들에게도 그 문제에 대하여 입을 열지 말라는 명령을 내렸다.

그의 친구 중에서 날이 갈수록 더욱 확고한 위치를 차지한 사람은 레이몽 마레샬(《희망》의 르 가르데)로 놀라울 만큼 저돌적인 인물이었다.

40_ 《회고록》(1921~1941), pp. 395~396.

그는 끔찍한 사고를 당해 개두 수술을 받아서 이마는 울퉁불퉁한 모양이었고, 그 누구한테도 비길 데 없는 입담과 대담성을 소유했으며, 여자만 보면 반해버리기 일쑤인 데다 친구를 위해서라면 어느 때라도 목숨을 던질 태세였다.[41] 하기야 말로도 마찬가지였다. 그들의 동지가 들려준 말에 따르면, 한번은 출격을 나가는데 마레샬이 낙하산도 없이 떠나게 되자 말로가 자기 낙하산을 강제로 메고 떠나게 만들었다.

기름 냄새, 고추 냄새, 버섯 냄새가 한데 섞여서 크림처럼 공기가 빽빽해진 발렌시아 구시가지의 술집에서 전투모에 민소매 외투 깃을 세운 '코로넬'은, 구름처럼 자욱한 연기 속에 파묻힌 채 '지그프리드'라 부르는 창백한 얼굴의 세네르와 그의 아내 마그로, 목소리가 우렁찬 마레샬을 앞에 놓고 유럽에 전쟁이 임박했다는 예언을 하곤 했다.

그는 스페인 전쟁 기간에 '적색' 지역 안에서 열리는 희귀한 투우 경기에 그들을 데리고 가기도 했다.[42] 한번은 그의 부하 장교가, 비록 공화파에 불리한 기사를 쓰기는 했지만 그래도 말로와 인터뷰를 하고 싶다는 프랑스 기자를 소개해주겠다고 하자 한마디로 잘라 말했다. "그냥 보내버리시오. 안 그러면 나는 그를 총살시키지 않을 수 없을 테니까요…"

1936년 크리스마스이브에 말로는 최소한 비행기 두 대를 가지고 나가서 테루엘과 사라고스의 도로를 공격하라는 명령을 받았다. 적의 비행 기지 위치를 살펴두었으므로 안내를 맡을 수 있는 그 지역 농부를 보내왔다. 작전은 26일로 예정되었다. 그러나 '코로넬'이 탄

41_ 그는 후일 말로와 합류한 코레즈의 유격대원으로서 실제로 그렇게 했다.
42_ 그때 사진이 남아 있다.

비행기가 테루엘을 향하여 이륙한 지 얼마 되지 않아 뒤집혔다. 비행기는 잃었으나 그는 타박상을 입었을 뿐이었다. 다른 한 대는 사명을 다하여 은폐된 비행 기지를 폭격했으나 적의 하인켈기들이 추격하는 바람에 고원에서 추락했다. 그 비행기에 탄 기관총수는 레이몽 마레샬이었다.

27일 '라 세네라'에서는 그 비행기에 탄 사람들 중 하나가 알제리 사람 벨라이며, 마레샬을 포함한 다른 네 사람은 중상이라는 것을 알게 되었다. 말로는 즉시 구조대를 조직하고 파시스트의 수중에 있는지 아군의 수중에 있는지 알 수 없는 모라 데 루비엘로스와 리나레스 사이 지역에 추락한 동지들을 데려오려고 떠났다.

그는 열광적인 짐꾼들의 호의를 받으며 발데리나레스로 올라간다. 거기서 부상자들이 죽은 사람의 관을 메고 내려온다. 관 위에는 포테즈기의 기관총이 놓여 있다.

맞은편에는 투우들이 다시 나타났다. 스페인은 바로 한 아랍인의 관 위에 놓인 뒤틀린 기관총이며 목구멍 속에서 아우성치는 저 마비된 새들이다…

검은 농부들, 시대를 분간하기 어려운 숄로 머리를 가린 여인들의 그 모든 행렬은 부상자의 뒤를 따른다기보다는 근엄한 승리를 향하여 내려오고 있는 것만 같았다… 들것이 하나씩 하나씩 지나갔다. 나무들은 랑글루아의 머리 위로, 들것의 손잡이 위로, 타유페르의 시체 같은 미소 위로, 미로의 어린애 같은 얼굴 위로, 가르데의 밋밋한 붕대 위로, 스칼리의 벌어진 입술 위로, 우정 어린 흔들림 속에 실린 채 피를 흘리는 하나하나의 몸뚱이 위로 가지들을 펼치고 있었다…

총안銃眼들 뒤로는 리나레스가 송두리째 떠밀듯이 몰려들고 있는 듯했다. 날빛은 이미 기울었지만 아직 저녁은 되지 않았다. 비가 온 것은 아니었지만 길바닥은 물기로 번득거렸고 짐꾼들은 조심스럽게 발을 옮겼다. 성벽 위로 솟아나온 집들에는 희미한 불이 켜져 있었다…

가르데는 눈을 뜨지 않았다. 그는 살아 있었다. 성벽으로부터 군중들은 그의 뒤에 있는 두꺼운 관을 알아볼 수 있었다. 턱까지 담요로 덮이고 머리에는 모자 모양으로 편편하게 붕대로 감고 있어서 그 밑에 코가 있을 것 같지도 않은 그 부상자는 여러 세기 전부터 농부들이 전쟁이란 것에 대하여 머릿속으로 그려본 이미지 바로 그것이었다. 그에게 나가서 싸우라고 강요한 사람은 없었다. 그들은 어떻게 해야 좋을지 몰라 잠시 망설였다. 그러나 마침내 발데리나레스의 사람들처럼 무엇인가를 해야겠다고 결심한 듯 말없이 주먹을 쳐들었다.

이슬비가 내리기 시작했다. 마지막 들것들, 산악의 농부들 그리고 마지막 당나귀들이 저녁비가 엉키는 암석의 거대한 풍경과 주먹을 쳐든 채 가만히 서 있는 수백 명의 농부들 사이로 나아갔다. 여자들은 꼼짝도 않은 채 눈물을 흘렸고 행렬은 나막신 소리가 섞인 산악의 기이한 침묵을 피해 도망치듯 저 끝없는 맹금류의 울부짖음과 소리 없는 흐느낌 사이를 지나가고 있었다.[43]

이 비극의 인물들 중에서 말로가 단 하나 그 본명을 그대로 붙여준 카미유 타유페르는 오늘날 파디라크에서 사진사 겸 안내원 노릇을 하고 있다. 그는 1936년 12월 27일 시에라 데 테루엘에서 다친 한쪽

43_ 그때 사진이 남아 있다.

다리를 질질 끌면서 걷는다. "발렌시아 병원에서는 의사들이 내 다리를 절단하려고 했어요. 말로가 거절했어요. 그는 나를 종합병원으로, 나중에는 파리로 후송했지요. 그는 내 다리 이상의 것을 구해줬습니다. 내 생명을 구해줬으니까요."[44]

비행대도 그 종말에 가까워지고 있었다. 물론 1937년 2월 초순에 마드리드는 구출되었고 전체적인 전세도 안정되었으며, 공화국은 존속 가능성을 보유했고 소련은 10월에 계획한 구조 노력을 계속하고 있었다. 그러나 비행기 공급이 확대된다는 사실 자체가 '앙드레 말로' 비행대, 그 기상천외한 구경거리 자살 부대원들 그리고 《뤼마니테》를 구독하는 수완꾼들의 임기응변, 그 모두의 소멸을 불가피하게 만들었다. 마른의 택시에 이어서, 기이하게도 '더글라스'라는 전시명을 쓰는 포포프 동지의 방법과 규율이 뒤따르게 된 것이다.

《희망》에서 말로는 1937년 2월 초순의 비행대 상황을 다음과 같이 요약한다.

두 달 전부터 국제 비행대는 지중해 동부 연안 발레아르, 수드, 테루엘의 전선에서 싸우고 있었다. 펠리캉식 서사적 드라마는 끝났다. 하루 두 번 정도의 출격, 적당한 비율의 부상… 테루엘 전투가 계속되는 동안 줄곧 국제여단을 지원해온 비행대는 전투도 하고 비행기 수리도 하고 전투 중의 폭격 장면을 사진 찍기도 했다. 비행사들은 은폐된 기지 가까이 있는 오렌지나무들 한가운데 버려진 성에서 살았다. 그들은 전투를 하는 동안 대공포 사격으로 역과 테루엘 사령부를 폭파했다. 그것

44_《프랑스 수아르》, 1972년 4월.

이 폭파되는 장면을 확대한 사진을 식당 벽에 핀으로 꽂아두었다.[45]

긴급한 임무가 다른 곳에서 그들을 기다린다. 말라가가 1937년 2월 8일 프랑코군의 손에 넘어가버렸다. 당시 공산당 신문기자였던 아서 쾨슬러는 공격해 오는 적군에게 잡혀 감옥에 갇혔다. 그는 끝내 감옥에서 나가지 못하고 말 거라고 생각했다.[46] 10만이 넘는 피난민 군중이 이탈리아 함대와 전투기의 사격을 받으며 정신없이 도시 밖으로 쏟아져나간다. 발렌시아의 사령부는 그 대학살에 대항하고, 좀 더 빠르고 좀 더 무장이 잘된 피아트 전투기와 맞서지는 못한다 할지라도 적어도 피난민을 추격하려고 달려드는 파시스트의 트럭과 맞서기라도 하기 위하여 말로에게 두세 대의 비행기를 요청한다. 그 불쌍한 피난민들이 북동쪽으로 150킬로미터 떨어진 알메리아에 도착할 수 있는 기회라도 주지 않으면 안 된다.

말로는 1937년 2월 11일의 그 작전에 참가하지 않았다. 그 작전은 이 비행 중대가 공훈을 세운 최후의 작전이었다. 그러면 역사가의 말을 들어보자.

앙드레 말로가 지휘하는… 비행대는 말라가 지역으로 최후의 출격을 한다. 1월 말과 2월 초에 그 비행대의 포테즈-540기와 블로크-200기가 카딕스 시와 이탈리아 파시스트 지원병들이 도착하는 카딕스 부두를 폭격한다… 8일부터 그의 비행기들은 피난민의 탈출을 엄호한다. 11일

45_ p. 488.
46_ 《스페인의 유서 *Un testament espagnol*》, 칼만 레비사, 1947년.

의 전투가 마지막이 될 것이다… 모트릴 상공에서 산테스(《희망》에서는 셈브라노)와 세녜르가 조종하는 포테즈-540기가 15대가량 되는 이탈리아 전투기의 공격을 받는다. 빗발치는 총탄이 폭격기의 앞부분을 친다… 산테스는 오른팔에 상처를 입었으며, 우측 엔진은 정지하고 좌측 엔진에는 불이 붙는다. 기관총수 갈로니의 발목에 총알 한 방이 박힌다. 기관사 모리스 토마가 그를 대신한다. 산테스는 왼손으로 비행기를 조종한다. 그는 고도를 유지하려고 안간힘을 쓴다. 다행히도 포테즈-540기는 적재 면적이 넓다. 그러나 고도를 유지하지 못하고 떨어진다. 곧 바다와 산 중에 선택하지 않으면 안 된다. 산테스는 바다를 택한다.[47]

말라가의 피난민 구출 작전은 7개월 전 바라하스에서 창설된 비행대의 마지막 행동이라고 대부분의 역사가들은 생각한다.[48]《희망》의 마지막 부분에 과달라하라에서 이탈리아군 연대를 격파하는 공화파 군대의 머리 위로 마넹이 그의 낡은 오리온기를 타고 비행하는 장면이 나온다.[49]

스페인의 모든 바람에 흩뿌려진 그의 모든 비행기들, 모든 묘지에 흩어진 그의 동지들. 헛되이 사라진 것은 아니겠지만 눈보라의 태풍 속에서 미친 듯 요동하는 이 어처구니없는 오리온기, 나뭇잎처럼 흔들리는 이 보잘것없는 비행기들은 이제 정식으로 편성된 공화국 비행기 편대

47_《국제여단》, p. 215.
48_ 특히 브루에와 테밈《혁명과 스페인 전쟁》, p. 348.
49_《희망》에서는 그 장면이 테루엘 공격과 하산 장면 앞에 나온다.

에 비하면 아무런 의미도 없는 것이었다. 뒤엉킨 구름 떼 저 아래 수없는 모자들의 효과적이고도 분명한 선들은 어제 이탈리아군이 포진했던 자리만 되찾은 것이 아니라 끝나버린 한 시대를 만회하는 것이기도 했다. 미쳐버린 엘리베이터를 타고 흔들리듯 오리온기를 타고 흔들리는 마넹은 오늘 그의 발밑에서 그 사실을 확인할 수 있었다. 그것은 게릴라의 끝이었으며 정규군의 탄생이었다.[50]

몇 시간 뒤 그가 가르시아를 만나자 공산당의 팽창하는 세력에 놀란 가르시아는 이렇게 묻는다. "당신의 비행사들 중에서 처음에는 프롤레타리아 만세! 혹은 공산주의 만세! 하고 죽어가던 친구가 오늘날 같은 상황에서 당 만세! 하고 소리치지 않는다고 장담할 수 있겠소?" 이 말에 마넹이 찾아낼 수 있는 대답은 기껏 이것뿐이었다. "그들은 이제 더 이상 소리칠 필요가 없어졌어요. 거의 다 병원이나 땅속으로 가고 없으니까요."[51]

게릴라의 마지막(땅에서나 공중에서나) 정규군, '정식으로 편성된 비행기 편대'의 탄생, 마레샬, 세네르, 기데즈, 라클로슈 등 가장 훌륭한 동지들의 죽음 혹은 부상, 그가 그렇게도 힘들게 모은 비행기들의 파괴, 이 모든 것이 1937년 2월 말 '앙드레 말로' 비행대에 종지부를 찍는 데 한몫씩을 했다. 그의 스페인 전쟁이 끝났다는 말은 아니다. 선전을 위한 외국 순회 여행, 작가 대회, 구상하는 책, 제작할 영화 등 그 예술가가 옹호하는 대의를 위하여, 그리고 그가 누구와도 비길

50_《희망》, p. 488.
51_ 위의 책, pp. 498~499.

수 없는 능력을 발휘할 만한 분야에서 동원할 수 있는 모든 수단이 아직 더 남아 있었다.

이 점은 그가 결코 잊지 말아야 했을 자명한 사실이었다고 말하는 사람들도 있다.[52] 그들은 이달고 데 시스네로스 대령의 저서에서 논거를 찾는다. 그는 귀족 출신이며 사회민주당 지도자 아달레시오 프리에토의 친구로서 스페인 공산당과 제휴한 공화파 공군 사령관이었다. 그는 회고록《날개를 돌리며Virage sur l'aile》에서 '에스파냐' 비행대대장 말로에 대하여 무자비한 비판을 하고 있다.

나는 말로가 자기 나름대로 진보주의자였다는 점이나 선의를 가지고 우리를 도우려 했다는 점을 의심하지 않는다. 아마도 그는 바이런 경이 그리스에서 했던 역할과 비슷한 일을 스페인에서 하고 싶었던 것일까? 나는 모른다. 그러나 내가 단언할 수 있는 것은 매우 유명한 작가로서 말로의 지지는 우리의 목적에 유용하게 쓰일 수 있었지만, 비행대장으로서 그의 공로는 완전히 부정적임이 판명되었다는 사실이다.

앙드레 말로는 비행기라는 것이 무엇인지 전혀 알지 못했고, 또한 비행사를, 그것도 전시에 즉흥적으로 만들어낼 수는 없다는 사실을 알아차리지 못했던 것 같다. 그가 데리고 온 부대로 말해보건대 그들은 낭만적인 영웅이자 자유의 투사였으며, 그들의 행동은 위선적이면서도 간악한 정부의 어처구니없는 처사를 보상해준 것이었다고 생각한 사람들을 내가 실망시키지 않을 수 없는 것을 유감으로 여기는 터다. 물론 여러 사람들 중에서 서너 사람은 이상에 불타서 스페인으로 건너온 정

52_ 가령 알프레드 파브르 뤼스가 《르 몽드》 1971년 10월 21일에.

직한 반파시스트 운동가로서 부정할 수 없는 영웅주의를 실천으로 보여 주었다. 나머지는 그저 단순히 돈벌이에 흥미를 느낀 용병이었다… 말로는 비행대의 문제에 무지했으므로 그들에게 아무런 권위도 세우지 못했다. 그런 종류의 사람들이 한데 모여서 할 수 있는 일이 무엇일지는 쉽사리 상상할 수 있다. 그들은 도움이 되기는커녕 짐이었다.

나는 여러 차례에 걸쳐 그들을 해고하라고 요구했지만 스페인 정부는, 만약 '자유의 영웅적 옹호자들'이라고 서투르게 선전된 그들을 우리가 돌려보냈다가는 프랑스에서 좋지 못한 인상을 받을 거라는 이유로 거절했다.[53]

이것은 오늘날 프랑코 쪽에서 말로에 대하여 내리는 판단이다. 내가 만나본 그쪽의 한 역사가는[54] 이달고 데 시스네로스의 비난을 열심히 인용하면서 덧붙였다. "스페인에 대해서나 스페인 국민들에 대해서나 아무런 존중심이 없는 말로는 오로지 그 전쟁에서 개인적인 선전을 할 기회만 찾았다." 프랑코파의 인물이 말로에 대한 비난에 경멸 섞인 한마디를 더 보탠다는 것은 자연스러운 일이다. 그러나 자신의 증오심을 표시한다는게 기껏 인물 묘사에 훈수를 두는 것이 고작이라면 그건 말로의 비행기들이 그랬듯이 또 그 비행기들에 뒤이어, 나치 비행사들과 맞서서 스페인 국민을 보호하는 임무를 띤 전투기 편대를 지휘 통솔했던 인물로서는 격에 맞는 일이 못 된다.

1937년 2월, 반파시스트 지식인들(안토니오 마차도, 레온 펠리페, 라

53_《날개를 돌리며》, pp. 316~317.
54_그는 필자에게 이름을 밝히지 말아달라고 요청했다.

파엘 알베르티, 파블로 네루다, 호세 베르가민)의 견해를 표현하던 잡지 《호라 데 에스파냐》는 다음과 같은 글을 발표했다. "앙드레 말로는 영웅적 의지를 믿고 사나이다운 우의를 통하여 희망적으로 혹은 절망적으로 신념을 표시한다… 칭찬해야 할 것은 단순히 하나의 형식적 필요성이나 정열만이 아니라 윤리적 감정이다… 사람다운 사람들의 유럽은 자신의 운명을 스페인의 운명에 연결시키면서 이와 같이 자기 표현을 한다." 36년 후인 1973년 10월 모스크바에서 스페인전쟁 이후 줄곧 그곳에 살고 있는 '라 파시오나리아' 돌로레스 이바루리(스페인의 여성 정치가로 공산당 당수 역임. '라 파시오나리아' 라는 별명으로 통했다—옮긴이)를 만났을 때 그 여자는 말로에 대하여 이렇게 말했다. "나는 그를 존경한다. 그는 나의 친구다. 그는 스페인을 사랑하고 우리에게 큰 도움을 주었기 때문이다!"

프랑코 쪽 주장이나 10년 후 공산주의자들이 내세운 주장 중 어떤 쪽을 편들지 않는 역사가들(가령 브루에와 테밈, 델페리 드 바이약)은 다른 나라의 스페인 원조에 관한 한 "제대로 된 조직의 첫째가는 예는 앙드레 말로가 마련한 국제 비행대다. '에스파냐' 비행대는 적어도 정부 쪽의 전투비행대가 전혀 존재하지 않았던 무렵인 초기에는 대단한 도움이 되었다… 국제군만이 메델랭의 국민군 부대를 폭격하는 등 유효적절한 행동을 할 수 있었다"고 썼다.[55] 결론적으로 우리는 다음과 같은 말로의 말을 참작할 수 있을 것이다. "우리는 적어도 국제여단이 도착할 수 있는 시간은 벌어주었다."[56]

55_ 브루에와 테밈, 위의 책, p. 348.
56_ 로제 스테판과 필자의 인터뷰, 1967년 10월.

이러한 일을 이루어놓고 나서 그는 1937년 2월 공제조합 회관의 연단 위에 선다. 다시 한 번… 이번에는 '내심은 좌파적인' 공쿠르 수상 작가인 지드와 방다 중간쯤에 편안히 자리 잡은 그 어정쩡한 아시아의 모험가가 아니다. 이제 그는 프랑코 군인들의 피를 손에 묻힌 전사다. 부르주아들은 말로가 그 사실을 똑똑히 인식할 수 있도록 처신했다. 그러니 이제는 옛날 얘기에나 나옴직한 이국적인 혁명의 동반자를 감미로운 스릴을 느껴가며 구경하러 오는 것이 아니다. 우파 신문들이 '프렌테 크라풀라르(악당전선)'라는 악의에 찬 이름으로 고쳐 부르는 '프렌테 포풀라르(인민전선)'는 총을 쏘는 인민전선이다. 그 전투 소식은 피레네 산맥을 넘어서 이곳까지 들리고 있었다. 이번에는 말로가 놀이의 규칙을 무시해버린 공포의 대상이다.

그 공포 또 그 공포가 어떤 이들에게 싹틔우는 증오, 또 다른 어떤 이들에게서 자아내는 불안 등에 대해서는 한 사람의 붓끝에서 그 생생한 자취를 읽을 수 있다. 그 사람은 다름이 아니라 머지않아(4월 게르니카 대학살 이후) 그와 같은 편에서 정신적인 위험을 부담하여 그 못지않은 격렬한 증오심을 불러일으킬 프랑수아 모리악이다. 그는 당시 《에콜 드 파리》에 기고하고 있었는데, 그 신문은 '프로눈시아멘토'가 발표된 지 7일 후 레이몽 카르티에가 블룸 내각을 향해 스페인의 합법적 정부에 무기를 대주는 '반국가적 범죄'를 저지르지 말라고 협박했던 신문이다(그런데 알고 보면 파리는 프랑스가 마드리드 군대의 장비를 독점 공급한다는 조약에 묶여 있었다).

모리악은 그곳 공제조합 회관에 나와서 말로를 지켜보고 있었다.

불그레한 배경을 등지고서 창백하고 엄숙한 말로가 박수갈채 속에 얼굴을 나타냈다. 주먹을 부르쥐고 굽혀 쳐드는 팔들이 늘어나 마침내 저 우상의 머리 주위에서 수레바퀴처럼 소용돌이칠 것인가. 인도와 중국이 기이하게도 저 생 쥐스트 같은 인물에게 깊은 자취를 남기고 있었다… 말로가 입을 열자 그의 자력이 약해진다… 그의 말 속에서 문인 특유의 공들여 다듬어 정리한 생각의 흔적이 느껴진다. 장차 인민위원이 될 말로가 직면할 문제는 문어체를 구어체로 바꾸는 문제일 것이다. 그는 홀 깊숙이 파묻혀 있는 나를 알아보았을까. 위로 쳐든 주먹 쥔 팔들의 숲을 통해서 그는 수년 동안 끊어졌던 대화를 다시 잇고 있었다. 머리가 삐죽삐죽 솟아오른 그 독수리 같은 자그마한 인물이 감전된 듯한 눈을 번뜩이며 내 책상가 램프 불빛 아래로 찾아온 시절 이후 중단된 대화를…

말로의 약점은 인간에 대한 멸시다. 입을 헤벌리고 귀를 기울이는 사람이라면 그저 무슨 내용이나 주입시켜도 무방하다는 그 잘못된 생각 말이다… 그 대담한 인물에게는 허풍선이 같은 데가 있다. 허풍선이 중에서도 촉각이 없는, 우리의 어리석음에 너무 안심하는 근시안적 허풍선이다. 예를 들면 케이포 데라노 장군이 라디오를 통해 "그 불량배의 사기를 죽이기 위해서" 병원과 구급차를 폭격하라는 명령을 내렸다고 떠들어댈 때다.[57] 그가 거짓말을 할 줄 모른다는 것은 사실이다. 그 말로는 사람들에게 열광적인 박수갈채를 받기는 하지만 남의 비위를 맞출 줄 모른다… 이 영웅이 연단에서 내려가자 실내 온도도 내려갔다. 박수갈채도 오래 계속되지 않았다. 말로는 그의 고독 속으로 돌아갔다.[58]

57_ 모리악이 어깨를 으쓱할지도 모르지만 이번에는 말로가 지어낸 이야기가 아니다. 카에포는 감히 그런 소리를 했다. 아니, 그 정도가 아니다…
58_ 《정치적 회고록*Mémoires politiques*》, pp. 78~80.

이쯤 되면 학교 교과서에 나오는 문학밖에 안 된다…

희망으로부터 남은 것

1937년 초 앙드레 말로는 버클리, 프린스턴, 하버드 등 여러 대학을 비롯해 할리우드의 좌파 배우와 감독 조직들 그리고 당시에는 공산주의 경향이던 뉴욕의 잡지 《더 네이션 *The Nation*》(공화파 군대의 장비를 공급하기 위하여 말로와 병행된 활동을 주도하는 그의 친구 루이스 피셔가 발행하는 잡지였는데, 피셔는 라스파유 가에 있는 자기의 호텔방을 무기 밀수의 소굴로 사용하고 있었다) 등의 초청을 받아 미국에 도착한다.

말로의 두 번째 미국 체류이자, 이제부터 그와 동거하는(1936년 말 클라라와 헤어진 후) 조제트 클로티스와 함께 하는 첫 번째 여행이다. 이 젊은 여자의 매력은 그가 도처에서 받게 되는 뜨거운 환영과 무관하지 않을 수 없다. 그는 이미 헤밍웨이와 더불어 기관총을 멘 작가라는 전설을 만들어냈다. 그러나 미국의 젊은 지성인 그리고 다른 사람들에게는 그의 정치 참여가 킬리만자로 사나이(헤밍웨이─옮긴이)의 참여보다 훨씬 더 진지하게 보였다.

말로는 뉴욕에 도착하는 즉시 전쟁에 대한 예측을 피력하기 시작한다. 그의 몇 가지 논리는 재미있다. 가령 1937년 3월 뉴욕의 일간지 《월드 텔레그람 *World Telegram*》에 쓴 글을 보자.

가장 중요한 것은 농민 문제다. 프랑코는 농민과 지주에게 각각 모순

되는 약속을 했다. 그러나 추수기가 되면 농민들은 땅을 갈아먹을 권리와 수단을 요구할 것이다. 그런데 프랑코는 보수파와 연결되어 있으므로 그들의 요구를 거절하지 않을 수 없을 것이고, 따라서 민중 편에 갖고 있는 유일한 지지 기반을 잃어버릴 것이다.

미국에서 들려준 가장 괄목할 만한 발언은 1937년 3월 13일 《더 네이션》이 호텔에서 말로와 루이스 피셔를 위하여 베푼 만찬 끝에 한 연설이었다. 그가 영어라고는 몇 마디밖에 할 줄 몰라서 한마디 한마디 통역이 붙었기 때문에 매끄럽게 이어지지는 않았다. 그러나 연설문의 내용이 매우 밀도 있어서 얼마간 인용할 가치가 있다.

　무엇 때문에 그 많은 스페인 작가와 예술가들이 합법적 정부를 지지하는가. 무엇 때문에 그 많은 외국의 지성인들이 오늘날 마드리드의 바리케이드 뒤에서 싸우는가. 반면, 파시스트 편을 들었던 단 한 명의 위대한 작가 우나무노는 왜 바로 그 파시스트들에게 배반당하고서 외롭게 절망하며 살라망크에서 죽었는가.[59]

그리고 나서 그는 부상자들이 시에라 데 테루엘을 내려오던 이야기(《희망》의 그 감동적 장면의 첫 윤곽)를 했고, 그날 저녁 비행대의 구급차가 지나가던 길가에서 모르인 부대가 연주한 음악은 프랑스 혁명 이후 유례가 없는 엄청난 일이 일어나고 있음을 그에게 암시했다는 말을 했다. "세계의 시민 전쟁이 시작된 것입니다." 그러고는 말을 이었다.

59_《더 네이션》, 1937년 3월 20일.

파시즘이 가져온 것이 무엇인가요? 본질적이고 환원 불가능하고 항구적인 차이의 찬양입니다. 종족이나 민족 같은 것 말입니다. 본질적으로 파시즘은 정태적이고 특별성 지향적입니다. 민주주의와 공산주의는 프롤레타리아 독재 문제에 대해서는 생각을 달리하지만 근본 가치에 대해서는 차이가 없습니다… 우리가 지향하는 목표는 특별하거나 정태적인 가치가 아니라 모든 인간의 가치를 옹호하고 창조하는 일입니다. 독일인이냐 북유럽인이냐, 로마인이냐 이탈리아인이냐가 아니라 그냥 인간 말입니다… 콜호스의 농부와 소련 적군의 병사는 근본적인 차이가 없습니다… 독일 돌격대 전사와 독일 농부는 본질적인 차이가 있습니다. 농부는 자본주의 체제 속에 살지만 병사는 그 체제 밖에 살고 있습니다. 진정한 파시스트적 결속은 군사적 차원에만 존재합니다. 바로 그런 이유로 파시스트 문명은 민족의 총체적 군대화의 길로 인도합니다. 마찬가지로 파시스트 예술은, 그런 것이 존재한다면 말입니다, 그런 예술은 전쟁의 미화 쪽으로 인도합니다.

미국의 위대한 비평가인 알프레드 케이진은 이 강연회를 격찬했다. "그는 불을 토하듯 말했으므로 마치 그의 육체가 우리에게 말을 건네는 느낌이었다. 그의 한마디 한마디는 우리의 뼛속에 날아와 박히는 못처럼 스페인의 고통이 우리 내면에 스며들게 했다."[60]

비행기 안에서 감격하며 읽은 대실 해밋의 《몰타의 매*The Maltese Falcon*》(몇 년 후 그는 이 책을 번역 출간하도록 가스통 갈리마르를 설득했다)[61]를 옆구리에 끼고 공항에 내린 그는 할리우드에서 윌리엄 사로

60_《1930년대에 시작하기*Starting off in the thirties*》, pp. 107~108.

얀, 클리포드 오데츠, 미리엄 홉킨스, 마를렌 디트리히 그리고 연출자 로베르 플로레와 모리스 슈발리에 같은 프랑스 사람들에게 우정어린 환영을 받았고, 거대한 '메카 템플 오디토리엄'에서 발언했다. 그는 며칠 동안 모두가 서로 데려가려고 하는 '빼놓을 수 없는 인물'이었다. 그는 물론 뜻하지 않은 명언도 찾아냈다. 한번은 토론 중에 당신처럼 유명한 인물이 왜 스페인에 가서 죽음의 위험을 무릅썼는가라는 질문을 받자 그가 영어로 대답했다. "Because I do not like myself(나는 나 자신을 좋아하지 않으니까)." 청중은 열렬한 박수를 보냈다.[62] 그는 여러 가지 목적 중에서도 특히 스페인의 병원을 돕는 자금을 모으려는 목적으로 왔고, 필요한 것을 얻었다. 샌프란시스코에서는 예우디 메뉴인을 초청한 만찬을 주재했다. 버클리에서는 《인간의 조건》과 《모멸의 시대》를 번역한 하콘 슈발리에가 그를 애타게 기다리고 있었다. 그는 서부의 '붉은' 조직들을 이끌고 있었다.

명예를 살렸다는 점에서도 만족스럽고 '모금 운동을 하는 형제'로서도 만족한 그 여행은 그러나 행정부 당국의 냉담으로 인하여 어두운 그림자가 졌다. 루스벨트의 '뉴딜' 정책이 한창인 때였고 스페인 공화국의 대의를 가령 영국 정부보다는 미국 지도자층이 더 낫게 평가하는 듯 보였지만, 그는 워싱턴의 공적 책임을 맡은 그 누구의 환영도 받지 못했고[63] 심지어 입국 비자를 취소당하는 문제까지 생겼다. '미국의 안전을 위협하는' 혁명가라는 이유로.

61_ 재닛 플래너, 《인간과 기념물》, p. 51.

62_ 위의 책, p. 40.

63_ 이 점에 대해서는 마드리드 주재 미국 대사 클로드 바우어즈가 쓴 회고록 《스페인에서의 나의 사명My Mission to Spain》과 영국 대사 헨리 칠턴이 쓴 글을 비교해볼 수 있다.

이런 위협은 그에게 별로 심각한 영향을 미치지 않았다. 그러나 그 당시에 생겨난 소문이 후일 좋지 못한 결과를 가져오게 된다. 1953년 미국 안보위원회는 로버트 오펜하이머에 관한 조사보고서를 발표했는데, 거기에는 말로를 고발하는 대석학의 '실토'가 적혀 있었다. "그러고 나서 오펜하이머 박사는 말하기를, 1953년 12월 그가 아내와 함께 파리에 갔을 때 하콘 슈발리에 부부와 식사를 하고 그 이튿날 다 같이 말로 박사를 방문했는데, 말로 박사는 1938년 스페인을 구하기 위하여 슈발리에가 의장직을 맡아 캘리포니아에서 개최한 회합에서 연설을 했다는 것이다."

그는 캐나다의 토론토와 몬트리올에 잠시 머물렀는데, 몬트리올에서 낯모르는 노동자가 다가와 그의 손에 금시계를 쥐여주었다("왜 이걸 내게 주나요?" "스페인 동지들에게 줄 만한 값나가는 거라고는 이것뿐입니다."). 그는 4월 중순 프랑스로 돌아왔다.

아라공이 이제 막 창간한 공산당계 일간지 《스 수아르》는 말로의 미국 여행을 크게 다뤘다. "미국의 심장부를 감동시킨 앙드레 말로!" 에디트 토마는 작가와 가진 간단한 인터뷰의 제목을 이렇게 달았다.

설득시켜야만 했고, 또 설득에 성공한 군중들의 기억이 이제 그의 머릿속에 가득했다. 외국의 연구 모임에서, 공장의 노동자들 앞에서, 캐나다의 농부들 앞에서, 할리우드의 스타들 앞에서 말로는 스페인 이야기를 했다… 그는 한 나라가 부상자로 뒤덮이면 기존의 병원 시설로는 부족하다고 호소했다.

"다친 다리는 X선 사진을 찍어서 치료하면 완치되어 정상적인 다리가 됩니다. X선 사진을 안 찍으면 대부분 다리를 절게 됩니다. 내가 발렌시아를 떠날 때는 X선 필름이 남은 것이 없었습니다. 총상을 입은 환자가 오면 상처 부위를 거즈로 닦아냅니다. 마취를 하면 그렇게 닦는 것은 별로 고통스러운 일이 아닙니다. 그러나 마취를 하지 않으면 매일같이 그에게 천천히 또다시 상처를 입히는 결과가 됩니다. 내가 떠날 때 그곳에는 마취제가 남아 있지 않았습니다."

그는 탁자 위에 뛰어 올라가 벽난로에 몸을 기댄 채 청중들에게 소리쳤다. "자! 누가 가장 먼저 돈을 내겠습니까? 당신입니다. 부인, 당신입니다." 그러곤 한 여인을 가리켰다. 다른 사람들도 뒤따라 헌금했다.[64]

1937년 4월 중순에서 7월 초순까지 그는 강연과 회합에 참가하고, 또 미국 순회 여행에서 거둬들인 것을 아자냐 대통령에게 전달하기 위하여 스페인 여행을 하면서도 책을 썼는데 그중 휘갈겨 쓴 몇 페이지를 몸에 지니고 다녔다.

1935년 6월 공제조합 회관 집회 직후 호세 베르가민의 제안에 따라 1937년 7월 3일 제2차 국제작가대회가 열리기 하루 전 발렌시아에 도착했다. 아자냐 대통령은 참가자들을 접견했다. 그중에는 5월 라르고 카발레로 후임으로 들어선 네그린 내각의 외무장관 알바레즈 델 바요도 끼어 있었다.

친소 '노선'이 점점 더 강세를 보였다. 말로가 재능을 발휘하여 주도하는 대회의 중심 인물은 에렌부르, 파데프, 알렉시스 톨스토이였다. 그 옆에는 말로가 참가를 주선한 스테픈 스펜더, 헤밍웨이, 트리스탄 차라, 니콜라스 길렝, 호세 베르가민, 안토니오 마차도, 안나 세

64_《스 수아르》, 1937년 4월 21일자.

게르스 등이 있었다. 에렌부르크는 이 대회를 "이동식 서커스"라고 평했다.[65] 7월 4일 발렌시아에서 시작한 이 대회가 6일 마드리드에서 계속되고 나중에는 바르셀로나로 옮겼다가 2주일 후에 파리의 포르트 생 마르탱 극장에서 끝났으니 말이다. 파리에서는 특히 앙드레 샹송, 쥘리엥 방다 그리고 폴바이양 쿠튀리에가 연설했다.

소련은 이 대회를 앙드레 지드의 규탄 대회로 만들고자 했다. 우선은 그가 쓴 《소련에서 돌아와》가 그들에겐 여간 불편한 게 아닌 발바닥의 가시였기 때문이었다. 또 다른 이유는 (트로츠키 편향의 '히틀러 파시스트'라는) POUM의 지도자인 안드레스 닌의 살해로 야기된 국제 스캔들에 쏠리는 눈길을 가급적 떠들썩한 딴 일로 돌릴 필요가 절실했기 때문이었다. 그런데 안드레스 닌은 NKVD의 스페인 파견 첩보요원들에게 납치, 숙청되었다는 소문이 파다했다. 결국 대회에서는 닌은 거의 언급하지 않고 대신 또 다른 '히틀러 파시스트' 파라는 지드 이야기를 많이 했다.

스펜더의 말에 의하면, "코를 훌쩍거리며 웅변을 토하고 기막힌 서정주의를 발휘하여 좌중을 압도한"[66] 말로는 일리아 에렌부르크와 함께 발렌시아와 마드리드 사이에서 자동차 사고로 하마터면 목숨을 잃을 뻔했다. 그들이 탄 차가 물자를 수송하는 트럭과 충돌했던 것이다. "간신히 변을 면했다"고 콜조프는 말한다. 그 일로 인하여 말로가 마드리드의 연단 위에 나타나자 청중은 여단장직을 맡아 누구보다도 헌신적으로 싸운 구스타브 레글러와 루드비히 렌 같은 다른 '전투적 작

65_《회고록》, p. 408.
66_《세계 속의 세계 World within World》, 런던, 1951년, p. 496.

가들'과 마찬가지로 말로에게 더욱 열렬한 박수갈채를 보냈다. 그러나 마지못해 받아들인 치욕으로밖에 느껴지지 않는, 안드레스 닌 살해 사건에 대한 고의적 침묵이 그런 박수갈채로 덮일 수 있을까. 빛나는 아나키스트 투사인 퓌그와 네귀스 같은 인물을 그리고 사회주의자 마녱과 스칼리를 묘사하던 그 소설가가 어떻게 하여 POUM의 지도자 같은 혁명가를 숙청한 걸 보고서도 입을 다물 수 있었던가.

순수의 필요성과 행동의 필요성이라는 문제, 자연스러운 감정과 효율성의 문제, '서정적 환상'을 희망으로 묵시록을 승리로 탈바꿈시키기 위해서 지불해야 하는 대가의 문제 등은 말로가 쓴 가장 아름다운 책의 줄거리를 이룬다. 그는 미국에서 돌아온 후 1937년 봄부터 6개월에 걸쳐 그 책을 썼다. 그때 브루엔테 근처에서는 마침내 창설된 공화파 군대가 가장 훌륭한 지휘관들을 잃었다. 《희망》은 그 장교들의 시련과 성숙을 그려 보인다.

역사적으로 볼 때 《희망》은 후앙 네그린 정부의 수립과 과달라하라 전투의 승리에 의하여 열린 조망 속에서 쓰인 것이라 할 수 있다. 네그린 정부의 수립은 공산당이 실질적으로 책임 있는 자리를 장악했음을 의미하며 혁명 세력의 제거를 의미한다. 혁명 세력은 프랑코에 대항하여 싸우는 전쟁은 사회 혁명을 완수해야 비로소 의미가 있다고 생각했는데, 실제의 정치적 군사적 권력은 전쟁을 위한 노력에 절대적 우선권을 부여하는 사람들이 쥔 것이다. 카발레로를 갈아치우고 네그린을 들어앉힘과 동시에 공화국 정권의 공식 노선이 되어 버린 그 전략으로 인해 부르주아와의 합작, 그로 인한 사유 재산의 인정, 전투의 규율, 공화국을 지지하고 그 능력이 있는 유일한 나라인 소련과의 무조건적인 연합이 불가피해졌다.

아나키스트적 노동조합 운동에 매혹당한 채 1936년 7월 스페인으로 떠난 말로는 1년 후 그의 실질적인 실패를 묘사하고 규율의 필요성을 조명하기 위해 돌아온다. 그는 "문제는 오로지 혁명적 열정을 혁명적 규율로 변모시킬 능력이 우리에게 있느냐 없느냐다"라고 1937년 2월 프랑수아 모리악을 전율시킨 그 집회에서 선언했다.

말로의 작품 가운데《희망》은 상상에 대한 객관적 진실의 승리를, '존재'에 대한 '행동'의 승리를 의미한다. 그는《인간의 조건》을 가지고《카라마조프가의 형제》를 본뜬 새로운 양식의 형이상학적 소설을 창조하고자 했다. 실제로 스페인에 관해 쓴 책을 여러 가지 이유에서 《전쟁과 평화》계열에 위치시키고자 했다. 1935년에 톨스토이의 작품을 다시 읽은 영향이 컸는데, 소련을 여행하다《이반 일리치의 죽음》을 쓴 작가의 작품이 지금까지 그를 사로잡은 도스토옙스키의 작품보다 '사회주의의 고향'에서 더 높이 평가받는다는 사실을 알았던 것이다. 다시 말해서 앙드레 공을 창조한 작가와 같은 수준으로 생각하고자 했다.

그가 현실의 객관적 사실들을 중요시하게 된 데는 또 다른 영향이 작용했는데, 한 신문의 보도 자세에서 느낀 감동이었다. 말로는 그 사실을 앙드레 비오리스의《앵도신 S.O.S.》서문에서 말하며 그 책의 훌륭한 대목을 인용했다. 그 여기자가 사이공의 감옥을 방문했을 때 형무소장은 살인 미수 혐의로 사형 선고를 받은 청년의 감방으로 그녀를 안내하고서는 그 청년을 괴물 같은 인물이라고 소개했다. 그러곤 청년의 뺨을 아버지처럼 토닥토닥 두드리면서 "더러운 놈의 새끼!"라고 하는 거였다. 말로는 이것이야말로 "날것 그대로의 위대한 소설"이라고 표현했다. 그가 위대한 소설로 만들고자 한 것은 바로 스페인에서 수없이 경험한 날것 그대로의 재료들이었다. 그는 《희망》에서 또 한 명의 대기자가 보낸 기사의 단편들을 이용한다. 그 기자는 《파리 수아르》지의 루이 들라프레였다. 프랑코 비행대가 마드리드를 공격하는 저 가슴 아픈 장면 중 많은 부분은 들라프레의 르포르타주에서 힌트를 얻거나 직접 빌려온 것이었다.

진실의 추구에 영향을 준 세 번째 요소는 7개월 동안 묵시록의 조직에서 정치와 군사 책임자로 활약한 그 자신의 경험이었다. 그가 중국에 관한 글을 쓸 때는 육체를 제대로 체험하지 못했기 때문에 그만큼 더 영혼을 중요시했다. 스페인에서는 육체의 명백한 경험, 사실의 요청 등이 거부할 수 없는 것으로 제시되었고, 그의 이야기와 인물들에게 그가 항상 꿈꾸던 '두께épaisseur'(그 자신의 표현)를 부여했다.

우리는 여기서 《희망》을 구성하는 테마 분석은 하지 않을 것이고, 묘사와 크로키, 리듬과 배경, 멜로디의 변화를 해명하지도 않을 것이다. 이 책에 그려진 인물들의 모델을 찾다보면 이 소설이 뿌리박고 자양분을 흡수한 역사적 현실을 연구할 수 있어 여간 흥미롭지 않겠지만, 그런 연구로 시간을 지체할 생각은 없다. 그렇지만 마넹이라는 인물이 말로와 세르(프랑스의 큰 항공 회사 조종사로서 스페인에서 활약했다)를 닮은 점은 어떤 것인가. 또한 그의 대변자 역이며 끊임없이 그의 거동을 닮은 가르시아라는 인물에게서 말로를, 아티니에스에게서 세녜르를, 가르데에게서 마레샬을, 음악가 마뉘엘에게서 구스타보 두랑을, 셰이드에게서 매튜스(《뉴욕 타임스》 특파원)를, 아나키스트 지도자 퓌그에게서 다스카소를, 멕시코인 마르티네즈에게서 미겔을, 히메네즈에게서 에스코바르 대령을, 스칼리에게서 콜조프와 니콜라스 시아로몬테를, 게르니코에게서 호세 베르가민을 어느 정도나

알아볼 수 있을지 알고 싶어지는 것은 사실이다.[67]

역사적 관점 그리고 말로의 정치 의식(혹은 그냥 그의 의식)이 성숙되는 과정에서 보면 삶 그 자체처럼 다양하고 풍부하며 미학적 인간적 너그러움이 넘치는 이 책은, 날이 갈수록 혁명의 성과를 위하여 인간으로서 자기가 가장 아끼던 것을 희생시키는 투사 마뉘엘의 이야기를 중심으로 짜였다고 볼 수 있다. "좀 더 큰 효과를 위하여 한 계단 한 계단 밟고 올라갈 때마다 나는 불가피하게 사람들과 더욱 거리가 멀어져갔다. 나는 날이 갈수록 더욱 비인간적으로 변했다."

이런 관점에서 볼 때 이 소설의 핵심 장면(《인간의 조건》에서 《반회고록》에 이르기까지 말로의 모든 창조 행위는 조만간 의사소통이란 문제로 귀결되니까)은 마뉘엘 부대의 두 군인이 배반의 혐의를 받고서 그의 다리에 매달려 용서를 애원하는 부분이다. 승리와 동정 중에서 선택해야 한다고 생각한 그는 아무 말도 하지 않는다. 거기에 있던 사람들 중 한 동지가 그에게 퍼붓는다. "그래, 넌 이제 우리한테 할 말이 아무것도 없단 말이냐?" 키요는 다른 사람의 목소리를 자신의 목소리와 같은 방법으로 인지할 수 없다는 사실에 큰 충격을 느꼈다. 그런데 마뉘엘은 자신의 목소리도 듣지 않으려는 상태에 이른 것이다.

엄청나고 뜨겁고 폭풍 같으며 정확한 이 책, 그 힘으로 인하여 야망에 넘치는, 르포르타주를 가지고 사실보다 더 참다운 진실을 만들겠다고 자처하는 모든 사람들을 그 광채로 압도하는 이 책은 투쟁의 책

67_ 이 문제에 대한 말로의 대답이다(1973년 1월 29일). "소설가가 자기를 대표하는 인물에게 수염을 달아놓을 때는 그가 마스크를 필요로 한다는 사실을 정신분석학자라면 누구나 알아차릴 것입니다."

이다. 이 책이 나온 지 몇 달 후, 처음으로 가에탕 피콩이 그를 만나서 비평가들(《인간의 조건》을 그토록 열광적으로 평했던)이 《희망》에 대해서 비교적 냉담하다는 사실이 놀랍다고 말하자 말로(《반회고록》 이전에 쓴 자기 작품 중에서 이 책을 가장 높이 평가하는)는 이렇게 대답했다. "《희망》을 좋아하자면 좌파라야 하니까요. 공산주의자는 빼고…"

그렇지만 《희망》의 첫 번째 독자는 공산주의자와 그 동조자들이었다. 1937년 12월 3일 《스 수아르》에 상당량을 발췌해서 싣기도 했는데, 편집국장이 아라공이고 보면 말로의 커다란 사진과 함께 이 작품을 소개하는 글을 (익명으로) 쓴 사람은 그였을 것이다.

오늘 우리는 앙드레 말로의 신작 소설 《희망》을 발췌하여 싣기 시작한다. 1933년 《인간의 조건》으로 공쿠르 상을 받은 이 위대한 작가는 스페인 전쟁 초기부터 옳다고 믿는 사상을 옹호했으며 공화파 비행대를 조직하여 지휘했다는 것을 우리는 알고 있다. 그의 신작은 그의 산 경험에서 태어난 것으로서 《모멸의 시대》의 작가가 지닌 모든 역량을 발휘하여 그 경험을 부각한다. 지난날 전쟁이 한창일 때 《불》이 전사들의 목소리를 전해주었듯이 《희망》은 스페인 전장 한가운데서 솟아오른다.[68]

《희망》은 1937년 11월 말 서점에 나왔다. 말로의 스페인 친구들은 난처해했다. 대다수의 사람들은 그 책을 높이 평가했지만 아자냐 대통령이 막스 아우브에게 말한 것처럼 "아! 프랑스 사람이란! 내란에 참가한 장교가 철학 토론이나 하도록 소설을 쓰는 경우는 그들뿐이

68_ 그 기사의 이상한 주를 보면 이 장면들의 순서가 시사적인 이유로 바뀌었다고 설명되어 있다.

라니까"라고 말하고 싶은 심정이었을 것이다. 게르니코와 르 네귀스를 제외하고는 말로의 생각을 그대로 표현하는 이 인물들에게서 자기 자신의 모습을 발견할 수 있을 사람이란 아무도 없다는 사실은 놀라울 것이 못 된다. 현실 속에서 미코버 씨를 알아보기란 쉽지만 에이허브 선장을 알아보기란 어려운 법이다.

프랑스에서 우파 비평가들은 노골적으로 반감을 표시했다. 그중 재치가 없지 않은 비평도 있었다. 《락시옹 프랑세즈》에서 이 책의 진짜 제목은 '절망'이어야 마땅하다고 주장한 로베르 브라지야크의 비평이 그랬다. "저자가 원했건 원치 않았건 간에 우리는 이 책에서 마르크스주의자들의 신뢰를 쳐부술 만한 놀라운 논지를 덩어리째 이끌어낼 수 있다. 사실 나는 혁명의 대의를 공격한 것 중에 이보다 더 가혹한 팸플릿은 본 일이 없다." 비폭력주의자, 자유주의자, 1946년의 민주주의자라면 분명히 인정할 만한 주장이었다. 그러나 파시즘과 권력 의지와 승리자의 질서를 옹호하고 찬미하는 그 사람으로서는 좀 뜻밖의 비평이다. 사실 《희망》에는 시니컬하게 보면 이런 유의 독서와 해석도 가능해지는 면이 있는 것이다.

좌파 쪽에서는 대체로 호의적인 평이었고, 때로는 순진할 정도의 열광을 표시하기도 했다. 가령 앙드레 비이는 《뢰브르》에 말로의 《희망》과 더불어 "인민전선은 한 프랑스 작가의 재능에 힘입어 스페인 전쟁을 문학적으로 이겼다!"라고 썼다. 《뤼마니테》의 조르주 프리드만도 주저 없이, 그러나 좀 서투르게 작가의 관점을 지지했다. "규율의 필요성을 분명히 강조함으로써… 말로는… 전장의 불꽃 속에서도 냉정한 판단을 잃지 않았다."

《희망》에 대한 글 중에 특히 두 가지 텍스트를 주목할 만하다. 첫 번째는 니체와 바레스로부터 물려받은 정신적 특성의 공통점을 제외한다면 말로와는 무엇으로 보나 예전부터 지금까지 거리가 있는 작가 몽테를랑이 쓴 글이다. 그의 《노트Cahiers》는 10년 후에야 비로소 책으로 나왔는데, 《희망》에 대한 내용이 담겨 있다. "이 책에 대해서 '신문 기사 같다!'고 어처구니없는 이야기를 하는 사람이 있다. 말로에게 중요한 것은 주의력이다. 묘사 기술의 아름다움이 주의력과 정확성에서 온다는 것은 법칙이라 할 수 있다. 말로는 그때그때 노트를 한 것일까. 사건이 일어나는 바로 그 순간에 메모를 해둔 것일까.[69] 이런 점에서 일부러 문학적으로 보이려고 꾸미지 않는 태도는 톨스토이를 연상시킨다… 총살당하는 사람들을 묘사한 장면(p. 184)은 글쓰기 기술의 극치다… 말로는 지성과 행동이 조화를 이루는데 이는 매우 찾아보기 어려운 귀한 일이다…《희망》이 본래의 가치에 합당한 호응을 얻지 못한 것은 말로가 중요한 위치를 차지하는 걸 방해하려는 사람들 때문이다. 나는 그 사실을 막연히 느꼈는데 사람들이 확인해준 셈이다."[70]

이 밖에 미국 잡지 《뉴 리퍼블릭New Republic》[71]에 루이 아라공이 발표한 글 중《희망》을 언급한 대목이 있다. 1972년 《파리의 농부Paysan de Paris》를 쓴 이 시인은 말로를 어떻게 생각하느냐는 필자의 질문을 받자 《희망》에 대하여 1938년에 발표한 텍스트를 읽어보면 다 알게

69_ 이 문제에 대해서 앙드레 말로는 1973년 1월 29일 필자에게 대답했다. "아닙니다. 나는 현장에서 노트를 하기 위해서 주머니에 수첩을 넣고 돌아다니는 작가가 아니라는 점에서 그렇단 말입니다. 물론 나도 이따금씩 간단한 노트 정도는 합니다. 그 책이 급하게 쓰였다는 것은 아시죠? 실제 체험과 소설의 발간 사이에는 초안의 작성, 후회 따위가 있게 마련입니다."
70_《수첩Carnets》, 라 타블 롱드, 파리, 1947년.
71_ 1938년 8월.

된다"고 대답한 적이 있기에 기꺼이 인용해 보여주고 싶다.

《희망》은 우리 시대의 가장 중요한 책이며 우리의 가장 고귀한 이념들이 가장 강력한 현실과 마주하는 책이다… 이 책은 우리 시대를 표현하고 있다. 도대체 어떤 책이 우리 시대를 이만큼 말해줄 수 있겠는가. 말로의 위대함은 스페인 전쟁을 설명하는 데 있는 것이 아니라 그 속에 직접 빠져들어가는 데 있다. 《인간의 조건》 이후 말로에게서 깊은 변화가 일어났다… 이 책을 쓰고 있을 때 말로 자신이 "나는 처음으로 내가 실제로 사용할 수 있는 것보다 더 많은 재료를 갖게 되었다"고 나에게 말한 것으로 보아 《희망》은 그의 작품 중에서도 전혀 새로운 책이라는 걸 알 수 있다.

이 점에 대해서 아라공은 《베르브 Verve》지[72]에 그때 막 발표한 《예술심리학 Psychologie de l'art》 첫 대목에 나오는 말을 말로 자신의 의견과 대비시켜 보인다. "예술의 재료는 삶 그 자체는 아니지만 항상 또 하나의 예술 작품이다." 그렇다면? "이 모순 속에서 나는 현대인의 비극을, 이 전쟁과 혁명 시대의 에체 호모를 발견한다. 스페인 국민을 위하여 목숨을 거는 그 사람이, 동시에 이 세상에서 구원받을 가치가 있는 유일한 국민은 조상彫像들의 국민이다라고 쓴다." 이것이 아라공의 말이다. "모두 다 설명해주는 글"이라고 아라공은 나에게 말했다. 어쨌든 설명하는 것이 많은 글임에 틀림없다.

1938년 5월 27일 《스 수아르》는 "앙드레 말로 돌아오다"라는 제목

72_ 1937년 12월.

으로 다시 한 번 발렌시아와 마드리드에서 돌아온 《희망》의 작가를 인터뷰한 기사를 실었다.

　"스페인은?"

　"그 이야기는 오늘 저녁 공제조합 회관 집회 때 하겠다. 지금으로서는 더 이상 말하지 못하니 양해해달라. 78시간 동안 잠을 자지 못했다… 나는 마드리드 전선에서 돌아오는 길이다. 공화국 측 군대가 창설되었다. 혁명적 규율은 존재하고, 그 규율은 훌륭한 것이다. 공화국은 이길 것이다. 새로운 정부는 '전쟁을 하겠다'고 결심했다."

　"희망?"

　"희망이 아니라 확신이다."

그러나 이때 벌써 말로는 전략보다 새로운 정열의 대상인 영화에 더욱 골몰해 있었다. 그가 이렇게 하여 투쟁의 동지들을 버렸다는 말은 아니다. 막스 아우브의 말에 의하면,[73] 그가 영화 촬영을 생각한 것은 미국에 있는 동안 만약 그가 전쟁에 관한 영화를 만든다면 1800개의 영화관에서 상영할 테고, 그리하여 미국 여론에 깊은 충격을 불러일으켜 그들의 중립적인 태도를 고쳐놓을 수 있으리라고 친구들이 부추겼기 때문이었다. 7월에 발렌시아에서 열린 작가대회 때도 스페인의 지도자들(아자냐? 네그린? 알바레즈 델바요?)이 그의 영화가 국제 여론을 환기시킬 수 있다고 상당한 흥미를 보였다. 말로는 도움을 받을 거라는 언질까지 받았다.

73_《시에라 데 테루엘Sierra de Teruel》, Ed. Era, 멕시코, 1968년, p. 8.

그의 책을 탈고한 직후인 1938년 초 앙드레 말로는 영화를 준비하기 시작했다. 제작은 롤랑 트뤼알의 동업자인 그의 친구 에두아르 코르닐리옹 몰리니에가 맡기로 했다. 그는 우선 촬영기사 루이 파주, 카메라맨 토마, 편집기술자 보리스 페킨, 시나리오 각색에는 스페인 작가 막스 아우브, 조감독 드니 마리옹 등 일급 팀을 구성했다. 1936년 11월부터 비행대가 그랬듯이 모두 자원한 사람들이었다. 마요르카에 기지를 둔 적의 폭격기가 끊임없이 공습해대는 바르셀로나 같은 도시에서 하는 작업인지라 그 위험을 각오하자면 자원한 사람이 아니고서는 할 수 없는 일이었다.

말로가 새롭게 열중하는 대상은 영화인가? 그렇기도 하고 아니기도 하다. 그가 관심 가는 주제를 잡으면 완전히 집중하는 사람이라는 생각을 해본다면 그렇다. 1936년부터 1937년에는 그에게 폭격 이외의 이야기를 한다는 것은 불가능했다. 에렌부르가 이미 아이러니한 어조로 그 점을 지적한 바 있다. 그러나 비행기도 없고 부대원도 없고 무슨 작전 명령도 없었으므로 그는 돌연 자기의 흥미를 끊임없이 자극해온 예술 분야를 재발견한 것이었다. 다른 어떤 장르보다도 행동과 가장 가까운 예술인지라 그는 곧 대단한 열성을 나타냈다.

열세 살에는 〈두 고아〉에, 열여섯 살에는 채플린에, 스무 살에는 〈칼리가리 박사〉에, 스물다섯 살에는 최초로 스트로하임의 작품에 심취한 그였다. 1934년 모스크바에서 가장 흥미롭게 보낸 시간은 아이젠슈타인과 함께한 시간이었다. 1936년에는 아벨 강스의 〈나폴레옹〉을 보고 감격하여 그 영화가 머리를 떠나지 않았다. 그는 대단한 영화 아마추어 경지를 넘어 영화미학자였다. 그 이듬해에 쓴 《영화심리학 *Psychologie du cinéma*》이 그 사실을 뒷받침한다. 그는 적어도 10여 년 전부터 영화 제작을 꿈꿔왔는데, 드디어 작품을 만들 기회가 온 것이다.

그는 곧 코르닐리옹, 마리옹 그리고 아우브의 동의를 얻어 책 전체를 각색하지는 않기로 결정했다. 그 책의 규모와 다양성, 그 안에 담긴 야심 등은 그들이 동원할 수 있는 보잘것없는 수단에 비추어보더라도 영상으로 번역할 만한 수준이 아니었다. 그러므로 몇 가지 인상적인 에피소드만 다루기로 했다. 가령 대중 속에서 대원을 모집하는 장면, '제5연대'의 역할, 자동차로 대포를 공격하는 대목, 적군 비행기지 폭격, 산정山頂의 우정 어린 장면 등.

바르셀로나의 '제네랄리테géneralite[74]'는 그들에게 아파트 한 채, 사무원 두 명, 그 시에 있는 세 개의 스튜디오 중 몬트후이치 스튜디오, 시민 조역 배우(대부분 프라트 데 로브레가트 비행장 근처의 작은 마을에서 뽑아온 사람들) 그리고 군인(군중이 등장하는 두세 장면을 위하여 2500여 명)을 동원하도록 조처해주었다.

말로가 실제로 만든 영화는 그가 처음부터 원한 대로 되지는 않았다. 클로드 모리악과 나눈 대화(날짜는 밝혀지지 않은) 중에 이 소설가 겸 영화감독은 자기가 구상한 영화에 대해 이야기한 적이 있다.[75] 그 영화는 으르렁거리던 투우 한 마리가 사이렌 소리를 듣고는 소리를 뚝 그치는 장면으로 시작될 예정이었다. 그러나 말로의 설명에 의하면 공화파가 점령한 스페인 지역에서는 투우를 구할 수 없는 형편이었다.[76] 그다음에는 프랑코군의 장갑차에 쫓긴 가축 떼가 밀물처럼

74_ 자치 정부.
75_ 《영화에 대한 소문헌*Petite Littérature du cinéma*》, pp. 30~31.
76_ 소를 다 잡아먹었으니까…

아군의 주둔 지역으로 몰려드는 장면이 이어지게 되어 있었다. 마침내 농민들이 마을 성당의 종탑에 다이너마이트를 가득 넣어두었다가 그것을 수레에 싣고 나가서 적의 전차 위로 던지는 장면도 있었다… 멋진 아이디어였다.

실제로 말로는 상징과 은유가 빗발치는 영화 〈전함 포템킨〉이나 〈맹금류〉처럼 시적인 영상과 알레고리가 가득 찬 영화를 만들고자 했다. 그가 결국 소박하고 꾸밈이 없는 영화를 만들게 된 것은 동원할 수 있는 수단이 빈약했기 때문이라기보다는 돌아가는 형편과 투쟁의 정열 때문이었다. 〈희망〉은 아이젠슈타인의 제자가 만든 영화라기보다는 로셀리니의 선구자가 만든 작품이라고 보는 쪽이 마땅할 것이다.

말로가 기술 조수 드니 마리옹과 보리스 페킨의 도움을 받아 쓴 시나리오에 담긴 39개의 장면(번역은 막스 아우브) 중 실제로 28개 장면만 촬영했는데, 촬영 조건이 특수해서 이 전무후무한 영화는 비길 데 없이 많은 비용이 들었다. 감독 팀과 기술부원, 배우는 바르셀로나에서 프라트 데 로브레가트로, 다시 타라고나로, 세르베라로, 콜바토 촌락으로, 몽세라 산봉우리(피해자들을 하산시키는 저 감동적인 마지막 장면 촬영지)로 그리고 마침내는 프랑스의 빌프랑슈 드 루에르그(아름다운 종탑이 지극히 스페인다운)와 주엥빌의 스튜디오로 옮겨다녔다.

촬영은 1938년 7월 20일에 시작되었다. 이 전쟁의 운명을 결정지을 에브르 전투가 시작될 때였다. 두 달 뒤에는 뮌헨 협정… 바르셀로나는 5개월 전부터 이탈리아군의 폭격을 당했다. 현실과 허구가 끊임없이 뒤섞이는 이 영화 촬영이야말로 기묘했다. 카탈루냐 그리고 산타 아나, 프라트의 7월 더위는 숨이 막힐 정도였다. 흰 바지에 샌들을 신은 말로는 얇은 옷에 팔을 드러내고 머리를 묶은 예쁜 조수 조제트 클로티스를 대동한 품이 꼭 깡마른 테니스 선수 같았다.

뜻하지 않은 사고도 연발했다. 어느 날은 파시스트의 비행대가 몬트후이치 스튜디오를 "진짜 재처럼 만들었다. 폭탄의 파편들이 페인트 통 속으로 떨어지는 판이었다"고 보리스 페킨은 이야기한다.[77] 드니 마리옹이 《마가진 리테레르》의 기사에서 전한 이야기에 따르면 전구, 화장품, 필름 등을 프랑스에서 가져와야만 했다. 그리고 일단 찍은 음화를 파리의 현상소로 보내 거기서 현상했다. 사진부장인 루이 파주는 순전히 어림짐작으로만 일을 했으므로 이미 촬영한 대목을 돌려 보려면 한 달씩이나 걸렸다. 녹음 상태도 매우 불량해서 모든 녹음을 프랑스에서 다시 해야만 했다. "공습경보가 있을 때마다(하루에 적어도 한 번) 가정집이건 스튜디오건 정전이 되었다가 공습경보가 끝나고 50분이 경과해야 다시 불이 들어왔다. 밤새도록 몬트후이치 산꼭대기에서 일할 때는 완전히 소등을 하도록 통제되는 그 마을에서 서치라이트가 하늘로 치솟으며 비치곤 했다. 천행으로 이탈리아 비행기들이 발레아르 섬에서 날아오지 않는 흔하지 않은 밤이었다."[78]

파주도 자기가 고안한 절묘한 아이디어를 내놓았다. 가령 〈시에라 데 테루엘〉의 유명한 장면 시작 부분에서 비행기가 산정에 부딪치는 장면을 찍을 때는 카메라를 케이블카에 싣고서 몽세라 가까이 있는 암석을 스칠 듯 바싹 갖다 붙이고 찍었더니 그 충격적인 인상이 매우 실감나더라고 했다.[79]

77_ 피에르 갈랑트, 《말로Malraux》, p. 163.
78_ 《마가진 리테레르》, 1967년 11월호.
79_ 《말로》, p. 167.

1938년 1월 야구에 장군이 바르셀로나로 진격해 들어갔을 때 영화 촬영을 완전히 끝내지 못한 상황이었다. 말로 팀은 아직 찍어야 할 장면이 남아 있는데도 철수하지 않으면 안 되었다. 모르인 전위 부대가 시내로 들어오기 몇 시간 전에 말로와 그의 팀은 세 대의 트럭에 나누어 타고 포르 부에 있는 국경을 넘었다. 그들은 바뉼스에서 이곳에 후위 기지를 차려놓은 보리스 파킨과 그의 아내를 다시 만났다. 그리고 다 함께 파리로 떠났다.

마지막으로 찍은 장면들은 주엥빌의 스튜디오에서 찍었다. 말로는 새로운 몽타주 기법을 고안해내어 열 번도 더 사용했다. 영화는 1939년 7월에 완성되어 〈시에라 데 테루엘〉이란 제목을 붙였다. 3주 후 당시 프랑스에 망명 중인 네그린 대통령을 위하여 샹젤리제에 있는 '르 파리' 극장에서 시사회를 열었다. 두 번째 상영은 대로에 위치한 영화관에서 했는데, 말로가 알기도 하고 모르기도 하는 수많은 친구들이 서로 알아보지도 못한 채 모였다. 특히 클로드 모리악과 로제 스테판이 왔다. 영화는 감동적이었다.

제작자들은 시내의 영화관에서 9월에 영화를 개봉할 예정이었다. 그런데 그사이에 독소조약에 서명하고 선전포고에 이어 검열이 재개되었다. 혁명 영화 〈시에라 데 테루엘〉은 인민전선의 연단 위에 말로와 나란히 섰던 에두아르 달라디에 정부에 의해 금지되었다. 그 영화의 단 하나밖에 없는 필름이 점령하에서 파괴되지 않은 것은 순전히 사무 착오 때문이었다. 독일 측 검열관들이 가진 리스트에는 이 영화의 필름이 코르닐리옹 몰리니에의 작품이라고 표시되어 있었던 것이다. 그들이 파괴한 필름은 코르닐리옹이 제작한 영화 〈이상한 드라마〉의 사본이었다. 다행히 그 영화의 다른 사본들도 살아남았다. 그러고 보면 영화 〈희망〉이 살아남은 것은 마르셀 카르네(〈이상한 드라마〉 감독) 덕분이라 할 수 있다. 해방이 되자 코르닐리옹 몰리니에(전쟁 중에 장군이 되었지만 여전히 영화 제작자였다)는 이 영화를 배급자에게 팔았고 그 배급자는 그 필름에 '희망'이라는 제목을 붙이고 마지막 장면의 3분 1쯤을 끊어버린 다음 '자유 프랑스'의 대변인으로서 그 목소리가 널리 알려진 모리스 슈만의 프롤로그를 붙였다.

이제 막 징집에서 풀려났는데도 여전히 '코로넬'인 말로가 몇몇 영화관에서 "전형적인 프롤레타리아 작품"이라고 소개하며[80] 상영한 이 영화는 대단한 성공을 거두었다. 특히 세 장면이 대단히 인상적이었다. 기관총으로 무장한 트럭에서 오귀스탱과 카랄이 파시스트의 대포로 몸을 던지는(소설 속에서는 아나키스트 퓌그의 역할이다) 장면에서 그들이 대포에 부딪치는 대목은 공중 촬영으로 화면을 가득 채운다. 비행기를 타고 높이 떠서 고향 마을을 찾으려 하나 끝내 찾아내지 못하는 농부 호세의 장면은 소설에서도 훌륭하지만 영화에서는 더욱 아름답다. 끝으로 소설의 절정이요 영화의 절정인 하산 장면은 수많은 군중의 유대 의식을 앙양시키는 감동적인 대목이다.

제작 과정에서 온갖 비판적 논란이 있었고 서투른 구석이 자주 눈에 띄며 미숙한 점이 많은 데다 잘 연결되지도 않고 허세를 부리거나 과장이 심한 대목이 없지 않지만 〈희망〉은 말로가 본받고자 한 아이젠슈타인과 도브젱코, 특히 그 바탕이 된 위대한 소설에 조금도 손색이 없는 영화다. 1945년 10월 이 영화는 가장 독창적이고 가장 창조적인 영화에 수여하는 루이 들뤽 상을 받았다.

80_ 필자 자신이 그때 들은 말이다.

프랑스에서 개봉한 지 2년 후 〈희망〉은 미국에 소개되었다. 미국에서는 아무런 성공도 거두지 못했지만 유명한 비평가 제임스 에이지는 서슴지 않고 이렇게 썼다. "호머가 살아 있었다면 이 영화에서 자기 작품과 완전히 조화를 이루는 우리 시대 유일의 작품을 알아보았을 것이다." 앙드레 말로는 호머가 장님 시인이었다는 것을 깜빡 잊은 채 이 같은 비유에 매우 흐뭇해했다고 한다.

5. 무인의 천직

수용소

패배자. 제2차 세계대전의 동맹국 열강, 무어인 부대, 살라자르 정권, 상류 부르주아, 스페인 교회 등의 연합 그리고 어리석은 프랑스와 영국(처칠까지 합세한 파시즘의 득세가 치명적인 위험을 의미한다는 사실보다는 '빨갱이들'이 승리한다면 리오틴토의 광산으로 끌려간다는 생각에만 몰두한)의 공모 관계로 인해 짓밟힌 스페인 국민과 더불어 말로는 패배자 편이었다.

가린과 가르시아라는 인물을 통하여 국민 대중과 승리를 결합시키고 마침내 승리자의 편이 되려는 의지를 그리도 강력하게, 그리도 여러 번 표시한 말로. 그 의지를 실현하기 위하여 마뉘엘처럼 스탈린의 당이 강요하는 규율에 복종하면서 어려운 길을 걸어왔고 그 당과 함께 혁명보다 먼저 전쟁을 선택한 말로. 그러한 말로에게는 패배가 더욱 끔찍한 모습으로 보였다. 30개월 전 바로 그 자신이 메델랭에서 그 전진을 가로막았던 야구에 장군의 부대에 쫓기면서 1939년 1월 26일 허둥지둥 카탈루냐 국경을 다시 넘을 때, 프랑코군에 포위당한 마드리드에서 카사도와 공산주의자들 사이에 골육상쟁의 마지막 전투가 터뜨리는 총소리를 들을 때, 코디요가 스페인의 수도에 입성하는 이야기를 보도한 신문 기사를 읽을 때, 말로는 무엇을 생각했을까. "너그러움이란 승리자가 된다는 것을 의미한다"고 톨레도의 처형분대 앞에서 에르낭데스는 생각해본다. 그리고 두루티 그 자신은 이렇게 말한다. "우리는 모든 것을 다 포기할 수 있지만 승리만은 포기하지 못한다."

모든 것이 끝났다. 그러나 아직 마무리해야 할 영화가 남아 있었다. 미국의 여론을 환기하겠다고 만들기 시작한 그 영화가… 그리고 무엇보다도 1939년 여름 내내 얼굴에 그 뜨거운 숨결이 느껴지는 저 다가오는 전쟁. 말로와 친구들에게 1939년 8월 23일 스탈린과 히틀러 사이의 독소조약 체결이라는 저 끔찍한 타격을 끝내 가져오고 만 그 여름… 그날 저녁 말로는 이제 막 막스 아우브와 함께 〈시에라 데 테루엘〉을 후앙 네그린에게 소개하고 나서 함께 식사했다. 그들은 조약에 대해 이야기했다. "그런 대가를 치르는 혁명이라면 안 될 말이지" 하고 말로는 말했다.[1]

그러나 말로는 스페인 동맹국들과의 관계를 끊지는 않았다. 패배했다고 해서 히틀러주의의 공포가 스탈린주의의 공포와 함께 내동댕이쳐질 수 있는 것은 아니었다. 1939년 5월 그는 다시 한 번 아라공

1_ 1971년 10월 막스 아우브와 필자의 인터뷰. 사실은 가에탕 피콩처럼 그 무렵 그의 여러 친구들이 분명히 말하듯이 말로는 1938년부터 공산주의자들과 멀어졌다.

과 랑주뱅, 카셍과 어깨를 나란히 하고 파리의 반파시스트 강연회에 참가했다. 그는 여전히 그들 곁에서만 반나치 투쟁을 유효적절하게 수행할 수 있다고 믿었다.

말로는 동맹 조약에 대해서 친구 폴 니장과 같은 반응을 보이지는 않았다. 그는 당원이 아니었으므로 당과 관계를 끊을 필요도 없었다. 그는 사르트르가 《아덴 아라비 Aden-Arabie》 서문에서 전하듯이 과연 《앙투안 블루아예 Antoine Bloyé》의 저자가 반성한 것이 자기의 생각과 일치한다고 봤을까. 그 반성이란, 소련이 '혁명의 고향'을 지키기 위해서 그처럼 엉큼한 전략을 채택할 권리를 가졌다면, 프랑스 공산당은 9월 20일 이후 대부분의 당원들이 그렇게 했듯이[2] 3주 동안 동맹 조약과 국가 보위를 향한 호소를 결부시키려고 노력한 다음 스탈린의 노선을 지지할 것이 아니라 독자 '노선'을 결정해야 마땅하다는 주장이었다.

30년 후 앙드레 말로는 필자에게 당시 자신이 분석한 걸 상기하며 이렇게 술회했다.

나는 그 당시 스탈린이 그렇게 행동한 이유를 모르거나, 엄밀히 말하면 이념적인 견지에서 그것을 찬성할 정도로 순진하지는 않았어요. 한편, 전쟁에 징집된 프랑스 국민이 있었습니다. 모스크바 조약으로 인해 히틀러가 모든 힘을 다하여 우리에게 덤벼들 수 없어지자 금방이라도 터질 듯한 그 전쟁 속에 말입니다… 우리가 예측할 수도 없었던 빠른 패전이 오지 않았더라면 우리의 프롤레타리아는 25년 전과 똑같은 희

2_ 그러나 72명의 공산당 의원 중 21명이 그와는 선택을 달리했다.

생을 당했을 것입니다. 가령 군대의 총책임자인 드골이 1939년부터 국 토 위에서 일시적인 기분으로 전투를 충동질했다고 가정해보세요… 그런 가능성에 비교해본다면 스탈린의 계산 따위는 별로 큰 문제가 아니었지요.[3]

동맹 조약과 그 조약이 단기적으로 프랑스 대중에게 끼치는 영향에 대하여 매우 비판적이기는 했지만 《희망》의 작가(사람들은 말로에게는 약간 추상적인 범세계주의가 당시로서는 좀 더 구체적인 애국심보다 우선했다고 생각한다)는 공식적인 의견 표명을 삼갔다. 1939년 10월 레이몽 아롱이 말로에게 그의 권위와 영향력을 행사하여 필요한 해명이 될 수 있도록 개입해달라고 요청하자 그는 이렇게 대답했다. "나는 공산주의자들이 감옥에 갇혀 있는 한 그들에게 해로운 말도 행동도 하지 않겠습니다."[4]

말로는 소련 사람들이 우파에게 배척당할 뿐만 아니라 대부분의 좌파 인사들까지도 비난받던 그 당시에 소련 친구들과의 관계 청산을 거절했다. 일리아 에렌부르크는 1939년부터 1940년 겨울까지 프랑스에 체류하는 동안(그는 소설 《파리의 함락》을 쓰고 있었다) 별로 많은 사람들의 방문을 받지 못했는데, 오직 알베르티, 장 리샤르 블로크(모두 공산당원)와 말로만이 예외였다고 감동한 듯 술회한다.[5]

동맹 조약에 서명한 다음 날 앙드레 말로와 조제트 클로티스는 코

3_ 말로와 필자의 인터뷰, 1972년 7월 20일.
4_ 레이몽 아롱과 필자의 인터뷰, 1971년 12월 28일.
5_ 《회고록》, p. 476.

레즈로 떠났다. 보리유 슈르 도르도뉴에는 그들의 친구인 푸르니에 부인이 경영하는 '르 보르도' 호텔이 있어서 편했다. 그곳에는 아주 아름다운 로마식 성당도 있었는데, "조각가가 세계를 향하여 벌린 그리스도의 두 팔 뒤에 마치 예언적인 그림자처럼 십자가의 팔을 다듬어놓은 것으로는 유일한"[6] 멋진 고실鼓室이 달려 있었다. 바로 그 걸작품이 바라다보이는 지척의 거리에서 말로는 이미 스페인으로 떠나기 전부터 마음을 사로잡았으나 전투 때문에 잊고 있던 《예술심리학》을 집필하기 시작했다. 행동인으로서 실패했기 때문에 이 계획을 실현하는 것이 더욱 절박하고 필요했던 것이다.

그러나 9월 1일 말로는 그러고 있을 때가 아니라는 것을 깨달았다. 늙은 하녀들이 잰걸음으로 바쁘게 호텔 계단을 올라갔다. "일그러진 얼굴에 눈물이 비 오듯 했다."[7] 폴란드가 히틀러에게 공격당한 것이다. 보리유 성당 앞 성모상 위에는 벌써부터 징집 광고문이 나붙었다. 말로는 "아무리 봐도 내가 《예술심리학》을 끝마치려고만 하면 새로운 전쟁이 터지곤 하는 꼴이구먼" 하고 친구에게 편지를 썼다. 그들은 8일날 파리에 도착했고, 물랭을 지나올 때 첫 번째 전투 소식을 들었다. 당시 조제트와 앙드레의 친구였던 시몬 드 보부아르는 '에스파냐' 비행대장이 "외인 부대에 강제로 끌려가는 외국인들을 도와주려고 애쓴다"고 술회했다.[8] 그는 또한 프랑스 정부가 그 당시 베르네 수용소 같은 곳에 집어넣은 스페인 친구들의 뒷일도 봐주고, 런던

6_ 《반회고록》, p. 302.
7_ 위의 책, p. 302.
8_ 《나이의 힘 La Force de L'âge》, p. 398.

에 머무는 후앙 네그린의 아들에게도 도움이 가도록 조처했다.

앙드레 말로는 "내가 쓴 것 같은 글을 쓴 사람이라면 프랑스에 전쟁이 일어나면 마땅히 그 전쟁에 뛰어드는 법"[9]이라고 1939년 9월 당시 자신의 정신 상태를 요약했다. 따라서 그는 입대할 방법을 찾았다. 가능하다면 공군에 들어가고 싶었다. 메델랭과 테루엘의 경험이 이제 시작되는 전쟁의 영역에도 적용될 수 있을지 어떨지는 모르나 공군으로서 활약할 만한 근거를 이제 막 보인 터였다. 얼른 봐도 그의 경험이 유용할 것 같지는 않았다. 스페인에서의 '코로넬'이 왜 렝이나 아미엥 쪽에서는 중위가 되기에도 적당하지 못할까. 프랑스 군대는 8개월 후 롬멜과 구데리안의 전차 부대에 와해당할 멍청하고 바보 같은 대부대이기 때문이다. 1922년 연병장 한가운데서 병정놀이를 하고 싶은 생각은 별로 없었는지라 아주 평범하지만 별로 떳떳하지는 못한 방법으로 불합격을 받은 적이 있는 말로는, 같은 이유 때문에 17년 후 전쟁에 나가서 싸울 권리를 거절당하고 말았다.

그는 공군성으로부터 거절당하자 폴란드군에 입대할 생각도 한다. 친구 루이 슈바송에게는 "너는 '샤프카'를 쓴 내 모습을 보게 될 거야"라고 편지한다. 그러나 우선은 전차 부대 쪽에 손을 써본다. 여전히 존경하는 아버지 그리고 전차 부대에 근무한 T. E. 로렌스 때문에 이중의 권위를 업고 있는 병과兵科다. 물론 말로도 그 부대에 3등병으로 입대하고 싶다는 뜻을 분명히 밝혔다(이 경우 역시 《일곱 개 기둥》의 저자에 대한 그의 편애가 주목된다. 로렌스 대령이 탱크 부대의 가장 낮은 계급을 갖고자 했듯이 '코로넬' 말로도 전차 부대의 단순한 병사가 되고자

9_《젊은 시절의 끝》, p. 82.

한다).

그는 마침내 전차 전투 부대에 들어간다. 이쯤 되면 그의 무수한 전신轉身 중에서도 가장 평범한 것은 아닌 셈이다. 이제 곧 40대로 접어들려는 유명한 작가이고 얼마 전까지만 해도 장교 계급장을 달고서 중요하다고는 못해도 권위는 있는 지휘관의 임무를 맡았으며, 몇몇 장관과 아카데미 회원들을 투쟁의 동지로서 상대했고, 파리에서도 가장 스노브한 식당을 출입하는 그가, 프로뱅의 연병장으로 들어가 이름 없는 하사관 앞에서 카키복에 울퉁불퉁한 철모를 쓰고 각반을 찬 채 열을 서는 모습을 상상해볼 필요가 있다.

그는 물론 '눈에 띄었다.' 부대에 들어가기 위해 유명한 랑뱅 양복점에서 민소매 외투까지 맞춰 입었으니 더더욱 눈에 띄게 마련이었다. 하사관의 눈에는 '빨갱이' 말로, 혁명분자에다 반전론자인 것이 분명한(아마 《희망》을 읽지 않은 모양이다) 이 작가가 '어떻게 놀지'는 알 만하다 싶었다. 알테르 뵈레 하사관은 자정이 좀 지난 시간에 그를 호출하여 등에 배낭을 메고 30킬로미터 야간 행군을 떠난다. 혁명가는 제발 봐달라고 빌 것인지… 천만에, 말로는 독하게 견딘다. 새벽에 발을 멈추고 작가에게 악수를 청한 쪽은 하사관이다. 이리하여 그들은 즐거운 일에서나 괴로운 일에서나 세상에서 가장 가까운 친구가 된다.

말로가 배속받은 곳은 D.C. 41-Ei 1 부대였다. 여러 연대가 뒤섞인 그 부대는 파리에서 가깝고 군인들에게 친절한 작은 도시 프로뱅에 주둔했다. 그는 이곳에 1939년 11월 중순부터 1940년 5월 14일까지 머물렀다. 다방에도 가고 기관총을 총좌에서 내려 분해도 하고 기름도 쳤다. 장교들은 테루엘 전투의 사나이 말로를 포함한 병사들

에게 아주 흥미진진한 일거리도 맡겼으니, 바로 네잎클로버를 찾는 따위였다…[10]

앙드레 지드와 폴 발레리의 친구가 배속받은 팀은 과연 기묘했다. 가짜 '악당'이요 진짜 교양인인 뚜쟁이 보노, 어느 날 밤 단 한 번 스타와 잠자리를 같이해봤다는 파리 카지노의 소방수 레오나르, 자기 동생이 이제 막 국제여단에 참가했다가 스페인에서 돌아왔다는 프라데("프라데 나리께서 하시는 말씀이지만 그런 데 갔다 돌아온 처지면 일자리 같은 건 찾을 필요도 없다고!")… 말로에게 이곳은 과연 《N.R.F.》의 사무실과는 전혀 딴판이었다. 심지어 발렌시아의 자그마한 식당이나 몬트주이치의 스튜디오와도 딴 세상이었다… 그러나 따지고 보면 우리는 이미 그가 '에스파냐' 비행대의 기관사들과 '웃기는 짓'을 하는 것도 본 터다. 편편한 얼굴에 삐딱하게 눈이 기울어진 것이 어지간히 아시아인을 연상시키는 프라데야 못 웃겼다 하더라도 그는 보노와 레오나르를 어지간히도 웃겼을 것이다.

그는 프로뱅의 작은 방에서 '탱크 초보생'을 자처하며 몇몇 친구에게 편지를 썼다. "이 경험은 기묘한 흥미가 있다. 항상 흥미진진한 것은 못 되지만… 이 친구들과 지난번 전쟁의 친구들과는 얼마나 거리가 먼가! 그러나 말동무는 된다."[11] 또 어느 날은 "글을 쓸 가능성만 빼고는 모든 일이 잘되어간다"고 썼다. 하사관이 그를 불러 세우고 '눈독을 들이는' 프로뱅에 체류하는 7개월 동안 이 유별난 인물에 관심을 가지거나 의견 교환을 하자고 청하거나 그의 재능을 좀 더 합당

10_ 〈세기의 전설〉, 1972년 5월.
11_ 익명을 원하는 친구들의 편지.

한 곳에 쓰겠다고 하는 대위나 소령은 한 사람도 만나보지 못했다. 이만하면 1940년 프랑스 군대의 지휘관들이 어느 정도였는지 짐작하고도 남을 일이다!

폰 만슈타인이 아르덴 지방을 거쳐 그의 장갑 부대를 투입하고, 이에 맞서서 가물랭은 이상하게도 당시 프랑스 군대의 한다 하는 인사들의 주장을 무시하고 여기저기서 주워 모은 자신의 장갑차 대대를 벨기에 쪽으로 몰고 가며 응전한 1940년 5월 10일, 말로, 보노, 레오나르 등은 여전히 네잎클로버를 찾고 있었던가.

말로는 그때 플랑드르의 길을 무한궤도로 굴러가던 무적의 기갑부대 소속이 아니었다. 나중에 《반회고록》에 재수록된 《알텐부르크의 호두나무》의 아름다운 이야기, 이를테면 팔에 끈을 잡아매고 인도받으며 운전하던 장갑차 운전병, 웅덩이가 나타날까봐 애타는 조바심, 추락, 치명적인 겁, 생환… 이 모든 것을 독자들은 그가 실제로 겪은 경험인 줄 알지만, 사실은 그의 아버지 말로 대위가 1918년에 겪은 모험과 1934년 말로 자신의 '생환', 1940년에 농민과 서민의 생활에서 영감을 받은 작가의 창작이었다.

1940년에 내가 겪은 전쟁 말씀입니까? 형편없었지요… 우리 프로뱅 전차들은 연병장 밖에서는 아무짝에도 쓸모가 없었지요. 5월에는 대전차포를 가지고 도보로 출전했어요. 몇 방 쏴보기야 했죠. 6월 15일엔 내가 가벼운 부상을 입었어요. 그리고 16일 우리는 프로뱅과 상스 중간쯤에서 보병으로 포로가 되어 상스로 끌려갔어요.[12]

12_ 말로와 필자의 인터뷰, 1973년 1월 29일.

포로들은 건축 자재 창고에 들어가기 전에 드높은 성당의 탑 밑에서 잠들었다. 여기서 그는 피로 때문에 분노할 여유도 없는 패배자 무리에 빠져든다. 이것은 청산가리를 손 안에 움켜쥔 카토브와 키요의 세계가 아니다. 여기는 거지 집합소요, 철조망에 둘러싸인 기진맥진한 가축 시장이다. 그곳에는 "굶주리고 살벌하고 이질로 몸부림치는" 1만여 명이 생리적인 슬픔에 잠긴 채 끌려와 있었다.[13]

말로는 이때의 고생을 성서적인 비극으로 묘사하려고 하지는 않았다. 그는 6주일간의 감금 생활을 보낸 후인 7월 27일 친구에게 편지를 썼다. "수용소의 사정은 견딜 만하다… 바캉스 장소로 권할 만하지는 못하지만 과장해서 말할 일은 아니다." 그 안에서 주고받는 화제는 두 가지뿐이다. 석방될 날짜("한 달이라고? 미쳤어? 한두 주일 후면 풀어줄 거야. 우리를 여기 데리고 있어서 뭐 좋을 게 있겠어?")와 먹을거리였다. 굶주린 사람들이란 모두 다 그런 법. 그들은 기막힌 요리를 머릿속으로 차려놓는 등 만찬을 꿈꾸면서 허기를 달랬다("난 말이지, 나라면 말이야, 푸아그라를 넣어 요리한 자고새가 좋겠어… 우리 고향에서는…").

몇몇은 그런 유희 따위는 하지 않으려고 했다. 그중에는 신선한 크림이니 따뜻한 과자 이야기를 되씹고 드러누운 사람들의 몸을 타넘으며 수용소 안을 배회하는 장 그로스장 같은 이가 있었다.[14] 그는 역시 말상대를 찾고 있는 듯한 친구를 만나자 불쑥 물었다. "우리는 왜 전쟁에 졌지?" 그들은 이야기를 나눴다. 그리고 또다시 만났다. 그

13_ J. B. 제너, 《텔레-7주르 Télé-7jour》, 1972년 4월 29일.
14_ 그는 지금 《N.R.F.》를 맡아 운영하고 있다.

사내도 그로스장과 마찬가지로 〈황금 머리〉(폴 클로델의 시극—옮긴이)를 좋아한단다. 그로스장은 그의 상대가 전쟁을 유럽 땅에 국한시켜 생각하지 않고 아시아, 근동, 미국 등을 이야기하는 데 놀랐다. 3일 후 그는 상대가 말로라는 사실을 알았다. 그 달 마지막 며칠간 드골이 처음으로 발표한 몇 가지 글 중 한 편이 그들의 눈앞에 나타났다. 휴전 중에 신문들이 일주일 동안 보도한 텍스트였다.[15] 말로는 괜찮게 썼다고 생각했고, 그로스장은 그렇지 않다고 봤다.

추수를 위해 지원자를 차출했다. 말로를 포함한 몇 사람은 감시가 느슨해진 틈을 이용할 기회라고 생각했다. 그들은 앙드레 말로, 장 그로스장, 장차 《르 피가로 Le Figaro》의 기자 장 밥티스트 제너가 될 마네 신부, 하사관 알베르 뵈레 등 11명으로 작은 콜미에 마을(상스에서 7킬로미터 거리)에 배치되었다. 그 마을 시장은 쿠르주네라는 혁신계의 용감한 남자였다. 그들은 성질이 활달한 메테르니히 중위의 감독을 받았다. 짚 속에서 잠을 잤으니 그리 편한 것은 아니었다. "내 말들에게도 이런 잠자리는 안 주겠다"고 말하며 중위는 그들에게 침대를 구해주었다. 그러나 그들 대부분에게 중요한 문제는 물론 탈출이었다.

말로에게는 여기에 덧붙여 특별한 관심거리가 있었다. 9월 말에 동생 롤랑이 와서 전하기를, 독일이 미국 여론에 자기들의 '자유주의'를 과시하기 위하여 몇몇 작가를 적어도 공식적으로는 풀어주기로 결정했는데, 그의 이름이 지드와 함께 리스트에 들어 있다는 것이었다. 그래서 그가 어디에 있는지 찾는 중이라고 했다. 그 같은 작전

15_ 장 그로스장은 다만 그것이 〈6월 18일의 호소〉가 아니었다는 것만 기억하고 있다.

에 말려드느니 차라리 도망을 쳐야 했다.[16]

말로와 완전히 헤어진 클라라는 다시 한 번 포로들에게 옷과 구두와 돈을 공급하는 일을 맡은 시동생 롤랑 곁에서 이 일에 끼어들었다.[17] 이 가족적 음모 덕분에 생긴 구두가 발에 작기는 했지만(말로는 《반회고록》에서 그 이야기를 잠깐 암시했다. 매우 위험한 고비를 많이 겪은 뒤라 이런 것은 대단치 않게 여겼으니까) 그는 마녜 신부와 함께 별 탈 없이 탈출했다. 마녜 신부는 드롬 지방에 있는 그의 집에서 잠시 그를 묵게 해주었다. 명예와 피와 요란스러운 일들이 가득한 《반회고록》의 막을 느린 속도로, 그러나 재치 있게 열어주는 역할을 하는 에피소드가 있다. "나는 장차 베르코르(프랑스의 문학가—옮긴이)의 고해신부가 될 사람과 함께 1940년 탈출했다." 글리에르 지하 운동 조직에 몸담았다가 사망한 이 신부는 고해에서 얻은 여러 가지 교훈 중에서 다음과 같은 결론을 마음속에 지니고 있었다. "결국 따지고 보면 세상에 위대한 인물이란 없다."[18]

기다림

앙드레 말로가 1940년 10월 자유 지역 쪽으로 달려가는 동안 조제트는 파리 지방의 병원에서 해산을 하고 있었다. 그 여자는 너무나도

16_ 장 그로스장과 필자의 인터뷰, 1972년 10월.
17_ 《투쟁과 유희》, p. 193.
18_ 《반회고록》, p. 10.

가진 돈이 없는 처지여서 아기를 잡혀두고 퇴원했다는 얘기도 있다… 어린아이의 이름은 피에르 고티에라고 지었다. 그들은 곧 말로를 다시 만나 지중해 연안에 자리 잡았다. 장 그로스장에 의하면 앙드레가 예정한 장소는 아니었다. 콜미에에서 그들이 주고받은 마지막 대화에서는 그저 '자유 프랑스' 편에서 전투를 계속하기 위하여 아프리카로 건너가는 문제만이 관심사였다. 이리하여 5개월 동안 욘 지방 출신의 이 신출내기 농민 다섯은 예정된 계획이 성취되었다는 소식을 전하기로 되어 있는 아프리카 발신 우편엽서를 기다렸다.[19]

가정적인 이유였을까. 아니면 대기 자세였을까. 하여간 말로는 이 전투 계획을 포기했다. 나중에 다른 계획을 세우는 한이 있더라도. 그러고는 11월 20일 이에르에 있는 조제트의 친정집으로 들어갔다. 클라라가 이혼을 거부했으므로 프로뱅의 집안을 기쁘게 해줄 처지가 못 되었다. 간통으로 태어난 아이, 비합법적인 부부… 이리하여 말로는 1922년 오퇴유에 있는 골트슈미트가에서 경험한 분위기와 흡사한 상황에 놓이고 말았다. 그때에 비하면 생활 수준이 더 낮았다. 그 당시 지중해 지역은 일용품과 장비의 보급이 매우 좋지 못했고 점령군에게 통제받는 기업체인 갈리마르사 쪽에 있는 말로의 돈이 묶여서 그들은 가난하기 짝이 없었기 때문이다.

1940년 12월 앙드레 말로는 친구인 지드와 마르탱 뒤 가르를 만날 겸, 그리고 (조제트 어머니의 기분이 기분이었던지라) 이에르에서 좀 떨어진 곳에 집을 구하기 위하여 니스로 갔다. 곤경에 처한 난민을 구하고, 특히 가장 큰 위협을 당하는 인사들이 프랑스에서 떠나도록 주선

19_ 장 그로스장과 필자의 인터뷰, 1972년 10월.

하는 임무를 맡은 '긴급구조위원회'의 책임자는 바리언 프라이라는 미국 청년이었다. 프라이는 말로가 1937년 스페인공화국을 위한 홍보 여행을 하는 동안 뉴욕에서 만난 적이 있었다. 말로는 자기가 이제 막 포로수용소에서 탈출해왔다고 고백했다. 프라이는 그가 외국으로 떠나게 해주겠다고 자청했는데 말로는 그저 어렴풋이 대답하면서 그보다는 돈이 필요하다고 말했다.[20] 프라이는 그런 일이라면 문제없다면서 말로의 미국 출판업자인 랜덤하우스 중개역을 맡았다. 출판사는 그에게 부끄럽지 않게 살 만한 돈을 정기적으로 부쳐줄 수 있었다.

그러나 마르세유의 그리냥 가에 있는 원조위원회 사무실에서 계속된 바리언 프라이와의 정기적인 만남은 점점 정치 형태를 취해갔다. 역시 '흥미 있는' 난민인 빅토르 세르주와도 우정 어린 식사를 하는 정도가 아니었다. 세르주는 프라이의 힘을 입어 대서양을 건너가기로 했다. 빅토르 세르주는 1937년 소련에서 감금당했을 당시 말로의 개입을 거절했기 때문에 그와 절교 상태였는데 마침내《희망》의 작가와 다시 화해할 수 있었다.

이들이 옛날 생각만 한 것은 아니었다. 이 미국인 요원은 런던과 접촉할 수 있는 방도를 알고 있었으므로 말로는 그에게 드골 장군 앞으로 보내는 편지를 부탁했다. 그는 《반회고록》에서 지적한 것처럼 비행사가 많지 않은 듯한 FFLForces Françaises Libres(자유프랑스군―옮긴이)에서 일하겠다고 제안했다. 그런데 아무런 회답이 없자 피에르 코트와 마찬가지로 자기의 정치 참여 행위 때문에 자유 프랑스의 지도

20_ 바리언 프라이,《주문받은 공격Surrender on demand》, 랜덤 하우스, 뉴욕, pp. 9~10.

자에게 거절당한 것이라고 짐작했다. 바로 그것 때문에, 비록 1940
년 6월 말에 장군이 처음 개입하여 발표한 담화문을 좋게 평가했음
에도 불구하고 그는 여러 해 동안 드골 장군에 대해 비교적 냉담한
판단을 내린다.

그는 덧붙여 말하기를, 20년이 지나서야 비로소 그때 런던이 왜 아
무런 회답을 하지 않았는지 참다운 이유를 알았다고 했다. 즉 프라
이가 보낸 전령(그의 여비서 베네디트 여사)이 경찰의 검색을 당하자
수색당하는 위험을 피하기 위하여 경찰차에 실려가는 동안 그 쪽지
를 입에 넣고 삼켜버린 것이었다.[21] 이렇게 하여 드골과 접촉하려는
말로의 첫 시도는 운이 없어서 유산되었다. 하지만 그의 머릿속에서
는 그 시도가 거절 내지는 무시당한 걸로 생각했다는 사실을 기억해
두자.

이리하여 그는 문학 쪽으로 관심을 돌렸다. 그는 미국에서 그의
책을 출판한 랜덤하우스 사장 로버트 사스와 4년 넘게 편지 왕래를
했다. 1937년 3월 미국 여행에서 이 출판업자와 친구 사이가 된[22] 말
로는 그에게 1941년 1월 8~9개월 전부터 '천사와의 싸움'이란 제
목으로 구상해온 책의 단편들을 보냈다. 그의 분대가 대전차 함정에
빠졌다가 '생환'해 온 이야기가 〈구덩이〉였고, 후일 그가 책 첫머리
에 배치할, 1940년 6월 상스에서 경험한 포로 생활을 소재로 한 단편
이 〈수용소〉였다.

21_ 《반회고록》, p. 126.
22_ W. G. 랑글루아, 〈미발표 서한에 의거한 1939~1942년의 A. 말로〉, 《라 르뷔 데 레트르 모데
른》, 파리, 1972년, pp. 95~127.

1941년 1월 말부터 조제트, 말로 그리고 그들의 어린 아들은 클로 티스 부인의 트집 많은 친절에서 벗어나 로크브륀 캅 마르탱이라는 아름다운 곳에 집을 구했다. 앙드레 지드의 친구인 화가 시몽 뷔시가 그들에게 별장을 빌려준 것이다. 들리는 말에 의하면 러디어드 키플 링과 T. E. 로렌스도 그곳에서 대접받은 적이 있다고 한다.[23] 이만하 면 이 자그마한 집이 벌써 특수한 세계라고 하겠는데… '라 수코'(뷔 시가 붙인 별장 이름) 생활은 1941년 11월 집주인이 돌아옴으로써 중 단되었다. 조제트와 앙드레는 6개월 동안 생 장 캅 페라에서 가까운 캅 델에 '레 카멜리아'라는 별장을 빌렸다.

7월 15일, 말로는 젊은 작가 로제 스테판과 몬테카를로에서 장시 간의 인터뷰를 했다. 스테판은 그가 우울해하기는커녕 낙관적이고 전투적이더라고 전했다. 그는 말로가 기술적인 각도에서 전쟁 문제 를 보며 영국제 폭탄의 성능에 대해 이야기하는 것을 보았다. "그는 독일군이 그 한계에 도달했다고 보고 힘이 기울어질 것이라 믿었고" "독일의 패망은 앵글로색슨의 승리가 되어… 그들은 세계를, 아마도 프랑스를 식민지로 만들 것"이라고 생각했다.

3개월 전에 나치 군대가 점령한 소련 이야기가 나오자 그는 "러시 아에서는 독일군의 어떤 승리도 결정적이지 못할 것이다. 언젠가는 대전차포가 전차를 이길 것이기 때문이다"라고 단언했고, "약간은 GPU(1922년에서 1934년까지 존재한 소련 정치 경찰—옮긴이) 덕분이겠 지만 소련 정권이 매우 튼튼하다"고 생각했다. 경찰은 "소련에서는

23_ 시몽 뷔시의 아내인 도로시는 영국의 탁월한 작가로, 아름다운 소설 《올리비아Olivia》를 썼 다. 그 책은 그의 친구 로제 마르탱 뒤 가르가 프랑스어로 번역했다.

파시스트 정권들처럼 탄압적 역할을 하지 않는다. 반대로 경찰은 저항의 기반이 되고 있다"고 자신 있게 말한다.

"말로는 전쟁에 참가하고 싶은 욕망을 감추지 못한다." 로제 스테판은 말로가 마르크스주의에 대하여 매우 회의적이라고 소개하면서 덧붙여 말했다. 그러나 《희망》의 저자는 왜 파시즘보다 공산주의와 더 가까운가. "공산주의는 세계를 향하여 열려 있고 파시즘은 닫혀 있기 때문이다."[24]

두 달 반 뒤인 1941년 9월 30일 비밀 지하 조직 '콩바Combat(전투)' 운동에 가담하기 위하여 P. H. 테이트장을 만나러 몽펠리에에 간 스테판은 여전히 캅 델에 살고 있는 말로를 다시 만난다. 함께 행동한다는 것은 생각도 못 할 일 같다. 말로는 자신을 찾아온 이 젊은 작가가 "벌써부터 감시를 받고 있어서 체포되는 것이나 아닐까" 걱정한다. 그러나 "(그의) 행동 욕구"는 인정하되 "하나의 감정이나 생각에 지나지 않을 뿐 정체政體라고는 볼 수 없는" 민족주의 따위는 대단치 않게 생각한다고 말한다. 그리고 기껏 "프롤레타리아가 배를 곯으면서 좀 더 의젓해질 수 있게 만드는 것이 고작인" 혁명의 가능성에 회의를 품는다고 한다. 스테판의 의견에 따르면, 말로는 미국이 승리할 것이며 이로 인하여 "유럽의 뉴딜 정책과 합중국화된 유럽, 소련의 추방"이 도래할 것이라 믿고 있다.[25]

그보다 며칠 전인 1941년 9월 중순 '사회주의와 자유'라는 지하운동 단체를 결성하기 위하여(《나이의 힘》의 저자인 시몬 드 보부아르

24_《누구나 세계와 결부되어 있다Chaque homme est lié au monde》, pp. 72~73.
25_ 위의 책, p. 84.

자신이 한 말) 동지를 찾으려고 시몬 드 보부아르와 함께 파리에서 내려온 장 폴 사르트르는 어렵게 어렵게 《희망》의 저자를 찾아냈다.[26] 그 여행자들은 마르탱 뒤 가르와 지드, 말로와 상의할 생각이었다. 처음으로 접촉해본 지드는 가장 모호한 태도를 취하면서 방문객들을 1936년부터 1939년까지 활동한 반파시스트위원회 시절의 동지에게 소개했다. 그는 이 문제에 대하여 마르탱 뒤 가르에게 편지를 썼다. "말로는 사르트르의 문학을 전혀 좋아하지 않고 사르트르도 그걸 알고 있으니 일의 결과가 어떻게 되는지…"[27]

시몬 드 보부아르는 그때의 면담을 간결하게 전한다. "말로는 조제트 클로티스와 함께 사는 생 장 캅 페라의 별장에서 사르트르를 맞았다. 그들은 화려하게 차린 미국식 통닭구이로 식사를 했다. 말로는 사르트르의 이야기에 정중한 태도로 귀를 기울이지만 현재로서는 어떤 행동도 효과적이지 못하다고 여겼다. 그는 전쟁에서 이기기 위해 소련 탱크와 미국 비행기에 기대를 걸고 있었다."[28]

소련 탱크? 히틀러는 소련에 덤벼듦으로써 《희망》의 작가가 1940년 6월 상스의 수용소에서 장 그로스장에게 예측한 세계적 규모의 전쟁을 일으키고 있었다. 개인적인 관점에서 볼 때 앙드레 말로는 자기 자신과 소련의 친구라고 간주되는 사람들이 함정에 걸려든 처지임을 잘 알았다. 6월 초에 로버트 하스에게 다음과 같은 편지를 보낸 그가 아니던가. "올 연말 전에 당신과 악수할 가능성이 충분히 있습니다."[29]

26_ 《나이의 힘》, p. 507.
27_ 《지드와 마르탱 뒤 가르의 서한집 Corre spondance Gide-Martin du Gard》, p. 237.
28_ 《나이의 힘》, p. 508.
29_ 그 어디에서도 흔적을 찾아볼 수 없는 미국 여행 계획.

그리고 한 달 뒤에는 "곧 무슨 일이건 모두 다 불가능해져버릴 것입니다"라고 예고했다.[30]

벌써 이 무렵부터 말로는 반파시스트 운동 경력과 스페인에서 적성과 행동을 좋아하는 취향을 증명해 보였다는 사실을 잘 아는 조직의 지도자들을 통해 레지스탕스에 능동적으로 참가해달라는 교섭을 받았을까. 그는 1940년 말부터 인간 박물관 지하 조직 대표인 보리스 빌데의 접촉을 받았으나 점잖게 거절했다. 얼마 후 에마뉘엘 다스티에(공동의 친구인 코르닐리용 몰리니에와 같은 팀이다)가 잠수함을 타고 런던으로 떠나기 전에 로크브륀으로 그를 만나러 왔다. 말로는 이렇게 대답했다. "나도 행동해요. 그렇지만 나 혼자 행동해요."[31]

클로드 부르데도 말로를 끌어들이는 교섭을 했다. 정확한 날짜는 '콩바' 지하 조직의 공동 창설자인 부르데 자신도 정확하게 기억하지 못한다. 이번에도 《희망》의 작가는 공감과 흥미를 표시하면서 이렇게 덧붙였다. "당신들은 무기와 돈을 가지고 있나요? 그렇다면 일을 하겠어요. 그렇지 않다면 신통한 것이 못 돼요." 부르데는 무기도 돈도 확실하게 보장할 수가 없었다.

1940년부터 1942년 당시 말로는 무엇보다도 작가로서 일했다. 5년 전부터 그는 많이 일하고 많이 싸우고 많이 행동했다. 그는 스페인에서 승리를 위하여 싸웠다. 그런데 패배했다. 그는 프랑스에서도 싸웠으나 패배했다. 그렇다고 해서 행동이 더럽혀졌다고 생각하지는 않았다. 그러나 이제 지쳤고 어이가 없었고 확신보다는 의혹에 차 있었

30_ 〈미발표 서한에 의거한 1939~1942년의 A. 말로〉, p. 116.
31_ 《레벤느망》, 1967년 9월, p. 53.

다. 그는 비록 독트린과 주의주장과 특히 방법이 비위에 거슬리고 때로는 분노까지 불러일으키는 것을 참아가면서도 승리를 위하여 가장 유익하다고 생각되는 사람들 편에서 싸웠다. 그러나 패배하고 보니 효율이라는 게 그렇게 좋은 것도 아니고 방법은 더욱 잔혹했다는 생각이 들었다.

그는 작가의 천직으로 되돌아갈 필요가 있었고, 분노한 듯한 심정으로 일에 몰두했다.

1940년에서 1943년까지 그의 책상 위에는 세 가지 원고가 한꺼번에 놓여 있었다. 우선 1940년 이후부터 쓴 〈수용소〉와 〈구덩이〉 등 처음 몇 장章을 미국의 《라이프Life》지에서 거절당한("나는 히틀러 씨보다 덜 유명하고 덜 시사적이니까"라고 말로는 잘라 말했다[32]) 《천사와의 싸움》이 있었다.

그러나 《천사와의 싸움》이 그의 시간을 다 빼앗거나 그의 관심을 송두리째 점한 것은 아니었다. 그것은 1941년 6월까지는 영국이 유일한 희망의 보고요, 자유의 발판이었기 때문일까. 아니면 《천사와의 싸움》 주인공 뱅상 베르제가 아라비아의 로렌스의 전신轉身으로서 자연스럽게 태어났기 때문일까. 혹은 정치적 군사적 행동의 문제, 그것이 가져오는 성과, 그것 때문에 맛본 쓰디쓴 경험, 거기서 야기되는 거짓과 사기 등이 말로 역시 싸우고 난 뒤에 기껏 얻은 것이라곤 손바닥에 남은 재뿐인 스페인 전쟁 이래 줄곧 그를 사로잡았기 때문일까.

1942년 중반 그는 새로운 작품을 기획했다. 말로는 그 작품에 대하여 그의 미국인 수신인에게 다음과 같이 예고했다.

32_ 〈미발표 서한에 의거한 1939~1942년의 A. 말로〉, p. 114.

《천사와의 싸움》제2권을 끝마치기 전에 숨을 돌리기 위하여 딴 것을 하나 쓰고 있습니다. '절대의 유혹'이라는 제목이며, 로렌스 대령에 관한 책입니다. 내용은 요약할 수 없습니다만 지금까지 그 인물을 다룬 글 가운데 가장 중요한 책이 될 거라고 해도 내가 너무 오만하다는 생각이 들진 않습니다. 이 책은 2월에 끝날 것입니다… 베스트셀러가 될 것으로 예상됩니다… 그다음에《천사와의 싸움》제2권을 다시 손댈 예정입니다.[33]

세 번째 원고도 '라 수코' 별장에 든 손님에겐 관심거리였다. 1935년 이래 그가 말해왔고 1939년에는 가장 귀중한 계획이었던 듯한《예술 심리학》이었다. 하지만 그는 제대로 된 미술관과 그의 도서관 그리고 발레리, 드리외, 그뢰튀젠, 페롱, 피아 등 중요한 자문 상대들로부터 멀리 떨어져 있었다. 진짜 미술관에서 출발한 '상상의 미술관'이라야 제대로 된 작품이 될 터였다.

말로는 1930년대 말경의 행동인보다 1940년대 초기의 작가일 때 더 운이 좋은 건 아니었다. 그는《천사와의 싸움》과《절대의 유혹》을 탈고하여 '국립 도서관의 격에 맞는' 그 원고를 미국 의회 도서관(관장이 그의 친구 아치발드 맥 레이시였다)에 기증한다는 것까지 로버트 하스에게 밝히면서 외교적 통로를 이용해 미국에 보내는 방법을 강구해두었다. 그러나 이 즐거운 소식을 그의 출판업자에게 전하고 나자마자 1942년 11월 11일 독일군이 자유 지역을 점령하고서 프랑스와 앵글로색슨 국가들 간의 모든 통신 수단을 끊어버렸다. 그래서 말

33_ 위의 책, pp. 119~120.

로의 원고는 끝내 랜덤하우스에도, 의회 도서관에도 도착하지 못하고 말았다. 단지 《알텐부르크의 호두나무》[34] 사본을 스위스에 보냈을 뿐이다.

그러면 왜 8월 이후에 집필한 《천사와의 싸움》과 당시 그가 끝마쳤다고 한 《절대의 유혹》은 (로렌스에 관한 장인 〈겨우 그것뿐이었던가?〉만 제외하고) 미출간 상태로 남았는가. 말로가 여러 번 공표했듯이 "게슈타포의 손에 파괴"되었는가. 1942년 말 알리에에 있는 슈바송의 집으로, 나중에는 코레즈로 가기 위해 '라 수코'를 출발한 것은, 그 전에 그를 사로잡았던 모든 걸 다 잊어버릴 정도로 혼신의 정력을 바친 것이었기에 더욱 애착이 갔던 그 텍스트들을 잘 숨겨놓을 틈도 없을 만큼 성급한 일은 아니었다. 게다가 '로렌스'에 관한 글은 코레즈까지 지니고 갔다는 것을 우리는 알고 있다. 1944년 초 그가 숨어 지내는 유격대 생활로 들어간 것은 그보다 경황없는 일이었다. 그러나 이 당시 조제트와 그가 의탁한 매우 가까운 친구들, 즉 델클로 집안 사람들은 그가 부탁만 했다면 원고를 안전하게 숨겨주었을 것이다.

혹시 그 자신도 너무 불완전하다고 여긴 나머지 원고를 파기한 것일까. 그는 《알텐부르크의 호두나무》 단편을 1947년에 발간된 《장면집 Scènes Choisies》에 다시 싣기도 했고 그 미완성 소설의 큰 부분을 《반회고록》에 편입시키기도 했으면서(26페이지에서 109페이지에 걸쳐 묘사한 아버지의 자살, 니체의 광기, 알텐부르크 회의, 카이로와 아덴의 미술관 장면…) 그렇게 소각하고 남은 원고를 출판하자는 가스통 갈리마르의 제안은 항상 거절했다.

34_《천사와의 싸움》 제1부에 붙인 제목.

《알텐부르크의 호두나무》는 건립자 자신이 몸을 바쳐 석재石材가 된 저 무너진 사원의 처지에서 끝내 벗어나지 못했다. 반테이 스레 사원의 추억이랄까… 말로는 그의 책《라자레 Lazare》의 서두에 독일인 병사들이 가스에 중독된 적군 러시아 병사들의 시체를 자기들 지역으로 끌고 가는 저 감동적인 장면을 다시 사용했다. 톨스토이의 정신과도 같은 숨결이 페이지 전체에 흘렀다. 그는 언젠가 그에 못지않게 아름다운 다른 장면들도 다시 이용할 것이다. 우선 사마르칸트로 말을 달리는 뱅상 베르제, 거기서 풍기는 끝없는 아시아의 냄새, 말로를 전설의 경지에 이르게 하는 저 엄청나고 기막힌 완만함 등.

《천사와의 싸움》의 첫 독자 혹은 첫 비평가인 지드(말로는 1942년 '라 수코'에서 그에게 몇 대목을 읽어주었다)는 비평가를 무시하는 말로의 태도 못지않게 작품 자체에 대한 실망감을 감추지 않았다. "그가 캅 마르탱에서 내게 읽어준 것을 알아볼 수 있었다. 그 당시 내가 그에게 지적한 형식상의 약점을 고스란히 다시 목격한다." 지드는 로잔에서 나온 그 책을 읽고 나서 1944년 6월 냉혹하게 썼다. 사실《희망》처럼 이야기가 광란하는 리듬에 실려 있지 않으므로 이처럼 헐떡거리며 위협적이고 엄숙한 스타일은 좀 더 무겁게 눈에 띈다. 그러나 형식의 완결성이 중요하냐, 창조적인 분출이 중요하냐 하는 말로 자신의 말처럼 그와 지드 사이의 근본적 견해 차이가 문제라면 우리는 여기서 기꺼이《알텐부르크의 호두나무》저자 편을 들겠다.

내용 면에서 본다면 매우 지적인 마르크스주의자 비평가가《천사와의 싸움》에 대해 언급한 비평을 주목할 필요가 있다. 즉 조르주 무냉이 보기에는《알텐부르크의 호두나무》의 말로는 그가《희망》을 읽으면서 그렇게도 찬미했던 정치적 생명력, 행동의 센스, 능동적인 우정과 구체적 성취의 의지가 가득 찬 그 말로는 이미 아닌 듯 여겨졌다. 그래서 이렇게 썼다. "파스칼이 노골적으로 말로를 송두리째 사로잡아버렸다."[35] 《인간의 조건》을 그토록 강력하게 휩쓸어버린 그 파스칼. 1942년의 이 미완성 소설이 1937년의 소설만 한 가치가 없다면 그 원인이 파스칼과 형이상학에 있다고 단정해야 할 것인가. 그리하여 말로는 사실과 대상, 군중, 사물, 인간들에게 사로잡히고 바싹 붙어서 대결할 때, 즉 참여하고 있을 때 외에는 별로 위대하지 못한 작가라고 결론지어야 할 것인가.

1942년 11월부터 독일군이 남부 지역을 점령하자 말로 가족의 생활은 불안정한 정도가 아니었다. 디미트로프와 탤만을 옹호하는 행동을 하고 스페인에서 싸운 경력을 지녔으니 무사할 리가 만무했다. 그의 얼굴이 너무 알려진 이 지역과 부러워하는 사람이 없지 않은 이 집을 떠나지 않으면 안 되었다. 그는 9월 15일부터 10월 말까지 알리에 지방 콜롱비에에 있는 제르맹과 루이 슈바송의 집에서 보냈다. 이 옛 학우는 코망트리에서 그리 멀지 않은 그 뒤 봉 성城에서 유대인 친구의 소유인 정밀 기계 공장을 경영하고 있었다. 이렇게 하여 슈바송은 그 기업체가 독일인들에게 차압당하는 것을 막을 수 있었다.

말로는 양쪽 진영 경계선 근처에 있는 슈바송의 집에서 조제트와 함께 지냄으로써 몽뤼송에서 버크마스터 지하 조직의 이 지역 대표인 영국 장교와 접촉할 수 있는 기회를 얻었다. 이번이 두 사람의 첫 번째 접촉일까. 이 점에 관한 한 그 이전에 만났다는 증거는 없다. 이로 미루어 1942년 9월 이후부터 런던 당국이 말로를 잠재적인 연합

35_ 〈말로의 길〉, 《레트르 프랑세즈 Lettres Françaises》, 1946년 6월 7일.

세력으로 간주했다고 생각할 수 있다. 그가 이 무렵에 행동을 개시했다는 의미는 아니다.

1942년 11월 말 조제트와 앙드레 그리고 어린 아들 고티에는 '라 수코' 별장과 코트 다쥐르 지방을 떠나 코레즈, 페리고르, 르 로 등 지방 경계 지역으로 옮겨갔다. 소문에 따른다면 은밀하게 몸을 숨길 데가 많고 '항독抗獨 지하 단체에 가담하기 좋은' 곳이었다. 동시에 그의 친구들이 도르도뉴 강변의 아름다운 소읍 아르장타 주위에 모여 사는 곳이었다. 에마뉘엘 베를, 그의 아내 미레유 그리고 에마뉘엘 아라고와 베르트랑 드 주브넬이 있었다. 말로 가족은 곧 옆 마을 생 샤망의 공증인을 알게 되었고, 그는 장난감처럼 인공으로 만든 라 수비뉴 강과 역, 마을을 굽어보는 절벽 위의 '성'을 빌려주겠다고 제안했다.

앙드레 말로처럼 미에 관심이 많은 인물이, 오페라 무대 장치로나 볼 수 있는 요새 같기도 하고, 또 어떻게 보면 가스코뉴 풍경 속에 버림받은 로렌풍 농가 같기도 한 이 디즈니랜드 성에서 1년 반 이상을 지냈다는 것이 아이러니하지 않을 수 없다. 그러나 집 뒤에는 격조 있는 거대한 '세자르' 탑루가 솟아 있고 프랑스식 정원이 펼쳐졌으며, 그 한가운데는 돌로 만든 이상한 신부상神父像이 이끼에 덮인 채 서 있었다. 특히 주변에는 밤나무, 전나무, 자작나무, 호두나무(마치 알텐부르크처럼) 등이 멋진 숲을 이루었다. 요컨대 시골 체질인 조제트에게는 여간 맘에 들지 않는, 가파르고 수목이 우거진 시골이었다. 마르셀 아를랑의 말에 의하면 20년 전에 "나무라고는 그림 속에 그려진 나무밖에 좋아하는 것이 없다"던 말로도 자연을 사랑하기 시작했다. 본래 부정父情이라고는 느끼지 못한 그도(조제트는 날이 갈수록 그러한 점을 나무랐다) 뱅보라는 별명으로 부르는 아들 고티에의 손을 잡고 '세자르' 탑 맞은편 언덕을 오르곤 했다. 아이는 그곳을 좋아했다. 아버지도 그랬다

그의 서재는 매우 우스꽝스러운 모퉁이 탑실塔室에 마련했다(콜롱베에서 드골 장군의 사무실이 그랬듯이). 그는 아르장타에 가서 에마뉘엘 베를과 그의 친구들을 만나 토론하고 돌아오면 그 상쾌하고 둥근 방에서 일을 계속하곤 했다. 얼마 전부터《예술심리학》을 계속 쓰면서《절대의 유혹》과《천사와의 싸움》을 추고했다.

그는 1943년에 적어도 한 차례 파리를 다녀왔다. 파리 생트 클로틸드 광장의 카페에서 그를 본 친구가 있는데, 멜로드라마처럼 유치하게 얼굴을 숨기는 척하더라고 했다(내가 음모를 꾸미고 있는 걸 모르겠소? 제발 나를 아는 척하지 말아주시오…!). 그때 말로는 드리외 라로셸을 만났다. 드리외는 그가 "볼셰비키에 몸담지 않은 후부터 몰락한" 그저 보잘것없는 "드골파"가 되었다고 생각했다.[36] 이 말은 그가 런던과 접촉한다는 것을 드리외가 알았다는 뜻일까.

말로는 생 샤망의 공증인과 생기 있고 극성스럽고 정다운 친구인 그의 아내를 매일 만났다. 1942년 11월 말로가 그에게 자기 소개를 하자 프랑크 델클로는 단도직입적으로 물었다. "직업이 뭐지요?" 물론《희망》의 저자는 이런 어이없는 질문이 유쾌하지 않았다. 한편, 그의 아내인 로진 델클로가 말로의 책은 소리 내어 읽어야 이해된다고 말해서 그가 웃었다. 그들 부부는 믿음직한 친구였다. 그런 시기에 믿음직한 친구처럼 귀중한 것은 없었다.

36_ 〈말로와 드리외〉, pp. 88~89.

다른 어려움이 많았지만 특히 1943년 11월 조제트가 둘째 아들 뱅상을 낳은 것은 다소 문젯거리였다. 클라라와는 여전히 이혼이 안 된 상태였다. 그녀가 이혼을 원하지 않은 것도 이유지만, 앙드레 입장에서 유대인이라는 출신 때문에 특별히 위협받는 처지에 놓인 그 여자와 갈라선다는 것이 시기적으로 적당하지 않다고 판단한 게 큰 이유였다. 따라서 그의 큰아들이 말로라는 이름을 갖게 된 것은 그의 이복동생인 롤랑이 그 아이를 호적에 올려주었기 때문이다. 뱅상이 태어나자 롤랑은 또다시 그렇게 해주겠다고 제안했다. 그러나 이번에도 계속 그렇게 한다는 것은 앙드레 말로가 자기와 결혼하지 않도록 부추기는 결과를 가져온다는 이유로 조제트가 반대하고 나섰다.

그러나 제3제국과 그 연합군이 우크라이나에서 튀니지에 이르기까지 도처에서 후퇴하고 있고, 코레즈의 밤나무 숲에서 비밀 지하 조직 투사들의 발자국 소리가 높아가는 그때에 생 샤망의 성 안에서 마음을 쓰는 것이 겨우 가족 문제와 문학뿐일 수는 없었다. 1943년 한 해 동안 줄곧 런던 당국의 지령을 받고 공중낙하한 해리 펠르베 소령의 보좌관인 그의 동생 롤랑이 구뱅 장군 휘하의 SOE(특수 작전 본부) 브리브 지역 담당 안테나였으므로 앙드레 말로는 영국 지하 조직과 접촉하고 있었다. 그 자신 아무런 책임을 맡지는 않았지만 왕년의 '에스파냐' 비행대장은 자주 동생과 그의 동지들을 집 안에 맞아들여서 정보와 작전 아이디어를 교환했다. 그러나 1944년 초까지는 적극적인 레지스탕스 운동권 밖에 있었다.

항독운동원

1944년 3월 21일 브리브에서 게슈타포의 별동대가 그 지방 민병대 요원을 앞세우고 모리스 아르누이의 고용원인 아르망 라모리의 집에 들이닥쳤다. 모리스 아르누이는 코레즈 지방 항독 지하 단체의 지도자로 '블록 가조' 공장을 소유했는데 이 공장은 수많은 비밀 작전을 위장하는 데 사용되었다. 독일 경찰이 그곳에서 발견한 사람들은 영국군 소령 해리 펠르베, 그의 보좌관 로랑 말로, 위셀의 구舊 경찰 간부 샤를 델상티 그리고 무선책無線責 루이 베르토였다.[37] 그들은 런던과 교신 중이어서 저항할 수도 없었고 사실을 부인할 수도 없었다. 그들은 우선 튈의 감옥에 구금되었다가 노인감메나 부켄발트로 이송되었는데 펠르베는 부켄발트에서 초주검이 되어 돌아와 10년 후에 사망했다.

아르누이의 보좌관(그때의 검거 대상이 아니었으므로 도망쳤다)을 통해서 '네스토르' 조직 요원들이 체포되었다는 소식을 접한 SOE 책임자들은 해리 펠르베의 후임으로 자크 오귀스트 푸아리에를 임명했는데, 흔히들 그를 '자크 대위'라고 불렀다. 그가 바로 버크마스터 지하조직의 페리고르 코레즈 지역 책임자가 된다.

앙드레 말로가 투쟁에 가담한 것은 바로 이때다. 그가 생 샤망에서 맞아들이고, 물론 어느 정도 위험 부담은 있었지만 직접 행동에 참가하지는 않으면서 격려했던 젊은이들(그중에 동생 롤랑도 끼어 있었다)이 죽음의 형장으로 끌려갔는데 그가 어찌 그 모든 위험에 뛰어들지

37_ 조르주 보와 레오폴드 고뷔소, 《R5》(리무쟁, 페리고르 그리고 케르시의 SS), p. 204.

않을 수 있겠는가. 그는 "내가 쓴 것 같은 글을 쓴 사람이라면 직접 나가서 싸우는 법이야"라고 몇 달 전에 말했다. 그는 과거에도 나가서 싸웠고 이제 또 나가 싸울 것이다.

1944년 3월 말, 그는 슬며시 생 샤망을 떠난다(얼마 후 가에탕 피콩이 받은 편지에는 단지 이렇게만 쓰여 있었다. "이제부터 나는 주소가 없소."). 그러고는 지하 활동에 사용되는 거점을 여러 군데 마련해놓은 걸로 알고 있는 도르도뉴 계곡으로 간다. 그는 우선 베이나크, 라 로슈 가자크 등 아름다운 성들이 가까이 있고 도르도뉴 강줄기를 굽어보는 카스텔노 성에 눈독을 들인다. 이틀 후 생 샤망을 떠난 조제트와 두 아들이 합류한 곳은 그 성이었다. 어디로 떠나느냐고 묻는 델클로 가족에게 그녀는 이렇게만 대답했다. "경찰의 심문을 받을 경우 당신들이 아는 게 적을수록 유리할 겁니다."

말로 가족은 사를라 남쪽, 계곡을 굽어보는 아름다운 마을 돔을 지나면서, 1년 전에 롤랑과 결혼하여 남편의 체포 소식을 듣고 절망감에 빠진 마들렌을 만났다. 그녀는 아들 알랭의 출산을 기다리고 있었다. 그들은 앙드레가 체포될 때까지 그녀와 줄곧 접촉했다.

앙드레 말로는 이때부터 《알텐부르크의 호두나무》의 주인공인 '베르제 대령'으로 행세한다(이토록 최고의 위험에 처한 상황에서 문학적인 이름이라니…). 카스텔노 성은 말로가 페리고르 지방에서 찾아둔 숱한 거점 가운데 최초의 거점에 지나지 않았다. 유격대 생활을 하는 4개월 동안 그는 '이 성에서 저 성으로' 카스텔노에서 특히 위르발 성으로 옮겨다닌다. 도르도뉴 지방에는 이 같은 성이 1000여 개나 있었다. 이 지역은 점점 페리고르라고 불렸다. 이곳은 도르도뉴 강과 베제르 강(이 두 개의 강은 '베르제 대령'의 또 다른 거점인 리메유에서 합류한다)의 계곡들이 다각형을 이루는 메이지, 라스코, 수이야크 등이다. 거기에는 라스티냐크(발자크 소설의 주인공 이름—옮긴이)라 불리는 마을이 있고, 페늘롱의 고향 마을인 살리냐크도 있었다. 이처럼 문학적인 추억과 선사 시대의 유적이 《천사와의 싸움》을 쓴 작가의 취향에 어울리는 무대를 이루었다.

그런데 수수께끼가 하나 있다. 유명한 인물이긴 했지만, 운동 가담의 연조年條를 당연히 최고의 기준으로 삼는 지하 운동의 관점에서 본다면 부차적인 인물에 불과하고 친구라고는 과거의 정치 경력으로 사귄 친구들뿐인 앙드레 말로가 아닌가. 그런 그가 어떻게 이 복합적인 조직망을 뚫고 들어갔으며, 또 어떻게 불과 석 달도 안 되어 그 산만한 조직들을 통합하는 인물로 부상했는가. 역사 속에서 보면 존재의 의지가 중요하다. 그리고 때로는 권력으로 인도해주기도 하는 '능력'을 갖추고서 사람들을 부리는 저 '무당' 같은 힘이 중요하다. 그는 이제 막 《알텐부르크의 호두나무》에서 다름 아닌 뱅상 베르제라는 뛰어난 인물의 초상을 그렇게 그려놓지 않았던가!

실제로 그는 지하 운동 지도자들의 전부는 아니라 하더라도 대다수에게 압도하는 인상을 주었다. 그들은 다소 자생적이거나 독립적이었고, FTPfrancs-tireurs et partisans(대개 공산당 계열의 지원자와 빨치산들)와 ASarmée secrète(드골파의 비밀군) 그리고 버크마스터 소령 휘하의 영국 조직인 SOE 등 대조직 중 어느 하나에 관련되어 있었다.

말로는 1942년 9월 알리에에서 접촉이 있은 후부터는 아닐지 모르나 적어도 1943년 가을 동생과 해리 펠르베가 그와 접선한 이후부터는 버크마스터 조직에 들어 있었다고 말한다. 전쟁이 끝난 후 버크마스터 대령은 말로가 SOE의 명부에 오른 적은 한 번도 없었다고 부인했다.[38] 그러나 대체로 코레즈, 페리고르, 르 로, 르바 리무쟁 지방을 커버하는 소위 'R5' 지역 레지스탕스의 복잡한 조직망에 대하여 예외적일 만큼 확실한 정보를 가진 것은 그 통로를 통해서였다. 밤나무와 송로와 호밀이 명물인 지역이었다.

그의 격에 어울리는 야망이 마음속에 끓어오르고 있었는데, 그 무수한 유격대 조직을 한데 통합하여 지휘자가 되겠다는 야심이었다. 1944년 봄 거기에는 무장과 장비를 갖춘 1만 5000여 명의 운동원이 산재했다. 뷔그에서 브랑톰(NAP[39]의 책임자요 롤랑 뒤마의 아버지인 조르주 뒤마가 총살당한 곳), 베르트에서 테라송에 걸친 지역에서 몇 번씩이나 점령 당국과 대결할 수 있을 만큼 잠재적인 힘과 실질적인 힘을 가진 병력이었다. 그러나 그 부대마다 나름의 대장이 있었다. AS에는 리비에, 보주르, 게댕 등의 대령, FTP에는 고드프루아 레스퀴르 대령 그리고 '알리앙스' 조직의 대표들과 리무쟁의 FTP 조직들의 강력한 창설자요 공산당 두령인 조르주 겡구앵이 있었다.

말로의 전략(나중에 보면 알 수 있듯이 'R5' 유격대에 '이득이 있는' 것으로 판명되는)은 지역적인 면에서나 국가적, 이념적인 면에서나 그가 폭넓게 가지고 있는 유대 관계를 활용하자는 것이었다. 이 지역 전체에서 말로는 가장 뒤늦게 지하 운동에 가담한 사람이었다. 그러나 그는 영국인과 프랑스인, 몇몇 공산주의자와 드골파, 르 로, 라코레즈, 페리고르 지방 집단과 동시에 손이 닿아 있는(아마도 여러 조직망과 유격대 사이에 흔히 있는 알력에 끼어들지 않은 '참신한' 인물이기 때문에)

38_ 르네 쥐지(가오)와 필자의 인터뷰, 1972년 11월 24일.
39_ Noyautage des administrations publiques, 공공 행정 관리들의 세포 조직.

거물급으로는 유일한 인사였다. 그는 브루엘 형제와 같은 르 로 지방의 공산주의 유격대원 쪽에 초대받을 수도 있었고,[40] 바이을리(보네)와 쥐지(가오) 같은 코레즈의 AS 투사 쪽에 초대받을 수도 있었다. 또한 뷔그에서 그리 멀지 않은 뒤레스탈에 있는 마조 농가를 중심으로 100여 명의 알자스 로렌 출신 사람들을 규합한 교수 디에너 중위의 페리고르 부대(AS 계통의 군 저항 조직인 ORA와 막연한 관계를 가지고 있는)에 초대받을 수도 있는 입장이었다.

4월 15일경 앙셀이라는 전시명을 가진 디에너는, 런던과 관련이 있어서 무기를 얻도록 그를 도와줄 수 있으리라는 '연합군 장교' 이야기를 들었다. 그가 위르발 성을 찾아가니 대령 제복을 입은 싸늘하고 훤칠한 인물이 그를 맞아주었다. 그 대령은 매우 압도하는 듯한 인상을 주었는데 오로지 기술적인 부분과 숫자, 통신, 수송 수단 등의 이야기밖에 하지 않았고, '베르제 대령'이라고 자기 소개를 했다. 방문객은 자기 부대가 '차후에' 무기 공급의 혜택을 받게 되리라는 확약을 받았다.

한 달 뒤인 1944년 5월 20일 디에너 앙셀은 '베르제'라는 이름을 가진 제복 차림의 대령이 찾아오는 것을 보았다. 방문객은 돔 지역에 무기를 공중 투하할 경우 그것을 보호하기 위해서 그가 어떤 수단을 동원할 수 있을지를 물어본 다음 부대를 검열하겠다고 했다. 부랴부랴 대원들을 정렬시키고 삼색기를 올리고 '라 마르세예즈'(프랑스 국가—옮긴이)를 그럭저럭 연주했다. 그랬더니 바야흐로 '베르제'는 불끈 쥔 주먹을 쳐들며 국기에 대하여 경례를 하는 것이었다.

40_《말로》, p. 183.

오늘에 와서 그 이야기를 하면서 디에너 앙셀은 그때 느꼈던 놀라움을 또다시 말한다. 어색한 기분은 아니었다. 하지만 그곳은 그런 식으로 국기에 경례하는 것이 관례인 FTP 지역이 아니었던 것이다. 리비에나, 특히 AS의 지역 책임자인 보주르 같은 사람이었다면 그런 식의 행동을 좋지 않게 받아들였을 것이다. 주먹을 움켜쥐고 공중에 쳐들었건 어쨌건 간에 '베르제'는 감전시키는 듯한 그의 위력을 십분 발휘했다. 열흘 후 그가 디에너 앙셀을 위르발 성으로 불렀을 때 그 유격대장은 그 같은 위엄 있는 태도를 매우 자연스럽게 여겼고, 무슨 영문인지는 모르나 이제부터는 자기의 직속 상관이라고 여겨지는 그 인물에게 망설임 없이 복종했다.[41]

그의 이 같은 태도, 그를 에워싼 전설, 그 누구도, 심지어 1939년 8월의 조약에 관해서까지도 감히 공식적으로 부인하지 못할 혁명가로서의 과거 등에도 불구하고 말로는 점점 더 드골파 유격대 노선 쪽으로 기울어져간다. 1944년 봄 몇 차례의 공중 투하를 원거리 조정할 수 있는 능력이 있었건 없었건 간에(오늘에 와서 그는 당시 그가 런던 당국에 미친 영향력은 과대평가되었다고 기꺼이 인정한다) 베르제 말로는 공산당원들보다 일반적으로는 FTP 사람들에게, 그들의 의사를 무시하고 프랑스 남서부 레지스탕스의 군사력을 통합하고, 공산당 쪽 부대에 해를 끼쳐가면서 AS 유격대를 무장시키도록 돕고 있다는 3중의 평판을 사고 있었다.

또한 극좌파에서 내는 유인물 〈코레즈의 유격대〉를 보면 유격대원 말로에 대한 언급이 노골적으로 적대적이어서 그들은 말로가 지하

41_ 디에너 앙셀과 필자의 인터뷰, 1972년 11월 21일.

운동에 가담하고 있다는 사실조차도 의심하는 판이었다. 그 자신이 투쟁에 가담했던 리무쟁 지방의 FTP 지역에서 뤽 에스탕은 그 결정적인 몇 달 동안 '베르제' 이야기라고는 한 번도 들어본 적이 없다고 한다. 공산당 측의 행동과 선전 관계 조직 지도자들은 벌써부터 말로를 변절자로 취급했고, 그가 전투의 마지막 국면에 참가했다는 사실을 은폐시키고자 했던 것이 명백하다.

《개인적 메시지Message personnels》를 쓴 베르주레와 그레구아르처럼 AS 쪽에 가담한 지하 운동가 쪽에서는 그에 대해 훨씬 더 열변을 토했다. "나는 항상 숨어서 활동하는 말로의 무모한 처신에 놀라곤 했다. 그는 활동하는 동안 줄곧 보잘것없는 호위를 세워두고서 이 성저 성에 들어앉아 있었으며 길을 다닐 때도 전혀 경계하는 법이 없었다. 앙드레 말로가 마르시알, 루이 대령, 그의 사령탑 지휘관 필리베르 그리고 알베르트를 불렀을 때 우리는 여전히 에이지에 있었다. 그의 사령부는 리메유에 있었고, 그는 습관을 바꾸는 법이 없었다. 거리에서 만난 어린애한테 '연합 사령부가 어디 있지?' 하고 묻자 '저기 성에 있어요' 하고 대답할 정도였다."[42] (베르주레의 말에 의하면 그날 말로는 인근의 동부 페리고르 대장인 마르시알과 지휘 역량에 대해 담판을 지어 수단 좋게 성공을 거둔 참이었다고 한다)

그 무렵에는 그저 목격자 역할 정도에 그치지 않은 사람이지만 매우 탁월한 관찰자인 피에르 비앙송 퐁테가 그에 관하여 쓴 증언은 아이러니가 섞인 우정의 말이다.

42_ Ed. Bière, 보르도, 1945년.

그 무렵 그 기묘한 베르제를 만나본 사람이라면 그를 잊을 수 없다. 스카르파스풍의 중절모나 베레모를 머리에 눌러쓰고 공중 투하된 '컨테이너' 속에서 꺼낸 영국제 담배(지하 생활에서 인물의 중요성을 나타내는 과시 품목이다)를 한 개비씩 잇달아 피우면서 빈정거리는 듯, 답답하다는 듯, 그의 '친구들'이며 '처칠 아저씨'며 '드골 그 친구'에 대하여 혼잣말처럼 이야기를 했고, 말이 끝날 때마다 '그럼 당신 생각은 어떻지?' 하고 덧붙이는 것이었다. 그 말을 곧이곧대로 생각해서 대답을 요구하는 것이라고 여기면 오해였다.[43]

기이한 지휘관. 요구하는 만큼 무기를 제대로 공급받지 못하는 것에 대해서 불평하는 동지들에게, 베르제 말로는 '자기의' 부하를 꾸짖듯이 말했다. "다음번에 공중 투하하는 물자 꾸러미 속에는 여러분이 전투하는 사람들에게 경의를 표할 수 있도록 흰 장갑 뭉치가 들어 있을 것이다!" 이 말은 한심한 심리 효과를 불러일으켰다고 이 이야기를 전하는 그의 동지가 덧붙여 말한다.

1944년 7월 말로는 자기의 존재를 확립시키려는 것이 아니라(그런 건 이미 성취되어 있었다) 한걸음 더 나아가 자신이 프랑스 지방 레지스탕스의 10분의 1에 해당하는 조직을 통합하고 중계하는 인물임을 런던 당국으로부터 인정받으려고 노력했다. 이 어려운 시기에 말로가 지닌 최고의 무기는 7월 9일부터 측근으로 데리고 있는, 다른 경쟁자들과 비할 수 없을 만큼 우수한 자코 사령관이었다. 자코는 국방성 장관실(당시는 달라디에) 멤버였는데 누구보다도 군 장교단을 소

43_《르 몽드》, 1967년 9월 27일.

상히 알고 있었고, 또 레지스탕스에 들어간 장교와 그 밖의 사람들을 잘 아는 인물이었다. 한마디로 영리한 데다 훌륭한 전술가였다.

체포되기 전에 그의 존재를 공고히 만든 짧은 몇 주일 동안 베르제의 권위는 순전히 무궁무진한 그의 두뇌에서 꾸며낸 '연합군 사령부'라는 가공의 기구에 의지하여 만들어진 것이었다. 드골도, 영국인도, 미국인도, 심지어 공산주의자들까지도 '연합군 사령부'가 존재한다는 것은 알지 못했다. 하지만 말로는 조지 힐러, 사이릴 워트니(미셸) 같은 영국 장교나 자크 푸아리에(잭), 또 얼마 뒤에는 애킨슨과 '기' 중위 같은 미국인들이 속해 있다는 사실을 내세웠다. 그래서 위르발 성의 사령부에, 나중에는 카레나크 성의 사령부에 저 요란한 명칭을 붙일 수 있었다. 또한 해방이 된 후 앵글로색슨 쪽에서 FTP와 맞상대할 수 있도록 도와주기를 원하는 여러 레지스탕스 세력들이 그 명칭을 인정하게 만들었다. 한편, '해방별동대'라는 조직은 반공 노선인 AS와 공산주의자 단체인 FTP 사이에 끼어 아주 어중간한 상태에서 양보할 줄을 몰랐다. 양쪽 편 중 그 어느 편의 요구에도 응하고 싶어 하지 않는 조직들에게 탈출구를 주기 위하여 만든 이름이었다.

노르망디 상륙 작전과 패튼 장군, 몽고메리 장군, 그 뒤에는 르클레르 장군의 진격으로 인하여 '연합군' 사령부의 테마가 신빙성을 얻지 못했더라면, 또 SS 대대인 다스 라이히를 중서부 유격대('R5') 지역에 투입한 적의 반격으로 인하여 외부의 후원과 대량 무기 보급, 횡적인 공동 전략이 누구에게나 절박하게 필요하지 않았더라면, 소설가다운 이 같은 창작은 그저 터무니없는 우화에 지나지 않았을 것이다. 말로가 구체적으로 필요한 것을 이것저것 공급해줄 만한 능력을 가지고 있었다는 뜻은 아니다. 그러나 6월 말부터는 전차대같은 구실을 충분히 했고, 그에 힘입은 사람들은 그 역할에 만족을 표시했다.

영국 특수 부대를 연구하는 역사가인 E. H. 쿠크리지는 《유럽에 불을 질러라*Mettez l'Europe à feu*》에서 그 상황을 기술하고 있다.

6월 7일, 다스 라이히 대대는 카오르를 지나 도르도뉴의 수이야크에 이르렀다. 콜리뇽 사령관, 앙드레 말로, 그 밖의 FFI(국내 프랑스군—옮긴이) 부대 지휘관들은 행동을 개시했다. 그들의 부대는 독일 행군 부대를 공격했지만 튈과 오라두르 쉬르 글란의 끔찍한 대학살을 저지하지는 못했다. 다스 라이히 대대는 예정보다 열흘이나 늦게 노르망디에 도착한 데다 전열이 와해되어 도중에 수많은 전차가 파괴당했고 그 병력은 전투 태세가 되어 있지 않았다. 룬트슈테트와 롬멜이 왜 그들의 방어 부대에 이 대대를 편입시키지 않았는가는 이 사실로 설명할 수 있다 해도 과언이 아닐 것이다. 말로의 요구에 의하여 사이릴 워트니는 이 대대를 공격할 폭격기들을 보내달라고 런던에 강력하게 요구했고, 실제로 이 대대는 북으로 행군하는 동안 수많은 공습을 받아야만 했다.[44]

말로는 여러 차례에 걸쳐서, 특히 1972년 5월 13일 디에너 앙셀 부대의 기지였던 뒤레스탈에서 행한 연설에서, SS 대대의 공격과 철도 사보타주를 야기시킴으로써 노르망디 전투에서 유용한 전략적 역할을 하게 된 '강철 작전'을 자신의 부대가 실천에 옮겼음을 강조했다.

그와는 상반된 또 다른 증언을 들어보자. 이 증언은 그럴 만한 이유가 있어 보이는 만큼 베르제 말로의 광휘와 후광을 약화시키고 있

44_ pp. 328~329.

다. 가혹한 시대의 공산주의자 작가 프랑시스 크레미웨의 증언을 들어보자.

1944년 7월 르 로 지방에서 말로를 다시 만났다. 수이야크에서 갑자기 상륙 작전 소식을 듣고 근처에서 가장 가까운 유격대에 가담하는 바람에 나도 모르는 사이에 그 모험가의 명령하에 들어간 것이다.

그 무렵에는 FTP와 브니*Veny*[45]가 그 현懸에서는 가장 중요한 조직이었다. 코레즈의 AS 별동대 일부와 ORA 사람들은 개별적인 전투를 했다. 브니 부대는 무기, 돈, 신선한 고기 등을 풍부하게 보급받았고, 포커놀이에 많은 돈을 걸면서 시간을 보냈다. 그저 몇 번의 출전으로 생활의 단조로움을 이따금씩 잊을 수 있었다. 그런 시기에 의용병 유격대가 싸움을 하여 그 현을 해방시켰다.

FFI의 지역 간 연합책이라 자처하는 말로는 이 현의 군사 지휘권을 통합하려고 하면서 언제나 그렇듯이 영국인 조지 같은 친구가 지휘하는 보잘것없는 자들에게 지휘권을 맡기려 했다. 'R4'의 FFI 지역대장 라바넬과 공화국 위원 장 카수 덕분에 그 작전은 좌절당했다.[46]

그 '시대 나름의' 어조와 그 당시 흔히 있던 알력을 고려해야겠지만, 우리는 이 몇 마디를 통하여 이 인물에 대한 저항감이 얼마나 컸는가를 짐작할 수 있다. 또한 그의 역할이 내포하는 애매한 면들이 우리가 지금까지 인용한 역사적 증언만으로는 다 지워지지 않는다는

45_ 영국군의 지원을 받아 뱅상 장군이 지휘하는 독립 부대.
46_《라 마르세예즈*La Marseillaise*》, 1947년 4월 23일.

것을 알 수 있다.

다만 한 가지 확실한 점은, 말로 베르제는 그 동지인 사이릴 워트니, 조지 힐러, '자크', 디크 에킨슨 등을 내세워 SOE의 사령관인 거빈스 장군이 '노르웨이에서 인도차이나에 이르기까지 이번 전쟁에서 행한 작전 중 가장 중요한 공중 투하 작전'이라고 평가한 작전을 조직하고 성공시키는 데 기여했다는 사실이다. SOE의 대표들이 이 지역의 군사 상황을 돌변시켜놓을 그 작전을 개시하도록 런던에 요구해야겠다고 확신한 것은 7월 9일 말로와 자크가 자신의 병력을 코레즈 드 슈나이예 뮈시엑스의 AS 사령부에 집결시킨 회합에서였다.[47]

사흘 후 베르제 말로가 유격대의 여러 지휘관들을 위르발 성에서 자기 주위로 소집한 것은 그 유례없는 '작전'의 조직책 자격이었다. 어제까지만 해도 말로는 그 지휘관들에게는 별로 믿음이 가지 않는 대등한 입장에 불과했지만, 오늘은 그들의 직속 상관까지는 못 되어도 기수 격은 되는 입장이었다. 지난 4년 동안 그를 레지스탕스에 끌어들이려는 사람을 만나면(다스티에, 부르데, 크레미웨…) 늘 "무기를 가지고 있어요?" 하고 반문하던 그가 마침내 그 무기를, 그것도 대량으로 얻어낸 것이다. 그는 내기에서 이겼다.

그는 1972년 5월 13일 뒤레스탈의 연설에서 말했듯이 "권총 몇 자루와 세 조각의 모슬린 천으로 만든 깃발 하나만 가지고 숲 속에서 네 발로 기어다닌 몇 백 명의 사내들"이나 "맨손으로 프랑스를 지킨" 사람들 축에 끼지는 못했을지 모르나, 1944년 나치의 탱크 앞에 바주카포를 들이대고 레지스탕스를 "잠수함과 철갑선의 전투"로 탈바

47_ 르네 쥐지(가오)와 필자의 인터뷰.

꿈시킨 사람이 된 것은 분명하다.

그렇다고 해서 '연합군 사령부'가 신화가 아닌 현실이 되었다고 볼 것인가. 연합국 사람들이 더러 섞이기도 하고 이따금 유용하기도 했던 어렴풋한 조직 정도로 해두자. 말로와 자크 주위에는 구체화된 기구가 없다. 하지만 카레나크나 르 로 지방 마르텔 근처의 마냐그에 있는 그들의 사령부는 'R5' 지역의 '화차를 갈아타는 역' 같은 입장이 되었다. 그래서 FTP의 장교들은 별로 눈에 띄지 않았지만 콜리농, '페르노', '뱅상' 같은 AS 사령관, 가오 집단의 주동자(쥐지와 퓌바로), '브니'의 대장(뱅상 장군) 그리고 레이크, 워트니, 힐러, 푸아리에, 애킨슨, '기' 등 SOE나 OSS Office of Stragic Services(CIA의 전신인 미국 정보국─옮긴이)의 앵글로색슨 장교들이 이곳에서 만나곤 했다. 그렇다면 '연합군 사령부'는 런던 당국으로 보나, 너무나도 제각각인 유격대 대장들로 보나 매우 편리한 허구, 커다란 문제를 놓고 따질 일이 생기면 '소용이 있을지도 모르는' 허구에 지나지 않는 것이었을까. 여기에 대해서는 각자, 우선 말로가, 자기 나름의 생각을 갖고 있다.

게슈타포의 서류

정작 장본인은 사태에 몰려 투쟁에서 제거되는 바로 그때, 말로가 레지스탕스 최고 지도자라는 전설 같은 소문이 집요하게 떠돌았다.

전쟁과 혼란의 시기에는 그 어느 때보다도 전설이 중요한 역할을 한다. 1944년 초여름의 전설은 어쩌나 끈질긴지, 독일 당국의 STO[48]

에 의해 징집당하는 청년들이 하는 수 없이 프랑스 남서부 도시(들보르도, 툴루즈, 페르피냥, 아장)를 중심으로 한 비조직적 유격대 쪽에 몰렸을 때, 그들은 베르제 말로가 그곳 어딘가에서 지휘한다는 소문을 듣고 뒤늦게나마 그의 지휘 아래 있다고 여겨지는 부대로 가려고 애썼을 정도였다.[49]

말로가 그라마에서 체포되기 전에 만난 마지막 사람인 앙드레 뒤델의 말을 들어보자. 말로에게 자기의 자동차를 빌려주고 국도보다는 들판의 작은 길로 가라고 충고했다가, 듣기엔 멋있지만 결국 바보 같은 짓임이 판명된 대답을 들은 사람이 바로 뒤델이었다. 그때 말로는 이렇게 대답했다. "국도는 사람이 다니라고 만든 거요!" 그 당시 국도는 독일군이 다니라고 만든 것이었다…

7월 22일 그들은 로데즈 근처에 있는 빌롱그 숲에서 만났다. '베르제 대령'과 뱅상 장군은 '브니' 유격대의 안테나를 점검하고 FTP와 함께 합동 작전을 조직하기 위해서 왔다.

그는 이야기를 나누는 동안 줄곧 카빈총을 쏘듯이 설교를 해대고 혁명 이야기를 할 때면 중국, 스페인 등의 예를 인용하는 친구였다. 나는 8월 18일 툴루즈 해방 때 비로소 그의 정체를 알게 되었다. 그런데 태도나 생김생김이나 스타일로 봐서 그가 군인이 아니란 걸 한눈에 알 수 있었다. 아주 총명했다. 터무니없는 제복을 입은 것에 불과했다. 외모도 그 제복과 어울리지 않았다.

48_ Service du travail obligatoire, 의무 징용.
49_ 필자의 경우가 그랬다.

그는 지금과 꼭 마찬가지였다. 깡마르고 이마가 튀어나온 것이 똑같 았다. 그저 보이는 것은 이마하고 두 눈밖에 없었다. 그때 벌써 허리가 구부정했다. 일단 입을 벌리면 이 지구를 한바퀴 도는 것이었다. 직업 군인인 콜리뇽은 그저 막연하게 고개를 끄덕였다. 영국군 지휘관 조지 는 한마디도 알아듣지 못했다. 늙은 군인인 뱅상 장군은 아연실색했다. 나 역시 생전 처음으로 아무 말도 못 하고 듣기만 했다. 베르제는 자기 혼자서 세계를 새로 만들고 있었다.

1944년 7월 22일, 그는 뤼델의 전륜구동 자동차를 타고 달린다. 앞좌석에는 운전사를 포함하여 두 명의 유격대원이 탔고 뒷자리에는 콜리뇽 사령관, 조지 힐러 소령 그리고 군복 차림의 그가 타고 있었 다. 길은 국도 677번이었다. 오후 3시가 조금 지나 그라마(로 지방)로 들어가면서 '자유 프랑스'라는 표지와 삼색기를 단 자동차는 독일 오 토바이 부대와 마주친다. 총격이 일어난다. 운전수와 호위병은 심한 부상을 입는다. 힐러 소령은 아랫배에 파편을 맞는다. 자동차는 도랑 구석에서 뒤집힌다.

세 명의 장교와 유격대원 한 사람은 들판으로 몸을 날린다. 힐러는 피투성이가 된 채 짚더미(마침 추수철이었다) 뒤에 숨어 들어가는 데 성공한다. 말로는 들판으로 달린다. 총탄이 그의 한쪽 정강이를 건드 린다. 비틀하는데 또 한 발의 탄환이 오른쪽 다리를 관통한다. 그는 기절해버린다. 콜리뇽도 호위병도 더 이상 추격당하지 않는다. 힐러 는 죽은 것으로 간주한 모양이다. 독일군은 오로지 말로만 추격한다. 그가 군복을 입었기 때문인가보다.

힐러는 총알이 배를 관통해 생긴 구멍에 넥타이와 손수건 두 장을 밀어넣어 지혈하려고 애쓰며 짚더미 뒤에서 여덟 시간을 보낸다. 결국 그는 콜리뇽의 기별을 받고 유격대에 들어온 의과대학생을 데리고 온 워트니 대위에게 헐떡거리며 다 죽어가는 상태로 발견된다. 그들은 마냐그의 사제관으로 힐러를 간신히 데려왔고, 거기서 카오르의 외과의사가 권총으로 위협을 당하며 그를 수술한다.[50]

그러면 말로는 어떻게 되었을까. 《반회고록》을 펴보자.

나의 감옥은 수용소에서 시작된다. 나는 독일 병사 둘이 붙잡고 풀밭에 내려놓은 들것 위에서 정신이 들었다. 발치께가 피에 젖어 있었고, 바지 위로 적당히 붕대를 감아준 것이 보였다.

영국 장교의 시체는 없어졌다… 내 몸을 실은 들것을 든 사람들이 차고의 사무실로 들어갔다. 하사관이 나와 함께 온 사람에게 영문을 묻더니 말했다.

"증명서!"

증명서는 외투 주머니에 들어 있었다. 나는 힘들이지 않고 지갑을 꺼내서 내밀며 말했다.

"가짜 증명서요!"

그는 지갑을 받지 않았다…

하사관이 나에게 밖으로 나가라고 손짓했다. 마당에는 병사들로 가득 차 있었다. 나는 몇 발자국을 떼어놓을 수 있었다. 그는 나를 벽 쪽으로 돌려세우고 두 손을 머리 위에 있는 돌에 갖다 붙이라고 했다. 구

50_ 조르주 힐러는 그때의 부상을 완치하지 못한 채 브뤼셀 주재 영국 대사로서 1972년 11월 27일 사망했다.

령을 붙이는 소리가 들렸다. "준비!" 뒤돌아보니 내 앞에 총살형 집행 소대가 늘어서 있었다.

그는 로제 스테판과의 인터뷰에서[51] 《반회고록》에 실리지 않은 이야기를 했다. "나는 그들을 꾸짖었지요. 나름대로 짐작한 것이 있었 거든요. 심문도 하지 않고 나를 총살하지는 않으리라는 것을 알았으 니까요."

총살형 쇼는 곧 끝났다. 그는 그라마의 호텔 드 프랑스로 끌려가서 첫 심문을 받았다.

"성명, 계급?"

"앙드레 말로, 중령. 나는 이 지역 군사령관입니다."

그는 의아하다는 듯 계급장이 없는 나의 장교 외투를 바라본다. 그는 무슨 터무니없는 거짓말을 기대했던가. 나는 로렌 십자가가 박힌 삼색 기를 단 자동차를 타고 있었던 것이다.

"평상시 직업은 뭐요?"

"교수 그리고 작가. 나는 당신네 나라의 마부르크, 라이프치히, 베를 린 등의 대학에서 강연했소."

교수라고 해야 좀 진지하게 보이는 법이었다.

베르마호트 장교가 유격대에 관한 정보를 묻기 시작하자 포로는 아주 그럴듯하게 지금은 비상경보가 내려진 상태라 자기 보좌관("물

51_《젊은 시절의 끝》, p. 52.

론 육군대학 출신 장교지만"이라고 덧붙였다) 휘하의 모든 조직은, 사람이 고문을 당하면 무슨 말을 할지 모르는지라 재편성되었노라고 대답했다.

두 시간 후 베르제는 머리가 허연 대령 앞으로 갔고, 모호한 대화를 주고받는다. 그를 재판에 회부할 것인가. 죽일 것인가. 호텔의 여주인이 독일 장교들에게는 거절하던 아침 식사를 그에게 갖다준다. 피자크에 사는 노인은 그에게 지팡이를 준다. 수도원장은 그에게 성서를 준다. 그는 성서의 여백에 조제트와 어린아이들에 관한 걱정을, 그리고 '니체 대령'(!)에 관한 노트를 적어둔다. 이만하면 생생한 우정의 표시들이라 할 만하다. 하지만 그의 운명은 가장 불확실한 상태다. 이번에는 르벨 쪽의 장군 앞으로 간다. 장군은 대령과 마찬가지로 "베르마흐트 부대는 고문을 하지 않는다"고 말하고 나서 덧붙인다.

당신들을 동정합니다. 당신네 드골파는 이를테면 프랑스의 SS라고 할 수 있습니다. 당신들은 가장 불행한 축이 될 것입니다. 우리가 끝내 전쟁에 지고 만다 해도 당신들은 영국에 봉사하는 유대인과 프리메이슨단의 정부를 둘 겁니다. 그 정부 역시 공산당에게 먹히고 말 겁니다.

그는 툴루즈로 옮겨진다. 우선은 요양원과 흡사해서 어딘가 고문하는 사람들이 있을 것만 같은 호텔로, 다음에는 생 미셸 감옥으로 끌려간다. 거기서 그는 매우 친절한 여남은 명의 죄수와 같이 감금되는데 그들 모두가 고문 얘기를 한다…

문이 열린다. "말로, 6시." 게슈타포의 심문 시간이다.

그들은 두 팔을 등 뒤로 돌려 수갑을 채웠다. 우리는 옆방으로 들어 갔다. 좌우에 문이 열려 있고 손발이 묶인 채 발길에 차이고 눈에 잘 분 간이 안 되는 몽둥이로 얻어맞는 사내 둘이 보였다. 시끄러운 중에서도 맨몸을 후려치는 메마른 소리가 들리는 것 같았다. 나는 공포심보다는 수치심 때문에 시선을 떨어뜨렸다. 곱슬머리 금발 사내가 책상 저쪽에 앉아서 무표정한 시선을 내 위에 던지고 있었다. 우선 신분을 확인하는 소리가 들렸다.

"시시한 수작 해봐야 소용없어. 이제 갈리치나가 우리를 위해 일한다 고."

무슨 이야기일까? 그가 방향을 잘못 잡았다는 것은 잘된 일일 수도 있었다. 중요한 것은 분위기나 시끄러운 소리나 사지가 잘려나간 듯한 이 불편한 자세에도 불구하고 정신을 똑바로 차리는 일이었다.

"당신은 소련에 가서 18개월을 지냈지?"

"지난 10년 동안 프랑스 밖에서 석 달 이상 지낸 적이 없다.[52] 여권국 에 알아보면 쉽게 확인할 수 있는 일이다."

"당신은 독일에서 1년을 지냈지?"

그는 언성을 높일 수밖에 없었다. 나 역시 그랬다.

"보름 이상 지낸 적이 없다. 날짜까지 밝혔다…"

"지난 10년간이라고 말하지 않았나?"

"그렇다."

"당신 나이는 서른셋인가?"

"마흔둘이다."

52_ 스페인 체류는 두 달이 넘지 않았다.

"그럼 이미 사망한 말로 페르낭과 라미 베르트의 아들임을 부인하는가?"

"부인하지 않는다."

게슈타포는 깜짝 놀란 표정이었다. 그런데 '말로, 앙드레'는 어찌된 영문인지 알 것 같았다.

서른세 살은 내 동생 롤랑의 나이였다. 그는 히틀러가 등장하기 전에 독일에서 1년을 지냈고 소련에서 18개월을 머물렀다. 자칭 갈리치나 공주라는 여자는 그의 정부였다. 파리에서 보내온 것은 그의 서류였다. 롤랑은 그들의 손에 잡혀 있었다. 그들이 아직도 나의 서류를 찾지 못한 까닭은 내 이름이 앙드레가 아니라는 사실을 내가 잊어버렸기 때문이다. 사람들은 항상 그렇게밖에 부를 일이 없었다. 하지만 호적에 오른 내 이름은 조르주였다.

상대편은 어이없다는 듯이 내뱉었다. "모두 다 새로 시작해야겠구먼!" 그러고는 경비원을 딸려서 그를 내보냈다.

그는 고문을 받지 않아도 되었다.

"그저 연기된 것뿐이야. 서류를 잘못 찾아왔거든" 하고 그는 감방의 동료들에게 말했다.

아니었다. 연기된 것이 아니었다. 그가 총살당하지도 않고 고문당하지도 않은 것은 뒤에서 다른 사람들이 손을 썼기 때문이라는 사실을 그는 모르고 있었다. 그가 체포되었다는 소식을 듣자마자 그의 친구들은 약식으로 처형을 당하거나, 게슈타포가 흔히 하는 종류의 심문을 받지 않도록 배려했다. 르네 쥐지(가오)는 브리브에 주둔한 독일 사령관 뵈머 대령에게(그는 이미 클레르비브 인근의 요양원 원장인 스트라스부르의 퐁텐 교수를 통해 그 대령과 접촉한 적이 있었다) 만약 베르제 말로가 처형된다면 AS-코레즈의 손에 있는 독일군 포로 48명 역시 처형당할 것임을 통지했다. 그리고 최후 통첩을 뒷받침하기 위하여 그 48명의 명단을 함께 보냈다.

쥐지(가오)는 곧이어 제3의 대책을 썼다. 1952년 12월 18일자 《주르날 오피시엘 *Journal officiel*》지는 1944년 8월 9일 400만 프랑이 "베르제 대령의 석방을 위해 지급되었다"고 밝혔다. 실제로 AS-코레즈의 회계 담당관인 '레오니'가 그런 종류의 거래 가능성이 있는 민병대원이나 게슈타포 요원을 '구워삶기 위한' 자금을 지출한 적이 있었다. 물론 말로는 그 덕분에 석방된 것은 아니었다. 그러나 별로 친절한 편도 아니고 모두가 《인간의 조건》 애독자도 아닌 그 사람들 쪽에서 상당히 예외적으로 그를 다룬 데는 그 뇌물의 힘이 작용했던 것 같다.

말로가 툴루즈에 있는 생 미셸 감옥에서 출옥한 이야기를 하는 어조에는 랑그도크에서 가스코뉴에 이르는 남프랑스 지방 특유의 말씨가 섞여 있다. 하지만 그 이야기의 줄거리는 의심할 여지가 없다.

밤새도록 군부대가 지나갔다: 간선도로가 감옥 앞으로 지나고 있었다. 아침에는 수프도 주지 않았다. 그런데 10시쯤이 되자 트럭 소리가 나는 것 같더니, 곧이어서 서둘러 움직이는 요란한 탱크 소리가 났다. 툴루즈 북쪽에서 전투가 벌어졌거나(그러나 대포 소리도 폭격하는 소리도 들리지 않았다), 독일군이 이곳에서 철수하는 모양이었다.

그리고 갑자기 우리는 동작을 멈추고 서로의 얼굴을 쳐다보았다. 감옥 마당에서 여자들이 '라 마르세예즈'를 부르고 있었다. 죄수들이 처형당하러 갈 때 부르는 엄숙한 노랫소리가 아니라 파리의 여인들이 베르사유로 쳐들어갈 때 불렀을 것 같은 우렁찬 노랫소리였다. 독일군이 떠난 것이 분명했다. 여자들이 열쇠를 찾아냈단 말인가. 남자들이 복도로 뛰어오면서 "나오시오, 나오시오!" 하고 소리쳤다. 아래층에서 거대한 징 소리가 오랫동안 울렸고 북을 치는 듯한 리듬이 계속됐다. 우리는 상황을 파악했다. 감방에 가구라고는 탁자 한 개뿐이었다. 제2제정기 이후 낡은 감옥에 비치된 두툼하고 무거운 탁자였다. 우리는 모두 다 일어서서 그 탁자를 문 앞에 세우고는 창문께로 물러섰다가 달려나가며 밀었다. 이렇게 다섯 번을 반복하니까 문이 박살났다… 도처에서 자유가 그 집요한 징을 치고 있었다… 마당으로 나가자 고통스럽게 울부짖는 소리가 들렸고, 감옥의 문이 엄청나게 큰 소리를 내면서 다시 쾅 하고 닫혔으며, 멀어져가는 탱크와 기관총 소리가 저 아래서 들렸다. 여남은 명의 포로가 피에 젖거나 아랫배를 움켜쥐고 들어와서는 그대로 쓰러졌다. 저 위에서는 '라 마르세예즈'를 합창하는 먼 소리와 말뚝을 박는 듯한 소리, 밑에서는 비현실적인 침묵, 밖에서는 고함 소리가 이어졌다. 쓰러진 부상자들을 제외하고는 모두 큰 홀에 한데 모여 몸을 피하고 있었다. 300~400명쯤 되어 보였다.

"베르제가 지휘하라! 베르제! 베르제!"

그 외침은 우리 옆 감방에 들어 있는 사람들에게서 나오는 것 같았다. 모두들 이 불투명한 자유에서 헤어나 함께 행동하기를 바랐다. 그들은 무장하지 않고 독일군의 탱크들은 문 저쪽에 있었다. 나는 포로들 중에서 유일하게 군복 차림이라 괴상한 권위를 부여받은 기분이었다…

"의사들은 나에게로!"

　말로는 혹시 독일군이 또다시 공격해올 경우를 대비해 한 사람 한 사람 임무를 배정했다. 탱크들이 감옥 앞을 지나면서 '우습지도 않은 고별 사격을 해댔다'. 탱크의 무한궤도 소리가 그쳤다…

　문을 열라! 선두의 포로들이 마치 산책객처럼 밖으로 나섰다. 그러나 노도와 같이 밀려든 자유의 흥분을 이기지 못해 그 뒤의 포로들은 볼썽사나운 학동들처럼 밀치며 뛰쳐나갔다. 탱크가 돌아오면 대학살이 다시 시작될 판이었다.
　그러나 더 이상 탱크는 오지 않았다.[53]

매우 기독교적인 강도 여단

툴루즈의 생 미셸 감옥 문이 곪은 상처처럼 터지고 있을 때 파리는 광란의 기쁨 속에서 자유를 되찾았다. 바크 가, 루브르, 샹젤리제, 나치의 깃발이 걷힌 튈르리 그리고 '지드 아저씨'와 그뢰튀젱, 가스통 갈리마르 그리고 그라마 기습 사건 이후 줄곧 숨어 있던, 생 샤망을 떠나 파리에 돌아온 조제트를 다시 만나지 않고 어찌 더 기다릴 수 있겠는가. 앙드레는 파리로 달려간다. 1944년 8월 하순 그 짧은 파리 체류에 관해서는 아주 기묘한 기록이 남아 있다. 이미 25일에 제2

53_《반회고록》, pp. 219~263.

D.B.의 화물차를 타고 파리에 돌아와 리츠 호텔에 묵고 있던 어니스트 헤밍웨이와의 재회 이야기다.

어니스트는 구두를 벗고 그가 가진 '셔츠 두 장 중 한 장'을 걸치고 있었다. 그는 그때 안으로 들어서는 저 화려한 인물을 만날 줄은 전혀 예상하지 못했다. 번쩍거리는 승마용 장화를 신고 대령 제복을 입은 앙드레 말로였다. 어니스트가 먼저 인사를 건넸다.

"안녕하시오, 앙드레."

"안녕하시오, 어니스트. 그래, 지휘한 부하가 몇 명이나 되었나요?"

"열 명 혹은 열두 명 정도."

어니스트는 억지로 태연한 듯 꾸며 보이며 대답했다.

"기껏해야 한 200명 될까…"

말로의 얼굴은 그 유명한 안면경련을 일으키며 응수했다.

"나는 2000명이오."

헤밍웨이는 그에게 싸늘한 시선을 던지면서 태연한 어조로 말했다.

"우리가 이 조그만 파리 시를 탈환할 때 당신의 도움을 받지 못한 것이 유감이군요."

역사는 그때 말로가 뭐라고 응수했는지는 말하지 않는다. 다만 그때 FFI 대원이 어니스트에게 목욕탕 쪽으로 와보라고 손짓했다. 그가 귓속말로 물었다.

"파파, 저 고약한 녀석을 쏴 죽여도 돼요?"[54]

54_ 카롤로스 베이커, 《헤밍웨이, 한 일생의 역사 II, 1936~1961 *Hemingway, histoire d'une vie* II *1936~1961*》, pp. 183~184.

하지만 그라마 피습 사건으로 헤어진 동지들이 '2000명의 부하를 지휘한' 그 사람을 찾고 있었다. 9월 2일, 브리브에서 가까운 오바진에서 말로는 보좌관인 자코 중령을 다시 만난다. 그사이에 자코는 뵈머 대령을 상대로 브리브 주둔 독일군의 항복 문서에 말로의 이름으로 서명했다. 페리고르 코레즈 로 지역 '연합군 사령부'라는 것은 비록 유령 단체 같은 거였다지만, 이렇게 하여 그 창설자의 부재 중에 창설 취지를 정당화해둔 셈이다. 신화가 역사를 만든다고 한 니체의 말이 옳다.

그러는 사이, 툴루즈와 페리괴에서는 오래전부터 전투에 가담해온 몇몇 알자스와 로렌 사람들의 머릿속에서 무르익어가는 계획이 있었다. 의사인 베르나르 메츠, 신부인 피에르 보켈, 우리가 이미 뒤레스탈 숲에서, 위르발 성에서 베르제 말로와 대면하는 모습을 만난 적이 있는 교사 앙투안 디에너 앙셀 그리고 그들의 동향인인 스트라이셔, 리딩거, 뮐러, 피셔, 시그리스트, 플레이스 등이었다.

탄 출신인 보켈은 한때 옛 극우 단체 맹원이었던 폴 딩글러와 더불어, 그다음에는 ORA와 다소 가까운 여러 단체에 들어가 처음에는 리용에서, 그 후에는 툴루즈 지방에서 점령국 사람들에 대항하여 1940년 이래 줄곧 투쟁해왔다. 베르나르 메츠는 빌뢰르반에 있는 병원을 지하 조직의 사령부로 만들어놓고 카오르에서 몽토방과 페리괴에 이르는 지역의 많은 사람들과 무수히 접촉해왔다. 디에너 앙셀은 점령기에 페리고르 지역으로 피난 온 500여 명 알자스와 로렌 지방 사람들의 우두머리였다. 그쯤 되면 하나의 세력이었다.

그 세 사람은 다 같이 알자스의 해방을 주된 목표로 삼는 독립적인 동향 부대를 만들겠다는 꿈을 꾸었다. 개인적으로 메츠는 지나치리

만큼 점령국 측의 법을 받아들이거나 체념했던 동향인들의 과거에 대가를 치른다는, 이를테면 '회개'에 이 새로운 계획의 역점을 두어야 한다고 생각했다.[55] 디에너는 페리고르에 부하들이 있었고, 일 주르뎅(제르스 현)에 본부를 둔 보켈은 아장에서 오크와 뮈레에 이르는 지역에 퍼진 수백 명을 모을 수 있었다. 이만하면 유능한 장교들이 딸린 1500명에 가까운 병력이었다. 그들에게는 고위층에게 독립 부대 아이디어를 인정받고 부대를 지휘하는 능력을 가진 사령관이 필요했다. 피에르 보켈에게는 그 자리에 추천할 사람이 있었다. 최근 피자크에 공중 투하한 알자스 사람 데팅거 대령이었다. 하지만 그렇게 되면 너무 철저하게 알자스 위주라는 인상을 준다는 것이 메츠의 생각이었다. 그는 "그보다 유격대원이 낫지 않을까?" 하고 덧붙였다. 그렇다면 권위 있는 브리브의 자코 대령이 있었다. 그러나 대부분의 사람들이 그는 '좌익'이고 반교권적 색채가 있다고 비난했다. 마침내 디에너가 의견을 말했다.

"우리 지역 전체를 지휘했던 베르제는 런던과 사이도 좋은 편이고 이제 막 툴루즈의 감옥에서 나왔다. 그 베르제가 바로 말로다." 자코가 좌익 인사라고 거절했다면 말로에 대해서는 뭐라고 할 것인지… 가톨릭 알자스 부대 사령관에 그 '빨갱이'를? 그러나 메츠는《희망》의 열렬한 팬이고… 보켈은《인간의 조건》을 좋아했다. 그들은 결국 그 의견을 받아들여 데팅거 대령에게 사령관 자리를 양보한다는 동의를 얻은 다음 말로와 자코를 찾기 위하여 오바진으로 갔다. 말로와 자코는 한 사람이 사령관이 되고 다른 한 사람은 그의 보좌관이 되기

55_《랄자스 프랑세즈L'Alsace française》, p. 9.

로 합의했다.[56]

인도차이나와 러시아, 스페인에 그토록 깊은 관련을 맺은 파리의 플랑드르인 말로가 이번에는 알자스 십자군 계보의 우두머리가 된다? 그 생각은 그를 온통 사로잡았다. 신호라든가 징조 따위를 굳게 믿으며 기꺼이 무당 역할을 맡고 노스트라다무스에 열을 올리며, 이제 막 '샤먼'과도 같은 뱅상 베르제란 인물을 자화상처럼 그려낸 그가 바야흐로 알자스의 부름을 받은 것이다. 4년 전 《알텐부르크의 호두나무》에서 그 자신을 알자스 사람으로 등장시킨 바로 그가… 그는 "나는 물론 가공의 이야기를 지어낸다. 그러나 인생이 내가 지어낸 이야기를 닮기 시작하니 어쩌겠는가"라고 말한다. 시인은 진실을 지어낸다. 상스의 포로수용소와 생 샤망의 밤나무 숲 사이에서 문득 떠오른 알자스 출신 아이디어는 그를 북라인 강 지역 공화파 용병들의 대장으로 만들려는 제안에 의해 현실로 이루어졌다.

꿈과 문학은 어디쯤에서 끝나는 것일까. 1944년 9월 3일 오바진의 약속 장소에는 모사꾼이 한 명 더 나타난다. 퐁티니에서도, 반파시스트 집회에서도 그의 맞상대였던 《방드르디》의 앙드레 샹송 주간이다. 르 로에서 유격대에 들어간 그는 전국문화재관리위원장 자격으로 여러 미술관의 국보를 점령자의 손이 닿지 않는 안전한 곳에 대피시키는 임무를 맡았다. 1944년 초 그는 라트르 드 타시니 장군의 메시지를 받았는데(그는 1939년부터 1940년까지 장군 휘하 참모부의 연락장교였다), '보병'들을 규합하여 프로방스에 상륙 예정인 부대에 합류

56_ 자코 장군과 필자의 인터뷰. 1972년 11월 19일 장군이 덧붙여 말하기를 동료들이 볼 때 그의 좌파 사상은 말로의 사상보다 훨씬 더 비난받을 소지가 많았다. 지식은…

하라는 요청이었다. 8월 15일 군대의 제1진이 생 라파엘에 상륙했을 때 샴송은 몇 백 명의 인원을 모을 수 있다는 것을 알고 남서부로 떠나기 전에 그 사실을 엑스에 있는 라트르 장군에게 통고했다. 그가 또다시 말로와 재회한 것은 바로 그때였다.[57] "내게는 두 개 대대가 있고 당신에겐 한 개 대대가 있소. 세 개 대대를 합치면 상당한 군사력이지만 따로 떼어놓으면 그저 도보여행자에 불과하오"라고 말로가 말한다.

간단히 말하면 그들은 오바진에 모여서 이들 부대를 '여단'으로 통합하는 데 합의한다. 말로는 스페인 전투를 연상시키는 그 아이디어를 관철시킨 것이다. "여단이란 명칭이 몇몇 참모부와 사무실 사람들을 기분 상하게 했으므로 우리는 더욱 마음에 들었다"라고 베르나르 메츠는 기록한다.[58] 참모부와 사무실은 투덜거리는 정도가 아니었다. 리비에 대령이 통솔하는 리모주 참모부는 그 지역의 가장 우수한 부대인 디에너 앙셀 부대를 내보내지 않으려 했다. 만약 이 부대가 멀리 떨어져나가면 공산주의자들에게 중서부 지역에서 군사력을 잃는다는 이유였다. 라바넬이 통솔하는 툴루즈 참모부 역시 이번에는 그와 반대되는 이유로 거절했다. 오바진의 모의가 성공하려면 남프랑스 지역 전체 군사령관인 슈방스 베르탱 장군과 알자스 사람인 그의 보좌관 피스터의 개입이 필요했다.

이른바 알자스 로렌 여단(지휘는 파리 사람 말로, 보주 사람 자코, 프로방스 사람 샴송이 했다)은 1군과 합류하기 위하여 드 라트르가 샴송

57_ 앙드레 샴송과 필자의 인터뷰, 1972년 2월 23일.
58_《랄자스 프랑세즈》, p. 13.

에게 보낸 트럭과 말로의 친구인 '블록 가조' 회사 사장 아르누유가 빌려준 헐떡거리는 가스차를 나누어 타고 론 지역으로 진군한다. 샴송은 오텅과 리용 중간 지점에서 드 라트르에게 자기들이 가고 있다는 것을 알린다. '장 왕ㅌ'은 "샴송이 거지 떼 300명을 데리고 온다!"고 내뱉는다.[59] 바야흐로 드 라트르 장군은 자기에게 보내온 부대의 정체를 알고서, 또 그들을 지휘하는 자가 한 사람도 아닌 두 사람의 작가라는 사실에 어이가 없어진다…

"나는 여단을 창설했다. 자코가 지휘하고 말로가 혼을 불어넣었다!"라고 샴송은 지나치게 겸손하다고 볼 수는 없는 말로의 부대를 요약 소개한다.[60] '알자스 로렌' 여단은 9월 말 브장송에서 2000여 명의 병력을 소위 스트라스부르, 메츠 그리고 밀루즈라는 세 개 대대로 분할 편성한다. 첫째 대대는 페리고르의 지원병이며 앙셀이 지휘한다. 둘째 대대는 보켈이 규합한 가론의 유격대원으로서 플레이스 대위가 지휘한다. 세 번째 대대의 병력은 사부아 지방에서 모인 동부 출신으로 도프의 지휘를 받는다. 부대장 도프는 실제로 정규군의 대위이며 FTP 유격대에서는 중위로 활동했는데, 계급상 이 같은 겸손은 그 유례를 찾기 어려운 예일 것이다! 이 세 번째 대대는 벨포르 지역 유격대 잔류 병력을 흡수함으로써 인원이 증가한다. 이 잡다한 병력의 합병은 9월 10일 디종에서 실행된다.

재정복 '여단' 사령관으로서 말로는 새로운 인물상을 다듬어나간다. 피에르 보켈은 100여 명이 총살당한 도시인 퇼 시의 훈련병 연병

59_ 앙드레 샴송과 필자의 인터뷰, 1972년 2월 23일.
60_ 위와 같음.

장에서 그를 처음 만났는데 말로는 엄숙하고 절도 있고 단호해 보였다. 2주 후 브장송에서 베르제 대령은 상당한 영향력을 가진 듯한(그래서 말로 자신의 영향력도 과시해 보이고 싶어지는) 그 신부의 팔을 덥석 잡았다. 그리고 장시간 동안 그 고도古都의 거리에서 속마음을 털어놓으며 생각을 설명하고 질문했다. "만약 신이 없다면 인간의 역사가 어떤 의미를 갖겠습니까?" 피에르 보켈은 그들의 우정이 태어난 그때의 뜨거운 만남을 이야기한다. "믿기지 않을 만큼 예외적이라고 보겠지만, 그날 밤 이후 나 자신의 신앙이 어떤 것인가를 깨달은 것은 말로가 내게 한 말을 통해서였다는 느낌을 갖습니다."[61]

'여단'의 지원병들은 '국토가 해방되는 날까지' 복무하기로 되어 있다.[62] 그들이 계약을 충실히 이행하도록 설득할 필요는 없었다. 9월 26일 이후 그들은 '작전상'의 관점에서 본다면 보주 지방에서 모젤강 쪽으로 진군하는 제1 기갑 대대(쉬드르 장군) 소속이었다. 일주일이 넘는 동안 프라드 콩슈에 본부를 두고 뤽세유에서부터 병력을 배치시킨 말로는 '부아 르 프랑스'라 불리는 지역에서 큰 희생을 낸 전투를 치른다. '광란하는 히틀러주의자'인 콜마르 하사관학교 생도들과 대결하면서 100여 명의 손실을 본 것이다.[63] 10월 7일 그들은 지금까지 요지부동이던 오 드 라 파레르의 거점을 빼앗았으나 또다시 희생을 치른 승리였다. 자코 대령은 거기서 첫 번째 부상을 입었다.

그들의 무장과 장비는 시원치 못했고 입은 옷은 가지각색이었다.

61_ 피에르 보켈과 필자의 인터뷰, 1972년 11월 9일.
62_ 이 조건은 10월 20일이 되어서야 분명해졌다. 그전에는 사실상 의용병이었다.
63_《랄자스 프랑세즈》, p. 16.

그들 중 몇몇은 알자스 지방의 10월인데도 아키텐 지방에서 여름에 나 입는 짧은 바지를 입고 있었다. 그러나 뜨거운 향토애에 불타고 있어서 알자스 지방 입구를 굽어보는 고산준봉을 앞에 두고 뤽세유의 보주 지방 야산 위에서 흔하지 않은 전투력을 보였다. 그들은 또한 도전적인 인상을 줄 정도로 대담한 장교들의 통솔을 받고 있었다.

두 달 동안에 세 번씩이나 부상을 당한 자코 대령은 '여과기'라는 별명을 얻었다. 말로는 무엇보다도 총탄이 가장 치열하게 빗발치는 순간 고지에 올라가 자신을 드러내 보이는 것을 즐겼다. 이 같은 용기의 과시에 대해서 생 텍쥐페리에게 "불굴의 감정 표현에 지나지 않는다"고 말한 적이 있지만 그런 태도는 그의 동지들에게는 엄청난 효과를 발휘했다. 1944년 11월 이 여단에서 일간지 《콩바Combat》를 위하여 취재하던 자코 로랑 보스트가 교전 중의 일선에 그토록 많은 장교가 선두에 나선 것이 이상하다고 말하자, 이처럼 정신적 가치에 바탕을 둔 전투에서는 반드시 필요한 것이라는 대답을 들었다.

이 부대에서 지휘관과 부하의 관계는 평범하지 않았다. 가지각색의 사람들이 선발된 데다 선발할 때 특별히 신원을 캐본 것도 아니었다. 지원병 중에는 흔히 '라인 강의 광주리 장수들'이라고 부르는 사람들이 상당수 있었는데, 교양 있는 사람들의 말에 의하면 그들은 사유 재산 개념이 매우 희박했다. 자코는 어느 날 부상을 입어 부대원 두 사람에게 들려서 병원까지 갔는데 병원에 도착했을 때 시계가 없어진 것을 알아차렸다. 그럼에도 불구하고 (오히려 엄격한 반교권주의자인) 그는 자기가 제2인자로서 통솔하는 부대를 '말로 대령의 매우 기독교적인 여단'이라고 불렀다. 실제로 보켈, 프란츠, 베이스 등 가톨릭 혹은 신교의 성직자들은, 말로가 자기 부하들의 '야성적인' 품성에 호감을 느끼고 즐겨 부르듯이, 그 '강도들의 여단'에서 매우 예외적인 역할을 했다. 말로 베르제는 자기 역할에 대한 센스 또한 특별해서 출전을 나가는 어느 날 저녁, 부하들을 세워놓고 말했다. "어제 쓰러진 사람들과 내일 쓰러질 사람들에게 격려의 인사를 보낸다!"[64]

군사 면에서 볼 때 여단의 활동은 5개월(1944년 9월~1945년 2월)에 걸쳐 있고 4기로 구분된다. 1기. 이 여단의 쓰라린 불의 세례라고 할 수 있는 보주 지방의 부아 르 프랭스 작전. 2기. 단마리의 행군과 도시 함락(9월 20~28일). 3기. 폰 룬스테트의 공격에 대항한 스트라스부르 방어 참여(1944년 12월 20일~1945년 1월 10일). 4기. 콜마르와 생트 오딜을 향한 진격(1945년 2월). 그 후에는 여단이 별 싸움 없이 바데-뷔르템베르크를 거쳐 스투트가르트까지 진격한다(1945년 3월).

우리는 이미 부아 르 프랭스 작전에 대해 잠깐 언급했다. 2주일이 지난 뒤 부대가 전선에서 후퇴하여 10월 10일에는 르미르몽에 가서 휴식할 정도로 고된 작전이었다. 11월 초순 알자스 로렌 여단은 새로운 작전에 참가하는 준비를 위하여 알트키르슈로 옮겨갔다. 이때 여단은 제5 기갑 대대의 명령에 따라 별로 달갑지 못한 지원 보병 부대 역할을 맡았다.

앙드레 말로가 비극적인 사건이 적은 편도 아닌 인생에서 가장 참혹한 충격을 받은 소식을 접한 것은 1944년 11월 11일 바로 그곳이었다. 조제트 클로티스가 사망한 것이다. 이 젊은 여인은 8월과 10월 말 두 차례에 걸친 짧은 파리 체류(거기서 말로는 피에르 보켈과 같이 그녀를 만났다)를 거쳐 다시 코레즈에 있는 생 샤망의 델클로가에 와

64_ 피에르 보켈과 필자의 인터뷰, 1972년 11월.

서 두 아들과 함께 지냈다. 친정어머니가 찾아와서 같이 있었는데, 클로티스 부인은 아이들 양육에 관한 문제나 앙드레와의 법률 문제로 딸을 들볶아댔다.

11일 클로티스 부인은 이에르에 있는 집으로 돌아가기 위해 생 샤망 역에서 작은 시골 기차를 탔다. 조제트와 친구 로진 델클로는 클로티스 부인의 보따리를 들어다주려고 객차로 올라갔다. 그런데 출발 신호가 울렸는데도 내리지 않다가 마침내 황급히 내리려 했을 때는 이미 기차가 출발하고 있었다. 다행히 로진 델클로는 재주 좋게 기차가 달리는 방향으로 뛰어내렸다. 그러나 조제트는 그 당시 흔히들 신던 나무 창이 달린 구두가 불편한 데다 반대 방향으로 뛰어내리다가 몸이 기우뚱하면서 기차 바퀴 밑으로 딸려 들어가버렸다. 튈의 병원까지 30분 동안이나 자동차에 실려간 그 여자는 끔찍하게 몸이 상했지만 끝까지 의식을 잃지 않은 채 열 시간 후에 사망했다.[65]

그 당시로서는 매우 드문 일로 전보는 당일에 도착했지만(그 당시 윈스턴 처칠이 알자스에 있었으므로 체신 업무가 개선되었다) 말로는 11월 12일에야 튈에 도착했다. 조제트를 틀림없이 다시 볼 수 있을 줄 알았던 그는 생 샤망의 친구들 앞에서 절망감을 감추지 못했다. 그는 친구들에게 두 아이를 돌봐달라고 부탁하고는 사흘 후 잠시 파리에 들렀다가 알자스로 돌아갔다. 그때 알베르 카뮈와 옛 친구 파스칼 피아를 만나기 위하여 일간지 《콩바》의 사무실에 들렀다 나오면서 찍

65_《반회고록》에는 조제트 클로티스의 운명 장소가 브리브로 되어 있다. 그는 1년 전 그녀가 둘째아들을 낳기 위하여 그 도시의 병원에 입원한 일과 혼동하고 있다.

은 사진을 보면 얼굴이 초췌하고 황량하다.

바로 이 같은 심경에서, 그는 여단이 수임받은 작전 중에서도 가장 힘든 작전에서 책임을 다하게 된다. 그것이 11월 11일에서 28일까지 수행한 단마리 함락 작전이다. 그때 한편에서는 바카라에서 다보까지, 쉬르메크에서 몰샤임까지 구보로 달리면서 르클레르 장군 휘하의 제2 D.B.가 스트라스부르를 함락한다(23일). 알트키르히에서 단마리까지 적의 저항은 집요했다. 25일 여단은 카르스파흐를 점령하고 26일에는 부른하우프트를 향한 진격을 시작했다. 여단은 독일군두 개 대대의 막강한 방어에 부딪혔고, 단마리 지역의 마지막 부락인 발러스도르프에 격리된 대대는 그 여단에 50명이 넘는 것으로 추산되는 인명 피해를 입혔다.

날씨는 끔찍하게 추웠고, 얼어붙은 대지를 걸으면서 혹은 제5 D.B.의 탱크에 올라앉아서(무엇보다 자신을 가장 많이 노출하는 짓이지만) 여단의 병사들은 그 어느 때보다도 견디기 힘든 고통을 당했다. 그들은 불과 10여 킬로미터를 정복하고 11월 27일로 공격이 예정된 단마리에 이르는 데 7일이나 걸렸다. 전투 초기에는 앙셀 대대장이 부상을 입었다. 무장된 기차가 그 소도시를 방어하고 있었다. 하지만 밤사이 기차를 제거했고 28일 아침에는 그 전날 광장 안으로 침투한 말로의 대원들이 시를 장악했다. 벨포르로 가는 길이 뚫렸다.

두 달 후 말로를 찾아온 방문객은 단마리 전투에 대해 들었다. "내가 깊은 인상을 받은 것은 말로가 부하들을 몹시 찬양한다는 사실이다. 그는 그들을 사랑한다기보다는 찬양한다. 그들을 흡족해한다는 것을 느낄 수 있다. 그는 지칠 대로 지친 그의 부대원들이, 전투력을 증강시키기 위하여 그들을 데리러 온 사람들 곁에 남게 된 경위를 들

려주었다"라고 그 방문객은 말한다.[66]

12월 초, 앙드레 말로는 스트라스부르에 이르러 로즈네크에 거처를 정한다. 그는 자기가 창조한 '알텐부르크의 호두나무'에서 그리 멀지 않은 생트 오딜까지 진격한다. 독실한 가톨릭교도인 르클레르 장군도 하지 않은 일을 말로가 하려는 것이다. 그가 피에르 보켈을 시켜서 스트라스부르 대사원의 미사를 재개한 것이다. 또한 그는 오쾨니히스부르의 지하실에 숨겨져 있던, 그가 무엇보다도 높이 평가하는 그뤼네발트의 기막힌 병풍화를 첫날 미사 때 제자리에 갖다놓을 수 있었다. 그는 참담한 심정을 억누르면서 알자스의 땅을 밟았다.[67] 숨을 들이마시고 여기저기에 시선을 던지고 장식 병풍화를 찬찬히 감상하며 15세기의 제단을 구경하고 해묵은 미술관들을 뒤져볼 수 있는 시대가 찾아온 것일까.

그가 스트라스부르에 온 지 열흘이 채 넘지 않았을 때 폰 룬트슈테트 원수가 역사상 "히틀러의 마지막 주사위놀이"[68]로 기록될 아르덴 반격을 시작했다. 아이젠하워는 1940년 폰 만슈타인이 가믈랭의 방어선을 뚫었던 지점에서 독일군의 진격을 억제하기 위하여 그의 전선을 단축시켜 보주 지방에 집중하기로 결정했다. 이 결정은 곧 스트라스부르의 철수를 의미한다. 알자스의 민중들이 한 달 전부터 그 해

66_《젊은 시절의 끝》, p. 55.

67_ 그렇지만 말로는 여자 친구 로진 델코에게 보내는 편지에서 알자스 로렌 여단이 이 마을에 입성한 것을 경축하는 음악회는 "조제트를 위하여 연주하는 것같이 느껴졌다"고 했다.

68_ 자크 노베쿠르, 《히틀러의 마지막 주사위 놀이, 아르덴 전투 *Le Dernier Coup de dés de Hitler, la bataille des Ardennes*》, 로베르 라퐁사, 1963년.

방의 기쁨에 들떠 있던 그 스트라스부르를 적과 적들의 보복에 다시 넘겨주다니! 미국의 전략가에게는 합당하다고 여겨지는(실제로 합당했다) 것도 대부분의 프랑스 사람들에게는(아이젠하워를 설득하라고 처칠을 다그치는 저 용서 없는 드골에게뿐만 아니라) 참을 수 없는 일이었다. 연합군 사령관이 그의 결정을 변경하기도 전에 드골은 결단을 내려버렸다. 르클레르의 대대는 2주일 전부터 그 전선에서 아르덴 전선으로 이동했으므로 스트라스부르 방어는 드 라트르에게 맡겨졌다.

제1 D.F.L에 부속된 알자스 여단은 이리하여 12월 28일부터는 남쪽으로 플롭스하임, 다우벤산트의 촌락들과 라인 강 사이 15킬로미터에 걸친 시 접경 지대를 방어하게 되었다. 여단은 서쪽으로는 파취 장군의 제7군 선발대, 남쪽으로는 자유 프랑스 제1대대의 협조를 받고 있었다. 그러나 2월 2일에서 3일 사이에 옆에 있던 미국 연대는 방어를 포기하고 남서부 쪽으로 후퇴했다. 그들은 그래도 말로의 부대에 105밀리미터 포대와 대전차포를 남겨놓았다.

1월 5일 적의 압박이 가중되었다. 압박은 동시에 라인 강을 따라서 동쪽에서도 오고, 독일군이 아직도 콜마르를 견고하게 지키면서 스트라스부르 방어군을 양면 공격하는 출발 기지로 삼은 남쪽에서도 오고 있었다. 폰 마우르 장군은 그날의 명령 지침을 이렇게 내렸다. "나치의 깃발이 또다시 스트라스부르 하늘에 날릴 것이다." 랑드베를랭 중위는 여단장 말로 대령의 명령을 수첩에 기록했다.

"보급품이 바닥날 때까지 무슨 일이 있어도 버틸 것. 상황이 불가능할 경우에는 스트라스부르 시내로 후퇴할 것. 우리는 골목 하나하나 집 하나하나에서 무슨 일이 있어도 싸운다. 어떠한 경우에도 스트라스부르는 포기하지 않는다."

포석을 가득 채운 전차로 바리케이드를 쳤다.[69]

7일부터 '타이거' 탱크를 보유한 적의 압박이 무시무시해졌다. 9일, 보급 물자가 바닥난 가운데 얼어붙은 라인 강 두 개 지류에서 영하 18도 추위에 떠는 여단의 대대는 패망하는 듯했다. 싸늘한 물속을 걸어서 건넘으로써 포위당하는 것은 면할 수 있었다. 말로는 '장정長征' 스타일을 닮은 바로 이 에피소드에서 후일 영광을 이끌어내게 된다.

스트라스부르 방어(공격하던 적군은 2월 초부터 후퇴하기 시작했다) 는 여러 부대에 의하여 이루어졌다. 그러나 시의 남쪽 플롭샤임, 오벤하임, 제르스타임 등의 지역에서 알자스 로렌 여단이 맡은 역할은 분명히 주효했고, 1군 사령관도 그 점을 인정했다. 그러나 말로를 만나기 위하여 1월 25일 스트라스부르에 도착한 로제 스테판은 "아무도 알자스 로렌 여단을 아는 사람이 없다"는 사실을 확인했고, 그 여단을 이웃 마을인 일키르슈에서 찾아내는 데도 어려움이 많았다.[70]

'여단'은 아직 그의 임무를 완전히 다 수행하지 못했다. 앞에서 보았듯이 그의 부대원들은 국토가 완전히 해방될 때까지 싸우기로 계약을 맺은 터였다. 이 알자스 사람들(그들 대다수는 북부 라인 지방 출신이었다)에게 전투의 참다운 중심은 탄이었고 콜마르의 수복이 주된 목표였다. 그것은 그들의 모든 작전 중에서도 가장 간단한 것이었다. 수복은 2월 중순에 이루어졌다. 그다음에는 그보다 더 손쉬운 바드 지역을 통과했고, 3월 초순에는 뷔르템베르크에 입성했으며, 4월에

69_《말로》, pp. 212~213.
70_《젊은 시절의 끝》, p. 34.

는 슈투트가르트에서 드 라트르 장군이 말로와 동지들에게 훈장을 수여하는 의식이 거행되었다.

앙드레 말로의 생애에서 '여단'의 통솔을 어떻게 위치시키고 어떻게 평가하는 것이 좋을까. 우선 매우 위험이 많은 4개월의 전투('그의' 스페인은 7개월간 계속되었고 '그의' 유격대 생활은 4개월이 좀 넘도록 계속되었다)··· 그러나 이번에는 저 열렬한 승리의 추적자요 효율성의 이론가가 싸움에서 이긴 것이다. 드디어 그는 승리자의 편이 되었다. 그것도 우연이 아닌 승리. 이번에는 넋을 잃은 피난민의 물결에 섞인 채 포르 부 국경선을 넘는 자동차 속에서 모험이 끝장난 것도 아니었고, SS 장교가 내려다보는 들것 위에 누워서 끝장난 것도 아니었다. 그러나 들것과 카탈루냐의 자동차가 없었다면 '여단'도, 계급장이 빛나는 베레모를 쓰고 라인 강을 건너는 말로 베르제 대령도 존재하지 못했을 것이다.

그의 불꽃 튀는 이력에서도 알자스의 모험은 특별한 위치를 차지한다. 태양이 그 정점에 이르는 시대, 구체적인 승리의 시대라는 위치를 점하는 것이다. 살아가다보면 여러 가지 양상의 사회에 몸담게 되듯이 개인의 삶에도 여러 가지 시대 구분이 있다면 이 시대는 말로에게 고전주의 시대요, '황금 시대'라고 할 수 있다. 단마리 함락, 스트라스부르 방어, 콜마르 입성 등은 그것 하나하나가(그리고 그 모두가) 참모부의 위임을 받은 대령 혹은 레지스탕스에 이어진 모험의 대령이 성취한 것이라고는 하나, 그것들은 1918년 휴전에 조인한 날 저녁에 클레망소가 말했듯이 말로 역시 "오늘 밤에 죽어도 한이 없다"고 말하고 싶었을 순간을 구성한다.

지성인에게 절정의 순간이 단순히 행동에 의하여 이루어진 순간일 수는 없다. 예술 속에서는 역사의 조종자로서 실패한 데 대한 설욕밖에 할 수 없으므로 그가 행동을 첫 번째 목표로 설정했다 하더라도 그렇다. 이 절정의 순간에 말로의 지성이 지닌 저 경탄할 만한 재치와 단호함과 명쾌함에 대한 증언이 남아 있다. 1945년 2월 2일 스트라스부르 근처의 일키르슈에서 알자스 로렌 여단 사령관 말로 대령을 만난 로제 스테판의 인터뷰다. 말로는 일곱 시간 동안 이야기를 했고, 그 이야기를 충실하게 전하는 스테판의 글은 당시 말로의 지적 윤리적 미학적 정치적 입장을 증언한다.[71] 여기서는 몇 가지 윤곽만 인용하겠다.

지성이란 코미디의 파괴 플러스 판단 플러스 가설적 정신이다…

자유 유럽의 역사에서 중요한 날짜가 있다. 어떤 사람이 "나는 다수의 지지를 얻었으므로 권력을 장악한다"라고 말하는 것이 아니라 "내가 조종간을 잡고 있으니 권력을 장악한다"라고 말한 그날이다. 그 사람은 히틀러도 프랑코도 무솔리니도 아닌 레닌이었다…

내가 쓴 것과 같은 글을 썼을 때는, 그리고 저 어딘가에 파시즘이 존재할 때는 파시즘에 대항하여 싸우는 법이다… 나는 내가 어떤 사람인지 알고 그것으로 만족하기 때문에 파시스트가 되지 않으리라는 것을 알고 있다…

마르크스주의자? 파스칼이 가톨릭이었던 것처럼 나도 마르크스주의자다. 파스칼은 적당한 때에 맞춰 사망했으니까. 철학적으로 말해서 나는 마르크스주의자가 결코 아니다… 나에게 근본적으로 중요한 것은

71_ 위의 책, pp. 40~69.

예술이다. 사람들이 종교 생활을 하듯 나는 예술 생활을 한다. 그러나 예술은 아무것도 해결하지 못한다. 예술은 다만 초월할 뿐이다… 예술이 아름다움에 지나지 않는 것이라면 고야는 예술가가 아니다. 예술의 추함에 대해서는 뭔가 할 말이 있을 것 같다. 차차 말하게 될 것이다.

그러나 1945년 2월 말로의 대화 중에서 가장 기이한 두 가지는 정치와 관련되어 있다. 스테판이 《모멸의 시대》를 이야기하면서(말로는 "그것은 실패작이지요"라고 말했다) 그 책의 서문이 공산당 지지 선언 같다고 공격하자, 그는 말을 끊으면서 "오늘도 나는 그 서문의 쉼표 하나 취소할 생각이 없어요"라고 말했다. 또한 스테판이 모라스는 사형 선고를 받은 것이 아니지 않느냐고 말하자[72] 말로는 드골에 대하여 다음과 같은 말을 했다. "뱅빌의 정책을 쓰면서 모라스에게 사형 선고를 내릴 수야 없겠지요…"[73] 이 말이 우리가 다음 장에서 보게 될 일들을 예고하는 것은 아니다.

72_ 적과 협조했다는 혐의를 받은 《락시옹 프랑세즈》 편집국장의 재판은 그때 막 종신형으로 종결되었다.

73_ 자크 뱅빌은 그 당시 가장 유명한 군주 정치 지지파 역사가로서 드골의 민족주의에 영향을 끼친 것으로 알려져 있었다.

André Malraux

3

변신

Les métamorphoses

1. 매혹

경계선상의 회의

1945년 2월 말로는 공산당을 지지한 것은 아닐지 모르나 적어도 공산당의 가치를 지지하는 뜻을 담아 "쉼표 하나도 취소할 생각이 없다"고 선언했지만, 그의 정치 생활에서 가장 중요한, 그리고 공산주의자들과 대립되는 행동을 하고 난 참이었다. 그 자신이나 그의 신화적 이미지로 봐서는 아닐지 모르나, 해방 직후 프랑스의 정치적 진로로 봐서는 가장 중요한 행동이었다. 앙드레 말로는 인생의 수많은 시간을 연단과 마이크 앞에서 보냈다. 그중 어느 시간도 1945년 1월 25일 공제조합 회관에 모인 MLNMouvement de Libération nationale(민족해방운동) 회원들 앞에서 연설한 시간만큼 사태에 영향을 미친 것은 없었다.

37년 후, 그는 드골이 1944년 12월에 스탈린을 방문한 일을 이야기하면서 필자에게 이렇게 말했다. "드골이 그 당시 모스크바에 갈

수 있었던 것은 내가 공산주의자들에게 보여준 태도 때문이었다."[1] 물론 꾸며낸 말이다. 그러나 어느 정도 진실을 바탕으로 꾸며낸 말이다. 드골의 소련 방문은 미국에 대한 독립 작전으로 소개된다. 단, 프랑스 정부가 공산주의자들과의 관계에서 행동의 자유를 누린다는 조건에서만 미국에 대한 독립 작전이 된다. 그렇지 않고서는 봉건 신하가 군주에게 바치는 조공에 지나지 않는다. 그런데 모스크바행을 결정했을 때 드골은 자유로웠다. 말로가 한 달 반 후에 프랑스 공산당에게 '강도질'당하는 것을 거부했기 때문에 드골이 자유로운 건 아니었다. 드골이 자유로운 것은 그 자신이 공산당 민병대를 해산했기 때문이었다. 누구보다도 소련의 의사를 존중하는 터인 프랑스 공산당 지도자들의 양해 아래 해산한 것이지만 말이다. 그러나 유격대에서나 여단에서나 1월 집회에서 보여준 말로의 행동은 레지스탕스의 어떤 폭넓은 경향을 나타내줄 뿐 아니라 한걸음 더 나아가 그 경향을 승화시키고 있어서 드골이 민병대를 해산할 수 있었던 것 또한 사실이다.

이미 상당 부분 인용한 로제 스테판과의 인터뷰에는 레지스탕스의 제반 조직을 통합하려는 공산당 측의 계획에 대한 말로의 응수도 들어 있다. "연합하고 싶은 생각이야 없지 않지만 강도질당하고 싶은 생각은 없다."[2] 1935년부터 1936년까지 공산당의 동반자였고 '에스파냐' 비행대장으로서 3분의 2가 공산당원 혹은 동조자로 이루어진 부대에 공산당 정치부원까지 두었던 인물의 입에서 나온 말치고는 놀라워 보일 수도 있다. 그것을 이해하려면 세 가지 사실을 참작해야 한다.

1_ 앙드레 말로와 필자의 인터뷰, 1972년 7월 20일.
2_ 《젊은 시절의 끝》, p. 43.

우선 1930년대의 이 솔직한 국제주의자에게는 패전, 점령, 나치의 탄압으로 인하여 매우 강력한 애국 의식이 생겼다. 다음은 깊은 반성에서 출발한 결단이라기보다는 레지스탕스의 자연스러운 우여곡절 때문에 영국과 드골파 쪽에 끼어들어서 공산당 조직들과 객관적으로는 갈등 관계에 놓이게 된 말로의 처지다(1936년 7월 바르셀로나에 착륙했다면 그때 사정으로 보아 오웰처럼 POUM의 주장에 고무되어 모스크바와 그의 친구들과는 그 당시에 이미 관계를 끊었을 가능성도 있다). 끝으로 그는 지하 투쟁을 통해서 공산당의 숙청 기술이 어느 한계까지 가는가를 실제로 알아볼 수 있다는 점이다. 《반회고록》에서 그가 한 이야기는 해방 당시 그의 심경을 짐작하게 한다.

6개월 전 나는 시골 카페에서 우리와 동조하는 비공산당파 대표와 은밀히 점심 식사를 했다. 이들 대표가 이끄는 민족 해방 운동 단체들은 '프랑스 국내군'으로 규합될 예정이었다. 작업은 별 어려움 없이 끝났고 우리는 장차 레지스탕스의 독립성에 대하여 토론한 뒤 헤어졌다. 나는 시골역 앞길에 내리는 빗속을 파리 대표와 나란히 걸어가고 있었다. 우리는 한동안 함께 싸운 적이 있었다. 그는 나를 바라보지 않은 채 말했다. "나는 당신이 쓴 책들을 읽어보았어요. 전국적인 차원으로 볼 때 여러 레지스탕스 운동 단체는 한결같이 공산당 요원들이 요직을 맡고 있다는 것을 알아두세요(그는 내 어깨에 손을 얹고는 나를 바라보면서 걸음을 멈추었다). 나는 17년 전부터 공산당원이지요."[3]

3_《반회고록》, pp. 118~119. 우리는 신화를 이용하는 행위의 견본으로서의 역사를 여기에 옮겨놓은 것이다.

그러면 아직 국토 한구석에서 전쟁이 계속되고 있을 때인 1945년 1월에 첫 회의를 소집한 MLN이란 무엇인가. 그것은 그보다 15개월 전 MURmouvement unifiés de résistance(레지스탕스 연합 운동)이라는 이름으로 합쳐진 '리베라시옹Libération' '콩바' '프랑-티뢰르Franc-tireur' 등 남부 지역 운동 단체와 그 밖의 조직(데팡스 드 라 프랑스, OCM, 리베라시옹 노르)이었다. 레지스탕스는 주로 FTP에서 흘러나온 조직인 민족 전선으로도 표면에 나타나 있었다. FTP는 레지스탕스의 '군사 조직'으로 공산당에 의하여 확고하게 통제되고 프랑수아 모리악, 필립 신부와 슈브로 주교 같은 '신뢰할 만한' 인사들을 망라하고 있었다.

프랑스 공산당의 목표는 레지스탕스 운동 전체에 '민족전선'의 커다란 외투를 입히는 일이었다. 따라서 민족전선이 제아무리 복잡한 단체라 할지라도 모든 문제는 세포 조직의 문제로 귀결된다는 것이 몇몇 공산당 지도자의 생각이었다. 바로 이 같은 이유로 그의 친구와 대표들이 MLN 대회에 레지스탕스 운동의 연합 전략안을 제안한 것이다. 이 MLN에는 물론 공산당의 몇몇 '잠수함'이 투입되어 있었다.

1945년 1월 26일, 100만 가입자와 실질적인 정신의 힘을 대표하는 2000여 명의 대표가 공제조합 회관에 모였을 때 두 가지 경향이 대립했다. 하나는 민족전선과의 통합을 지지하는 경향이었다. 비공산주의자 진보파인 에마뉘엘 다스티에, 파스칼 코포, 알베르 바이예, 프랑스 공산당 비밀 당원인 피에르 에르베와 모리스 크리겔 발리몽이 그들의 대변자 격이었다. 그들이 머릿속에 품고 있는 생각은 단순히 모리스 토레즈의 당을 위한 당원 모집 작전이었을까. 일은 그렇게 간단하지 않다. 에르베와 크리겔을 포함한 몇몇 사람은 레지스탕스 세력을 끌어들임으로써 당을 쇄신하고, 애국 세력의 대거 규합을 통해서 당의 노선을 수정할 수 있으리라고 생각했다. FTP의 책임자인 샤를 티용처럼 그들은 아마도 프랑스의 F자에 빨간 색연필로 밑줄을 치며 서로 토론하는 분위기가 다시 태어나는(이 점은 다스티에나 코포와 생각이 일치한다) 프랑스 공산당인 PCF를 상상했을 것이다. 이는 다른 단체에 공산당 세포를 박는 일이면서 그에 못지않게 공산당에 레지스탕스의 세포를 박는 일이기도 했을 터다.

또 하나의 경향은 거부와 희망으로 규정할 수 있다. 그들이 생각하기에도 통합이란 레지스탕스 세력 전체를 공산당 체제 속으로 몰아넣는 것이기에 통합에는 반대였다. 그리고 프랑스 공산당과 세력 균형을 이루기 위하여 '프랑스 노동 세력'을 창설한다는 의미에서 희망이었다. 해묵은 꿈… 이런 경향의 지도자는 필립 비아네, 이봉 모랑다, 앙드레 필립, 클로디우스 프티, 앙리 프레네 등이었다. 그들과 가깝고 SFIO Section française de l'internationale ouvrière(국제노동자연맹 프랑스 지부—옮긴이)의 사무총장인 다니엘 메이예 같은 다른 사람들은 노골적으로 MLN이 송두리째 그들의 당에 가입하기를 제안했다. 또한 자크 보멜 같은 몇몇은 벌써부터 다른 방식을, 즉 '노동 세력'보다도 더 노골적으로 드골 장군 개인에 의존하는 방식을 준비하고 있었다. 끝으로 프랑수아 미테랑을 비롯한 다른 사람들은 그들 나름의 길을 찾고 있었다.

그리고 레지스탕스에 나타난 것처럼 그곳에도 돌연 나타난 앙드레 말로가 있었다. 그는 제복을 입고 머리카락을 휘날리면서 단호한 몸짓, 딱 부러지는 말투로 마치 아마추어는 답답해서 못 견디겠다는 전문가의 태도를 드러냈다("좀 똑똑히 말해봅시다. 허송할 시간은 없어요. 일선에서 온 우리로서는…"). 그는 무엇을 원하는가. 물론 '강도질당하지는 않기를' 원한다. 바로 그 이유 때문에 초장부터 통합을 반대하는 편에 선다. 하지만 그는 역시 자기가 맡은 역할을 찾는 인물이기도 했다. 유격대, 게슈타포에게 체포된 포로, 대령 등의 멋진 이미지가 반파시스트 운동의 지도자, 스페인 전쟁의 투사라는 상에 겹치면서 하나의 군장軍裝이 되어가고 있었다. 프랑스 공산당의 제안을 반대하는 측 선두에서 그가 달고 나갈 군장은 바로 그것이었다. 거기에는 물론 그의 개인적 재능을 첨가해야겠지만.

이제 그에게 필요한 것은 변신이었다. 히틀러에게 도전하고 난 뒤이제는 스탈린에게 부표를 던지는 사람이 되는 일 말이다. 그의 내면에는 《반회고록》에서 다음과 같이 묘사한 열등감 따위는 전혀 없었다.[4]

대회에 참가한 대다수는 역경을 견디고 살아남은 사람들임에도 불구하고 그들의 빛나는 활동이 산악파 앞의 지롱드파, 극단주의자 앞의 자유주의자, 볼셰비키를 자처하는 사람 앞의 멘셰비키가 갖는 따위의 열등 의식에서 그들을 해방시켜주지는 못했다.

그가 연단에 올라간 것은 3일째였다. 서로 대립되는 두 가지 주장은 특히 파스칼 코포와 자크 보멜이 발표했다. "레지스탕스의 정신자체가 지금 위협받고 있다. 레지스탕스를 구성하는 것은 전 국민의 소수인 개혁파와 혁명파라는 사실을 잊어서는 안 된다. 드골 장군의 정부로부터 존중받을 수 있고 우리를 위협하는 완만하지만 적대적인

4_p. 119.

분위기가 성숙해가는 것에 대처하기 위해서는 레지스탕스 세력이 뭉쳐야 한다"고 코포는 말했다.

반면, 보멜은 이렇게 주장했다. "유기적인 단일체를 구성한다는 것은 우리의 독창성을 제거하고 우리의 개성을 변조하며, 레지스탕스에서 표현되었고 프랑스의 풍부함을 증명했던 위대한 경향들을 하나의 인위적인 격식 속에 말소시키는 결과를 낳을 것이다. 이런 일반화된 혼동을 제거해야 하는 이유는 바로 이 나라의 정치 분위기를 분명히 하기 위해서다."[5]

바야흐로 말로는 그 자신이 탤만, 디미트로프 그리고 공산주의자들이 주도하는(1938) 스페인공화국을 옹호하기 위하여 연설했던 연단 위에 또다시 올라섰다. 다섯 줄의 계급선이 그어진 카키색 외투, 어깨띠 그리고 승마화 차림. 그의 얼굴은 매우 창백하고 "최전선에서 알자스 로렌 여단을 지휘할 때와 똑같은 정열에 불타고 있다"고 《콩바》의 기자는 보도한다(소련의 적군이 전진하여 브레스로에 투입되었다는 기사 바로 곁에). 그는 자신을 생 쥐스트와 오스트쯤으로 여기는 듯 황혼빛이 감도는 목소리로 열변을 토했다.

MLN은 이 나라 의식 형태들 중 하나입니다. 동시에 상처받기 쉽고, 여러 가지 점에서 면을 거두어가는 그 무엇이기도 합니다… MLN이 지닌 능동성과 진정성을 본다면 그들은 히틀러가 평생 한 말 중에서 가장 총명한 말을 우연히 기억하게 된 사람들입니다. 히틀러는 "싸움을 하고 싶은데 무기가 없으면 팔 끝에서 무기가 돋아난다"고 말했습니다.

5_ 민족해방운동의 사무실 문서로서 아직 미공개된 것.

드골 장군의 정부는 단순히 프랑스의 정부일 뿐만 아니라 '해방'과 '레지스탕스'의 정부입니다. 따라서 우리가 그를 새삼스럽게 문제 삼을 필요는 없습니다… 정부가 전쟁과 혁명은 서로 이율배반적이라고 말하는 것은 옳습니다. 대외 정책의 모든 문제가 걸려 있을 때는, 프랑스가 연합군에 식량을 보급하고 기차를 제공해야 할 때는, 모든 힘을 우선 군사적 승리에 기울이고 혁명의 문제는 그 뒤에 따라야 하는 것이 불가피하고 불가결합니다.[6]

그러나 우리가 결코 타협하지 않아야 할 것이 있습니다. 다시 말해서 그것을 외면한다면, 우리들 중에 정부의 자리를 가진 사람은 자리를 떠나야 하고, 투쟁을 하는 사람은 투쟁에서 떠나야 하고 (그가 직업 군인이 아니라면) 정부를 대표한다고 자처하는 사람은 정부를 대표하기를 그쳐야 마땅할 것입니다. 그 점이란 바로 혁명적 의지의 기본 조건인 자본주의의 종말입니다. 은행의 국유화가 그 요체입니다… 그것이 프랑스 정부가 요청하는 질서라면 자본주의적 대부 제도를 합법적으로 파괴할 수 있습니다.

이제 말로는 본론으로 들어가 단도직입적으로 말한다.

운동의 정신에 대한 뿌리 깊은 개혁이 문제되고 있습니다. 예컨대 공산당은 설득 수단의 총체가 아니라 행동 수단의 총체입니다… 여기에 모인 우리 또한 행동 수단의 총체라는 것을 잊어서는 안 됩니다. 우리

6_ 이것은 한마디 한마디 틀린 데 없이 스페인에서 공산당이 주장한 내용인데, 말로가 자기 생각으로 삼았다.

가 만약 과거 우리 힘의 동원 능력이었던 것을 그대로 유지하고자 한다면 우리는 바로 공산당의 기술과 유사한 기술을 통해서 행동해야 합니다. 다시 말해서 우리는 운동의 내부에 공산당의 규율과 맞먹는 규율과 그것이 지닌 영웅적이고 강인하고 어려운 면을 그대로 지켜가야 한다는 뜻입니다.

우리 중 대다수가 통합을 반대하는 것으로 보입니다만, 그 대다수는 동시에 레지스탕스 그룹들의 행동 통일이 성립될 수 있는 기반을 원한다고 생각됩니다… 레지스탕스가 애초에 부딪힌 문제가 오늘날 똑같은 형태로 옛날처럼 한심한 처지에서 다시 시작되는 것 같습니다. 우리는 새로운 작업에 착수해야 합니다. 우리가 그 작업을 새로이 하지 않는다면 그저 형상이라 할 수 있을 뿐입니다. 그럴 경우 우리는 옛날의 시체 위에 새로운 시체를 첨가하는 것이 됩니다. 그렇지 않고 우리가 진지하게 행동하기를 원한다면 환상을 버리고 다 함께 지금 당장 말해야 합니다. '새로운 레지스탕스가 시작된다.' 손 안에 아무것도 가진 것이 없을 때 최초의 레지스탕스를 할 수 있었던 여러분 모두에게 나는 묻고 싶습니다. 이제 모든 것을 손 안에 가지고 있는 지금, 여러분은 레지스탕스를 다시 할 능력이 있는가 없는가? 나는 할 수 있다고 생각합니다.[7]

그는 많은 박수를 받았다. 통합을 열렬히 주장하던 쪽에 치명적인 타격을 입힌 것은 바로 그의 연설이었다. 그가 동지들에게 호소한 그 '새로운 레지스탕스'는 공산당에 대한 저항이었을까. 지난날의 전우들이 지녔던 가치에 대한 찬사도 그 연설 속에 은연중 윤곽을 드러내

7_《콩바》, 1945년 1월 28일자.

는 진의를 바꾸지는 못했다. 《악시옹》에 쓴 피에르 에르베의 주석도 그의 연설이나 마찬가지로 위로의 효과를 가져오지는 못했다. "여기서 문제되는 것은 개혁주의적 이데올로기와 권위를 한데 합쳐서 중산층을 선발해 신사회주의 경향의 신당을, 그리하여 마침내는 신파시스트 경향의 신당을 만들자는 데 있는 것인가? 레지스탕스를 가지고 만들려는 것이 바로 그것인가?… 민중 선동과 무정부주의를 선동하는 것은 결국… 구원자의 치세를, 즉 독재를 가져오는 것이다."[8]

며칠 후에도 피에르 에르베는 공격적이라기보다는 향수에 젖은 듯한 어조로 다시 비난하는 글을 발표했다. "굴 속에 숨어 앉았다가 차츰 밖으로 얼굴을 내놓기 시작하는 직업 정치인들의 찬사를 받아야 하다니 말로도 이제는 갈 데까지 간 모양이다. 사람은 저마다 자기 격에 맞는 옹호자가 있는 법… 우리에게 위대함의 모럴을 가르쳐준 그의 멋진 책들을 생각하면 가슴이 아픈 일이다… 영혼이 고귀한 사람들은 모험 속에서도 하루의 솔직함이 무엇보다 중요하다고 믿을 만큼 경박한 데가 있다."[9]

말로 자신도 그 상황의 쓰디쓴 면을 느끼지 않은 것이 아니었다.

눈 덮인 상파뉴를 거쳐 전선으로 돌아오는 동안 나는 스페인의 내 공산당 동지들을, GPU에도 불구하고 소비에트를 창설하던 대서사시를, 적군을, 민병대의 눈초리에도 불구하고 언제나 우리를 맞아줄 준비가 되어 있던 코레즈의 공산당 농부들을 (이제는 카무플라주의 승

8_《악시옹》, 1945년 1월 28일자.
9_《악시옹》, 1945년 2월 16일자.

리밖에는 아무런 승리도 믿지 않는 당을 위하여) 생각했다. 나는 빗속에서 기와지붕이 번쩍거리던 역 앞길에서 내 어깨에 내려앉던 손을 생각했다.[10]

대회는 119 대 250으로 MLN과 FN의 통합안을 부결시키고 '말로의 안'을 가결했다. 며칠 후 알자스에서 스테판과 이야기하며 말로는 이렇게 말했다. "나는 원하기만 했다면 MLN의 회장이 되었을 것이다." 이 말에 그의 상대방은 젊은 사람답게 응수했다. "그러고 난 다음에는?" 말로에게 정치적 복안이 있느냐는 질문이었다. 베르제 대령은 한마디로 잘라 말했다. "나는 레옹 블룸이 되고 싶은 생각은 없다(내 말 무슨 뜻인지 알겠지)." 레옹 블룸이 되지 않겠다는 말은 많은 것을 바란다는 뜻이다. 절망한 사람이거나 모험가나 성인이 아닌 이상 들어줄 수 없을 만큼 너무 요구하는 것이다.

1945년 1월 25일, 앙드레 말로는 비공산주의자들의 저항을 구원자로서 혹은 프랑스식 노동 운동의 창시자로서 압도한 것이 아니었다. 비록 FFI라 하더라도 일개 군인이 정치 집회에서(그 대회가 비록 단순한 사람들의 모임이라 할지라도) 압도적인 인물이 되려면 모든 것이 끝장난 상태라야 한다.

그러나 말로는 힘도 없고 연합 세력도 없다는 것을 누구나 알고 있는 프랑스 공산당의 힘을 경계했다. 그는 맞불을 지른 것이다. 그는 전략을 위하여 힘과 용기를 찾고 있는 사람들의 주의를 끌었다. 이리하여 자기가 젊은 시절에 몸담았던 진영과 영원히 관계를 끊었다. 대

10_《반회고록》, p. 120.

장이 되기 위해서? 아니면 대장을 찾기 위해서?

　이 같은 과거와의 절연 그리고 어쩌면 그가 모색하고 있었을 그 모험을 추진시킨 사람은 상처 입은 인간이었다. 그는 상처의 신경을 끊어버리기 위하여 모험을 한 것이다. 프랑스로 보면 승리자의 편에서 끝났고, 말로 자신으로 보면 20년 전부터 줄곧 꿈꿔온 저 집단행동의 가치를 앙양하고 고무하는 가운데 끝난 그 전쟁으로부터 말로는 내심 깊은 혼란과 더불어 떠났다. 1945년 5월 8일, 프랑스 국민들이 적의 항복을 떠들썩하게 기뻐할 때, 앙드레 말로는 침울한 표정으로 말없이 친구 클로드 갈리마르와 파리를 걷고 있었다.[11] 그는 또 하나의 전쟁이 다가오는 것이 보인다고 말했다. 그가 MLN의 연단에서 언급한 ‘새로운 레지스탕스’ 말일까. 국경에 버티고 있는 적군赤軍 말일까. 그는 단순히 ‘역사를 위하여 태어난 인간’이 아니었다. 그는 전쟁에 희생된 사람들과 죽은 사람들도 생각했다. 무엇을 위한 희생이란 말인가. 어제의 연합국, 어제의 동반자가 오늘은 최악의 위협이 되라고?

　조제트 클로티스. 그는 12년 전 《마리안》에서 그 여자를 처음 만났다. 그녀는 솔직히 말해서 별 대단한 흥미는 없는 ‘하루하루’ ‘내가 본 것’ 따위의 르포 기사를 그 잡지에 쓰고 있었다. 또한 자그마한 소설도 두세 권 발표했다. 그중 《초록색 시간》은 매력이 없지도 않다. 그 여자는 키가 매우 크고 호리호리하며 피부빛이 희고 머리칼은 노란색과 붉은색 중간이었다. 회색빛이 감도는 초록색 눈, 옆모습, 웃음 등 그 미모를 너무 노골적으로 과시하지 않으면서도 아름다운 여

11_ 클로드 갈리마르와 필자의 인터뷰, 1972년 11월 21일.

자였다. 상당히 유쾌해서 재미난 이야기도 잘했다. 게다가 영리한 여자여서 말로 앞에서는 입을 다물고 가만히 있을 줄도 알았다.

그 여자는 그저 순진하고 맹목적인 찬미자가 아니었다. "중국 사람들과 동네 조무래기들이 덜 등장하면 나도 앙드레 말로의 책을 읽겠다"고 말하곤 했다. 이데올로기에 대해서는 "정치 문제라면 나는 오베핀 꽃밖에 아는 것이 없어서…"라고 말했다. 그녀는 카탈루냐 출신으로 바뉠스에서 태어났으며, 아버지는 이에르의 재무성 관리로 그 지역 명사였다.

그녀는 흙과 식물, 동물을 좋아하는 성품이라 생 샤망에서는 아주 행복해했다. 파리 근교에 성을 사서 살자고 여러 차례 앙드레를 설득하기도 했다. 스물다섯 살 때는 알프레드 쟈리처럼 "시골? 아, 그 통닭구이가 산 채로 걸어다닌다는 곳 말이지?"라고 말했을 말로도 흙을 좋아하기 시작했고 동시에 애국자가 되었다.

조제트의 죽음은, 말로와 결혼하는 기쁨도 누려보지 못한 채 찾아온 끔찍하고 고독한 그 죽음은, 개인적인 참담한 사건이 그에게 끼칠 수 있으리라고 상상했던 것 이상으로 충격을 주었다("오로지 나에게만 중요한 일이라면 내게 무엇이 중요하겠는가?"). 그는 어떤 시련을 당해도 결코 그것 때문에 괴롭다는 걸 내색하는 일이 없었다. 그러나 이 고통에 대해서만은 그도 돌연히 터져나오는 한마디를 억제할 수 없었다. 그는 《반회고록》에서 로렌스에 대해 말하다가 이렇게 쓴다. "그는 사랑하는 여인의 죽음을 경험해보지 못한 것 같다. 그것은…벼락이다…"[12]

12_《반회고록》('폴리오' 문고에 추가된 장), p. 466.

그는 이제 막 두 동생을 잃었다. 막내인 클로드는 타고난 모험가요 무모한 행동에 광적인 놀라운 인물로서 지하 운동에 몸담았는데, 주된 임무는 센 강 하구에서 독일 배들을 폭파하는 일이었다. 그는 1944년 3월 12일에 체포되었다(그가 처형된 날짜는 알려지지 않았다). 그리고 며칠 지나지 않아서, 우리가 앞서 보았듯이, 이번에는 롤랑이 체포되었다. 그는 코레즈 유격대원으로 3월 21일 브리브에서 체포되었고, 분명 튈에서 감금당하여 고문을 받은 후 동지인 벨르베,[13] 델상티, 베르토와 함께 노인감메로 끌려갔다.

롤랑은 어찌나 비극적이고 부조리한 상황 속에서 죽었는지 《성 Château》의 저자가 그 상황을 지어낸 것만 같은 느낌이 들 정도다. 1945년 4월, 몇몇 나치들(그중에는 힘러도 끼어 있었을 가능성이 크다)이 연합군 측으로부터 특별한 혜택이나 탈주 가능성을 얻어내기 위한 교환품으로서 포로들을 이용하기로 했다. 협상이 이루어질 경우를 대비해 2만여 명의 생존자를 스웨덴으로 이송하기 위하여 화물선 세 척에 태워 뤼베크로 향했다. 롤랑 말로는 동료들과 함께 걸어간 다음, 뤼베크 항구에서 3마일 떨어진 바다에 닻을 내린 세 척의 화물선 중에서 가장 큰 배인 캅 아르코나 호의 화물창 깊숙이 끼어 앉아 있었다.

5월 4일, 미국 비행대는 나치 십자 마크가 찍힌 깃발을 단 이 배들을 발견하자 저공비행으로 항복을 요구했다. 그런데 나치 경비병들이 백기를 올리는 대신 구명보트를 내려 도망치려고 하자 사격을 개시했다. 화물창과 중갑판에 가득 실려 있던 1만여 명의 불행한 사람

13_ 그는 그 후 부켄발트로 이송되었다가 살아서 돌아왔다.

들 가운데 오직 200명 정도가 석유불에 끔찍한 화상을 입고 살아남 았다. 독일 경비병들은 총살당했다. 그리고 나흘 후 휴전이 되었다.

그의 인생에서 결정적인 역할을 한 그 동생에게 앙드레가 느끼는 감정은 애정이었다. 1939년 아라공의 신문 《스 수아르》 특파원으로 모스크바에 있던 롤랑은 그곳에서 두 눈으로 직접 목격한 것들에 대한 전반적인 반항심에 가득 차서 돌아왔다. 그의 《소련에서 돌아와》 는 앙드레 말로에게 지드의 글보다 훨씬 큰 충격을 주었다. 1943년 부터 1944년에 롤랑이 능동적으로 레지스탕스에 참가한 것은 앙드 레의 참여를 구체화하는 동기가 되었다고 사람들은 말한다.

함께 수용소로 끌려갔던 동지는 그가 금욕적이고 헌신적이었으며, 의사 친구에게 일자리를 얻어줌으로써 그의 목숨을 구한 일도 있다고 말했다. 또한 앙드레 말로에게 보낸 편지에서는 "그는 자기가 공산주의자라고 말했습니다만 그는 무엇보다도 귀족이었습니다"라고 말했다.

롤랑은 미남이었다. 보티첼리가 그린 듯한 윤곽이 잡힌 얼굴에서 겨울 하늘 같은 눈이 빛났다. 마음도 너그러웠다. 우리는 이미 형의 맏아들을 그 집안의 성을 가질 수 있도록 자신의 호적에 올렸으며, 둘째 아들도 그렇게 해주겠다고 제안하는 그를 보았다. 클라라는 당시 그들이 있던 코레즈의 레지스탕스 거점에서 그리 멀지 않은 르 로 지방에 숨어 있었다(말로 형제는 여전히 그 여자와 사이가 좋았다). 그런데 1944년 초 롤랑이 클라라를 만나서 "그래, 앙드레가 완전히 비인간적이라는 것을 여태 알아차리지 못했단 말이야?"[14]라고 말했다니

14_《우리들의 20세》, p. 92.

그들 형제에게 무슨 일이 있었던 것일까.

《반회고록》의 저자가 동생에 대해 말하는 어조로 미루어보면, 롤랑이 체포될 무렵에 형제의 우애를 해칠 만한 일이 있었던 것은 결코 아님을 알 수 있다. 더군다나 앙드레 말로는 계수인 마들렌하고 1948년에 결혼했다는 사실을 우리는 알고 있다.

레지스탕스 투쟁은 그가 형제처럼 여긴 또 한 명의 동지 레이몽 마레샬도 앗아갔다. 《희망》에서 '가르데'의 모습으로 영원히 남게 될 그 사람이 스페인의 메델랭에서 라 시에라 데 테루엘에 이르기까지 말로 곁에서 어떤 역할을 했는지 우리는 잊지 않았다. 그는 마드리드 전투 초기부터 그를 알았다. 웬 녀석이 보들레르의 책을 옆구리에 끼고 돌아다니는 게 아닌가. "그건 무엇에 쓰는 거냐?" "파리를 떠나면서 가지고 온 거야…" "좋아, 알았어. 우리 같이 일하자…"[15] 마레샬은 비행대의 기관총 사수 조장이었다. 시에라에서 끔찍한 부상을 입고 1937년에 프랑스로 돌아온 후 당연히 초기부터 레지스탕스에 가담했는데, 말로는 보몽과 뒤레스탈 사이에 있는 페리고르 지방 한구석인 오트 코레즈의 자기 지역과 인근 지역에서 그를 우연히 만났지만 놀라지도 않았다.

그는 독일군 수송대를 괴롭히는 데 이골이 났다. 1944년 7월, 부대원들과 함께 산비탈에서 2열의 독일 행군 부대를 공격하고 난 참인데, 그의 주변에 있던 농부들이 설탕이 모자란다고 걱정하는 것이 보였다. 마침 보급 부대가 트럭에 설탕을 싣고 그리로 지나갈 거라는 소문이 들리자 그는 매복을 하고 기다렸다. 그러나 독일군은 장갑차

15_ 말로와 필자의 인터뷰, 1973년 1월 29일.

의 호위를 받으며 지나갔으므로 마레샬이 탄 자동차가 도랑 구석에 처박히고 말았다. 그는 차 밖으로 뛰어나와 세 사람의 동지와 함께 들판을 달렸다. 상대편은 기관총으로 토끼 사냥을 하듯이 그들을 쏘았다. 장례식은 밤중에 치렀고, 코레즈 지방 여인들은 무덤 곁에서 새벽까지 밤을 새웠다. 말로가 전쟁 이야기를 할 때마다 그토록 자주 등장하는 검은 옷의 여인들 말이다. 그 이튿날 묘혈을 덮고 났을 때 무덤 앞 십자가 곁에는 한 무더기씩 설탕이 뿌려져 있었다…

마레샬은 공산주의자였는가, 아나키스트였는가.

대부분의 프랑스인이 그렇듯이 그는 '아나키스트'였을 것이다. 물론 완벽주의 성격은 공산주의자를 닮은 데가 있다. 그는 비길 데 없는 용기를 지닌 투사였다. 마음씨 착하고 아주 재미있고 감수성이 예민한 사람, 그러나 다른 사람들이 그림 그리는 재주나 노래하는 실력을 타고나듯이 타고난 투사였다. 용기는 사람을 만든다.[16]

1930년대에 말로가 얻은 가장 절친한 친구였고 그가 《인간의 조건》을 헌정한 네덜란드 작가 샤를 에드가르 뒤 페롱을 앗아간 것은 전쟁 초기였다. 말로보다 두 살 위인 뒤 페롱은 식민지에서 치부했고, 클라라 말로의 증언에 의하면 "하인들에게 매질을 하는"[17] 프랑스계 가문 출신으로 자바에서 태어났다. 1921년 그는 섬을 떠나 파리로 와서 막대한 재산에도 불구하고 검소하게 살았다. 《서양의 유

16_ 위와 같음.
17_ 클라라 말로와 필자의 인터뷰, 1972년 2월.

혹》시절인 1926년에 말로를 처음 만났고, 두 사람 다 아시아에 사로잡혀 있었다.

뒤 페롱의 모델 소설(실제 인물을 그 이름을 감춘 채 등장시킨 소설—옮긴이)《고향Le Pays d'origine》에는 말로의 말이 제사題詞로 기록되어 있다. "자신을 오랫동안 바라볼 수 있으려면 자기 자신이 아닌 다른 것을 찾아봐야 한다." 분명하게 자전적 소설인 그 작품에서 에르블레라는 이름을 가지고 가장 중요한 인물로 등장하는 말로를 에디 뒤 페롱은 오랫동안 눈여겨보았다. 두 작가는 매우 가까웠지만, 그들의 차이는 비관적 성격이었다. 말로의 페시미즘은 능동적이고 이를테면 '낙관적'이었다. 절망의 저 너머에는 행동이, 특히 정치적 행동이 있었다. 뒤 페롱은 자기의 자유로운 판단과 자기 나름의 진실을 배반하지 말아야 한다는 데 마음이 쏠려 행동을 부정했다. 회의적인 태도일까, 아니면 절망적인 태도일까. 페롱은 "어떤 사회에도 내가 설 자리는 없다"고 말했다. 말로는 싱가포르를 떠날 때《반회고록》에서 그를 생각한다.

내가《인간의 조건》을 바쳤을 때 에디 뒤 페롱이 나에게 준 발레 캄방이라는 섬이 있다… 그는 모든 정치를 무효라고 여겼다. 역사도 마찬가지였던 것으로 생각된다. 그는 나의 가장 귀한 친구였다… 그의 가문 소유였던 플랜테이션 농장은 어찌 되었을까. 그리고 샤리르[18]에게 보낸《해방자에게 보내는 편지Lettre au Libérateur》는? 그는 정치를 믿지 않았지만 정의는 믿었다.[19]

18_ 인도네시아의 독립 운동 지도자.
19_《반회고록》, p. 478.

세계와 자기 자신을 주시하는 관측소를 결코 떠나지 않아야겠다고 생각했고, 알 수 없는 모멸적인 힘들의 노리갯감이라는 감정을 지우지 못했으며, 다시 한 번 말로의 말을 빌리자면 "현상 세계와 끊임없이 절연하는 가운데" 살았던 뒤 페롱. 그는 자신의 시대에 가장 완벽하게 절망한 사람, 심지어 파시즘의 모험 속에서 삶의 이유를 찾으려고 노력했던 드리외 라로셸보다도 더 근본적으로 절망한 사람이었다.

고상하고, 페시미즘에도 불구하고 마음이 뜨거웠으며, 고통스러운 자아중심주의에도 불구하고 완벽하게 너그러웠던 그는 그 됨됨이에 어울리는 죽음을 맞았다. 1940년 5월, 나치가 네덜란드로 들어갔는데 그는 1940년 5월 14일 급성 심장마비로 쓰러졌다.[20]

자살 소문도 없지 않았다. 말로가 《반회고록》에서 자살의 위대함에 대해 쓴 것도 그와 무관하지 않다. 말로는 그때 페르낭 말로 못지않게 에디 뒤 페롱을 생각한 듯하다. 하지만 더 많이 생각한 사람은 드리외 라로셸이었을 것이다.

우리는 이미 《희망》의 저자와 《질 Gilles》의 저자를 맺어준 그 기묘한 우정에 대하여 언급했다. 두 권의 책은 파시즘을 반대하고 찬성하는 투쟁의 대칭적 작품이다.

드리외가 스페인 전투에 참가하지 못했다고 해서 프랑코를 편드는 열렬한 참여 의식이 변한 것은 아니었다. 그 점에 대해서 말로는 다소 과장된 면이 없지 않지만 다음과 같이 말했다. "드리외는 프랑스를 위해 싸웠다. 목숨을 바칠 때까지. 그러나 스페인을 위해서는 싸

20_ 위젠 반 이터비크, 〈지적 우정: 페롱과 말로에 대하여〉, 《셉탕트리옹 Septentrion》, No.1.

우지 않았다."[21] 파시즘에 대한 드리외의 편애란 지독한 것이어서 말로와 아라공을 향해 "소련의 첩자"라는 말까지 했고, 《희망》을 "소련식 유행에 희생된… 르포르타주"라고 볼 정도였다.

두 사람 다 이 모순을 극복하지 않으면 안 되었다. 피점령 시대까지도. 그들은 1941년 캅 델에서 만났다. 그때 말로는 점령당한 파리에서 《N.R.F.》 주간 자리를 맡은 드리외를 비난했고(그다지 격렬하게는 아니었다), 그 잡지와는 일체의 협력을 거부한다고 분명히 말했다. 1942년 12월에 《질》의 저자가 글을 한 편 발표했는데, 1936년 필요하다면 말로를 죽일 수도 있느냐고 묻는 기자에게 그렇다고 대답한 적이 있다는 사실을 상기시켰다. 그는 당시의 심경을 이렇게 부연했다. "만약 전투 중에 그를 만난다면 나는 총을 쏘아야 마땅할 것이며, 또한 극단적인 상황에서 그가 포로로 총살을 당할 경우 내가 나서서 저지해서는 안 될 것이다. 내가 그렇게 생각하지 않는다면 말로를 우습게 아는 것이 될 테고 그를 모욕하는 일이 될 것이다." 그 1942년 말에 그는 다음과 같이 덧붙이기도 했다. "하지만 그와 나는 서로 떨어질 수 없는 옛 친구 간의 대화 속에서 친밀한 논쟁 관계를 유지해왔다. 언제까지 이럴 수 있을 것인가?"[22]

1943년 5월 8일 그는 일기장에 파리에서 말로를 만났다고 적었다. "이제는 아무것도 믿지 않으며 러시아의 힘을 부정하고, 세계는 아무런 의미도 없는 것이며 가장 더러운 쪽, 즉 미국의 해결 방안 쪽으로 가고 있다고 믿는 말로. 그것은 그 자신이 무엇인가가 되기를 포기한

21_《그 자신을 통해 본 말로》, p. 91.
22_《N.R.F.》, 1942년 12월호, 프레데릭 그로버의 〈말로와 드리외〉에서 재인용. p. 8.

채 일개 문사가 되고자 하기 때문이다."[23] 3개월 후 그는 말로가 "볼셰비키를 벗어난 뒤로 완전히 몰락하여… 시골에 살면서 아내에게 아기나 배게 하고, 아마도 공산주의를 포기하고 드골풍의 중립 노선을 걷는 자신을 정당화하기 위함인 듯 로렌스의 생애에 관한 글을 쓰고 있다"[24]고 적었다. 그러나 친구가 둘째 아들의 대부代父가 되어달라고 청하자 매우 감동받은 듯하다. 1944년 4월 그는 이제 곧 스스로 끝장내버릴 것으로 예측되는 자신의 인생을 돌이켜보고 그동안 맺어온 여러 친구들과의 우정들을 결산하면서 이렇게 쓴다. "나는 친구하나 없이 죽는다." 그러나 잊지 않고 덧붙인 말이 있었다. "나는 말로를 높이 평가했다. 그는 다른 사람에 대해서나 자신에 대해서나 헛된 환상을 갖지 않는 사람이다. 니체와 도스토옙스키에 대한 열정에서는 우린 형제다."[25]

그는 정말로 친구에게 알자스 로렌 여단에 있는 그의 곁에서 자기도 참전하게 해달라고 청했을까. 말로는 이따금씩 동지들이 동의해주었다면 자기는 그를 받아들였을 것임을 암시하곤 했다(그러나 필자가 만나 물어본 당시의 동지들 중 말로에게 그런 계획을 들어본 사람은 없었다).

1945년 초 드리외는 스스로 목숨을 끊었다(1944년 8월에도 자살하려고 했다). 그는 유서에서 말로에게 자기의 뜻을 지켜달라고 요청했고, 베르니에[26]와 말로 말고는 오직 여자들만 장례식에 참석하는 것을 허락했다.

23_ 위의 글, p. 87.
24_ 위의 글, p. 90.
25_ 위의 글, p. 90.
26_ 초현실주의 그룹 출신 작가.

드리외가 사후 문제에 대해 말로에게 부탁한 일을 말로가 어찌나 자상하고 착실히 이행했는지 그들 두 사람의 책을 다 같이 낸 출판사 사장은 놀라움을 금치 못했다.

만남

한 가지 확실한 일은 드골과 말로가 만난 것이 1944년 말 알자스 지방의 눈 속이 아니었다는 사실이다. 신화의 창조자인 이 두 사람에게 그보다 더 잘 어울리는 다른 설(앞의 것 못지않게 가공적인?)이 있다. 1936년 아벨 강스의 영화 〈나폴레옹〉이 세 개씩이나 설치한 거대한 스크린에 상영되었을 때 드골과 말로가 나란히 앉아 구경하다가 "두 사람 다 일어나서 그 스펙터클을 향하여, 그리고 그들 자신을 향하여 광란하듯 박수갈채를 보냈다"는 설이다.[27]

좋아요. 말로라면 이렇게 말했을 것이다. 그들의 동맹을 유발시킨 첫 대면은 1945년 8월 당시 드골이 차지한 엄숙하고도 평범한 국방장관실에서 피란델로 연극에나 나올 법한 곡절 끝에 이루어졌다고 봐야 한다. 말로가 그때의 일에 대하여 《반회고록》에 소개하는 내용은 실제로 그랬을 거라고 믿기 어려울 정도로 모호하다.

예멘 시절의 동지로서 후에 공군 장성이 된 '측근' 멤버, 코르닐리옹 몰리니에가 그의 친구를 장군의 가까운 협력자인 가스통 팔레브스키와 클로드 기 대위에게 소개했다. 그들은 팔레브스키의 집에서

27_ 에마뉘엘 다스티에가 아벨 강스의 말을 인용한 것, 《레벤느망》, 1967년 9월.

함께 식사했는데, 말로는 라디오를 통한 민중 교육, 여론 조사 그리고 인도차이나 문제를 이야기했다. 1945년 5월, 일본이 프랑스 식민지 체제를 무너뜨리고 난 직후였다. 《반회고록》에 따르건대, 그는 팔레브스키와 코르닐리옹에게 아직 그의 동지들과 식민성에 있는 두세 사람의 전문가를 제외하고는 아무도 그 이름을 알지 못하는 호찌민에 대해서도 이야기했다.

말로는 사람들을 매혹시켰다. 사람들이 그의 이야기를 했다. 어느 여름날 저녁, 말로는 샤를 드골의 일상적 협력자로 자처하는 사람의 방문을 받는다.[28] 그는 다만 이렇게 말한다. "드골 장군이 프랑스의 이름으로 당신이 그를 도와주고 싶은지 문의해보라고 한다." "물론 말할 필요도 없는 일이다." 지극히 부적당한 표현이지만 회고록의 작가에겐 조금도 이상하게 여겨지지 않는지 그는 이런 식으로 대답한다. "나는 놀랐다. 지나치게 놀란 것은 아니지만. 나는 내가 유용하다고 믿는 경향이 있으니까."[29]

그는 5개월 후에야 비로소 대화 중에 '무슨 영문인지는 모르겠으나' 드골이 '그를 부르러 보낸 일이 없었다'는 사실을 알아차렸다. 두 사람 다 '이상한 궁금증을 자아내는 인물'이었다. "그는 나보다 먼저 그것을 느끼고 있었던 모양이다… 그의 허구적인 부름이 내게 전달되었을 때 나의 부름 역시 그에게 전달된 것이다. 나의 부름 역시 그의 부름 못지않게 짐작에 지나지 않았다."[30] 그러나 MLN 집회 연설

28_ 드골 장군의 부관인 플로드 기.
29_ 《반회고록》, pp. 125~126.
30_ 위의 책, p. 143.

은 실제로 있었던 일이다. 정치적으로 그처럼 주목받는 인물의 입에서 나온 연설의 내용이 내용이었던 만큼 그것은 부름으로 생각될 수 있었고, 르네 브루이예 같은 드골 장군의 보좌관들은 실제로 그렇게 여겼다.

말로가 드골의 사무실에 그 모습을 나타낸 일 중 처음 몇 번은 은밀한 것이었다. 나중에는 드골의 비서실장이 되었지만 당시에는 부분적으로 비서실 일을 보던 클로드 모리악은, 말로에 대한 책을 쓰고 있는데 그 장본인인 말로를 8월 9일에 그곳에서 보았다고 기록했다. "나는 그의 젊음에 놀랐다. '다른 사람들과 다를 것 없는' 모습도 그랬다. 순진하게도 나는 그의 특별한 권위와 천재가 얼굴에서 빛날 거라고 생각했다."[31] 열하루 뒤 그는 드골 장군의 전속 부관실에 와서 다소 난처한 듯 아이러니가 섞인 어조로 "장군도 많군!" 하더니 "나는 개인적으로 장군을 보좌하는 사람이에요"라고 못을 박아 말하는 말로를 보았다.[32]

면담은 8월 10일에 이루어졌다. 말로는 이렇게 쓴다.

나는 그의 얼굴을 정확히 기억하고 있었다. 1943년경 프랑스 그룹의 회장 라바넬이 공중 투하된 그의 사진을 나에게 보여주었던 것이다. 상체만 찍은 사진이라 우리는 장군이 매우 크다는 사실조차 모르고 있었다… 나는 그를 발견하게 된 것이 아니라 그가 자기의 사진과 닮지 않았다는 것을 발견해가고 있었다. 실제로는 입은 좀 더 작고 콧수염은

31_《말로 혹은 영웅의 병》.
32_ 클로드 모리악, 《또 하나의 드골 *Un autre de Gaulle*》, p. 144.

좀 더 검으며 시선은 단단하고 무거웠다…

"우선 과거 이야기를…"하고 그는 내게 말했다. 놀라운 도입부였다.

전혀 놀라운 일이 아니었다. 《칼날Fil de l'épée》의 작가와 《모멸의 시대》 작가 사이에는 분명히 따져봐야 할 해묵은 오해가 가로놓여 있었던 것이다… 권좌에 앉아서 그의 공산당 연합 세력과 맞서야 했던 그 역사가에게 '과거'란 '지금 당신은 그들과 어떤 관계요? 어느 정도로 깊숙한 관계였소? 이제 남은 것은 뭐요?'라는 뜻이었다. 근본적인 질문인 데다 그 '과거'는 인사요 경의의 표시였다. '나에게 당신은 존재하는 인물이오(좋은 의미에서나 나쁜 의미에서나)' '어디 얘기 좀 들어봅시다' 라는 말은 말로 같은 인간을 매혹하기에 알맞은 표현이었다. 드골에게 과거란 그 '보잘것없는 한무더기 비밀' 따위가 아니라 위대하고도 진지한 것을 의미하기 때문이었다. 그들을 이어준 그 질문이야말로 천재적인 발언이었다…

20행 남짓한 말로의 인생 요약("나는 뭐랄까, 사회 정의를 위해 투쟁에 참가했소. 더 정확히 말하면 사람들에게 기회를 주기 위해서… 약한 프랑스가 강한 러시아와 마주서게 되었을 때, 나는 강한 프랑스가 약한 소련과 마주섰을 때 믿었던 것들 중에서 단 한 가지도 믿을 수 없었소. 약한 러시아는 인민전선을 원하고 강한 러시아는 서민적 민주주의를 원하고 있소.")은 좀 이레나에우스풍이라 하겠다. 하지만 그것도 하나의 해석이다.

그리고 나서 말로는 드골이 그와 같은 인간의 입에서 듣고 싶어 한 바로 그 말을 했다. "지난 20년간 가장 중요한 사실은 국가가 우선"이라는 것, "그 방면의 예언자는 마르크스가 아니라 니체"였다는 것, 레지스탕스는 "프랑스 공산주의에 담겨 있는 러시아적인 면에 대한 저항"이라는 것, "로마제국의 몰락 이래 서양이 경험한 것 중에서도 가장 격렬한 변신을 예감하는 프랑스는… 앙리오 씨의 인도하에 그 문제에 부딪치는 걸 원하지 않는다"는 것. 20점 만점에 20점! 마음에 들기 위하여 한 말이었을까. 무엇보다도 말로 자신이 그렇게 생각하기 때문이었다.

그들은 프랑스 혁명과 미라보 얘기에 이어 오슈 장군으로 넘어갔는데, 장군은 세 번째 화제에 대해 재미있다는 듯이 "사람들이 그를 독살하러 찾아갔을 때 그는 좋지 못한 무명실을 짜고 있었다지요"라고 했다. 말로는 놀라워하는 척했다. "독재라는 것은…" 하고 말을 끝마치려던 장군은 검지를 위로 치켜들고 이렇게 덧붙였다. "오해하지 마시오. 프랑스는 더 이상 혁명을 원하지 않아요. 그럴 때는 지났습니다." 이제 1945년의 말로를 절망시킬 말도 아닌 이 말이 건네지자 그들은 양쪽 다 막상막하의 아이러니가 섞인 어조로 지성인들에 대하여 이야기했다. "현재로서 그들에겐 당신의 말이 '들리지' 않습니다"라고 말로가 말한다. 그러자 장군은 고해신부 같은 자기의 역할을 완결하려는 듯 "파리에 돌아오니 무엇이 가장 인상적이던가요?" 하고 묻는다. 작가는 "거짓말이었지요"라고 대답한다(아니, 여기서는 그 '소설가는'이라고 못 박아 말해야 할지도 모르겠다).

말로는 벼락 맞은 듯 놀랐을까. 아직은 그렇지 않다. 그는 우선 자기를 맞아들이기 위해서라기보다는 자기의 말을 들어보려고 온 그 인물에 대하여 깊이 생각해본다. 그는 매우 지적으로 보인다.

놀라운 것은 대화의 상대자와 그 자신 사이뿐만 아니라 그가 말하는 것과 실제 그대로인 그 자신 사이에 드러나는 기묘한 거리였다. 나는 이미 언어로는 표현되지 않고 그냥 거기에 있는 것으로도 충분히 실감되는 강렬한 존재감과 마주친 적이 있었다. 군인이나 정치인이나 예술가에게서도 볼 수 없었는데 이상할 정도로 평범한 말이 내면의 삶과는 아무런 관계도 없어 보이는 위대한 종교인들에게서 그런 것을 보았다. 그래서 나는 그가 프랑스 혁명을 이야기할 때 신비주의자들을 생각했다… 우선 그가 어떤 총체적 개성으로 압도한다는 느낌을 강하게 주고 있는 데서 오는 접촉감이었다…

나는 복합적인 인상을 좀 선명하게 이해해보려고 했다. 그는 그의 신화와 격이 맞았다. 그러나 '무엇을 통해서'? 발레리도 그랬는데 그것은 그가 '테스트 씨'만큼이나 엄격하고 통찰력 있게 말을 했기 때문이다. 거기에는 물론 속셈와 터무니없는 이야기도 덤으로 보태져 있지만. 아이젠슈타인은 과연 아이젠슈타인다웠는데 그것은 사실 프란체스코 수도자들 자신은 경험하지도 못한 깜짝 놀란 프란체스코 수도자 같은 단순성 때문이었다. 위대한 화가들은 그들이 그림 이야기를 할 때야 비로소 서로 닮아 보인다. 드골을 보면 서로 비슷해서가 아니라 반대되기 때문에 생각나는 인물, 가령 앵그르를 보면 들라크루아가 생각나듯 떠오르는 유일한 인물은 트로츠키였다.[33]

몇 주일 후인 11월 6일, 그는 동료인 클로드 모리악과 함께 그 첫 번째 면담과 장군 자신에 대하여 이렇게 이야기를 나눈다(말로 역시 이제 막 드골의 사무실에 들어와 일하게 되었다).

33_ 《반회고록》, pp. 127~137.

엄청난 반추동물에다가… 바위처럼 끄떡도 않는 인물이지요. 원칙에 매료되고, 그렇기 때문에 원칙이 없는 세상에서도 끄떡없고… 긍정적인 면은 국가의 책임자층을 재구성하는 데 기울이는 비범한 배려… 부정적인 면은 라인 강 쪽에 대한 매혹인데, 이건 이제 필요 없는 일이에요… 그리고 민중에 대해 무지합니다. 노동자와 식사해본 적이 한 번도 없다니 얼마나 큰 약점이에요.[34]

요컨대 그 순간에 말로가 완전히 사로잡힌 것은 아니었다. 그보다 바로 얼마 전 지드나 베르나노스가 매혹당한 정도는 아니었다. 그리고 프랑수아 모리악보다는 훨씬 덜 매혹당했다. 그는 존경심을 품고 있었지만 여전히 판단을 했다. 그러면서도 권력의 책임에 참여한다는 놀이를 '십분' 다했다. 가스통 팔레브스키는 장군을 위하여 일을 준비하는 '아침 회의'에서 그가 발언하던 것을 기억하고 있다. 그는 자기의 문화 분야에 대해 권위를 내세우기는커녕 정치적 토론에 열렬한 흥미를 나타내면서 참가했다. 그러나 거기 모인 사람들 중에서 '반대파' '부정적인 측면으로만 보는' 시비꾼은 그가 아니라 르네 브루이예가 데리고 온 대학 교수였는데 바로 조르주 퐁피두였다.[35]

11월 6일 그가 젊은 동료에게 말한 것 중에서 가장 흥미 있는 내용은 과연 말로의 태도를 그대로 나타낸다. "공산주의자들에 대항하여 대담하게 버텨나가야 해요… 장차 곤란한 일들이 생길 겁니다. 그래서 스포츠깨나 하게 될 겁니다. 내가 이 사무실에 나오는 이유는 바

34_《또 하나의 드골》, pp. 148~149.
35_가스통 팔레브스키와 필자의 인터뷰, 1972년 11월 23일.

로 그것이지요."[36]

그는 '스포츠'라는 것을 장관 자격으로 하게 된다. 1945년 11월 21일 퇴임하고 난 드골은 의회의 만장일치 결의에 따라 세 파 MRP Mouvement républicain populaire(대중 공화 운동. 1944년 조르주 비도와 모리스 슈만이 창당한 기독교 민주 정당―옮긴이), SFIO, PCF가 '공평하게' 참가하는 정부를 구성할 임무를 맡았다. 앙드레 말로는 공보상으로서 거기에 참가했다. 그는 자크 수스텔의 후임이었다. 이제 그는 비공식 인사가 아니었다. 프놈펜 재판의 인물, 《모멸의 시대》의 인물, 가린의 창조자이며 《희망》의 작가, 탤만의 변호자이며 트로츠키의 숭배자였던 그가 이제 가장 눈에 띄는 차원의 책임을 맡은 것이었다. 그는 드골 장군의 대변인이 되었다. 상대가 말로쯤 되고 보면 어떤 자리라도 억지로 강요해서 될 일은 아니었다.

대단치 않은 것이라는 듯 여기는 그 태도 속에서도 장관이 된다는 것(그냥 장관이 아니라 드골의 장관)에 대해 그가 품은 은근한 관심을 완전히 무시해서는 안 될 것이다. 옛날에는 가난했던 그 인물이 이제는 안락을 좋아한다. 주변적 인물이었던 그가 지금은 남의 존경을 좋아한다. 전에는 쫓기고 형을 언도받았던 그가 권력을 좋아한다. 생각이 드높은(이 말이 지닌 모든 의미에서), 그리고 행동과 효력의 가치를 그렇게 높이 생각하던 그가 자기의 생각을 포기하라고 강요하지 않는 한 자연스럽게 권력에 참여하기를 바란다. 우리는 1935년에 말로가 지닌 생각들이 스페인에서 참가한 전투와 스탈린의 전략, 레지스탕스의 세포 조직 전술, 전후 세계와 프랑스의 세력 관계에 따라 바

36_《또 하나의 드골》, p. 148.

스러지고 재구성되고 변모하는 것을 봐왔다.

그가 참여한 정부는 사회당과 공산당이 다수를 차지하고 있었다. 프랑스 역사상 가장 '좌익' 성향의 정부였다. 프랑스 공산당은 거기서 생산성과 국방성(유격대의 FTP 대장이었던 샤를 티용)을 장악했다. 벌써부터 드골 첫 내각의 사회 사업은 인민전선을 넘어서는 것이었다. 레지스탕스의 정책을 적용한 것이다. 1월 27일 MLN 집회의 그 연사가 해방된 프랑스에서 모든 정책의 전제 조건으로 삼아 주장한 은행의 국유화도 부분적으로 실행되었다.

말로를 드골과 연결시킨 이 돌연한 계약이 인간적인 면에서 볼 때 정책의 실천 이상임은 말할 필요도 없다. 앙드레 말로가 드골의 두 번째 내각에 들어간 것은[37] 합리적인 말로 설명할 수 있는 것이라 하더라도 우리는 그것을 초월하여, 이때 왜 《희망》의 저자가 《칼날》의 저자에게 충성을 약속하게 되었는지도 알아봐야 마땅할 것이다. 말로가 트로츠키에게서 느낀 것처럼 드골에게서 혼연일치된 역사의 구현을 발견했기 때문일까(우리는 그가 이 두 사람을 잠깐 비교하는 것을 보았다). 드골이 비록 노동자와 함께 식사한 일이(그는 "수도공사 인부와 밥을 먹는"이라는 표현을 쓴다) 한 번도 없다지만 그래도 (오슈와의 관련을 통하여 우회적으로 "미슐레의 가족"에 속한다고) 말로는 그 자신 별로 중요시하지 않는 '계급'이니 '민중'이니 하는 개념 대신에 미슐레를 점점 더 빈번히 인용했다(느껴졌기 때문일까?). 아니면 드골에게서(그는 장군의 저서와 런던의 연설문과 해방 당시의 연설문을 알고 있었다) 그 자신이 지향하는 행동인과 예술가의 종합을 엿보았기 때문일까.

37_ 임시 정부에 입각한 것은 치지 않았다.

그 자신 내기를 좋아하는 인간인 동시에 도전의 인간이며, 또한 그에 걸맞은 유일한 도전이란 바로 스탈린에게 던지는 도전이라고 여겨지는 때에 드골이 그 같은 모험을 함께 시도해볼 만한 유일한 파트너였기 때문일까. 로렌스와 뱅상 베르제처럼 그 동지애의 모험가에게는 파의 우두머리, 간판, '왕자', 위대한 운명의 무게를 지닌 형이 필요했기 때문일까. 그의 선택을 해명하는 데 도움이 되는 것으로 그얼마 후 그가 니노 프랑크에게 털어놓은 심경의 표현이 있다. "모험은 오직 정부 차원만 존재하게 되었다"[38] "일에 영향을 가하기에는 너무 늦었다. 사람에게 영향을 가해야 한다" 그리고 햄릿의 말인 "위대해진다는 것은 위대한 시비를 버티고 나가는 것이다"를 합해 이 말들은 전후의 말로를 이해하는 데 좋은 열쇠가 되는 세 개의 공식이라 하겠다.

간단히 말해서 그는 장군을 섬기게 되었다. 장군은 그 동반자를 기꺼이 맞아들였다. 길이 너무나 험난하여 자원해 오는 사람은 환영이었다. 그러나 드골에게는 그 이상의 것이 있었다. 그가 《인간의 조건》을 아무리 높게 평가한다 해도 말로는 그가 좋아하는 작가가 아니었다. 그는 흔히 몽테를랑과 베르나노스를 더 좋아했다. 아니면 클로델이나 모리악을 좋아했다. 그러나 자신이 지닌 대의에 대해 어느 누가 동조해도 이보다 더 감격스러울 수는 없었다. 말로는 지드와 클로델을 제외하고는 그의 라이벌들을 앞서는 국제적 명성을 지닌 위대한 예술가 정도에 그치는 인물이 아니기 때문이었다. 그는 행동인이며(물론 아마추어이긴 하지만…) 한걸음 더 나아가서 드골 자신이 한

38_《부서진 기억》, p. 286.

번도 자기 밑으로 끌어들일 수 없었던 국내 레지스탕스(다스티에와 코포는 드골에 반대하고 비아네, 프레네, 파르주, 부르데는 그들의 거리낌을 감추지 않으며, 정부 안에 있는 비도, 테이장, 피노도 무조건 동의하지는 않았다)의 상징적 인물이었던 것이다.

그런데 이 극좌파 혹은 적어도 그렇게 알려진 작가, 이 유격대원이 자진하여 그의 메가폰 역할을, 그의 사상을 전파하는 역할을 하겠다고 나선 것이다. 이제 남은 것은 그를 잘 알고 그와 함께 고귀한 회고록 작가나 비극 시인을 위한 우정을 맺는 일이었다. 그러나 지금 당장 봐도 말로에게는 좋은 점이 있었다. 그가 다녀온 지평에서는 바람이 다르게 불었다. 그것은 다른 사람들이 그에게 하는 말과는 다른 스타일과 다른 새로움이 있다는 뜻이다.

반공이 둘의 이해관계를 공고히 해준 접착제였을까. 1945년 그들의 공통된 시각은 거기서 그치는 것이 아니었다. 드골은 아직도 통합의 신화를 완전히 포기하지 않았다. 그에게 공산주의자는 아직 '분리주의자'로 여겨지지 않았고, '그의' 각료 중에서 단 하나 굳게 믿는 장관은 모리스 토레즈(공산당 당수―옮긴이)인 것 같았다. 그가 공산주의자와 대립하는 주제는 두 가지였다. 하나는 모스크바에 대하여 독립성을 유지하는 기회(니장은 독소조약에 합의한 시기를 그 기회라고 생각했고, 티용은 레지스탕스의 뚜렷한 업적이 그 기회라고 생각했다)가 이제 오랫동안 없어진 것 같으므로 프랑스 공산당이 '이중의 소속'을 가지고 있다는 점이고, 다른 하나는 진정성의 문제였다. 그는 공산당원들이 현재의 사회혁명적 의도를 영웅 행위의 고무 속에 은폐시키고 있음을 용서할 수가 없기 때문이었다. 그 자신도 사회혁명적 의지가 매우 근거 있는 것임을 모르지 않았다. 실제로 드골은 공산당이

밉다거나 멸시할 존재라고 생각하는 것이 아니라 낯설고 무정부주의 적이라고 보았다("프랑스는 이제 더 이상 대혁명을 바라지 않아요. 그럴 때는 지났어요"라고 말로에게 말한 적이 있다).

《희망》의 저자는 여전히 스탈린 체제와 그 마키아벨리즘과 적군에 대해서 감탄의 정을 지니고 있었다. 그러나 유럽에서 새로운 힘의 관계는 공산주의의 본질마저 바꿔놓았고 전쟁에서 부상한 소련의 무게는 객관적으로 볼 때 그 본질을 제국주의적으로 만들어버렸다고 생각했다. 그는 장관이 된 지 며칠 후 드골도 같이 있는 자리에서 레옹 블룸과 대화하는 중에 사회당 지도자에게 다음과 같은 말을 던졌다.

> 진짜 공산주의자들이 우리를 케렌스키의 정부나 필수드스키의 정부로 보지 않기를 어떻게 바라겠습니까? 이제는 그저 누가 먼저 쏘느냐가 문제예요. 이제 정부가 아니라 미국식 결투가 되고 말았어요. 인민전선 시절 생각이 나겠지요… 그러나 인민전선은 버텼어요. 소련이 약했으니까요. 지금의 스탈린과 적군이 있고 보면…[39]

그는 소련이 건재하기를 진심으로 바랐지만 필요 이상으로 강대해지는 것은 두려워했다. 알자스에서 스테판에게 "소련을 위해서라면 무엇이나 하겠지만 소련을 통해서는 아무것도 하지 않겠다"고 말할 정도였다.[40] 1935년에 그가 그토록 자랑스럽게 여긴 적군, 스페인에서 그리도 애타게 불렀고 1942년에는 (비록 말로만이라도) 스스로 입

39_ 《반회고록》, p. 139.
40_ 《젊은 시절의 끝》, p. 43.

대하기를 바랐던 적군의 초강대해진 힘에 대해서 1945년 봄 그는 돌연한 자각을 하게 되었다… 그에 못지않게 말로는 레지스탕스의 전중후前中後 줄곧 공산주의자들의 세포 박기 작전에 몹시 신경이 쓰였다. 그는 《반회고록》에서 MLN 집회에 대하여, 작업 준비 과정에서 그가 상대한 공식적인 공산당 대표가 아닌 대다수 사람들이 나중에는 당원으로 판명되었다고 썼다. 공식적인 당적으로 본다면 이 말의 90퍼센트는 과장이다.

그를 사로잡은 또 하나의 고정관념은 프랑스 공산당이 지식인들에게 끼치는 매혹이었다. 그는 8월에 드골과 면담하는 자리에서 그 점을 아주 훌륭하게 표현했다. "문학 세계는 감성이 매우 예민한 사람들이 가득하지요. 그들의 눈에 프롤레타리아는 귀여운 원시인들처럼 애착이 가는 존재입니다. 그런데 디드로는 어째서 카테린 2세가 자유를 닮았다고 생각할 수 있었는가를 이해하기란 쉽지 않아요."[41] 그가 알자스에서 스테판과 나눈 대화에는 좌익 지식인과 '카페 플로르'에 드나드는 사람들(그 당시 그의 입장에서는 정확하게 알베르 카뮈를 지칭한다)부터 《레 탕 모데른》지 멤버인 사르트르, 메를로 퐁티에 이르는 지식인들에 대한 화살이 담겨 있었다. 말로는 그때 막 《레 탕 모데른》에 참여해달라는 요청을 거절하고 난 참이었다.

말로는 다시 한 번 문제를 스타일과 '사내다움'의 표현을 통해서 제기한다. 10년 전에 파시즘과 대결하는 것이 파시즘의 분열된 적수들과 맞서는 것보다 더 많은 용기를 필요로 했듯이, 지금은 강력해진 공산주의자들과 맞서는 것이 그들의 기 죽은 적수들과 맞서는 것보

41_《반회고록》, p. 134.

다 더 많은 용기를 필요로 한다는 것이 그의 주장이다. 그의 정치 전략은 우리가 이미 인용한, 그가 클로드 모리악에게 한 말을 닮아가고 있다. "대담하게 공산주의자들과 맞서서 버텨나가야 해요… 장차 스포츠깨나 하게 될 겁니다. 내가 이 사무실에 나오는 유일한 이유는 바로 그것입니다." 최소한 우리는 이렇게 말해볼 수는 있다. 즉 이런 유의 발언은 경제적 이념적 요인의 면밀한 분석을 반영하는 게 아니라는 것, 말로의 '정치학'이라는 것은 흔히 반은 윤리학이요 반은 미학인 그런 유의 논리에 기초를 두고 있다는 말이다. 단눈치오, 에른스트 윙거나 페기처럼 말이다.

요컨대 그는 강대국의 패권에는 반대했지만 생각보다는 덜 반공주의자였다. 그리고 적에게 별로 타협적이지 않고 변절자로 보이는 사람들에게는 특히 용서를 모르는 공산당도 아직 얼마간은 그의 비위를 맞췄다. MLN 대회 직후, 보통은 여간 공격적이지 않은(프랑수아 모리악은 그때 충분히 경험했다) 피에르 에르베도 그를 악의라기보다는 슬프다는 듯한 어조로 공격했다. 공산당의 치열한 신문도 그가 뒤늦게야 능동적인 지하 운동에 가담했다는 사실이나 드리외 라로셸에게 너그럽게 행동한 사실, 폴 니장과의 우정(그는 사실 우정을 사르트르보다는 덜 공공연하게 과시했다) 등을 꼬집지 않았다.

반공? 드골도 말로도 당시에는 윈스턴 처칠이나 아서 쾨슬러처럼 반공주의자가 아니었다. 그는 공산당에 대해 경계 태세를 취했고, 당이 짓밟으려 하거나 레지스탕스 '전체'의 상징인 양하고, 권력의 근본적인 자리를 다 차지하려 할 때는 물론 당과 맞섰다. 대체적인 경향은 설정되었고 이 경향은 과도한 데까지 이르렀다. 스테판(클로드 모리악도 그랬지만)은 이 점에 대해서 그에게 매우 예리하고 예언적인 질문을 던진 적이 있다. 28년이 지난 오늘에 와서 그런 태도를 비판하기란 쉬운 일이다.

드골-말로는 부정적이거나 수비적인 테마를 기초로 결합된 것이 아니라 역사와 미학에 대한 비슷한 개념, 특히 공적 생활의 공통된 미학과 버티고 나가야 할 '위대한 결투'에 대한 초조한 심정과 고독에서 생긴 상호 존중에 바탕을 두고 맺어진 것이었다. 그들이 '무당 쫓기(공산분자 색출과 극단적 반공 노선—옮긴이)'를 통해서 손잡은 것은 나중의 일이다.

1945년 11월 21일부터 말로는 장관이다.

나는 공보상이 되었다. 유익한 직책이다. 각 당파가 자기 쪽으로 유리하게만 일을 추진하는 것을 막는 일이다. 토레즈는 프랑스의 재건을 위하여 공산당을 헌신하게 만든다는 내기의 규칙을 지켰다. 그러나 공산당은 끊임없이 세포를 박았다. 마르셀 폴의 보고서들은 방자할 만큼 허위로 가득 차 있었다. 3파 연합으로 이루어진 그 정부 안에서 공산당의 허위 보고는 사회당과 MRP의 허위 보고를 유발하기 시작했다.[42]

말로가 공보상을 맡은 기간이 짧았으므로 제대로 성취했는지 어떤지를 말하기는 곤란하겠지만, 그는 객관적인 해명을 하는 그 직무를 수행하기 위하여 저명한 협조자 두 사람을 기용했다. 그중 한 명은

42_《반회고록》, p. 136. 마르셀 폴(공산당)은 산업생산장관이었다.

공보성 사무총장으로 임명된 샤방 델마스였다. 그는 피점령 지역 담당 '자유 프랑스' 군부 대표였던 FFI의 젊은 장군이었는데, 혁신파의 거두 에두아르 앙리오의 엄청난 배경을 등에 지고 자신의 행운을 점치면서 사람들 입에 자주 오르내리는 인물이었다. 다른 한 명은 장관 비서실장인 레이몽 아롱이었다. 그는 이 세계에서 지드처럼 "말로 앞에 가면 자신이 별로 영리하지 않다는 것을 느낀다"고 말하지 않을 수 있는 드문 인물이었다. 그들은 1927년 알레비의 집에서 만난 사이였다. 퐁티니에서도 만난 적이 있는데 그곳에서 철학교수인 아롱은 폴 데자르댕과 샤를 뒤 보가 책임을 맡긴 순간지들을 수완 좋게 운영하고 있었다. 아롱은 독일 철학에 관한 저서들을 통해 젊은 세대의 스승 격이 되었다. 우리는 그가 1939년 말 말로에게 독소조약을 공식적으로 비난하도록 권고할 만큼 가까운 사이가 된 것을 말한 적이 있다. 그때 이후 레이몽 아롱은 런던의 앙드레 라바르트 곁에서 《프랑스 리브르France libre》지를 펴냈다. 그 잡지가 실천하는 드골주의는 별로 정통적이지 않아서 장군은 탐탁해하지 않았다. 하여간 이제 공보성은 그저 졸고만 있을 염려는 없었다.

말로는 예산 내용을 변호하러 의회의 연단에 섰을 때 자신이 가진 복안의 기조를 밝혔다.

말로 장관이 질문에 답하기 위하여 연단에 올라갔을 때 공보성 예산은 빗발치는 비판을 받는 중이었다… 말로는 뭐라고 말했는가. "공보성에 영향을 끼치는 은밀한 압력이 존재한다고 말하는 의원이 있는데… 그건 사실이다! 실제로 은밀한 영향이 있다. 바로 레지스탕스의 영향이다. 레지스탕스의 보도 기관은 자유 보도 기관이 아니다. 투쟁의 보도 기관이기 때문이다." 그 말에 극우파 의원이 말을 끊고 '자유'라는 말을 그의 발목 밑에 던지자 장관은 이렇게 말했다. "자유는 그것을 전취한 사람의 몫이다!"[43]

그렇다! 이건 또다시 가린과 가르시아의 어조다. 그러나 드골 장군의 공보상 각하는 매일같이 《정복자》를 무대에서 연출하는 기회를 갖지는 못했다. 그의 두 가지 주요 임무 중 한 가지는 국무회의에서 결정되거나 논의된 사항과 그 의도를 여론에 전하는 일인데, 입을 꼭 다물고 가만 있는 편은 아닌 드골 장군으로 인해 그 일이 더 간단해졌다. 아니, 그에게는 더 복잡해졌다. 다른 한 가지는 종이를 각 신문에 분배하는 일이었다. 사실은 첫 번째 임무보다 두 번째 임무에 대하여 그가 더 신경을 썼음직도 한데 그렇지 않았다. 그 무렵 종이 배급을 받은 사람들에 의하면 말로는 그 일에 능력을 발휘하지도 못했고 관심도 없어서 오히려 그 일은 샤방에게 맡겨버렸다는 인상을 받았다고 한다.

어마어마한 주인을 모신 탓에 정부 대변인 역할도 빛나게 해보지 못하고, 종이 배급 임무 따위에는 별로 관심이 없으며, 의회와의 접촉에도 이렇다 할 의혹을 느끼지 못하는지라(그렇지만 의사당인 부르봉 궁전의 원주 네 개짜리 홀에서 그가 SFIO의 쟁쟁이 격인 뱅상 오리올과 오랫동안 이야기를 나누는 모습이 눈에 띄었는데, 오리올은 친구들에게 말하기를 "그에게 충고를 좀 해줬지"[44]라고 했다) 그의 공보성을 13년 후 문화성의 윤곽이라고 할 만한 것으로 탈바꿈시키면서 얼마간의 위안

43_《콩바》, 1946년 1월 1일자.
44_ G. 엘제, 《환상의 공화국 La République des illusions》, p. 38.

을 찾았다. 그는 이미 문화관을 구상하고 있었고(그에 관한 연구는 1946년에 시작되었다), 마음속에 품은 세 가지 아이디어(그 복잡한 두뇌 속에 열리는 수많은 과일을 소박하게 세 가지로 추릴 수 있는 것이라면)를 실천에 옮겨보려고 했다. 그 세 가지는 영상을 통한 민중 문화, 라디오를 통한 대중 교육 그리고 여론 조사의 일반화였다. 이리하여 그는 사회학자 장 스퇴첼에게 프랑스 최초로 자금을 지원했고, 따라서 이 나라의 공공 생활을 끊임없이 유도하는 전염병 같은 유행에 부분적인 책임을 져야 할 입장이 되었다.

그는 라디오를 조직적으로 이용하는 교육 개혁을 제안했다.

팔레브스키가 물었다.

"당신은 알랭의 강의를 녹음해서 모든 고등학교에 배부할 작정이오?"

"그뿐이 아니라 가론 강에 관한 강의를 가론 강 영화로 대체하는 겁니다."

"꽤 좋군요! 다만 당신은 아직도 문교성이란 데가 어떤 곳인지 잘 모르는 것 같아 걱정입니다."

팔레브스키의 말은 일리가 있었다. 그 같은 교육 제도가 개발된 것은 앙드레 말로의 지시 때문이 아니었다. 사실 그는 그럴 의무도 없고 권력도 없었다.

그의 친구 포트리에의 방법대로 걸작품을 무제한 복사하여 공장에서 작은 마을에 이르기까지 프랑스 도처에 세우자고 한 '상상 미술관'으로 말하자면, 당시 그는 기껏 그 첫발을 내디뎌봤을 뿐이었다. 우선 르누아르의 〈갈레트의 물방앗간〉, 바토의 〈아비뇽의 피에타〉〈제르생의 간판〉, 세잔의 〈검은 성〉 등의 작품을 시도했지만, 오직 르누아르의 작품만 인쇄되어 얼마간 배포되었다. 앙드레 말로의 불로뉴 별장을 방문하는 사람들은 1946년부터 그 입구에서 르누아르의 작품을 실물 크기로 재생한 아름다운 그림을 보았다.

그러나 그 공보상의 관심사는 무엇보다 정치였다. 그는 헌법에 관한 토론에 참여했고 미국의 제도를 본떠서 내각 대표가 의회에 대해 책임을 지지 않는 대통령제를 제안했다.[45] 1946년 1월 8일 《뉴욕 타임스》 특파원 사이러스 슐츠버거가 말로를 인터뷰했는데, 그 기자의 눈에 말로는 "자기의 의견에 매우 자신만만해" 보였지만 현대 역사에 대한 정보는 좀 의심쩍어 보였다. 말로는 티토를 스페인에서 만난 적이 있다고 말했지만, 그 유고슬라비아 지도자는 프랑스, 특히 마르세유에서 국제여단의 대원 모집과 수송을 담당하고 있었을 뿐 스페인 안에는 한 번도 발을 들여놓은 적이 없었다.

드골의 탁월한 공보상인 앙드레 말로는 신경이 매우 예민하고 어느 면에서 보면 딴 데 정신이 팔려 있는 인물이다. 움푹 들어간 눈에 기다란 코와 매우 깡마른 체격의 그는 미국 담배를 연달아 피우고 자리에 앉을 줄 모른 채 방 안을 끊임없이 서성인다… 그는 프랑스에서 공산당의 힘이 대단히 과장되게 알려져 있다고 생각한다…

말로는 공산주의자들이 진정으로 권력을 원한다고는 생각하지 않는다. 공산당이 쿠데타를 일으키려 한다고 예측하지도 않는다… 다만 헌법 개정이 있을 예정인 5월 이전에 매우 심각한 위기가 올 것으로 생각

45_ 위의 책, p. 52.

한다. 그는 드골이 사임할 것인지, 자신의 신당을 만들 것인지 알지 못한다… 말로가 보기에 지금 프랑스에는 아주 미미한 정도의 마르크스주의가 있을 뿐이다. 《뤼마니테》는 좌익의 투쟁적 자코뱅 신문일 뿐 마르크스주의적인 데는 전혀 없다고 생각하는 것이다.[46]

"그는 드골이 사임할 것인지 어떤지는 알지 못한다." 그로부터 얼마 되지 않아 장군의 대변인은 그것을 알게 된다. 그는 1월 20일 일요일 드골이 정부에 통고한 결정을 누구보다 먼저 알게 된 사람들 중 하나였기 때문이다. 말로는 그 일을 다음과 같이 소개했다.

어느 날[47] 각료 회의를 마치고 관례에 따라 공보를 작성하기 위하여 그와 함께 남았다가, 함께 마티뇽 궁의 대리석 계단을 내려가는데 그가 물었다.

"이제 공보성에서 무엇을 할 작정이오?"

"장군님, 공보성은 있지도 않습니다. 6주일 후면 끝날 겁니다."

"그때 이미 나는 떠났을 거고요."[48]

그 후 생 도미니크가 공보성의 갑옷실에서 장관들에게 그의 사임을 공고했다. 유일한 즉석 논평은 모리스 토레즈의 논평이다. "이야말로 위대한 사람답군." 만족감에서 우러난 위선적 칭송으로 들어서는 안 된다. 이 총명한 인물은 이렇게 조성된 상황이 그 자신과 친구

46_ 사이러스 슐츠버거, 《역사의 소용돌이 속에서》, p. 251.

47_ 아마도 1월 9일 수요일.

48_ 《반회고록》, p. 143.

들, 집단 전체에 어떤 위험을 뜻하는지 잘 알고 있다.

드골의 친구들이 전부 이 같은 반응을 보인 것은 아니다. 예컨대 말로와 클로드 모리악은 그가 이처럼 축복과 만족의 어조로 사임한 것을 유감으로 생각했다. "답답한 것은 그의 사임이 아니라 그 사임에 따르는 서한이다… 그 한심한 한마디 말이다… 나는 6월 18일의 인물이 구앵 대통령에게 보내는 편지 한 장으로 물러날 수는 없는 일이라고 그에게 말했다. 대통령은 그의 사임을 수락했지만 이렇다 할 결과는 아무것도 없었다."[49]

자기를 다시 부를 것이라고 확신한 드골의 순수한 전략이라고 생각한 그 사임은 정치적 대지진을 불러일으켰다. 행정부를, 체제를 바꾸어야 할 것인가, 아니면 별 변함 없는 내각의 리더 자리에 드골을 대신할 '후임자'를 임명함으로써 그저 갈라진 틈을 수리하는 정도에 그쳐야 할 것인가. 에드몽 미슐레는 그 대책을, 즉 11월 21일 모든 내각 당사자들의 유임을 지지했다. 그러자 비도가 일어서서 "말로, 저 전과자, 유죄 언도를 받은 자!"[50]라고 공격했다.

물론 드골 장군의 대변인이 다시 구앵의 대변인이 될 것인가 아닌가를 알아보기 위하여 우물쭈물할 말로가 아니었으므로 그는 자유의 몸이 되었다. 그는 르누아르의 〈갈레트의 물방앗간〉 복제품을 옆구리에 끼고 불로뉴 쉬르 센으로 찾아가 우선 계수인 마들렌의 손님이 되었다. 그는 마흔다섯 살에 퇴역한 장관이었다.

49_《또 하나의 드골》, pp. 174~175. 드골은 후계자에게 보내는 편지에서 그때의 상황을 목가적으로 설명했다. 그는 이제 "일이 궤도에 올랐다"고 잘라 말하면서 그 자신이 물러나는 것은 해방 후의 가장 중요한 문제들이 해결되었고 재건의 문제가 해결되었기 때문이라고 했다.

50_ Ed. 미슐레, 《충성의 싸움 La Querelle de la fidélité》, p. 80.

지하철의 십자군 원정

그는 자기 탓으로 돌리고 체념할까. 사실 그는 남들이 종교에 몸담고 살듯이 자기는 예술에 몸담고 산다고 말한 적이 있고, 1939년 9월 1일 이래 차일피일 미루기만 하면서 볼리외 쉬르 도르도뉴에 자료만 모아둔 《예술심리학》을 쓰기는 써야 할 때였다. 물론 말로는 그 일에 몰두하려고 애를 쓰기는 했다. 그러나 샤를 드골의 저 '역사적 숙명'이라는 것이 있고 아직 콜롱베의 당까지는 되지 못한, 아니 마를리(장군은 우선 이곳에서 은퇴한다)의 당도 채 되지 못한(이 '귀양살이하는 왕'이 무엇을 원하는지 아직 분명히 알 수 없으니까) 장군을 중심으로 모여 있는 거물급 인사들이 있었다. 그는 미슐레, 레미 루르, 모리스 슈만 등 몇몇 친구에게 자기의 퇴진은 잠시 동안일 뿐 몇 달 후에는… 이라고 말하거나 편지로 알렸다. 그러나 그 몇 달 동안 그를 권좌에 복귀시키고자 하는 사람들은 오직 자기들만의 생각에 따라 움직인 것에 지나지 않는다.

아이디어나 행동의 일부는 말로에게서 나온 것이었다고 주장하는 이도 있다. 자기의 '영웅'에게 감히 의혹을 갖는, 잘못이라고는 저지를 줄 모르는 클로드 모리악의 1946년 2월 26일자 일기에서 우리는 다음과 같은 말을 읽을 수 있다. "말로가 기이한 활동을 하는 것 같다는 말이 들린다. 그가 자서전에 새로운 장을 더 보탠다 한들 놀라울 것이 뭐겠는가. 우리가 가는 쪽은 평화가 아니다."[51]

실제로 《희망》의 저자는 '퇴임' 직후부터 '기이한 활동'에 동분서

51_《또 하나의 드골》, p. 180.

주한다. 그를 가장 능동적이고 한결같은 복위 운동가로 만든 두 가지 접촉과 탐색이었다. 이를테면 피스톨을 갖지 않은 카두달이랄까… 우선 레이몽 아롱에서 자크 수스텔, 미셸 드브레 그리고 말로 자신에 이르는, 드골과 지식인들이 주도하는 '드골 장군의 복귀를 위한 연구위원회'라는 것이 있었다. 그리고 '참모'들의 주 1회 정례 회식이 있었다. 거기에는 가스통 팔레브스키, 크리스티앙 푸세, 자크 샤방델마스, 로제 프레, 포카르, 조르주 퐁피두 그리고 말로가 모인다. 그는 언제나 구 유격대원, 전직 장관, 《희망》의 저자이지만 동시에 《종이 달》의 저자였다.

바로 그 무렵, 즉 1947년 2월 말 불로뉴에서 필자는 말로를 처음으로 만났다. 그때 나는 오랜 인도차이나 체류를 끝내고 막 돌아온 참이었다. 국민당의 중국을 방문한 적이 있는 옛 친구 조르주 마뉘에게 나의 귀국 소식을 들은 말로는 나에게 〈갈레트의 물방앗간〉 복제품이 거창하게 걸려 있는 불로뉴의 대저택으로 찾아와 하노이와 사이공에서 일어나는 이야기를 좀 해달라고 청했다.

그런데 이야기를 하는 쪽은 그였다. 인도차이나에 대해서, 특히 전략적인 측면에서. 그는 농정 개혁과 농민의 생활 수준 향상에 역점을 두어야 한다고 강조했다. 한편, 모든 현지 파견단을 하이퐁, 투란, 캄란, 사이공, 생 자크만 등의 항구에 집중시킨 뒤 "자, 여러분, 우리는 이곳을 확보했다. 필요하면 이곳으로 찾아오라. 아니면 협상하자"고 말하는 것이 좋겠다는 의견도 냈다. 이것은 피에르 망데스 프랑스하고 프랑수아 미테랑이 당시에 주장했거나 장차 주장할 지론이었다. 1925년의 인물이 완전히 잊히지는 않았다.

그러나 그늘 속에 들어앉은 드골이 날이 갈수록 그를 사로잡았다.

얼마 후인 1946년 3월, 그가 클로드 모리악에게 한 말을 들어보자.

    나는 비교적 많은 국가원수를 만났지만 그만큼 위대하고 출중한 인물은 한 사람도 못 봤다. 드골이 모든 좌익 세력들을 자기에게 맞서도록 만든 것은 딱한 일이다. 내가 그를 좀 더 일찍만 만났다면 그런 일은 일어나지 않았을 것이다. 이 위대한 인물의 가장 큰 약점은 바로 거기에 있다… 나는 티에 못지않게 생 쥐스트도 프랑스의 위대한 감각을 가졌다[52]는 사실을 그가 받아들이도록 하는 데 성공했다고 믿는다… 그러니 프롤레타리아가 생각을 틀리게 할 때는 프롤레타리아와 같이 있지 않는 것이 중요하다… 전쟁이 일어나면 3000여 명의 소련 공수부대가 생 드니에 떨어질 것이다… 그러나 점령군은 언제나 점령군이다.

클로드 모리악은 이렇게 주석을 달았다.

    아마도 그가 이처럼 깊숙이 참여한 적은 없을 것이다. 그가 모험의 위험을 이렇듯 태연하게 받아들인 적도 없을 것이다. 그가 선택한 대의의 가치는 그것에 요구되는 투쟁보다 덜 중요하다고 여기는 것일까. 가린처럼?… 이 말은 그는 모의를 하지도 않고 그럴 생각도 없다는 의미다. 드골이 입을 열지 않는 한 입을 다물고 있는 것이 그와 그의 동지들 (특히 전직 장관들)의 의무다.[53]

52_ 말로쯤 되고 보면 이 정도는 보통이다. 이것은 반어적으로 한 말이었을까.
53_ 《또 하나의 드골》, pp. 174~177.

드골 장군은 그의 머리 위에서 '드골주의 연합'을 창설해도 그것을 부인하는 것마저 거절하면서까지 이를 악물고서 가까스로 5개월간 침묵을 지켰다. 그러나 이제 더 이상 견디지 못한다. "프랑스가 죽기를 기다린 다음 프랑스를 구하려고 하겠는가?"라고 그는 내뱉는다. 이 무렵 마를리에서나 콜롱베에서나 말로의 모습은 별로 눈에 띄지 않았다. 그는 미술론을 집필하고 《영화심리학 시론Esquisse d'une psychologie du cinéma》과 《장면 모음Scénes choisies》을 펴낸다. 그는 《모멸의 시대》의 상당히 긴 부분을 발췌하여 그 안에 삽입했다. 그 일은 지금까지 스스로 탐탁지 않게 생각한 《모멸의 시대》를 복권시키고, 또한 정치 전략은 달라졌지만 자기 사상의 근본은 포기하지 않았다는 것을 보여주려는 듯한 인상을 주었다.

1946년 11월 4일 이제 막 태동하는 유네스코의 엄숙한 회의가 열린 소르본 대강당에서 그는 전 세계를 향하여 메시지를 던질 기회를 얻었다. 그 메시지에서, 민족주의자로 변한 그 세계주의자는 돌연 열광적인 유럽주의자의 어조가 강력하게 돋보이는 말을 했다. 한마디로 멋진 연설이었다. 그러나 범세계적인 가치들을 위하여 투쟁한 《희망》의 저자로서는 얼마나 수세적이며 완강함 속에서도 비관적인 연설인가.

인간은 과거에 개인에 의해 침식당했던 것과 마찬가지로 지금은 집단에 의해 침식당하고 있다. 개인과 집단은 같은 방식으로 엉뚱한 곳에서 문제를 제기당하고 있다… 인간의 힘으로 얻을 수 있는 수단을 가지고 인간을 건설하는 일은 아마도 개인 그 자체에 속하는 임무가 아니라 우리들 각자의 임무일 것이다. 그 첫째가는 수단은 인간을 상정해보려고 노력하는 일이다.

현재 서양의 가치란 어떤 것들인가. 우리는 그 가치가 적어도 합리주의나 진보가 아니라는 것을 충분히 깨달을 만큼 실질적인 경험을 했다. 낙관주의나 진보에 대한 믿음은 유럽적이라기보다는 미국과 소련의 가치다. 유럽의 으뜸가는 가치는 의식하려는 의지다. 둘째는 발견하려는 의지다. 이 같은 형태의 연속을 우리는 회화에서 보았다. 우리가 소설에서도 보고 정신 형태에서도 본 것은 바로 논리학과 맞선 심리학의 항구적인 투쟁이다. 그것은 강요된 하나의 형태를 도그마로 받아들이지 않겠다는 거부의 태도다. 결국 항해사들이 앵무새를 발견한 적은 있지만 아직 앵무새가 항해사를 발견한 일은 없기 때문이다…

유럽의 예술은 유산이 아니라 의지의 체계다… 우리는 죽음의 땅에 서 있는 것이 아니다. 유럽의 의지는, 대상속자마다 물려받은 유산을 이해하지 못한 채 탕진하고 있으며 오직 지성과 힘만이 상속될 수 있는 것임을 기억하지 않으면 안 되는 지극히 중요한 시점에 있다. 행복한 기독교의 상속자는 파스칼이다. 유럽의 유산은 비극적 휴머니즘이다.

그러나 새로운 선택의 시간이 다가온다. 콜롱베의 장군은 '12월 2일의 수단을 갖지 않은 12월 2일의 전략'을 세워놓고 있다. 이 전략에 의해서 그는 합법적인 길을 통해서건(그러기 위해서 그는 '정당 정체'에 조종을 울리게 할 수 있을 것으로 보이는 헌법 국민투표를 실시할 예정이다), 아니면 좀 덜 합법적인 길을 통해서건 권좌에 오를 생각이다.

작전은 2차에 걸친 2단계로 세워졌다. 처음 두 번의 작전은 1946년 중에 실시한다. 이것은 프랑스 대혁명 직후와 같은 '국민의회'에 의하여 프랑스를 통치하는 헌법의 채택을 저지하는 데 목적이 있다. 그것을 저지하기 위하여 드골 장군은 우선 6월에는 바웨에서, 9월에는 에피날에서 발언을 한다. 강력한 정부(벌써 제5공화국의 윤곽을 띤)의 좀 더 강력한 공화국을 주장하는 그의 변론은 현 정부의 계획을 전복시키는 데 한몫을 담당한다. 그러나 두 번째 연설에서는 그의 뒤를 이어 집권한 사람들을 가로막을 수가 없게 된다. 이리하여 10월 13일 '의회 최고권'을 부활하는 계획이 채택된다. 따라서 완전히 합법적인 길은 막혀버린 셈이다.

그래서 제2의 작전이 세워진다. 이 작전을 위해서 말로는 세인의 눈에 띄기 시작한다. 사이러스 슐츠버거는 1947년 2월 21일 불로뉴로 말로를 또다시 방문한다. 그는 지난번보다 더 신경이 날카로워져서 계속 줄담배를 피우고 "각종 이상한 소리를 내며" "예술사"를 쓸 시간이 없다고 말한다. "그런 일을 하고 있을 때가 아니기 때문"이다.

말로가 "드골의 가까운 측근"이며 장군에게 "큰 영향"을 미친다고 판단한 탐방기자는 그의 매우 낙관적인 말을 인용한다. 즉 여론의 압력은 공화국 대통령이 드골에게 공화국 국회의 의장직을 맡길 것이고, 드골은 오직 2년간 전권을 위임받는다는 조건이라야 수락할 것이라는 이야기다. 새로운 헌법 제정을 위한 국민투표가 실시될 것이다. 만약 드골이 이긴다면 그는 '독재자로서 권력을 장악할 것이다'. 말로는 다시 덧붙인다. "드골은 공산주의자들보다 승산이 크다. 프랑스에서 공산당이 권력을 잡는다면 세계대전이 일어날 것인데 '러시아는 준비되지 않았기' 때문이다."

이 같은 이유 혹은 다른 이유로 전직 공보상은 드골파 대정당의 조속한 창립을 주장하는 쪽보다는 클로드 모리악(말로가 그에게 한 말에 따르면 그렇다)과 마찬가지로 장군의 초조함을 진정시키는 쪽에 선다. 1947년 3월 30일 브륀발 연설에서 드골은 신당을 창립한다는 결정을 분명히 선언하지는 않았지만, 그래도 "쓸데없는 유희를 그치고, 나라가 길을 잃은 채 위신을 추락시키는 저 잘못 세워진 틀을 개혁하여 거대한 프랑스 대중이 프랑스 땅 위에서 한데 뭉칠 수 있는 날이 올 것"이라고 잘라 말한다.[54]

그리고 8일 후에는 유명한 루비콘을 통과했다. 4월 7일 스트라스부르(말로에게는 각별한 상징성을 가진 도시)에서 샤를 드골은 '프랑스 국민연합' 창설을 선언한다. 말로도 시청 발코니에서 수스텔 옆에 서 있다. 그들 바로 앞에서 드골 장군이 연설하고 있다.

우선 국가적인 절망으로 인해 몸이 묻혀 있던 무덤으로부터 우리가 끄집어낸 공화국은… 능률과 화합과 자유여야 한다. 그렇지 않으면 공화국은 무력無力과 환멸에 지나지 않을 것이며, 마침내는 독재 아래서 세포 조직을 당하고 또 당한 나머지 멸망하거나 무정부주의에 빠져서 결국 프랑스의 독립마저 빼앗길 것이다… 이제 프랑스 국민연합이 형태를 갖추고 조직될 때가 왔다. 이 연합은 법의 테두리 안에서 서로 다른 여론들을 초월하여 공동의 구원을 위한 위대한 노력과 국가의 근원적인 개혁을 성공리에 실현할 것이다. 그리하여 내일은 행동과 의지의 화합 속에 프랑스공화국이 새로운 프랑스를 건설할 것이다.[55]

'세포 조직' '독재'… 이런 식으로 드골은 자기가 화살을 겨냥할

54_ 《담화와 메시지 모음Discours et Messages》, 제2권, p. 46.

55_ 위의 책, pp. 54~55.

목표를 선택했다. 프랑스 국민연합은 창립 즉시 반공의 맞불로서 존재를 확립했다. 선전국 대표라는 직책(1934년 1월 베를린에 다녀온 그가 선전국 대표라!)을 수락한 말로로서는 어쩔 도리가 없었다. 그는 하나의 공식을 창안해냈다. "전에는 공산주의자들과의 관계에 따라 각자 자기 입장을 규정했다. 이제부터는 프랑스 국민연합과의 관계가 어떤 것이냐에 따라 각자 입장이 정해질 것이다." 국민연합은 같은 진리를 다른 각도에서 조명하는 것에 지나지 않았다. 프랑스 국민이 지닌 가장 진실하고 가장 너그러운 요소는 그런 쪽이 아니라고 반박하는 클로드 모리악에게 말로는 대답할 말이 없었다.

측근들에게 말할 때뿐만 아니라 1947년부터 1953년경까지 공식 집회에서 연설할 때마다 드골이 조성하는 분위기는 바로 우리가 살고 있는 지구 전체에 대재난이 다가온다는 식이었다. 전쟁은 확실히 일어날 것이며 수학적으로 불가피한 일이고, 프랑스는 지고 말 텐데, 오직 장군이 진두에 복귀한다면 사태는 달라질 거라고 강조했다. 그러기에는 너무 늦지 않을까. 이것이야말로 순수한 상태의 대위기주의였다. 하지만 드골에겐 솔직한 믿음이기도 했다. 말로도 마찬가지였다. 1940년대 말, 그의 사상적인 진화 과정에 관한 한 누구보다도 충실한 증인이라고 할 만한 클로드 모리악과 가진 드골 장군의 대화는 그 능동적인 멸시와 수동적인 비관론으로 가득 차 있다. 거기다가 말로는 개인적인 페이소스와 전율, 즉 묵시록적인 미학을 윤색한다.

마침내 말로는 '선전'을 담당한 '동지'(드골은 그의 지지자들을 가리켜 1848년 혁명 때의 냄새가 없지 않은 이런 명칭으로 불렀다)가 되었다. 그는 공산주의자들에게 공포를 느낀 20퍼센트의 노동자와 사무원 계층, 낡은 비쉬 정권의 잔재인 80퍼센트의 대중, 그러니까 겁을 먹은 부르주아와 말로 자신이 그토록 빈번하게 사정없이 공격했던, 이른 바 '꼭 막힌' 가치인 민족주의가 결합된 대중에게 지지를 받고 있었 다. 처음에는 그 자리가 편치 않았다. 6주일 후 장군이 보르도에 와 서 필립 앙리오의 유권자들을 모아놓고 프랑스 연합에 대해 연설할 때, 말로는 정열을 억제해가면서 프랑수아 모리악을 따로 만나 "제발 사람들이 당신을 그토록 필요로 하는 국민연합의 좌파에 남아달라" 고 애원하는 모습을 볼 수 있었다고 클로드 모리악은 증언한다. "말 로의 출신이 어느 쪽이며 우리 아버님의 출신이 어느 쪽인가를 생각 해본다면 참으로 아이러니가 아닐 수 없다."[56]

얼마 후 나는 친구와 함께 리슐리외와 스탈린(이건 드골을 빗대어놓 고 하는 말에 지나지 않지만) 사이에서 기막힌 평행적 견해를 찾아볼 수 있다는 말로의 이야기를 들으러 스플랑디드 호텔의 살롱으로 들 어가다가 프랑수아 모리악이 웃음소리 같기도 하고 비단이 구겨지는 것 같기도 한 신음을 토하면서 이렇게 내뱉는 것을 들었다. "나 원 참! 내가 드디어 말로의 왼편에 서다니!"

그러나 국민연합 내에서 말로 자신의 위치는 어땠는가. 그는 국민 연합 운동을 어떻게 보았으며 그의 역할은 무엇이었는가. 흔히들 "국 민연합은 지하철이다"라는 표현을 인용하곤 하는데, 이 말은 국민연 합이 지하 활동을 전개했다는 뜻이나 혹은 그 운동이 지향하는 노선 이 일체의 융통성을 허용하지 않고 한 방향만으로 나간다는 뜻이 아 니었다. 국민연합의 구성 분자가 중산층, 봉급 생활자, 사무원, 노동 자, 하급 간부 사원 등으로 이루어져 있다는 의미였다. 말로와 드골

56_《또 하나의 드골》, p. 284.

장군이 연설하는 연단 앞으로 몰려드는 집회의 청중들을 보면 그 말은 맞는 표현일지도 몰랐다. 그러나 이 정당의 간부들을 살펴본다면 합당한 표현이 못 되었다. 그들은 발롱, 모랑다, 카피탕 등 서너 명을 빼고는 머릿속에 지닌 사상으로 보나, 행동으로 보나, 스타일로 보나, 그들이 상대하는 사람들로 보나, 투쟁적인 드골주의의 '원탁의 기사들'로 보강된 전통적 우파 정당의 간부들이었다.

이 운동에 능동적으로 참가한 1947년 봄에서 1949년 여름까지 2년 동안, 앙드레 말로는 생전 처음으로 참여한 이 정당에서 좀 엉뚱한 외톨이였다고 보기 어렵다.[57] 드골 장군은 4월 14일부터 이 정당 활동의 총지휘권과 전체 책임을 스스로 도맡겠다고 강력히 주장했으며, 당 업무 추진 상황과 솔페리노 가의 당사 사무에 매우 가까이 관여했는데, 이 '선전국 대표'는 드골 장군과 직접 연결되어 있었다.

1948년 오페라좌와 지적인 카퓌신 가 19번지 건물에 자리를 잡은 말로는 자기의 직책에 열과 성을 다했다. 그를 보좌하는 막강한 팀을 주도하는 인물은 크리스티앙 푸셰와 장군의 조카인 디오메드 카트루(그는 이 당이 지나치게 반동적이라고 생각했기 때문에 곧 물러났다)였다. 사무원부터 간부에 이르기까지 그의 주위 사람들은 한결같이 그를 '앙드레'라고 불렀다. 그는 거기서 동지적인 분위기를 만들어내는 데 성공한 나머지 그 자신도 서로 동지라고 믿기에 이르렀다. 어쩌면 카퓌신 가의 그 아파트에서 이따금씩 옛날의 레이몽 마레샬과 비행대 시절로 되돌아온 기분이 되곤 했을지도 모른다.

'선전국'은 우선 기관지인 《레탱셀 L'Étincelle》《희망》의 저자로서는 레

57_ 그의 이름은 창당 준비위원회와 지도부의 모든 명단에 골고루 포함되어 있었다.

닌의 신문에서 이 이름을 빌려오는 것이 거북했을 텐데도)을 통해서 의사표시를 했다. 하지만 그 거창한 이름에도 불구하고 선전국의 기관지로서는 좀 가볍다는 생각이 들었으므로, 곧 주간지 《르 라상블르망 Le Rassemblement》을 창간하여 《콩바》[58]에서 데려온 알베르 올리비에, 장 쇼보, 파스칼 피아에게 그 책임을 맡겼다. 알베르 올리비에와 장 쇼보는 프랑스 국민연합의 지도층과 매우 가까운 사이로 자타가 공인하는 드골파였다. 파스칼 피아는 알다시피 말로의 청년 시절 친구로서, 탁월한 교양에 신비화하는 데는 비길 데 없이 천재적인 재능이 있었지만 정치 감각은 전혀 없었다. 이 세 사람은 카뮈, 아롱과 더불어 《콩바》를 대전 직후 프랑스의 가장 훌륭한 신문으로 만드는 데 공헌한 인물이었다. 《르 라상블르망》이 그들 덕분에 더 훌륭해지지는 않았다. 반면, 이 신문은 그 재능 있는 세 사람의 경력에 꽤 거추장스러운 추억으로 남는다.

말로에게 그리고 말로가 행동으로 옮기고 글로 쓰는 것이면 무엇이든 중요성을 부여하는 사람들에게, 클로드 모리악이 그와 더불어 1년 뒤에 창간한 《리베르테 드 레스프리 Liberté de l'esprit》지는 《르 라상블르망》보다 실망이 덜한 편이었다. 그도 《리베르테 드 레스프리》에 《절대의 유혹》을 비롯해 가에탕 피콩, 막스 폴 푸셰, 프랑시스 퐁주 등의 글을 실었다. 그러나 '선의를 가진 모든 사람들'에게 개방하고자 했던 그 잡지는 그 속에 실린 훌륭한 글에도 불구하고 너무 일찍 좌초당하고 말았다(코에 걸면 코걸이, 귀에 걸면 귀걸이 식 '선의'의 한계와 위치는 어떤 것일까). 이 잡지는 창간된 지 3년 만에 없어지고 말았다.

58_ 얼마 전에는 클로드 부르데가 이끄는 좌파 팀으로 넘어갔다.

사실 프랑스 국민연합의 수명도 그보다 긴 것이 못 되었고, 말로는 다시 집필 생활로 돌아왔다.

선전국? 프랑스 국민연합은 거대한, 아니 거창한 스펙터클이었다. 즉 앙드레 말로가 연출한 샤를 드골 주제의 대작 흥행물이었다. 금방 머리에 떠오르는 비유는 아이젠슈타인이 감독한 알렉상드르 네프스키라 할 수 있을지도… 그러나 위대한 연출가는 그저 이미 죽은 위인들을 소재로 삼는 데 그치는 편이 좋은 법이다. 생존 인물을 택할 경우에는 폼페이우스의 승리나 무솔리니 스타일로 전락해버릴 위험이 있다.

3년 동안 샤를 드골은 영화 〈희망〉의 메가폰을 잡은 경력이 있는 감독 지휘하에 조명을 받은 거대한 실루엣과 음향 효과를 입힌 큰 목소리로 지옥의 귀신과 노예들에 대항하여 싸우는 골 족의 엄청난 드뤼드교 승려와도 같았다. 음악, 조명, 배경, 어둠 속에서 기대와 분노를 소리 높여 외치는 군중, 삼색기를 펄럭이는 귀빈석, 물결치는 듯한 군중을 굽어보는 발코니, 건장하게 생긴 경호원 그리고 간결한 슬로건… 그 모든 것이 이 위대한 의식이 신성하고 투쟁적인 성격을 띰으로써 군중의 열기를 고조시키고 거기서 가장 밀도 있는 효과를 산출하도록 만들어진 것이었다. 과연 무슨 목적이었을까.

프랑스 국민연합과 말로가 그 속에서 맡은 역할에 대해서는 두 가지 차원의 해석이 가능하다. 우선 높은 차원의 해석은 1948년 2월 제임스 번햄과 앙드레 말로가 가진 장시간의 인터뷰를 통해서 표현된다.[59] 트로츠키를 지지하는 투사였다가 후일 저서 《조직자들의 시대 *Ère des organisateurs*》와 더불어 20년 후 흔히 기술관료주의라고 부르는

59_ 그 일부는 《리베르테 드 레스프리》와 《카르푸르 *Carrefour*》지(1948년 3월)에 발표했다.

예언자가 된 이 인물에게, 《모멸의 시대》의 저자는 1948년의 '드골주의'를 다음과 같이 정의 내린다.

드골 노선이 가장 원하는 것은 프랑스에 골격과 효율성을 부여하는 일이다. 우리는 우리가 그 목적을 성취할 수 있다고 단언하지는 않지만 우리의 적들이 그 일을 성취할 수는 없다고 강력히 단언한다. 드골주의는 마르크스주의, 나아가서는 파시즘 같은 이론이 아니라 공공의 이익을 위한 운동이라는 사실을 잊어서는 안 된다…

강력한 공산당이 존재하는 곳에 참다운 민주주의란 존재하지 않는다… 1944년에는 스탈린이 프랑스의 재기를 저지하기 위하여 자기의 당을 선동할 이유가 전혀 없었다. 오늘날 다시 일어선 프랑스는 앵글로색슨, 특히 미국의 궤도 속으로 끌려들어가지 않을 수가 없다. 그러므로 러시아로서는 프랑스가 다시 일어서지 말아야 하는 것이다.

따라서 '참다운 민주주의'의 수단일 수는 없는 수단을 통해서, 그리고 '공공의 이익'을 위해서 프랑스의 재기를 반대하는 그 당의 입을 틀어막아야 할 필요가 있다는 것이다.

그 후 3월 5일에는 그보다 더 요란한 어조로 좌파 '지식인들'에게, 그를 몰아붙이고 비난하고 그를 변절자, 심지어 파시스트라고 욕하는 지성인들에게 호소했다. 지식인들은 야유를 퍼붓고 반대 발언을 하기 위해 플레이엘 공회당으로 모여들었고, 경청하지는 않았다 하더라도 그의 말을 듣게 되었다.[60] 말로는 스탈린의 '신화화하는 날

60_ 그것을 《정복자》(포켓판) 서문으로 사용했다.

조', 그 자신과 1933년에서 1939년의 반파시스트 투쟁 동지들에 대한 '변절' 시비를 맹렬히 반박하면서 이렇게 소리쳤다.

기쁨에 넘쳐 노래하리라던 그 이튿날이 카스피아 해에서 백해에 이르기까지 솟구쳐오르는 저 기나긴 울음소리로 변할 줄은, 그 노랫소리가 도형수들의 노랫소리가 될 줄은 그 누구도 몰랐다… 우리는 지금 이 연단 앞에 모였지만 스페인은 이곳에 오지 못했다. 어느 날엔가 누가 이 연단으로 올라와서 트로츠키를 옹호해보라!… 불과 몇 년 전에는 트로츠키가 적군을 만들었다는 사실을 부인하기 어려웠다. 다시 말해서 《뤼마니테》가 유효적절한 매체가 되려면 독자들이 그에 반대하는 신문을 읽어서는 안 되는 것이다… 여유라고는 전혀 없다. 그래서 한 예술가와 체제 사이에 부분적인 불일치만 있어도 당장 변절이라는 비난이 일어나는 것이다.

그래서 우리의 근본적인 문제를 제기하는 것이다. 즉 심리 기술이 정신의 가치를 파괴하는 것을 어떻게 저지할 것인가가 바로 그 문제다… 여러분은 정신적으로 자유주의자다. 우리가 볼 때 정치적 자유와 정신적 자유의 보장은 정치적 자유주의에 있는 것이 아니다. 정치적 자유주의는 스탈린주의자들을 면전에 두면서부터 사형 선고를 받았다. 자유의 보장은 모든 시민을 위하여 봉사하는 국가의 힘이다.

이 같은 열변이 말로로서는 자연스러운 일이었다. 아침 식사를 주문할 때도 카상드르 같은 목소리를 내는 사람이 있는 법. 이 열띤 어조는 그 당시 드골 장군과 그가 지녔던 대재난의 비전으로 인하여 배가되었다. 이 열띤 어조를 배가시킨 또 하나의 동기는 말로의 생각 같아서는 친구이거나 친구였어야 마땅할 사람들이 그를 비난한다는 사실이었다.

그보다 며칠 전인 1948년 2월 18일, 그는 두 번째로 '겨울 자전거 경기장'에서 발언했다. 우리는 그가 기막힌 묵시록적 연설로 청중을 휘어잡은 1947년 7월의 집회를 놓쳤으므로 이번에는 절대로 놓치지 않으려고 여럿이 갔다. 그는 아직 눈이 멀지 않았으나 역사에 의하여 이마가 거의 부서진 듯한 오이디푸스처럼, 그러나 드골 아니 안티고네의 어깨에 상징적으로 한 손을 얹은 채(아니 어쩌면 그 자신이 안티고네였는지도 모른다) 잔혹한 운명과 대결하려는 오이디푸스처럼 강렬한 조명을 받으며 적당하게 사나운 시선으로 나타났다. 노랫소리는 드높아져갔다. 베르사유 궁전의 정원 연못에서 자라는 갈대라든가 고야, 사드, 타르타르족, 피에로 델라 프란체스카 그리고 톨스토이가 거론되었다. 우리는 이 물결치는 듯한 웅변에 가만히 자신을 맡기고 있어야 할 것인지, 이 광란하는 열변에 불안감을 느껴야 할 것인지, 찬미해야 할 것인지 잘 알 수가 없었다.

프랑수아 모리악은 왼손으로 턱을 괸 채 노트를 하고 있었다. "이 모험의 아들이 마침내 집 안에 칩거하는 대부르주아(바레스)의 경지에 도달하여 병사들에게 호소한다… 이 늙을 줄 모르는 다비드는 저 기막힌 스탈린에 대항하여 그의 조국을 몰아가고 있다. 그는 드골을 위하여 싸운다기보다는 스탈린에 대항하여 싸운다. 내 생각을 솔직히 토로한다면 앙드레 말로는 드골을 자기 놀음의 카드로 간주할 만큼 오만한 사람이다." 그는 '어떤 도박사의 삶'이라는 제목을 붙인 기사를 이렇게 끝맺는다. "그는 자기 운명의 흥망을 걸 수 있는 그 짧은 순간에만 비로소 자기가 살고 있다는 느낌을 갖는다."[61]

마침 그에 관해 토론하는 기회가 주어졌다. 1948년 10월 에마뉘엘 무니에의 잡지 《에스프리 Esprit》지가 "말로에게 묻는다"라는 제목으로 지금까지 《인간의 조건》 저자에게 바친 것 중에서 가장 흥미진진한 비평 특집을 준비하고 있었다. 주제는 물론 1936년의 반파시스트 투사가, 아무도 파시스트라고 규정하지는 않지만, 이 방면에는 매우 예민한 무니에와 그의 친구들에게는 코에 거슬리는 악취를 풍기는 이 투쟁과 이 운동에 왜 가담했는가였다.

물론 발언권은 말로의 친구들에게 주어졌다. 가령 가에탕 피콩 같은 사람은 공산주의자들의 친구(그러나 인질은 아니다)였고, 또 공산주의자들이 공격당하던 시절에는 그들에게 충실했던 《희망》의 작가가 그들과 맞서기로 작정한 것은 오로지 그들이 패권을 추구하는 경향을 보인 이후였을 뿐이라는 사실을 강력하게 역설했다. 또한 로제 스테판은 그보다 3년 전에 알자스 로렌 여단장이 자기에게 한 말을 인용한다. "내가 발표한 것 같은 작품을 쓴 사람이라면 파시스트가 될 수 없는 일이다."

그보다 훨씬 꼬치꼬치 캐묻는 사람들의 시선도 있었다. 그중 두 가지만 들어보기로 하자. 우선 알베르 베갱의 주장이다.

말로는 권위의 독트린을 지지하는 사람이고 보면… 그는 자신의 비관론의 논리에 따르고 있는 것이다. 그의 정치적 적수들은 현재 그의

61_《르 피가로》, 1948년 2월 19일. 그 이튿날 드골은 클로드 모리악에게 "당신의 아버지가 아주 멋진 글을 썼더군" 하고 말했다.

선택은 영웅주의적 낭만주의의 부활과 권력욕에 기인한다고 주장했다. 그것은 말로의 매우 실질적인 위대함과 동시에 개인적 문제의 비극성을 모르고 하는 소리다. 모험에 대한 낭만적인 취향이나 군중들에게 영향을 미치고 사상 위에 군림하고자 하는 욕구가 그와 무관하다는 말은 아니다. 그러나 말로는 저속한 야망의 소유자가 아니다. 어느 의미에서는 프랑스에서 유일하게 진정한 파시스트이기 때문이다. 흔히들 반동분자, 보수주의자, 움직일 줄 모르는 정신의 소유자를 파시스트라고 부르는 이 나라에서 그는 파시즘으로 인도하는 고전적인 길을 따라온 거의 유일한 인물이기 때문이다. 그 고전적인 길이란, 여전히 혁명가인 채로 남아 있지만 실패의 경험이나 타고난 성향으로 인하여 마침내 인간에게 절망한 혁명가가 가는 길이다.

에마뉘엘 무니에는 그보다 덜 가혹하다.
그는 논문에 '말로 혹은 불가능한 타락'이라는 제목을 붙였다.

말로가, 그 자신 누구에게나 말하듯이, 또한 그의 드높은 작품이 그렇게 믿게 만들듯이, 마음속에서 과거의 모든 신념에 여전히 충실하다면 지금 그가 택한 입장이 편안치 않으리라는 것은 상상이 간다. 유럽의 소시민층이 창의력과 생명력의 고갈 상태에 이른 나머지 무슨 영웅적인 행군이나 되는 것으로 착각하는 이 패주하는 국민연합을 말로가 그의 고독한 에너지의 강인함만으로 다스릴 수 있다고 실제로 믿는다면, 우리는 그가 불가능의 경계선을 물리치려고 계속 싸운다는 사실을 부인하기 힘들다. 그러니 말로를 그의 타락과 안이함으로부터 구해주는 이 같은 가설이 올바른 것이라면, 그는 이 같은 행동의 패러독스, 그리고 혁명에서 보수에 이르는 이 알 수 없고 서정적인 생략법 속에서 광란과 부조리에 대한 해묵은 취향의 자양분을 발견하지 않을까. 서정적 환상은 여러 개의 얼굴을 가지고 있다. 때때로 그의 공식 발언들을 스쳐가는 저 불안한 파토스에 귀를 기울이노라면 하릴없어진 열정과 억누르지 못할 절망이 기이하게 합쳐져《희망》의 저 활기찬 힘을 공포에 질린 역도逆徒들의 추위 잘 타는 유럽으로 쏟아넣는 것은 아닌가 불안스럽게 자문해본다.

피에르 에르베는《악시옹》에 무니에의 이 글을 평하면서 다음과 같이 썼는데, 민족해방운동대회 이후 많이 달라진 그 무렵 프랑스 공산당 대변인의 어조를 여실히 짐작할 수 있다.

우리는 도대체 왜 무니에가 그토록 열심히 오후 2시에 12시를 찾으려고 헛수고를 하는지 알 수가 없다. 말로가 문자 그대로 말해서 보수주의자나 반동분자라고 누가 말하거나 생각했단 말인가. 그는 파시스트다. 무니에는 듣고 있는가. 파시스트란 말이다!⋯ 당신은 왜 근본적인 이야기를 빠뜨리는가. 파시즘과 그 공포를, 그 집단 포로수용소와 그의 살인마들을.

공포? 그렇다. 사실 공포는 그 당시 모든 것의 한가운데 잠재하고 있고, 또 프랑스 국민연합은 공포에 의하여, 그 국민연합에 스며든 공포, 국민연합이 뿌린 공포에 의하여 쉽사리 규정될 수 있다.《공포의 내각Ministry of Fear》이라는 제목이 붙은 그레이엄 그린의 소설이 있다. 그것은 바로 기묘하고 진부한 국민연합이 뿌린 공포의 분위기다.

대공황! 이것이 바로 드골과 말로가 공산주의(프랑스 공산당과 더불어 소련의 적군)가 야기한 엄청난 공포감과 대면하여 1940년 6월의 분위기를 재생시키기 위해 선택한 1947년에서 1948년의 풍토였다. 이 시대의 분위기, 즉 동서의 단절과 냉전의 태동, 프라하 침공, 대서양 동맹 조인, 여러 인민공화국의 살인(페트코프, 라이크, 슬란스키의 살해)에 대한 수많은 재판, 특히 스페인의 옛 투사들을 겨냥한 흉악한 숙청 등을 충분히 감안하지 않고서는 프랑스 국민연합이라는 기상천외의 모험에 대해서 아무것도 이해하지 못할 것이다.

바야흐로 아서 쾨슬러, 크라브첸코의 저서, 그보다 더 높고 순수한 차원에서는 마가레트 부버 노이만의 저서가 소련의 집단수용소를 근거로 한 정의와 정권에 대하여 논쟁조이며 때로는 야유적인 정보를, 그리고 그보다 2년 전 나치 수용소에서 살아 돌아온 사람들이 전한 소식들을 비극적으로 상기시키는 정보를 제공하면서 온건한 대중들의 반공 열풍을 조장하는 시대였다.

또한 상원에서 행정부의 수반인 로베르 슈만 씨를 맞이하며 자크 뒤클로 씨가 "독일놈이 왔다!"고 소리치고 쥘르 모크 씨가 입장하면 그의 동지들이 "하일 히틀러!" 하고 고함치는 시대였다. 프랑스 지식인의 반수가 소위 스탈린이라고 불리는 오세프 비사리오노비치의 민주적인 덕목과 미학적 천재에 대하여 조그만 의심이라도 품는 사람을 만나면 "더러운 쥐"라고 욕하는 시대였다. 이를테면 종교 전쟁의 시대였다. 그때 저 높은 연단 위, 강력한 조명과 웅성거리는 소리 속에 엄청난 체구의 인물이 등장하여 "코사크족이 프랑스 일주 자전거 경기의 바로 두 마디 거리까지 왔다!"라고 소리칠 때면 선량한 국민은 전율하는 것이었다…

그때 말로는 자기가 진정으로 공안위원회로부터 부활한 일원이라고 믿고 있었다. 그의 머릿속에서는 계급 투쟁을 대신하는 것이어야 마땅하다고 여겨지는 '보편적 이익'에 관하여 말할 때, 말로는 고의적으로 로베스피에르를 떠올렸다. 사실 그는 공안이라는 기치 아래 운동을 전개하면서 우선 시민들이 드골 장군의 초상이 그려진 우표를 구입으로써 그 '공안'에 기여하도록 종용할 생각이었다. 이쯤 되면 보이스카우트 훈련을 익힌 MRP 대의원 정도에나 어울릴 만한 행동이었다. 하지만 그에게는 다른 목표와 다른 비전이 있었다. 그는 그것을 앵글로색슨 신문기자들에게 기꺼이 털어놓았다.

예를 들어서 그는 1948년 1월 13일 사이러스 슐츠버거에게 말하기를 "공산주의자들이 2월 20일과 3월 1일 사이에 이탈리아와 프랑스에서 민중 봉기를 계획하고 4개월간 계속될 파업과 사건을 통해서 생산 조직을 와해시키려고 공작한다. 그들은 우선 원료 품귀 현상을 야기시키기 위하여 처음 닷새 동안은 수많은 열차를 탈선시킬 것이며, 또한 정치적 암살 행위를 시도할 것이다"라고 했다. 말로는 취재기자에게 그들의 '충격 부대'가 무려 9만 명이 넘는 조직이라고 말하고는 그렇지만 드골파의 국민연합 역시 특수 부대를 보유하고 있다고 귀띔했다.[62]

며칠 후 그는 노라 벨로프를 포함한 몇몇 영국 특파원과 회견했다. 이 여기자는 비록 20년이 지난 후에 그의 추억담을 썼지만, 여전히 말로가 공산주의에 항거하는 '레지스탕스의 재조직'이니 '유격대 복귀'니 하던 말과 어조에 깊은 인상을 지니고 있었다. 그는 흑판을 하

62_ 이 '정보'를 말로는 벨 디브 연설 때도 다시 한 번 공개했다.

나 들여놓고서 화살표와 요점 등을 표시해가며 '상황판'을 그려 보이는 것이었다. "그는 히스테리의 절정에 달한 것 같았다"고 《옵서버 Observer》지(프랑스 국민연합에 호의적이지 않은 신문이지만 말로의 과거 경력에 대해서는 상당히 높이 평가하는 편이었다)의 특파원은 지적한다.[63]

말로의 과거 경력이라야 이제는 반식민지적 관심이 어둠 속으로 가라앉아버린 듯한 과거였다. 카트르 장군은 순전히 제국주의적인 정책(드골은 중재자인 르클레르 장군에 반대하고 아르장리외 장군의 '최후까지 투쟁' 노선을 지지하면서 인도차이나 전쟁을 끝까지 밀고 나가자고 주장한다)에 협력하지 않기 위하여 국민운동에서 손을 뗀 반면, 말로는 이 어처구니없는 정책에 아무런 반대도 한 흔적이 없다. 불행하게도 그의 비전이 진화한 표현은 《르 라상블르망》이 아니라 《반회고록》에서 비로소 찾아볼 수 있다.

그 '선전국 대표'는 심지어 프랑스 국민연합 창당 직전에 그가 필자 앞에서 말했던 전술적으로 온건한 관점조차 내세우지 않은 채 인도차이나 국민과 싸우는 데 자신의 재능과 이름과 영예를 다 바치고 있는 것이다. 1925년의 그 젊은이가 지녔던 신념을 송두리째 부정하면서.

이 점에서[64] 비극적일 만큼 순응주의자가 된 그는 다른 사람들 사이에 고립되어 있었던가. 사람들은 흔히 국민연합에는 수스텔을 중심으로 한 합법론자파와 말로로 대표되는 폭동파가 공존한다고 말한다. 권위적이긴 하지만 '쿠데타' 인물은 아닌 드골은 이 논쟁을 굽어

63_ 《나는 거기 있었다I was there》, pp. 64~65.
64_ 1948년과 1953년 사이.

보면서 결국 강자가 약자를 이기도록, 그리하여 수스텔이 의회 권력
이라는 오솔길로 스며들어가도록 방치해두었다. 말로가 항상 의회
의원 입후보를 거절한 것은 우연이 아니다.[65] 그러나 말로가 '동지
들'보다 더 비합법론 주장자였다는 사실에 대하여 지금 가스통 팔레
브스키는 이의를 제기한다. "나는 말이지요, 장군의 동생이 파리 시
의회 의장으로 선출되었으니 장군은 시청에 들어앉으라고 권했지
요… 그랬더라면 큰 소동이 일어났을 겁니다…"[66]

확실한 사실이 있다면, 앙드레 말로가 프랑스 국민연합에 참가하
는 것을 마치 공산주의자들에 대항하는 '시합'처럼 생각했다는 점이
다. 정신적 도전과 육체적인 대결이라는 이중적 의미에서 시합이었
다. 그는 '동지들' 중에서 매우 건장한 '경호반' 책임자들, 특히 도미
니크 퐁샤르디에만큼 뜨거운 찬사를 보낸 적이 없다. 이 점을 언급한
기묘한 책이 있다. 《맨주먹의 십자군Croisade à coups de poings》으로 그의
옛 경호원인 르네 세르가 쓴 것이다.[67] 한번 훑어볼 만한 책이다. 가
령 135페이지를 보면, 저자는 우리를 1948년 마르세유로 인도하는
데, 거기서 열리는 프랑스 국민연합 집회를 강력하게 조직된 부슈 뒤
론 현의 공산당원들이 방해하려고 한다.

"드골주의는 에너지 집단이다!" 말로가 외쳤다. 이 말이 격투 시작
신호가 되었다. 그 이전의 연사들을 비춰주던 강력한 조명이나 호루
라기 소리 따위는 까맣게 잊어버렸다. 이제는 일이 순조롭지 않아진

65_ 말로에게 출마를 권고했다가 딱 잘라 거절당한 드골 장군은 그에게 이런 말을 내뱉었다. "항
　상 브루투스가 시저를 이기는 법…"
66_ 가스통 팔레브스키와 필자의 인터뷰, 1972년 11월 23일.
67_ 《맨주먹의 십자군》, pp. 135~136.

것이었다… "나는 공산당 경호대장을 움켜잡았다. 그러고는 오른쪽 주먹을 단단하게 날려서 일대일의 결투를, 전문 싸움꾼의 승부를 끝장냈다… 그런데 또 한 녀석이 달려들더니 인간의 육체에서 가장 민감한 부분을 발길로 걷어차는 것이었다. 나는 입술에 미소를 띤 채 그 발길질을 받았다. 권투로 단련된 몸이어서 어지간히 견뎌낸 것이었다. 그러자 질려버린 공산당원은 도망치는 것이 상책이라 여겼는지 내 구두 한 짝을 몸에 단 채로 줄행랑을 놓았다." 바로 그때 말로가 외친다. "우리는 이 나라가 필요로 하는 몇 가지 생각을 제대로 주입시켜놓았다!"

우리는 물론 테루엘 상공의 전투 쪽이 더 격이 높다고 생각할 수도 있다.

어쨌든 이 마르세유 집회를 기회로 우리의 반파시스트 투사는 웅변가로서 가장 위대한 승리를 거두었다. 프랑스 국민연합 시대의 전형적인 연설이었다. 말로는 벨 디브에서 낭시에 이르기까지 열띤 웅변을 점철하던 모든 라이트모티프를 쏟아냈다. 물론 광범한 대중에게 그의 연설을 불가해한 것으로 만들던 지나친 미학 이론이 최소한으로 줄어들었다는 점이 달라진 것이라 할 수 있다.

그는 선전이라는 주제를 공격하면서 선전은 "기술도 요령도 아니다"라고 말하며 자기는 "선전이라는 말을 쓰지 못하게"하고 싶은 심정이라고(무슨 말인들 못 하랴?) 했다.

우리의 선전은 옛날에 로댕이 그린 저 포스터요, 도시의 바람벽마다 프랑스의 운명 속에 그의 희망을 절규하는 저 공화국입니다! 찢어버린 포스터보다 더 훌륭한 포스터는 없습니다! 상처를 지닌 얼굴보다 더 아름다운 얼굴은 없습니다!

그리고 반공의 노래가 흘렀다.

　누군가 속임수를 쓰는 곳에서 민주주의란 없습니다. 장기판을 발길로 걷어차는 것은 장기를 두는 특수한 방법이 아닙니다. 놀이의 카드를, 오직 불화의 씨를 뿌리고 러시아의 이익만을 위하여 프랑스에서 허위 민주주의를 유도하려는 생각밖에 하지 않는 스탈린주의자들과는 자유로운 시합을 할 수가 없습니다!

세 번째 테마는 드골파 운동의 '이념적 내용'에 대한 테마다.

　우리는 다음으로 그리고 처음으로 보편적 이익이라는 개념에 진지한 내용을 부여했습니다. 한편으로는 강력한 조정과 다른 한편으로는 실제적인 혼합 속에서 이 나라가 제 모습을 되찾아가는 일입니다. 프랑스의 바탕이 될 보편적 이익이라는 생각은 오슈가 죽고 생 쥐스트가 죽은 이래 그것을 완전히 잊고 지냈던 나라에 우리가 다시 도입한 개념입니다.

마지막은 저 주문을 외는 듯한 거창한 대목이다.

　어둠 속에서 더듬거리는 프랑스! 여러분, 이 나라에 매혹되었던 전세계가 이 더듬거리는 모습을 주시하는 프랑스의 거대한 몸뚱이를 썩어 없어질 두 손으로 다시 일으켜 세우는 일은 여러분의 사명입니다…

프랑스는 고대의 정복자들이 휩쓸고 지나간 후 땅속 깊이 파묻혀버렸다가 돌연 엄청난 재난이 일어나 벼락이 치자 다시 땅속에서 파여 나온 저 거대한 석상과도 같습니다. 이 석상은 비극적으로 땅속에서 발굴되었습니다.

그의 결론은 무엇인가. 그 전날 장군이 그에게 물었다. "뭐라고 말할 생각이오?" 말로는 "그들에게 기사도 이야기를 할까 합니다" 하고 대답했다. 장군은 별로 믿음이 안 간다는 듯 뜽한 표정으로 말했다. "어디 한번 해봐요, 해보라고요…" 그는 마침내 요란한 갈채 속에서 과연 그렇게 해 보였다.

내 선전국 동지들인 여러분 모두의 이름으로, 나는 이 1년 동안 우리가 프랑스를 이해시키려고 노력해온 것을 다시 반복하고자 합니다. 즉 이제 여러분에게 말하려는 사람은 이 나라의 저 끔찍한 잠을 딛고 서서 억누를 길 없는 몽상인 양 이 나라의 명예를 지탱해온 사람입니다. 프랑스는 여러 해 동안이나 저 처참한 정념들을 초월하여 오직 그에 대해서만은 이렇게 말할 수 있었습니다. "프랑스에서 그토록 가난한 실 뽑는 여인들 가운데서 그분의 몸값을 지불하기 위하여 실을 자아본 경험을 갖지 않은 사람은 한 사람도 없다!"[68]

말로의 웅변… 1960년대의 《추도 연설집 *Oraisons funèbres*》을 읽어보거나, 장 물랭이나 조르주 브라크를 위하여 쓴 글을 아는 사람이라면

68_《르 라상블르망》, 1948년 4월 24일.

그가 로트레아몽을 꿈꾸고 사라 베르나르와 함께 발성법을 연습한 위대한 세기의 웅변가라는 인상을 받을 수도 있을 것이다. 그러나 국민연합의 이 웅변가는 그와 전혀 달라서 적어도 한 가지는 인민전선의 웅변가와 흡사한 데가 있었다. 즉 준비된 원고도 없고 내용의 계획도 없다. 영웅적 슬로건이나 작가의 말 등 몇몇 기초적인 문구를 연설의 '라이트모티프'로 사용할 뿐이다. 이런 정도의 내용으로 시작해서 고야와 옛 터키 황제, 사드 백작과 모리스 토레즈, 대사원과 시카고의 푸주한 그리고 이번 경우처럼 드골과 프랑수아 왕을 비교해가는 연설은 점입가경이다. 노랫소리가 드높아가고 또 다른 노래를 부른다. 그리고 저 발명의 세계 속에서 어리둥절한 수천 개의 얼굴들이 이 묘약을 닥치는 대로 받아 마시고는 중독이 되어버린다.

연설이 시작되고 난 뒤에야 도착한 신문기자가 '데데'(주변에서는 기꺼이 그를 이렇게 부르곤 했다)의 측근을 찾아내 말로가 처음에 뭐라고 시작했는지 묻기라도 하면 상대방은 코웃음을 친다. 저 사람인들 그걸 알 것 같아요? 사실 그 자신도 뭐라고 말했는지 잘 모르게 되어 있다. 도대체 잘 알고 한 말이 아니었다. 그는 밑도 끝도 없는 엄청난 도전의 노래를 곡조에 맞춰놓는다. 그것이 바로 운명과 마주선 그 자신의 모습인 것이다. 그러나 그가 다른 사람이 아닌 말로이고 보면, 그의 내면으로 이따금씩 천재가 깃들고, 항상 이미지와 생각들을 불러들여 서로 충돌시켜 크게 진동하도록 만드는 기상천외의 재간이 있고 보면, 그 신들린 듯한 순간들로부터 뿜어져나온 몇몇 텍스트를 해독하는 것이 불가능하지는 않다. 일종의 자력을 지닌 이 인물은 워낙 위대한 작가여서 이런 최면술 실험으로부터 문학이 솟아나오지 않을 수 없는 것이다.

하지만 무엇이나 절정이 있으면 그 뒤에는 반드시 쇠퇴기가 오는 법, 1947년 전국 시의원 선거를 기하여 폭풍같이 출발한(전 투표자의 38퍼센트. 그러나 시의회 선거가 참으로 '정치적' 의미를 가질 수 있는 것일까) 프랑스 국민연합은 1948년 마르세유 집회 때 절정(그러나 무용한 절정)에 달했다가 그해의 남은 기간 동안 답보 상태를 유지한다. 물론 이 연합은 그해 가을 상원의원 선거 때 36퍼센트의 득표율을 올렸지만,[69] 그 이듬해 도의원 선거 때는 득표율이 25퍼센트도 채 못 되었다. 그리고 1951년에는 퇴조 현상이 현저해진다. 가장 중요한 시험인 의회 의원 선거에서는 21퍼센트를 채 못 넘는 득표율을 기록했고, 벌써부터 체제의 '만회 작전'에 걸려든다. 특히 앙투안 피네 씨는 장례 음식용 닭고기를 자르는 장의사 직원다운 섬세한 솜씨로 이 작전을 수행해냈다.

말로는 자기 나름의 거리를 갖기 위해서 이 같은 썰물 때까지 기다리지는 않았다. 1949년 말부터 '선전국'에서 모습이 뜸해지다 1950년에 병석에 누우면서 이 운동과 격리되었다. 그는 아직도 큰 행사가 있을 때면 장군의 곁에 모습을 나타냈지만 2년 동안의 경험으로 자기가 길을 잘못 들었다는 걸 깨달았을 것이다. 프랑스에서 지식인과 재능 있는 인사의 모임으로 손꼽히는 집단의 지지를 받고 의회라는 통로는 의도적으로 외면당하는 것이기를 갈망했던(혹은 꿈꾸었던!) 그 정치 운동이, 실제로는 지식층(실질적이건 추정적이건)으로부터 외면당하고 더 흔하게는 멸시당하며 보수주의의 늙은 직업 정치인들에게 선거 목적으로 매수당한 우파 조직이라는 사실을 그가 깨달았기

69_ 그 당시는 '하원sénat'을 '공화국위원회Conseil de la République'라고 불렀다.

때문이다.

　좌파의 정치 운동? 1947년에 그는, 처음에 에두아르 드프뢰가 만들어낸 말이었지만 국민 운동의 연사들이 다시 쓰기 시작한 표현대로, 공산주의자들은 이제 '왼쪽에 있는 것이 아니라 동쪽에 있다'고 믿었다. 드골 그리고 발롱, 모랑다, 브리디에, 미슐레 같은 몇몇 사람들은 그에게 노동자 중심적이며 실질주의적이고 '혁명적인' 좌파를 소생시켜줄 수도 있었다. 그 당시 그는 우리가 앞에서 보았듯이 프랑스 혁명을 자주 들먹거렸으며 1948년 벨 디브 집회 때는 "지금은 1788년이다"라고 외쳤다.

　그는 심지어 이 문제에 대하여 좀 더 동시대적인 비유를 들어 보이기도 했다. 1947년 5월 17일에는 사이러스 슐츠버거에게 "프랑스 국민연합이 좌파와 결탁하지 못했다면 승산이 없었다"고 말하면서 이렇게 덧붙였다. "우리는 우리를 지지하는 몇몇 우파 때문에 난처해졌지만 그건 어쩔 도리가 없다." 이미 인용한 다음의 말을 한 것은 바로 이때였다. "프랑스에서 공산주의자들과 다투기나 하는 한 움큼의 입씨름꾼 대신 성공할 가능성을 가진 트로츠키 노선 운동이 있다면 그것은 트로츠키파지 드골파가 아니다."[70]

　그가 지식인들을 멸시하는 체하고 《레 탕 모데른》 팀과 '카페 플로르 사람들'을 험담해봐야 아무 소용이 없는 노릇이었다. 그는 전후 프랑스의 참다운 창조적 작가들 중 어느 누구도 자신을 따르지 않는 데 안달이 났다. 프랑수아 모리악 같은 드골파 인사들도 등을 돌려버렸다. 그는 진보주의자들을 포섭해보려고 노력했다. 1947년 봄 아서

70_ 위의 책, p. 256.

쾨슬러는 시몬 드 보부아르, 장 폴 사르트르 그리고 《영과 무한 Zéro et l'Infini》의 저자의 말에 의하건대 "말로를 만나는 일이라면 군말 않고 가겠다"고 했다는[71] 알베르 카뮈로 구성된 인사들을 그의 집으로 데리고 왔다. 그리고 토론이 시작되었다. "프롤레타리아는…" 하고 카뮈가 말을 꺼낸다. "프롤레타리아라고요? 그게 뭔데요?" 하고 말로가 말을 가로막는다. "난 정의도 내리지 않은 채 그냥 말을 내뱉는 건 용납할 수가 없어요…" 카뮈는 신경이 날카로워져 자기 나름으로 더듬거리며 정의를 내리려고 한다. 사르트르는 화를 낸다. 실패다. 앞으로 오랫동안…

저속한 행동과는 거리가 먼 카뮈지만 후일 《반항적 인간 Homme révolté》을 쓰면서 《정복자》의 작가에 대해 완전히 침묵을 지켜버린다… 그렇지만 그는 자기를 유명하게 만들어준 《이방인 L'Étranger》 원고가 1942년에 "매우 중요한 것"이라는 짧막한 한마디가 적힌 말로의 '양 지역 통과 증명'이 첨부되어 갈리마르사로 보내졌다는 사실을 알고 있었다. 그리고 1936년 알제에서 그가 각색하고 그와 그의 극단이 상연한 《모멸의 시대》를 잊지 않았다…[72] 한편, 《레 탕 모데른》 편집 책임자들의 반감은 시몬 드 보부아르가 《결산 Tout compte fait》[73]에서 말로에 대해 쓴 독기 서린 몇 페이지에 이르기까지 날이 갈수록 심해졌다.

물론 그는 《리베르테 드 레스프리》지에 아르무슈, 아롱, 퓌메, 니미에, 퐁주, 루주몽 같은 좋은 작가들의 글을 실었다. 장 폴랑은 1952년

71_ 아서 쾨슬러와 필자의 인터뷰, 1972년 11월 20일.
72_ 그러나 카뮈는 노벨 문학상 수상 소식을 듣자 "상을 받아야 할 사람은 말로인데…"라고 말했다.
73_ 갈리마르사, 1972년.

에 글 한 편을 보냈다가 해방 시대의 몇몇 규율을 비판했다는 이유로 거절당했다(소위 '리베르테 드 레스프리'라는 이름이 붙은 잡지에서 말이다). 그러나 말로는 올리비에, 피아 등의 인사 다음으로 다른 친구들을 끌어들이고자 했다. 그는 막스 폴 푸셰에게, 가에탕 피콩에게 이런 말을 던진다. "우리한테 동참하시오. 다음번에는 우리가 권력을 잡을 겁니다!" 이런 말은 그들의 생각을 바꾸는 데 좋은 근거가 되지 못하며 스스로 생각해도 설득력이 없었다. 《르 라상블르망》은 대회의 논쟁 속에서 헤매고 《리베르테 드 레스프리》는 쇠퇴해갔다. 1935년 그를 에워싸고 돕던 사람들이 있던 시절을 생각해볼 때 말로의 심정은…

1952년 2월 22일 '겨울 자전거 경기장'에서도 그 말로 '동지'는 자기 정당이 겪은 쓰디쓴 환멸로 인해 갑자기 늙어버린 드골 곁에 서 있다. 그리고 1953년 5월 6일 선거인들이 국민연합에서 떨어져나간 것을 확인시켜준 시의회 선거에 대한 결론으로, 샤를 드골이 국민연합은 이제 의회 활동에도 선거에도 참가하지 않을 것임을 결정하던 때도 그는 여전히 함께 나타났다. 드골은 말했다. "전쟁이 끝난 이후 내가 추진해온 노력은… 지금까지 결실을 얻지 못했다. 나는 변명하지 않고 그 사실을 인정한다… 그러나 선거의 막다른 골목에서 벗어나 국민연합이 조직을 점검하여 전국으로 확산되는 것이야말로 어느 때보다도 공공의 이익과 관계있는 일이다… 재조직은 불행하게도 심각한 동요의 형태로 나타날 우려가 있지만 그 동요 속에서도 다시 한 번 절대적인 계율은 조국과 국가의 이익이다. 환상이 파산하는 때가 왔다. 이제 구조를 준비해야 한다."[74]

74_《담화와 메시지집 *Discours et Messages*》, 제2권, pp. 581~582.

자유. 작가요 수상가요 소설가인 앙드레 말로는 천직으로 복귀했다. 1952년 1월과 12월 그리고 1953년 10월에 다시 만난 클로드 모리악에게 그가 한 말을 들어보자. 첫 번째 재회에서는 두 시간이 지난 뒤에야 비로소 대화 속에 드골의 이름(프랑스 국민연합이 아니라)이 거론되었다. 대화가 진행되면서 프랑수아 모리악과 귀스타브 티봉 이야기도 나왔다. "그 친구는 신용이 별로 안 가더군요" 하고 클로드 모리악이 말하자 말로는 유인하는 듯한 표정으로 "누구 말인가요?" 하고 물었다.[75] 두 번째 대화에서도 장군에 대한 암시는 단 한 번밖에 없었다.[76]

마지막 만남에서는 드골이라는 이름이 등장하긴 했지만, '이제는 별로 대단한 것이 못 되는' 프랑스 국민연합의 '엉망진창' 상태 그리고 드골의 노쇠에 대한 이야기 중에 나온 말이었다. 옛날 '선전국' 대표의 입에서 나온 말치고는 기이한 실토 한 대목이 있다. 만약 드골이 차기 의회의원 선거에 출마한다면 자기도 출마를 수락하겠다는 것이었다. 솔직히 말하면 그로서는 책임질 성질이 전혀 아닌 가정하에 한 말이었다.

클로드 모리악이 매우 멋지게 전하는 이 대화들 중에서 특히 인상적인 것은 휴식과 해방감과 자기 내면으로의 도피가 깃든 그 분위기다.[77] '맨주먹의 십자군'을 거론하며 열변을 토하던 형제는 이제 한낱 작가 앙드레 말로에 불과하다.

75_ 《또 하나의 드골》, pp. 356~363.
76_ 위의 책, pp. 386~389.
77_ 말로는 이제 드골에게서 '해방되었다'고 생각하는 때가 있을 것이다. 훨씬 후의 일이지만…

사막과 샘

사막의 횡단. 대장에게 충성을 다하는 드골파 사람들에게는 1953년 5월 6일 장군 자신이 패배를 시인함으로써 막이 열리는 이 시대를 그렇게 명명한 것은 앙드레 말로다. 5년 동안 드골과 '체제'의 인기는 없지만 영양분이 많은 국물을 거절한 사람들은 서로 헤어지고 더러는 잊힌 채 은퇴 생활을 했다. 샤를 드골은 이 기회에《전시 회고록 *Mémoires de guerre*》집필에 박차를 가했고, 1954년에 그 첫 권이 나왔다.

앙드레 말로는 불로뉴 쉬르 센에 있는 커다란 벽돌집에 산다. 1946년에 자리 잡은 보금자리다. 그가 아끼는 포트리에의 그림들이 걸려 있고, 마들렌의 그랜드 피아노가 놓여 있다. 그는 알자스 시절에 대한 경의의 표시로서 1948년 3월에 리크비르에서 마들렌하고 결혼했다. '여단' 시절의 동지들, 특히 피에르 보켈 신부와(결혼은 종교적 의식이 아니었지만) 디에너 앙셀이 가장 앞자리에 참석했다. 슈만과 스트라빈스키를 (그리고 그를 위해서 프리드리히 니체가 작곡한 36절 음악을 끊임없이) 그도 잘 연주하는 부드럽고 아름다운 이 여자와 조제트가 낳은 두 아들 고티에와 뱅상 그리고 캅 아르코나의 조난 몇 달 전에 마들렌과 롤랑 사이에서 태어난 알랭과 더불어 그는 행복해 보였다.

1950년 여름 몇 달 동안 매우 고통스러운 파라티푸스 때문에 자리에 누워 지내기는 했지만, 말로는 우리가 앞서 보았듯이 프랑스 국민연합은 물론 그 사령탑과 여전히 접촉한다. 점점 열성 당원 성격이 되어가는 그는 사람들에게 매우 인기 있는 메가폰 혹은 적어도 인용되는 인물(혹은 알리바이?)로 남는다. 그만큼 장군의 '동지들'에게 선거 문제는 관심 밖이었던 것이다. 낡은 우파나 언제나 요지부동인 축들에게서 몇 표를 얻어낼 필요가 있을 경우 옛 스페인 참전 용사의 비극적인 열변과 창백한 실루엣은 곧 거추장스러워지는 편이어서, 사람들은 카상드르 같은 격한 어투로 말하는 이 인물을 가능한 한 부르지 않으려고 노력했다.

이처럼 자기의 책임으로부터 그리고 몇 가지 환상으로부터 풀려난 앙드레 말로는 그의 생애에서 아마도 처음으로 여유 있게 글을 쓸 자유를 얻었다. 1941년부터 1943년의 시기, '라 수코' 시절 그리고 사실은 유난히도 힘겨운 노심초사로 그 대가를 지불한 생 샤망의 휴가를 제외한다면. 무엇으로 보나 그는 박차를 가한 문학 창작 시기에 접어드는 듯했으며, 출판업자, 열성 단원, 투사(1937~1939)로 지낸 삶의 소용돌이 속에서 대작 소설들을 쓸 수밖에 없었던 그가 이제 은둔에 가까운 생활, 노력하여 얻는 편안함, 1939년에서 1949년 사이에 체험한 예외적인 경험들(전쟁, 지하 운동, 여단, 드골 측근에서의 정당 투쟁)을 되살려 《알텐부르크의 호두나무》를 기초로 《천사와의 싸움》을 그의 가장 위대한 소설 작품으로 만들 것같이 보였다.

그는 오직 위험하고 광란하는 듯한 행동의 틈바구니에서라야 비로소 참으로 창조적인 작품을 생산해낼 수 있다고 생각해야 마땅할까. 그의 내면에 잠재한 서사 시인은 오로지 칼의 그늘과 소음 속에서만 깨어 일어난다고 생각해야 마땅할까. 생활이 편안하면 수상隨想밖에 못 쓰고, 평화로운 시절에는 주석밖에 못 붙이고, 위험을 무릅쓰거나 도전을 받거나 채찍질을 받지 않으면 기껏해야 다른 사람의 작품 여백에 멋들어진 평문을 끼적거리는 거나 어울리는 사람이 말로일까. 하기야 그 혼자만 구속된 환경이라야 창조력이 솟아나는 기이한 경우는 아니었다. 레츠도 그렇지 않았던가. 휴식에 든 마지막 10년 동안 서한문을 제외하고는 아무것도 쓰지 못한 로렌스는? 랭보와는 매우 다르지만 그에 못지않게 수수께끼 같은 '말로의 침묵'은 이러한 것이다. 탈참여의 침묵일까.

심지어 에세이에서 볼 때도 이 고요한 생활로 인하여 풍부한 글이 생산되었다고 말하기는 어렵다. 《침묵의 목소리》는 대부분을 1953년부터 1958년 여름 휴가 이전에 썼다고 발표했다. 《상상의 미술관*Le Musée imaginaire*》은 1947년 스키라 출판사에서 나왔다. 《예술적 창조*La Création artistique*》는 1948년에, 《절대의 화폐 *La Monnaie de l'absolu*》는 '고야론'인 《토성*Saturne*》과 마찬가지로 1950년에 나왔다. 《침묵의 목소리》라는 책으로 한데 묶은 글들의 초판은 1951년에 간행되었고, 《세계 조각의 상상 미술관*Musée imaginaire de la sculpture mondiale*》(《조상》) 첫 편은 1952년에 나왔다. 사막 횡단 시기에 쓰인 것은, 요컨대 《세계 조각의 상상 미술관》 두 번째, 세 번째 편인 〈종교적 동굴들의 저부조〉〈기독교의 세계〉와, 우수하지만 짧막한 에세이인 〈미술관에 대하여〉[78]와 〈초상〉[79] 그리고 1957년 《침묵의 목소리》 결론 부분인 〈신들의 변신〉뿐이다. 이 정도면 무시 못 할 수확이지만 1930년대에 갈리마르사에서 기념비적인 《프랑스 문학 개관》을 편찬하고, 공제조합 회관에서 열성적으로 집회에 가담하고, 베를린으로 달려가는가 하면 스페인에 가서 전투에 참가하고, 가장 훌륭한 두 편의 소설을 써냄으로써 모범을 보인 말로에 비교한다면…

1953년에서 1958년까지 그는 집 안에 틀어박혀 지낸다. 손에 가위

78_ Ed. 에스티엔사, 1955년.
79_《여성 화보*Femina illustration*》, 1956년.

와 풀을 들고 손으로 신들의 세계를 어루만지는 그 놀이에 넋을 잃은 채 빠져들면서, 디자이너의 숙련된 솜씨가 미학 이론가의 통합적이고 모험에 찬 천재와 결합된 이 퍼즐 속에서 물질적 활동과 명상을 접목시키는, 이를테면 범세계적 문화 디자이너 폴 푸아레(20세기 초엽 아르데코 스타일의 선구자인 프랑스 디자이너—옮긴이) 씨가 된 격이다. 알바세트의 '대령'이 이 무해하면서도 적극적인 콜라주와 몽타주 놀이에 빠져들 때보다 더 행복한 때가 있었던가.

그리하여 논란의 여지가 있고 실제로 비판을 받기는 했지만 전광석화와도 같고 고아한 미학적 대연작이 변용하는 심리학을 통하여 《침묵의 목소리》라는 전체 제목 아래 정리된다. 이 작품은 인물의 전기적인 우여곡절과는 너무나도 무관한 것이어서 오랫동안 여기에 매달리기는 어려운 노릇이다. 1935년에 구상하고 1936년과 1939년 두 차례에 걸친 출발로 집필이 지연되었으며, 1941년과 1944년 사이 로크브뤼느에서, 캅 델에서, 생 샤망에서 (《천사와의 싸움》, 로렌스에 대한 비평과 동시에) 계속하여 썼고 1947년에서 1948년에, 병을 앓고 난 다음에 그리고 마침내 1953년 〈사막〉에서 재정리했다가 결국 《신들의 변신》과 더불어 완성한 것이 아니라 중단된 이 작품은 하나의 가설, 즉 《희망》에 등장하는 스칼리의 말들을 뒷받침하는(마뉘엘의 기술적인 성취 이상으로 이 책의 제목과 부합하는) 가설, 알텐부르크의 대토론을 뒷받침하는 가설에 기초를 두고 있다. 인간은 수미일관하고 항구적이며 범세계적인 개념으로 존재한다는 가설이다.

뫼베르크의 부정적인 태도에도 불구하고 베르제 말로는 알텐부르크 회의에 참석한 대다수의 의견에 반대하면서 에이지 시대에서 앙코르 와트의 '아프사라스apsaras'에 이르기까지, 렝스 대사원의 모서리에서 고야의 수난자들에 이르기까지 단 하나의 기획이 실재하고 있으며, 결코 고정되거나 응고되지 않는 목적성들이 하나의 중심으로 모이고 있다고 믿는다. 하나의 인간이 작품을 창조한다. 그러나 작품은 그 자체와도, 그 창조자와도 다른 모습으로 변신에 변신을 거듭하면서 그 수가 늘어난다. 슈펭글러와 묄베르크의 이론에 반대하여 구축된 비평, 유연히 흘러가는 불후함과 여러 문명의 통일성에 대한 비평, 말로가 정치의 차원에서 개인과 집단적 우정, 회의주의와 희망, 명증한 의식과 창조적 역사에 대한 신념 사이에 이루지 못한 통합을 예술 차원에서 시도하는 제반 사회의 윤회에 관한 비평.

필요하다면 주먹질을 해서라도 민족이라는 '지고한' 가치를 토대로 프랑스 국민이 단합하기를 호소하는 바로 그 순간에도 앙드레 말로는 불로뉴의 집으로 돌아가면 그의 빛을 발하는 듯한 비평서의 페이지들 속에서 마치 나비 채집 표본처럼 꼬집어 든 그 수많은 신기루에 둘러싸인 채 이렇게 쓴다. "상상의 미술관은 과거에 의하여 투영된 방대한 가능성의 암시요, 인간의 고정관념적인 충만감의 잃어버렸던 단편들이 그들의 정복되지 않는 현존의 공동체 속에 한데 합쳐져서 계시된 것이다." "로마는 그의 팡테옹에 패자의 신들도 맞아들였다"는 사실을 상기시키면서 그는 적의 영웅에게 바친 묘비명을 인용한다. "그대의 내세에는 프랑스에서 다시 태어나는 영광을 베풀어 주소서."[80] 저쪽에는 특수성이요, 이쪽에는 충만함이다. 밀폐된 세계냐, 열린 세계냐, 민족주의냐, 휴머니즘이냐? '동반자'이자 비평가인 그는 1950년대 초반에 기이한 공존을 추구하고 있었다.

80_ Ed. 에스티엔사, 1955년.

클로드 에드몽드 마니는 《에스프리》지에 《상상의 미술관》에 대하여 쓴 예리한 글에서[81] '아마추어'에게 성을 내는 전문가들보다도 더 훌륭하게 말로가 시도한 것의 약점, 아니 그보다는 모순점을 지적한다.

끊임없이 이 생각에서 저 생각으로 비약하는 불연속적 사고의 곤란한 점은 그것이 때로는 저자의 통제까지도 벗어나는 일이 생긴다는 점이다. 그 어느 누구에게도 신임장 제시를 거부하다보면 그 사고는 마침내 그것을 만들어낸 사람까지도 속이기에 이른다.

그것은 말로의 사상에 이면이 없기 때문이다. 그의 작중 인물들과 꼭 마찬가지로 그 생각들은 순전한 긍정일 뿐이다. 송두리째 그의 두뇌에서 솟아나온 그 생각들은 오류와 어리석음을 정복함으로써 쟁취된 것이 아니다… 아마도 말로는 살아가는 동안에 때때로 어리석었거나 터무니없는 생각을 지녔다가 나중에 가서야 그 생각을 고통스럽게 수정해본 경험을 해보지 못한 모양이다… 그 결과 그의 가장 빛나는 섬광 같은 생각들이 우리를 여전히 설득되지 못한 상태로 남겨놓는다. 잘못 얻은 재화는 피리 소리를 타고 왔다가 북소리를 타고 가버리는 법이다. 사람들은 흔히 그는 '기발한 생각을 지녔다'고 말하지만 오히려 '생각이 그를 지녔다'고 하는 편이 더 정확할지도 모른다.

《침묵의 목소리》가 기이한 것은 여전히 정열적으로 통일된 의도를 가지고 쓰였으며, 인간 재능의 수많은 구성 요소를 무한한 집합으로

81_《여성 화보》, 1956년.

한데 합쳐보겠다고 자처하는 이 작품이 그의 소설들처럼 가장 짜임새 없는 형식으로 표현되었다는 점이다. 순전히 반복되는 '공식'으로 이루어진 수직적 스타일, 순전히 서설과 결론, 잠언과 벼락같은 가설의 병치와 끊임없이 눈부신 경구의 교차로 이루어져서 뉴욕의 타임 스퀘어에서 볼 수 있는 광고용 불꽃놀이 같기도 하고 쇠구슬이 판을 때릴 때마다 요란한 불빛이 방사되는 놀이 기구 같은 표현들…

소설 기법이라면 이처럼 이완된 구성과 병치, 나아가서는 이처럼 긴장을 강요하거나 정당화할 수 있을 것이다. 소설가로서의 말로는 도스토옙스키의 경우처럼 두뇌의 조각들이라 할 수 있는 인물들(가르시아, 스칼리, 마넹)을 서로 충돌시키고 토론 그 자체를 통하여 그들을 살아 있게 만들고(그는 베르나노스가 인물들을 창조하기 이전에 이미 무대를 꾸며놓는다고 지적한 적이 있는데, 이 말은 그 자신에게도 적용될 수 있다), 이 불연속적이고 들쑥날쑥한 문체는 그의 목적을 성공시키는 데 기여하기 때문이다. 그러나 전투적이고 충돌적인, 광란하는 듯하면서도 분할적인, 바로 그 손으로 쓰인 그의 에세이는 매혹적인 만큼 독자를 지치게 하며 그가 설득하려고 하는 주장은 담화 스타일로 인해 모순을 낳는다.

가에탕 피콩이 그에 관하여 쓴 탁월한 에세이[82]를 펜을 든 채 읽으면서 그 여백에다 한 예술가가 자기 자신에 대하여 던질 수 있는 가장 날카롭고 가장 밝은 빛을 휘갈겨 쓸 때보다도 더 참다운 말로의 모습을 찾아보기는 어렵다. 클로드 모리악은 1953년에 나오는 책의

82_《그 자신을 통해 본 말로》, 가에탕 피콩은 그보다 9년 전에 갈리마르사에서 말로에 관한 비평을 낸 적이 있다.

도판을 선택하기 위하여 출판 담당자인 프랑시스 장송과 일하던 그의 모습을 회상한다.[83]

한 페이지 한 페이지마다, 한 마디 한 마디마다, 한 테마 한 테마마다 자기 비판이요, 자기 옹호요, 너그러운 이해와 어울린 경탄할 만한 지성이요, 스칼리와 알베아르, 지조르와 페랄, 발테르와 알텐부르크에 모인 손님들의 대화를 이어가는 살아 있는 인물들의 대화다. 이야말로 자신과 타인들에 대한 그의 이해력으로부터 돌연 기막힌 소설 미학가로서 절정에 이른 말로의 모습을 드러내보이는 창조적 비평이다.

그는 바야흐로 프랑스 국민연합이, 그리고 그와 더불어 운명과 타협에 대항하여 끊임없이 자아를 구축해온 일생 중에서 가장 재미없는 부담이 소멸해가는 시기에 이르렀다. 그는 드디어 명증한 의식이 충만을 맛보는 시기에 이르렀다. 목구멍이 아니라 다른 사람들처럼 귀로 들은 키요의 목소리는 그를 고립시켰던 반면, 비평가로서 친구로서의 또 다른 시선은 말로를 다른 사람들과 그리고 그 자신과 결합시켜준다. 1930년대 행동을 통한 우정이 소멸한 뒤에도 여전히 살아남아, 《천사와의 싸움》과 《침묵의 목소리》가 보여주는 통합적 시도를 연장시켜주는 지성의 우정.

그가 이 무렵에 영위하는 삶은 기이하게도 한가한 생활이다. 그는 1952년에 다시 길을 떠나 그리스를 한 번 더 방문했고 이집트를 또다시 둘러봤으며, 특히 인도와 더불어 그에게는 중요한 문화를 가진 나라인 이란을 다시 찾았다. 이번이 네 번째 방문이었다. 그는 〈신

83_《또 하나의 드골》, pp. 373~374.

들의 변신〉을 위해 많은 노트를 했고, 스무 살 적 친구들을 다시 만났다.

1953년 1월 그는 세 번째로 뉴욕 시 손님이 되었다. 이번에는 마들렌하고 동행했는데, 뉴욕 메트로폴리탄 미술관의 화랑 신축 기념으로 마련한 미술사와 박물관학에 대한 국제 학술 대회에 참석해달라는 요청을 받았다. 아메리카의 대사원은 철도역이라고 한 레베카 웨스트의 말에 동의하느냐는 질문을 받은 그는 미학자로서의 그의 작품들을 요약하고 학술 대회에 참가한 만족감의 표현으로 친절하게 "아닙니다, 대사원은 미술관입니다"라고 대답했다.[84]

그는 폴 클로델의 협력을 얻은 《베르메르 Vermeer》를 마무리 짓는다. 그리고 기자 회견을, 수많은 기자 회견을 한다. 서구가 옹호해야 마땅한 가치들, 이를테면 의식, 또렷한 마음가짐, 우정, 역사적 지속성의 필요 등 공통된 주제에 관한 것이었다. 그가 1952년 《레 누벨 리테레르》와 가진 회견을 인용해보자. 거기서 말로는 그의 '두 가지 고정관념'에 정의를 내린다.

유럽 지성계의 치명적인 결함은 마조히즘이며, 어리석음을 힘이라고 착각해 그걸 위해서 무책임하게 지성을 포기하는 일입니다… 역사의 몫은 역사에 돌려주고 인간의 몫은 인간에게 돌려줘야 합니다.

이 무렵은 또한 그 누구보다도 그의 마음을 떠나지 않은 영웅인 생쥐스트에 대한 글을 쓴 시기이기도 하다. 그의 친구 알베르 올리비에

84_ 자네트 플래너, 《인간과 기념물》, p. 63.

가 플뢰뤼스의 참다운 승자에 대하여 쓴 아름다운 책[85]에다 그가 쓴 서문들 중에서 가장 명철하고 말로 자신을 가장 잘 설명해주는 서문을 붙인다. 거기서 그는 '보편적 이익'의 옹호자였고 '영광을 겨냥하는 사람'의 전형인 그 인물과 '영원한 몇 가지 꿈'을 높이 평가한다. 모험 속으로 길을 잘못 들기는 했지만 프랑스 국민연합의 그 동반자가 마음속에 품었던 뜻은 로베스피에르의 부관이 지녔던 뜻 못지않았을 터다. 그는 '국민연합'을 몇 번씩이나 제1공화국에 비유하지 않았던가… 그리고 그에게서 새로운 공포 정치의 천사장 모습을 예견한 사람은 과연 모리악만이 아니었다. "생 쥐스트는 로마적인 색채만 띤다면 친구의 독재를 긍정했을 것이다"라고 말로는 쓰고 있다. 그는 물론 다른 사람 생각을 한 것이다. 그런데 우리는 말로 자신을 생각할 수도 있다.

그는 샤를 드골과 결별한 것이 아니었다. 콜롱베나 솔페리노 가로 드골을 방문하곤 했다. 그러나 '보편적 이익'은 한동안 다른 인물에게서 구현된다. 그는 공안위원회에서 바레스와 로베르 렝데 사이에 자리를 차지할 수도 있었을 피에르 망데스 프랑스다. 그는 1954년 7월부터 1955년 1월까지 7개월 동안 숨 막히는 여러 가지 문제에 대해 대담한 해결책을 프랑스에 제안한다. 말로의 몇몇 친구, 특히 북아프리카 보호령에 관한 문헌을 담당한 크리스티앙 푸셰는 PMF(피에르 망데스 프랑스의 약자로 그의 별명—옮긴이)와 행동을 같이하기로 결정했다.

장군은 이 부패한 제도 속에서 진지한 대책이 세워지지 않는다면

85_《생 쥐스트 혹은 사태의 힘 *Saint-Just ou la Force des choses*》, 갈리마르사, 1954년.

과거에 그의 재무상(1945)이었던 망데스 프랑스의 노력을 멸시하지 않는 눈길로 주시하겠다고 응낙했다. 처음 있는 일이었다. 《희망》의 저자는 좀 더 자유로운 입장이 되어 여러 글과 성명서, 특히 《렉스프레스》를 통해서 이 나라의 타성과 의회의 게릴라에 대항하여 싸우는 이 급진주의자의 이중 투쟁에 대한 관심을 표명했다. 그는 이 정부에서 찾아볼 수 있는 '과감한 스타일'을 높이 평가하면서, 자신은 '변함없는 드골파'라는 것을 강력히 상기시키면서도 《렉스프레스》에서는 우리들의 '좌파'에 대해 말한다. 그리고 이렇게 덧붙인다.

좌파는 만약 우파가 소비에트에 의해서밖에 물리칠 수 없는 것이라 할지라도 스스로 패자인 양 처신하는 습관을 버려야 한다. 마치 좌파가 구상되고 세상에 나타난 목적은 오로지 훌륭한 감정을 옹호하거나 다시 한 번 추락의 고상한 비극을 상연하는 데 있다는 듯이 말이다.[86]

그런데 이 문제에 대해서 프랑스 국민연합 시절이었다면 입을 꼭 다물고 있었을 그였다 할지라도, 인도차이나 문제라는 수렁으로부터 프랑스를 구해내려는 피에르 망데스 프랑스의 탁월한 작전을 어찌 감탄의 눈으로 바라보지 않을 수 있겠는가. 그는 장군 자신보다도 더 분명하게 그 같은 생각을 말했다.

그러나 1954년 말이 되자 역사는 이 미학자의 시야에 본격적인 모습을 드러냈다. 알제리 문제가 일어난 것이다. 앙드레 말로의 삶이 이 사건으로 인하여 변혁을 겪었다고 말할 수는 없을 것이다. 이 전

86_《렉스프레스》, 1954년 12월 25일, 1955년 1월 29일.

쟁의 초기부터 그가 자유주의적 친구들의 활동과 밀접한 관계를 가졌다는 증거는 전혀 없다. 자유주의적인 친구들 중에는 예컨대 《렉스프레스》 사람들이 있었고, 특히 총명한 딸 플로랑스는 이들과 관련을 가지면서 탈식민지 토론에 깊이 관여했다. 이 토론에 참가한 드골파의 친구들도 마찬가지였는데 자크 수스텔은 1955년 초기 알제리 총독으로 임명되었다. 원래 그는 자유주의 정신을 가진 사람들한테 에워싸여 있었는데 그중에는 특히 제르멘 티용과 뱅상 몽테일 같은 사람들이 있었다. 1955년 말에 학대, 집단 포로수용소, 고문 등의 이야기가 나돌기 시작하자 말로의 친구들은 그에게, 그리고 프랑수아 모리악, 알베르 카뮈, 장 폴 사르트르에게 호소해왔다. 고문의 문제가 제기되자 《모멸의 시대》의 저자요 옛 인도차이나의 반식민지 투사였던 앙드레 말로는 전면에 다시 나타난다. 이것은 원천으로의 복귀를 의미한다.

1958년 봄, 그에게 자신의 원천으로 복귀할 것을 종용하는 장 다니엘과 더불어 알제리 문제를 이야기하는 그의 말을 들어보자.

테러리즘? 그것은 사소한 일화에 지나지 않는다. 그러나 사소한 일화도 중요할 수 있다. 테러리즘이란 희망인데… 희망 없이는 테러리즘이 죽는다. 저절로 죽는다. 미국인들이 상륙할 수도 있다. 그러면 코레즈 지방에서 교량을 폭파하고 철도를 파괴할 것이다. 만일 미국인들이 상륙하지 않는다면 이번에는 가혹한 억압이 시작된다. 그렇게 되면 주민들이 우리의 적이 된다. 이것이야말로 보들레르가 말한 "돌이킬 수 없는 일"이 되고 만다. "돌이킬 수 없는 일"이 생기고 보면 테러리즘은 불가능해진다.

초기 단계는 아버지나 어머니의 죽음이나 모욕이다. 아니면 친구의 죽음이나 모욕으로 임한다. 특히 친구의… 그러나 친구가 아무런 희망도 없이 살해당한다 해도 테러리즘 같은 것은 불가능해진다… 희망이란 자신을 위한, 테러리즘 그 자체를 위한 즉각적인 승리를 확신하는 것이 아니다. 나는 유격대 전원이 짓밟힐 것을 알면서도 기쁨 속에 죽어가는 유격대원들을 본 일이 있다. 희망이란 역사적 충동이다. 그것은 거역할 길 없는 미래를 뜻한다. 분명 인민해방전선은 희망을 잃지 않았다. 사실 나는 그들에게서 희망을 소멸시킬 가능성이 있다고 믿지 않는다. 현재로서는 불가능한 일이다.

알다시피 지금 우리는 탈식민지화하는 것이 아니라 닥치는 대로 손에 잡히는 것을 가지고 진압하고 죽이고 전쟁을 한다. 우리는 아무것도 미리 예견하지 못했기 때문이며, 가정주부들의 요구에 응하고만 있기 때문이다… 고문은 간단히 끝날 문제가 아니다. 체제 자체가 문제시되는 일이다. 털어놓고 말하자면 문명 자체가 문제되는 일이다. 경찰 국가가 지척에 와 있다. 그다음은 암흑이다.

1958년 초 그는 자신의 윤리적 입장과 역사적 상황의 그 무언가를 다시 찾았다. 1958년 4월 앙리 알레그(민족해방전선 쪽에 가담하여 투쟁한 공산당원)가 자기가 당한 학대를 폭로한 책 《문제 La Question》를 당국이 압수했다. 여러 좌파 조직들이 이 같은 처사에 버금가는 반격을 하려고 노력했다. 이 같은 처사는 모리스 오댕이라는 또 한 사람의 공산당원을 공수부대원들이 물리적으로 제거했다는 폭로가 여러 군데서 터져나온 바로 그때 일어난 일이었던 것이다. 여러 유명 작가들이 집단적 항의를 해달라는 요청을 받는다. 알베르 카뮈는 거절한다.

그러나 근본적인 의견 대립에도 불구하고 말로는 모리악, 로제 마르탱 뒤 가르 그리고 사르트르의 편에서 공화국 대통령(당시 르네 코티)에게 보내는 '엄숙한 공개장'에 서명할 것을 수락한다.

아래 사람들은

—앙리 알레그의 저서 《문제》 압수, 그에 앞서 최근에 저지른 모든 의견과 표현의 자유에 대한 억압과 저촉에 대하여 항의한다.

—앙리 알레그가 진술한 사실에 대해 공평하고 절대적인 공개의 조건에서 해명하기를 요구한다.

—인권과 시민 헌장의 이름으로 그 헌장이 보호하려는 이상을 더럽히는 고문 행위를 가차 없이 응징할 것을 여론에 호소한다.

—이 '엄숙한 공개장'에 서명하여 장 돌랑 가 27번지 파리 14구에 있는 인권연맹에 제출해줄 것을 모든 프랑스 국민에게 호소한다.

앙드레 말로

로제 마르탱 뒤 가르

프랑수아 모리악

장 폴 사르트르

4월 17일자 《렉스프레스》와 《뤼마니테》, 18일자 《르 몽드》는 이 글을 게재하여 강한 충격을 불러일으킨다. 말로는 클로드 란즈만을 통해서 사르트르가 일부러 이 성명서에 그가 서명하기를 원했다는 확언을 듣고서야 비로소 사르트르와 나란히 이름을 내기로 수락한 터지만, 그전에 드골과 상의했을까. 지금 와서 그 증거를 찾아내기란 어렵다. 그러나 1958년 봄에 장군하고 알제리의 상황과 그 전망에

대하여 이상하리만큼 자유롭게 말하곤 했다는 사실을 잊어서는 안
된다. 더군다나 제4공화국의 범죄 행위는 그의 생각으로 볼 때 완전
히 프랑스의 범죄 행위로 여겨지지는 않았다.

2. 권력

실력자의 오른팔

제5공화국은 앙드레 말로의 경우 산 마르코와 산 지오르지오가 한눈에 들어오는 베네치아의 대운하를 향하여 활짝 열린 창문 옆, 벽에 걸린 틴토레토의 그림 앞에서 시작된다. 그는 드골 생각을 하는 것이 아니다. 그렇다고 해서 권좌에 복귀할 가능성을 염두에 두지 않는 것도 아니다. 《반회고록》을 펼쳐보자.

장군은 자신이 다시 권력을 잡으리라는 것을 항상 알고 있었다고 사람들은 말한다. 그는 알맞은 시기에 권좌로 복귀하리라는 것을 확신하고 있었을까. 나는 디엔 비엔 푸 이전 어느 날[1] 몇몇 친구와 함께 있었

1_ 1954년 봄.

는데… 엘리자베스 드 미리벨[2]이 물었다. "장군은 어떤 방식으로 되돌아올까?" "인도차이나 군대와 음모를 꾸미면서 돌아올 거야. 그들은 장군을 이용하는 줄 알았다가 제 손가락을 깨문 격이 될 테지." 그런데 인도차이나 군대를 통해서가 아니었다. 나의 예언이 거의 적중될 무렵 나는 아무 일도 일어나지 않을 거라고 확신한 채 베네치아에 머물고 있었다.

권모술수에 능한 비도는 내가 "루비콘 강으로 갈 때는 낚시질을 하러 가는 건 아니지"라고 했다며, 그 말을 빗대어 "그 사람은 호반에서 낚시질을 하고 있군"이라고 말했다.[3]

그러나 치고 나선 쪽은 인도차이나 군대였다. 상처를 입고 복수심에 불타는 채로 본토의 수도에서 타전한 몇 마디 전보 명령에 따라 국가에 의하여 지중해 연안으로 이동한 인도차이나 군대 말이다. 베트민 군대 다음으로 이번에는 인민해방전선을 '돌이킬 수 없는 상태'로 묶어둘 수 없어지자 격분한 나머지 갖가지 내분(그중에는 드골과 프랑스 국민연합이 불러일으킨 것도 포함되어 있다)으로 인해 너무나도 기진맥진해진 정권에 모든 책임을 전가하면서 승리의 기회를 노리던 군대는 드골 장군을 요구했다. 장군은 과연 그 군대가 '제 손가락을 깨문 격이 되도록' 만들 것인가.

제4공화국은 기진맥진하여 정권을 내놓는다. 알제에서 '공안위원회'가 폭동 상태에 들어간다(오, 생 쥐스트여!). 공화국회 의장 피에르 플리믈랭이 그의 전권특사로 임명한 살랑 장군이 명령한 것이었다.

2_ 드골파와 매우 가까이 지낸 드골 장군의 런던 시절 비서.
3_ 《반회고록》, p. 144.

말로만큼 속사정을 소상히 알지 못하면 드골 장군이 어떤 것은 선동하고 어떤 것은 저지하는지 잘 알기가 어렵다. 《반회고록》에 절묘한 요약이 제시되어 있다.

이 혼란 속에서 사람들은 모순투성이지만 결의에 찬 집단이 비행기와 병사를 보유하여 군대도 경찰도 없는 정부에 대항한다는 것을 알아차릴 수 있었다. 플리플랭의 특사인 살랑은 "드골 만세!"[4]를 외쳐댔고, 사람들은 이제 장군이 공수부대를 체포할 것을 기대하는 게 아니라 내란을 예고할 것을 기대하고 있었다. 내란은 스페인 전쟁처럼, 10월혁명처럼 활짝 열린 영화관과 거리를 휩쓸고 다니는 어중이떠중이와 더불어 시작될 판이었다. 장군은 내가 돌아온 지 이틀 만에 나를 불렀다.[5]

그는 가벼운 마음으로 면담 장소를 찾아가는가. 장군의 역할이 뭔지 뻔한 이 수상쩍은 작전에 대하여 그는 어떤 생각을 하고 있을까. 장군은 그보다 몇 달 전에 가스통 팔레브스키가 모로코의 수도 라바트의 대사 자리(그렇게도 훌륭한 관측 초소를, 어쩌면 지휘 초소가 될 수도 있는 자리를⋯)를 거절한 것을 원망스럽게 생각한다는 사실을 말로도 잘 알고 있음에 틀림없다. 그 역시 1958년 5월 하순에 몇몇 옛 동지들이 맛본 쓰디쓴 기분을 느끼는지도 모른다. 그들은 그토록 숱한 집회를 조직하고 계획을 세우고 그토록 많은 준비와 노력을 바친 끝에 겨우 얻은 것이 장군의 재집권, 그것도 대부분의 반드골파 사람

4_ 이 일이 있은 지 이틀 후인 5월 15일.
5_《반회고록》, p. 147.

들 눈에는 장군이 영관장교들의 특공대를 통해서 성취한 것으로 보이는 재집권이란 말인가 하는 심정이었다.

하여간 그는 드골과 얼굴을 맞대고 섰다. "프랑스를 재건해야지요." 물론 장군은 이렇게 응수한다. "그러나 프랑스 국민이 없는 재건은 아니오. 그들이 '끓는다면'…" 하고 장군은 말을 계속한다. "나는 국민 없는 프랑스를 만들 생각은 없어요." 그러곤 주석을 단다. "국민들은 영관장교를 원치 않아요." 그는 '요컨대' 이렇게 말했다고 방문객은 요약한다.

그러니까 나라를 재건하고 통화를 안정시키고 식민주의를 종식시키자는 것입니다… 식민지 문제는… 제국을 만드는 모든 사람들에게 이제 식민지 같은 것은 다 끝났다고 말해둘 필요가 있습니다. 공동체를 만듭시다… 그들에게 능력이 있다면 국가를 세우도록 하는 겁니다. 그들이 동의한다면 동의하지 못하는 이들은 떠나야지요. 우리도 반대는 하지 않습니다.

인물로 보나 말로의 이력으로 보나, 특히 그 문제에 송두리째 집중하는 상황으로 보나 장군이 그날 그에게 '알제리' 상황에 대해 말하지 않은 것은 이상한 일이었다. 말로도 평상시와 달리 신중을 기하여 그 문제는 꺼내지 않았다.

하지만 그는 1958년 5월 하순에 드골이 지니고 있던 '복안'을 그려 보인다. 물론 사후에 쓴 것이긴 하지만 그 핵심은 그날의 것과 일치한다고 봐도 무방할 것이다.

그는 FFI와 FTP의 의장이 되지 않았던 것이나 마찬가지로 공안위원회 의장 자리는 맡지 않을 생각이었다. 그는 엄청난 혼란에 직면한 채로 다시 권력을 잡는가. 1944년의 혼란에 비하면 엄청날 것도 없다. 그의 적수들은 자기 취향대로 권력을 행사하면서 프랑스가 재정비되고 알제리 분쟁이 끝나기를 기다릴 것이라고 믿었다. 나는 오히려 그가 프랑스의 재정비로부터 분쟁의 종식을 기대하는 것이 아닐까 하고 생각했다. 잠정적으로 그는 자기 자신을 통제하려고 했다. 어쩌면 자기 권력을 타진해보는 것 같기도 했다.

말로는 엘베 섬에서 복귀하는 인물의 모습을 시험 삼아 그려보고 싶은 충동을 억제하지 못한다.

아마 역사는 그 마스크도 함께 가지고 나타나는 듯하다. 그의 마스크는 여러 해를 지나는 동안 친절한 모습으로 세련돼지기는 했지만 심각한 인상은 그대로 남아 있었다. 그는 내심 깊은 감정은 표현하지 않고 닫아 감춘 듯했다. 그의 표현은 예의의 표현이었고 때로는 유머의 표현이었다. 그럴 때면 눈이 자그마해지면서 밝아졌다. 무거운 시선이 잠깐 동안 바바코끼리 눈으로 변하는 것이었다.[6]

대혼란 속에 태연하게 걸어나오는 이 실력자 곁에서 말로는 어떤 인물이 될 것인가.《렉스프레스》와 회견할 때 그는 자기 자리에 똑바로 발을 딛고 서서 자기 판단을 하고 있으며, 왕정에 가까운 이 복고

6_ 위의 책, pp. 147~151.

운동에서 어리둥절 정신을 못 차리는 건 아니라는 사실은 확실하다. 그래서 자크 드뷔 브리델은 이렇게 기록한다. "드골 장군 옆에 말로가 있다는 사실이 좌파의 드골 지지자들에게는 고무적이었다. 내가 내 나름의 우려를 표시하자 그는 우리가 어떻게 우파라고 생각할 수 있단 말이냐고 잘라 말했다. '기 몰레는 그래도 우파는 아니다. 우리는 이제 더 이상 프랑스 국민연합이 아니다'라고 그는 말했다"[7]

'한자리.' 물론이다. 그러면 어떤 자리를? 6월 1일 드골의 내각이 구성되었을 때 앙드레 말로는 다시 "공화국회 의장실 파견 장관이 되어" 우선은 1945년 11월처럼 "공보"를 맡았다가 나중에는 "프랑스 문화의 확대와 진작"을 담당한다.[8] 그는 실망했다. 《렉스프레스》에 연재하는 "블록노트Bloc-notes"에서 모리악이 기록한 내용을 보면 사실상 말로는 내무상 자리를 원했다. 프랑스에서 내란을 종식시키려고 굳게 결심한 사람은 둘밖에 없었다. 말로는 자신을 무거운 책임을 지닌 높은 자리에 앉혀놓고 그 자신의 힘에 기대를 거는 것이 합당하다고 생각했다.[9] 사실 그는 내무상 자리에 대해서도 국방상 자리에 대해서도 말을 꺼낸 적이 없다. 그러나 공보상이나 문화상처럼 부분적인 '전달'의 임무를 띤 자리를 원한 게 아니라는 점은 분명하다. 그런 자리는 실제로 일을 '하는' 것이 아니라 남의 말을 전하는 자리였던 것이다…

공보상도 좋다. 이제 그는 재능 있는 인물을 기용할 수 있을 것이

7_《반항적 드골De Gaulle constestataire》, 1971년, p. 173. 드뷔 브리델은 드골 좌파의 지도적 인물이다. 말로의 프랑스 국민연합에 대한 술회는 의미심장하다. 그가 기 몰레를 언급한 것은 뜻밖이다.

8_《주르날 오피시엘》, 1958년 7월 27일.

9_ 클로드 모리악과 필자의 인터뷰. 1972년 3월 말로는 드골이 알제리 문제를 맡겨주기를 원한 것으로 전해진다. 1945년 인도차이나 문제를 맡겨주지 못했으니…

다. 이를테면 처음에는 클로드 모리악을 텔레비전 책임자로 앉힐 생각을 했다가 알베르 올리비에를 기용한다. 그가 받은 것은 발언권밖에 없으니 말로는 그 발언권을, 그것도 요란하게 차지할 것이다. 6월 24일 그는 기자 회견을 개최한다. 분명한 직무가 없으니 한 시간 동안 모든 직무를 다 맡아서 기막힌 웅변을 토해가며 모든 문제를 다룬다. 멋진 회견이었다. 스페인을 지지하는 열변과 민족해방운동대회 그리고 프랑스 국민연합의 집회 이후 앙드레 말로는 노련한 기량을 획득했지만, 그 때문에 그의 정열이 차가워진 것은 아니었다. 불붙은 듯이 울부짖는 말처럼 콧구멍이 떨리고 몸을 날리기 직전 순종마의 털처럼 얼굴에 경련이 일었다. 역사적이라 할 만큼 창백한 안색, 별 밝은 밤의 경종 같은 목소리… 청중들은 대혁명 당시 국민의회 의원들과 그들의 뜻을 해석하는 예지에 찬 쥘 미슐레의 망령이 배회하는 곳으로 홀연히 실려온 듯한 느낌을 받는다.

과연 그는 무슨 말을 했는가. 우선 "드골 장군은 아직 나폴레옹 3세가 아니다"라는 것. 이 말은 알제리 문제에 관한 한 반드시 칭찬의 뜻은 아니다. 이 두 번째 황제의 '아랍 왕국' 구상은 그 당시 드골이 품었으리라 추정된 구상보다 더 대담했으니 말이다. 이제 말로는 내친 길이다.

마비 상태의 프랑스는 걷고 싶어 한다.

이 나라의 마비 상태에 또 하나의 형식을 부여하자는 것이 아니다. 프랑스는 어제의 약점이 아니라 희망을 회복하고자 한다. 정부는 불가분의 과업을 위하여 드골 장군을 불러들인 사람들이 요구한 대로 이제 당장 그 같은 희망을 되찾을 수 있는 수단을 부여할 생각이다…

오늘은 장군이 없는 공화국을 원하는 사람들이 있는가 하면, 다른 한 편에서는 공화국 없는 드골 장군을 원하는 사람들도 있다. 그러나 대다수 프랑스 국민은 공화국과 드골 장군을 동시에 원한다.

기자들이 그에게 알제리에 대한 의견을 말하라고 재촉한다. 이쯤 되면 어지간히 장황한 견해의 피력이 뒤따르게 마련이다.

처음으로 한 번 이슬람의 혁명이 서양과 대립적 방향이 아니라 서양의 이름하에 이루어지는 것이다. 사람들이 '영국의 파키스탄을!' 하고 외친 적은 없었다. 그런데 '프랑스의 알제리를!' 하고 외친다. 사람들이 '프랑스의 알제리를!' 하고 외칠 때 우리는 엄청난 역사적 운동, 아마도 중국의 인민 봉기와 더불어 가장 중요한 역사가 될 운동과 대면하고 있다는 사실을 나는 확신한다.

그로부터 2년 반이 지난 후 인민해방전선의 거대한 행렬이 독립을 요구했다. 4년 후에는 독립이 이루어졌다.

그러나 그는 그에게 귀중한 생각을 피력하기 전에는 우리 앞에서 물러나지 않는다. 지금까지 금기로 되어 있던 고문의 문제를 과감하게 거론하면서 그는 이렇게 선언한다. "드골 장군이 알제에 온 이후 내가 아는 대로나 여러분이 아는 대로 아무런 고문 행위도 저지르지 않았다.[10] 이제 다시는 그런 일이 생겨서는 안 된다." 그러고는 덧붙

10_ 장관이 '아는 것'은 불완전했다. 고문은 없어진 것이 아니라 정권의 교체로 인하여 기껏해야 잠시 동안 덜해졌을 뿐.

여 말한다. "여기서 나는 노벨상으로 그 특별한 권위를 인정받았고 이미 이런 문제를 연구한 세 사람의 프랑스 작가가 정부의 이름으로 위원회를 구성하여 알제로 출발하기를 권한다. 그들은 누구를 찾아가건 드골 장군의 신임을 받으리라는 것을 보장한다."

로제 마르탱 뒤 가르, 프랑수아 모리악, 알베르 카뮈를 보내 프랑스가 알제리에서 차지한 위상을 증언하게 한다는 이 아이디어는 그럴듯한 데가 없지 않았다. 그러나 완전히 실패로 돌아가고 말았다. 마르탱 뒤 가르는 중병 상태였고,[11] 모리악은 회의적인 데다 카뮈는 FLN(민족해방전선)을 지지하는 쪽에서 벌이는 일에 끌려들고 싶지 않았으므로 세 사람 다 사양했던 것이다. 말로는 카뮈 쪽으로 손을 써서 드골의 이름으로 알제에서 프랑스적 양심의 상임대사 격으로 삼으려 했으나 허사였다.

그 당시 말로는 자기가 드골과 좌파 사이의 교량적 존재라고 믿었다. 아니, 그 정도가 아니라 자신이 바로 좌파라고, 즉 권력의 뒷받침을 받으면서 그 권력을 파시즘에 대항하는 방벽으로 삼는 좌파 경향이라고 믿었다. 그는 알제 사령탑 외 '낫셀파'로부터 공화국을 구하기 위하여 개입한 드골의 존재를 굳게 믿었으므로 좌파가 자기를 에워싸고 단합하여 드골을 프랑스의 상징인 마리안으로 탈바꿈시키고자 하지 않는 것을 이상하게 여겼다. 기자 회견 후 며칠이 지난 1958년 6월 말 또다시 그가 장 다니엘에게 한 말을 들어보자.

11_그는 그 후 두 달도 안 돼 사망했다.

나는 낫셀파를 반대하는[12] 당신들 편입니다. 나는 망데스 프랑스와
《렉스프레스》를 이해할 수가 없어요. 도대체 원하는 게 뭡니까? 설명을
좀 해보세요. 이해할 수가 없어요. 이 정권이 위협받고 있다는 것을 당
신들은 아는 겁니까, 모르는 겁니까? 좋아요. 체제가 무너지는 조건 그
자체가 정권을 위기에 몰아넣고 있지요. 그래요. 하지만 그 조건은요?
그걸 누가 만든 거지요? 게다가 지금 그 조건이란 보는 그대로지요. 망
데스는 센 강에 던져질 뻔했어요. 우리는 모두 그 역경을 거칠 수밖에
없었습니다. 우리는 이제 뭔가를 해보겠다는 겁니다. 우리는 성과를 얻
고 있어요.[13]

그는 공산주의자들과 결탁함으로써 스페인공화국을 구하는 데 도
움을 준다고 생각했다. 그건 그런대로 이해할 만한 일이었다. 이제 그
는 드골과 영관장교들을 대립시킴으로써 민주주의를 구할 수 있다고
생각한다. 완전히 틀린 생각은 아닐지도 모른다. 그러나 그는 기발한
아이디어와 고상한 말로 알제리를 어둠에서 건져내진 못할 것이다.
그는 이제 곧 회한을 씹으면서 알제리를 정면으로 만날 것이다.

그의 기분을 전환시켜주려는 것일까. 이 공보상의 기자 회견으로
인해 각료들이 너무 근심했기 때문일까. 아니면 그저 해외에서 프랑
스를 대표하게 하는 데는 《희망》의 저자 이상으로 적임자가 없기 때
문일까. 하여간 드골은 그를 앙티유와 귀얀으로 보내 여름 동안 기초
를 세워둔 드골 헌법이 인준되느냐 파기되느냐를 결정할 국민투표에

12_ 여기서 그가 지칭하는 것은 벤벨라와 그의 동지들이 아니라 알제의 반란군 대령들이다.
13_ 미공개 인터뷰, 1958년 6월 29일.

서 표를 얻어내도록 한다. 그러고는 이란과 일본으로, 특히 프랑스의 이 새로운 정권은 파시즘의 대용품 정도라고 보는 인도로 보낸다.

뉴델리에서 네루는 그를 맞이하며 이렇게 말한다. "당신을 다시 만나서 반갑습니다. 지난번에는 당신이 스페인에서 부상당한 직후였지요. 당신은 병원에서 나오는 길이었고 나는 감옥에서 나오는 길이었지요." 수완도 이쯤 되면 겁이 난다. 그러나 경의에 찬 말로에겐 그렇지 않다. 얼마 후 인도 수상은 좀 더 이해하기 곤란한 말을 한다. "그래, 당신은 장관이 되었군요." 이 말을 말로는 유쾌하게 해석한다. "이 말은 '그래, 당신은 정부의 각료가 되었군요' 하는 의미가 아니었다. 약간 발자크적이며 특히 힌두교도적인 이 말은 '이게 바로 당신의 최근 현신이군요'라는 의미였다."[14]

그리고 이 방문객에게 마음이 끌리긴 했지만 그의 직위와 역할에 신경이 거슬린 네루는 작별 선물로 간디의 말을 인용한다. "자유란 흔히 감옥의 벽들 한가운데서, 때로는 단두대 위에서 찾아야 할 것이지 결코 국무회의 법정이나 학교에서 구할 것은 못 된다."[15] 그중에서 말로는 특히 처음 몇 마디를 기억하게 될 것이다.

이처럼 외국 순방을 하기 전에 앙드레 말로는 선전국 대표 시절에 보인 적 있는 천부적 재능을 발휘하여 7월 14일, 8월 24일(파리해방 기념일), 9월 4일에 시청 광장과 공화국 광장에서 군중들 앞에 섰다(훌륭한 날짜며 장소였다). 그러곤 드골 장군과 동지들의 공화국 정권에 대한 충성심을 비롯해 뤼드와 미슐레의 비전이 점철된 자신의 고

14_ 《반회고록》, p. 198.
15_ 위의 책, p. 218.

정관념들을 역설했다. "우리에게 공화국이란 무엇인가를 그 어느 때 보다도 절실히 깨달은 것은 독일 점령 시대였다. 그때 동상들이 없어 져버린 동상대 위에서 해묵은 목소리들이, 얼굴이 사라져버린 목소 리들이 이렇게 말하고 있었다. '저들은 나의 초상을 없애버릴 수는 있었지만 다른 초상으로 대치하지는 못했다… 프랑스 국민의 가슴 속에서 내 모습을 지워버릴 능력을 지닌 자는 아무도 없다.' 공화국의 기억은 오늘의 우리와 그 당시의 여러분 그리고 영원한 프랑스 국민 들에게 혁명 시대 국민의회의 기억을 의미하며, 민족 전체가 송두리 째 역사적 운명을 향하여 달려나가던 날의 향수를 의미한다… 그것 은 곧 노력과 희망 속에서 피어나는 동지애다." 이처럼 그는 1958년 가을 드골의 공화국을 합법화하는 선거전의 승리에 자기 나름으로 참가했던 것이다. 그는 이 정권을 부정적인 방식으로 정의하면서 "이 정권은 제4공화국도 드골 장군도 아니다"라고 말했다. 제4공화국이 건 아니건 여기에는 프랑스 국민연합의 여운이 깃들어 있다.

1958년 6월에서 1969년 4월까지 앙드레 말로는 제5공화국 정부의 각료였지만, 선거에 출마하라는 드골 장군의 권유를 집요하게 거절 했다. 그는 우선 국민의회 의장실 파견 장관이었다가 1959년 1월에 국무위원이 된다. 6개월 후에는 '문화성'을 맡아서 10년 동안 장관직 을 수행한다. 이 11년 동안 정부 각료로서 그의 역할은 두 가지로 표 현된다. 그중 하나는 어떤 방면에서 어떤 활동을 리드하는 일을 맡은 전문가 혹은 전문가라고 가정된 역할이었다. 다른 하나는 어떤 정책 을 공동으로 책임지는 그룹에서 그의 인격으로 보나 권력자와의 관 계로 보나 매우 예외적인 역할이었다. 여기서 말한 책임이란 1958년 부터 1962년 사이에 일어난 전쟁 종식과 그 후유증 청산에 이르기까지 여러 가지 사태를 기억해볼 때 단순한 권력 행사를 의미하는 것이 아니었다.

말로 장관? 문화성을 이끌어가는 그의 역할에 대해서는 뒤에 또 언급할 기회가 있을 것이다. 드골 장군은 말로가 국무회의에서 차지한 위치에 대해 저서《희망의 회고 *Mémoires d'espoir*》에서 이렇게 기술했다. "나는 오른쪽에 앙드레 말로를 앉혔고 앞으로도 항상 그렇게 할 것이다. 이 천재적이고 드높은 운명의 개척에 열정적인 친구가 곁에 있음으로써 내가 세속화되지 않을 수 있다는 인상을 받는다. 그 누구와도 비길 데 없는 이 증인이 나에 대하여 품고 있는 이념은 나의 생각을 확고하게 하는 데 도움을 준다. 심각한 문제를 놓고 토론이 벌어질 때 그의 섬광과도 같은 판단에 힘입어 내가 모든 의혹을 씻어낼 수 있으리라는 것을 잘 알고 있다."[16]

그렇지만 동료들의 증언을 종합해볼 때 그가 참가한 400여 회의 국무회의에서 이 요란한 인물은 평범하진 않아도 그 존재가 크게 두드러지지 않았다. 물론 푸와예, 라 말렌 혹은 마르슬랭 같은 인사들의 웅변에서 벗어나기 위하여 그가 보여준 '즉흥적'이고 '엉뚱한' 소묘는 이 따분한 관청에서 아직도 이 창조적인 인물의 어느 면이 다 없어지지는 않고 남아 있다는 것을 보여주기도 했다. 그러나 금세기를 나팔 불며 통과해가는 이 화려한 인물이 제5공화국의 국무회의를 마치 아주 잘 먹은 점심을 소화시키며 나른하게 앉아 있는 유지 같은 모습으로 치렀다는 사실은 뜻밖이다.

결국 이 12년 동안 그가 동료들을 감동시키거나 깊은 인상을 남긴

16_《희망의 회고》, 제1권 〈쇄신〉, p. 285.

적은 한두 번뿐인 것 같다. 그중 한 번은 1961년 4월 알제의 반군 쿠데타 때 그가 카르노 같은 어조로 전차 부대를 동원하여 군부와 대결하자고 제안한 뒤, 푸키에 탱빌 같은 어조로 쿠데타 주모자들의 처형에 찬성하는 발언을 했을 때였다. 또 한 번은 1965년 8월 베이징에서 돌아온 그가 엘리제 궁의 살롱을 중국식 그림자 연극 공연장 같은 분위기로 돌변시켰을 때였다. 그는 중국을 여행한 이야기를 들려줬는데 여행자로서 직접 본 것 못지않게 《인간의 조건》을 쓴 소설가의 상상력이 크게 작용한 내용이었다.

이 인상적인 두 번의 기회와 "이 자리에서 문화에 대해 아무런 정의도 내릴 생각이 없는 사람은 나뿐이오" 하는 따위의 재담 외에는 그는 "말수도 없고 지하실에 묻힌 듯한" 태도였다고 한다.[17] 또한 항상 머리를 수그리고 앉아 있거나 사회성 장관인 디네슈 양의 부드러운 얼굴을 얼떨떨한 표정으로 쳐다볼 뿐, 옆에 앉은 장군이 단호한 주장을 하면 무조건 지지하는 정도가 고작이었다.

다만 반발이 가장 심했던 장군의 두 가지 정책, 즉 1967년 분쟁 때부터 불거진 이스라엘 문제와 퀘벡 문제에 대해서는 어느 정도 경계하는 태도를 취했다는데 사실일까? 그런 말이 있기는 하다. 하지만 적어도 그의 동료 중 팔레브스키와 펠르피트는 그 사실을 부인한다.

물론 개인적으로는 이 두 가지 문제에 대해서, 그리고 그 밖의 다른 문제에 대해서 유보적인 의견을 표시하는 일도 없지는 않았다. 실제로 그는 측근들 앞에서 장군의 몇 가지 반미적 태도에 대해 "이건 좀 지나친 처사야!" 하고 내뱉기도 했다. 그러나 장관으로서는 공식

17_가스통 팔레브스키와 필자의 인터뷰, 1972년 11월 22일.

적으로 변함없는 충성을 다했다.

회한의 알제리

말로는 1960년 미국 여행 중에 알제리에 대하여 "모든 프랑스인에게, 특히 나에게 가장 심각한 문제"라고 말했다.[18] 나에게 가장 심각한 문제? 그 말이 사실이라면 그 당시 말로야말로 매우 공적인 인물이었으므로 그 증거가 눈에 띄었을 것이다. 공보상으로서 1958년에 6개월 동안이나 알제의 '극단파'와 대항하여 드골을 밀어주었고, 극단주의의 비호를 받으며 매우 심상치 않은 조건에서 탄생한 그 정권에 공화파적이고 자유주의적인 '격조'를 부여하려고 공적을 세운 것이 사실이다. 하지만 그 이후 정치적 군사적 현실을 바탕으로 알제리에 평화를 회복하려는 심정을 실천에 옮기기 위하여 그가 한 말은 무엇이며 한 일은 무엇인가. 그때 프랑스의 이름으로 저지르는 범죄를 벌하거나 저지하기 위해 그는 과연 무슨 말을 하고 무슨 행동을 했는가.

그는 "알제리 전쟁을 종식시키자면 어디에 있는 것이 더 낫겠는가? 카페 플로르에 있어야겠는가, 아니면 정부에 들어가야겠는가?" 하고 잘라 말하면서 할 말을 다했다고 생각했다. 문제는 정부에 들어가서 무슨 일을 하느냐였다. 미셸 드브레 씨로 말하자면 사실 정

18_《노베다데스 *Novedades*》지 담화, 멕시코, 1960년 4월 9일, 자닌 모쉬즈의 《말로와 드골주의》에서 재인용, p. 209.

부에 들어가기보다는 카페 플로르에 앉아 있는 편이 더 나았을지도 모른다… 앙드레 말로의 경우라면 좀 따져봐야 알 수 있는 일일 것이다. 그는 4년 동안이나 전쟁을 추진시킨 행정부에 앉아 있음으로써 오랫동안 떳떳하지 못했던, 그리고 믈렁 협상(1960)을 시도할 무렵에는 노골적으로 보수적인 면을 드러냈던 정책을 널리 알려진 '말로'라는 이름의 권위와 혁명적인 과거 경력으로 뒷받침해준 셈이다. 반면, 그의 지위를 이용해 알제리에 봉사할 기회도 없지 않았다. 그가 한 봉사란 알제리인들이 말로의 친구 에드몽 미슐레에게 입은 도움에는 훨씬 못 미쳤지만 무시할 수는 없는 것으로 훗날 기억될 터였다.

1959년에서 1960년까지 2년 동안 그는 홍보 임무를 띠고 특히 라틴아메리카를 여행하는 데 많은 시간을 바쳤다. 그 당시 그가 옹호하여 역설한 정책으로 말하자면, 그는 1958년처럼 그 정책의 감춰진 면, 즉 상대방 입장의 진정성을 고려함으로써 재정복이 아닌 어떤 다른 지평을 열어주는 감춰진 일면을 드러내려는 노력조차 하지 않았다. 리우데자네이루에서 리마로, 멕시코에서 부에노스아이레스로 옮겨다니며 그가 내뱉은 말은, 말로라는 인물을 감안해볼 때 행정부 각료로서의 연대감이라는 범위를 넘어설 정도의 순응적 성격을 띠고 있었다. 그는 행정부에 몸담은 처지라서 드골에 반대하는 운동을 전개할 수도 없었고, 장군이 추진하는 전략의 비밀을 지켜야 해서 긍정적인 면을 드러내 보일 수도 없었던 것일까. 그가 비록 장관 자리에 연연하는 것이라 할지라도 그런 상품을 가지고 돌아다녀야 하는 세일즈맨 역할을 도대체 무엇 때문에 수락했단 말인가. 의회 의원에 출마하라는 드골의 권유도 뿌리친 그가 아닌가. 그런 그가 드골의 정책

중에서도 가장 논란의 여지가 큰 정책의 세일즈맨이 되는 것을 거절할 수 없었다는 말인가.

그가 멕시코 사람들에겐 한 말을 들어보자.[19] "오랜 자유의 나라에서 파견되어 온 이 사람은 왜, 어떻게 그의 모든 행동 하나하나가 지난 2년 동안 끊임없이 여러분과 같은 이상에 봉사해왔는가를 말하기 위하여 이곳에 왔습니다. 멕시코의 저 정열에 불타는 반식민주의는 내가 오늘 이곳에 와서 말하고자 하는 것에서 반성의 이유와 희망의 이유를 발견해냈다고 믿습니다."

이번엔 우루과이 사람들에게 한 말이다. "프랑스는 옆구리에 쓰라린 상처를 입은 채 전진하고 있습니다. 자유의 투사들이 전진했듯이 전진하고 있는 것입니다."

그리고 아르헨티나에서는 이렇게 단언했다. "80만 프랑스 사람들과 100만 알제리 사람들은 인민해방전선의 30만 반란자들과 맞서서 프랑스를 선택했습니다… 알제리를 포기한다는 것은 우리에게 충성을 다 바치는 사람들이 살해당하도록 방치하는 것을 의미할 터입니다. 프랑스는 그들이 살해당하도록 방치하지 않을 것입니다."

한편, 페루 사람들에게는 이렇게 역설했다. "오직 30만 반란자들만이 인민해방전선이 알제리를 대표한다고 믿고 있습니다. 그런데 민족해방전선은 일체의 합법성을 상실한 상태여서 참다운 호응을 얻지 못하는 형편입니다… '한 나라의 합법적인 주인이 되기 위해 총을 잡고 일어서야 한다는 것은 그릇된 생각'이기 때문입니다."

지난날의 프랑스 국민연합 전문가가 민족해방전선이 힘을 잃고 분

19_ 위의 글, p. 209.

열릴 것이라는 전망과, 베이징과 모스크바가 민족해방전선에 행사할 영향력 등을 역설하는 이 순회 강연은, 이 시대 우파 신문을 그대로 스크랩해놓은 듯한 내용이었다. 다만 의회 조사단의 지방 순회 강연처럼 단순히 진부하기만 한 것이 아니라 기이한 사회적 역사적 전제에 바탕을 두고 있었다. 앙드레 말로는 이슬람이라면 (페르시아의 종려나무 가지는 예외로 치고) 아무런 흥미도 보인 적이 없었다. 그가 보기에 이슬람은 아무런 '형태'도 없고, 억압당한 사람들의 부정적인 힘 외에는 아무런 힘도 없었다. 아랍 회교도 국가의 운동은 기껏해야 케말주의(평신도 이념, 현대주의, 여성주의)에 귀착되는 것이 고작이라고 생각했다. 그런데 알제리에서 케말주의란 곧 드골이었다. 그가 볼 때 드골은 케말주의를 약속하고 있었다. 이렇게 하여… 그는 드디어 구름 위를 떠다녔다. 그 구름은 처음으로 그를 떠받쳐주는 것이 아니라 그의 눈을 멀게 만들었다. "만약 알제리에서 이슬람식 민주주의의 충동이 멈춘다면 서구 전체가 뒷걸음질을 멈추게 된다."[20]

　사실 이 문제는 무엇보다도 한 가지 면에서 그의 관심을 끌었다. 정권의 유지라는 면 그리고 부차적으로 정권의 건전성이라는 면이었다. 그는 알제리(말로는 이 나라의 역사도 문화도 민족도 알지 못한다. 특히 그 나라의 예술에서 별다른 장점을 발견하지 못한다)가 드골에게 끊임없는 위협이며, 그가 보위하고 신뢰하는 체제로 볼 때는 몸을 더럽히는 위기라고 여겼다. 이야말로 어느 면으로나 그가 거부해 마지않는 일이었다. 하지만 그는 이 참혹한 전쟁이 자아내는 '얼룩'의 폭을 줄이는 것보다는 알제의 도당들이 수도 파리를 누르려는 기도에 더 강

20_ 파리에서 열린 해외 언론과의 기자 회견, 1958년 7월 2일.

하게 저항하는 것을 우리는 보게 된다. 우리는 그가 이 방면에 공로를 세웠다고 하여 고문당하는 사람들의 호소에 그토록 오랫동안이나 무관심했다는 사실을 잊어버리지는 못한다.

1959년에서 1961년까지 미셸 드브레 내각의 각료였던 앙드레 말로는 좌파의 옛 친구들, 1958년 4월 17일의 호소문에 함께 서명한 사람들로부터 말로 자신이 "스스로 떠받들겠다고 자처하는 이상을 욕되게 하는 것"이라고 지적한 전쟁 방식에 반대 의사를 표명해달라는 요청을 자주 받았다. 그러나 허사였다. 1959년, 이 장관은 1년 전 작가로서 저항한 적이 있는 사건과 매우 유사한 사건에 직면한다. 고문당한 인민해방전선 맹원 네 사람이 쓴 《암*La Gangrène*》이란 책이 제4공화국 당시 《문제》처럼 드골 공화국의 내무성 장관에게 압수당한 것이다. 말로는 장관이 아니었을 때 스스로 변호했던 앙리 아렐그와 달리 《암》의 저자인 바시르 부마자와 그의 동료들이 공산주의자들과는 거리가 멀다는 사실을 잘 알면서도, 고문당한 사실을 증언한 이 책은 공산당이 날조한 것이라고 주장했다. 멕시코에서 이 사건에 대해 질문하자 그는 멕시코 전쟁 때도 고문이 있었다고 응수했다. 예절바른 대답도 현명한 대답도 아니었다. 그는 자파타(멕시코 혁명가—옮긴이)로 보이고 싶은 것인가, 아니면 후에르타(20세기 초 멕시코의 장군, 정치가. 1913년부터 1914년까지 대통령 역임—옮긴이)로 보이고 싶은 것인가. 최근의 주장도 더 나을 것이 없다. 사람들이 사르트르가 반박한 말을 인용해대자 그는 분통을 터뜨리며 대답한다. "사르트르가 파리에서 검열 당국이 허락한 희곡 작품을 상연하고 있을 때 나는 게슈타포 앞에 붙잡혀 있었다."

그러나 압박의 소리는 점점 확대되고 다양해졌다. 말로쯤 되는 인물이면 세인의 이목이 쏠리게 마련이며, 세상 사람들은 그가 말로다 워지기를 요구하는 법이다. 이리하여 1960년 6월 23일 그레이엄 그 린은《르 몽드》에 앙드레 말로에게 보내는 '공개장'을 발표한다. 이 수준의 공개장이면 읽지도 않고 무시해버릴 상황이 아니다.

프랑스의 자유를 옹호하기 위하여 마우트하우젠 수용소에서 죽은 영 웅적인 프랑스 여인을 추모하여 매년 시상하는 문학상의 심사위원 자 격으로 우리가 전에 서로 만난 일을 당신은 아마도 기억하시겠지요…

우리는 고문의 피해자들이 그들의 가해자로부터 교육을 받았다고 믿 을 수도 없으며, 마우트하우젠이란 이름이 이제는 프랑스 사람들에게 공포의 동의어가 아니요, 독일 사람들에게 치욕의 동의어가 아니라고 믿을 수도 없습니다…

내가 당신에게 편지를 쓰는 것은 영국 신문의 보도 기사 때문입니다. 프랑스를 사랑하고 귀국의 대통령을 깊이 존경하는 사람으로서 읽기가 매우 고통스러운 그 기사의 일절은 다음과 같습니다.

"피고인 앙리 알레그 씨는 자신을 체포한 사람들을 살인자라고 고발 했다는 이유로 피고석에서 강제로 추방당했다.

변호사 마타라소 씨는 1957년 말 사르트르, 모리악, 마르탱 뒤 가르 그리고 말로 씨(현 문화상) 네 사람의 지성인이 고문에 대하여 공평하 게, 최대한 공개적으로 해명하기를 요구했다는 사실을 상기시켰다. 그 는 덧붙여 말하기를 알레그를 고문하고 오댕을 살해한 사람들의 만행 에 절대적으로 종지부를 찍어야 한다고 주장했다. 다른 사람들이 계속 해서 참혹한 일을 당하고 있기 때문이라는 것이다. 그때 검찰관이 일어 나 그의 말을 가로막았다. '변호인은 방금 본인을 모욕했습니다. 나는

변호인이 법정에 출두할 것을 요구합니다.'

이제 피고들이 말할 차례가 되었다. 그들 중 한 사람이 비공개 재판의 제안을 비판하면서 말했다. '나는 바로 이 재판정에서 비쉬 정권의 재판부에 의해 사형 선고를 받은 적이 있습니다. 그때는 공개 재판이었습니다.'"

피고인이 피고인석에서 추방되고, 검찰관이 변호인의 출두를 요구하고, 피고인이 백일하에 내려진 법의 심판의 예로 비쉬 정권을 드는 불상사는 견딜 수 없는 시니시즘의 희비극 소재라고 하겠습니다. 자유 프랑스의 영도자가 행정부의 수반으로 있고 《인간의 조건》을 쓴 작가가 그 각료인 시대에 이 같은 재판정이 존재할 수 있다는 것은 믿기 어려운 일입니다.

에리니에스(그리스 신화에 나오는 복수의 여신들—옮긴이)의 고리가 그를 조인다. 1960년 9월 화가, 작가, 연극인 집단이 한데 뭉쳐서 알제리 전쟁의 유지, 전쟁에서 사용되는 방식 그리고 전쟁에 징집된 청년들의 '불복종권'을 고발하는 성명서를 써서 서명을 한다. 이 성명서에 서명한 사람이 121명이어서 '121인 선언'이라 부른다. 그중에는 앙드레 말로의 딸이며 영화인인 플로랑스도 들어 있다. 이로 인해 그는 충격을 받았지만 자기가 각료직을 맡고 있는 정부가 '121인 선언'에 서명한 사람들은 공공 기관이 운영하는 무대와 방송에 출연하지 못하도록 조치했을 때조차도 일체 입을 열지 않는다. 비극 속에 몸소 출연할 권리를 갖자면 침묵을 통해서나마 알제리에서 벌어지는 비극에 동조하지 않으면 안 되는 모양이다…

1961년 11월에는 새로운 시련이 밀려왔다. 그 명성과 활약에서 레지스탕스 시대와 밀접한 관련을 갖고 있는 미니Minuit 출판사는 공수부대원의 참혹한 증언인《생 미셸과 용Saint-Michel et le Dragon》을 출간했다가 압수당한다. 출판사 사장인 제롬 랭동은 말로에게 격분과 향수에 찬 공개장을 보낸다. 행정부의 '문화 옹호자' 말로, '가장 위대한 현대 작가' 말로가 과연 이런 일을 방치해둘 것인가.

그렇다. 그는 무엇보다 먼저 장관이다. 그가 참여한 정부가 국가원수의 복안에 따라 수상의 반대를 무릅쓰고 마침내 알제의 무모한 '반란자들'(멕시코와 리마를 비롯해 곳곳에서 말로가 매우 고립된 상태이며 아무런 희망도 없는 야망에 찬 무리라고 비난했던)과 협상을 활발히 진행시키는 시점이기는 했지만.

말로가 한심한 상태로 침묵을 지키다가 입을 열면 기껏해야 딱한 열변을 토하는 것이 고작인 이 행정부 안에서《암》과 고문하는 사람들의 문제가 점점 더 확대되어가는 상황을 속수무책으로 가만히 지켜보기만 한 것은 아니다. 시몬 드 보부아르는《결산》이라는 책에서 말로 장관이 알제리의 고문 행위를 단순히 비호하는 데만 급급했다고 비난한다. 그러나 보부아르의 정보는 불완전하다. 그는 알베르 카뮈와 장 다니엘의 요청에 따라 일체 비밀에 붙인다는 조건으로 많은 알제리 투사들을 가장 살인적인 수용소로부터 구해낸다.

그는 매우 다행스러운 처사와 대담한 행동을 보여주기도 한다. 알제리 전쟁을 다룬 '어처구니없는' 희곡 작품인 장 주네의《병풍Paravents》을 장 루이 바로(프랑스 배우—옮긴이)가 기탄없이 상연하도록 지지해준 것이다. 이 작품은 프랑스 극장Théâtre de France 관계자들이 문화성 장관의 비호를 받지 않았다면 드브레 수상의 친구들에 의해 상연이 저지되고 말았을 것이다.

'장송 조직'의 재판 에피소드[21]는 그 내막이 여전히 불분명하다. 프랑시스 장송의 변호인인 베르제스 씨는 고객이 굳이 반대하는데도 불구하고 법정에서 이 같은 갈등이 있기 전부터 지속되어온 두 작가의 우정을 공개했다. 장송은 투쟁에 몸을 던진 초기부터 말로에게 어떠한 도움도 요청하지 않았다. 장관은 자신의 글이 이런 식으로 이용되는 것에 항의한 일이 없으며, 프랑시스 장송을 비난하는 말은 하지 않았을 뿐만 아니라 1966년에 그의 방문을 받았을 때는 구태여 이런 말까지 했다. "이 전쟁 기간에 한편에는 열심히 말로 떠든 사람들이 있었고 다른 한편에는 실제로 행동한 사람들이 있었습니다. 내가 어느쪽에 더 호감을 지녔는지는 당신에게 굳이 말하지 않아도 되겠지요."

그리고 투쟁의 불꽃같이 타오르는 국면들도 있다. 이런 면에서 말로는 반파시스트 항쟁 풍토, 즉 레지스탕스에서 알제의 '항명 선언 pronunciamiento'으로 이어지는 분위기와 일체감을 다시 한 번 느낀다. 소위 '바리케이드'라고 불리는 1960년 1월 봉기다. 이때 말로는 알제리의 반군하고 당장이라도 협력할 태세인 수상과 맞서서 반군의 투항을 요구하기 위해 급진적인 드골과 합세한다. 이것이 1961년 4월의 '군장성급 반란 사건'이다.

이렇게 되자 말로는 국무회의에서 반군에 대항하기 위해 "아무 탱크나 처음에 눈에 띄는 탱크에 올라타겠다"고 선언하는 정도로 만족하지 않는다. 그는 알제의 베르사유 파당에 대항하기 위하여 스스로 코뮌파를 결성한 뒤 몇십 명의 의용병과 더불어 보보 광장에 있는 내

21_ 프랑시스 장송은 알제리 FLN '후원 조직'을 결성했는데, 많은 조직원들이 1960년 재판에 회부되었다.

무성에 들어가 농성을 한다(내무성 장관 로제 프레는 너무나도 괴로운 입장이어서 동료 장관이 이처럼 엉뚱한 침입을 해도 성조차 낼 수 없는 상태였고, 그의 비서실장 상기네티는 마치 농담이라도 하듯 내뱉는다. "아이구! 말로 덕분에 드디어 우리가 살았군!"). 말로는 16년 전 알자스 로렌 여단 때처럼 의용병을 모집한다. 우스운 구경거리지만 따지고 보면 호감이 가는 광경이다. 하여간 그날 밤 말로와 의용병들하고 함께 있었던 사람들 모두(필자를 포함하여)에게는 멋진 추억이다.

거기에는 공화국이 내일을 보장받던 시절보다 더 많은 로페즈와 더 많은 라미레즈들이 있었기 때문에 더욱 강하게 옛 스페인 시절의 분위기가 감돌았다.

이 같은 사건으로 인해 그의 내면에서는 상징적인 인물이 되살아난다. 프랑스 식민지로서의 알제리를 마지막까지 사수하려는 OAS[22]의 테러단이 그 이듬해에 노린 사람들 가운데 말로가 들어간 것은 지극히 당연한 일이었다. 1962년 2월 7일, 그가 15년 전부터 살아온 불로뉴의 집 1층 창틀에 설치한 폭탄이 폭발했다. 건물 주인의 다섯 살난 딸 델핀 르나르가 그 파편에 맞아 한쪽 눈을 잃었다.

6주 후에는 에비앙 조약에 서명했다. 앙드레 말로가 이 분쟁의 조정에 대해 공식석상에서 처음으로 언급한 것은 그가 케네디 대통령의 초청으로 방문한 미국에서였다. "프랑스는 정의를 선택했기 때문에 자결 원칙을 선택했다. 그러나 정의는 죄 없는 사람들을 버리는 것이나 충실한 사람들을 배반하는 것을 의미하지 않는다.

에비앙 조약은 어렵게 이루어진 조약이었다. 귀국의 보도 기관들

22_ 비밀 무장 조직Organisation armée secrète.

이 그 조약을 "장기간에 걸쳐 성취시킨 가장 고통스럽고 영웅적인 행위"라고 규정한 것은 옳다. 그 조약의 이행 또한 어려움이 많을 것이므로 어제까지 우리의 적수였던 사람들이 그랬던 것처럼 이제 온 정력을 기울여 노력하지 않으면 안 될 것이다."[23]

그는 자기를 공격하는 좌파 인사들에게 드골은 평화를 실현할 거라고 공언한 적이 있다. 하지만 그는 너무나도 오래전부터 일체 입을 열지 않았고, 이 끝도 없는 전쟁에 너무나도 도리 없이 휘말려왔으므로 의기양양한 태도를 취하지는 못했다. 고통의 알제리에 이어 회한의 알제리가 끝내 지워지지 않고 마음속에 남고 말았다.[24]

예술과 국가

1945년 12월 어느 날, 논쟁가인 앙리 장송이 에마뉘엘 베를에게 공보상으로서 말로의 역할이란 어떤 것이었는가를 물었다. "오, 그 이상 간단한 일도 없을 겁니다. 말로는 그저 있으나 마나 한 부서에다 무질서를 도입하려고 노력한 거지요."[25] 그런데 이제 그가 문화성을

23_ 《말로와 드골주의》에서 재인용, p. 223.

24_ 드골 장군 측근 인사의 말에 의하면 알제리 전쟁으로 인해 말로가 놀랍게 승격될 뻔했다. 제5공화국 대통령은 테러 행위가 되풀이되면서 자신의 목숨이 위태로워지자 명령서를 작성했는데(나는 그 흔적을 찾으려고 노력했으나 불가능했다) 그 끝부분에, 만약 대통령과 수상의 유고 시에는 앙드레 말로가 적어도 임시로나마 대권을 승계하라고 명시했다는 것이다. 또한 전하는 말에 의하면 샤를 드골이 "그 같은 불행한 일이 일어날 경우" 그 후의 선거에서 프랑스 국민들이 앙드레 말로에게 투표하기를 요청하는 한 구절이 포함되어 있었다고 한다.

25_ 《오로르L'Aurore》지, 1967년 10월 10일.

맡은 것이다. 1952년 프랑크 엘가르가 (《카르푸르》지를 위해서) 한 나라의 예술 생활을 정부가 "건전한 방식으로" 지도할 가능성이 있는가라고 질문했을 때 "제발 정부가 예술에 대해 지도 같은 건 아무 것도 하지 않기를 바랍니다!… 정부는 예술을 지도하라고 만들어진 게 아니라 예술에 봉사하라고 만들어진 것이지요!"라고 대답한 그 말로가.

6개월 전 드브레 내각이 구성된 이래 문화 담당 국무상으로 임명된 앙드레 말로가 마침내 '문화 정책'을 실천에 옮길 수 있는 행정 조직을 갖춘 것은 1959년 7월 24일이다. 드골 장군이 이 시대의 가장 위대한 작가이며 장군과 대화를 나눌 만한 권위를 지닌 매우 희귀한 인물인 말로에게 맡긴 이 직책은 세인들에게 비상한 관심과 기대를 불러일으켰다.

임명장에 쓰인 말 그대로 그의 문화상 임명은 "인류의 가장 중요한 업적들, 무엇보다 프랑스의 업적과 가능한 한 최대 다수 프랑스인의 업적을 세인들에게 공개하고 문화 유산을 가장 널리 알리며 예술 작품과 그 작품을 풍성하게 하는 인간 정신의 창조를 유도한다"는 데 그 목적이 있었다.

문화상 앙드레 말로는 '문화'에 대한 너무나 번지르르하고 너무나 한정된 규정에 얽매이지 않을 수 없었다. 그렇지만 매우 인상적인 몇 가지 공식으로 복안을 발표했다. "이제부터 집단 사회는 자신의 문화적 사명을 인식했다. 학교에서 공부하는 것 못지않게 대중은 극장과 미술관을 이용할 권리가 있다. 쥘 페리가 교육 분야에서 이룩한 것을 문화 분야에서 실현해야 한다."

쥘 페리? 물론 말로 씨가 그 이름을 표방한다고 해서 우스꽝스러울 것은 없다. 그러나 우리는 한 가지 이의를 제기하게 된다. 쥘 페리는 공화주의적인 동시에 비교권적인 매우 광범위하면서도 정확한 이념과 이상을 바탕으로 자기의 뜻을 실천했다. 그가 전개한 투쟁의 목표는 선명했다. 프랑스 국민들에게 공화국의 미덕과 공화국의 역사 지식을 보급하고 그 실천을 교육하는 학교의 필요성을 설득시키자는 것이었다. 문제는 시민을 양성하여 공화국에게 공화국민을 제공하자는 데 있었다. 이 엄격한 신념에 버금가는 것으로 말로는 과연 무엇을 제안했는가. 기껏해야 평등주의적이며 민족주의적인 미학 외에 무슨 이념과 무슨 정열을 보여주었는가. 말로는 서유럽의 시장 체제와 소련의 국가주의 중간쯤 되는 지점에서 문화의 '프랑스식 방향'을 열심히 모색했지만 허사였다.

그는 기이한 왕국을, '엉뚱한 왕국'을 물려받았다. 책, 학교, 라디오, 텔레비전, 청년들의 사회 교육 활동, 해외 문화 교류 등에 전혀 개입할 권리가 없는 문화 정책이 무슨 의미가 있는가.

비극 못지않게 대재난의 고정관념에 사로잡혀 있고, 삶의 기교보다는 죽음의 의식이 더 강하며, 혁명의 역사를 통해 형성되었지만 군인의 영예에 대한 매혹을 버리지 못하고, 확고부동한 반파시스트 운동가에서 프랑스 국민연합의 기수로 변신했으며, '심리학'을 노골적으로 경시하고(심리학 쪽에서도 그에 못지않게 응수해왔다), 관료적 계교와는 거의 무관하기에 그만큼 더 관료들의 농간에 잘 걸려드는 교양인 말로. 그는 대체로 자유 감각과 혁신적인 창의에 역점을 두었지만, 그 방식이 너무나 산발적이고 예측 불가능해서 가장 건전한 활동을 전개하고도 한심한 숙청이라는 결과에 이르곤 했다. 그는 살아 있는 예술을 옹호하기 위하여 CNAC(국립예술문화센터—옮긴이)가 전개한 가장 대담한 운동을 자신의 권위로 비호해주었다. 또 앙리 세링, 가에탕 피콩 혹은 조르주 오릭 같은 예술가와 작가들이 문화 행정의 책임을 맡도록 주선했다(비록 잠깐 동안이었지만). 하지만 그런 것도 대개는 장래성이 없는 불꽃놀이거나 착안만 대담했을 뿐 돌연히 중단되곤 했다. 경기병의 전술 같다고나 할까.

그가 착수한 사업(문화관, 전국 규모의 문화재 목록)이 정열에 찬 것이라 하더라도 과연 진정으로 실천에 옮기기 위하여 싸울 생각이 있었는가. 그 누구보다도 드골 곁에 접근하기 용이했고 조르주 퐁피두와도 오랜 우정으로 맺어진 그가 어떤 기획이나 어떤 협력자를 뒷받침하기 위한 투쟁을 시작하기도 전에 그만둔 것이 몇 번이었는가.

그렇다고 이 거장이 기분 내키는 대로 즉흥적으로 무질서하게 일한 탓이라고 말할 수는 없다. 4년 동안 그의 비서실장으로서 날마다 한 시간 넘게 머리를 맞대고 함께 상의했던 앙드레 올로는 그를 이렇게 묘사한다. "그는 꼼꼼한 성격답게 서류를 검토하고 분류하고 그 내용의 중요성을 저울질하면서 '진지한' 메모들만 골라내고, 그 나머지는 '개수작' '터무니없음' '농담' 혹은 '구태여 하고 싶거든…' 따위의 의견을 달아서 초록색, 핑크색, 황토색 서류철에 나눠놓았다. 한마디로 말해서 문서 전문가였다."[26]

그러나 《희망》의 저자는 자신을 변호하는 입장에서 당시 그의 미묘한 사정을 기발한 표현으로 요약했다. 그는 정부 안에서 자신의 입장을 말할 때 '말라르메의 집에서 제가 마치 고양이라도 된 것처럼

26_ 마르틴 드 쿠르셀, 《말로, 존재와 말Malraux, être et dire》, 플롱사, 1976년.

구는' 고양이 얘기를 즐겨 꺼내곤 했다. 자기 작품을 전시하는 전람회에 사무 착오로 초대받지 못한 피카소가 "당신은 내가 죽은 줄 아십니까?"라고 전보을 보내자, 그 역시 전보로 "당신은 내가 장관인 줄 아십니까?"라고 응수했다.

반면, 사산조(페르시아의 예술적 정치적 종교적 황금시대—옮긴이) 예술과 명나라 예술을 소상히 안다고 해서 과연 20세기 후반 프랑스에서 문화 생활을 관리하고 활성화하는 데 적합한 인물이 될 수 있을까. 현대 유럽의 미술보다도 고대 아시아 미술품에 더 취미가 있다고 해서, 화랑의 미술품보다는 미술관의 미술품에 더 마음이 끌린다고 해서, 현재에 대한 탐사보다는 먼 과거로의 침잠에 더 관심이 있다고 해서, 말로와 같은 인물의 문화 활동에 대해 진취적 개념보다는 방어적 개념을 역설해야만 할 것인가.

그는 회화, 조각, 건축을 좋아한다. 그는 또한 영광을 좋아한다. 그래서 그는 회화, 조각, 건축이 프랑스의 영광을 증대시키는 것을 좋아한다. 대전람회, 여행, 국제 문화 교류, 역사적 명언의 정책은 바로 거기서 생겨난 것이고, 그로 인하여 말로는 카이로에서 도쿄에 이르는 순방길에 나섰으며, '조콘다'와 미로의 '비너스'는 국가 정책을 동반한 채 민족주의적인 열광과 함께 오랜 해외 순회 전시를 시작한 것이다.

문화성 장관이 조직한 몇 가지 대전시회, 스페인의 황금 시대에서 투탕카멘에 이르는, 피카소에서 이란의 미술에 이르는, 특히 유럽의 16세기에 관한 가장 아름다운 전시회는 엄청난 수의 관람객을 미술관으로 인도했다.

그러나 이처럼 놀랍고 나라의 영예에 관심이 깊은 장관에게 사람들은 과연 위대한 걸작품, 특히 옛날에 해외로 팔려나간 프랑스 예술가들의 걸작품을 계획적으로 매입하는 정책을 기대할 수 있었을까. 샤르뎅의 작품을 비롯해 18세기의 몇몇 아름다운 그림들(이런 작품은 이미 프랑스 미술관에 잘 갖춰놓은 편이었다)을 예외로 한다면 오히려 반대되는 현상이 나타났다. 클로드 모네의 〈절벽〉이 프랑스를 떠났고, 무엇보다도 세잔의 〈목욕하는 여자들〉이 구화로 7억 5000만 프랑에 런던 국립 미술관으로 팔려가고 말았다. 스위스의 발르 현에서는 피카소의 그림 두 점이 해외로 팔려나가는 것을 막기 위하여 국민 투표까지 해가면서 예산을 확보하는 그때, 프랑스의 우위와 국제적 지위에 대해 그토록 치열했던 드골 치하에서 그런 일이 일어난 것이다. 물론 그보다 더 은밀한 국외 반출을 방지하는 대책을 강화하고, 중요한 작품일 경우 국가가 매입 우선권을 갖는 제도적 장치도 마련한 것이 사실이다. 그러나 국립 미술관이 그림을 구입하는 데 할당된 예산이 많지 않은 결과 말로 장관 재직시에는 미술관 소장품이 늘어나기보다는 유출되는 현상을 빚어냈다.

미학 이론가 말로, 아니 권좌에 앉은 미학 이론가 말로는 이미 잘 알려진 작품, 이미 주목을 받은 작품, 더 정확하게 말해서 '사진 찍을 수 있는' 작품에 관심을 기울인 인물이라고 말해도 무방할 것이다. 이 점에서 '말로 시대'의 공로로 꼽을 수 있는 10여 건 가운데 세 가지를 언급해둘 만하다. 첫째, 프랑스가 소유한 미술품과 기념물의 총목록을 작성하기 시작한 것, 둘째, 법안의 대상이 된 유명한 기념물 일곱 점에 대한 보수 공사, 셋째, '문화재 보존 분야' 창설이다. 그리고 유적 발굴 부서 설치를 첨가해야 할 것이다. 그러나 이 기구에 할당된 예산이 너무나 적어서 효과적인 활동을 뒷받침하지 못했다.

르 마레 보존을 위한 몇 가지 공사나 파리 시내의 아름다운 건물 외벽 청소(그 이전 공화국의 고위 관리였던 피에르 쉬드로 씨가 결정하여 말로의 책임하에 꽤 제대로 완료한 공사다)라든가 앵발리드의 보수 공사에 관한 한 사람들은 그 10년간의 사업을 칭찬해 마지않는다. 그러나 레 알 시장은 어떻게 되었는가? 그리고 멘 몽파르나스는? 파리의 유서 깊은 지역에 저질러놓은 그 심각한 실수들에 대하여 누구보다 먼저 경고했어야 할 법한 인물이 말로 아닌가. '문화 선동'이라는 이념이 정당화되어야 할 분야는 분명 기술적인 면이나 장래의 이익보다 우선하는 그 분야가 아닌가. 그런데 말로 씨는 그 같은 투쟁을 외면한 채 방치해두고 말았다. 파리의 모습에는 그 실수의 자취가 오랫동안 남아 있을 것이다.

문화성 장관 앙드레 말로에게 '당신은 어떤 업적으로 공로를 평가받고 싶으냐'고 묻는다면 그는 아마도 '문화관'이라고 대답했을 것이다. 문화관은 그의 창작품인가. 소련 여행, 인민전선, 혁명 시대 스페인 등의 기억에서 문득 솟아오른 멋지고 너그러운 아이디어임에는 틀림이 없다. 제5공화국, 대중, 프랑스, 혁명, 예술, 드골, 대사원, 위대함… 그 모든 것이 그 용광로 속에 한데 녹아서 프랑스의 '절대 우위'를 증언하기에 이른다. 1966년 10월 27일 의회에서 말로는 "불과 25킬로미터의 고속도로를 닦는 예산으로 설립한 수많은 문화관에 힘입어 프랑스는 향후 10년이면 세계에서 가장 앞선 문화 국가로 복귀할 것입니다"라고 호언했다.

캉에서 토농까지, 렌에서 피르미니까지, 생테티엔에서 메닐몽탕까지, 아미엥에서 렝스까지 이 지역의 '대사원'이 솟아올라서 국민들에게 스스로 무엇인가 새로운 것을 만들어내도록 호소했다.

장관이 한 말을 곧이곧대로 믿고 거기에 자신의 충동과 정열을 쏟아부은 인물이 없었더라면 이 기이한 사업은 문화성의 한낱 꿈으로 남았을지도 모른다. 그 인물이 바로 에밀 비아시니 씨다. 사냥꾼처럼 건장하고 관리답지 않게 상상력이 풍부한 옛 식민지 관료 출신인 이 인물은 우선 하나의 이념을 정했다. 그는 '문화 활동, 제1년'이란 제목의 기본 정책 문서에서 그 이념에 대해 매우 호소력 있는 설명을 했다. 그는 "나라의 위력을 공동의 재산으로 변화시킨다"는 것이 목표라고 선언했다.

이 같은 계획의 실현은 각 지방 주민들의 동의, 나아가서는 응원을 전제로 했다. 전국 방방곡곡을 찾아다니며 시의회에 호소하고 활동 책임자들을 일깨우고 시장과 흥정을 하고 숱한 약속을 해가면서(기이하게도 그 약속들은 지켜졌다) 비아시니 씨는 이미 널리 알려진 활동 지도자들과 건물들을 좀 더 특수한 기관에 이용하도록 주선하여 차츰 망을 짜나갔다. 아미엥과 그르노블에서는 차례로 어떠어떠한 문화 활동을 목적으로 어떤 유형의 책임진이 주도하는 어떠어떠한 미학적 방침이 드러났다.

1964년 4월 부르주의 문화관이 문화성 장관에 의해 엄숙하게 개관되었다. 그는 그날 거기서 행한 연설 내용을 후일 수차례에 걸쳐 마치 도시의 폐허 위에 메아리치는 예언자의 말씀처럼 주술적이고 쩌렁쩌렁 울리는 톤으로 변주하게 된다. "문화란 죽음보다도 더 강했던 여러 형태의 총화입니다… 이 도시의 모든 청년들에게 적어도 섹스나 피 못지않게 중요한 문화와 접촉할 기회를 주지 않으면 안 됩니다. 불멸의 어둠이라는 것이 존재할지도 모르지만 불멸의 인간들 또한 확실히 존재하기 때문입니다. 우리는 가장 많은 인간을 위하여 가장 많은 작품을 모으지 않으면 안 됩니다. 우리가 한줌 흙으로 변하고 말 우리의 손으로 맡으려는 임무는 바로 그와 같은 것입니다."

1968년 4월 부르주의 축제는 그 절정이었다. 지방 연극에 관한 회의를 위하여 일주일 동안 7500명에 달하는 활동 지도자, 연사, 청중, 구경꾼이 몰려들었다. 연극, 연주회, 전시회, 독서, 텔레비전 등 갖가지 용도를 위해 적절하게 보수하고 개축한 옛 건물 안에서는 수많은 의견과 반대와 토론이 빗발쳤다. 그 건물 안으로 들어서는 사람은 그 입구의 벽 위에 두 가지 명제를 게시해놓는 것을 볼 수 있었다. 왼쪽에는 말로가 한 말이었다. "정부나 시 당국이 주도하는 문화관은 존재하지 않으며 앞으로도 존재하지 않을 것이다. 문화관은 당신 자신이다. 당신이 문화관을 만들 용의가 있는지 없는지부터 알아야 한다!" 오른쪽에는 장학관인 아르망 비앙세리의 말이 있었다. "체제인 동시에 모든 체제에 대한 반항인 문화관은 그 자체 속에 모순을, 다시 말해서 운동과 생명을 안고 있다."

한 달 후인 1968년 5월, 학생 운동의 선풍이 밀어닥쳤고 문화관은 정말로 대토론장으로 변했다. 주위 사람들은 분노했고, 앙드레 말로는 우선 조르주 퐁피두 대통령의 문화성 장관으로 다시 입각했다. 문화관 책임자가 전임되거나 해고되었다. 부르주 문화관 책임자는 다른 곳으로 밀려났다. 나팔을 불어놓고 소리 나는 것이 이상하다고 하는 격이었다. 폭발물을 만들어놓고는 터지는 것을 보고 성을 내는 격이었다…

그러자 앙드레 말로의 계획에 대한 재판이 벌어졌다. 문화 활동의 시작은 어디이며 끝은 어디인가. 1968년 5월에 문제가 과장된 방식으로 제기되었다고 해서 그 문제 자체가 없어지는 것은 아니다. 모든 예술이 다 문화는 아니며 소위 문화라고 부르는 모든 것이 다 예술은 아니다. 리더의 역할을 맡은 책임자나 예술가들이 처한 그릇된 위치는 바로 그런 점에 있었다. 그 문화의 '대사원'에서는 어떤 의식을 집행해야 마땅할 것인가.

이 모든 것이 지향하는 바는 무엇인가. 문화관을 이용하는 사람은 앙드레 말로의 협조자에게 이렇게 질문했다. 이 경우 장관의 말을 인용하여 다음과 같이 대답하는 것은 옳을까. "우리와 함께 와서 세계를 향하여 저 상징적인 행동을 해 보이자. 프랑스가 세계에서 가장 으뜸가는 문화국으로 복귀했다는 사실을 세계에 보여줄 것이다." 이것은 민족주의적 경쟁 의식이라는 거역할 수 없는 필요성에서 우러난 표현으로서, 이 너그럽고 무질서한 기획, 한 인간의 강력한 상상력과 동시에 체제의 중앙집권적인 독소와 여러 가지 모순(그중에는 장 빌라르가 지적한 대로 "이해관계를 초월한 활동과 이익에 기초를 둔 사회의 모순"도 포함된다)이 내포된 기획의 목적성을 요약해줄 만한 말은 결코 못 된다.

말로는 연극을 별로 좋아하지 않았다. 그는 연극을 통해서 즐거운 경험을 하지 못했던 것이다. 1954년경 에베르토 극장에서 상연된 〈인간의 조건〉은 그를 존경하는 사람들을 어리둥절하게 했다(혁명적이고자 했고 또 실제로 그랬던 작품의 각색을 그 시대의 가장 집요한 반혁명 작가인 티에리 모니에에게 맡길 생각은 어떻게 한 것일까). 요컨대 말로가 거느리는 시대가 연극의 시대가 되리라고 기대하기란 전혀 불가능했다. 하지만 그는 아이스킬로스(고대 그리스의 비극 시인—옮긴이)에 대하여 그토록 웅변적으로 말하지 않았는가…

이 점에서, 그보다 나을 것이 없는 다른 점에서도 마찬가지지만,

제5공화국은 제2제정을 연상시킨다. 말로가 장관으로 있는 동안 프랑스 연극은 메이야크와 알레비의 새로운 시대를 맞았다. 물론 초기에 말로는 코미디 프랑세즈에 새로운 책임자 드 부아장제 씨(과거 경력으로 보아 드골의 비호 아래서 연극의 혁신에 길을 개척할 수 있으리라고는 전혀 기대하기 어려운 외교관)를 임명하면서 비극의 복원이 필요하다는 점에 대하여 웅변적인 연설을 하기는 했다. 드 부아장제 씨는 몇 달 뒤에 '숙청'되었고(표현이 좀 저속하지만 실제 사건은 그보다 더 저속했다), 코미디 프랑세즈는 〈발목에 끈을 매고〉를 상연했다. 그와 동시에 TNP(1920년에 창립된 프랑스 국립민중극장—옮긴이)는 서서히 기울어져갔으며 장관은 실제로 한 번도 그곳에 나타나지 않았다. 장 빌 라르의 저 폭발적인 민중극장에! 그 첫 공연에 정부가 일체의 보조를 하지 않은 것에 대하여 뭐라고 말하면 좋을까. 수도에 있는 극장 중에서도 보물이라 할 수 있는 양비귀극장을 헐고 그 자리에 주차장을 만든 일에 대하여 뭐라고 말하면 좋을까. 파리 연극계의 혼란에 대하여 뭐라고 말하면 좋을까.

가장 한심한 일은 '오데옹 사건'이었다. 1959년 10월 21일 '프랑스 극장'이라는 고상한 이름으로 개명한 그 해묵은 극장은 드골 장군이 참석한 가운데 개관했고, 책임자인 장 루이 바로와 마들렌 르노는 대중이 지켜보는 가운데 프랑스 연극의 횃불로 지칭되었다. 9년 후, 그사이 몇 가지 우여곡절을 거친 그 극장에서 장관의 결정에 의해 두 사람이 추방되었다. 왜 그런 결정이 내려졌는가. 〈누만시아〉(세르반테스가 쓴 비극 작품—옮긴이)의 연출자 장 루이 바로가 1968년 5월에 자기가 맡은 임무에 적합하지 않은 행동과 발언을 했기 때문이었다. "극장 책임자에게 그 정도의 덕목을 강요해야 한다면 도대체 (특히 그 혼란된 시기에 장관 자리에 있던 사람들의 경우) 정부에 남을 자격이 있는 장관은 몇이나 될까?"라고《르 피가로》는 반문했다.

5월 16일부터 머리가 텁수룩한 군중들이 오데옹 극장을 가득 메웠다. 열병과도 같은 몇 주일 동안 사람들은 그 속에서 현기증이 나는 듯한 기분이었다. 장 루이 바로 역시 들뜨고 지치고 말에 취한 듯한 상태로 무대 위에 올라가서 '민중'의 대변자들이 고함치는 가운데 현 정권이 지난날에 한 일과 보람 없는 문화 정책을 비판했다. "그렇다. 바로는 죽었다. 그러나 여러분 앞에 서 있는 것은 산 사람이다. 어쩔 작정인가?" 그때는 드골 장군이 바렌 저쪽으로 떠날 차비를 하고 여러 장관들이 탁자 밑으로 기어 들어가 몸을 숨기던 시기라는 것을 기억할 필요가 있다. 다시 용기를 가다듬은 권력자들이 '판결'을 내리고 탄압을 가할 수 있는 처지로 돌아가자 곧 장 루이 바로는 자기의 발언이 '장관'에 의해 가차 없는 비판을 받았다는 것을 알았다.

몇 주일 후 바로는 다음과 같은 공한을 받았다.

> 귀하,
> 프랑스 극장의 새로운 정관이 발표됨과 아울러 귀하가 여러 가지 발언을 하고 난 후인 지금, 그 극장이 맡을 장래의 사명이 어떠한 것이건 간에, 본인은 더 이상 극장 운영의 책임을 맡을 수 없다고 사료된다는 사실을 알려드리지 않을 수 없습니다.
>
> 1968년 8월 27일 앙드레 말로

물론 이것은 한낱 서글픈 에피소드에 지나지 않으며, 다른 일들을 통해서 나중에 어느 정도 만회된 일이기도 하다. 그러나 앙드레 말로가 문화성의 책임자로 활동(혹은 군림)한 10년 후 드골을 따라 은퇴했을 때 그의 책임하에 행해진 일들을 결산해볼 필요가 있었다. 사람들은 그 업적의 실패가 기구 자체의 불안정하고 혼합적인 성격에 기인한다고 판단하고자 했다. 일개 예술국이 문화 활동을 관장하는 부로 승격했을 뿐인 이 조직은 기껏해야 문화 보급을 담당하는 거대한 기구인 문교부와 텔레비전공사 사이에 그럭저럭, 그것도 이따금씩 끼어드는 데 성공한 것이 고작이었다. 오늘날 어린이들에게는 문화를 접하는 길을 터주는 도구요, 성인들에게는 일상적으로 문화를 전파하는 도구인 이런 기구들에 결정적으로 의존하지 않은 채 프랑스 국민이 문화에 관심을 갖게 한다는 것은 불합리한 일이다.

우리 시민들에게 지식을 보급하는 방식은 여러 가지일 수 있겠고, 그중 90퍼센트는 매우 비판적일 수 있을 것이다. 그 교육 내용에 대해서는 더욱 무자비한 비판을 가할 수 있다. 텔레비전이 시민들에게 제공하는 내용에 대해서 매우 가혹한 비평을 할 수도 있다. '문화 활동'을 관장하는 장관이 문헌은 검토할 수 있지만 1000만 프랑스 시청자에게 저녁마다 강요되는 프로그램에 대해서는 조그만 개입조차 할 수 없다는 데 대해서 뭐라고 말해야 할까.

그 밖에도 비정상적인 일이 허다하게 눈에 띄었다. 서적과는 아무런 관계도 없고(장관은 자기 같은 작가로서는 그런 문제에 개입하는 것이 곤란하다고 생각했다) 기껏 전시회, 해외 순방, 괴테나 쇼팽에게 바치는 기념물 준공식 등이 아니면 국제 관계를 전혀 갖지 못하고… 또는 1964년 파리 주재 앵글로색슨계 신문기자단 앞에서 말로 씨 자신이 피력한 것처럼 스포츠에 대해서는 거의 무시하는 태도로 외면한 문화 활동이란…

문화성의 조직이 안고 있는 가장 확연한 병은 주지하다시피 예산이었다. 그 이전 공화국들의 관례와 제5공화국의 재무성이 말로 씨의 기구에 할당해준 예산을 비교한다는 것은 옳지 못하다. 사업의 성격이 다르고 그 일을 책임진 인물은 차원이 다른 특출한 존재인 데다 정부 안에서 그의 위치는 다른 경우와 비교가 안 되며 국가적 국제적 야망이 그 전과는 비교할 수 없는 것이었다. 그런데 예산은 나라 전체 예산의 0.43퍼센트에 머물렀다. 문화성에 할당된 몫은 국방 예산을 제외한 재정법상의 기간 부서에 할당된 몫보다 완만하게 증가했다. 활동 수단에 관한 한 위대한 자극제가 될 뻔했던 위대한 야심을 무시한 처사였다.

　　그러나 앙드레 말로는 정부의 양대 중심 인물과 끊임없이 접촉할 수 있는 입장이었다는 사실을 잊어서는 안 된다. 이와 같은 사정을 변경시킬 수 있는 사람은 바로 그 자신이 아니고 누구겠는가. 제5공화국의 문화 활동에 대해 수상이 비판받아야 할 가장 심각한 문제는 이 방면에 대해 소심했던 점이라고 할 수 있다.

　　감사원의 한 감사위원이 1967년 문화성의 고위 관리에게 지적한 내용이 그 증거다. "이 계획은 훌륭합니다. 그러나 우리가 당신들의 뜻을 따르게 하려면 그 서류 내용을 고위층에다 강력하게 주장하고 변호할 필요가 있습니다."

　　20년간의 '문화 활동'은 앙드레 말로가 겪은 가장 애매한 모험으로 남을 것이다. 문화 활동은 그 모순을 폭발적으로 드러낸 1968년 5월의 혁명과 마찬가지로 보잘것없는 모험은 아니었다. 1959년 7월에 발단된 기획이 '문화 선동가' 앙드레 말로와 장관 말로 씨를 대립시킴으로써 그 혁명적인 성과로서 가져온 것이 바로 그 바리케이드의 봄이라고 주장해보는 것도 전혀 터무니없는 생각은 아닐 것이다.

앙드레 말로의 활약이 그처럼 간헐적이고 불확실한 성격을 띤 것은 그의 삶이 시련기를 지나는 때였던 탓도 있다. 1961년 봄 두 아들이 사망했고 그 자신은 1965년에 기나긴 병고를 치렀으며, 얼마 후두 번째 아내와 헤어졌다는 사실은 그의 정력과 균형과 인내를 보강하는 데 도움을 줄 만한 것이 아니었다.

고티에 말로는 스물한 살이 갓 넘었고, 동생 뱅상은 겨우 열여덟 살이었다. 1961년 5월 23일 그들은 주말을 보내고 난 후 포르 크로 섬을 아침 일찍 떠나 이에르에 세워둔 스포츠카를 찾아 타고서 파리로 돌아오는 길이었다.

바로 1년 전 알베르 카뮈가 그들의 스포츠카 못지않게 빠른 속도로 차를 달리다가 사망한 이본 현의 그 지점으로부터 그리 멀리 떨어지지 않은 곳에서 두 청년은 곤두박질을 쳤다. 오후 5시였다. 고티에는 그 자리에서 사망한 듯하다. 뱅상은 의식을 잃은 채 오텅의 병원에 실려가서 사망했다. 앙드레 말로는 이튿날 현장에 도착하여 시신을 샤롱의 생 제르맹 성당으로 옮겨왔다. 그의 갑작스런 요청에 따라 친구이며 알자스 로렌 여단의 동지인 피에르 보켈이 집전한 종교 의식이 끝난 후 두 청년은 어머니 조제트와 나란히 인근 묘지에 안장되었다.

"한 인간을 만들자면 60년이 걸린다. 그러고 나면 그는 죽기에나 알맞은 신세가 된다." 이런 말을 글로 쓴 적이 있는 앙드레 말로도 예순 살이 되었다. 그는 장관이며 그런 자신에게 만족한다. 행복해하지는 않는다 할지라도. 그는 이상하게도 영예, 자신을 에워싸는 호위

오토바이들, 국가, 요란한 경례, 자신도 따분해하는 국무회의 그리고 연설을(심지어 다른 사람의 연설까지도) 즐긴다.

그의 얼굴은 무거워서 밑으로 처졌다. 마치 화형대의 불길로부터 우연히 도망쳐 나와 아직 살 타는 냄새를 잊지 못하는 이단의 도미니카 수도승 같은 표정이다. 그런데 이제는 성당 참사회에서 나오는 고정 수입을 포기하지 않은 채 우울한 기분으로 무신론에 젖고, 따분한 심정을 달래기 위하여 철학자와 벽화 화가들의 후원자로 변한 메믈링이나 로제 반 데르 베이덴의 수도원장을 닮은 데가 있다.

이제 청록색 눈은 상대방의 등 뒤 벽에 붙은 벌을 바라보는 것이 아니라 벽 저 너머에 있는 벌의 그림자를 바라본다. 머리카락은 더이상 이마로 흘러내리지 않는다. 머리카락은 석고 같은 이마를 드러내놓은 채 빠져버렸다. 여전히 감탄을 자아내는 손은 오른뺨과 입가를 짓누르면서 덧없고 돌발적인 단어들을 뽑아내거나 내달릴 것만 같은 웅변을 억누르느라고 골몰한다.

장관이 된 가린의 주위에서는 유황이나 향불이나 위스키 향 같은 것이 감돌고, 무수히 번득이는 그의 시선은 팔레 루아얄의 정원에서 혁명 제2년 시절의 병사로 변장한 지옥의 여신들apsaras을 찾는 것만 같다.

드골의 장관, '천재적인 친구', 예술의 수호자… 수많은 사명이 겹쳐 쌓인다. 특히 불행을 겪고 난 후 이제는 더 이상 집 안에(1962년 폭발물 사건 이후 떠나버린 불로뉴에서도, 문화성 장관에게 배당된 베르사유 숲 근처의 아름다운 관사에서도) 가만히 들어앉아서는 견딜 수 없어진 뒤로 더욱 그랬다. 그는 모스크바에서 워싱턴으로 달린다. 거기서 문학과 장식 미술, 프랑스식 품위라면 정신이 없는 케네디 부부의 영접을 받아 여주인을 즐겁게 해주려고, 웬만큼 성숙하고 오만한 교양을 갖춘 파리 사람이 식탁이나 미술관에서 해 보일 수 있는 모든 실력을 과시한다.

또한 백악관에서 케네디에게 프랑스 정보부가 미국에서 보여준 활약에 대하여 자랑스럽게 생각해도 좋을 만한 칭송을 듣는다. "우리는 모두 인생이 제공하는 갖가지 모험에 참여하고자 하지만 말로 씨는 우리 모두를 능가합니다. 우리는 매우 위대한 가치를 지닌 선구자들의 후예입니다. 그러나 말로 씨는 캄보디아에서 고고학 탐사반을 이끌고 장제스, 마오쩌둥과 관계를 가졌으며 스페인 전쟁에 참가했고 프랑스의 수호에 나섰으며, 드골 장군을 뒤따르는 동시에 창작 분야에서도 위대한 인물이었습니다. 그는 우리들과는 비교도 안 될 만큼 앞서 있다고 생각합니다. 그래서 우리는 그를 우리들 가운데 맞이한 것을 매우 자랑스럽게 생각합니다." 그 결과 6개월 후 말로는 모나리자를 싸들고 다시 미국을 찾는다.

제5공화국의 장관이라는 직책은 좀 더 엄숙한 순간들도 경험한다. 예를 들어서 1966년 11월 앙드레 말로는 의회의 정부 대표석에 혼자 앉아서 자신의 예산안에 대해 변론하는 것뿐만 아니라 그 자리에 나오지 못한 여러 동료 장관들의 글까지 읽는 임무를 맡는다. '마르슬랭'의 글을 혹은 '트리뷸레'의 글을 낭독하는 말로만 해도 벌써 기묘하다. 그런데 그 앞에 경청하는 의원이 일곱, 다음에는 셋, 나중에는 둘로 줄어든다는 것은 과연 별난 일이다. 군중을 앞에 둔 생 쥐스트가 되어본 경험을 가진 사람이 사막에서 페퀴셰(플로베르의 어리석은 작중 인물─옮긴이)가 쓴 글을 낭독한다는 것은 고통스러운 시련이었을 것이다.

그에게는 보쉬에(17세기 프랑스의 교회 주교이자 저명한 문필가―옮긴이) 같은 면도 있었다. 그가 몇몇 위대한 인물을 위하여 쓴 조사는 아름다운 글이지만, 그것을 낭독하는 데 취미를 들였다고 생각할 것은 못 된다. 앙드레 말로처럼 죽음에 대하여 몰아내기 어려울 만큼 몸서리치는 혐오를 느끼는 사람은 마음 편히 죽음을 말하지 못하는 법이다. 그가 아무리 건망증이 심하다 할지라도 문화성 장관으로서 국가의 주문을 받아 작업한 거장 브라크와 스위스의 천재 건축가 르 코르뷔지에를 고통 없이 장송할 수는 없었다.

장 물랭은 이미 20년 전에 사망했다. 그리고 앙드레 말로는 1936년 항공상이었던 피에르 코트의 비서실장으로서 그를 안 것이 전부였다. 그러나 장 물랭의 유골이 팡테옹으로 옮겨질 때 옛날 도르도뉴의 유격대원이 행한 칭송 연설은 그 인물의 위대함, 그가 당한 형벌의 끔찍함, '통합자'의 희생과 레지스탕스의 상징적 성격 등 모든 것에 각별한 밀도를 부여했다.

수플로 가의 날씨는 매우 차다. 아르덴 전투 시절처럼 발끝까지 내려오는 거대한 전투용 외투를 걸친 거구의 드골 장군도 식장에 와 있다. 말로는 웅장한 연단 위 마이크가 놓인 탁자 앞까지 기진맥진한 자동인형 같은 걸음으로 걸어나온다. 그는 마치 구명대를 움켜잡듯 연설 원고를 움켜쥔다. 고문당하는 듯한 그의 목소리가 마치 파도에 흔들리는 익사자처럼 싸늘한 공기 위로 떠돈다.

장 물랭이여, 그대의 무시무시한 행렬과 더불어 이리로 들라. 그대처럼 말 한마디 못 한 채 지하실에서 죽은 사람들과 더불어. 아니 어쩌면 그보다도 더 참혹하게도 입을 열어버리고 난 후에 죽은 사람들과도 더불어. 몰살의 수용소에서 지워지고 털 깎인 모든 사람들과 더불어. '밤과 안개'의 끔찍한 행렬 속에 비틀거리다가 개머리판에 맞아 마침내 쓰러진 최후의 육체와 더불어. 유형장에서 돌아오지 못한 8000명의 프랑스인과 더불어. 우리 편의 한 사람을 피신시켜준 죄로 라벤스브뤼크에서 마지막으로 죽은 여인과 더불어! 어둠에서 태어나 어둠과 함께 사라진 민중, '어둠의 질서' 속의 우리 형제들과 더불어 들어오라…

이것이 타버리고 난 유골의 장송곡이다. 대혁명 제2년의 병사들을 거느린 카르노의 유골과 '비참한 사람들les Misérables'을 이끄는 빅토르 위고의 유골과 정의의 신이 지키는 조레스의 유골 곁에 이제 이 유골들은 얼굴이 으깨진 그들 어둠의 긴 행렬과 더불어 잠들라.[27]

그의 생애처럼 삶이, 그네들의 생애처럼 삶들이 전취한 또 하나의 아름다운 글이다. 자유처럼 전취된. 우리 주위에는, 얼어붙은 듯한 군중의 주위에는 '유격대의 노래'가 탄식처럼 솟아올라 차츰차츰 오케스트라를 뒤덮는다. 그날 저녁 같은 때 말로가 된다는 것은…

그의 생애 역시 그 1960년대에는 드골파 투사의 생애, 장군에게 충성을 다하는 사람들, 위기의 순간에는 도움을 요청받는 사람들 중 하나의 생애다. 이리하여 그는 때로 살벌하게도 보이지만 위기에 처한 늙은 왕의 오른쪽에서 고함치며 달리는 모습을 드러낸다.

1960년 알제의 바리케이드 시절에, 1961년 군부의 '항명 선언' 순간에, 1962년 정권이 '거부의 카르텔'과 대결하여 반半 대통령제로

27_《반회고록》, p. 594.

전환되려 할 때, 1965년 장군이 중임을 요구했다가 2차 투표에 돌입하지 않을 수 없어졌을 때, 1967년 좌파가 의회 선거에서 근소한 차이로 우위를 빼앗겼을 때, 1968년 대학생들의 대열이 태양왕을 쓰러뜨릴 기세였을 때, 1969년 마침내 드골 공화국이 붕괴되었을 때, 우리는 그 같은 그의 모습을 보았다.

이따금씩 그 존재가 가려지는 총수總帥, '호된 시련'을 맛보는 신하의 경력 중에서도 가장 기묘한 에피소드는 1962년 가을에 일어난 일이다. 장군은 프티 클라마르 저격 사건과 알제리 전쟁을 겪고 나서 공화국 대통령을 총선거를 통해 선출해야 하는가를 국민투표로 물음으로써 정권을 더욱 공고히 하기로 결심한다. 각료 중에서는 말로가 가장 확고하게 지지했다.

이리하여 그는 여러 가지로 프랑스 국민연합을 상기시키는 이 새로운 사업에 다시 한 번 몸을 던진다. 다만 이번에는 드골파가 권력을 잡고 있고, 무한정의 재정적 수단과 정부의 모든 선전 기구를 장악하고 있다는 것이 국민연합과 다른 점이다. 이를테면 등 뒤로 바람을 받고 있는 프랑스 국민연합이랄까…

국민투표 결과 드골 장군이 그 자신 "보잘것없고 불안정하다"고 논평한 지지를 얻고 난 이틀 뒤인 10월 30일, 앙드레 말로는 샤이요 궁 집회에서 제5공화국을 위한 연맹을 결성했다. 대부분 조직의 첫 구성원이며 지하 활동에 향수를 느끼는 이 연맹의 조직자들은 곧 이 단체를 A₅R이라고 명명한다. 첩보대로서는 아주 멋지겠지만 대중 운동으로서는 그리 좋지 못한 조직이었다. 말로가 서정적 정열을 불어넣겠다고 자처하는 이 조직은 실제로는 1958년 권력 장악에 수반될 수도 있는 난국을 예상하여 창설한 드골 지지 연합의 부활이었다. 또한 그 조직 자체는 원래 '자유 프랑스'의 조직망 속에서 골격을 갖춘 프랑스 국민연합으로부터 생겨난 것이었다.

1962년 10월 30일 집회는 환멸의 야회夜會였다. 다시 한 번 말로는 자신의 후방을 단단히 해놓지도 않은 채 독립 행동을 취한 것이다. 그런데 신중파, 기회를 기다리는 축, 정권을 이끄는 기관차(새로 수상이 된 조르주 퐁피두의 측근)는 드골 장군에게 이 모험가이자 기사 같은 스타일을 경계하라고 충고했다.

프랑스 국민들이 알제리 전쟁을 종식시킨 그에게 감사하고 있으니 새삼스럽게 싸움의 불씨를 일으킬 때가 아니었다. 지금은 전사의 휴식 시간이었다.

1965년 드골 장군의 대통령 임기 만료와 함께 새로운 출마 시기가 가까워오자 '장군은 다시 출마할 것인가?'라는 누구나 의문을 갖는 문제가 제기된다. 6월 말 대통령은 엘리제 궁에 측근 사인방을 불러들여 의견을 묻는다. 미리부터 그들의 뜻에 따르겠다고 말한 터였다.

사인방은 전직 수상인 미셸 드브레와 현직 수상인 조르주 퐁피두, 헌법위원회 의장이며 정치 담당 보좌관 중 최고참인 가스통 팔레브스키 그리고 말로였다.

이제 곧 일흔다섯이 될 참이니 두 번째 임기를 마칠 때는 여든두 살이 될 장군이 과연 다시 출마해야 할 것인가. 두 사람은 찬성했는데 교묘하게 표명되고 기술적으로 이유를 갖춘 찬성이어서 구태여 따진다면 경고로도 해석될 수 있었다. 가스통 팔레브스키와 조르주 퐁피두의 의견이었다. 미셸 드브레와 앙드레 말로는 단호하고 유보 없는 찬성을 표시했다. 임무와 생각이 이처럼 나뉘었으니 장군으로서는 좀 더 생각해야 할 처지였을지도 모른다.

따지고 보면 이런 대다수 찬성은 국민들의 찬성처럼 '보잘것없고 불안정한' 것이 아니었다. 이 대다수 찬성 덕분에 장군은 결심을 굳힌 듯했다. 그러나 그 결정을 한동안 마음속에 그대로 간직하고만 있었다.

이리하여 그 어느 때보다도 깊숙이 개입된 말로는 중국 여행을 마치고 돌아오자 선거 운동, 특히 국립 체육관 집회에 참가한다. 1차 투표 결과 장군의 승부 결정이 보류된 이후에 열린 그 집회에서는 모든 동지들이 다시 마이크에 붙어선 채, 프랑수아 미테랑과 맞서서 권좌에서 밀려난 늙은 왕을 위해 2차 투표의 표를 하나씩 하나씩 얻어냈다.

중국 여행

말로의 명성은 그 자신이 한 이야기에 신빙성을 부여했다. 1965년 여름 드골 장군은 1년 전 중국이 승인함으로써 국가 차원에서 프랑스와 중국 사이에 맺은 관계를 더욱 확고하게 하고 격을 높이며 인물의 접촉을 통해 구현하기 위하여 앙드레 말로를 중국혁명의 옛 동반자 자격으로 파견한다. 말로는 마오쩌둥 주석과 재회하고 중국 지도자들과 접촉한 끝에 두 나라의 공식 관계를 위대한 두 인물의 우정으로 탈바꿈시킨다.

그런데 실제로 있었던 일은 하찮은 것은 아니되 그가 전한 이야기와는 다르다. 와병 중이라 의사의 충고에 귀를 기울이면서, 글을 쓰고 싶은 충동을 자극해줄 장거리 항해를 꿈꾸는 인물이 바다 여행을 떠난다. 그는 과거에 세 번씩이나 인연을 가진 싱가포르를 선택한다. 그는 기억에도 새로운 캄보디아호에 오른다. 그리고 7월 초순 싱가포르에서 친구가 여행길에 베이징까지 갔다 오고 싶다는 뜻을 전해받은 드골 장군으로부터 프랑스 정부를 대표해서 중국에 다녀오라는 사령의 편지를 받는다. 그 편지에는 중국 수상 류사오치에게 전달하라는 메시지가 동봉되어 있었다.[28] 한편, 프랑스 외무성은 중국 당국과 접촉하여 프랑스 문화성 장관의 영접을 준비한다. 장관이 중국 당국으로부터 초청장을 받은 것은 7월 17일경 홍콩이었다. 그는 류사오치 앞으로 가는 드골 장군의 친서를 휴대한 채 7월 20일 광둥으로 출발하고 그곳에서 다시 베이징으로 간다.

2년 뒤 《반회고록》은 '장정長征'을 언급한 그 멋진 대목을 포함하는 기나긴 회고를 곁들여 그 여행담을 기록한다(483~567페이지). 여기서 그 이야기를 사실과 대비해서 일일이 다 '분해'해 보이지는 않겠다. 너무나 거창한 작업이 될 테니까 말이다. 다만 몇 군데 소설가가 쓴 시적인 표현과 실제로 장관이 했던 말과 행동을 대비시켜보고 회고록 작가가 쓴 추억담을 대충 보완해보기로 하겠다. 작가의 회고는 '정복자'의 회고인 것이 분명하지만 그것은 상상력과 꿈 그리고 그에게는 사실이냐 거짓이냐를 따지는 수준을 초월한다고 여겨지는, 그래서 그가 '체험'이라는 멋진 표현으로 이름 붙이는 그런 범주의 정복을 실현했다는 면에서만 비로소 자신의 몫인 것을 이게 바로 내가 이룩한 것이다 하고 인정하고 싶어 하는, 정복자의 회고다.

1965년 7월 15일 베이징으로 가기 위하여 싱가포르를 떠날 때 말

28_ 1966년 문화혁명이 일어나기 1년 전 일이다.

로가 중국에 대해서 아는 것이라고는 오직 1925년 8월에 잠시 홍콩에 들렀을 때 본 것과 1931년 잠시 중국 대륙을 관광할 때 본 것 그리고 책(특히 에드거 스노의 책)에서 읽은 것이 고작이었다. 그 밖에 말로 자신이 중국에 관해서 쓴 더러는 뛰어난 내용의 글이 있다. 그가 한 말과 글 혹은 다른 사람들의 상상(그와는 무관하지만 그 자신에 의해 사실처럼 되고 말았다)으로부터 생겨난 그의 전설도 빼놓을 수 없다. 그 전설에서 그는 광둥과 상하이의 혁명 투쟁에서 주역을 맡은 인물로 되어 있다. 이번에는 공화국과 드골 장군의 특명을 받고 가는 장관의 전설이 생긴 것이다. 그런데 만약 그것이 전설이 아니라면? 전설이 너무나 치열하게 체험된 나머지 사실로 변했다면?

그가 묘사를 위하여 그렇게도 빈번하게 유심히 살핀 풍경, 거리, 얼굴 사진에 대하여 말할 때 어찌 그의 '기억'이 개입하지 않을 수 있겠는가. 그가 광둥의 혁명박물관에서 어떤 사진을 보고 갈렌의 모습을 "확인할 수 있다"고 말할 때,[29] 그는 거기서 과거에 자기가 수많은 사진에서 본 적이 있는 얼굴을 다시 기억한 것이 분명하다. 그보다 1년 전에 프랑스도 분명 중국을 '확인'(승인)하지 않았는가…

이 여행의 목격자였고 이정 里程에서 앙드레 말로의 행동과 관련됐던 모든 사람들은, 그가 단 한 번도 옛날의 투사나 늙은 전문가 행세를 한 적이 없다고 기록했다. 40년 전 스네브리트를 만났을 때 그랬던 것처럼 그는 말을 많이 하기보다는 상대방의 말에 귀를 기울이는 편이었다. 그리하여 그의 안내인과 통역관은 "내가 활동하던 시절에는…" 혹은 "마오쩌둥이 여기에 앉아 있었고 나는 이쪽에…" 따위의

29_ 《반회고록》, p. 497.

이야기를 듣지 않을 수 있었다. 프랑스 대사관의 중국 전문가인 기예 마르즈나 야코블레비치 같은 사람들의 해박한 지식 앞에서 속임수를 쓸 수는 없으리라는 점을 알고 있었던 것일까. 그런 식의 해석은 그의 뜻을 비속한 동기로 설명하는 결과가 될 것이다.

더군다나 《반회고록》은 과거를 어렴풋한 방식으로 기술하고 있다. 속임수를 쓰겠다는 생각(그 정도 수준에서야…)보다는 기억의 혼란 때문인 듯싶지만, '1930년 이전에 내가 상하이에서 들은 이야기들'에 관하여 쓴 짧은 대목을 예외로 한다면, 말로가 독자들에게 사실과 차이나는 이야기를 하는 것은 오직 무대의 뒤쪽에 어렴풋하게 역사적 소설적 배경과 예술적 막을 설치하려는 데 목적이 있는 것이다. 그렇게 하는 것은 당연한 일이며 관광객의 놀라움보다는 옛날에 왔던 곳을 '다시 돌아와서 보는' 태도가 더 아름답기 때문이다. 어떤 장소는 두 번째 가야 제대로 도착하는 법이라고 말한 것은 그의 친구 그뢰튀젠이 아니던가.

더욱 비판적으로 읽을 필요가 있는 대목은, 말로가 베이징에서 당시 외무장관이었던 첸이 원수[30]와 가진 회담 그리고 수상 저우언라이에 이어 끝으로 마오쩌둥과 가진(슬며시 류사오치를 배석시킨) 면담에 관계된 부분이다. 우리가 여기서 《반회고록》이 제시하는 면담 내용과 당시 증인들을 통해서 그럭저럭 재구성한 실제 내용을 비교해보려는 것은 이 대작가에게, 나아가서는 장관에게 보잘것없는 정확성의 교훈을 주려는 것이 아니다. 우선 드높고 탁월한 상상력이 실제 사실(대강 확인해본 것이긴 하지만)을 토대로 하여 어떤 다듬질을 해내

30_ 1971년에 사망했다.

는가를 관찰하는 것이 매우 흥미롭기 때문이다. 또한 가장 위대한 예술가의 상상력이 때로는 실제 사실 그 자체보다 덜 풍부하거나 맛이 덜한 경우도 있기 때문이다.

말로가 베이징에서 처음으로 가진 면담, 즉 첸이와의 면담이 그 증거다. 그가 술회한 내용을 보면 "원수元帥는 모든 게 다 관습적"이고 그가 하는 말은 그저 "레코드판"[31]에 불과하다는 것이다. 중국의 베트남 개입, 아우브 칸[32]과 미국의 관계, 시베리아와 소련에 대한 이야기 등 매우 큰 관심사가 오고간 면담을 이런 식으로 평가한 것은 기이한 일이다. 사실 그는 가장 재미있는 대목은 기록하지 않았다. 그는 처음에 "지나치게 정중한 인사 교환"이 있었다는 이야기만 하는데, 그 전에 주고받은 대화가 더 재미있다.

말로 군인이며 동시에 시인[33]이신 분에게 인사드립니다!

첸이 군인이라면 벌써 지난 얘기지요. 시인으로 말할 것 같으면 이젠 시간이 없어서…

말로 나하고 마찬가지군요. 이젠 기념 사인밖에 하는 게 없으니…

《반회고록》에서는 마르크스주의와 광둥의 민중 봉기에 관한 기이한 의견 교환에 관해서도 아무런 언급을 찾아볼 수 없다(《반회고록》은 널리 알려진 명성과 달리 곡언법에 대한 숭상을 표현한 책이 아닐까).

31_ 《반회고록》, pp. 508~509.
32_ 당시 파키스탄 대통령.
33_ 첸이는 기꺼이 단시를 즉흥적으로 짓곤 했다. 젊은 시절에는 그 시들을 발표했다.

말로 나 역시 마르크스주의 공부를 좀 했지요.

첸이 그렇습니다. 프랑스에는 사회주의 전통이 있지요. 생 시몽을 두고 하는 말입니다만…(그냥 '레코드판'에 불과한 것이라 치더라도 재미있는 인물이다.)

첸이 광둥은 혁명으로 이름을 떨친 도시지요.

말로 나는 1927년에 거기서 6개월을 지냈습니다. 1923년에 호찌민과 함께 감옥살이를 했지요.

첸이 호찌민은 우리들보다 먼저 마르크스주의자였습니다! 1919년부터 벌써. 우리는 1921년부터고요…

말로 그는 1946년에 파리에 있었습니다. 나중에 파리를 떠나면서 이렇게 말했지요. "가장 유감스러운 점은 말로를 만나보지 못한 것입니다"라고요.

말로가 이런 대목을 생략한 것은 마오쩌둥과의 대화가 지닌 예외적인 광채를 더욱 돋보이게 하기 위해서였을까. 일주일 후인 8월 2일 인민궁에서 가진 저우언라이와의 대화에 대해서도 방문객은 회고록에서 또다시 '레코드판' 이야기를 하면서 그 중요성을 '축소'시키고 있다. 과연 그는 저우언라이를 찾아가 만난 모든 사람 중에서 유일하게 중국 수상을 따분하다고 느낀 경우다. 하지만 그는 저우언라이와 아주 특수하고 매우 이상한 관계였다. 말로는 《반회고록》에서[34] 그 사실을 간단히 언급한다.

"미국 사람들은 그를 《인간의 조건》에 나오는 인물의 모델이라고

34_ p. 521.

여긴다는 사실을 그도 알고 있다." 무엇 때문에 미국 사람들이? 이러한 가설을 가장 분명하게 제시한 사람은 W. 프로호크 씨다. 하지만 그 가정은 독창적이지 못하다. 프랑스 사람들은 이미 키요에게서 저우언라이의 그림자를 알아볼 수 있다고 생각했다.

그런데 말로 역시 저우언라이를 '알아보기는' 했지만("저우언라이는 모습이 별로 달라지지 않았다…") 그 인물 됨됨이는 그를 실망시켰고 신경에 거슬렸다. 그는 공모의 감정, 혈육 감정, 자기 '모델'의 '에체 호모'를 기대했던 것일까. 그는 저우언라이의 태도가 "우정 어린 거리감을 지닌" 것이었다고 했고, 그를 "거칠지도 쾌활하지도 않고 완벽하게 품위를 갖춘" 인물로 보았다. 그리고 "중국 연극에 나오는 인물들처럼 관자놀이 쪽으로 뾰족하게 자란 빽빽한 눈썹"을 가진 "부지런한 고양이처럼 신중한" 인물이라고 표현했다.[35] 그는 저우언라이를 좋아하지 않는다. 장관이 된 키요를 그가 좋아하겠는가.

《반회고록》에 나오는 그들의 대화는 무미건조하다. 시인은 그를 마르크스주의자로 둔갑한 드 나르푸아 씨로 만들어놓고 복수한다. 키요가 아닐 경우에는 이렇게 당하는 것이다. 그들이 주고받은 대화의 서두를 보자.

말로 예낭 동굴 벽에 당신의 이름이 쓰여 있는 걸 봤습니다.[36]
저우언라이 당신도 마르크스주의에 대한 지식이 있지요.

35_ pp. 517~521.
36_《반회고록》에는 그가 이 면담 후에 예낭에 간 것으로 되어 있다.

이제 화제는 문화 분야의 여러 가지 계획(아벨 강스가 와서 프랑스어와 중국어 두 나라 말로 촬영할 〈장정〉 이야기, 파리에서 개최할 중국 미술전,[37] 그것에 대하여 "타이완 당국이 미국에 소개하고 있는 전시회 같은 것으로 말입니다"라고 하자, "그건 도둑질해 간 미술품들인걸요!" 하고 심기가 불편해진 저우언라이가 말을 가로막는다) 등으로 옮겨간다. 이야기가 인도차이나 문제에 이르자 말로는 기회를 얻은 듯이 소설가의 머리에서 나온 것 중에서도 가장 엉뚱한 생각을 꺼내놓는다. 베트남을 안남의 큰 산맥에 따라 남북을 잇는 선을 중심으로 새롭게 분할하자는 것이다. 이에 대해 저우언라이는 품위 있는 고양이의 경악을 작은 중얼거림으로 표현할 뿐이었다. "그런 계획은 금시초문인데요."

마오쩌둥과의 면담으로 말하자면 이야기가 좀 복잡하다. 각기 다른 설이 네 가지나 있다. 외무성이 알고 있는 내용과 중국 외무부가 알고 있는 것,[38] 말로가 귀국한 후 1965년 8월 18일 국무회의에서 몇 가지 기발한 내용을 곁들여 설명한 이야기와 《반회고록》에 기록된 좀 더 장식적인 내용이다. 나중에 실망할 각오를 하고 우선 회고록 설에서 시작해보자. 여기서도 실제의 진실은 요란하게 꾸민 이야기 못지않게 흥미롭다.

그 거인을 방문했을 때의 멋진 이야기, 마오쩌둥에게 충분히 환영받을 시간을 주기 위하여 벌써부터 뒷전으로 물러선 류사오치 주석에게 전한 드골의 친서, '불가사의 박물관'인 예냥이나 모든 혁명의 유격대에 대하여 말로가 한 말, 스탈린에 대한 마오쩌둥의 가시 돋친

37_ 이 전람회는 1973년에 열린다.
38_ 문화혁명 중에 홍위병들이 압수한 속기록이 타이베이로 전해졌다가 1975년 봄 《아시아 세계*Mondes asiatiques*》지에 공개되었다.

공격, '장정'에서 '흔히들 생각하는 것보다 많은' 노동자들이 중요한
역할을 했다고 강조하는 마오의 설명, 옛 후난성의 지도자가 회고하
는 그 시대 농민들의 가난… 등은 이미 알려진 것이다.

그러고 나서 말로가 말을 잇는다.

"당신은 위대한 중국을 재건하는 중인데, 그 군대식 방법을 관광객들
은 비판적으로 보고 있습니다."

"네." 그는 태연하게 대답한다.

"당신은 중국의 농업이… 기계식 농경과 경쟁할 수 있다고 생각합니
까?"

"시간이 걸리겠지요. 수십 년이… 당신네들은 미국에 대해 독립된
태도를 보여왔지요."

"우리는 독립된 주체지요. 그러나 우리는 그들의 연합국입니다."

"우-리-들의 연합국이지요! 당신들의 연합국이며 또 우리들의 연합
국이지요."(그럴듯하지요! 하는 듯한 어조다.)

말로는 반대 세력의 문제를 대담하게 꺼낸다.

"반대 세력은 여전히 강력합니까?"

"여전히 민족 부르주아와 지식인 등이 남아 있지요. 그들의 아이들도
자라나기 시작하고…"

"지식인들이 왜 그렇죠?"

"그들의 사고방식은 반마르크스적입니다. 해방 후 우리는 국민당과
관련이 있는 경우까지도 그들을 받아들였습니다. 그들의 영향이 사라

지자면 아직도 멀었습니다. 특히 젊은 층에 미치는 영향은…"

말로를 동반한 프랑스 대사 뤼시앙 페이가 끼어든다. "젊은 층은 각하를 마음 깊이 존경하고 있습니다, 주석 각하…" 그러자 마오쩌 둥은 "그런 식으로 볼 수도 있지요… 당신은 한쪽 면을 본 거예요… 다른 한쪽은 못 보고… 젊은 층은 그들의 역량은 발휘해야 해요" 하고 설명했다.

화제는 프랑스로 옮겨지고, "새로운 유형의 사회 민주 정당으로 변한" 유럽의 공산당들을 비판하는 마오 주석에게 방문객은 "대부분의 공산주의자들이 개인적으로는 한쪽 뺨으로는 당신들과, 다른 한쪽 뺨으로는 소련 사람들과 키스하고 싶어 합니다"라고 말한다. 마오쩌 둥과 옆에 있던 그의 동지들이 기뻐한다. "소련의 수정주의는 변절입니다" 하고 중국 지도자가 말한다. "그들은 자본주의를 복원하는 방향으로 나가고 있어요…" 앙드레 말로는 과연 스탈린에서 브레즈네프에 이르는 변화가 레닌에서 스탈린에 이르는 변화 못지않음을 인정하면서도 상당히 그럴듯한 논리로 마오쩌둥의 의견에 반대한다. 그러자 마오쩌둥이 "요컨대 당신은 소련은 심지어 공산주의자조차도 아니니까 수정주의자가 아니라는 생각이다 이거로군요!" 하고 확인한다.

작별 인사를 하기 전에 말로가 "위대한 제국의 중국"이 복귀되리라고 예언하자, 마오쩌둥이 대답한다.

"모르겠어요. 하지만 우리의 방법이 옳은 것이라면, 즉 우리가 일체의 수정주의를 용납하지 않는다면 중국은 저절로 이루어지리라는 것을 나는 알고 있어요… 그러나 이 투쟁에서 우리는 혼자일 뿐이지요."

"그런 건 이번이 처음이 아니지요."

"나는 대중과 더불어 혼자일 뿐입니다. 하여간 당장으로는."

쓸쓸한 기분과 어쩌면 아이러니 그리고 무엇보다도 자부심이 깃든 놀라운 어조다…

우리는 한걸음 한걸음 현관에 가까워져간다. 나는 그를 바라본다(그는 정면을 바라보고 있다). 범상치 않은 암시력! 나는 그가 다시 개입하리라는 것을 알 수 있다. 젊은 층에 대해? 군에 대해? 레닌 이후 그만큼 강력하게 역사를 뒤흔들어놓은 인물은 일찍이 없었다. 그 어떤 모습보다도 '장정'이 그를 잘 나타내준다. 그의 결정은 돌연하고 집요할 것이다. 그는 아직도 망설이고 있다. 그런 주저에는 서사적인 면이 있다… 내게 보이는 것은 오직 청동으로 만든 황제의 거대한 실루엣뿐이다… 비행기 한 대가 반짝거리며 지나간다. 수천 년 묵은 듯한 제스처로 손을 들어 이마 위로 햇빛을 가리면서 이 산중노인山中老人은 비행기가 멀어져가는 모습을 바라본다.

말로식으로 표현해서 하여간 좋다. 이런 점묘식 예언("나는 그가 다시 개입하리라는 것을 알 수 있다")은 사실 사후 진단이라고 꼬집을 필요는 없을 것이다.[39] 장면의 묘사는 멋지다. 열흘 후 드골 장군 주위에 둘러앉은 장관들에게 그는 "실제로 들은 말보다 그저 약간 더 멋있게 보탠 정도"라고 했다. 이 유명한 말로 장관이 두각을 나타내 보

39_ 이 면담을 한 것은 1965년이었다. '문화혁명'은 1966년 5월에 일어났다. 《반회고록》은 1967년 9월에 출간되었다.

인 것이다.

우선 자신이 띠고 갔던 '사명', 즉 최고위층급의 정보 교환, 중국 지도층에게 프랑스가 대표하는 것이 무엇인가에 대한 평가, 중국 지도층이 세계에 대하여 기대하는 것이 무엇인가에 대한 탐색에 대하여 정의를 내린 말로는, 마오쩌둥의 인물 됨됨이를 그려 보이고 그의 정치 경력을 이야기하며 그의 권력과 당의 힘이 어떤 것인가를 규정해본다. 그리고 세 차례의 면담을 요약한다. 첸이는 레코드판 시험, 저우언라이는 레코드판, 마오쩌둥은 역사라고.

중국혁명의 지도자들과 면담한 이야기는 《반회고록》에 기록된 내용과 별 차이가 없다. 다만 실제 이야기에서는 책에서처럼 혁명 전쟁과 마오쩌둥이 그 문제에 대해서 한 말(사실 에드거 스노의 저서에서 상당량 빌려왔다) 등을 덧보태지 않았다는 점이 다를 뿐이다. 그는 동료 장관들에게 자기는 우선 "로마가 스파르타를 대신한다"는 말로 대화를 시작했다고 전했다. 실제로 그가 그런 말은 했더라면 마오쩌둥은 어리둥절해졌을 것이 분명하다. 그는 또한 자기가 받은 인상으로는 그 늙은 지도자와 측근이 초기 볼셰비키보다는 루이 필립의 궁정을 연상시키더라는 식의 암시도 했다.

말로는 '수정주의'에 대한 염려, 물질적 발전에 대한 견해, 마오쩌둥이 지닌 사상의 매우 '중국적'이며 독립적인 면에 이어 끝으로 그의 의연한 태도를 강조한다. 그는 또한 대화 도중 여러 차례에 걸쳐 마오쩌둥이 류사오치와 상의하곤 했다는 점도 지적했다. 이 이야기는 물론 류사오치가 실권한 뒤에 나온 《반회고록》에서는 자취를 감추고 없다.

그러면 실제로 주고받은 대화 내용은 어떤 것이었을까. 다른 사람들이 전하는 이야기 중에서 공통된 부분을 종합해보건대, 실제로는 서사적인 요소가 적었으며 좀 더 현실적인 내용이었다고 여겨진다. 베이징 주재 프랑스 대사관의 관리가 그 이튿날 정보부의 공식 속기록을 그에게 제출하자(이 기록은 본인의 동의를 얻어야 공식 외교 문서로 정리될 수 있다) 말로는 그저 "나중에 보충하겠소"라고 말한다. 과연 그는 그 내용을 보충했다. 1965년 8월 3일에 주고받은 실제 대화는 꾸밈이 덜하지만 매우 흥미롭다. 그 텍스트가 발표되지 않은 것이 유감스럽다. 프랑스 쪽과 중국 쪽의 문서를 기초로 그 핵심만 재구성해보겠다.[40]

마오 예낭에 가보셨나요?

말로 네. 동굴들을 구경했습니다. 당신이 어떻게 전쟁에 승리했는지 알 만하더군요. 그 동굴은 용기와 엄격성을 웅변으로 말해줍니다.

마오 전쟁에 이긴 것은 유격대인걸요…

말로 나도 유격대를 지휘한 경험이 있지요…

마오 프랑스 국민은 왕정을 전복시킨 사람들이니까요!

말로 대혁명 제2년의 병사들은 나중에 나폴레옹의 군대가 되었지요… 당신의 병사들에게 어떻게 그토록 대단한 용기를 불어넣을 수 있었습니까?

마오 우리는 모두가 서로 평등했어요. 그리고 우리는 농민들에게 땅을 주었지요.

40_ 이 문서는 중간에 끼어들어서 한 말을 통해 그 자리에는 류사오치가 아니라 첸이가 배석했음을 말해주고 있다.

말로 농업 개혁 말입니까?

마오 그보다 더 중요한 것은 민주적인 실천이지요.

말로 그렇게 해서 당신은 농촌을 장악했군요. 그러나 장제스는 도시를 장악했지요.

마오 우리는 중국 인민에게, 대다수에게 걸었습니다.

말로 1934년에 고리키는 당신이 도시를 장악하지 못할 거라고 내게 말한 적이 있습니다.

마오 고리키는 중국에 대해서 아무것도 몰라요…

말로 그렇지만 당신은 실패도 경험했지요.

마오 그래요. 우리는 중국 남부를 포기하지 않을 수 없었지요. 하지만 우리는 그 실패를 승리로 바꿔놓았어요…

말로 '장정' 말이군요! 그건 유명한 대서사시지요… 그럼 당신은 세계의 운명에 대하여 어떻게 생각하십니까?

마오 중국으로서는 사회주의냐 수정주의냐로 요약됩니다. 우리 사회에는 후자의 노선으로 가는 강한 세력이 남아 있어요…

말로 그들을 어떻게 쳐부수지요?

마오 부패를 없앰으로써…

말로 당신의 목표는 완전하게 중국인의 중국을 재건하자는 것이겠지요?

마오 그렇지요. 물론 오랜 시간이 걸릴 겁니다. 수정주의와 부르주아, 작가들이 있으니까요…

말로 작가들이 왜?

마오 우리는 그들을 국민당으로부터 물려받았지요. 우리와 행동을 같이한 작가는 전혀 없었으니까요!

말로 소련은 정말 자본주의로 복귀하려 한다고 생각하십니까?

마오 한창 저질러지고 있는 무질서로 인해 그 지경에 이르는 거지요. 코시킨은 흐루시초프보다 더 나빠요!

말로 공업 부문에서 당신은 성공을 거두었습니다. 그러나 농업 부문에서는?

마오 어느 부문에서도 성공을 거두지 못했어요. 모순된 점이 너무나 많아서…

말로 경제 계획에서 당신은 농업을 우선적으로 다루십니까? 그리고 인민 공동체에 대해서는 개혁을 할 예정인가요?

마오 구조적인 개혁은 아니고 기술적인 개혁을 할 생각입니다.

전체적으로 보아 중국 쪽에서 작성한 문헌이 더 상세하며 말로가 한 말에 더 많은 공간을 할애하고 있다. 또 마오쩌둥 주석은 흥미 있는 역사적 언급을 하고 있다. "만약 장제스가 우리를 공격하지 않았더라면 우리는 절대로 그를 공격하지 않았을 것입니다."

프랑스 공산당, 프랑스의 '우방', 중국, 중국 청년층의 태도(뤼시앙 페이의 참견도 포함해서) 등에 관한 대화는 이 면담에서 중요한 대목이지만 여기에 옮겨놓지 않았다. 요컨대 소설가의 '비장한 미화'라든가 역사적인 플래시백(에드거 스노, 아네스 스미들리 혹은 안나 루이즈 스트롱과 면담할 때 마오쩌둥이 이미 한 말을 이번 면담에서 말한 것처럼 만들어놓은 경우도 있고 그렇지 않은 경우도 있지만) 등을 빼버리고 나면 남는 것은 마치 바로크 회화와 비교해본 엔지니어의 설계도 같은 인상을 준다. 설계도 쪽이 더 낫다는 생각도 불가능한 것은 아니리라.

《반회고록》의 내용과 직업적인 증인들이 이 면담에 대하여 밝혀낸 내용의 차이에 대해서 말로는 1968년 10월《뉴욕 타임스》특파원 헨리 테너에게 입장을 밝혔다. 그의 말을 직접 들어보자. "나는 국가 차원에서 마오쩌둥을 만나러 갔다. 따라서 우리 쪽 사절단이 구성된 것이다… 하지만 가장 개인적이고 인간적인 순간에는 단독 면담을 했다… 그는 지난날에 대하여 다시 의견을 나누고자 했다… 그때 그는 다른 공식 수행원들을 모두 내보냈다… 그리고 마치… 청동으로 만든 황제의 조상처럼 두 다리를 뻣뻣이 하고 걸었으므로 우리 사이에는 공간이 떠 있었다. 나는 그의 여자 통역관만 대동한 채 그와 단둘이 있었다… 이야기를 할 때 그는 중국어를 쓰지 않고 후난성 방언을 썼다. 통역관은 방언과 관화官話 양쪽을 다 통역할 수 있었다. 그런데 그는 프랑스 쪽 통역관은 못 듣고 나만 알아듣게 하고 싶을 때는 후난성 방언으로 말했다."

이어서 말로는 이렇게 덧붙인다. "프랑스와 중국의 속기록을 검토해본다면 내가 쓴 글의 내용이 속기록과 지나칠 정도로 유사하다는 걸 발견할 것이다… 물론 글을 다듬는 과정에서 첨삭된 내용이 있겠지만 말이다." 이 무렵 그를 존경하는 여자가 그의 책에 대해서 찬사를 보내는 끝에 "다만 한 가지 유감스러운 점이 있다면 마오쩌둥의 말투가 약간 말로의 말투 같다는 점인데…"라고 지적하자, 말로는 이렇게 받아쳤다. "그럼 마오쩌둥이 베탕쿠르[41]처럼 말하는 쪽이 더 나을 것 같은가요?"

농업 개혁의 전문가로서 간결하게 말하는 늙은이가 석양을 바라보는 '청동 황제상'보다 낫다고 생각해야 옳을까. 역사가 초안과 보

41_ 그보다 몇 달 앞서 중국 여행을 한 장관이다.

고서, 시를 골고루 제공해주는 판국인데 역사가가 무슨 불평을 하겠는가.

이 멋진 여행에서 남은 것은 아무것도 없다. 적어도 말로에게는 그렇다. 기껏해야 닉슨 씨의 귀에까지 전해진 명성(하기야 명사들 중에서 닉슨 씨야말로 말로의 글 한 줄도 혼자 힘으로 읽어 이해하는 데 가장 무능한 인물이지만)과 《반회고록》의 85페이지 분량의 글 정도가 전부다. 베이징의 지도자들은 그 글을 별로 달가워하지 않았다. 쿠브 드 뮈르빌, 베탕쿠르 혹은 샤방 델마스 등이 방문했을 때 이야기는 자주 하면서 말로의 방문에 대해서는 일체 입을 열지 않는 그들의 태도는 그 점을 부분적으로나마 증명한다.

이미 중국 공식 이념의 지도자들은 《정복자》와 《인간의 조건》이 형이상학적 도전의 서사시이며 중국의 입장(공자식으로 보나 마르크스식으로 보나)과는 가장 거리가 먼 죽음의 찬가이며 외국인의 손으로 이루어진 듯한 혁명의 묘사라고 규정하여 매우 신랄하게 비판한 바 있다. 그리고 아마도 베이징의 지도자들은 말로가 자기들 혁명의 어떠어떠한 시점에 가담했다는 전설을 퍼뜨려놓는 데 대하여 달가워하지 않았는지도 모른다.

소설의 무대처럼 대도시 중심적이고 다국적이며 형이상학적인 중국, 비장하며 외국의 도움을 갈구해 마지않는 중국, 원주민 혁명가들은 한결같이 테러리스트로 그려진 중국이고 보면, 농민 중심이며 강렬하게 중국적이며 낙관적이고 '대중'이 주도하는 혁명을 원한 중국의 지도층에게 그 이상 더 어처구니없는 이미지를 암시해 보이기도 어려웠을 것이다. 그렇기는 하나 말로를 통해서 중국과 중국혁명에 대해 경이를 품게 된 수많은 비중국인들을 생각해볼 때 그 같은 몰이해는 너무나도 부당한 것이 아닐까.

1972년 필자가 어느 중국인 외교관에게 결국 말로는 그의 나라에서 어떻게 평가되고 있는가라는 질문을 했을 때 들은 대답은 바로 그 같은 이유 때문에 인용해둘 필요가 있을 것 같다. 그는 문제가 좀 복잡하다는 듯 미소를 지으면서 말했다. "우리가 볼 때 그는 중국의 친구입니다. 그는 가장 어려운 시기에 우리 편이었지요…"

소련 사람들이 파시즘의 공격과 위협을 당할 때만 그들과 가까웠고, 프랑스가 위기에 처해 헐떡거릴 때 비로소 조국을 발견했으며 운명을 같이하고자 했던 그 앙드레 말로가 드골 장군의 권력이 비틀거리는 바로 그때 이탈할 리는 만무하다. 우리는 이미 그가 군사 반란과 항명 선언 때 그리고 1965년 장군이 자신의 노쇠와 통치 능력에 대하여 의혹을 품을 때 앞장서서 결의를 표시하는 것을 목격했다.

1968년 5월, 3주간의 학생 운동과 파업은 정권을 임종의 시련 속으로 몰아넣는다. 경찰 조직이 청년과 노동자에 맞서서 저 해묵은 탄압과 퐁피두 교수의 때를 기다리는 전술을 번갈아 사용해가면서 제5공화국은 제자리걸음을 하고, 5월의 마지막 며칠에 가서는 마침내 그 창설자가 자신과 자신의 나라로부터 슬며시 망명을 가듯 헬리콥터에 몸을 싣고 외국 땅에 있는 자신의 친위대를 찾아가는 모습을 목격하기에 이른다. 1946년의 경우보다는 그래도 더 효과적인 이 위장 외유는 공포심을 용기의 형태로 집약하는 효과를 얻는다. 5월 29일 정오에서 30일 오후 6시 사이에(잠자는 사람이 알렉산더 대왕과 퐁파두르 부인, 비스마르크를 번갈아 만나보는 저 시간을 초월한, 그러면서도 역사적인 꿈속에서처럼) 프랑스는 두세 번의 불발 혁명을 경험한다. 쿠바? 라 코뮌? 48년 혁명? 그런데 벌써 왕정복고다.

이미 싸늘하게 식은 시체가 다 된 듯 보이는 제5공화국에서 그 며칠 동안 우왕좌왕하던 어리둥절하고 불충한 혹은 완강한 관리들 중에서 유일하게 수상과 경찰국장만이 꼿꼿이 서서 버티고 있다. 앙드레 말로로 말해보자면 그는 너무나도 사건에 열광해 있고 혁명적 모험이라면 물불을 가리지 않는 인물이라, 1968년 5월 파리의 좌안에서도 1936년의 마드리드나 톨레도를 방불케 하는(스튀카와 프랑코가 없다는 것이 다를 뿐) 그 무엇을 다시 한 번 느끼지 않을 수가 없다. 그는 피신하거나 장군을 계승할 내각 인선을 하는 쪽보다는 사태를 분석하는 쪽이다.

6개월 후 《뉴욕 타임스》 파리 특파원인 헨리 테너가 당신은 그때 "바리케이드의 불리한 쪽에" 서 있었다고 생각하지 않느냐고 묻자 그는 이렇게 대답한다.

나는 지금부터 30여 년 전에 《희망》이라는 책을 쓴 일이 있습니다… 그 책은 아직 형태가 갖춰지지 않은 상태의 혁명으로 시작하는데, 나는 그걸 '서정적인 환상'이라고 부릅니다. 그것이 혁명으로 완성되는 것입니다. 물론 공산당의 손에서 이루어진 것이지만 공산당만의 힘은 아니었지요. 내가 볼 때 서정적 환상은 혁명에서 극복되지 않으면 안 되는 그 무엇입니다… 5월 사태는 다름이 아니라 거대한 서정적 환상이었지요. 문제는 거기서 어떤 결과가 생겨났느냐에 있습니다. '상상력을 권좌로!'라는 슬로건은 아무 의미도 없습니다. 권력을 장악하는 것은 상상력이 아니라 조직된 힘이니까요. 정치는 사람들이 욕구하는 것이 아니라 만들어내는 것입니다. 중요한 것은 '자유 만세!'라고 외치는 것이 아니라 자유가 정부에 의해서 구현되도록 하는 일입니다. 5월 사태는 원료에 지나지 않아요… 젊은이들이 우리에게 기대한 것은 그들이 우리들 이상으로 실감하는 불안 속에 잠재하는 희망이었습니다. 그 희망이란 것은 결국 종교적인 성격이지요. 우리는 인간과 우주, 인간과 세계 사이의 유례없는 단절 상황에 처했기 때문입니다.

6월 30일, 장군을 위한 유예를 얻었다. 바리케이드 사건 이후 신드골주의의 왕정복고 스타일을 더욱 강화하는 의회 선거에 대하여 말로는 과연 실질적으로 기뻐했는가. 그 몇 주일 동안에 말로는 이상하게도 충성심을 표현하는 기회를 또다시 얻는다. 진흙으로 빚은 피조물 덕분에 자신이 구조되었다고 생각하자 신경이 거슬린 그 늙은 조물주가 조르주 퐁피두를 제거했을 때, 말로는 내각의 다른 멤버들과 마찬가지로 총애를 상실한 그 승리자가 베푼 7월 10일의 고별 만찬에 참석한다. 그는 술잔을 손에 들고 일어서서 내뱉는다. "캉탈 구의 의원님, 귀하의 운명을 위하여 잔을 들겠습니다!"[42] 6개월 후 퐁피두는 "운명"이라는 말에 "국가의"라는 형용사 하나만 더 첨부함으로써 드골을 하야시키는 데 기여할 거대한 분열을 야기한다. 부친 살해에 무의식적인 도구로 이용된 격이지만, 그래도 앙드레 말로는 1969년 봄에 그 결과에서는 멀어지려고 애썼다.

그는 장군이 국민투표의 모험에 뛰어들지 않도록 만류한 인물인가 (쿠브 드 뮈르빌, 미슐레, 슈만과 더불어). 그럴 가능성은 거의 없다. 보

42_ 피에르 비앙송 퐁테, 《드골 공화국의 역사 Histoire de la République gaullienne》, p. 578.

수주의의 이름하에 부하들 손에 구원된 유예받은 권력자의 치욕스런 상황을 벗어나기 위하여, 그리고 깨끗하고 더욱 확고한 입장에서 인민 투표의 지지를 받는 위치가 되기 위하여 그 당시 드골이 시도한 '다 잃거나 두 배로 딴다'는 내기를 지지한 것 같다. 그의 친구 조르주 퐁피두가 로마에서, 다시 제네바에서 후계를 상속받을 준비가 되었다고 선언했을 때, 다시 말해서 드골에게 좀 더 강력한 양자택일의 기회를 주겠다고 선언했을 때, 말로는 곧 그 작전으로 인하여 장군이 걸고 있는 내기가 위협받으리라는 것을 알아차렸다. 그는 '친애하는 조르주'가 뒤로 물러서도록 종용하고, 자신은 무슨 형식으로든 제왕의 시신을 승계받을 의사가 없다는 것을 확실히 하려고 애썼지만 허사였다. '캉탈 구의 의원님'은 국가의 운명이 그 윤곽을 분명하게 드러내고 있음을 본 것이다. 그는 포기하지 않을 것이다.

이 사적인 교섭에 대하여 앙드레 말로는 1969년 4월 23일 체육회관에서 가장 공식적이고 엄숙한 방식으로 말한 적이 있다. "드골 장군과 맞서서 얻을 드골 이후의 노선이란 있을 수 없다… 드골주의의 승리를 바탕으로 드골 이후의 노선을 세울 수는 있다. 하지만 드골의 패배 위에 세울 수는 없을 것이다!" 이에 대한 퐁피두의 평은 다음과 같다. "1940년 6월 18일과 이번 국민투표를 직선으로 연결 지어 생각할 사람은 말로밖에 없다… 레지스탕스에서 시작해 지역사회의 개혁에 이르는 일은 말로의 천재로도 부족하다!"[43] 그 말에 6월 18일과 자신의 역사를 직선으로 연결할 사람은 퐁피두밖에 없다고 덧붙여둘 필요가 있을 것이다.

43_《드골과 퐁피두의 결투》, 필립 알렉상드르, 그라세사, 1970년.

그 후 앙드레 말로는 1972년 《렉스프레스》와의 인터뷰에서 드골 장군이 1969년에 정치적으로 "자살"했다고 잘라 말했다. 장군은 프랑스 국민의 손에 의한 패배와 형극을 스스로 "원했다"는 것이다. 장군의 정치적 임종시 일어난 여러 가지 일화를 직접 체험한(그는 그 마지막 시기에 세 번, 1969년 4월 20일과 27일 그리고 12월 11일에 콜롱베에서 장군을 만났다) 말로는 물론 그 점에 관해서라면 충분히 말할 수 있는 입장이기는 하다. 하지만 그의 말이 절대적인 설득력을 갖지는 못한다. 늙은 수령이 다른 사람들, 가령 미슐레나 슈만에게 털어놓은 말과 국민투표를 연기하고 싶은 심정 등으로 미루어보아 그는 '다 잃거나 두 배로 따는' 내기에 뛰어들어 큰 노름을 한판 해볼 참이기는 했지만, 클로델의 말처럼 "언제나 확실한 것은 못 되는" 최악의 사태를 받아들일 "결심"은 하지 못했다.

드골 장군의 은퇴는 곧 말로 자신의 은퇴다. '장군의 장관'이 된다는 것은 아무나의 장관이 되는 것과는 다르다. 어느 날 퐁피두 씨가 그의 첫 조각組閣 때 말로의 마음을 괴롭게 하지 않으려고 아무런 자리도 제의하지 않았다는 이야기가 기록된 책이 화제에 오르자 말로는 폭소를 터뜨리며 우리에게 말했다.

장군이 떠나고 난 뒤에 내가 '그들'과 같이 남아 있을 것 같아요? 그건 마치 스페인 전쟁에 승리하고 난 뒤에 네그랭이 나에게 민병대 사령관이 되어달라고 하는 것이나 마찬가지예요.[44]

44_ 말로와 필자의 인터뷰, 1973년 1월 29일.

거기에는 충성, 은퇴의 미학적 질, 드골식 '기사도'라는 차원에서 그가 퐁피두에 대하여 내리는 판단 그리고 피곤과 1968년 5월 이후 '문화 기획'의 퇴조 등이 작용했다. 요컨대 말로는 아직 마무리해야 할 몇 가지 제스처를 잊지는 않았지만 사인私人으로 돌아왔다.

모험과 우정과 권력의 시대가 지나가고 이제 그에게는 회고의 시대가 시작된다.

3. 회고

진짜, 가짜, 체험

"회고록을 제외한다면 쓸 만한 책이 뭐가 또 있겠는가." 이것은 1928년에 가린이 한 말이다. 1945년 로제 스테판이 당신은 일기를 쓰느냐고 묻자 말로는 이렇게 대답한다. "그런 것은 다 과거를 돌이켜보는 걸 좋아하는 사람들에게나 어울리는 일입니다."[1] 1965년 6월 그는 바로 '과거를 돌이켜보기 위해서', 과거를 소생시키고 또 어쩌면 과거를 '완성'하기 위하여 초등학생용 공책을 옆구리에 낀 채 청춘 시절 모험의 원천을 향하여 캄보디아호에 몸을 싣고 아시아로 떠났다.

그리고 3년 후 그는 헨리 테너에게 "그" 책(물론 《반회고록》을 두고 하는 말이지만)을 "쓰리"라고는, 특히 그 책을 "쓸 수 있으리"라고는 생각하지 못했다고 말한다. 그 책은 캄보디아호에서 시작됐는데, 첫

1_《젊은 시절의 끝》, p. 51.

째 장에 "크레타 대양 위에서"라는 명구銘句가 있다. 그는 바다 위에서 글 쓰기를 좋아한다. 그에게는 두 주일의 여유가 있다. 싱가포르에 도착했을 때 이미 공책이 가득 메워졌다. 과거에 대한 이 회고가 완성되려면 정확하게 2년이 더 필요하게 된다(말로는 그 당시 에마뉘엘 다스티에에게 이렇게 말했다. "램프에 모여드는 날파리와 모기 떼 이야기까지 다 하려면 그보다 훨씬 더 오래 걸릴 겁니다"). 7년이 넘도록 글이라고는 연설문밖에 쓴 일이 없는 그가 다시 글을 쓰는 데 성공한 것이다. 그로서는 하나의 승리라고 할 수 있다. 그 자신도 문학 불감증에 걸린 줄 알았는데 드디어 극복한 것이다.

그가 이 책을 '반회고록'이라고 이름붙인 것은 자기 삶에 대한 진술이 아니라는 것을 분명히 하기 위해서다. 사실 이 책은 샤토브리앙도, 루소도, 지드의 《한 알의 밀알이 썩으면》도, 사르트르의 《말 Les Mots》도 아닐 것이다. 이 점에 대해서 그는 책이 나올 때 에마뉘엘 다스티에에게 제대로 설명했다.

인간은 연대순으로 이루어지는 것이 아닙니다. 인생의 여러 시기들은 순서대로 차곡차곡 쌓여서 합산되지 않습니다. 다섯 살에서 쉰 살에 걸친 전기는 가짜 고백입니다. 인간에게 상황을 부여하는 것은 경험이지요. 한 사람의 인생은 그의 경험을 통해서 다시 찾아지는 것이지 경험이 이야기의 보상으로서 표현되는 것은 아니라고 생각합니다…

《반회고록》은 고의적으로 전기를 거부합니다. 일기나 노트를 바탕으로 쓰인 것도 아닙니다. 나는 내 경험의 결정적인 요소들을 이야기함으로써 한 인물과 역사의 단편들을 다시 찾아냅니다. 마치 내 이야기가 아닌 것처럼 사실들을 이야기하고 인물을 묘사합니다. 이따금씩 에피

소드가 기억 속에 떠오르기도 하지요. 그러면 그것을 덧붙일 뿐입니다.[2]

그는 그렇게 말하고 그렇게 쓴다. "오직 나 개인에게만 중요한 것이 무슨 중요성이 있겠는가!" 한 인간의 삶이라는 저 '한심한 비밀들의 작은 무더기'를 상기해서 무엇에 쓰겠는가. 여전히 에마뉘엘 다스티에에게 그는 이렇게 말한다.

> 이건 나의 참다운 책입니다… 프루스트 생각이 납니다. 〈스완의 집 쪽으로〉는 샤토브리앙식과 유사한 새로운 시도를 전혀 불가능하게 만들어놓았습니다. 프루스트는 반反샤토브리앙인 셈이지요. 샤토브리앙은 반루소이고요. 나는 반프루스트가 되고 싶고 프루스트의 작품을 그의 역사적 시기에 위치시키고 싶습니다.

그는 또 다른 사람에게 《잃어버린 시간을 찾아서》를 쓴 작가와의 비교를 더 명확히 했다. 즉 시간성의 숙명이라는 의식이다. 다만 다른 점이 있다면 마르셀 프루스트의 경우, 시간은 유일하게 생명을 지니고 세상에 남을 작품을 만들 때 작가에게 재료로 사용되므로 유익한 숙명이지만, 말로의 경우 시간은 행동의 성취, 심지어 노쇠와 죽음에 의해 결이 생긴 의식의 획득물까지도 파괴하므로 해로운 숙명이라는 점이다.

《반회고록》은 그의 걸작이라고 말하기 어렵겠지만 말로의 전형적인 작품, 즉 진실과 상상, 경험과 꿈, 체험의 원료와 그 원료를 변형

2_《레벤느망》, 1967년 9월호.

시키는 예술이 혼합, 혼동되는 작품이라 할 수 있다. 《정복자》에서도 《희망》에서도 〈알텐부르크의 호두나무〉에서도 그리고 《침묵의 목소리》라는 예술 창조에 관한 저 거대한 소설에서도 그는 이 책에서만큼 가면과 실제 사물, 기억과 상상력이라는 저 초기억의 조작을 활용해본 일이 없으며, 역사적 사실과 소설적 시의 재료들을 이처럼 독단적 악마적으로 한데 뒤섞어 엮어놓은 적이 없었다. 그 엄청난 대담성에 압도된 나머지 이후에는 그 누구도 그에게 "아니, 이건 사실이 아닙니다! 사실인가요, 거짓인가요?"라고 말하지 못할 지경이다. 중국은? 스페인은? 레지스탕스는? 결국 《인간의 조건》에서 클라피크(그는 반역사적 인물이므로 공연히 《반회고록》에 끼어드는 것은 아니다)가 한 말로 되돌아오게 된다. "이건 진실도 거짓도 아니고 다만 체험일 뿐…"

말로는 내용을 더욱 불분명하게 만들기 위하여 책머리에 다음과 같이 짤막한 '불교적 텍스트'를 붙여놓음으로써 구태여 전말을 따져보려는 사람의 입을 봉하는 준비까지 해두었다. "코끼리는 모든 짐승 중에서 가장 슬기로우며 전생의 일을 기억하는 유일한 짐승이다. 그래서 코끼리는 전생의 일을 명상하며 오랫동안 조용히 견딜 수 있는 것이다." 전생의 문제라면… 이 책에 나오는 그 모든 전신轉身의 사연을 어찌 다 헤아릴 수 있겠는가.

그에 못지않게 교묘한 방법으로 판단을 흐리게 하는 일러두는 말이 더 있다. "이 책은 《반회고록》의 제1부에 해당하는데 《반회고록》 전체는 아마도 네 권으로 구성될 것이며 저자의 사후에 완간될 예정이다… 이 책에서 발표를 후일로 미룬 대목들은 역사적인 성격을 가진 내용이다." 그 밖의 다른 내용은 역사적 성격이 아니라는 뜻일까.

아니면 여기서는 그저 역사의 부스러기들만 공개한다는 뜻일까. 그것도 아니라면 '진지한 것들'은 저자의 사후에나 말할 수 있다는 뜻일까.

이 점에 관하여 말로는 1973년 1월 29일 필자에게 술회하기를, 자기는 이 문제에 대해서 생각을 고쳐먹을 예정이며《반회고록》의 다른 대목들(가령 그 당시 집필 중인 것으로 '죽음의 문턱에서' 겪은 가장 최근의 경험을 이야기하는 부분, 즉 1972년 12월 파리의 빈민 구제 병원인 살페트리에르에 입원한 일 등)도 그의 생전에 발표될 수 있을 거라고 하면서 덧붙였다. "그러나 나를 굳게 믿었던 사람들, 가령 존 케네디 같은 사람의 뜻을 저버리면서 공개할 수는 없는 일도 있어요…"

하지만 그 후 말로는《라자레》에서《지나가는 손님들 Hôtes de passage》에 이르기까지《반회고록》의 내용을《해소骸所의 거울 Miroir des limbes》차원까지 확대했으며, 후자의 두 권은 '밧줄과 생쥐'라는 제목을 붙인《반회고록》의 제2부를 이루게 된다고 예고했다.

한 가지 기이한 일은 투우의 심장부를 꿰뚫고 지나가는 검처럼 금세기 역사를 가르며 지나가는 이 책이, 유럽과 미국 언론에서 무수한 반향을 불러일으킨 이 책이, '정치인'들에게는 실질적으로 무시당했다는 점이다. '반회고록'이라는 말이 '반反현실'이라는 의미에서 문자 그대로 받아들여진 것일까. 간접적인 방식으로 위장된 진실의 유희를 너무나 오래 계속한 나머지, 온통 역사 속에 목까지 파묻혀 있는(레지스탕스에서 '장정'에 이르기까지, 드골과의 대화에서 집단 포로수용소의 처형자들에 이르기까지) 말로가 그의 저서에 대하여 자기 시대 역사가들에게 외면당한 꼴이 되었다. 과연 역사가들은 그의 책에 별 신경을 쓰지 않았다. 그는 미슐레나 레츠 같은 역사가들보다는 프루스트를 더 강조했다. 그래서 사람들은 그의 뜻을 존중한 것이다. 유감스러운 일이다.

그가 국민당에 대하여 순전히 소설적인 작품 두 편을 써서 발표한 후 중국 문제 대전문가로 통했는데, 여기서는 위대한 국가원수들과 우리 시대의 가장 중요한 사건들에 대하여 매우 설득력 있는(새겨서 이해는 해야겠지만) 진술을 하고서도 드 샤를뤼스 씨나 상세베리나 공작부인을 만들어낸 작가처럼 소설가라는 단 한 가지 각도에서만 평가된다고 생각해볼 때, 문학에서 진실이라는 개념이 얼마나 큰 불행을 겪고 있는가를 반성하지 않을 수 없다.

자기가 직접 겪은 경험들을 통해서 하나의 세계를 창조하려고 노력하는 작가가 구사한 이 같은 서술 기법이, 여기서는 다만 어떤 시간적 좌표로밖에 사용되지 않고 있다는 점에서 사실의 존중이라는 차원에서는 그렇지 못하다고 해도 적어도 개인과 사건 사이의 관계라는 측면에서는, 역사학이라는 학문 분야에 바치는 예외적 경의의 표시라는 사실을 역사학자 자신들이 주목하지 못했다는 점은 이상한 일이다. 연대기를 거부했기 때문에 '반'회고록일까. 그렇지 않다. 개인이 중심에 있지 않기 때문에, 개인이 역사 진행의 초점이 아니기 때문에, 오히려 개인을 삶의 장場으로 소환하는 쪽은 사건이기 때문에 '반'회고록인 것이다. 행동은 샤토브리앙을 중심으로 혹은 레즈를 중심으로 심지어 T. E. 로렌스를 중심으로 정돈되고, 그들을 중심으로 역사는 구축된다. 그런데 말로의 경우 '나'는 행동의 축이지, 조절자인 코르네유식 주역의 '나'가 아니다. 그는 네로 황제나 테제 왕의 '속내를 듣는 역Confident'이라는 특수한 위치의 '나'인 것이다. 그는 소환을 받고서 역사 속에 들어온 인물이다. 그러나 그는 역사를 사실과 다르게 증언하는 경우는 있겠지만 역사를 대신하지는 않는다.

결정은 역사가 내린다. 그럴진대 어떻게 그가 서기처럼 정확하게 기록해주기를 요구한단 말인가. 진실과 거짓을 판가름하는 권리를 가지려면 그가 우리에게 거짓을 참이라고 믿게 하려 했다는 증거가 있어야 한다. 이 경우는 어떤가. 그렇다고 할 수도 있고 그렇지 않다고 할 수도 있다. 그가 듣는 데서 마오쩌둥 혹은 네루가 한 말 그리고 《반회고록》의 저자가 그렇게 들었다고 전한 말이 절대적으로 사실과 부합하는지 확인하려고 해보라. 그러면 그는 중국, 인도 혹은 프랑스의 문서를 찾아 대조해보라고 할 것이다. 반면, 대전차 함정 속에서 끝나는 전투를 묘사한 문장의 진정한 의미를 밝혀보라고 요구한다면, 그는 이렇게 대답할 것이다. "아니, 그런 건 모두 소설이에요… 상상으로 쓴 작품일 뿐인 《알텐부르크의 호두나무》에서 뽑은 구절인데요…"[3] 그렇지만 《알텐부르크의 호두나무》에서 대전차 함정 장면은 수용소 장면에 거의 잇달아 나오고, 수용소 장면은 수많은 포로들이 실제로 겪은 일을 상기시킨다. 그럴 경우 어디 가서 문헌을 찾아내 대조해볼 수 있을 것이며, 환상은 또 얼마만큼이나 포함된 것이라 생각해야 마땅할까.

또 한 가지, 이 책에 덧붙인 장에서 이야기를 주고받는 두 사람 중 한쪽(《찍어 넘기는 떡갈나무들》과 마찬가지로 여기서도 말하는 사람이 드골과 메리 중 누구인지 구별하기가 어렵다)은 호찌민의 전기작가들이 하노이 당국과 프랑스, 미국 사이의 어려운 관계는 강조하면서도 중국

3_ 말로와 필자의 인터뷰, 1973년 1월 29일.

과 소련의 어려운 관계는 강조하지 않는다고 말한다. 필자 자신 그 베트남 지도자에 대한 전기를 썼고 바로 그런 종류의 문제를 꾸밈없이 언급한지라 그 점을 말로에게 지적해 보인 적이 있었다. 그때 그는 이렇게 대답했다. "아니, 그 말을 하는 사람은 메리예요!" 이쯤 되면 따지려고 한 사람이 입을 다물어버릴 수밖에…

이 중요한 저서는 여러 면에서 실패한 책이며, 그중에서 가장 훌륭한 대목은 《알텐부르크의 호두나무》에서 뽑아낸 것이고, 《희망》에 넘치도록 가득하던 창조적 천재를 여기서는 더 이상 찾아볼 수 없으며, 이 책을 위대하고 통일된 것으로 만들어주는 요소가 부족하다는 것은 사실이다(역사를 신화로 통일시켜줄 만한 실질적인 존재는 없고 그저 속이 텅 빈 수사법만 장황하게 눈에 띈다).

조립품 같고 함정 같고 새잡이용 거울 함정 같은 이 책은 곧 저자 자신의 거울이므로, 말로를 알기 위하여 단 한 권의 책만 읽어야 한다면 바로 이 책을 읽어야 할 것이다. 그는 모든 것에 대해서 비장한 방식으로 트릭을 사용함으로써 결국은 모든 것을 다 말한 셈이기 때문이다. 심지어 아버지의 두 번째 죽음까지 포함하여 모든 것을.

아버지의 죽음

1970년 11월 10일 9시경, 샤를 드골의 가족이 그 전날 저녁 장군이 콜롱베에서 돌연히 사망했다는 소식을 공화국 대통령에게 통고한 직후 앙드레 말로에게도 전했다.

말로는 1969년 12월 11일 이후, 그러니까 후일 《찍어 넘기는 떡갈나무들》의 소재를 제공할 40분간의 면담 이후 장군을 만나보지 못했다. 콜롱베에서의 그 면담이 있은 지 며칠 후 장군은 말로가 지난 3년 동안 함께 살았던 루이즈 드 빌 모랭의 사망 소식을 듣고서 다시 한 번 애착과 나아가서는 애정의 뜻을 표시한 터였다. 자신이 처한 사정이 사정이고 보면 그 노인으로서는 예외적이라 해도 좋을 짤막한 인사말이었다. "고통을 겪고 있는 당신을 생각합니다. 변함없는 마음을 보내며, 샤를 드골."

그 이튿날 장군의 장례식이 두 가지 형태로 거행되었다. 그중 하나는 장군이 생전에 원한 대로 가족, 마을 사람, 동지 그리고 프랑스를 비롯해 곳곳에서 찾아온 서민들을 위한 장례식이었고, 다른 하나는 노트르담 사원에서 퐁피두 대통령과 세계 각국 30여 명의 국가원수들이 참석한 가운데 공식적으로 거행된 장례식이었다.

일요일이면 샤를 드골의 창백한 얼굴이 거창하면서도 망연한 표정으로 신자들을 굽어보던 마을의 나지막하고 탄탄한 교회에 교구 신도와 아직 살아남은 250여 명의 '해방' 동지들이 한데 모였다. 말로의 모습은 보이지 않는다. 식이 시작되기 잠시 전 교회 앞 광장에 문득 자동차 바퀴가 급정거하면서 내는 요란한 소리가 들린다. 장의 행렬이 도착하는가 싶어서 사람들이 그쪽으로 고개를 돌린다. 드골 영부인을 잠깐 찾아보기 위하여 '라 부아스리(드골의 사저—옮긴이)'를 막 다녀온 자동차에서 앙드레 말로가 불쑥 나타난다. 찡그린 이마 위에 머리카락이 뒤엉킨 채 엉거주춤한 걸음걸이로 유령처럼 걸어나온다. 그는 본당 안으로 들어가서 마치 돌격이라도 하려는 듯이 앞으로 몸을 던진다. 홀 가운데에 나 있는 통로로 마치 눈먼 예언자처럼 나아가더니 관을 올려놓기 위하여 제단 앞에 마련해둔 대 앞에 가서야 발을 멈춘다. 성가대석을 굽어보는 커다란 석고 예수상을 마주 바라보는 그는 경악한 나머지 굳어버린 듯한 모습이다. 그에게 자리를 내주기 위하여 사람들이 자리를 좁힌다. 그 지방의 청년 열두 명이 메고 있는 영구가 지나가도록 교회의 문이 다시 열릴 때도 그는 정신이 나간 사람처럼 몸을 숙이고 서 있었다.

가족, 역사, 마을이라는 세 공동체의 마크가 찍힌, 깊이 뿌리내린 전통을 여실히 드러내는 이 자상하고 조화로운 의식의 소박함을 그는 좋아했을까. 프랑스 국민연합의 갖가지 의식을 만들어냈고, 조르주 브라크의 장례식을 위해서는 팡파르가 울려퍼지기를 원했으며, 장 물랭의 유해가 팡테옹으로 옮겨오는 것을 기리기 위해서 수많은 군중을 불러모은 장본인인 그가 과연 샤를 드골의 장례식을 이런 식으로 꿈꾸었을까.

"그건 기사의 장례식이었어요. 가족과 기사 단원, 교구 신도들만 참석했지요. 그러나 장군의 유해는 관 속에 담을 것이 아니라 기사의 유해답게 통나무 위에 올려놓을걸 그랬어요." 그는 장 모리악에게 이렇게 말했다.[4]

그날의 광경에 대해서 그가 전한 이야기에는 멋진 일화가 있다. 군중들이 묘지로 가기 위해 빽빽하게 모여들어 떠밀어댄다. 행색이 초라한 노파가 앞으로 나아가려 한다. 그런데 경호를 맡은 해병대원이 그 통로를 차단하라는 명령을 받았으므로 총을 들고 막아 선다. 노파가 몸부림을 치면서 소리친다. "그분은 모든 사람이 참석하라고 했어요. 모든 사람이!" 밀로가 개입한다. 해병은 아무 말 없이 뒤로 돌아

4_《렉스프레스》, 1972년 11월 13일자.

서며 그 프랑스 국민에게 거총경례를 하는 듯하다. 노파는 절뚝거리며 영구 곁으로 걸어간다.[5]

말로는 15년 전부터 그전의 어느 누구보다도 강력하게 그의 삶을 가득 채워주고 인도해준 인물을 잃었다. 저항과 도전 정신으로 역사 한가운데에 들어갔던 그 거대한 생 시르 사관학교 출신 장군과, 모험심 강한 독학자요 부르주아 사회의 허풍쟁이에서 친구의 영도를 받는 장관의 신분까지 승격한 인물은 서로 얼마나 다른가…

말로는 자신이 참으로 샤를 드골의 친구라고 여겼는가. 그는 1970년에 출간된 드골의 《희망의 회고록Mémoires d'espoir》에서 "나의 오른쪽에는… 천재적인 친구 앙드레 말로가 있고, 또 앞으로도 언제나 거기에 있을 것이다"라는 멋진 대목을 발견하고 얼마나 감격했는지, 그 즉시 친구인 마네스 스페르버에게 달려가 큰 소리로 그 대목을 읽어보였다. 장군이 그에게 보여준 우정과 신뢰와 존경의 증거는 남달랐다. 그런데도 말로는 자기가 장군의 곁에서 한낱 지식인 계층의 견본이나 역사적 기념물로, 어떤 포퓰리즘의 보증으로 존재할 뿐이며, 드골이 그를 특이한 아마추어 정도로 간주하고 있어서 작가로서는 몽테를랑이나 모리악을 훨씬 높게 평가한다고 굳게 믿고 있었다.[6]

《희망의 회고록》에 쓰인 그 대목 그리고 그가 말로에게 보여준 사회적 대접(드골은 국가와 자신의 역할에 엄청난 비중을 두는 인물이었으므로, 자신이 생각할 때 흐뭇하기는 하지만 절대적으로 중요하지는 않은 인

5_ 《찍어 넘기는 떡갈나무들》, p. 13.
6_ 1943년 드골 장군은 모리스 슈만에게 《인간의 조건》은 자기가 보기에 가장 아름다운 현대 소설이라고 말했다.

물을 자신의 정부에서 개인적으로 떠맡을 수는 없는 형편이었다)을 제외한다면 제5공화국의 창설자가 《희망》의 작가에 대해 어떻게 생각했는지는 알기가 어렵다. 《반회고록》에 전해지는 두 사람의 대화는 그들의 관계가 어떤 것이었는지 알려주는 바가 없다. 《찍어 넘기는 떡갈나무들》은 원래 《반회고록》 제2권의 한 장으로 쓰인 것인데 그보다 앞서 1971년에 발표했다. 다가오는 죽음에 관해서 쓴 그 책에서는 그들 두 사람의 관계에 대한 언급이 더욱 적다.

그 제목은 웅변적이다. '떡갈나무들'이라고 복수로 정한 것도 의미심장하다. 물론 그것은 빅토르 위고가 쓴 시구의 인용이다. 그러나 테오필 고티에의 죽음을 위하여 쓴 그 시의 다른 표현들 역시 위대한 인물의 죽음에 대한 경의를 나타내고 있다. 가령 이 제목 부분이 포함된 12음절 시구의 후반인 "헤라클레스를 화형할 장작을 마련하기 위하여…"만 해도 그렇다. 말로는 돌연히 사망한 최고권자의 운명과 자기 자신을 단단하게 비끄러매는 이 복수형을 매우 중요시했다. 그리고 그가 '옮겨놓은' 두 사람의 대화 내용은 지극히 교묘한 방식으로 기술되어 있어서(마치 《희망》의 가르시아와 스칼리 경우나 《알텐부르크의 호두나무》의 디트리슈와 발테르 경우처럼) 지금 말하는 사람이 어느 쪽인지 알기 힘든 경우가 많다. 말로의 초기억이 이런 식으로 작용한다.

그런데 이 조그마한 책이 드골과 말로의 관계를 규명할 수 있는 열쇠를 제공하는지도 모른다. 그러나 어떤 장면, 어떤 단서에서 이쪽편 사람과 저쪽 편 사람의 행동이 이디서 시작하고 어디서 끝나는 것인지를 누가 정확하게 알 수 있단 말인가. 같은 숲 속에 나란히 서서 똑같이 기막힌 바람 소리를 내는 두 그루의 떡갈나무. 그러나 한쪽은 온통 뿌리뿐이고 한쪽은 온통 잎새뿐인 두 그루의 떡갈나무. 그 15년의 역사는 바로 이렇게 요약될 수 있을 것이다. 그런데 거기에는 도끼로 "찍어 넘기는"이라는 수식어가 붙어 있다. 이것은 도끼를 들고 달려드는 인간들에게 던지는 뜻일지… 그중 한 사람은 지금 대통령 관저에 들어가 있어서 말로 다시는 만나지도 않는 인물(퐁피두 대통령—옮긴이)이지만…

이 '인터뷰'의 성격에 대해서 왈가왈부할 필요가 어디 있겠는가. 자기 책의 성격을 규정해 보이려는 듯 "《인간의 조건》이 르포르타주였듯이…"라고 덧붙여 말한 적이 있는 작가의 인터뷰가 아닌가. 그날 '라 부아스리'에서 면담하는 자리에 함께 참석했던 M. 제오프루아 드 쿠르셀 씨는 비판의 뜻이 담기지 않은 어조로 그 면담이 50분간 계속되었다고 전한다. 방문자들이 돌아간 시간이 오후 3시경이었고 보면 집주인이 손님들과 헤어지면서 하늘의 별을 물끄러미 바라보고 있었다는 대목은 그날이 비록 12월의 안개 긴 날씨였다손 치더라도 순전히 시적 상상임을 누군들 알아차리지 못하겠는가. 정오에 별을 볼 수 있는 사람이 없지는 않다. 1940년 6월 18일에 무엇인가를 확신한 사람들이 바로 그런 사람들이다.

미국의 탁월한 비평가 머레이 켐튼의 지적도 바로 그런 뜻이다. "심지어 모든 것이 그들의 손아귀를 벗어나 마음대로 되지 않던 이때조차도 드골과 말로의 이야기를 읽어보노라면, 상상력이 우리에게 행사하는 위력이 어떤 것인가를 깨달을 수 있다. 두 사람 다 매우 현실적인 그 어느 인물보다도 훨씬 매혹적이다."

사정이 이러할진대 옛 국가원수와 그의 옛 각료 사이에 오고간 대화의 속기록을 찾아내어 대조해보려는 사람이 어디 있겠는가. 그 책에 묘사된 것은 관계의 본질이며 시각이다. 역사에 매혹당했으며 행동의 한계와 죽음의 고정관념에 사로잡힌 채 황혼기에 접어든 두 인물, 일생 동안 줄곧 마음을 사로잡았던 '어떻게 할 것인가?'라는 문제로부터 이제는 말로가 다른 곳에서 '나의 피로 물든 그리고 헛된 삶'을 말함으로써 표현하고자 했던 '해서 무엇 하나?'라는 문제로 옮아온 두 인물 사이의 관계를 그 책은 그려 보이고 있다. "전 세계에서 나의 유일한 적수는 탱탱Tintin(유명한 만화의 주인공—옮긴이)이다"라고 드골 장군이 말한 것은(장군이 자기에게 말하더라고 말로가 전한 것은) 바로 그들 두 사람에게 역사를 구성하는 것이 무엇이라고 생각하는가라는 점에 대해 힌트를 준다. 즉 역사는 일찍이 샤토브리앙이 프랑스인들의 정부의 1차 자료로 삼았던 몽상 바로 그것으로 이루어져 있는 것이다.

이제 그들 앞에는 카탈루냐의 들판처럼 황폐한 풍경이 펼쳐져 있다. 여러 세기의 물결이 그들을 천천히 죽음 쪽으로 떠밀어가고, 저 허허로운 지평선은 그들이 떠나고 나면 등 뒤에 무엇이 남는가를 말해준다. 그들이 주고받는 말은 이따금씩 놀라울 만큼 장엄한 공허로 물든다. 그러면서도 그들은 말을 주고받는다. 이 책이 무엇보다 먼저 표현하고자 하는 점은 그런 것이리라. 특히 지난 40년 동안 타인들과의 의사소통 불가(키요의 목소리 그리고 자신의 목소리가 '타인'의 목소리처럼 들리게 하는 음반)라는 가장 물리치기 어려운 고통을 살아온 말로에게는, 삶의 마지막 지점에서 역사의 인물과 마주하여 이야기를 주고받는 말로에게는, 참으로 그러했으리라.

거기에는 현재 나누는 말과 과거에 행한 행동의 관계가 담겨 있다. 거기에는 서로 상극인 문화의 세계로부터 온 두 인물의 엄청나고 변함없는 공모의 감정이 잠겨 있다. 한 사람은 민족 속에서 민족을 위하여 태어났으며, 질서 속에서 질서를 위하여 태어났으며, 교회 속에서 태어나 한시도 교회와 떨어질 생각을 품어본 일이 없는 인물이다. 그리고 다른 한 사람은 주변인이며 세계인이며 군중 집회의 웅변가이며 양철과 나무 조각으로 비행대를 조직한 인물이며 무질서의 인간이다.

전쟁이 일어나자 장군은 질서의 한계를 발견한다. 전쟁이 일어나자 시인은 무질서의 악덕을 의식한다. 만남은 한쪽 인물 편에서 보면 나라의 제도와 실질적인 민족 사이의 경계선에서 이루어진다. 다른 한쪽 인물 편에서 보면 만남은 무형의 우정과 실질적인 나라(개념이 아니라 인간들, 말이 아니라 매일매일의 고통과 치욕, 결점과 억압으로 이루어진 나라) 사이의 경계선에서 이루어진다. "나는 프랑스와 결혼했다." 그의 이 국부國父 같은 드골주의식 말은 필요 이상의 과장을 담고 있다. 그런데 그때 말로가 결혼한 대상은 프랑스라기보다는 프롤레타리아로 변한(모욕받고 소외되고 착취당하는) 나라 프랑스의 프랑스 국민이었다.

우리는 자기 생각을 억누르면서까지 자기다워지려고 애쓰는 말로를 구태여 찾으려 하지 않는다. 그는 프롤레타리아 계급을 위한 투쟁에서 프롤레타리아화한 나라를 위한 투쟁으로 아주 자연스럽게 옮아갔던 것이다. 그는 이러한 돌연변이를 스스로 받아들여 공표했다. 바로 그가 쥘리엥 브장송에게 한 말이다.

전쟁 기간 나는 한편으로는 프롤레타리아와, 다른 한편으로는 프랑스와 대면하고 있었다. 나는 프랑스와 결혼했다. 다른 사람들은 대개 나중에 정부情婦를 두기를 희망하면서 프롤레타리아와 결혼했다. 우리도 마찬가지였다… 그렇다. 나는 사회 정의가 프랑스보다 우선한다고 믿었다. 지금 나는 사회 정의가 국가에 종속된다고 믿는다. 국가를 바탕으로 하지 않는 사람은 사회 정의를 구현하는 것이 아니라 듣기 좋은 연설만 하게 된다고 생각하기 때문이다.[7]

이 돌연한 변화는 드골과 만나기 전에 왔다는 것을 우리는 앞에서 보았다. 그 변화는 이미 유격대 시절부터, 알자스 로렌 여단을 창설할 때부터 온 것이다. 1942년까지만 해도 자기는 적군 편에서 싸운다고 말했다. 1943년 그는 앵글로색슨계 사람들하고 관련된 지하 조직과 접촉하고 순전히 드골 계열인 유격대에 가담하며, 그다음에는 조국의 땅을 탈환한다는 것을 제1의 구호로 표방하는 단위대를 구성한다. 그가 민족해방운동 대회 때 정계에 '복귀'한 목적은 민족 자주의 이름으로 공산주의 노선을 저지하자는 데 있었다. 그로부터 불과 6개월 후에 그는 드골을 발견한다. 이미 모든 면에서 그는 자기와 정반대의 길을 거쳐온 그 인물 쪽으로 나아가게끔 되어 있었다. 전쟁과 점령 시대는 제각기 다른 이유에서 개인적인 모욕이며 견딜 수 없는 억압이라고 생각하는 사람들을 바탕으로 나라를 한데 뭉치기 위하여 계급적 충성심을 벗어던진 드골은 이미 말로의 운명이었다.

사실 드골 장군과 말로 사이에는 세 가지 합치점이 있다. 첫째, 한쪽은 이제 처음으로 발견했고 다른 한쪽은 이미 내면에 짊어진 프랑스, 둘째, 작가는 이미 낯익지만 장군은 처음으로 깨달은 탈식민지

7_《라 르뷔 위로페엔》 1호, 1967년 3월 4일.

화, 셋째, 두 사람 다 지식인이라는 사실이다. 스타일에 대한 취향을 겉으로 드러내며 역사에 대해 비슷한 개념을 지닌 사람들을 잘 정의해줄 수 있는 말이 바로 지식인이다. 아폴리네르, 샤르트뢰즈, 도스토옙스키는 아니더라도 적어도 《사후 회고록*Mémoires d'outre-tombe*》(샤토브리앙) 《전쟁과 평화》 《서구의 몰락*Déclin de l'Occident*》 같은 책을 똑같이 읽은 지식인 말이다.

말로는 분명 드골 장군이 1970년 11월 9일에 사망했다고 했다. 다른 사람들은 장군이 1969년 4월 27일 하야할 때 이미 사망했다고 간주했다. 말로는 드골이 다시 한 번 부름받을 수 있다는 생각을 완전히 버리지 않았다. 나라가, 국가가 위기에 처한다면… 그러나 나라와 국가는 1969년 봄에서 1970년 가을 사이에 위기를 만나지 않았다. 장군은 그리하여 간간이 여행을 하는 틈틈이 중국 여행을 준비했다. 장군은 그 여행을 못 했고, 또 이상하게도 말로 자신 별로 신경 쓰지 않았다. 《희망》의 저자는 샤를 드골이 프란시스코 프랑코와 악수하는 것을 보고 충격받고 실망하고 분노했을까. 장군의 그 방문에 대해서 그는 공식적인 언급을 회피했다.[8] 몇 달 뒤, 그는 지중해 여행을 할 때 스페인의 카딕스에 기항하기를 거절했다. 프랑코 정권이 그곳을 지배하고 있는 한 그가 스페인 땅에 발을 들여놓기에는 반프랑코 투쟁으로 죽은 친구들이 너무나 많다는 사실을 중요시했던 것이다.

8_ 1973년 1월 29일 앙드레 말로는 필자에게 그 점에 대해 이렇게 말했다. "장군은 이미 권좌에서 물러났다. 그는 프랑스를 대표해서 간 것이 아니었다. 그는 1969년 권좌에서 물러날 때 프랑코가 그에게 보낸 편지에 감명을 받았다. 그러나 장군이 국가수반의 자격으로 그 여행을 했다면 나는 정부에 더 이상 머무를 수 없었을 것이다. 나는 요란하게 소리 내지 않고 떠났을 것이다."

한 가지 더 두 사람 사이의 근본적으로 중요한 문제를 생각해보자. 정치 분석의 원료인 현실과 정치 기술의 원료인 그 현실의 재현을 혼동하는 문제다. 현실과 현실의 재현을 혼동하는 방식이 장군의 경우는 좀 더 조화로운 것인 반면, 작가의 경우는 좀 더 복잡하다. 드골은 고도를 유지하면서 행동하기만을 원했고, 또 그렇게밖에 할 수 없는 입장이었으므로 사실을 있는 그대로 다루되 현실주의자로서 그 사실을 자기가 원하는 대로 상상의 차원에 옮겨놓은 것이다.

마찬가지로 말로도 정치적 사건의 메커니즘을 분해해서 파악할 능력이 충분히 있지만, 그보다는 사건을 자기 뜻대로 재구성하고자 하는 욕구가 강한 나머지 그 타의 추종을 불허하는 제스처와 말을 통하여 상상의 능력을 유감없이 발휘하는 것이다. 그 역시 상상력의 현실주의자로서 모험을 몽상의 현실주의로 정의했다. 하지만 그는 모든 행동을 그렇게 정의할지도 모른다.

인생에 해석을 내리는 시적 몽상과 행동의 기틀이 되는 사실의 중간 지점에서 이 두 사람의 '백일몽가'는 같은 길을 갔던 것이다. 오직 죽음만이 두 사람을 갈라놓았다.

홀로 살아남은 자

샤를 드골의 서거로 인하여 말로는 그저 홀로 살아남은 자, 살아 있는 의미가 없어진, '흥미를 잃은' 인물이 되어버릴 수도 있었을 것이다. "바야흐로 그 인간의 시대는 끝났다. 그와 함께 나의 시대도." 그는 1년 후 텔레비전에서 이렇게 말한다. 더군다나 《신들의 변신》과

《반회고록》은 미완의 책으로 남아 있다. 그는 베리에르 르 뷔송에 있는 빌모랭의 넓은 저택에서 브라크, 포트리에, 폴리아코프의 그림에 둘러싸인 채 그가 끝내 마음 가까운 곳에 머물고 싶어 하는 저 사라져버린 재사ㅋ± 부인의 푸른 방 안에서 고양이들을 애무하며 그 책들의 집필에 몰두한다.

《신들의 변신》의 경우 그는 이미 첫 번째 속편인 《비현실 L'Irréel》을 내놓은 바 있다. 《반회고록》에 대해서는 《라자레》 《지나가는 손님들》에 이어 두세 권을 더 첨가할 생각이다. 《찍어 넘기는 떡갈나무들》이 출간되었을 때 그는 제2권의 한 장에 해당한다고 소개했다. 그래서 나쁠 건 없지 않을 것이다. 현실을 상상의 힘에 의해서 엄청난 규모로 재현해놓은 것 속에서 각종 범주들이 그 정도까지 복합적으로 뒤섞여 있고 보면 무엇이나 다 그럴 수 있다고 여겨지는 법이다. 중요한 것은 다음과 같은 가르시아의 소원을 성취시키는 데 있다. "최대한 광범한 경험을 의식으로 탈바꿈시킨다." 의식으로 혹은 예술로?

그의 경험, 그의 체험의 장은 아직도 더 확대될 수 있다. 마야 왕국에 가서 사시니드를 명상하기 위해서, 그리고 드골 장군이 알제리 해방을 위해 싸운다고 브라질 사람들에게 설명하기 위해서 잠시 들렀다 왔을 뿐인 라틴아메리카 문제에, 그도 이번에는 그 자신이 성명서 제조자라고 그토록 멸시했던 파리 좌안 지식인들과 같은 방식으로 끼어들었다. 그는 볼리비아의 감옥에 투옥된 레지스 드브레의 석방을 요구하는 성명서에 사르트르, 모리악과 나란히 서명했다. 필요하다면 생명을 걸고 싸울 줄 알지만 남의 흉내를 내기 위해서 자신의 명성을 거는 것은 원치 않음을 충분히 증명해 보인 말로로서 과연 너그러운 처사였다.

이 문제에 대하여 텔레비전 기자가 질문했다. 그런 일에 왜 가담했는가. "서구에는 떠들썩하게 말은 잘하면서도 결단을 내리는 일이란 전혀 없는 사람들이 가득하기 때문이지요. 드브레는 자기 생각에 대해 필연적 결단을 내리려고 애쓴 사람입니다. 브라보! 당신이 그와 같은 나이라면 그런 일을 했을 겁니까? 나는 이미 그렇게 했어요."

방글라데시 건도 있었다. 다시 한 번 키요와 그의 동지들에 의해 투쟁을 종용받은 노동자들과 같은 운명에 처하여 봉기한 식민지 아시아 민족의 문제였다(이번에는 물론 또 다른 아시아 민족에게 식민지가 된 나라지만). 서구는 어리둥절해진 채 아무런 의사 표시가 없었다. 억압자 파키스탄은 미국의 전략에 따라 강력한 군대를 풀어놓았으며 프랑스로 볼 때는 아주 반가운 무기 수요자가 되고 있는 것이다! 이제 앙드레 말로는 장관이 아니다. 그는 자기가 믿는 것을 그리고 가장 명백한 진실과 가장 분명한 불의를 폭로할 수 있는 입장이다. 그는 봉기한 방글라데시 사람들 편에서 싸우기 위하여 동부 벵골로 떠나겠다고 선언한다.

그러나 1971년 12월 17일 《르 피가로》가 닉슨에게 보내는 앙드레 말로의 공개 서한을 발표한 날은 공교롭게도 파키스탄이 패배를 자인하고 방글라데시의 해방을 받아들인 날이었다. 이 기묘한 저항의 소리는 마치 드골이 파리에 입성하여 시가를 행진하는 날 그가 레지스탕스에 가담하기 시작한 것처럼 너무 늦게 나온 셈이 되고 말았다. 지난날의 인연으로 볼 때 자기와 깊은 관련이 있는 베트남 국민들에게 바로 그 미국이 수년 동안이나 학살 행위를 자행하는데도 일언반구 없이 구경만 했으면서, 벵골의 사태에 대해서는 간접적인 책임이 있을 뿐인 미국의 전략을 통렬하게 비판하는 이 글은 사실 좀 기이했다.

1972년 그는 벵골에 가서 죽지는 않기로 체념했다. 나는 그에게 12월의 공개 서한에 대해서 닉슨 씨가 답을 하지 않았느냐고 물어보았다. "천만에, 아무런 소식도 없었어요!" 하고 딱 잘라 말하는 그의 대답 속에는 대단한 뉴스가 담겨 있다는 것을 눈치채지 않을 수 없었다. 3주일 후 그는 마침내 워싱턴 당국의 초청을 받았다. 존 케네디의 영접을 받은 적이 있는 그곳에서 이번에는 닉슨과 대좌하게 된 것이다. 옛 동지들의 아들에게 거침없이 폭탄 세례를 퍼붓는 국가원수에게 손님으로 초대받아 간다는 사실이 베트남 혁명의 동지에게 제기할 문제에 대해 그는 생각해보았는가. 하기야 드골도 프랑코를 만나러 간 일이 있다. 더군다나 그는 나에게 대답하기를, 베트남 전쟁을 종식시키는 문제라면 《르 누벨 옵세르바퇴르 Le Nouvel Observateur》지에 기사를 쓰는 것보다는 백악관으로 찾아가는 편이 더 효과적이라고 했다.

베이징으로 출발하기 직전에 리처드 닉슨이 그를 찾아와 만나달라고 청한 손님은 중국 문제 '전문가'였다. "그 사람은 마오쩌둥을 아는 사람을 만나고 싶어 합니다. 그런 사람은 많지 않으니까요" 하고 그는 오를리 공항을 떠나면서 말했다.

"닉슨 대통령에게 당신은 무슨 이야기를 했습니까?" 1972년 2월 20일자 《르 주르날 뒤 디망쉬 Le Journal du dimanche》의 필립 라르보가 미국 방문을 마치고 돌아온 그에게 질문했다.

그가 만날 사람들은 혁명가가 아닐 거라고 말했지요. 중국인들은 이제 혁명가가 아니라 신자본주의자가 되어버렸다는 말은 아닙니다. 마오쩌둥이 볼 때 혁명은 이미 이긴 싸움입니다. 그는 만년의 스탈린처럼 중국의 생활 수준 향상에 정신이 팔려 있습니다. 이건 진지한 문제지요. 닉슨이 마오쩌둥과 대화를 나누게 된다면 '당신은 중국의 생활 수준을 향상시키는 데 얼마만큼 도와줄 수 있겠습니까?' 하는 것이 화제가 될 거라고 말해줬습니다.

1972년 11월 갑자기 살페트리에르 병원으로 이송되어 사경을 헤매던 말로는 3주 후 소생하여 기운이 넘치는 듯한 모습으로 숱한 계획을 세우고, 수많은 방문객을 맞아들이고, 《반회고록》을 위하여 파리의 대병원인 그 '사자死者들의 집'에서 보낸 기억들을 대담하게 기록해두기로 했다. 실제로 4월에는 방글라데시를 방문했고, 1973년 7월에는 마그 재단이 그에 대해 마련한 대회고전大回顧展에 참석하기 위하여 생 폴 드 방스를 찾아갔다. 숱한 변용으로 가득 찬 그 생애에는 그에 못지않게 숱한 부활들이 점철되어 있다. 그리하여 몇 달 전 하마터면 생명을 앗아갈 뻔했던 병고의 이야기를 1974년에 발표하면서 '라자레'라는 제목을 붙였다.

부활? 이 말은 1972년의 그 끔찍한 건강 악화와 1974년에 발표한 실패작 《흑요석의 머리 La Tête obsidienne》 이후 1975년 10월에 《지나가는 손님들》에서 마케도니아인 알렉산더의 신화에 대하여 쓴 저 빛나는 80페이지를 가리키기에는 손색이 없는 표현이다.

진실에 대한 번민, 고고학적 탐구 혹은 암중모색, 상상력의 위력, 프랑스 같은 나라의 문화 행정 기구의 기능 등에 대하여 쓴 이 글에는 희가극적 서사시나 신비 희극 같은 예지와 유머가 깃들어 있다. 말로에게는 베르디의 〈팔스타프〉에 해당하는 것, 즉 노쇠에 대한 창조적 오락의 승리라고 볼 수 있다.

1975년을 다 보내기 전에 《희망》의 저자는 만년의 프랑코가 명령에 따라 최후의 젊은 혁명가들이 처형당한 사건에 항의하여 정의의 영원한 권리를 주장한다. 스페인 문제에 대하여 그렇게 오랫동안 입을 다물었던 그가 마침내 시에라 델 테루엘 전사의 목소리를 세인의 귀에 들려준 것이다. 잠정적인 승리자의 목소리보다 더 오래 살아남은 그 목소리를.[9]

영광의 가린

그는 가능하다면 갑작스런 침입 행위를 통해 역사 속으로 들어가고자 했다. 그리고 과연 그렇게 하는 데 성공했다. 그는 영광을 원했다. 그는 영광을 전취했다. 그는 권력을 원했다. 그는 권력의 그림자를 믿었고 명예와 재물과 사교계의 존경과 더불어 그 권력의 그림자를 음미했다. 그는 물론 아카데미 프랑세즈 회원이 되는 것을 거절했다. 주지하다시피 그가 노벨상을 받지 못한 것은 스톡홀름 당국 심사위원들 중 몇몇 청교도적 교수들에게는 반쯤 파시스트 정권으로 간주된 정부에서 그가 오랫동안 각료 생활을 했기 때문이다. 빅토르 위고 이후 그 어느 프랑스 작가가 이처럼 집단의 예술과 형태와 삶을, 도

9_ 이 글을 마치기 전에 필자는 모리스 슈만으로부터 장차 출간될 공저서(《말로, 존재와 말》, 플롱사)에 실을 글 한 편을 받았다. 그 글에서 슈만은 내가 이 전기에 "말로 자신이 그의 삶에 덧붙인 부분"을 첨가하여 보완할 경우, "과학의 신화를 갱신하려는 말로의 기도… 즉 생물학이 역사학의 배턴을 이어받고 있다는 말로의 관점"을 덧붙여 지적하는 것이 좋을 거라고 암시했다.

시의 색채를, 자기 나라 안에서 인간이 되고 예술가가 되는 기회를 동원하고 충동하고 지도하고 유도한 적이 있었는가.

늑대처럼, 웅변적인 늑대처럼 고독하고 후계가 없는 작가, 1939년 이후에는 문단 활동에 나선 적이 없으며 자신도 모르게 1940년대에서 1950년대의 비극적 실존주의 사조와 카뮈, 사르트르 등에 끼친 것을 훨씬 상회하는 영향력을 지녔으면서도 분명히 규정하기 어려운 영향력의 작가, 문체적 혹은 형식적 유행과 탐구 따위를 외면한 채 문학 속에 발을 잘못 들여놓은 사실적 인간, 글쓰기라는 헛된 놀이에 말려든 '진지한' 인간의 역을 기꺼이 맡은 말로. 그는 많은 사람들이 볼 때 모리악의 말처럼 "생존한 사람들 가운데 가장 위대한 그리고 분명 가장 독특한 작가'다.[10] 하지만 그 자신은 작가적 위대성에 항상 의문을 품어왔다.

그는 자기 비하에 가까운 겸양의 심정으로 친구들에게 읽어봐달라고 원고를 보임으로써 엉뚱하게 심판관이 된 그들을 놀라게 한다. 대화 중에 흔히 자기는 어색하고 재치가 부족하다고 말하면서 베르나노스와 몽테를랑을 이 방면에서 자기보다 더 높게 평가하고 《카스티유의 소공녀La Petite Infante de Castille》를 쓴 신의 은총을 입은 작가의 기막힌 재능을 부러워한 것은 제스처가 아니다. 형식적인 면에서 가장 잘 다듬어진 《왕도》《모멸의 시대》《알텐부르크의 호두나무》에 대해서까지도 그의 태도는 기껏해야 부정하지 않는 정도가 고작이었다. 《엉뚱한 왕국》의 경우 끝내 자기 작품으로 인정하는 걸 거부했다. 그가 좋아하는 작품은 가장 손질이 덜 되었으면서도 가장 직접적으로

10_《마지막 블록노트Le Dernier Bloc-notes》, p. 235.

자기가 표현된 《희망》과 《반회고록》이다. 이들 작품은 가장 근본적인 것을 표현하고 경험이 표현을 무장시킴으로써 근거를 부여하며 글이 다만 성취된 행동의 반영에 그치고 있다.

그는 드골이 말했듯이 "행동하지 않기 위해서 말을 하는" 사람이 되지 않을 뿐만 아니라 말하기 전에 행동하려 애쓰며, 행동을 말과 일치시키는 것은 물론 말을 행동의 연장으로 만들려고 애쓴 인물로 평가될 것이다. 그는 방구석에 처박혀서 말라르메를 폐기 이상으로 간주하는 사람보다 행동하는 작가가 우월하다는 것을 증명해 보이겠다고 자처하진 않았다. 그러나 행동의 가치를 높이 평가하는 사람은 행동 속에서 쓰러지게 마련이다. 그는 스페인 전쟁의 전사로서, 위르발의 유격대원으로서, 알자스 로렌 여단의 창설자로서 행동했다.

행동은, 그 같은 행동들은 무엇에 쓰이는 것일까. 그는 스페인에서 두 번씩이나 마드리드, 메델랭, 과달라하라를 보호하는 데 공로를 세웠다. 페르고르에서는 수백 명의 동지와 더불어 '다스 라이히' 대대가 북부로 진격하는 것을 지연시킴으로써 노르망디에 있는 수천 명의 영국인과 미국인의 생명을 구했다. 1944년 12월 하순에는 여단장으로서 스트라스부르가 나치에 재점령당하는 것을 막는 데 기여했다.

좋은 일이건 나쁜 일이건 그는 1945년 초 레지스탕스 전체를 장악하려는 공산당의 기도를 좌절시키는 데 결정적인 역할을 했다. 알제의 '반란군'에 맞서서 정부가 강력하게 대처하도록 했고, 알제리 독립을 위한 협상 때는 양면으로 공격당하는 드골 장군을 앞장서서 엄호했다. 그의 모든 행동이 헤밍웨이나 몽테를랑을 사로잡은 사내다운 시련이나 그림자극의 성격을 띤 것은 아니다.

모리악은 "그 위대함이 무엇보다 먼저 자신이 체험한 삶과 관련된 위대한 작가"라고 표현했다. 그렇지만 《인간의 조건》처럼 완성된 작품을 앞에 두고 생각해볼 때 그가 해놓은 것은 인간은 자신을 초월하는 것을 추구하고, 자기를 에워싼 것과 일체가 될 경우 자기를 넘어서서 훨씬 먼 곳에까지 나아갈 수 있다는 사실을 증명해준다. 그의 삶에서 가장 위대한 모험은 예멘의 폐허나 스페인의 어느 도시를 비행한 것이나 보주 지방의 어느 고지를 점령한 일이 아니라, 서로 다른 점에 대한 예찬과 우정의 발견 사이의 경계선을 넘나들었다는 사실로 평가될 것이다. 《모멸의 시대》서문이 그가 쓴 글의 관건이요 핵심적인 증언으로 간주되는 것은 바로 그런 까닭이다. 여기서 페르캉, 가린, 모험가들, 서로 헤어진 사람들, 부조리의 사도들이 모두 하나의 공동체에 결속되어 스페인과 레지스탕스와 '여단'의 말로, 완전히 명증한 의식을 가진 투사, 집단까지 확대된 체험이 직접 의식으로 완성되는 투사라는 하나의 인간 유형을 창조해내는 것이다.

공산주의가 이 엄청난 성숙을 가져온 요람이라는 사실은 과대평가되어도 안 되고 과소평가되어도 안 된다. 《모멸의 시대》저자와 공산당의 동지 관계를 그저 한때의 유희로 간주한다는 것은 터무니없는 거짓이다. 끝에 가서는 그 생각을 거꾸로 뒤집기 위한 것이었지만 가에탕 피콩처럼 그 협력 관계를 "강력하고 요란하게, 그러나 솔직하지 못한 방식으로 다룬 기교적 모티프"라고 보거나, 혹은 그릇된 생각과 오류, 앙드레 말로의 정치 감각이 내포하는 약점의 발로라고 생각하는 것은 잘못이다. 옆에 있는 전우의 장점과 악덕을 헤아려보지도 않은 채 10년이나 같은 병영에 몸담고 싸우는 사람이란 없다. 그러나 그 장점과 악덕은 무기물처럼 변함없는 상태로 남아 있는 것이 아니라 역사적 상황들과 비례해서 서로서로를 불어나게도 하고 감소시키기도 한다.

오직 집념과 조직 감각만으로 파시스트의 공격에 대항하는 테루엘 전투의 동지는 이데올로기와 전 지구적 전략만을 위하여 자기 당원들의 희생을 독점하겠다고 나서는 1945년 공산당 소속 장관과 같은 정치적 판단을 지니지 않으며 그 같은 전술적 반응을 보이지도 않는다. 반파시스트 운동의 희생자들을 권력의 소비자로 탈바꿈시킨 급진적 역사 변혁에 대응하여, 앙드레 말로가 프랑스 공산당에 대한 자신의 태도를 얼마나 잘 조절했는가를 확인해볼 때 우리는 놀라지 않을 수 없다.

이 모든 것 속에 이데올로기란 없다. 할로의 오랜 친구인 마르셀 브랑댕은 웃으면서 말로Malraux라는 이름에서 '마르크스를 읽었다A LU MARX'라는 글자 수수께끼를 만들어낸 적이 있다. 이것은 반어적 의미에서 재미있다. 《희망》의 저자가 친구들이나 마찬가지로 《공산당 선언Communist Manifesto》 《루이 나폴레옹의 밀월 18일Der 18te Brumaire des Louis Napoleon》 그리고 《자본론Das Kapital》의 몇몇 대목을 읽은 일이 없다는 뜻은 아니다. 적어도 그런 독서로 깊은 변화를 입은 적이 없다는 것이다. 물론 베르나르 그뢰튀젠과 알릭스 길렝의 이야기에 귀를 기울이며, 혹은 반대 의견을 말하며 수많은 시간을 보내기는 했다. 하지만 앙드레 말로는 여전히 자기 시대에서도 가장 완전한 반공산주의자이며 그런 종류의 도그마에 가장 소질이 없고 그런 유의 변증법적 추론에 가장 부적합한 인물이다. 또한 역사란 '민중'과 그들의 생산 수단의 역사라든가, 결정적인 투쟁은 국가, 이데올로기 혹은 문화가 아니라 계급 간에 벌어진다는 식의 생각을 받아들이는 것과도 가장 거리가 먼 인물이다. "인간은 과거에 개인에 의해 침식되었듯이 지금은 민중에 의해 침식되고 있다"고 쓴 사람이 바로 그 아니던가.

《그 자신을 통해 본 말로》에서 그는 "계급 투쟁이라는 마르크스적 개념과 결별했다"[11]고 쓴 가에탕 피콩을 반박하면서 책의 여백에 자기는 그 개념을 "역사의 관건으로서"만 생각해봤다고 썼다. 역사의 관건으로서? 말로의 어디에 그런 점이 보이는가. 《인간의 조건》에도 그런 구석은 없고, 계급 개념이라곤 전혀 개입되지 않은 채 혹시 가다가 나타나는 프롤레타리아들은 테러리스트 아니면 아나키스트인 《희망》에도 그런 구석은 없다. 혁명은 조국도 뿌리도 사회적 환경도 없이 일체의 '계급'이라든가 '생활 수준' 따위와는 무관한 지식인들의 손으로 이루어지고 있다('에스파냐' 비행대의 용병만이 유일하게 경제 생활에 뿌리내린 인물들인데, 이들은 또 저자에 의해 다소간 비판받는 유일한 인물들이기도 하다). 공산당과 협력하던 시대의 작품이라 할지라도(심지어 《모멸의 시대》 서문에서도) 말로의 역사적 에세이 중에서 사회적 경제적 불의보다는 정치적 불의에 대항하는 개인적 집단적 영웅주의 말고 다른 역사의 동력에 호소하는 경우가 하나라도 있었는가. 하지만 클로드 로이가 지적했다시피 프랑스 국민연합의 지도자와 드골 장군의 각료가 공산당을 물리친 것 이상으로 《인간의 조건》과 《희망》의 저자 말로는 더 많은 공산주의자를 만들어냈다.

스페인에서 1945년의 프랑스에 이르기까지 앙드레 말로는 농지 개혁과 재정의 국유화를 강력히 주장했다. 이것은 그에게 반항의 용병대장 외의 다른 무엇이 있음을 보여주는 동시에 그의 사회적인 센스를 나타낸다. 그러나 거기에는 마르크스주의의 냄새를 전제로 하

11_《그 자신을 통해 본 말로》, p. 94.

는 구석이란 전혀 없다. 베이징에서 마르크스 이야기를 꺼내는 말로에게 첸이가 생 시몽 이야기로 응수한 것은 푸리에, 크로포트킨이나 조르주 소렐 이야기로 응수한 것 못지않게 바로 맞힌 것이다.

"당신은 마르크스주의자입니까?" 하고 묻는 로제 스테판에게 그가 "파스칼이 가톨릭교도였던 것처럼. 파스칼은 때맞춰 죽었으니까"라고 재빨리 대답했다는 이야기는 앞에서 이미 했다. 그런데 그 말에 덧붙여 그는 "철학적 의미에서 나는 결코 마르크스주의자가 아닙니다"라고 말했다. 말로에게 흔히 있는 일이지만 이 말이 그 앞의 말과 의미상 일치하는지는 확실치 않다. 아마도 우리는 그 두 가지를 종합해서 다음과 같이 생각해볼 수 있을 것 같다. 말로는 파스칼이 가톨릭교도였던 정도만큼 파스칼의 사상을 믿고 있으며, 파스칼이 예수회의 종교 정신과 거리가 멀었던 만큼 마르크스주의와 거리가 먼 인물이라고 말이다. 그러나 그는 무엇보다도 니체적인 사상가다. 도스토옙스키와 악의 문제에 사로잡힌 니체 사상이랄까.

니체는 마르크스 못지않게, 아니 그 이상으로 기독교의 윤리와 미학의 길을 거부했다. 그러나 도스토옙스키, 특히 '제5의 복음서'인《카라마조프가의 형제들》은 알료샤와 무슈킨 공작의 창조자가 가장 허약했던 시절인 시베리아 유형 때 계시받은 네스토리우스교파의 기독교를 증언하고 해석한 사람이라는 점에서 더욱 강력하게 기독교 쪽으로 관심을 돌리게 한다.

도스토옙스키를 어느 정도 이해할 경우 자연히 기독교가 지닌 가장 신비스럽고 기이한 점, 즉 신의 잠정적인 패배와 악마의 힘이라는 생각에 조금은 마음이 말려드는 것이 아닐까. 1945년 우리 시대의 가장 중요한 사건을 묻는 베르나노스에게, 기독교인이 된다는 것은 신을 믿는 것이 아니라(그거야 아주 손쉬운 일이다) 악마의 존재를 믿는 것이라고 말한 베르나노스에게, 말로는 "사탄의 부활"이라고 대답했다. 말로가 말한 사탄은 단순히 아우슈비츠와 오라두르의 저 보잘것없는 고문자들만 뜻하는 것이었을까.

가톨릭교의 품에서 태어나기는 했지만 곧 일체의 신앙을 버렸고(클라라의 말에 의하면 신비주의적인 청년기를 잠시 가졌다고는 하지만) 1930년대 초에는 매우 반교권적인 경향을 띠게 된(교권주의적인 경향이 다소 없지 않은 위그노인 앙드레 샹송의 말에 따르건대 "신부 잡아먹는 자"라는) 앙드레 말로가 《인간의 조건》에서는 초월과 파스칼적인 고정관념을 거리낌 없이 표현하고 있다. 마치 내면에서부터 관찰하여 그린 듯한 기독교도의 초상을 그려 보였고, 《알텐부르크의 호두나무》를 신기독교식 자비 분위기에서의 정신적 기다림으로 가득 채워 놓았으며, 고딕식 기독교의 집단적 정신적 인문주의적 예술에 대해 찬탄을 아끼지 않는 예술론을 쓴 말로는 랭보가 그 원형적 범례라고 할 수 있는 저 정신적 유랑인, 즉 신의 주위를 떠나지 못한 채 헤매는 인물일까. 그의 오랜 친구인 에마뉘엘 베를은 이렇게 말한다. "우리가 말로와 공통으로 지니고 있는 점은 신에 대한 부정의 부정이다."[12]

그의 공식적인 입장은 그 자신 여러 번 말한 대로 "나는 계시를 받지 못한 채 초월을 갈구해 마지않는 불가지론자다"라는 것이다. 1948년 8월 25일 그는 알자스 로렌 여단의 군종신부였던 친구 피에르 보켈에게 이런 편지를 썼다. "우리는 인간이 지닌 영원한 부분의 옹호를 중요시합니다. 우리가 그 부분을 계시와 관계 있는 것으로 간

12_ 에마뉘엘 베를과 필자의 인터뷰, 1972년 8월 3일.

주하건 않건 간에." 이 말에 대한 종교적 해석의 책임은 그 신부 친구에게 돌아갈 것이니 우리가 그것을 왈가왈부하지는 않겠다.[13] 그러나 13년 후 말로는 방글라데시 출정을 계획하는 중에 같은 친구에게 편지를 쓰면서 "알 수 없는 이유로 해서" 그들은 "함께" 죽을 텐데 그의 우정은 자기가 "고귀하게 죽는 데" 도움이 될 거라고 했다.[14] 이쯤 되면 이야기는 길어지겠지만 우리는 가령 로맹 롤랑이나 저 만만치 않은 마르탱 뒤 가르가 그들의 근원적인 반신론을 배반하지 않고도 신부나 목사에게 이런 편지를 쓰는 것을 상상해볼 수 있다.

또 다른 조짐도 있으니, 예루살렘에 같이 가자고 제안하는 피에르 보켈에게 말로는 이렇게 대답한다. "나는 메카나 베나레스라면 갈 수 있습니다. 그러나 예루살렘에는 안 갑니다. 거기를 가면 겟세마네를 찾아가 무릎을 꿇어야 할 테니…" 그 말에 대한 신부의 해석인즉, 말로가 겟세마네에 가는 걸 거부하는 이유는 "그가 이미 겟세마네에 가 있기 때문 아니겠는가"라는 것이다. 그리고 신부는 파스칼의 말을 인용한다. "그대가 이미 나를 발견하지 않았다면 그렇게 나를 찾아 걷지는 않으리라." 앙드레 말로가 신부에게 했다는 다음과 같은 말도 있다. "나는 불가지론자입니다. 무슨 논자건 되긴 되어야 할 테니 말입니다. 내가 매우 지적인 인간이란 걸 잊어서는 안 돼요… 그렇지만 당신이 나보다 더 잘 알 텐데, 그 어느 누구도 신에게서 벗어날 수는 없어요."[15]

13_ 《라 크루아 La Croix》지, 1972년 11월 25일.
14_ 피에르 보켈과 필자의 인터뷰, 1972년 11월 19일.
15_ 위와 같음.

이 문제에 관한 한 그와 드골의 관계도 시사적이다. 《찍어 넘기는 떡갈나무들》을 읽어본 사람이면 누구나 드골 장군이 자기 입으로 자신의 신앙에 대해 의혹을 살 만한 말을 했다는 사실에 놀랐을 것이다. 그렇지만 말로는 샤를 드골의 기독교적 확신에 대해서는 의심할 여지가 없다고 말했다. 필자에게도 그런 말을 했다. 그러나 또다시 피에르 보켈이 전한 말을 들어보면 매우 애매한 면이 있다. 어느 날 장군은 그 신부의 팔을 잡으면서 이렇게 말한다. "당신은 말로를 잘 아는 사람이니 그를 개종시키는 것이 좋겠어요. 그러면 나도 맘 편하겠고…" 그는 '내 아내 쪽을 생각할 때'라고 말하진 않았지만 그런 뜻이 암시되어 있었다. 필립 2세보다는 탈레랑의 입에서 나왔다면 더 어울렸을 말이다.

또한 현대 프랑스 작가 중에서 말로가 가장 찬양한 작가가 《비단 구두 *Soulier de satin*》를 쓴 클로델과, 자기 세대 작가로는 죽음을 초월한 깊은 유대감을 느낀 베르나노스라는 사실을 과연 무시해도 좋을까. 거기에는 기이한 합치점이 엿보인다.

기독교의 주변적 인물, 모험가 혹은 동지로서의 말로? 하여간 기독교적 형이상학 그리고 성성聖性, 베르나르 드 클레르보의 인물들에 깊은 매혹을 느끼는 그는 십자군의 조직자이며 그토록 오랫동안 마음을 사로잡은 베즐레 그리고 성 프란시스코의 선전자이며 저 감수성 예민한 토스카나의 유랑인이다. 요란한 야망의 채찍질을 받으며 소용돌이치던 이 생애의 막바지에서 그는 이렇게 사내다운 우정을 초월하여 그가 흔히 애덕이라고, 때로는 부드러움이라고 부르는 그 무엇을 어렴풋하게나마 들여다보게 된다.

굳이 나를 도스토옙스키로 취급하고 싶고 '내가 섬기는' 성자가 누구인지 알고 싶다면, 그 성자는 분명 세례 요한입니다… 시인이며 비현실주의자라고요? 아니지요. 우리가 예수를 얻을 수 있게 해준 인간이라고 해야 옳지요. 그가 아니었다면 우리는 예수의 얼굴을 알아보지 못했을 것입니다. 그 사람을 통해서 우리는 '신은 사랑이다'라는 것을 알았습니다. 요새 사람들은 그의 말씀을 아주 휴지 조각 취급을 합니다만 그 시대에는 참신했어요… 1944년 7월 말 르 로 지방에서 체포되었을 때 내가 읽고 싶어 한 책, 우리가 밤을 지내기 위해 머무른 수녀원에서 원장 수녀에게 청한 것이 요한복음이었다는 것을 알고 계신가요? 그런데 안 되더군요! 나는 도스토옙스키가 아니었어요… 그저 아름다운 텍스트라는 것 이상의 그 무엇도 얻어낼 수 없었습니다. 내가 기대한 일은 일어나지 않았어요. 총살당하는 순간을 초조하게 기다리는 처지였는데도 말입니다.[16]

〈세기의 전설〉이라는 방송 프로그램에 대하여 모리스 클라벨이 지적한 말도 주목해보자.[17] 그에 의하면 어느 누구보다도 말로는 "모든 혁명은 기독교적이다. 아니 더 정확하게 말해서 참다운 의미의 혁명은 기독교 이후에만 존재했다. 비록 반기독교적인 혁명일 때조차도 기독교는, 아마 자신도 모르는 사이에, 악의 도그마 덕에 인간들에게

16_ 앙드레 말로와 필자의 인터뷰, 1973년 1월 29일.
17_《르 누벨 옵세르바퇴르》, 1972년 12월 11일. 기독교적 혹은 유대기독교적? 혁명 정신이 19세기에 그 충만한 경지에 이르기 위해서는 악의 도그마와 억눌린 자들에 대한 자비에 덧붙여서 유대교인 희망을 보태야 하지 않았을까. 모리스 클라벨과 마찬가지로 말로도 그 점은 더 할 말이 없을 것이다. 1960년에 전 세계 이스라엘인의 연합에 관하여 쓴 글은 그가 유대교인들의 시련과 열망에 깊이 관련되어 있음을 보여준다.

사회적 불의에 대한 매우 예민한 감정을 가져다주었으므로 혁명은 기독교에 의해 이루어진 것이라 할 수 있다"라는 사실을 증명하려고 애썼다는 것이다.

"남들이 종교 속에 살듯이 나는 예술 속에 산다." 이 유명한 말은 말로의 어떤 가능한 모습을 그려 보인다. 그러나 로제 스테판이 이 말에 대한 보충으로 "예술 작품이 충분한 해답이 되지 않는 문제란 없다"라는 지드의 공식을 제안했을 때 말로는 그의 의견을(그와 함께 지드 아저씨의 의견도) 한마디로 일축했다. "예술은 아무런 해답도 아닙니다. 예술은 다만 초월할 뿐이지요." 1945년에 한 말이다. 사반세기가 지난 뒤에도 말로는 여전히 그렇게 말할까.《침묵의 목소리》, 아니 그 이상으로《신들의 변신》을 통해 예술의 사명과 위력, 그것이 지닌 자유와 계속성의 기능, 인간의 보편성을 표현하는 역할, 투명한 우주에서 운명을 극복하는 능력 등을 완만하나마 강력하게 역설하고 있다.

최초의 말로는 운명을 확인한다. 그리고 그 운명을 농락하기 위하여 그것을 조롱하는 회화를 만들어내는데, 그것이 바로 '엉뚱한 것', 무정형의 도깨비, 죽음과 썩은 늪의 냄새를 맡으며 뒤뚱거리고 떠도는 뚱뚱한 나비 같은 것이다. 두 번째 말로는 운명에 역사를 대립시킨다. 역사는 인간 의지의 연쇄적 고리이며 불가역에 대한 도전이지만 운명의 찌꺼기들로 얼룩지고 무의미와 숙명으로 무거워져 있다. 세 번째 말로는 "세계를 당당하게 수정하는 것이 예술의 특전이다. 예술은 표현이 아니라 역사의 노래다… 그리하여 운명은 뒤로 물러났다"를 발견한다.[18] 이리하여 '반反운명'이 된다. 제4의 말로가 이런

18_ 가에탕 피콩,《그 자신을 통해 본 말로》, pp 113~114.

기능을 생물학에 맡기는 일이 생기지 않는 한…

인간 조건의 절망적인 부조리, 인간을 저 스스로에 대하여 국외자로 만들고 거역할 길 없는 타자로 만드는 의사소통 불가능에 항거하며 전진하는 길 위에서 말로는 우정을 만났다. 이미 앞에서 보았듯이 그 우정은 반파시스트 집회나 스페인 전쟁 때와는 다른 형태를 갖게 되었다. 우정은 때때로 어떤 생각 어떤 형태의 모색이었고, 죽은 스승 혹은 산 친구와의 만남, 렘브란트, 미슐레, 그뢰튀젠, 드리외 또는 도스토옙스키, 농인鄽人의 집의 고야, 바랑주빌의 브라크와의 만남이었으며, 《프랑스 문학 개관》을 설정하기 위하여 지드와 팀을 만들어 이룩해낸 오랜 작업이었다. 또한 페르시아 미술 대전을 마련하기 위해서 작품을 수집하는 작업이었으며 아직 프랑스에도 알려지지 않은 외국 작가(윌리엄 포크너 혹은 D. E. 로렌스)를 발굴하여 빛나는 글로 조명하는 일이었다.

우정은 무엇보다도 전사, 투사의 우정이었다. 스페인 비행장들을 폭격한 전사, 코레즈의 숲과 알자스의 눈 속을 뒹구는 투사의 우정이었다. 그는 인간이란 자신을 초월할 수 있다는 것을 스스로에게 증명해 보였다. 그는 타인들을 통하여 그것을 증명해 보였다. 그들을 통해서 인간이란 외톨박이가 아니며 완전히 부조리한 존재도 아님을 그리고 행동이 허무에 대한 고발이라면 함께하는 행동은 고독에 대한 고발임을 발견한다. 카토브가 준 청산가리, 스페인에서 그 자신이 레이몽 마레샬에게 준 낙하산, 게슈타포에게 체포당하면서 조직 속의 임무와 책임을 그에게 넘겨준 동생 롤랑 말로, 이 모두야말로 '인간이라는 명예'를 증언하는 의지와 희생의 연결 고리다.

그렇지만 행동은 그가 기대하는 것을 결코 주지 않는다. 그는 행동으로부터 단순히 고급 오락뿐만 아니라 부조리와 허무의 고발 그리고 죽음에 대한 거부를 요구했을 뿐만 아니라 나아가서는 조화, 자기 자신과의 화해까지도 요구했을 것이다. 그는 마침내 행동의 한계도 알아차렸을 것이다. 비교적 그에게는 행동에 대한 적성이 부족한 편이었다는 이유보다는(그의 내면에는 여전히 엉뚱한 면이 남아 있다) 행동 그 자체가 조화를 가져다주는 것 못지않게 분열시킨다는 점에서, 행동은 너무나 선악 양분적인 것이어서(이건 그 자신이 한 말이지만) 의식과 체험을 대립시켜놓지 않을 수 없다는 점에서 그 행동은 한계를 드러낸다. 그는 체험의 정점에서 극단적인 의식을 모색했다. 그러나 그 극단적인 의식을 끝내 만나지 못했다. 그의 실패는 여기에 있다.

그렇지만 분열적이고 힘을 소진시키는 행동 속에 몸을 던지는 말로가 '종교에 들어가듯이 예술에 들어가는', 그리고 미술관이라는 수도원의 한가로운 평화 속에 몸을 묻은 《신들의 변신》의 저자보다는 더 창조적이라는 사실은 곧 알 수 있는 일이다. 그에게 절대를 줄 수 없는 행동을 통해서 절대를 찾아 헤매는 저 성난 자아 탐구자 말로는 자신의 걸작품을 건져낸다. 예술이 건네주는 '침묵의 목소리'에 마음을 진정시키는 말로는 공동 묘지의 고즈넉함에 잠겨버린다. 초월을 넘어서서 불멸을 탐구함으로써 그는 돌로 된 인간과 석상들의 세계로 인도되었다.

그의 주제는 예술가가 아니라 영웅이다. 현대 문학 중에서도 가장 지적이고 교양 있는 인물들이 들끓는 대여섯 권의 걸작 소설을 쓰는 가운데, 발레리뿐만 아니라 브라크의 친구이기도 했던 말로가 단 한 번도 위대한 화가나 위대한 조각가나 위대한 시인을 등장시키지 않은 것은 이상한 일이다. 그 속에서 볼 수 있는 것은 오직 고고학자,

미학자, 화상, 인류학자, 교수, 산문작가, 영화음악가뿐이고 그들은 한결같이 자신의 예술이나 연구를 버리고 행동에 몸을 던지거나 아예 모든 것을 포기해버린다.

그는 비평문 속에서 항상 고야, 만테냐, 미켈란젤로, 렘브란트에 대하여 스스로를 견주어본다. 그렇게 하여 창조적 변신에 참가한다. 그러나 직접 창작할 때의 그는 결코 예술이 그 자체에 내포한 초월성을 모색하거나 소유하는 예술가가 아니라 언제나 영웅주의를 찾아 헤매는 예술의 주변적 인물이요, 모험을 갈구하는 비정규적 탐색자이며, 우정을 찾아 헤매는 길 잃은 지성인일 뿐이다. 토마스 만이 《베네치아에서의 죽음Der Tod in Venedig》을 통해서, 혹은 마르셀 프루스트가 엘스티르를 통해서, 한 것, 즉 예술적 창조의 문제를 앞에 둔 위대한 예술가의 이야기를 말로는 한 번도 다루지 않았다. 그의 영웅들은, 묄베르크처럼 반反영웅인 알텐부르크의 몇몇 웅변가들을 제외한다면, 모두가 행동의 망령에 사로잡혀 있고 영웅주의를 (심지어 몇몇은 승리를) 갈구한다.

페르캉의 위대함은 패배에서 생긴 것이다. 그러나 가린의 위대함은 그렇지 않다. 가르시아나 마뉘엘의 위대함은 반대로 승리에 대한 희망에서 생긴 것이다. 그들이 승리를 얻기 위하여 무슨 일을 하건 간에. 뱅상 베르제는 불가피한 패배의 테마를 다시 부각시키지만 권력 따위는 아무 짝에도 소용이 없을 만큼 신비스러운 '권능'을 지닌 인물인 '샤만'을 통해서 그 테마를 다룬다. 이리하여 모험가의 또 다른 차원이 그 모습을 드러낸다. 이제는 계획의 실패가 모험가를 자기 자신의 무無로 몰아붙이지는 않는다. 로렌스는 조국의 역사, 동맹자들의 역사와 이중으로 결부되어 있으므로 메이르나와는 다른 그 무엇이다. 가린 이후 말로는 영웅의 죽음을 부조리로 몰아넣지는 않는 또 다른 경험들을 맛보았다. 우정 어린 투쟁은 예술만 못하더라도 모험보다는 더 풍부한 충일감과 계속성을 지녔기 때문이다.

영웅주의를 통해서 도전하고 우정에 의해서 부정하고 예술을 통해서 초월함으로써 불가역과 투쟁한 일생. 이것이 말로라고 할 수 있을까. 이 연구를 끝내는 마당에서 우리는 아직도 도전과 변신과 마지막 결판을 내지 않은 말로의 삶('나의 피로 물든 헛된 삶')에 대하여 한 가지 정의를 내리려고 하지는 않을 생각이다. 말로의 가장 탁월한 해석가인 가에탕 피콩에게 물어볼까.

작품이 우리에게 드러내 보여주는 것은 그 작가의 실제 됨됨이라기보다는 그가 은폐하는 것과 그가 획득하는 내용이다. 즉 그가 되고자하는 존재 바로 그것이라는 말이다. 고뇌에서 용기를 거쳐 열광에 이르기까지 말로에게 중요한 것은 자기 자신에게서 벗어나는 일이며, 주관성을 외면적이며 객관적인 그 무엇과 맞바꾸는 일이다. 역사, 사건, 행위, 사상, 문제, 예술적 스타일, 위대한 문화에 대한 정열은 비인간적인것에 대한 동일한 정열의 다양한 형태들이다. 저 본능적이고 숙명적인외톨이는 타자들에 에워싸이고 지지받고자 하며 다른 사람과 어울리게만들어주는 것이면 말, 겉에 나타나는 것, 행동, 사고 등 무엇이나 다좋아하고, 자신의 내면에 담을 싸고 들어앉게 만드는 것, 가령 느낌에대해서는 경계한다. 그가 조형 예술에 유난스러운 관심을 가지고 있다는 사실은 이상할 것이 없다. 거기에는 여러 가지 이유가 있겠지만 특히 회화와 조각은 여러 시선이 만나는 장소인 데 반하여 책은 여러 가지 몽상이 헤어지는 지점이라는 이유를 들 수 있지 않을까. 사건이 일어나기를 바라는 초조감, 별일 없는 시기에 대한 싫증, 엄청난 상황에 대한 기대, 무엇이나 그것을 거창하게 만드는 조명과 그것을 가속시키는 리듬 속에 몰아넣고자 하는 성향 역시 자기로부터 해방되는 수단이며 자기에게서 눈을 돌리고자 하는 욕구의 발현이라 할 수 있다. 영웅주의는 본능에서 우러난 소명이라기보다는, 한 덩어리로 단단하게 뭉쳐진 거역할 길 없는 개성의 표현이라기보다는, 이 경우 하나의 응답이요 의지다.[19]

그러나 그 영웅주의를 향한 의지가 부딪혀 부서지고 마는 벽이 있으니 '삶을 운명으로 변모시키는' 저 불가역의 무게를 동반한 죽음이다. 사르트르는 말로를(하이데거가 그랬듯이) "죽음을 위한 존재"로 정의한다. 거기에 대하여 말로는 이렇게 응수한다. "죽음을 '위한'이라고 하지 않고 죽음에 '항거하여'라고 말한다면 어떨까? 그 두 가지는 오직 겉보기에만 같은 것인데…"

의지를 가지고 죽음에 항거함으로써 그는 두 가지 길을 발견한다. 돌로 만든 인간의 불멸성과 항상 다시 시작되는 예술의 다양한 변신은 그의 요구를 만족시켜주지 못한다. 이 경우 이미 주어진 몫이 쟁취한 몫보다 더 강하기 때문이다. 그러고 보면 남은 길은 죽음에 대한 이중의 도전을 위해 삶을 재현으로 조직하여 구축하는 일이다. 《반회고록》은 삶에 항거하여 창조적 의지와 시적 상상력의 기막힌 버팀대를 받쳐 세우고 있다. 이때 '반反'이라는 말은 지질학에서 말하는 배사背斜의 의미를 띤다. 이리하여 이미 한편의 비극 작품처럼

19_《그 자신을 통해 본 말로》, p. 117.

창조되고 성벽처럼 건설되고 도전처럼 변주된 이 삶은 이 같은 작품으로 실현되는 가운데 끝없는 메아리를 던져 보내고 있는 것이다.

말로는 영감의 원천을 찾기 위해서 행동한 것이 아니다. 그가 글을 쓴 것은 비록 우정 어린 집단적 행동이라 할지라도 절대적인 욕구에 응답을 주지도 못했고 정복자들이 모색하는 성취감을 주지도 못했기 때문이다. 그의 삶은 구실이 아니라 목적이다. 그의 작품은 보상이다.

하나의 작품처럼 구축한 삶, 하나의 삶처럼 거친 숨결의 작품. 이것은 우선은 의지로써, 다음으로는 재현으로써 자아를 밀도 짙게 조직하는 두 가지 형식이다.

Boisdeffre (Pierre de), André Malraux (classiques du xx siècle), Paris, 1957.

Brincourt (André), André Malraux ou le Temps du silence, Table ronde, Paris, 1966.

Brombert (Victor), The Intellectual Hero (Studies in the French Novel, 1880~1955), Yale University Press, 1961.

Broué (Pierre) et Temime (Émile), La Révolution et la Guerre d'Espagne, Editions de Minuit, Paris, 1961.

Caute (David), Le Communisme et les Intellectuels français, Gallimard, Paris, 1967.

Cisneros (Ignacio Hidalgo de), Virage sur l'aile, Éditeurs français réunis, Paris, 1965.

Cookridge (E. H.), Mettez l'Europe à feu, Fayard, Paris, 1968.

De Gaulle (Charles), Mémoires d'espoir, Plon, Paris, 1970.

Delaprée (Louis), Mort en Espagne, Éditions Tisné, Paris, 1937.

Delperrie de Bayac (Jacques), Les Brigades internationales, Fayard, Paris, 1968.

Domenach (Jean-Marie), Le Retour du tragique, Seuil, Paris, 1967.

Dorenlot (Françoise), Malraux ou l'Unité de pensée, Gallimard, Paris, 1970.

Ehrenbourg (Ilya), Vus par un écrivain d'URSS : Gide, Malraux, Mauriac, Duhamel, etc., Gallimard, Paris, 1934.

Memoirs, World Publishers, Cleveland, 1960.

Fitch (Brian T.), Le Sentiment d'étrangeté, Minard, Paris, 1964.

Flanner (Jannet), Men and Monuments, Harper and Row, New York, 1957.

Frank (Nino), Mémoire brisée, Calmann-Lévy, Paris, 1967.

Frohock (W.M.), André Malraux and the Tragic Imagination, Standford University Press, San Francisco, 1952~1967.

Gabory (Georges), Souvenirs sur André Malraux in Mélanges Malraux Miscellany, n° II, printemps 1970.

Gaillard (Pol), Malraux, Bordas, Paris, 1970.

Galante (Pierre), Malraux, Presses de la Cité, Paris-Match, Paris, 1971.

Gide (André), Journal(1889~1939), Gallimard, Paris, 1939.

Green (Julien), Journal, Plon, Paris, de juillet 1938 à mai 1972, 9 tomes.

Grenier (Jean), Essai sur l'esprit d'orthodoxie, Gallimard, Paris, 1938.

Hoffmann (Joseph), L'Humanisme de Malraux, Klincksieck, Paris, 1963.

Koestler (Arthur), Hiéroglyphes, Calmann-Lévy, Paris, 1955.

Koltzov (Mikhail), Diario de la guerra d'Espana, Ruedo Iberico, Paris, juillet 1963.

Langlois (Walter), L'Aventure indochinoise d'André Malraux, Mercure de France, Paris, 1967.

Malraux (Clara), Portrait de Grisélidis, Éditions Colbert, Paris, 1945.

Le Bruit de nos pas : 1. Apprendre à vivre, Grasset, Paris, 1963. 2.

Nos vingt ans, Grasset, Paris, 1966.

3. Les Combats et les Jeus, Grasset, Paris, 1973.

4. La Saison violente, Grasset, Paris, 1973.

Mauriac (Claude), Malraux ou le Mal du héros, Grasset, Paris, 1946.   Un autre de Gaulle, Hachette, Paris, 1970.

Mauriac (François), Journal, Grasset, Paris, 1937.

Mémoires politiques, Grasset, Paris, 1967.

Le Bloc-notes, Flammarion, Paris, 1961.

Le Nouveau Bloc-notes, Flammarion Paris, 1970.

Mauriac (Jean), La Mort du général, Grasset, Paris, 1972.

Mounier (Emmanuel), L'Espoir des désespérés, Seuil, Paris, 1953.

Mossuz (Janine), Malraux et le Gaullisme, Armand Colin, Paris, 1970.

Naville (Pierre), Trotsky vivant, Lettres nouvelles, Coll. Dossiers, Paris, 1962.

Nenni (Pietro), La Guerre d'Espagne, Maspero, Cahiers libres, Paris, 1959.

Nizan (Paul), Intellectuel communiste, Maspero, Paris, 1968.

Payne (Robert), André Malraux, Buchet-Chastel, Paris, 1973.

Picon (Gaëtan), André Malraux, Gallimard, Paris, 1945.

   Malraux par lui-même, Seuil, Paris, 1953.

Roy (Claude), Descriptions critiques, V, Gallimard, Paris, 1960.

Sachs (Maurice), Au temps du bœuf sur le toit, NRC, Paris, (s.d.) Le Sabbat,
   Gallimard, Paris, 1960.

Saint-Clair (Monique), Galerie privée, Gallimard, Paris, 1947.

   Les Cahiers de la Petite Dame, in Cahiers André Gide, Gallimard, Paris,
   1973.

Segnaire (Julien), La Rançon, Gallimard, Paris, 1955.

Serge (Victor), Mémoires d'un révolutionnaire, Seuil, Paris, 1951.

Simon (Pierre-Henri), L'Homme en procès, La Bâconnière, Lausanne, 1949.

Southworth (Herbert), Le Mythe de la croisade de Franco, Ruedo Iberico, Paris,
   1963.

Stéphane (Roger), Chaque homme est lié au monde, Sagittaire, Paris, 1946.

   Portrait de l'aventurier, Sagittaire, Paris, 1950.

   Fin d'une jeunesse, Table ronde, Paris, 1954.

Sulzberger (Cyrus L.), Dans le tourbillon de l'histoire, Albin Michel, Paris, 1971.

Thomas (Hugh), La Guerre d'Espagne, Robert Laffont, Paris, 1961.

Vandegans (André), La Jeunesse littéraire d'André Malraux. essai sur
   l'inspiration farfelue, J. J. Pauvert, Paris, 1964.

Viollis (Andrée), Indochine S.O.S., Préface d'André Malraux, Gallimard, Paris, 1935.

신문, 잡지의 특집호

Esprit, "Interrogation à Malraux", n° 10, octobre 1948.

Le Monde, "A propos des Antimémoires", 27 septembre 1967.

Magazine littéraire, n° 11, 1967.

L'Alsace française, "La brigade d'Alsace-Lorraine", n° 1, octobre 1948.

Yale French Studies, "Passion and the Intellect", n° 18, 1957, New Haven, USA.

Mélanges Malraux Miscellany (depuis 1969), Université du Kentucky, Lexington, USA, édité par W. G. Langlois.

Revue des letters modernes, 1. "du Farfelu aux Antimémoires", 1972; 2. "Influences", 1975, édités par W.G. Langlois.

| 앙드레 말로 연보 |

1901년	파리 출생. 호적상의 이름은 조르주.
1909년	조부 사망.
1919년	르네 루이 두아용의 출판사 겸 서점에서 일하며 고서 연구.
1920년	〈입체파 시의 기원〉 발표.
1923년	인도차이나로 건너감. 반테이 스레 사원의 유적 탐험. 프놈펜에서 체포됨.
1924년	7월에 3개월 징역형. 항소심에서 기각.
1925년	안남 청년회 지도. 《인도차이나》《랭도신 앙셰네》지 발행.
1926년	출판사 '아 라 스페르' 경영.
1927년	갈리마르 출판사 고문.
1930년	여행. 아버지의 자살.
1933년	《인간의 조건》으로 공쿠르 상 수상.
1934년	텔만, 디미트로프 석방 추진 세계위원회 의장. 반유태주의 반대 전국연맹 가담. 코르닐리옹 몰리니에와 다나 사막 상공 탐험 비행.
1936년~38년	스페인 공화국의 쿠데타 직후부터 공화국 정부를 지원하는 무기, 비행기 공급 주선. 에스파냐 국제 비행단 창설, 메델린, 톨레도, 마드리드, 테루엘 전투 참가. 파리와 뉴욕에서 프랑코와 투쟁하는 스페인 민주주의 정부 지원을 호소.
1938년	명화 〈희망〉 제작.
1939년	전차부대에 병졸로 입대.

참고 문헌 — 651

1940년	포로가 되었다가 탈출.
1943년	게슈타포가 그의 서재를 수색하여 원고 파기.
1944년	프랑스 남동부 1500여 명의 부하들을 통솔하는 지휘자. 6월 23일 체포. 툴루즈의 해방으로 풀려남. 알자스 로렌 여단을 창설하여 단 마리를 해방시킴.
1945년	민족해방운동과 인민전선의 통합을 저지. 정보상情報相이 되었다 가 드골의 퇴진과 함께 1946년 1월에 물러남.
1947년	드골이 프랑스 국민연합 창설. 선전국을 담당함.
1948년	프레이엘 회관 연설.
1949년	《리베르테 드 레스프리》지 창간.
1950년	중병을 앓다.
1951년	국민연합의 의회 의원 후보가 되기를 거부.
1958년	마르탱 뒤 가르, 모리악, 사르트르와 함께 알제리에서의 고문 행위 고발. 드골 정계로 복귀. 말로는 문화상으로 임명됨. 장군의 알제 리아 정책 지지.
1961년	샬, 주오, 젤러, 살랑 장군 등이 알제리아에서 반정부 거사를 일으 키자 말로는 민병대 조직을 호소
1962년	델핀 르나르가 말로의 집에서 폭탄에 오른쪽 눈을 실명함.
1964년	팡테옹에서 장 물랭의 추도 연설.
1965년	북경에서 마오쩌둥을 만남.
1966년	셍고르와 함께 세네갈 다카르에서 '니그로 예술 세계 페스티발' 개막.
1968년	프랑스 및 전 세계 학생들의 반항 운동에 관한 연설.
1969년	드골이 권좌에서 물러남. 말로는 새로운 정부에 입각하지 않음. 모 리악, 사르트르와 함께 레지스 드브레 석방 요구.
1970년	드골 사망.
1971년	방글라데시 사건에 개입 시도.
1976년	사망.